Im zarten Glanz der Morgenröte

Weltbild Taschenbuch

Die Autorin

Lesley Pearse wurde in Rochester, Kent, geboren und lebt seit 25 Jahren mit ihrer Familie in Bristol. Ihre Romane sind in England stets auf den ersten Plätzen der Bestsellerlisten zu finden.

LESLEY PEARSE

Im zarten Glanz der Morgenröte

Ins Deutsche übertragen
von Michaela Link

Weltbild

Die englische Originalausgabe erschien 1997 unter dem Titel
Camellia bei Lesley Pearse.

Genehmigte Lizenzausgabe für Verlagsgruppe Weltbild GmbH,
Steinerne Furt, 86167 Augsburg

Übersetzung: Michaela Link
Umschlaggestaltung: bürosüd°, München
Umschlagmotiv: Frau: © Michael Trevillion,
Hintergrund: bürosüd°, München
Gesamtherstellung: CPI Moravia Books s.r.o., Pohorelice
Printed in the EU
ISBN 978-3-86365-111-4

2015 2014 2013 2012
Die letzte Jahreszahl gibt die aktuelle Lizenzausgabe an.

1. Kapitel

Rye, Sussex, August 1965

He, Mister.« Ein kleiner Junge zupfte den Polizisten am Ärmel. »Da liegt eine Frau im Fluss!«

Sergeant Simmonds stellte seine Teetasse auf die Theke der Imbissstube am Kai, blickte auf den Jungen mit den karottenfarbenen Haaren hinab und lächelte gutmütig. »Was tut sie denn, schwimmt sie, fährt sie Boot, oder besorgt sie ihre Wäsche?«

»Sie ist tot, Mister. Liegt im Schlamm!« Der Junge war höchstens sieben und trug zerrissene Shorts und ein schmuddeliges T-Shirt; seine schwarzen Turnschuhe waren schlammverkrustet, und in einem roten Spielzeugeimer zappelten eine Hand voll Würmer.

Sein Gesichtsausdruck war zu ernst für einen Streich. Er war außer Atem, und auf seiner kleinen sommersprossigen Nase standen Schweißperlen.

»Wo war denn das, Sohnemann?«

»Dahinten.« Der Junge zeigte über den Fluss, an die Stelle, wo Tillingham und Breed sich zum Flüsschen Rother vereinten und gemeinsam zum Hafen von Rye flossen. »Ich habe ein paar Würmer ausgegraben, um angeln zu gehen, und da habe ich ihre Arme gesehen.«

Es war ein herrlicher Augustmorgen. Der Nebel hatte sich bereits schnell und weit gehend zurückgezogen, und es sah ganz nach einem weiteren heißen, sonnigen Tag aus. Es war noch nicht einmal sieben, zu früh, als dass Urlauber die Ruhe am Kai gestört hätten; es würde noch Stunden dauern, bevor die Tagesausflügler in Scharen herbeiströmten, um die malerische alte Stadt zu bewundern.

Sergeant Simmonds tätschelte dem Jungen den Kopf. »Geh zum Frühstück nach Hause, Sohnemann. Überlass die Angelegenheit mir. Ich kümmere mich darum.«

»Vielleicht ist sie ja eine gestrandete Meerjungfrau?« Alf, der Besitzer der Imbissstube, beugte sich über die Theke, und auf seinem dunkelhäutigen, mageren Gesicht zeichnete sich ein boshaftes Grinsen ab. »Das wäre gut fürs Geschäft!«

»Was für eine Fantasie manche Kinder haben!« Simmonds sah dem Jungen, der zur Wish Ward hinunterlief, lachend nach. »Wahrscheinlich hat er nur ein Häufchen Treibholz gesehen. Aber ich sollte wohl mal nachsehen gehen.«

Bert Simmonds, sechsunddreißig Jahre alt, war in Rye der beliebteste Polizist. Die Männer bewunderten seine Umgänglichkeit und sein Geschick als Bowler in der örtlichen Kricket-Mannschaft, die Kinder wussten das freundschaftliche Interesse zu schätzen, mit dem er ihnen gegenübertrat, und auch die Tatsache, dass er ihre Eltern nicht immer über jede Ungezogenheit informierte – jedenfalls nicht, wenn er glaubte, dass ein scharfer Tadel stattdessen genügte. Die Frauen mochten einfach *ihn;* es ließ sich unbefangen mit ihm reden, und mit seinem blonden Haar und den meerblauen Augen war er attraktiv genug, um ihren Puls zu beschleunigen. Gleichzeitig war er bemerkenswert ahnungslos geblieben, was seine Wirkung auf das andere Geschlecht betraf.

Seine Liebenswürdigkeit verleitete die Menschen häufig zu der irrigen Annahme, Simmonds sei ein Weichling. In Wirklichkeit gab es in den ländlichen Gebieten von Kent und Sussex nur wenige Polizisten, die so viele Verhaftungen für sich verbuchen konnten, und noch weniger, die seine Kühnheit besaßen oder seinen scharfen Verstand.

Simmonds schlenderte ohne Hast den Kai entlang und über die Brücke. Jetzt war die Luft noch angenehm kühl. In ein oder zwei Stunden würde es heiß werden, und auf der Highstreet würde ein schreckliches Gedränge herrschen. Er liebte Rye, aber die Stadt war zu klein, um mit den Besuchermassen fertig zu werden, die sie im Sommer anzog.

Auf der anderen Seite des Flusses gab es keinen richtigen Fußweg, nur einen Pfad hinter der Wäscherei, und dieser Pfad war überwuchert mit wildem Schmetterlingsflieder und Brennnesseln. Bert musste mehrmals einen Bogen um alte Schuppen schlagen und durch Zäune kriechen, aber wenn er den bequemeren Weg über die New Winchelsea Road genommen hätte, wäre ihm möglicherweise entgangen, was der Junge gesehen hatte.

Bert blickte einen Moment lang über den Fluss. Man konnte mühelos erkennen, warum Rye so viele Touristen und Künstler anlockte. Die Boote, die am Kai vertäut lagen, die hohen, schwarzen Lagerhäuser, und dahinter dann die Stadt selbst, die sich seit dem Mittelalter mit ihren winzigen Häusern und den terrakottafarbenen Dachziegeln kaum verändert hatte.

Mit einem Lächeln ging Bert weiter und dachte dabei an die anderen »Leichen«, die ihm in der Vergangenheit gemeldet worden waren. Bei einer hatte es sich um eine wild entsorgte Schneiderpuppe gehandelt, eine andere war lediglich ein Stück Holz gewesen, dem irgendein Scherzbold alte Stiefel übergestreift hatte. Einmal hatten ihm zwei sehr ernste kleine Jungen berichtet, sie hätten einen Mann gesehen, der auf den Marschwiesen ein Baby begraben habe. Als sie Bert an die richtige Stelle geführt hatten, hatte er eine tote Katze vorgefunden. Trotzdem musste er natürlich allen Meldungen nachgehen. Jeden Sommer gab es einige Bootsunfälle, und manchmal unterschätzten Schwimmer die starke Strömung.

Zurzeit herrschte Niedrigwasser, dicker, klebriger Schlamm glänzte in der frühen Morgensonne, und der Fluss war nur ein dünnes Rinnsal in der Mitte, das sich seinen Weg zum Meer bahnte. Vor Simmonds lag die Weite der Marschwiesen, deren Eintönigkeit nur von den Ruinen von Chamber Castle und einigen Häusern der Küstenwache am Horizont unterbrochen wurde. Schafe mit schwarzen Gesichtern hatten diese Welt ganz für sich allein. Die einzigen Geräusche weit und breit waren die klagenden Rufe von Brachvögeln und Möwen.

Die zahlreichen Möwen waren es, die Simmonds veranlassten, in Laufschritt zu verfallen, als er sich den Schleusentoren des Breed näherte. Ihr Kreischen und die engen Kreise, die sie zogen, deuteten darauf hin, dass dort tatsächlich irgendetwas im Schlamm lag, und sei es auch nur ein ertrunkenes Schaf.

Dann sah er von weitem etwas Türkisfarbenes aufblitzen. Es lag auf einem hohen, dreieckigen Schlammwall zwischen den beiden Zuflüssen und zeichnete sich leuchtend gegen den braunen Schlick ab. Vier oder fünf Möwen hatten sich darauf niedergelassen und hieben mit den Schnäbeln wild darauf ein; weitere Möwen schossen bereits wie Kampfflugzeuge herab.

»Weg mit euch, ihr Brut«, rief er und warf einen Stein nach den Vögeln. Kreischend vor Enttäuschung darüber, von ihrem Frühstück ablassen zu müssen, flogen die Tiere auf. Und Simmonds blieb wie angewurzelt stehen. Vor Entsetzen.

Der Junge hatte Recht. Es war eine Frau. Und Bert wusste instinktiv, um wen es sich handelte, obwohl ihr Gesicht halb im Schlamm steckte, sodass der Kopf nur von hinten zu sehen war. Die Wölbung ihrer Hüften, das wohl gerundete Gesäß und die langen, schlanken Beine verrieten sie sofort.

»Oh nein, nicht du, Bonny«, flüsterte er und kämpfte gegen die Übelkeit an. »Nicht so!«

Er kannte das Procedere, dem er nun gehorchen musste: Hilfe holen, bevor er sie auch nur anrührte. Aber etwas drängte ihn, zu ihr zu gehen und zu verhindern, dass die Möwen sich noch einmal an ihr vergreifen konnten. Er legte seine Jacke ab, ließ sich über die Kante des Steilufers hinab und schob sich unten im Flussbett zentimeterweise vorwärts.

Während seiner fünfzehn Jahre bei der Polizei von Rye hatte diese Frau es fertig gebracht, ihn das gesamte Spektrum der Gefühle durchleben zu lassen. Er hatte sie bewundert, begehrt und, in jüngerer Zeit, verachtet und bemitleidet. Als junger Constable war er von ihrer sinnlichen Schönheit bis in seine Träume verfolgt worden.

Jetzt zeigten ihre Oberschenkel und Arme die Spuren grausamer Schnabelhiebe, und als wieder eine Möwe herabstieß, um sich an der Leiche gütlich zu tun, stürzte er auf den Vogel zu.

»Weg mit euch, ihr verfluchten Aasgeier! Lasst sie in Ruhe«, schrie er, während seine Füße immer tiefer in den Schlick einsanken.

Die Ankunft eines Wagens auf der Brücke am Schleusentor brachte Simmonds wieder zur Besinnung. Als er sich umdrehte und die Constables Higgins und Rowe über den Zaun klettern sah, wurde ihm bewusst, dass er ohne Sicherung durch ein Seil ohne weiteres bis zur Taille in den Schlamm einsinken konnte.

»Wir gehen einem Anruf nach«, rief Higgins. »Ein alter Mann war mit seinem Hund unterwegs und hat etwas gesehen. Wir haben Watstiefel mitgebracht, für alle Fälle. Haben Sie schon eine Ahnung, wer es ist?«

»Bonny Norton«, rief Simmonds zurück, während er sich gleichzeitig bemühte, festen Boden unter die Füße zu bekommen und seine Fassung wiederzugewinnen. »Wir müssen sie hier rausholen, bevor sich die Schaulustigen einfinden. Zieht die Watstiefel an und bringt Seil und Bretter mit.«

Es war leicht obszön, eine so schöne Frau an den Füßen aus dem Schlamm zu ziehen. Da ihr Kleid sich im Schlick festgesogen hatte, wurde ihr Körper, nach dem es so viele Männer gelüstet hatte, auf intimste Weise entblößt. Der Fluss hatte ihren Spitzenschlüpfer schmutzig braun gefärbt, und ihre goldene Haut war dreckverkrustet. Aber als sie schließlich festeren Grund erreichten und sie umdrehten, löste sich eine Brust aus ihrem Mieder, makellos weiß, mit einer rosigen Spitze, klein und perfekt. Alle drei Männer wandten verlegen den Blick ab.

Higgins rührte sich als Erster und breitete eine Decke über sie. »Was zum Teufel hat sie bloß am Fluss zu suchen gehabt?«, fragte er mit belegter Stimme.

Rowe zuckte die Schultern. Er war einige Jahre jünger als seine Kollegen, ein mürrischer Mann ohne jedes Einfühlungsvermögen, der noch nicht lange genug in Rye war, um Bonny in ihren besseren Zeiten gekannt zu haben. »Sie war vermutlich wie immer betrunken.«

Um zwölf Uhr mittags am selben Tag trat Bert Simmonds aus der Polizeiwache und zündete sich eine Zigarette an. Er brauchte ein wenig Zeit allein, um sich zu sammeln.

Die Wache lag auf dem Church Square, direkt gegenüber der Pfarrkirche: ein kleines viktorianisches Gebäude aus roten Ziegelsteinen, das ein wenig abseits der anderen Häuser in der Reihe lag, beinahe als müsste es sich dafür entschuldigen, dass es die Dreistigkeit besessen hatte, sich inmitten seiner Nachbarn aus dem vierzehnten und fünfzehnten Jahrhundert breit zu machen. In der Cinque Port Street in der Nähe des Bahnhofs wurde zurzeit eine neue Polizeiwache gebaut. Obwohl Bert diese Neuerung aus praktischen Gründen willkommen war, wusste er doch, dass er den friedlichen Kirchhof vermissen würde, den herrlichen Ausblick auf die Marschwiesen von den hinteren Räumen der Wache aus und die zentrale Lage. Aber heute war er in Gedanken nicht bei der Schönheit seiner Umgebung, wie es sonst geschah, wenn er hier seine Pause verbrachte. In seinem Kopf war nur Platz für Bonny.

Die Entdeckung ihrer Leiche war eins der dramatischsten Ereignisse in seiner ganzen Laufbahn. Jetzt stand er vor der Notwendigkeit, ihrer Tochter die Nachricht zu überbringen.

Es war so furchtbar heiß. Sein Hemd war feucht vom Schweiß, und seine Sergehose, die noch immer nach dem Schlick des Flusses stank, klebte ihm an den Beinen.

»Wie bringt man einer Fünfzehnjährigen so etwas schonend bei?«, seufzte er.

Bonny hatte vom ersten Tag im Sommer des Jahres 1950 an, als sie mit Ehemann und Baby in das hübsche Haus in der Mermaid Street gezogen war, Eindruck auf die Stadt gemacht. Das hatte nicht nur daran gelegen, dass sie erst einundzwanzig und atemberaubend schön gewesen war oder dass ihr ernst dreinblickender, viel älterer Ehemann über genügend Vermögen verfügt hatte, um für die Renovierung des Hauses Handwerker einzustellen. Nein, Bonny war einfach in jeder Hinsicht etwas Besonderes gewesen.

Sie hatte den Sprung nach vorn verkörpert, den Entwicklungsschub, der das Land von den spartanischen, vom Krieg gezeichneten Vierziger- bis zum Beginn der Fünfzigerjahre gebracht hatte. Ihr blondes Haar war reiner Hollywood-Glamour gewesen, sie hatte leuchtend bunte, eng anliegende Pullover getragen, wadenlange, nicht minder enge Röcke und hohe Absätze. Der Anblick ihres strammen, runden Hinterns, den sie provozierend wiegte, wenn sie ihr Baby im Kinderwagen über die Straße schob, genügte, um den Verkehr zum Erliegen zu bringen, und die Unbekümmertheit, mit der sie von ihrer Zeit in den Westend-Theatern erzählte, verschlug ihren bürgerlicheren Nachbarn vor Erstaunen schier den Atem. Manche glaubten nicht wirklich, dass sie Tänzerin gewesen war, aber diesem Gerücht schob sie schon bald einen Riegel vor, indem sie sich einer Gruppe von Amateurschauspielern anschloss und die Mädchen aus dem Ort neben ihr wie Ackerpferde aussehen ließ. Der Dienst habende Sergeant fasste das Phänomen Bonny Norton mit den wohl gewählten Worten zusammen: »Ich habe Bilder von Mädchen gesehen, die man ›Sexbomben‹ nennt, aber bevor ich Bonny Norton begegnet bin, dachte ich immer, das sei lediglich ein fotografischer Trick.«

Bonny war ein Rätsel: ein Pin-up-Girl auf der einen Seite, aber eine liebende Ehefrau und Mutter auf der anderen – zumindest in jenen Tagen. Während die Männer John Norton beneideten und insgeheim seine Frau begehrten, waren ihre Gattinnen darauf aus, sich mit Bonny anzufreunden und zu versuchen, ihren Stil nachzuahmen.

Bert musste sich mehr als jeder andere den Vorwurf gefallen lassen, sie sich zu genau angesehen zu haben, als sie damals in der Stadt erschien. Auch er war zu jener Zeit erst einundzwanzig gewesen, der jüngste Constable auf der Wache, ein schüchterner, ziemlich unbeholfener junger Bursche. Es vergingen gut zwei Jahre, ohne dass er den Mut aufgebracht hätte, sie auch nur anzusprechen. Dann patrouillierte er eines Sommertages durch die Mermaid Street und schloss auf der Türschwelle der Nortons mit Bonnys inzwischen drei Jahre alter Tochter Camellia Bekanntschaft.

Sie spielte dort mit ihren Puppen, ein seltsames kleines Mädchen, sehr reizlos, wenn man die Schönheit seiner Mutter bedachte, mit glattem, dunklem Haar und mandelförmigen, dunkelbraunen Augen, die älter wirkten, als es ihren Jahren nach sein sollte. Bert vermutete damals, dass sie sich ein wenig einsam fühlte; er hatte sie nie mit anderen Kindern spielen sehen. An jenem Tag blieb er stehen, um mit ihr zu plaudern, und es dauerte nicht lange, bis ihre Gespräche ein fester Bestandteil seiner Runde wurden. Sie erzählte ihm, wo sich ihr Daddy auf seinen Geschäftsreisen aufhielt, und zeigte ihm ihre Puppen und Bücher. Bert brachte ihr häufig einige rationierte Süßigkeiten mit.

Berts erste Einladung in das Haus der Nortons war ihm unauslöschlich ins Gedächtnis gebrannt, vielleicht weil dies die erste Gelegenheit gewesen war, bei der er die drei als Familie wirklich aus der Nähe gesehen hatte. Es war an einem heißen Sommerabend gewesen, und wie immer hatte er sich länger als nötig in der Mermaid Street herumgetrieben.

Camellia saß in einem langen, rosafarbenen Nachthemd auf der Türschwelle, mit einer kleinen Puppe in den Händen. Als sie Bert kommen sah, verzog sie das ernste Gesicht zu einem breiten, frohen Lächeln. »Mein Daddy ist nach Hause gekommen«, verkündete sie.

»Ach ja?« Bert ging neben ihr in die Hocke. John Norton war als einer der wichtigsten Wissenschaftler von Shell Petroleum häufig im Nahen Osten unterwegs.

»Daddy hat mir ein paar neue Sachen für mein Puppenhaus mitgebracht. Willst du sie mal sehen?«

Plötzliches Gelächter aus dem Haus verriet Bert, dass die Nortons Besuch hatten. Er wollte sich gerade mit einer Entschuldigung wieder auf den Weg machen, als Mr. Norton in der Tür erschien. »Schlafenszeit, Melly«, sagte er und nahm das kleine Mädchen auf die Arme.

John Norton galt in Rye als ein »echter Gentleman«. Er war stets untadelig gekleidet mit seinen maßgeschneiderten Anzügen, sein dunkles Haar glatt gekämmt, sein Schurrbart säuberlich gestutzt, seine Stimme tief und doch sanft. Viele Frauen verglichen ihn mit dem Schauspieler Ronald Coleman. Sein Gesicht war zu mager, und er gab sich zu ernst, um als wirklich attraktiv gelten zu können, aber er besaß einen recht einnehmenden Charme. Er zog den Hut vor den Damen, vergaß die Namen derjenigen nicht, die er einmal kennen gelernt hatte, und erkundigte sich nach deren Familien, wenn er sie wiedertraf. Die Händler aus dem Ort brauchten ihm niemals Mahnungen zu schicken, damit er seine Rechnungen bezahlte. Er war höflich zu jedermann, wie bescheiden dessen Status im Leben auch sein mochte, und er war auf eine Art und Weise in der Gemeinschaft aufgenommen worden, wie es ein neu Zugezogener nur selten erlebte.

»Das ist Mr. Simmonds, mein Freund«, erklärte Camellia, die mit dem Schnurrbart ihres Vaters spielte. »Darf er reinkommen und sich mein Puppenhaus ansehen?«

»Ich habe schon eine Menge von Ihnen gehört, Mr. Simmonds«, sagte Mr. Norton, und er lächelte dabei, als gefiele ihm, was er gehört hatte. »Es freut mich, Sie endlich einmal kennen zu lernen. Im Haus herrscht wie immer ein Heidengedränge, aber kommen Sie doch bitte herein. Meine Frau würde Sie sicher auch sehr gern kennen lernen. Vielleicht lässt sich Camellia ja überreden, schlafen zu gehen, wenn sie Ihnen erst einmal ihre neuen Schätze gezeigt hat.«

Bert hatte das Innere des Hauses noch nie zuvor gesehen. Es war genauso vollkommen, wie er es sich vorgestellt hatte.

Das ganze Erdgeschoss war ein einziger großer Raum mit poliertem Eichenparkett, dicken Fransenteppichen und antiken Möbeln. Alles strahlte jene dezente, vornehme Perfektion aus, mit der reiche Menschen ihr Zuhause einzurichten pflegten. Für Bert waren die Freunde der Nortons allesamt Fremde mit sonoren Stimmen, sechs Paare insgesamt, die, elegant gekleidet, mit Drinks in den Händen zusammenstanden. Als John ihn in der Runde vorstellte, lächelten sie, aber Bert fühlte sich trotzdem unbehaglich.

Bonny stand am anderen Ende des Raumes und entzündete lange grüne Kerzen auf dem Esstisch, der mit silbernem Besteck, gestärkten Servietten und Blumen fürs Abendessen gedeckt war. Hinter dem Tisch gaben geöffnete Fenster den Blick auf einen kleinen ummauerten Garten frei. Für Bert, der nur an Kantinen und Fernfahrercafés gewöhnt war, wirkte das Ganze wie aus einer Filmkulisse.

Bonny drehte sich um, um ihn zu begrüßen; sie war ein wenig unsicher auf den Füßen, als hätte sie bereits einige Drinks gehabt. »Dann lernen wir also endlich den Polizistenfreund unserer Kleinen kennen! Wir haben nicht erwartet, dass Sie so jung und so attraktiv sein würden«, fügte sie hinzu, und Bert errötete vor Verlegenheit. »Ich hoffe, sie hat Sie nicht belästigt, Mr. Simmonds. Sie ist mir sehr ähnlich und geht davon aus, dass jeder ihr zu Füßen liegt. Also, darf ich Ihnen einen Drink anbieten?«

Es wäre für jeden Mann schwer gewesen, Bonny Norton nicht zu Füßen zu liegen, insbesondere an diesem Abend. Sie trug ein locker fallendes blaues Kleid mit ausgestelltem Rock, und ihre nackten Arme waren goldbraun von der Sonne. Aus dem zu einer Hochfrisur gekämmten Haar lösten sich einzelne Strähnen und lockten sich um ihren Hals und ihre Ohren. Ihre Wangen waren von der Hitze gerötet.

»Ich bin im Dienst«, brachte er mit Mühe heraus, denn plötzlich war ihm sein schwerfälliger, ländlicher Akzent schmerzlich bewusst. Er hatte gerüchteweise gehört, dass die Nortons bisweilen auch adelige Gäste bewirteten. »Ich sehe mir schnell Camellias Puppenhaus an, dann bin ich Ihnen nicht länger im Weg.«

Camellias Kinderzimmer war das hübscheste, das Bert je gesehen hatte: ein weißes Himmelbett, Puppen, Teddybären und Regale voller Bücher, ein dicker Teppich und ein Polstersessel am Fenster mit Blick über die Dächer und die Marsch hinweg bis nach Winchelsea.

Camellia hüpfte durch den Raum und blieb vor dem großen, im Stil des achtzehnten Jahrhunderts gehaltenen Puppenhaus stehen. John lächelte Bert an. »Ich freue mich, dass ich endlich Gelegenheit habe, mich bei Ihnen dafür zu bedanken, dass Sie so nett zu Camellia sind«, bemerkte er mit echter Herzlichkeit. »Ich bin so viel auf Reisen, da ist es schön zu wissen, dass sie hier einen Freund hat.«

»Sie ist ein entzückendes Kind.« Der andere Mann war Bert sofort sympathisch. »Und sie zählt die Tage, bis Sie nach Hause kommen!«

»Komm, Mr. Simmonds«, mahnte Camellia seine Aufmerksamkeit an. »Das hier sind die neuen Sachen, die ich heute bekommen habe – das Klavier, die Dame, die daran sitzt, und das Zimmermädchen mit dem Teewagen.«

Für einen Mann von einfachem Geschmack wie Bert war das Puppenhaus mit seinem Inhalt kein Spielzeug, sondern ein Kunstwerk. Alle Möbel entsprachen dem Maßstab eines echten Hauses. Die Sessel waren chintzbezogen, und es gab Tischlampen und sogar Teller auf dem Esstisch.

Camellia griff nach dem Klavier und drückte es Bert in die Hand. Diese winzige Kopie eines echten Flügels musste ein kleines Vermögen gekostet haben.

»Man kann sogar darauf spielen«, erzählte sie andächtig, während sie mit einem Finger darauf herumklimperte. »Daddy schenkt mir die schönsten Sachen auf der ganzen Welt.«

Kurz nach jenem Abend im Haus der Nortons fand Bert heraus, dass Bonny sich einen Spaß daraus machte, ihn zu reizen. Sie spürte, dass er sich in sie verliebt hatte, und nutzte es zu ihrem Vorteil.

Häufig lud sie ihn zu einer Tasse Tee ein, und jedes Mal stellte sich heraus, dass sie irgendeine kleine Arbeit hatte, die er verrichten sollte, ein Möbelstück verrücken zum Beispiel. Das störte Bert zwar nicht im Mindesten, aber sie stellte ihm oft sehr persönliche Fragen, und manchmal hatte er das Gefühl, dass sie förmlich darauf wartete, dass er einen Annäherungsversuch unternahm. Eines sonnigen Nachmittags, als sie mit dem Tee in den Garten hinausgegangen waren, streifte Bonny plötzlich ihr Strandkleid ab. Darunter trug sie einen winzigen Bikini, etwas, das Bert zuvor nur auf gewissen Bildern in den Zeitschriften gesehen hatte.

»Na?«, fragte sie mit einem provokanten Schmollmund, während sie ihr Haar anhob und wie ein Model posierte. »Steht er mir?«

Sofort stieg ein Gefühl der Erregung in Bert auf. Schon im bekleideten Zustand war sie sensationell; fast nackt war sie umwerfend: eine schmale Taille, lange, schlanke Beine und ein kecker, wohl gerundeter Hintern. Hastig trank er seinen Tee aus, brach mit der denkbar dürftigsten Entschuldigung eilends auf – und verwünschte sich die nächsten paar Tage dafür, dass er nicht einmal den Mut aufgebracht hatte, ihr ein Kompliment zu machen. Natürlich wagte er es nicht, seinen Freunden im Revier von seiner wachsenden Leidenschaft für sie zu erzählen. Superintendent Willis war ein guter Freund von John Norton, und Bert wusste, dass er seinen Job sofort los gewesen wäre, hätte Willis davon Wind bekommen.

Als John in die Kricket-Mannschaft eintrat, wuchs Berts Verlegenheit noch. Mit einem Mal war Bonnys Mann keine schemenhafte Gestalt im Hintergrund mehr, sondern ein Mensch aus Fleisch und Blut, der offensichtlich engen Kontakt zu der kleinen Gemeinde wünschte. Bert schätzte den stillen Humor des anderen, seine Intelligenz und den absoluten Mangel an Snobismus, und wären da seine Gefühle für Bonny nicht gewesen, hätte sich gewiss eine enge Freundschaft zwischen ihnen entwickelt. Bei ein paar Gläsern Bier nach einem Spiel sprach John gelegentlich von seiner Frau und seiner Tochter, und es war unverkennbar, dass die beiden für ihn das Wichtigste auf der Welt waren. Einmal vertraute er Bert an, von Somerset nach Rye gezogen zu sein, weil er es nicht gewagt hatte, seine junge Frau an einem so einsamen Ort allein zu lassen. Ein so lebhafter Mensch wie Bonny, fand er, brauche Leute um sich, Geschäfte, Kinos, Abwechslung.

Es bereite ihm große Sorgen, dass er so häufig geschäftlich unterwegs sei. Bert hatte den Eindruck, dass John ihn unausgesprochen bat, ein Auge auf seine Frau und seine Tochter zu haben.

Bert gab sich große Mühe, in Bonny lediglich die Frau eines Freundes zu sehen, aber es gelang ihm nicht. Immer wieder erwachte er aus lebhaften, erotischen Träumen von ihr, die ihn jedes Mal mit tiefer Scham erfüllten. Sein Herz schlug sogar schneller, wenn er sie in der Ferne sah, und er wusste, dass er sich immer wieder Ausreden ausdachte, um dem Haus in der Mermaid Street einen Besuch abzustatten.

Es war eine verwirrende und gefährliche Sucht und umso schlimmer, als er wusste, dass sie sich über seine Gefühle absolut im Klaren war. Sie musterte ihn mit ihren koketten türkisfarbenen Augen, die Lippen, die so sehr zum Küssen einluden, provozierend gespitzt, und hielt seine Hand gerade eine Spur zu lange fest.

Bisweilen ging sie noch ein wenig weiter, um ihn in Versuchung zu führen; sie befestigte in seiner Gegenwart ihre Strumpfhalter, beugte sich vor, sodass er tiefen Einblick in ihr Dekolletee nehmen konnte, und einmal öffnete sie ihm, nur mit einem Handtuch bekleidet, die Tür. Was Bert jedoch wirklich verwirrte, war die Frage, warum sie so mit ihm spielte. Denn sie hatte doch alles, was eine Frau sich nur wünschen konnte.

Jetzt, etwa zehn Jahre später, kannte Bert die Antwort auf diese Frage. Bonny Norton war eine jener Frauen gewesen, die zur Befriedigung ihres Egos stets einige Bewunderer brauchten, die in ihren Netzen zappelten. Wenn John nicht so früh gestorben wäre, wäre sie dieser Gewohnheit vielleicht entwachsen und hätte begriffen, wie ungeheuer glücklich sie sich schätzen konnte. Aber als John unerwartet starb, war Bonny mit ihren siebenundzwanzig Jahren zu jung für die Witwenschaft gewesen und zu flatterhaft, um allein ein Kind großziehen zu können.

»Arme Camellia«, murmelte Bert. »Als hättest du nicht schon genug durchgemacht!«

2. Kapitel

»Einen Penny für Ihre Gedanken, Sarge. Sie haben wohl gerade überlegt, ob Sie Ihren Lottoschein abgegeben haben, hm?«

Sergeant Simmonds zuckte zusammen, als Constable Carter ihn von hinten ansprach.

Wendy Carter war schon seit einigen Jahren bei der Truppe, arbeitete aber erst ein knappes Jahr in Rye. Sie war eine hervorragende Polizistin, mitfühlend, scharfsinnig und mit einem trockenen Sinn für Humor. Bert vermutete, dass sie es weit bringen würde. Aber sie hatte keine Ahnung von der Familiengeschichte der Nortons oder von seiner eigenen Verstrickung in diese Geschichte.

»Nichts so Triviales«, erwiderte er. »Ich habe an Bonny gedacht, wie sie früher einmal war. Und ich wünschte, nicht ausgerechnet ich müsste Melly die Nachricht überbringen.«

Wendy Carter sah ihn verwirrt an.

»Melly! Ich dachte, sie hieße Camellia?«

»Ihr Vater nannte sie Melly«, seufzte er. »Wahrscheinlich dreht er sich gerade im Grab um. Er hat mich vor Jahren gebeten, auf seine Frau und seine kleine Tochter aufzupassen. Ich habe meine Sache nicht besonders gut gemacht.«

Als sie zusammen entlang der East Street in Richtung High Street gingen, beobachtete Wendy den Sergeant aus den Augenwinkeln. Bert Simmonds war der Typ Mann, den sie gern geheiratet hätte. Stark, verlässlich, gutmütig und einfühlsam. Mit sechsunddreißig stand er in der Blüte seiner Jahre, hatte einen kräftigen, muskulösen Körper und von der Sonne gesträhntes blondes Haar, das er gerade eine Spur länger trug, als die Vorschriften es erlaubten. Man konnte ihn nicht direkt attraktiv nennen, aber er hatte ein nettes Gesicht, das von Zeit und Erfahrung gezeichnet war, und seine Augen waren graublau wie das Meer an einem trüben Tag. Sandra Simmonds hatte großes Glück gehabt, fand Constable Carter. Sie selbst hätte jedenfalls nichts dagegen gehabt, mit Bert das Bett zu teilen.

Wendy war nicht der Typ, dem die Männer nachpfiffen. Sie war eine reizlose, untersetzte Frau von neunundzwanzig Jahren mit mausbraunem Haar und Stupsnase, die sich auf ihren Verstand und ihr fröhliches Wesen verlassen musste, um Freunde zu finden, und diese Eigenschaften schienen sie bei Männern nicht allzu weit zu bringen.

Bonny Norton dagegen hatte nur mit den Fingern schnippen müssen, und die Männer waren ihr nachgelaufen. Wendy hatte die Frau viele Male gesehen, und wie fast alle anderen Menschen war sie von ihr fasziniert gewesen. Wenn man den Gerüchten Glauben schenken konnte, war Bonny stets in allem die Erste gewesen, die Erste, die damals in den Fünfzigern einen Bikini getragen hatte, die erste Erwachsene, die den Hula-Hopp-Reifen zu beherrschen lernte, und erst vor kurzem die erste Frau über dreißig, die es wagte, die neuen kurzen Röcke zu tragen. Eine solche Kühnheit konnte Wendy nur bewundern.

Vielleicht würde sie noch heute Abend herausfinden, ob all die Geschichten über Bonny Norton der Wahrheit entsprachen. Gewiss konnte keine Frau von sechsunddreißig Jahren all die Dinge getan haben, die man sich über sie erzählte: dass sie einen Hollywood-Vertrag abgelehnt hatte, um John Norton zu heiraten, dass sie sechs Jahre später Witwe geworden war und anschließend eine halbe Million Pfund vergeudet hatte. Es hieß, sie hätte die halbe männliche Bevölkerung der Stadt verführt, die Pubs leer getrunken und das Ganze schließlich mit dem Selbstmord im Fluss beendet! Warum sollte eine Frau in einem verschlafenen kleinen Provinznest wie Rye bleiben, wenn sie wirklich all das war, was man von ihr behauptete?

Als sie die Bäckerei der Rowlands erreichten, krampfte Berts

Magen sich zusammen. Er konnte Camellia hinter der Theke sehen, wie sie fröhlich klappernd einem Kunden Kuchen servierte. Irgendwie wirkte der Kontrast zwischen diesem reizlosen, dicken Mädchen und seiner schönen, schlanken, blonden Mutter jetzt, da Bonny im Leichenschauhaus lag, noch krasser.

Camellia war groß, gut einen Meter siebzig, und sie wog mindestens fünfundsiebzig Kilo. Sie hatte ein blasses, teigiges Gesicht mit dunklen, mandelförmigen Augen, die fast im Fleisch untergingen. Das glatte dunkelbraune Haar hatte sie sich wenig schmeichelhaft mit einer Spange am Hinterkopf zusammengebunden, sodass die breite Stirn noch betont wurde. Auch der rosa-weiß karierte Overall, den sie trug, war ein Missgriff. Er war zu eng, und wo immer er sich an ihren Körper schmiegte, kamen Fleischwülste zum Vorschein.

Als er in der Tür erschien, zeichnete sich auf Camellias Gesicht ein breites, herzliches Lächeln ab. Sie freute sich immer, Bert zu sehen, und hatte ihn während ihrer ganzen Kindheit als einen besonderen Freund betrachtet, auch wenn sie ihn inzwischen nicht mehr duzte. Heute traf ihre Begrüßung ihn bis ins Mark.

»Hallo, Mr. Simmonds. Was darf es denn sein? Wir haben ein paar wunderbare Hühnerpasteten da. Sind gerade frisch aus dem Ofen gekommen.«

Man musste es dem Mädchen hoch anrechnen, dass es versuchte, sich dem schlechten Ruf seiner Mutter zum Trotz zu behaupten. Camellia arbeitete hart, sie war immer fröhlich, und Mrs. Rowlands zufolge war sie auch sehr ehrlich. Letzteres schien die Bäckersfrau mehr zu überraschen als alles andere.

»Nichts, vielen Dank.« Bert errötete. Bis zu diesem Augenblick hatte er nicht darüber nachgedacht, wie er es anstellen sollte, mit Camellia unter vier Augen zu sprechen. »Ist Mrs. Rowlands in der Nähe?«

Noch bevor er seinen Satz beendet hatte, kam Enid Rowlands aus der Bäckerei herein und wischte sich die mehlbestäubten Hände an ihrer weißen Schürze ab. Sie war der Inbegriff einer Bäckerin, so dick und rund wie einer ihrer eigenen Doughnuts und mit einem allzeit geröteten Gesicht, das von grauem, gelocktem Haar umrahmt wurde.

»Hallo, Bert«, grüßte sie, und ihre hellen Knopfaugen leuchteten bei der Aussicht auf ein wenig Klatsch und Tratsch auf. »Was ist denn heute Morgen am Fluss los gewesen? Ich habe alle möglichen Gerüchte gehört.«

Enid lebte für Klatsch und Tratsch. In Rye geschah nichts, ohne dass sie alle Einzelheiten in Erfahrung brachte. Bert kam der leise Verdacht, dass sie Camellia vielleicht nur deshalb für die Sommerferien eingestellt hatte, weil sie hoffte, auf diese Weise etwas Vertrauliches über Bonny in Erfahrung zu bringen.

»Eigentlich bin ich hier, um mit Camellia zu sprechen«, antwortete er mit gesenkter Stimme und betete, dass Enid den Wink verstand. »Am besten draußen. Constable Carter wird alles erklären.«

In Enids Augen flackerte sofort Verdacht auf. Sie warf einen Blick auf ihre Angestellte, die gerade eine Kuchenschachtel für einen Kunden füllte, dann sah sie wieder zu Bert hinüber. »Was hat sie angestellt?«, flüsterte sie kaum hörbar.

Bert legte einen Finger an die Lippen und flehte Mrs. Rowlands mit den Augen an, ein wenig Takt zu zeigen.

Enid schien verwirrt zu sein, trat aber auf das junge Mädchen zu und nahm ihm die Kuchenschachtel ab. »Ich mache hier weiter. Mr. Simmonds möchte ein paar Worte mit dir reden. Ihr könnt in den Garten gehen.«

Camellia war offensichtlich vollkommen ahnungslos und schenkte Bert ein dankbares Lächeln, weil er sie aus dem drückend heißen Laden befreit hatte. »Es tut so gut, für ein Weilchen rauszukommen«, stöhnte sie, als sie kurz darauf im Freien waren. Sie ließ sich im Schatten auf eine kleine Holzbank fallen und fächelte sich mit der Hand Luft zu. »Da drin sind es schon fast dreißig Grad, und ich stehe seit sieben Uhr heute Morgen im Laden.«

Bert schaute sie voller Mitgefühl an; er sah mehr als nur den übergewichtigen Körper. Melly hatte eine gewisse Haltung, die nicht einmal die Demütigungen, die sie ihrer Mutter verdankte, hatten beeinträchtigen können. Wenn nur irgendjemand sie unter seine Fittiche nähme, ihr gut zuredete, den Babyspeck abzustreifen, und ihr ein paar anständige Kleider kaufte, könnte sie durchaus passabel aussehen. Sie war intelligent, hatte ein hübsches Lächeln und wusste sich sogar gewählt auszudrücken. Alles, was sie brauchte, war jemand, der sich ihrer annahm.

»Kein Wunder, dass Mrs. Rowlands sonst niemanden finden konnte, der diesen Sommer in ihrem Laden arbeiten wollte«, bemerkte sie mit einem Lachen, das kleine, sehr weiße Zähne freigab. »Ich war so dankbar für den Job, dass ich überhaupt nicht darüber nachgedacht habe, warum ihn sonst niemand wollte.«

Normalerweise waren die Leute nervös, wenn Bert mit ihnen sprechen wollte, und bei jeder anderen Gelegenheit hätte er Camellias Freimütigkeit erfrischend gefunden. »Du machst deine Sache sehr gut«, sagte er, um ihr ein wenig Selbstbewusstsein einzuflößen. »Ich bin davon überzeugt, Mrs. Rowlands hat dich ausgesucht, weil sie wusste, dass du hart arbeiten würdest.«

Es folgte eine kurze Pause, während derer Camellia sich weiter Luft zufächelte. Bert starrte einen Stapel mit Backblechen an und wünschte, Wendy Carter käme heraus, um ihm zu helfen.

»Weswegen wollten Sie mich sprechen, Mr. Simmonds?«, fragte Camellia plötzlich.

Bert holte tief Luft. Noch nie hatte er einem so jungen Menschen die Nachricht vom Tod eines Angehörigen überbringen müssen, und ihm fehlten die Worte. »Es geht um deine Mum«, brachte er schließlich hervor.

Ihr Gesicht bewölkte sich. Sie sah auf einmal aus wie die Mutter eines schwierigen Kindes, die mit dem Schlimmsten rechnet, sobald dessen Name erwähnt wird. »Was hat sie jetzt wieder angestellt?«

Bert hätte am liebsten Wendy laut zu Hilfe gerufen. Sie hätte hier sein sollen, an seiner Seite, um die Art von Trost zu spenden, die nur eine Frau geben konnte. Aber er wusste, dass sie sich absichtlich fern hielt, weil sie glaubte, er allein könne dem jungen Mädchen die Nachricht schonender beibringen als sie beide zusammen.

Bert stand auf, hockte sich vor Camellia hin und umfasste ihre Hände. »Es tut mir Leid, Melly«, begann er. »Es gibt keine sanfte Art, dir zu sagen, was ich zu sagen habe, deshalb werde ich ohne Umschweife zur Sache kommen.« Er hielt inne, sein Mund war trocken und sein Magen immer noch verkrampft. »Deine Mum ist tot, Liebes. Es tut mir furchtbar Leid.«

Zuerst reagierte sie überhaupt nicht. Ihr dickes, blasses Gesicht blieb vollkommen ausdruckslos, so nichts sagend wie die Brötchen im Schaufenster der Bäckerei.

»Das ist unmöglich. Sie ist in London.« Camellia legte den Kopf zur Seite, sah ihm in die Augen und ließ den Blick dann auf seine Hände sinken, die ihre umfasst hielten.

»Sie ist hier gestorben, in Rye«, erwiderte Bert, der am liebsten alles in einem einzigen Atemzug hervorgestoßen hätte. »Sie ist im Fluss ertrunken, ganz früh heute Morgen.«

Zu Berts Erstaunen lachte Camellia, und ihr Doppelkinn bebte. »Reden Sie keinen Unsinn, Mr. Simmonds!«, rief sie. »Sie haben die Falsche erwischt. Meine Mum würde niemals auch nur in die Nähe eines Flusses gehen. Sie ist in London.«

Manche Menschen nahmen etwas, das sie nicht wahrhaben wollen, einfach nicht zur Kenntnis, das wusste Bert, aber von Camellia hatte er dieses Verhalten nicht erwartet. »Melly, ich habe sie selbst aus dem Wasser gezogen. Meinst du nicht, dass ich sie gut genug kenne, um sie zu identifizieren?«

Schweigen. Kein Wort von ihr, nicht einmal eine Regung. Ihr Blick war auf irgendetwas oberhalb seines Kopfes gerichtet und vollkommen starr. Er hoffte, dass sie sich an ihre enge Freundschaft erinnerte, als sie noch ein kleines Mädchen gewesen war, an die Kricketspiele, die sie sich mit Bonny zusammen angesehen hatte und bei denen sie ihm und John gleichermaßen applaudiert hatte. Wahrscheinlich aber würde sie sich eher an die Zeiten erinnern, da sie ihre Mutter in betrunkenem Zustand mit ihm hatte flirten sehen, oder an die Nächte, in denen er in seiner offiziellen Eigenschaft als Polizist erschienen war, weil sie die Nachbarschaft mit überlauter Musik belästigt hatte. Jetzt wünschte er, sie würde etwas sagen, irgendetwas.

Er wusste nicht, ob sie seine Worte wirklich aufgenommen hatte.

Langsam löste sich die Starre ihres Gesichts. Zuerst öffnete sich der breite Mund, die Augen schlossen sich, dann quollen Tränen unter ihren Lidern hervor. Sie formten sich zu winzigen diamanthellen Tropfen auf ihren teigigen Wangen und rollten ihr eine nach der anderen übers Kinn.

»Wer war es?«, stieß sie heiser hervor. »Wer hat ihr das angetan?«

Bert konnte sie nur in die Arme schließen, sie an sich ziehen und hoffen, er würde die richtigen Worte finden. »Wir glauben nicht, dass eine zweite Person beteiligt war«, flüsterte er in ihr Haar. »Wir nehmen an, deine Mum ist in den Fluss gesprungen, Liebes, weil sie so unglücklich war. Es hat ihr niemand Gewalt angetan …«

»Sie irren sich.« Camellia schüttelte heftig den Kopf und befreite sich aus seiner Umarmung. »Mummy war immer glücklich, wenn sie nach London gefahren ist, und sie hatte Angst vor dem Wasser. Sie wäre niemals in einen Fluss gesprungen.«

Bonny hatte stets gern von dem Tag erzählt, an dem sie als Kind beinahe ertrunken wäre. Bert hatte die Geschichte aus ihrem eigenen Mund gehört und konnte sich ohne weiteres den breiten, eiskalten Fluss in Sussex und Bonnys heldenhafte Rettung durch ihre Jugendliebe vorstellen. Er hatte dem Polizeiarzt gegenüber sogar ihre Angst vor dem Wasser als Grund dafür genannt, warum sie seiner Meinung nach ihrem Leben nicht auf solche Weise ein Ende gesetzt hatte. Der Arzt hatte ihm jedoch widersprochen und erklärt, dieser Umstand sei ein weiterer Hinweis auf die Depression, unter der sie gelitten habe.

»Es kommt manchmal vor, dass Menschen plötzlich nicht mehr weiterwissen.« Bert versuchte, dem Mädchen zu erklären, was er zuvor von dem Arzt erfahren hatte. Er spürte, dass Wendy Carter in den Garten getreten war, drehte sich aber nicht nach ihr um. »Manchmal kommen viele kleine Sorgen zusammen und ergeben ein einziges riesiges Problem, das man glaubt nicht lösen zu können.«

Camellia lehnte sich an ihn und schluchzte in sein Hemd. Währenddessen hielt er sie einfach in den Armen und gab Wendy ein Zeichen, Camellia über die Einzelheiten ins Bild zu setzen, die er ihr nicht mitteilen konnte.

Er zuckte selbst zusammen, als die junge Polizistin mit ihrem Bericht begann. Man hatte den Zeitpunkt von Bonnys Tod ungefähr bestimmen können; es musste etwa zwei Uhr morgens gewesen sein, bei Hochwasser. Ihr Koffer und ihre Schuhe waren unter einem Strauch gefunden worden. Camellia reagierte nicht auf die Nachricht, dass sie ins Leichenschauhaus würde gehen müssen, um ihre Mutter offiziell zu identifizieren, aber als Wendy die Autopsie erwähnte, richtete das Mädchen sich mit von Entsetzen geweiteten Augen auf.

»Soll das heißen, sie wollen sie aufschneiden? Das dürfen sie nicht!«

»Es lässt sich nicht vermeiden.« Wendy trat auf Camellia zu und legte ihr beruhigend eine Hand auf die Schulter. »Es ist so, wir müssen nach Drogen suchen, nach Alkohol, nach irgendetwas, das uns hilft, uns ein Bild davon zu machen, was genau passiert ist.«

Während Bert Camellia in diesem stillen kleinen Garten in den Armen hielt, trauerte er mit ihr. Bonny war für ihn ebenso sehr ein Teil des Lebens von Rye gewesen wie die altmodischen Teestuben, das Gefängnis aus der Zeit Napoleons und die Uferpromenade. Morgen würde er ihr vielleicht böse sein, dass sie nicht daran gedacht hatte, was ihr Tod für ihr Kind bedeuten musste, doch heute wollte er nichts anderes, als um eine alte, von Sorgen gequälte Freundin trauern.

Kurze Zeit später brachte Wendy ihnen Tee in den Garten. Mrs. Rowlands spähte ängstlich durch die Tür; sie wäre gern in den Garten hinausgegangen, um dem Mädchen Trost zuzusprechen, konnte aber, genau wie Bert, nicht die richtigen Worte finden.

»Hast du eine Freundin, die dir jetzt Gesellschaft leisten könnte?«, erkundigte sich Wendy Carter. Sie war erhitzt, Schweißflecken prangten auf ihrem weißen Hemd, und das kurze blonde Haar klebte ihr am Kopf. »Ich könnte jemanden für dich anrufen.«

Camellia richtete sich auf, wischte sich mit dem Handrücken über die feuchten Augen und sah die wohl meinende Polizistin offen an. »Ich habe keine Freunde«, erwiderte sie, und in ihren dunklen Augen stand ein neuer, harter Ausdruck. »Wussten Sie das nicht? Ich bin wie eine Leprakranke. Dafür hat Mum gesorgt.«

In diesem Moment verblassten all die guten Erinnerungen, die Bert an Bonny hatte.

»Ich würde gern für ein paar Minuten allein sein, wenn Sie nichts dagegen haben«, fügte Camellia nach einem kurzen Schweigen hinzu. »Ich meine, bevor ich Mum identifizieren muss.«

Bert nickte. Eigentlich hätte das bis zum nächsten Morgen Zeit, aber Bert hatte inzwischen den Eindruck gewonnen, dass sich Camellia lieber all den Schrecken, die das Schicksal für sie bereithielt, an einem einzigen Tag stellen wollte. »Ich hole dich in einer halben Stunde ab«, meinte er und stand auf. Dann drehte er sich auf dem Absatz um und zog Wendy mit sich fort.

Sobald sie allein im Garten war, lehnte Camellia sich an die Mauer, schloss die Augen und dachte an den Tag zurück, an dem sie vom Tod ihres Vaters erfahren hatte. An den vierzehnten März 1956. Sie war damals sechs Jahre alt gewesen. An diesem Tag hatte ihre behagliche, berechenbare Welt zu zerfallen begonnen.

Abgesehen davon, dass es ein besonders kalter, windiger Morgen gewesen war, hatte der Tag begonnen wie jeder andere Schultag auch. Sie frühstückte in der Küche, und während sie aß, flocht ihre Mutter ihr Haar zu Zöpfen und band jeden mit einer hübschen Schleife zusammen.

Wie stolz sie damals auf ihre Mutter war! Viele Leute verglichen Bonny mit Marilyn Monroe, weil sie das gleiche gewellte blonde Haar hatte, die gleichen hinreißenden engen Röcke und die gleichen eng anliegenden Pullover trug. Camellia fand ihre Mutter noch hübscher als die berühmte Schauspielerin. Selbst jetzt, um acht Uhr morgens, trug sie einen Zweiteiler aus rosafarbener Wolle und hochhackige Schuhe, und ihr Haar war perfekt frisiert.

»Ich hoffe, dass der Wind sich bis morgen legt«, bemerkte Bonny, während sie die zweite Schleife zurechtzupfte. »Daddy ist kein allzu guter Segler.«

John Norton war in Brüssel, wo er an einer Konferenz über die Unruhen in Ägypten teilnahm. Man befürchtete, die Ägypter könnten den Suezkanal sperren, sodass die Öltanker vom Golf den langen Weg um das Kap der Guten Hoffnung würden nehmen müssen. Er hatte am Montagmorgen von Dover aus die Autofähre genommen und sollte am Freitag zurückkommen.

»Ich wünschte, Daddy müsste nicht so oft fort«, seufzte Camellia wehmütig. »Es wäre schön, wenn er jeden Abend nach Hause käme.«

Bonny lächelte und strich ihrer Tochter liebevoll übers Haar. Sie war davon überzeugt, dass diese Probleme im Nahen Osten nur ein Sturm im Wasserglas waren. Aber John befürchtete, sie könnten zu einem Krieg führen, und er war in den letzten Wochen sehr angespannt gewesen. Bonny vermutete, dass ihre Tochter seine Unruhe gespürt hatte und sich nun ihrerseits um den Vater sorgte.

»Am Wochenende ist er wieder da. Und wenn das Wetter sich bessert, wird er sicher mit dir auf die Marschwiesen gehen, um nach neugeborenen Lämmern Ausschau zu halten. Daddy wäre heute Abend bestimmt auch lieber bei uns, aber so verdient er nun mal sein Geld, Schätzchen. Er ist ein sehr wichtiger Mann.«

Als Camellia das Ende der Mermaid Street erreichte, drehte sie sich um. Bonny stand noch immer in der Tür, bereit, ein letztes Mal zu winken. Camellia winkte zurück und trottete weiter. Die Geschäfte öffneten gerade; Mr. Bankworth vom Lebensmittelladen rief ihr zu, sie solle ihren Hut festhalten, und Mr. Simmonds, ihr besonderer Freund von der Polizei, fuhr auf seinem Fahrrad vorbei und grüßte sie mit einem lustigen Klingeln.

Der Wind wurde im Laufe des Tages noch kräftiger und klapperte an den Fenstern ihres Klassenzimmers. Sie lernten das Einmalacht und schrieben ein Diktat. Miss Grady gab ihnen für den nächsten Tag weitere zehn Worte zu lernen auf und sagte: »Wehe, einer von euch kann sie morgen nicht richtig schreiben.«

Es überraschte Camellia, dass ihre Mutter sie um halb vier nicht am Schultor erwartete. Meistens holte sie sie nach dem Unterricht ab, und manchmal gingen sie zu »Noras Teestube« am Landgate, um Hörnchen zu essen und Tee zu trinken. Camellia war jedoch nicht allzu betrübt über die Abwesenheit ihrer Mutter. Auf diese Weise hatte sie nämlich Gelegenheit, sich die Auslagen bei Woolworth anzuschauen. Bonny hatte nicht viel übrig für Woolworth, sie fand, dort rieche es komisch wegen des Holzfußbodens. Aber Camellia störte das nicht weiter, da sie sich so gern die Süßigkeiten und das Limonadenpulver in den Glaskästen ansah und die Verkäuferinnen beobachtete, wie sie all diese Köstlichkeiten in Zellophantüten abwogen. Es war ihr größter Ehrgeiz, dort zu arbeiten, wenn sie erwachsen war, obwohl Dad immer lachte, wenn sie ihm das erzählte, und meinte, sie könne ihre Ziele wohl ein klein wenig höher stecken.

Als sie kurz nach vier die Mermaid Street hinunterging, sang sie Alma Cogans *Never do a Tango with an Eskimo*. Sie hatte das Lied bei Woolworth aufgeschnappt und war fest entschlossen, sich die Worte genau einzuprägen, damit sie es Daddy vorsingen konnte, wenn er von Belgien nach Hause kam.

Die zweite Überraschung des Tages erwartete sie, als Kommissar Willis die Haustür öffnete. Er war ein Freund ihrer Eltern und kam manchmal mit seiner Frau zum Abendessen, aber bis zu diesem Tag hatte sie ihn noch nie in seiner Polizeiuniform gesehen. Er war ein großer Mann mit rauem, rotem Gesicht, als wäre er wochenlang draußen im Wind gewesen. Doch heute erschien er ihr noch größer als sonst – die kleine Diele schien viel zu eng für ihn zu sein.

»Hallo, Mr. Willis«, grüßte sie und ließ ihren Tornister auf den Fußboden fallen. »Wo ist Mummy?« Ohne ihm Zeit für eine Antwort zu geben, schlüpfte sie an ihm vorbei ins Wohnzimmer.

Sie wusste, dass etwas Schlimmes passiert war, kaum dass sie einen Blick auf ihre Mutter geworfen hatte. Bonny saß in sich zusammengesunken in einem Sessel, starrte ins Feuer und drehte nicht einmal den Kopf, als ihre Tochter in den Raum trat. Außerdem saß noch eine junge Polizistin mit blondem, wuscheligem Haar auf dem Sofa, die jedoch sofort aufsprang; ihr Gesicht war gerötet, als wäre ihr die Situation peinlich.

»Mummy! Was ist denn los?«, fragte Camellia und lief auf ihre Mutter zu, erschreckt von ihrem tränenüberströmten Gesicht und den geschwollenen Augen. »Ist etwas passiert? Warum ist die Polizei hier?«

Einen Augenblick lang herrschte betroffenes Schweigen. Camellia konnte die Standuhr ticken und das Feuer im Kamin prasseln hören. Alle drei Erwachsenen im Raum waren offensichtlich so sehr in das Problem vertieft gewesen, dass sie sie ganz vergessen hatten. »Mummy?« Ihr war plötzlich kalt bis auf die Knochen. »Sag es mir!«

»Oh, Schätzchen! Es ist Daddy«, antwortete ihre Mutter mit einer seltsam erstickten Stimme, und mit einem Mal schluchzte sie auf, zog Camellia auf ihren Schoß und drückte sie so fest an sich, dass das Mädchen kaum noch Luft bekam.

Es war Mr. Willis, der Camellia schließlich erklärte, was geschehen war. Er hockte sich vor sie hin und sagte: »Dein Daddy hat in Brüssel einen Herzinfarkt erlitten, Liebes.«

»Aber wann kommt er nach Hause?«, wollte sie verwirrt wissen und blickte zuerst in Mr. Willis' rotes Gesicht, dann in das weiße Gesicht der Polizistin und schließlich wieder zu ihrer schluchzenden Mutter. »Er kommt doch nach Hause, oder?«

Die große Hand des Mannes lag jetzt auf ihrer Schulter und fühlte sich so merkwürdig schwer an. Sein sonst so fröhliches Gesicht schien in sich zusammenzufallen. »Ich fürchte, er wird nie wieder nach Hause kommen, mein Kind«, erwiderte er schroff. »Verstehst du, er ist an dem Herzinfarkt gestorben. Daddy wohnt jetzt bei Jesus.«

Als Camellia in jener Nacht neben ihrer schlafenden Mutter im Bett ihrer Eltern lag, versuchte sie, all die Dinge zu verstehen, die sie in den letzten sechs oder sieben Stunden gehört und beobachtet hatte. Es kam ihr wie ein böser Traum vor, obwohl sie wusste, dass es kein Traum war. Dr. Negus war ins Haus gekommen und hatte ihrer Mutter eine Medizin gegeben, sodass sie endlich aufhörte zu weinen und einschlief. Mrs. Tully, die Putzfrau, schlief jetzt in Camellias Bett, und morgen würde Granny kommen, um sich um sie zu kümmern. Obwohl es warm und gemütlich in dem großen Bett war und die Nähe ihrer Mutter etwas Tröstliches hatte, konnte Camellia nicht einschlafen.

Die Straßenlaternen draußen auf der Mermaid Street warfen ihr Licht in das Zimmer ihrer Eltern, sodass sie die Dinge deutlich erkennen konnte. Bonnys Parfümfläschchen auf dem Ankleidetisch glitzerten, und ein duftiges weißes Negligee, das hinter der Schlafzimmertür hing, glänzte schaurig. Dieser Raum war für Camellia stets ein kleines Heiligtum gewesen, das die Persönlichkeit ihres Dads und ihrer Mum widerspiegelte: die Bücher ihres Daddys und die Schachtel mit Manschettenknöpfen an seiner Seite des Bettes, Mummys Handcreme und der Nagellack auf ihrer Seite. Selbst das Bett roch nach ihnen beiden, Daddys Kissen nach seinem Haaröl, Mummys nach Parfüm. An den Wochenenden war Camellia morgens stets zu ihnen ins Bett gekrochen, und bei einer Tasse Tee hatten sie zu dritt darüber gesprochen, was in den nächsten Tagen zu erledigen war und welche Ausflüge sie unternehmen wollten. Aber als sie nun dort lag, den Duft ihres Vaters in der Nase, und über Bruchstücke aus den Gesprächen der Erwachsenen während der vergangenen Stunden nachdachte, wusste sie nur eins: Alles, was ihr noch am Morgen so sicher und verlässlich erschienen war, lag nun in Trümmern.

Vier Wochen nach der Beerdigung ihres Vaters hörte Camellia dann ihre Mutter und Granny im großen Schlafzimmer streiten, während sie unten saß und malte. Sie wollte nicht zuhören, konnte es aber auch nicht verhindern, da die Stimmen der beiden Frauen durch das kleine Haus hallten.

»Ich erlaube dir nicht, so mit mir zu sprechen«, schimpfte Granny, und ihre Stimme zitterte, als weinte sie. »Ich bin hergekommen, um zu helfen, doch das kann ich nur, wenn du mich unterstützt.«

»Verschwinde doch, geh zurück nach London«, fuhr Bonny sie an. »Du hast mich ohnehin bisher nur kritisiert und herumgeschubst. Ich versuche, zur Normalität zurückzufinden, aber du lässt es nicht zu.«

»Du kannst nicht so kurz nach dem Tod deines Mannes in einem rosafarbenen Kleid herumlaufen«, gab Granny zurück. »Was sollen die Leute denn denken?«

»Es ist mir egal, was sie denken.« Bonnys Stimme war noch lauter geworden. »Ich habe es satt, wie ein altes Weib auszusehen; ich habe es satt, hier bei dir im Haus zu hocken, während du putzt und wäschst wie eine frustrierte Glucke. Ich habe das alles so satt!«

Camellia begann zu weinen. Sie akzeptierte langsam die Tatsache, dass ohne Daddy nichts jemals wieder ganz so sein würde wie früher, aber sie verstand nicht, warum ihre Mutter so gemein zu Granny war. Sie allein hatte das alltägliche Leben in den letzten Wochen ein wenig erträglicher gemacht, sie kochte und putzte, sie ging mit Camellia auf den Spielplatz, brachte sie in die Schule und zeigte ihr abends, wie man strickte und nähte. Sie mochte sich manchmal zu sehr aufplustern, doch sie war nett und liebevoll.

Bis zum Tod ihres Vaters war »Granny« nicht mehr als der Name einer gesichtslosen Person gewesen, die ihr zum Geburtstag und zu Weihnachten selbst gestrickte Pullover und wunderschön angezogene Puppen schickte. Aus irgendeinem unerklärlichen Grund hatte Granny sie bis zum Tod ihres Schwiegersohns nie zuvor besucht, zumindest nicht, soweit Camellia sich erinnern konnte. Aber nachdem sie die alte Dame jetzt kennen gelernt hatte, wollte sie nicht, dass sie wieder fortging.

»Ich werde nach Hause fahren, wenn es das ist, was du willst«, erklärte Granny, aber jetzt wurde auch ihre Stimme lauter, als verlöre sie endgültig die Geduld. »Ich habe dich nie verstanden, Bonny. Ich habe dir alles gegeben, ich habe niemals an mich gedacht. Du bist ein egoistisches, hartherziges kleines Luder. Diese Tränen weinst du nicht um John, sondern nur um dich selbst. Du solltest Gott lieber auf Knien für die guten Jahre danken, die er dir geschenkt hat, für Camellia und ein schönes Haus. Was hatte *ich* denn, als Arnold starb? Eine Sozialwohnung, eine Tochter, der ich herzlich egal war, und eine Witwenpension. Aber das kümmerte mich nicht, ich habe nur Arnold vermisst, und ich vermisse ihn immer noch.«

Der Streit war endlich verebbt, doch es dauerte noch gut zehn Minuten, bis Granny die Treppe herunterkam. Und obwohl sie sich das Gesicht gepudert hatte, waren ihre Augen noch geschwollen. Sie lächelte Camellia zu, aber die intelligente Sechsjährige durchschaute ihren jämmerlichen Versuch, Normalität vorzutäuschen, sofort.

»Geh nicht weg, Granny«, flehte Camellia sie an. »Ich finde es so schön, wenn du hier bist.«

»Ich muss gehen, mein Liebes.« Granny setzte sich neben sie aufs Sofa und nahm sie auf den Schoß. »Vielleicht wird Mummy besser zurechtkommen, wenn ich erst fort bin. Sie hört nicht auf mich, egal, was ich sage, und mehr kann ich einfach nicht tun.«

Camellia wusste nicht, was sie darauf erwidern sollte. Also schmiegte sie sich nur in die Arme der älteren Frau und wünschte, ihr würde irgendetwas einfallen, um die beiden Frauen wieder miteinander zu versöhnen.

»Wie sollen wir denn ohne dich zurechtkommen?«, begehrte Camellia auf. Es war noch gar nicht lange her, dass ihre Mutter den ganzen Tag im Bett verbracht hatte, und selbst jetzt überließ sie Granny noch alle Arbeit. »Wird Mummy wieder Essen kochen und einkaufen gehen?«

»Das wird sie bestimmt.« Die ältere Frau unterdrückte ein Schluchzen. »Es wird ihr gar nichts anderes übrig bleiben, nicht wahr?«

»Ich vermisse Daddy schrecklich«, platzte Camellia heraus. Ihre Mutter wurde böse, wenn sie so etwas sagte, das wusste sie. »Wird es jetzt immer so sein?«

Eigentlich meinte sie: Würde das große Loch, das ihr Vater in ihrem Leben hinterlassen hatte, je wieder gefüllt werden?

Würde es jemals wieder einen Abend geben, an dem sie nicht mehr an seine abendlichen Gutenachtgeschichten dachte? Oder ein Wochenende, an dem sie nicht ihre gemeinsamen Spaziergänge über die Marschwiesen vor ihrem inneren Auge sah? Mummy hatte sich nie so sehr wie Daddy dafür interessiert, was sie in der Schule durchnahm, oder für ihre Freundinnen oder für ihre Gedanken. Sie hatte versucht, nicht länger über diese Dinge nachzudenken, aber es gelang ihr einfach nicht.

»Es wird besser werden«, versicherte Granny entschieden. »Ich kann dir nicht versprechen, dass es über Nacht passieren wird, und all diese Erinnerungen an deinen Daddy werden in deinem Kopf bleiben, weil sie etwas ganz Besonderes sind und weil du sie gewiss nicht verlieren willst. Doch schon bald wirst du feststellen, dass es nicht mehr so wehtut.«

»Warst du auch so wie Mummy, als Großpapa starb?«, fragte Camellia.

»Nein, ich habe damals nicht so einen Wirbel veranstaltet«, antwortete Granny bedächtig. »Aber andererseits war Großpapa siebzig, und ich wusste, dass er nicht ewig leben würde. Für Mummy ist es anders. Sie ist erst siebenundzwanzig und hat damit gerechnet, dass dein Daddy noch viele Jahre bei ihr sein würde.«

Camellia hätte gern noch eine Menge andere Fragen gestellt, zum Beispiel, warum ihre Mutter sich nicht länger für sie zu interessieren schien. Warum sie ein rosafarbenes Kleid anziehen wollte, kein schwarzes, und warum Granny Bonny nicht besonders zu mögen schien, obwohl sie ihre Mutter war. Aber irgendwie wusste sie, dass diese und andere Fragen, die an ihr nagten, am besten unausgesprochen blieben.

»Wirst du mich wieder besuchen kommen?«, wollte sie stattdessen wissen.

Abermals zögerte die alte Frau. Sie wusste, dass sie den nächsten Zug nehmen würde, falls Bonny sie jemals brauchen sollte – trotz all der bösen Worte, die zwischen ihnen gefallen waren. Aber ihre Tochter hatte die Absicht, alle Brücken zur Vergangenheit hinter sich abzubrechen, weil sie das Trauern so satt war, das sagte ihr ein sechster Sinn. »Ich werde kommen, wenn du mich brauchst«, versprach sie leise. »Vielleicht wird Mummy dir erlauben, mich in den Ferien zu besuchen. Du musst mir schreiben, mein Liebes. Denk immer daran, dass ich deine Granny bin und dich lieb habe.«

Camellias Erinnerung an den Tod ihres Vaters hatte neuerliche Tränen ausgelöst. Sie wischte sie mit dem Saum ihres Hosenbeins weg und starrte zum Himmel empor. Aber eine weitere lebendige und diesmal beschämende Erinnerung stahl sich in ihre Gedanken.

Es war fünf Jahre nach dem Tod ihres Vaters gewesen, im Februar 1961, als Camellia spät an einem Freitagabend von Johnny Kidds *Shakin' All Over* geweckt wurde. Die Musik war nicht nur laut, sie war ohrenbetäubend gewesen. Nachdem sie das Licht eingeschaltet hatte, sah Camellia, dass es zehn nach eins war, und fragte sich, wie lange es dauern würde, bis einer der Nachbarn die Polizei rief.

Wenn das Foto neben ihrem Bett nicht gewesen wäre, hätte sie vielleicht geglaubt, diese behaglichen, stillen Tage ihrer frühen Kindheit seien nur eine Fantasie, die sie sich zu ihrem Trost erträumt hatte.

Es war ein Schwarz-Weiß-Bild der kleinen Familie. Camellia war fünf gewesen, als es aufgenommen worden war. Sie trug ein samtenes Partykleid mit Spitzenkragen, ihre Mutter ein inzwischen ziemlich aus der Mode gekommenes tailliertes Kostüm und viel kürzeres Haar als heute, und ihr Vater stand in einem dunklen Anzug hinter dem Sofa.

Camellia war schon damals pummelig, aber sie sah irgendwie süß aus, wenn auch zu ernst. Jetzt war sie fett, wirklich fett, und ihre dunklen Augen schienen sich wie zwei schwarze Schlitze in das aufgedunsene Fleisch zurückgezogen zu haben. John Norton war tot. Die süße kleine Camellia war nun ein dickes Kalb. Und Bonny war keine richtige Mutter mehr.

Selbst die glücklichen Tage auf der erstklassigen Collegiate

School waren vorüber – sie waren im Dezember, zwei Tage vor ihrem elften Geburtstag, abrupt beendet worden.

Bonny behauptete, die Direktorin habe ihr dazu geraten; da Camellia die Prüfung für die weiterführenden Schulen nicht bestehen würde, könne sie im neuen Jahr geradeso gut die staatliche Schule besuchen und von dort dann im nächsten September zur Mittelschule wechseln. Aber das war eine gemeine Lüge, sie hatte immer zu den Besten der Klasse gehört, und Miss Grady hatte oft gesagt, sie sei klug genug, um ein Stipendium für eine der besten Mädchenschulen zu bekommen.

Camellia schaltete das Licht aus und zog sich das Kissen über den Kopf, um den Lärm nicht mehr hören zu müssen. Sie brauchte nicht nach unten zu gehen, um zu wissen, was dort vorging. Allzu gut konnte sie sich die Szene im Wohnzimmer vorstellen, denn sie hatte das Gleiche in der Vergangenheit ungezählte Male mit angesehen. Bonny würde wie immer im Mittelpunkt des Geschehens stehen. Wahrscheinlich hatte sie sich ihr langes Haar zu einem Pferdeschwanz zusammengebunden und trug eins ihrer Petticoat-Kleider mit einem breiten Gürtel, der ihre Wespentaille gut zur Geltung brachte. Sie tanzte sicher mit irgendjemandem, wahrscheinlich mit diesem grässlichen Mann, den Camellia in letzter Zeit häufig gesehen hatte. Alle anderen Männer starrten vermutlich wie gebannt auf Bonnys Beine, um einen Blick auf ihre Strumpfbänder zu erhaschen, während sie wie wild herumwirbelte.

Wer all die Männer waren, die so spät am Abend einfach kamen, war Camellia ein Rätsel, aber sie wusste, dass zu diesen improvisierten Partys immer weitaus mehr Männer als Frauen erschienen. Bonny hatte keine Freundinnen mehr. Tante Pat, Babs, Freda und Janice waren einfach auf dieselbe Weise verschwunden wie warmes Essen, gebügelte Schulblusen, Hilfe bei den Hausaufgaben und gemeinsame Abende vor dem Fernseher.

Nach Johns Tod waren einige der alten Freunde noch ein oder zwei Jahre lang gelegentlich auf eine Tasse Tee hereingekommen, vor allem Kommissar Willis, der Zahnarzt Mr. Dexter und Malcolm Frazer, dem das »Mermaid Inn« gehörte. Aber sie waren nie von ihren Frauen begleitet worden. Allmählich blieben auch sie aus, und Camellia glaubte manchmal, sie habe es nur geträumt, dass früher einmal der Esstisch mit gestärkten Servietten, Blumen und Kerzen geschmückt gewesen war und dass ihre Mutter manchmal den ganzen Tag in der Küche verbracht hatte, um für einige Freunde etwas Besonderes zum Abendessen zu kochen.

Sie musste wohl wieder eingeschlafen sein, denn als sie das nächste Mal erwachte, spielte die Musik nicht mehr, und das Haus war wieder still, bis auf ein seltsames dumpfes Geräusch.

Sie lauschte ein Weilchen, um herauszufinden, woher das Geräusch kam. Es klang, als klatschte ein Zweig gegen eine Fensterscheibe. Es war nicht ihr Fenster, und da das Zimmer ihrer Mutter zur Straße hinausging, wo keine Bäume standen, konnte das Geräusch auch nicht von dort kommen. Aber während sie lauschte, wurde das Geräusch immer beharrlicher. Erstaunt stieg Camellia aus dem Bett und trat auf den Flur hinaus.

Das Haus Nummer zwölf war dreihundert Jahre alt, und die Zimmer des Obergeschosses lagen nicht genau auf einer Ebene. Am oberen Ende der Treppe, die vom Erdgeschoss hinaufführte, lag das Bad und daneben Camellias Zimmer. Wenn man zwei weitere Stufen hinaufstieg, folgte ein kurzer Korridor, von dem aus eine weitere Stufe in das Zimmer ihrer Mutter führte, das die gesamte Vorderseite des Hauses einnahm. Neben der verschlossenen Tür führte eine noch engere Treppe zu zwei winzigen Räumen unterm Dach, die als Gästezimmer dienten. Camellia vermutete, dass das Geräusch von dort kam. Es gab häufig seltsame Geräusche in diesem Haus, die Rohre gurgelten, und die Bretter knarrten. Vielleicht stand ja eins der Fenster auf dem Dachboden offen, und der Wind schlug dagegen.

Aber als sie sich in der Dunkelheit vorsichtig der Treppe näherte, vernahm sie ein anderes Geräusch und hielt jäh inne. Es klang genau wie das Grunzen eines Schweins, und es folgte demselben Rhythmus wie das Klatschen!

Ihr erster Instinkt war zu ihrer Mutter hineinzulaufen, doch als ihre Hand sich um den Türknauf schloss, begriff sie plötzlich, dass das Geräusch nicht nur aus Bonnys Zimmer kam, sondern verstand auch, was es bedeutete. Sie erstarrte, zu entsetzt, um sich zu bewegen.

Ihre Kenntnisse in Sachen Sex waren spärlich. Es gab eine besondere Art von Schmusen, durch die Babys entstanden, das wusste Camellia, und wenn man es tat, obwohl man nicht verheiratet war, dann war das sehr schlimm. Von den Jungen auf dem Spielplatz hatte sie manchmal auch gemeine Schimpfworte gehört, die diese Sache beschrieben, die sich wohl gerade hinter der Tür zum Zimmer ihrer Mum abspielte.

Während sie noch dastand und überlegte, ob sie hineinplatzen und den Mann daran hindern sollte, ihrer Mutter wehzutun, vernahm sie Bonnys Stimme.

»Fester, noch fester. So ist es gut!«

Camellia wurde plötzlich so heiß, als hätte jemand gerade direkt vor ihr eine Ofentür geöffnet. Die Hände auf den Mund gepresst, trat sie einen Schritt zurück, weil sie fürchtete, sich übergeben zu müssen.

Zurück in ihrem Zimmer, kauerte sie sich aufs Bett, und plötzlich schienen ihr all die Dinge, die sie seit Jahren verwirrten, kristallklar zu werden. Warum all die alten Freunde ihre Besuche eingestellt hatten. Warum die Nachbarn hinter vorgehaltener Hand tuschelten, wenn sie die Straße hinunterging, die seltsamen Blicke, die ihr die Männer zuwarfen, und warum ihre alten Schulfreundinnen von der Collegiate School sie nicht mehr zum Spielen einluden. Aber vor allem begriff sie jetzt die Bedeutung des Wortes »Hure«, mit dem ein schrecklicher Junge in der Schule ihre Mutter belegt hatte.

Nach dieser Nacht schien alles nur immer schlimmer und schlimmer zu werden. Bonny kaufte sich jede Woche ein teures neues Kleid, aber Camellia trug immer noch die Sachen, aus denen sie lange herausgewachsen war. Die Partys wurden noch lauter und fanden öfter statt, mit grobschlächtigen Männern, die in betrunkenem Zustand die Treppen hinaufstampften und oft in ihr Zimmer platzten, weil sie es irrtümlich für das Bad hielten. Schon bald unternahm Bonny keine Versuche mehr, vor ihrer Tochter zu verbergen, dass die Männer über Nacht blieben; der Geruch ihres Schweißes hing im Schlafzimmer, und auf den Laken, die nur selten gewechselt wurden, blieben Flecken zurück; auch die schönen Teppiche im Wohnzimmer bekamen Brand- und Bierflecken. Bonny war jetzt häufig schon tagsüber betrunken und lag manchmal bewusstlos auf dem Sofa, wenn Camellia aus der Schule kam. Sie stellte ihre Arbeit im Haus endgültig ein, und die einzigen Nahrungsmittel in der Speisekammer waren Brot und Marmelade. Camellia bekam in der Schule ein schwer verdauliches Mittagessen und kaufte sich auf dem Heimweg beim Bäcker einige altbackene Brötchen, und am Abend schickte Bonny sie los, um Pommes frites zu holen.

Oft war sie das ganze Wochenende allein und fand nur einen Zehnschillingschein auf dem Tisch vor, um sich etwas zu essen zu kaufen. Aber Bonny brauchte am Sonntagabend nur mit einem dummen weichen Spielzeug für Camellia durch die Tür gerauscht zu kommen, sich zu entschuldigen und zu versichern, es käme nie wieder vor, und Camellia verzieh ihr.

Die Nachbarn waren weniger nachsichtig; es gab keine höflichen Bitten mehr, die Musik leiser zu stellen, sondern hysterische Schreie vor der Tür und lautes Gehämmer an die Fensterscheiben. Boshafte, anonyme Beschimpfungen wurden unter der Tür durchgeschoben, es kamen endlose Warnungen, man würde rechtliche Schritte ergreifen, und manchmal sogar Drohungen gegen ihre Person, aber Bonny lachte nur und warf die Briefe hochmütig ins Feuer. »Die Nachbarn sind kleingeistig und neidisch«, sagte sie. »Du und ich, wir ziehen schon bald weg.«

Zwei Wochen vor Weihnachten im Jahr 1962, als sie fast zwölf war, kam Camellia eines Tages aus der Schule nach Hause und musste feststellen, dass ihr Puppenhaus nicht mehr in ihrem Zimmer stand.

Eine böse Ahnung erfüllte sie, als sie auf die Stelle auf dem Teppich sah, an dem das Puppenhaus noch am Morgen gestanden hatte. Sie hatte seit einiger Zeit das Gefühl gehabt, etwas sehr Schlimmes würde passieren. Bonny war seit Wochen mürrisch und in sich gekehrt gewesen – von Weihnachten hatte sie überhaupt nicht gesprochen, und es hatte seit drei Wochen keine Partys mehr im Haus gegeben.

Camellia trottete die Treppe wieder hinunter. Sie war während des Sommers noch dicker geworden, und ein schnelleres Tempo überstieg jetzt ihre Kräfte. Es gab nicht viele Dinge, die sie an sich mochte, aber ihre Körperfülle hasste sie am meisten. Mit noch nicht einmal zwölf Jahren hatte sie einen Hüftumfang von hundertzehn Zentimetern und wog siebzig Kilo.

»Wo ist mein Puppenhaus?«, fragte sie.

Bonny saß in einem Sessel, rauchte eine Zigarette und las einen maschinegeschriebenen Brief. Ausnahmsweise war sie einmal nicht geschminkt, tatsächlich sah ihr Haar sogar ungekämmt aus, und vorn auf ihrem rosafarbenen Twinset prangte ein dicker Fleck.

»Ich habs verkauft«, antwortete sie, ohne auch nur aufzusehen.

»Du hast es verkauft!« Camellia konnte es nicht glauben. »Das ist unmöglich! Du machst Witze, nicht wahr?«

»Ich habe wichtigere Dinge im Kopf als Witze«, fuhr Bonny sie an. Dann ließ sie den Brief sinken und blickte zu ihrer Tochter auf. »Na komm schon, Schätzchen. Du bist zu alt für ein Puppenhaus, und ich brauchte das Geld.«

»Aber Daddy hat es mir geschenkt.« Camellias Augen füllten sich mit Tränen. »Es war alles, was ich von ihm hatte. Wie konntest du das tun?«

»Wenn du begreifen würdest, wie schlimm die Dinge stehen, würdest du das nicht fragen«, verteidigte Bonny sich.

Erst jetzt und vielleicht, weil Camellia wütend auf ihre Mutter war, fiel ihr auf, dass sie nicht so hübsch aussah wie sonst. Unter ihren Augen lagen dunkle Ringe, ihre Haut wirkte grau, und sie hatte winzige Falten um Mund und Augen.

»Warum hast du nicht einfach Geld von der Bank abgehoben, wenn du etwas brauchst?«

Bonny sah in die vorwurfsvollen, tränenfeuchten braunen Augen des Kindes und seufzte. Sie wusste, dass sie das Puppenhaus nicht hätte verkaufen dürfen, ohne ihre Tochter zu fragen, doch sie war verzweifelt und hatte keine Alternative mehr. Manchmal vergaß sie, dass Camellia noch ein Kind war. In den meisten Situationen bewies sie eine rasche Auffassungsgabe, aber ihre finanzielle Lage hatte sie offensichtlich nicht erkannt.

»Wir haben kein Geld mehr auf der Bank, Liebes«, meinte Bonny ein wenig sanfter. »Ich glaube, es wird Zeit, dir ein paar Dinge zu erklären.«

Camellia ließ sich auf das Sofa fallen und hörte mit wachsendem Entsetzen zu, während ihre Mutter ihr offenbarte, dass sie nicht nur pleite war, sondern große Schulden hatte. Man würde ihnen das Haus wegnehmen.

»Deshalb musstest du von der Collegiate School abgehen«, beendete sie ihre Erklärung. »Verstehst du, Daddy hat mir einfach nicht genug Geld hinterlassen. Ich habe versucht, die Ausgaben einzuschränken, doch nun ist alles weg.«

»Was sollen wir denn jetzt tun?«, schluchzte Camellia. Am liebsten hätte sie ihre Mutter daran erinnert, dass sie sich erst in der letzten Woche ein weiteres neues Kleid und einige neue Schallplatten gekauft hatte, aber selbst in ihrem eigenen Elend konnte sie spüren, dass Bonny den Tränen nahe war, und sie hasste es, ihre Mutter weinen zu sehen.

»Ich habe ein kleines Haus in der Fishmarket Street gefunden.« Bonny zog angewidert die Nase kraus. »Ich fürchte, es ist nicht sehr hübsch, doch etwas Besseres konnte ich nicht finden. Ich werde mir einen Job suchen, und wir werden es uns zusammen dort sehr gemütlich machen.«

Camellia begann wieder zu schluchzen. Sie war fett und reizlos, sie hatte nicht eine einzige Freundin, und in der Schule lachten alle anderen Kinder sie aus und sagten gemeine Sachen über ihre Mutter. Ihr Puppenhaus mit all den wunderschönen Dingen, die ihr Vater ihr dafür gekauft hatte, war jetzt ebenfalls verloren und gehörte einem anderen kleinen Mädchen, das nie begreifen würde, wie kostbar es für seine vorherige Besitzerin gewesen war. Und jetzt wurde sie auch noch gezwungen, das Zuhause zu verlassen, das sie liebte.

»Es tut mir Leid, Schätzchen.« Bonny zog sie in die Arme und hüllte sie mit dem Geruch ihres teuren Parfüms ein. »Ich war keine sehr gute Mummy für dich, hm? Ich bin selbstsüchtig und faul und eine Verschwenderin. Aber ich habe dich lieb, wirklich!«

Einmal mehr trocknete sich Camellia die Augen und erhob sich von der Bank. Trotz allem, was sie Bonnys wegen durchgemacht hatte, trotz der Männer, des Alkohols, der Armut und der Vernachlässigung, liebte sie ihre Mutter immer noch. Die Nachbarn und die Klatschbasen der Stadt mochten nur die schlechten Dinge im Gedächtnis behalten, doch sie selbst besaß einen kleinen Vorrat an kostbaren Erinnerungen, die jetzt eine umso größere Bedeutung zu erhalten schienen. Picknicks im Sommer, Ausflüge nach London in den Zoo. Hilfloses Gelächter in der Spiegelhalle am Hastings Pier, Wettrennen durch die Dünen in Camber Sands. Im Herzen war Bonny selbst ein Kind gewesen, stets aufgelegt zu Späßen und Schelmereien. Sie mochten Mutter und Tochter gewesen sein, aber sie waren auch immer die besten Freundinnen gewesen.

3. Kapitel

»Bert wartet draußen im Wagen auf dich, Kind«, meinte Enid Rowlands, als Camellia, bekleidet mit marineblauem Rock und weißer Bluse, aus der Toilette kam. Sie griff nach einem feuchten Tuch und wischte dem Mädchen noch einmal das Gesicht ab. »Und ich habe ihm erklärt, dass er dich nachher wieder zu uns zurückbringen soll. Wir haben oben ein hübsches kleines Gästezimmer. Du darfst jetzt nicht allein bleiben.«

Camellia bedankte sich. Bis zu diesem Augenblick hatte sie nicht einmal darüber nachgedacht, wo sie heute Nacht oder in Zukunft schlafen würde. Irgendwie machte Mrs. Rowlands' Bemerkung Bonnys Tod noch realer; es bedeutete, dass sie, Camellia, auch kein Zuhause mehr hatte.

Während der Fahrt nach Hastings sprach Mr. Simmonds nur wenig. Ab und zu drückte er ihr mitfühlend die Hand, und sie war froh darüber, dass er nicht das Gefühl zu haben schien, mit ihr reden zu müssen.

Das Leichenschauhaus, ein altes, aus roten Ziegeln errichtetes Gebäude mit übermalten Fenstern, lag in einer Nebenstraße. Als Mr. Simmonds sie unterhakte und hineinführte, krampfte ihr Magen sich zusammen, und der Geruch von Antiseptika trieb sie an den Rand einer Ohnmacht.

»Es ist schon gut, sogar manchem von uns wird es hier ein wenig komisch«, flüsterte Mr. Simmonds beruhigend. »Aber es ist nur der Krankenhausgeruch, mehr nicht. Du wirst nichts Schlimmes zu sehen bekommen. Bonny wird einfach zugedeckt auf einer Bahre in einem eigenen Raum liegen. Wir werfen nur schnell zusammen einen Blick auf sie, und du bestätigst, dass sie es wirklich ist. Mehr wird nicht von dir erwartet.«

Ein Mann in weißem Kittel führte sie in einen kleinen Raum, der genauso aussah, wie Mr. Simmonds es ihr beschrieben hatte. Der Mann wartete, bis Camellia vor die Bahre getreten war, und schlug dann das Laken über dem Leichnam zurück.

Es war natürlich Bonny, trotz der verzweifelten Gebete, die Camellia gesprochen hatte. Sie sah genauso aus wie am Morgen nach einer durchzechten Nacht. Ihre Haut war von bläulicher Farbe, und sie wirkte älter und irgendwie hart. Wäre nicht das schlammbefleckte Haar gewesen, hätte Camellia vielleicht gedacht, ihre Mutter schlafe nur.

Sie bestätigte, dass es sich bei der Toten um ihre Mutter handelte, konnte sie aber nicht küssen. Ihr Herz trieb sie dazu. Ihr ganzes Wesen wollte über dieses goldene Haar streichen, wollte Bonny noch ein Mal fest in den Arm nehmen. Aber sie unterließ es. Stattdessen sah sie ihre Mutter einfach nur an, dann wandte sie sich ab, als kümmere sie die ganze Sache nicht weiter.

Camellia ließ sich wieder in den Autositz sinken und hielt die Augen während der ganzen Rückfahrt nach Rye geschlossen. Doch sie schlief nicht, wie Bert wusste; es war einfach ihre Art, mit dem gerade Erlebten umzugehen. Aber als er ihr bleiches, ausdrucksloses Gesicht so dicht an seiner Schulter betrachtete, kam ihm die Erinnerung an einen anderen Tag, an dem er mit ihr diese Straße hinuntergefahren war, etwa achtzehn Monate zuvor. Es war ungefähr um dieselbe Tageszeit gewesen, gegen halb fünf oder fünf am Nachmittag, allerdings war es kein heißer, sonniger Tag wie heute gewesen, sondern ein bitterkalter Nachmittag im Februar und bereits dunkel.

Er war in seinem Morris Minor von Hastings zurück nach Rye gefahren, ein Dreirad für den vierten Geburtstag seines Sohnes auf der Rückbank. Es war Samstag gewesen, und Schnee hatte in der Luft gelegen. Er sehnte sich danach, aus der Kälte herauszukommen und sich am Feuer aufzuwärmen. Die Heizung im Wagen war nicht allzu effizient.

Während der Fahrt verlor er sich in Gedanken an die Vergangenheit. Es war unglaublich, dass er seit vierzehn Jahren in Rye lebte; es schien noch gar nicht lange her zu sein, dass er als junger Constable seine Runden gedreht hatte. Jetzt war er fünfunddreißig, bekleidete den Rang eines Sergeants, war verheiratet und hatte zwei kleine Söhne. Was für eine Vorstellung, dass er bis zu seinem achtundzwanzigsten Lebensjahr geglaubt hatte, er könne niemals eine andere Frau als Bonny Norton lieben!

Bert zuckte zusammen. Wie sehr er sich Bonnys wegen zum Narren gemacht hatte! Stets hatte er nach ihr Ausschau gehalten, hatte gehofft und sich nach ihr verzehrt, es aber nie recht gewagt, einen Annäherungsversuch zu starten. Ein Glück, dass ihm damals Sandra begegnet war! Heute konnte jeder Bonny haben – für einen oder zwei Drinks. Wenn er sich nach Johns Tod mit ihr eingelassen hätte, wäre seine Karriere ruiniert gewesen, und er hätte niemals sein Glück gefunden.

Sandra war das genaue Gegenteil von Bonny. Klein und dunkelhaarig, scheu und liebevoll, hatte sie nicht einen einzigen bösen Gedanken im Kopf. Kennen gelernt hatte er sie in dem Jahr nach John Nortons Tod in Peasmarsh, wo sie als Kindermädchen für Clive und Daphne Huntley gearbeitet hatte. Die Huntleys waren reiche Leute von dem Schlag, der sich nicht mit seinen Kindern abgeben mochte. Eines Nachts war bei den Huntleys eingebrochen worden, und Bert war hinausgefahren, um ihre Aussagen zu Protokoll zu nehmen, während die Spurensicherung nach Fingerabdrücken suchte. Sandra kochte ihnen allen Tee, und bevor Bert das große Haus verließ, überredete er sie, an ihrem freien Abend mit ihm auszugehen. Anderthalb Jahre später heirateten sie und zogen bald in ein Polizeihaus.

Als er bei Guestling über die Kuppe des Hügels fuhr, erfassten seine Scheinwerfer eine Gestalt etwa fünf- oder sechshundert Meter vor ihm. Sie sah aus wie eine alte Frau, und Bert fragte sich, ob sie vielleicht den Bus verpasst hatte, da er sich nicht vorstellen konnte, dass jemand ohne guten Grund freiwillig auf dieser dunklen, menschenleeren Straße unterwegs war. Er bremste ab. Die Frau humpelte, und offenbar ging es ihr nicht gut, zumindest ließen dies die hochgezogenen Schultern vermuten.

Bert fuhr an ihr vorbei und hielt dann in einer Parkbucht am Straßenrand. Einen Moment lang konnte er wegen der Autos, die sich von Hastings her näherten, nichts sehen. Er ließ den Motor laufen, stieg aus, zog seinen Schafsfellmantel fester um sich und rief die Frau an. »Kann ich Sie irgendwohin mitnehmen? Es ist ein bisschen zu kalt und zu dunkel, um zu Fuß zu gehen!«

Sie würde sein Angebot bestimmt nicht annehmen, dachte er. Die alten Frauen vom Land waren eine zähe Rasse, und sie konnte ja nicht wissen, dass er Polizist war.

Bert sah jetzt zwar immer noch nicht ihr Gesicht, das von einer Kapuze oder einem Schal zum Teil verhüllt war, doch er konnte genug erkennen, um festzustellen, dass sie dick und schäbig gekleidet war. »Ich bin Polizist«, fügte er mit lauter Stimme hinzu. »Sergeant Simmonds aus Rye.«

Er glaubte, ein Schluchzen zu hören, obwohl es möglicherweise nur der Wind war. Genau in diesem Augenblick kam ein Auto von hinten an ihm vorbei, und für eine Sekunde beleuchteten die Scheinwerfer ihr Gesicht. Es war keine alte Frau, sondern Camellia Norton.

»Camellia!«, stieß er hervor. »Was um alles in der Welt machst du hier draußen?«

»Sind Sie das wirklich, Mr. Simmonds?«, fragte sie.

Die Rücklichter seines Wagens waren nicht hell genug, um ihr Gesicht deutlich erkennen zu können, aber er spürte, dass sie weinte. Außerdem strich sie sich mit einer Hand über die Augen.

»Komm her, Kind, steig ein«, bot er an. »Du musst ja halb erfroren sein.«

Bert hatte das Mädchen eine Weile nicht mehr gesehen, obwohl er Bonny gelegentlich auf der George Street und der Mermaid Street begegnet war. Er wusste alles über den Verlust ihres Hauses in der Mermaid Street und den Umzug in die Fishmarket Street, doch Bonny hatte die ganze Angelegenheit mit einem

Lachen abgetan und angedeutet, dass sich ihre Lage in Bälde bessern würde. Da Bonny trotz ihrer Alkoholexzesse und Affären stets bezaubernd schön war, hatte Bert den Gerüchten um das Aussehen ihrer Tochter keinen Glauben geschenkt.

Doch es waren keine Gerüchte, sondern die Wahrheit – das stellte er zu seinem Entsetzen fest, als er jetzt die Innenbeleuchtung des Wagens einschaltete, um Camellia besser sehen zu können. Sie musste inzwischen vierzehn sein, aber sie war so dick, dass sie viel älter aussah. Während sie als kleines Kind einen klaren, leuchtenden Teint gehabt hatte, war ihre Haut jetzt fahl, und auf ihrem Kinn und der Stirn sprossen etliche dicke Pickel. Als sie die Kapuze abstreifte, sah er nun auch ihr Haar, das nicht nur fettig war, sondern auch mit einer Gartenschere geschnitten worden zu sein schien. Ihr dünner Schulregenmantel war um mehrere Größen zu klein für sie und jämmerlich unzureichend als Schutz gegen Wind und Kälte.

Bert griff nach ihren eiskalten Händen und rieb sie. Sie waren rot und rissig, und die Nägel waren bis aufs Nagelbett abgekaut.

»Was ist passiert?«, fragte er sanft. Sie gab sich offensichtlich alle Mühe, nicht zu weinen, und sie fror zu sehr, um auch nur zu zittern. »Warum bist du ganz allein hier draußen?«

»Ich habe mein Busgeld verloren«, antwortete sie schwach und wandte das Gesicht ab, als könnte sie seinen forschenden Blick nicht ertragen.

»Nun, jetzt ist ja alles gut«, entgegnete er tröstend, entsetzt darüber, dass sie bereits vier oder fünf Meilen von Hastings aus zu Fuß gegangen war. Gleichzeitig erschreckte ihn der Gedanke daran, in welchem Zustand sie zu Hause angekommen wäre, hätte sie auch den Rest des Weges bis nach Rye zu Fuß zurücklegen müssen. »Ein heißes Bad und eine Tasse Tee werden dir gut tun. Ich bringe dich besser gleich nach Hause. Deine Mum macht sich sicher Sorgen um dich.«

»Sie ist nicht da«, erwiderte Camellia mit gepresster Stimme, als Bert sich wieder in den Verkehr einfädelte. »Sie ist übers Wochenende weggefahren.«

»Was? Und hat dich ganz allein gelassen?« Bert riss erstaunt den Kopf herum. »Das ist doch unmöglich, oder?«

»Sie fährt in letzter Zeit oft weg«, meinte Camellia schulterzuckend. »Normalerweise komme ich gut zurecht, aber diesmal hat sie vergessen, mir Geld für den Stromautomaten dazulassen.«

Stück um Stück kam schließlich die ganze Geschichte heraus. Es war offensichtlich, dass Camellia nichts preisgeben wollte, nicht einmal einem Menschen gegenüber, der sie und ihre Mutter so gut kannte wie Bert. Aber nachdem sie erst einmal einen Anfang gefunden hatte, ergossen sich die Worte wie in einer Sturzflut.

Als sie am Freitagabend von der Schule nach Hause gekommen war, war ihre Mutter fort gewesen. Sie hatte sich eine Portion *fish an chips* geholt und sich vor dem Fernseher niedergelassen. Doch noch bevor sie ihre Mahlzeit beendet hatte, war der Gebührenzähler des Stromautomaten abgelaufen, und sie hatte sich mit einer Kerze in der Hand im ganzen Haus auf die Suche nach einem Schilling gemacht.

Weil sie kein Geld hatte finden können, war sie ins Bett gegangen, aber selbst eine gründlichere Suche an diesem Morgen hatte nicht mehr als ein Six-Pence-Stück und ein paar Pennys zu Tage gefördert.

»Von den Nachbarn konnte ich keinen um Geld bitten«, flüsterte sie beschämt. »Sie reden auch so schon genug über Mummy. Ich hatte gerade noch genug Geld übrig, um mit dem Bus fast bis nach Hastings zu fahren und einen von Mummys Ringen zum Pfandhaus zu bringen.«

Bert fand das sehr einfallsreich von ihr; ihm selbst wäre eine solche Lösung niemals in den Sinn gekommen. Aber andererseits hatte Bonny sie wahrscheinlich mit dergleichen Orten bekannt gemacht.

»Der Mann hat mir zwei Pfund für den Ring gegeben«, erzählte sie erschöpft. »Es war so kalt in Hastings, dass ich dachte, ich sollte am besten gleich wieder heimfahren. Aber als ich zur Bushaltestelle kam, waren die Geldscheine nicht mehr in meiner

Tasche. Ich muss sie wohl mit meinem Taschentuch herausgezogen haben. Also bin ich zum Pfandhaus zurückgegangen und habe überall gesucht, aber ich konnte das Geld nicht finden.«

Als sie schließlich vor dem Haus in der Fishmarket Street hielten, war Camellia ein wenig wärmer, und sie hatte die Augen getrocknet.

»Ich komme mit rein«, erklärte er, bevor sie Zeit hatte, ihn wegzuschicken. »Wir werden etwas Geld in den Gebührenzähler stecken und dafür sorgen, dass du alles hast, was du brauchst.«

Er war furchtbar wütend auf Bonny und fest entschlossen, sie zur Rede zu stellen, weil sie ihre Tochter vernachlässigte und sie für ein ganzes Wochenende allein ließ. Gleichzeitig wollte er Camellia gegenüber nicht allzu viel Aufhebens um die ganze Angelegenheit machen.

Sie protestierte zwar nicht, aber er spürte ihre Verlegenheit, als sie die Haustür öffnete und ihnen der Geruch von altem Bratfett und Feuchtigkeit entgegenschlug. Bert entzündete ein Streichholz und steckte ein paar Münzen in den Stromzähler. Als die Lichter aufflammten, hatte er große Mühe, die Fassung zu bewahren, so sehr entsetzten ihn der schwarze Schimmel an den Wänden im Flur und die Tapeten, die in Fetzen herabhingen.

Während seiner Dienstjahre bei der Polizei hatte er viele heruntergekommene Behausungen gesehen, aber diese hier gehörte zu den schlimmsten. Es war so kalt, dass er trotz seines dicken Schafsfellmantels zitterte, und als er ins Wohnzimmer trat, stockte ihm der Atem. Der fadenscheinige Teppich war verklebt von verschütteten Drinks, und eine Schmutzschicht machte seine Muster unkenntlich. Camellia stellte ein künstliches Holzfeuer mit einigen Heizstäben an; die Holzscheite darin waren zerbrochen und staubig, und man konnte die rote Glühbirne darunter hindurchschimmern sehen. Vor dem Kamin standen einige Sessel mit fettig glänzenden Sitzflächen, ein Beistelltisch aus schwarzem Plastik mit zwei Schwänen darauf und ein Vorkriegssofa, aus dessen Armlehnen die Polsterung quoll.

Vielleicht wäre das alles nicht so schockierend gewesen, hätte

Bert nicht ihr altes Haus gekannt. Wie konnte jemand sich mit einer solchen Umgebung zufrieden geben, wenn er früher einmal inmitten von Antiquitäten, Perserteppichen und luxuriösen Möbeln gelebt hatte?

»Es ist grässlich, nicht wahr?« Camellia ließ den Kopf sinken und trat nervös von einem Fuß auf den anderen. »Ich wollte nicht, dass Sie das sehen, Mr. Simmonds. Mummy wollte das Haus renovieren lassen, aber jetzt hat sie nicht mehr genug Geld dazu.«

Bert verkniff sich eine sarkastische Antwort. Allein von dem Geld für eins von Bonnys eleganten Kleidern hätte man diesen Raum renovieren können, und Bonny kannte genug Männer, die das bereitwillig für sie erledigt hätten. Plötzlich war er wieder ganz Polizist und registrierte all die Hinweise auf Bonnys grausame Vernachlässigung ihres Kindes, während sie gleichzeitig dafür sorgte, dass es ihr selbst niemals an etwas mangelte.

Ein teurer Pelz lag achtlos hingeworfen über einem Stuhl, auf einem hölzernen Kleiderständer trocknete duftige Unterwäsche. Den Platz auf dem Tisch teilten sich eine Flasche mit Chanel-Parfüm, ein blauer Seidenschal und ein Paar Handschuhe aus weichem Leder mit einer fast leeren Ginflasche und einem mit Lippenstift beschmierten Glas.

Bert ging in die Küche und öffnete den Vorratsschrank. Er war sauber – vermutlich Camellias Werk –, aber auch fast leer. Eine halbe Flasche Milch, ein Ei in einer Schüssel und eine Tüte mit nur wenigen Scheiben Brot. Außerdem fanden sich dort Gewürze, Flaschen mit Soße und ein Glas Marmelade, aber nichts ließ darauf schließen, dass Bonny sich jemals ihre manikürten Nägel mit etwas so Weltlichem wie Kochen ruinierte.

»Du kannst nicht allein hier bleiben.« Bert drehte sich zu dem Mädchen um, das hinter ihm hergeschlurft war. Es tat ihm in der Seele weh, Camellias jetzige Erscheinung mit dem Bild zu vergleichen, das er von ihr als kleines Mädchen in Erinnerung hatte. Ihre Kleider waren so adrett gewesen, das leuchtende Haar gut geschnitten, und obwohl sie damals schon pummelig gewesen war, war sie jetzt schlicht und einfach fett. Welcher Teufel war in Bonny gefahren, dass sie ihr erlaubte, diesen schrecklichen Faltenrock und den eingelaufenen grauen Pullover zu tragen? Ihre Schuhe waren abgetreten und die Absätze schief, und ihre grauen Socken ringelten sich um ihre Knöchel. »Es gefällt mir überhaupt nicht, Schätzchen. Du hast hier nichts zu essen, außerdem sollte ein Mädchen in deinem Alter nachts nicht allein sein.«

»Ich komme schon zurecht.« Camellia blickte zu Boden. Ihre braunen – jetzt traurigen – Augen und ihr Haar waren früher einmal das Reizvollste an ihr gewesen. Der Himmel allein mochte wissen, wer ihr die Haare so stümperhaft geschnitten hatte; ihre Frisur sah schrecklich aus, und ihre Augen versanken fast in den teigigen Wangen. »Mummy wird böse sein, wenn sie nach Hause kommt und ich nicht hier bin.«

»Ich werde mehr als *böse* auf sie sein, wenn sie nach Hause kommt«, versetzte Bert streng. »Irgendjemand muss ihr einmal die Leviten lesen. Ich bringe dich jetzt zu meiner Mutter und werde für Bonny einen kurzen Brief dalassen.«

Camellia sah ihn an, das Gesicht vor Verzweiflung verzogen. »Sie kann nichts dafür, Mr. Simmonds. Sie ist nun einmal so.« Unwillkürlich hatte sie nach seinem Arm gegriffen. »Innerlich ist sie die ganze Zeit traurig, deshalb geht sie oft aus. Bitte, Sie werden ihr doch keine Schwierigkeiten bereiten?«

An diese flehentliche Bitte Camellias musste Bert später am Abend noch einmal denken, als er sich an Sandra schmiegte. Er war vor einer Stunde noch einmal schnell zu seiner Mutter gefahren und hatte dort eine Menge weiterer Dinge gehört, die ihn zutiefst beunruhigten. Camellia hatte oben geschlafen, und seine Mutter hatte ihm die abgetragene Unterwäsche des Mädchens beschrieben, das unbehandelte Furunkel an seinem Hals und die Frostbeulen an den Innenseiten der Oberschenkel.

Camellia hatte sich seiner Mutter vollkommen geöffnet. Aber obwohl sie ihr gestanden hatte, dass ihre Ernährung aus Fisch und Pommes frites und Sandwiches bestand, hatte sie energisch beteuert, dass Bonny sie liebte. Sie erzählte von Picknicks draußen bei Camber Castle im Sommer, von Ausflügen nach Hastings und Wochenendfahrten nach London. Wie Berts Mutter bemerkte, lag hinter der äußerlich sichtbaren Fassade Bonnys, den Alkoholexzessen, dem Strom männlicher Freunde und den wilden Kauforgien eine Frau, der ihr Kind wichtig genug war, um ihm einige denkwürdige Tage zu bescheren.

»Ich weiß, man könnte den Eindruck gewinnen, dass es für Camellia besser wäre, man würde sie ihrer Mutter wegnehmen«, räumte seine Mutter ein, als er sich verabschiedete, und in ihren Augen stand tiefes Mitgefühl. »Aber tu es nicht, mein Sohn. Es gibt etwas zwischen den beiden, das schön ist und gut, auch wenn du es vielleicht nicht erkennen kannst. Ich weiß nicht, wie ich es beschreiben soll, doch ich bin davon überzeugt, dass ich Recht habe. Lass uns versuchen, Camellia das Leben ein wenig zu erleichtern. Ich werde sie gelegentlich zu einem gesunden Abendessen einladen und ihr das eine oder andere im Haushalt beibringen. Vielleicht kann ich sie ja auch zu einer Diät überreden. Bonny ist alles, was sie noch hat, und die beiden brauchen einander.«

Als sie die High Street hinauffuhren, richtete Camellia sich wieder auf. Es war jetzt sehr ruhig draußen; die Läden würden bald schließen, und nur wenige Passanten waren zu sehen.

»Wirst du bei Mrs. Rowlands zurechtkommen?«, fragte Bert. Er hätte sie lieber wieder zu seiner Mutter gebracht, aber die Bäckersfrau hatte ausdrücklich darauf bestanden, dass Camellia bei ihr wohnen sollte.

»Ich komme schon klar«, gab Camellia zurück, und ihr Tonfall verriet, dass es ihr einerlei war, wohin man sie schickte. »Sorgen Sie sich nicht um mich, Mr. Simmonds, Sie müssen an Ihre eigenen Kinder denken.«

Diese Antwort erschien Bert bemerkenswert reif. Er spürte, was sie eigentlich sagen wollte: Seine Frau wäre vielleicht nicht gerade erbaut, wenn er sich allzu sehr um Bonny Nortons Kind kümmerte.

»Hm, ich werde immer mal wieder reinschauen, um nach dir

zu sehen. Wenn du nicht zurechtkommst, kannst du es mir dann erzählen«, erwiderte er.

Etwa eine halbe Stunde später trank Camellia im Wohnzimmer der Rowlands über der Bäckerei schweigend Tee. Mrs. Rowlands redete wie ein Wasserfall; in einem Augenblick ging es um die Menge an Kuchen und Pasteten, die sie am Tag verkauft hatten, im nächsten darum, was die Leute sich über Bonnys Tod erzählten. Der Raum war voll gestopft mit Zierstücken, überall standen Katzen, Hunde und andere Tiere aus Porzellan oder Glas herum, aber es roch wunderbar, und die ganze Atmosphäre war heimelig und freundlich, ganz anders als in der Fishmarket Street.

Camellia konnte nicht reden, sie konnte nicht einmal weinen. Ein einziger Gedanke beherrschte sie: dass ihr endlich eine gewaltige, unerträglich schwere Last abgenommen worden war.

Keine lärmenden Partys mehr, kein »Onkel X« und »Onkel Y«, die in Unterwäsche durchs Haus liefen oder sie des Nachts mit animalischem Grunzen aus dem Schlaf rissen. Nie wieder würde sie Erbrochenes aufwischen müssen, nie wieder Bier auf dem Fußboden im Wohnzimmer vorfinden und Zigarettenkippen in der Spüle. Nie wieder würde sie die Demütigung ertragen müssen, im Laden an der Ecke um Kredit zu bitten.

Sie konnte sich auf keinen einzigen Grund besinnen, warum sie ihre Mutter vermissen sollte. Sie war ans Alleinsein gewöhnt, sie war seit ihrem elften Lebensjahr für lange Wochenenden sich selbst überlassen gewesen. Der einzige Unterschied war der, dass Bonny jetzt nicht mehr mit einer Tasche voller Cremetörtchen oder einem Plüschspielzeug und leeren Versprechungen zur Tür hereingetanzt kommen würde. Diesmal war sie für immer fortgegangen.

Und doch – wenn sie wirklich froh war, dass das alles hinter ihr lag, warum fühlte sie sich dann, als hätte man sie entzweigerissen?

4. Kapitel

Camellia schreckte schweißüberströmt aus dem Schlaf auf. Einen Augenblick lang verwirrte die fremde Umgebung sie, dann fiel ihr alles wieder ein. Enid Rowlands hatte sie aufgenommen, ein Arzt war gerufen worden und hatte ihr eine Tablette gegeben. Es war Wirklichkeit, kein Albtraum.

Die Kirchenuhr schlug sieben. Rosafarbene Vorhänge flatterten vor dem winzigen Fenster, an der Wand hing ein Foto von einem kleinen Jungen und einem Hund, auf dem Kaminsims standen eine aus einer Weinflasche gefertigte Nachttischlampe und zwei Porzellanhunde mit angeschlagenen Ohren. Hier oben staute sich der Geruch von gebackenem Brot, und unter anderen Umständen hätte Camellia es genossen, in einem so sauberen, frischen Zimmer zu erwachen. Aber auch wenn Mr. und Mrs. Rowlands sehr freundlich zu ihr waren, wusste sie, sie war hier nur geduldet, bis jemand anderes über ihr weiteres Schicksal entschied.

Langsam stieg sie aus dem Bett. Sie fühlte sich benommen und hatte einen schlechten Geschmack im Mund. Als sie an sich hinabblickte, sah sie, dass sie ein rosafarbenes Nylonnachthemd trug, das nicht ihr gehörte. Auf dem Stuhl lagen ihr marineblauer Rock, die weiße Bluse und ihre Unterwäsche. Mrs. Rowlands hatte sie gewaschen und gebügelt, aber selbst das war Camellia peinlich. Hatte sie sich den großen, billigen Baumwoll-BH und die Unterhosen angesehen, die grau geworden waren von Alter und Achtlosigkeit beim Waschen, und Abscheu empfunden?

Bonny hatte niemals so hässliche Dinge getragen. Was in der Wäsche verdorben worden oder aus der Mode gekommen war, hatte sie sofort weggeworfen.

Das Fenster ging auf die High Street hinaus, aber man sah daraus nur die Geschäfte gegenüber und dahinter den Kirchturm. Es war so heiß in diesem Zimmer. Morgen Früh, wenn Mr. Rowlands mit dem Backen begann, würde es noch heißer werden. Sie musste ins Freie, um ein wenig frische Luft zu schnappen.

Ohne einen besonderen Plan zu haben, stieg sie auf Hilder's Cliff. Es war immer ihr Lieblingsplatz gewesen, und heute war das Wetter so klar, dass sie über die Wiesen bis nach Lydd schauen konnte. Rye war frühmorgens immer am schönsten, bevor die Menschen die Ruhe zerstörten. Unter ihr lag die Fishmarket Street, und wenn sie über das Geländer spähte, konnte sie gerade noch auf der rechten Seite ihr Haus sehen. Nicht dass sie den Wunsch gehabt hätte, es anzuschauen. Es war viel tröstlicher, nach The Salts rüberzublicken und daran zu denken, wie ihr Vater ihr auf der Schaukel Schwung gegeben hatte.

»Was jetzt wohl aus dem Haus werden wird?«, überlegte sie. Im vergangenen Sommer hatte sie das Wohnzimmer selbst gestrichen. Die alte Mrs. Simmonds hatte ihr sogar hübschere Gardinen gegeben und ihr gezeigt, wie sie Bezüge für die beiden Kaminsessel nähen konnte, und eine Zeit lang hatte der Raum wirklich hübsch ausgesehen. Aber bei Einbruch des Winters kroch schwarzer Schimmel an den Wänden hinauf und verdarb alles. Bonny tröstete sie mit der Bemerkung, es werde der letzte Winter sein, den sie in diesem Hause verbringen musste. Und ausnahmsweise einmal hatte sie die Wahrheit gesagt.

Camellia wusste nicht, warum sie plötzlich den Drang verspürte, die steile Treppe zu dem Haus hinunterzugehen. Obwohl man es ihr nicht ausdrücklich erklärt hatte, war ihr klar, dass sie das Haus nicht betreten durfte, bevor die Polizei mit ihren Nachforschungen fertig war. Aber sie wollte es betreten. Um wenigstens einen letzten Blick darauf zu werfen.

In allen anderen Häusern der Reihe waren die Vorhänge noch geschlossen, und auf jeder Türschwelle standen Milchflaschen.

Abgesehen von einem schmuddeligen Hund, der draußen sein Morgengeschäft verrichtete, war niemand da, der sie hätte sehen können. Sie schob die Hand durch den Briefkasten und ertastete den Schlüssel, der auf der Innenseite an einer Schnur baumelte.

Das Haus roch so muffig wie eh und je. In der engen Diele hing ein Theaterposter, um wenigstens den schlimmsten Teil der welken Tapete zu verdecken. Bonny hatte es selbst dort aufgehängt. Sie hatte ihr erzählt, dass sie die Schauspielerin Frances Delarhey, die in dem Stück die Hauptrolle spielte, von früher kannte. Camellia hatte keine Ahnung, wie Bonny zu dem Poster gekommen war, aber andererseits hatte ihre Mutter ihr kaum je einmal etwas erklärt.

Das Haus war noch genauso, wie sie es am vergangenen Morgen hinterlassen hatte: die ausgespülte Müslischale auf dem hölzernen Abtropfbrett, ein einziger Kaffeebecher, ein Löffel und die Milch, die in der Flasche sauer geworden war. Sie wanderte ziellos umher, griff nach irgendwelchen Dingen und legte sie wieder weg, während sie sich fragte, warum sie eigentlich hergekommen war. Die unbezahlten Rechnungen auf dem hässlichen, gekachelten Kaminsims, ein Berg Bügelwäsche in einem Korb und eine fast leere Ginflasche auf dem Tisch hätten einen Außenstehenden vielleicht vermuten lassen, ihre Mutter habe unter Depressionen gelitten. Aber dieses Szenario war gar nichts im Vergleich zu dem, was Camellia bisweilen erlebt hatte.

Auf dem Wohnzimmertisch standen Bonnys Schminkspiegel und ihr leuchtend pinkfarbener Nagellack, und daneben lagen eine Nagelfeile und ein Maniküreстäbchen für die Nagelhaut. Es war fast so, als wäre sie nur schnell aus dem Haus gegangen, um Zigaretten zu holen. Wenn Camellia für einen kurzen Moment die Augen schloss und sie dann wieder öffnete, würde Bonny vielleicht wieder am Tisch sitzen, den goldblonden Kopf vornübergeneigt, während sie ihren Nägeln mit der Feile eine perfekte Form verlieh.

In der Ecke des Raumes stand immer noch das Bügelbrett mit den Brandflecken darauf. Camellia wollte jetzt nicht daran denken, dass Bonny erst vierzehn Tage zuvor den Rock verbrannt hatte, für den sie wochenlang gespart hatte.

Sie ging die Treppe hinauf und blieb dann zögernd vor Bonnys Zimmer stehen. Dieser eine Raum war für sie in Abwesenheit ihrer Mutter stets verboten gewesen, und sie würde sich wie eine Schnüfflerin fühlen, wenn sie sich nun dort umsah.

»Jetzt kann sie nicht mehr mit mir schimpfen!«, sagte Camellia laut. Ihre Worte hallten in dem Flur wider, in dem keine Teppiche lagen, und mit dem Echo überfluteten sie bittere Erinnerungen.

Bonnys Zimmer war das einzige, das renoviert worden war. Sie hatte den grässlichen Stan, der ihnen beim Umzug geholfen hatte, dazu überredet und musste ihn wohl mit dem Versprechen bestochen haben, manchmal über Nacht bleiben zu dürfen, denn er schuftete wie ein Sklave dafür. Er strich nicht nur an und tapezierte, sondern baute Schränke für Bonnys Kleider ein, die sich über eine ganze Wand erstreckten. Bonny beteuerte, er würde sich Camellias Zimmer vornehmen, sobald er mit ihrem fertig war. Aber vielleicht schreckte selbst Bonny davor zurück, mit dem Mann zu schlafen, nur um ihr Haus renoviert zu bekommen, denn Stan war plötzlich verschwunden, ohne auch nur die Klinken an den Türen angebracht zu haben. Das musste Bonny selbst erledigen, und Stan kehrte nie wieder zurück, um Camellias Zimmer auf Vordermann zu bringen.

Schließlich drückte sie die Tür auf, trat ein und besah sich trotzig Stans Werk.

Die Spiegel an den Schränken warfen Bilder des kunstvoll geschnitzten Bettes aus Walnussholz und des Ankleidetisches zurück, den Bonny aus dem alten Haus mitgebracht hatte. Vorhänge und Teppich waren in einem dunklen Rosaton gehalten, und eine Tagesdecke aus weißer Spitze und zwei gleiche Lampen auf den kleinen, mit Spitzendeckchen geschmückten Tischen verliehen dem Raum die Atmosphäre luxuriöser Weiblichkeit.

Camellia wusste noch, wie Bonny an dem Tag, an dem das Bett fertig geworden war, dort gelegen hatte.

»Es wird nicht lange dauern, Darling, bis das ganze Haus genauso hübsch aussieht«, hatte sie gemeint, während sie sie auf das Bett gezogen und an sich gedrückt hatte. »Ich bin fertig mit all den Torheiten und Partys. Jetzt gibt es nur noch dich und mich. Ich werde mir einen Job suchen, und wir werden hier glücklich sein. Vielleicht musste ich die Mermaid Street verlassen, um neu anzufangen. Es gab zu viele Geister in diesem Haus.«

Es waren alles Lügen gewesen. Die Partys, die Alkoholexzesse und die Männer, nichts von all dem verschwand aus ihrem Leben. Bonny fand keinen Job und unternahm auch keinen Versuch, den Rest des Hauses hübsch herzurichten. Während sie diesen behaglichen, entzückenden Raum für sich hatte, hatte ihre Tochter auf der anderen Seite des Flurs nur kahle Dielen unter den Füßen, ein Stück Pappkarton war über ein Loch im Fenster geklebt, und die Federn in ihrem Bett stachen durch die Matratze.

Wut stieg in Camellia auf, als sie das sorgfältig gemachte Bett betrachtete, den abgestaubten Ankleidetisch mit all den blitzenden, adrett arrangierten Parfümflaschen. Bis jetzt hatte sie nie wirklich darüber nachgedacht, wie seltsam es war, dass eine Frau, die bis weit in den Vormittag schlief, die die ganze Nacht hindurch trank und die nicht einmal eine Schulbluse für ihre Tochter bügelte, es irgendwie fertig brachte, diesen Raum makellos sauber und ordentlich zu halten.

Ihre Wut steigerte sich noch, als sie die Schränke aufriss und Reihe um Reihe Kleider, Kostüme und Blusen dort sah. Wie viele Male hatte Camellia um einen neuen Schulmantel oder eine Bluse gebettelt und immer dieselbe Antwort bekommen? »Ich bin im Moment ein bisschen klamm, Darling. Vielleicht nächste Woche!«

So viele Ausreden! Sie musste zu einem Vorsprechen. Dieses Vorstellungsgespräch war wichtig. Aber meistens hieß es: »Er betet mich an, Darling. Ich muss einfach gut aussehen! Stell dir nur vor, wie schön es sein wird, einen neuen Vater zu haben.«

Wer war der Mann, mit dem sie sich in London treffen wollte?

Camellia hatte es lange aufgegeben, Bonny nach ihren Männerbekanntschaften zu befragen, denn all ihre Beziehungen endeten auf dieselbe Art und Weise. Im einen Augenblick sprach sie von einer Wohnung in London, einem Urlaub in der Sonne und ihrer Überzeugung, dass ihr Glück sich wenden würde, und im nächsten Augenblick war alles vorbei. Bonny war wie ein Fischer, der sein Leben müßig an einem sonnigen Flussufer verträumte, einen Fisch fing, ein Weilchen mit ihm herumspielte und ihn dann wieder ins Wasser warf, stets auf der Suche nach dem imaginären großen Fang.

Trotzdem war sie, was diesen letzten Mann betraf, ungewöhnlich heimlichtuerisch gewesen. Sie hatte spätnachts lange Telefongespräche geführt, und ihre Augen hatten geleuchtet, als wäre er wirklich wichtig, und immer wieder hatte sie ihrer Tochter gegenüber angedeutet, dass etwas Wundervolles auf sie beide wartete. Erst wenige Tage zuvor hatte sie davon gesprochen, Pässe für sie beide zu besorgen. Warum hatte sie ihr niemals seinen Namen genannt oder ihn mit nach Hause gebracht?

Ich nehme an, er war verheiratet, seufzte Camellia im Stillen. Während sie die Kleider durchsah, traten ihr Tränen in die Augen und strömten über ihre Wangen. Plötzlich musste sie an einen Abend vor etwa vier Wochen denken, eine schöne Erinnerung, die ihre Wut ein wenig milderte.

»Zu elegant für ein paar Drinks.« Bonny hatte das smaragdgrüne Kleid mit dem Perlenbesatz an der Schulter wieder weggehängt. »Und nach Schwarz ist mir heute Abend auch nicht zumute. Hol mir das rosafarbene Kreppkleid aus dem Schrank!«

»Ich wünschte, ich hätte auch so ein Kleid.« Camellia hatte das rosafarbene Gewand vor sich gehalten und sich im Spiegel betrachtet. Bei ihrem Anblick hätte sie am liebsten geweint. Sie war ein fettes Kalb mit dunklen Schweinsäugelchen, strähnigem Haar und fahler, fettiger Haut, und sie war fest davon überzeugt gewesen, niemals in irgendetwas gut auszusehen.

Plötzlich stand ihre Mutter neben ihr und legte ihre weiche, parfümierte Wange an ihre. »Du wirst nicht immer pummelig sein, Darling«, versicherte sie unendlich sanft. »Eines Tages wirst du aufwachen und feststellen, dass all die Pfunde verschwunden sind und du wunderschön bist.«

»Woher weißt du das?« Camellia blinzelte gegen die Tränen an. »Du bist in deinem ganzen Leben nie dick gewesen.«

Bonny lachte, doch diesmal ohne jeden Zynismus. »Ich weiß es, weil ich mal eine gute Freundin hatte, die genauso pummelig war wie du. Am Ende war sie eine der zauberhaftesten Frauen, die ich je gekannt habe. Außerdem hast du ein reizendes Wesen, Darling, und wenn das Fett verschwindet, was ganz sicher passieren wird, wirst du doppelt so anziehend sein wie ich.«

Jetzt nahm Camellia dieses rosafarbene Kleid aus dem Schrank, hielt es sich vors Gesicht und schluchzte. Sie konnte das Parfüm ihrer Mutter riechen, konnte diese glatte Wange spüren, die sich an ihre drückte.

An jenem Abend war sie voller Optimismus zu Bett gegangen. Wenn sie in letzter Zeit nicht so sehr mit sich beschäftigt gewesen wäre, hätte sie vielleicht bemerkt, dass mit ihrer Mutter etwas nicht stimmte.

Mit einem Mal ging Camellia die ganze Wucht dessen auf, was Bonnys Tod wirklich bedeutete. Die schlimmen Erinnerungen scherten sie nicht, genauso wenig wie die Beleidigungen und Demütigungen. Sie wollte einfach ihre Mutter wiederhaben, trotz allem.

»Warum, Mummy? Warum?«, flüsterte sie. »Wenn es so schlimm stand, warum konntest du dann nicht einfach nach Hause kommen und es mir erzählen? Du hast mir immer gesagt, ich solle den Kopf hochhalten und das gehässige Gerede der Leute ignorieren. Ich bin kein Kind mehr, ich hätte dir helfen können.«

Es war eine Mischung aus Wut und Trauer, die sie dazu trieb, alles zu durchsuchen. Irgendwo würde sie vielleicht eine Erklärung finden oder wenigstens einen Fingerzeig. Sie drehte das Unterste zuoberst: Schuhkartons, alte Handtaschen, sogar Manteltaschen. Am Ende hatte sie fast ein Pfund an Kleingeld gefunden, aber nichts anderes.

Als Nächstes nahm sie sich den Ankleidetisch vor und schob

die seidene, nach Chanel duftende Unterwäsche beiseite, fand aber immer noch nichts.

Einige Fotos in einem Umschlag, die ihren Vater zeigten, trieben ihr abermals die Tränen in die Augen. Auf den Bildern war er einfach nur ein hoch gewachsener, schlanker, ernst dreinblickender Mann mit dunklem Haar und Schnurrbart. Sie konnte sich kaum mehr an sein Gesicht erinnern, wusste aber noch genau, wie es gewesen war, als er noch gelebt hatte; sie konnte sich an das Gefühl absoluter Sicherheit erinnern, an das Gefühl, geliebt zu werden und erwünscht zu sein. Daran, wie seine tiefe Stimme abends die Treppe hinaufgeweht war, und an seine Arme, wenn er sie nach seiner Heimkehr hoch über seinen Kopf gehoben hatte.

Vielleicht hatte ihre Mutter John mehr geliebt, als Camellia bewusst gewesen war? Vielleicht war sie immer auf der Suche nach einem Ersatz für ihn gewesen?

Nicht einmal die Schmuckschatulle barg irgendwelche Überraschungen. Die Perlenkette, die Diamantohrringe und das goldene Armband, Geschenke ihres Vaters, waren alle noch dort. Hätte ihre Mutter diese Schmuckstücke nicht wieder versetzt, wenn es finanzielle Probleme gewesen wären, die ihr zu schaffen gemacht hatten?

Als Camellia überall im Raum gesucht hatte, ließ sie sich schließlich auf Hände und Knie nieder, um unter dem Bett nachzusehen, aber auch dort fand sich nichts als ein einzelner Strumpf mit Laufmaschen. Als sie sich jedoch wieder hochzog und sich dabei am Bettpfosten festhielt, sah sie, dass die Tagesdecke an einer Stelle unter der Matratze eingeklemmt war, als hätte ihre Mutter sie hochgehoben, um etwas darunterzuschieben.

Während sie mit einer Hand die Matratze hochhielt, schob sie die andere darunter und tastete den Rahmen ab, bis ihre Finger auf etwas Hartes, Flaches stießen. Sie hatte einen großen, braunen Umschlag gefunden.

Der Umschlag enthielt Schulzeugnisse, die Heiratsurkunde ihrer Eltern und den Totenschein ihres Vaters, außerdem Fotos ihrer Eltern, viele davon auf ihrer Hochzeit aufgenommen, einschließlich eines Bildes in einem Messingrahmen, das in der Mermaid Street auf dem Kaminsims gestanden hatte. Auch ihre eigene Geburtsurkunde fand sie und zehn oder zwölf Atelieraufnahmen von sich bis zu ihrem siebten Geburtstag.

Vorsichtig schob sie alles wieder zurück in den Umschlag. Die Polizei würde ihr diese Dinge später zurückgeben, sie brauchte sie jetzt nicht mitzunehmen. Aber als sie den Umschlag wieder unter die Matratze schob, berührten ihre Finger abermals einen Gegenstand. Auch dieser war glatt, flach und hart. Hastig zog sie ihren Fund hervor und setzte sich auf das Bett, um ihn zu begutachten.

Diesmal war es kein Umschlag, sondern eine Heftmappe aus steifem, grünem Karton.

Ein plötzliches Geräusch von der Straße schreckte sie auf, und sie trat ans Fenster. Die Colleys von nebenan packten einen Picknickkorb in ihren Wagen, und plötzlich wurde Camellia bewusst, dass sie sich schon eine ganze Weile in dem Haus aufhielt. Jeden Augenblick konnte die Polizei auftauchen, oder Mrs. Rowlands ihr Verschwinden entdecken und sich Sorgen machen. Sie musste in die Bäckerei zurückkehren.

Hastig sah sie die Mappe durch. Es schien sich um Briefe von verschiedenen Männern zu handeln, einige davon so alt, dass sie ihre Farbe verloren hatten. Bonny hatte diese Unterlagen zusammen mit dem Umschlag unter ihrem Bett versteckt; vielleicht handelte es sich tatsächlich nur um alte Liebesbriefe, die für niemanden außer für Bonny von Bedeutung waren. Aber die bloße Tatsache, dass sie sie versteckt hatte, sprach eine deutliche Sprache: Kein Außenstehender hatte sie sehen sollen.

»Ich werde sie vernichten, wenn tatsächlich nicht mehr dahintersteckt«, flüsterte sie und spürte Bonnys Gegenwart so deutlich, als hätte sie neben ihr gestanden. »Ich werde niemandem etwas verraten. Ich habe dich lieb, Mummy.«

Sie brauchte nur eine Minute, um die Tagesdecke zurechtzuziehen und alle Türen und Schubladen zu schließen, und eine weitere Minute, um ein paar von ihren eigenen Sachen in eine

Tasche zu packen, in die sie zuvor die Heftmappe geschoben hatte. Dann war sie fort, zog die Haustür fest hinter sich ins Schloss und ließ den Schlüssel an seiner Schnur baumeln.

»Camellia! Wo bist du gewesen?«, jammerte Mrs. Rowlands und wandte sich von dem Schinken ab, den sie in der Pfanne briet. »Du kannst dir nicht vorstellen, was ich durchgemacht habe!«

Es war das erste Mal, dass Camellia Mrs. Rowlands jemals ohne Schürze begegnet war. In ihrem blau gestreiften Baumwollkleid wirkte sie wie ein zu dick gepolstertes Kissen. Auch die Küche sah merkwürdig aus – keine übereinander gestapelten Backbleche, die darauf warteten, gespült zu werden, kein Pasteteteig, der in die riesigen Öfen geschoben werden musste. Es war kühl und sehr sauber.

»Ich bin spazieren gegangen.« Camellia verbarg die Tasche hinter ihrem Rücken. »Ich wollte Sie nicht wecken. Es tut mir Leid, wenn Sie sich um mich gesorgt haben.«

»Nun, jetzt bist du ja wieder da. Bring das hier rüber zu Mr. Rowlands.« Sie reichte Camellia einen Teller mit Schinken und Eiern. »Ich komme mit unserem Frühstück nach.«

Mr. Rowlands saß bereits im Wohnzimmer am gedeckten Tisch und las die *Sunday People*. Er war so dünn, wie seine Frau dick war, und beinahe kahlköpfig. Die verbliebenen dünnen Haarsträhnen hatte er sich von einem Ohr zum anderen über den Kopf gekämmt. Aber seine Augen waren freundlich. Als sie seinen Teller vor ihm abstellte, lächelte er sie an.

Am vergangenen Abend war sie so dankbar für die Gastfreundschaft der Rowlands gewesen. Die kleinen, hellen Räume spendeten all den Trost und die Sicherheit, an denen es in ihrem eigenen Zuhause gemangelt hatte. Es hatte ihr gut getan, dass jemand da war, der ihr ein Bad einlaufen ließ, der sie ins Bett steckte und Mitgefühl zeigte, aber jetzt, im Licht des Tages, kam ihr das Haus wie ein Gefängnis vor.

Mrs. Rowlands war eine Klatschbase, und bis zum gestrigen Tag hatte sie sich Camellia gegenüber stets recht kühl gezeigt.

Hatte die Frau ihr nicht eher aus Sensationslust ein Heim geboten als aus wirklicher Barmherzigkeit?

»Was ist das?« Mrs. Rowlands war mit dem Frühstück für sie und Camellia eingetreten, und ihre scharfen Augen hatten die Tasche sofort erspäht.

»Nur ein paar Sachen von zu Hause«, antwortete Camellia und errötete schuldbewusst. »Ich bin sowieso dort vorbeigekommen, daher dachte ich, ich springe schnell rein und hole mir, was ich brauche.«

»Du hättest nicht allein da reingehen dürfen.« Mrs. Rowlands umflatterte sie wie eine Glucke und schob sie zum Esstisch hinüber. »Die Polizei wollte sich vorher dort umsehen. Ich hätte dich später hinfahren können.«

Tränen brannten in Camellias Augen. »Ich wollte mir nur mein Nachthemd und ein paar Sachen holen. Sonst habe ich nichts angerührt.« Sie hielt den Atem an, so groß war ihre Angst, Mrs. Rowlands könnte die Tasche öffnen, doch jetzt meldete sich ihr Mann zu Wort.

»Natürlich brauchtest du deine Sachen, mein Kind.« Er tätschelte ihre Hand, und sein schmales, zerfurchtes Gesicht war voller Mitgefühl. »Enid muss sich immer Sorgen machen, so ist sie eben. Jetzt iss dein Frühstück, bevor es kalt wird.«

Um sieben Uhr an diesem Abend durchzog der Duft von Gerste das Haus, da Mr. und Mrs. Rowlands in der Bäckerei den Teig für den nächsten Tag anrührten.

Camellia stahl sich auf den Flur hinaus, um sich ein letztes Mal umzusehen. Sie konnte die Stimmen der beiden Rowlands hören, gedämpft von zwei schmalen Treppen. Dies war ihre Chance.

Der Tag war endlos gewesen. Obwohl Camellia die Rowlands fast ihr Leben lang kannte, war es ihr unmöglich gewesen, mit den beiden zu reden.

Es wirkte unhöflich, ein Buch zu lesen, und noch unhöflicher zu fragen, ob sie in ihr Zimmer gehen und allein sein dürfe. Mr. Rowlands hatte die Nase in die Zeitung gesteckt und seine Frau unaufhörlich vor sich hin geschwatzt. Wenn sie nur über Bonny gesprochen hätte, wäre es Camellia vielleicht möglich gewesen zu weinen, aber stattdessen hatte sie sich offenkundig Mühe gegeben, den Namen ihrer Mutter nicht zu erwähnen.

Am Nachmittag hatte Camellia Mrs. Rowlands mit einer ihrer Freundinnen telefonieren hören; sie hatte der anderen Frau erzählt, wie viel Rinderbraten und Yorkshire-Pudding Camellia gegessen hatte. Außerdem hatte sie festgestellt, dass der Tod ihrer Mutter Camellia offensichtlich nicht allzu nahe ging.

Es kam ihr so vor, als wollte Mrs. Rowlands sie mit Absicht in Verlegenheit bringen. Sie hatte eine Bemerkung über die Löcher in ihren Schuhen gemacht und ihr eins ihrer eigenen riesigen Baumwollkleider angeboten, weil Camellias Bluse am Busen spannte, und sie hatte ihre Flecken mit einer Paste betupft. Vielleicht versuchte sie nur, mütterlich zu sein, doch Camellia fühlte sich deutlich an die grausamen Spötteleien erinnert, die sie täglich in der Schule über sich ergehen lassen musste.

Die Zeiger der Uhr bewegten sich so langsam, dass Camellia am liebsten laut geschrien hätte. Alles in ihr drängte sie, das Haus zu verlassen und allein im Sonnenschein draußen einen Spaziergang zu unternehmen. Sie brannte darauf, diese Briefe zu lesen, fühlte sich aber gleichzeitig schuldig, weil sie sie mitgenommen hatte. Bevor Mr. und Mrs. Rowlands wieder in die Bäckerei hinuntergingen, schlug er endlich vor, sie solle früh zu Bett gehen, und Camellia hätte ihn dafür küssen können.

»Nach der Beerdigung wird es dir besser gehen«, meinte er mit echtem Mitgefühl, als hätte er erraten, wie dieser Tag für sie gewesen sein musste. »Du bist noch viel zu jung für so eine Geschichte, aber wir sind ja da, um dir zu helfen.«

Camellia ging ins Bett und arrangierte die Decke so, dass sie sie im Falle einer Unterbrechung sofort hochziehen konnte. Endlich hatte sie Zeit, um den Heftordner zu öffnen. Darin befanden sich insgesamt zwei oder drei Dutzend Briefe und einige alte Fotografien von Leuten, die sie nicht kannte. Aber wenn sie gehofft hatte, in den Briefen einen gewissen Trost zu finden, wurde sie bitter enttäuscht. Alles, was sie dort fand, war Verrat.

Nachdem sie alle Briefe gelesen hatte, verging noch eine ganze

Stunde, bis sie weinen konnte. Sie lag im Bett und lauschte auf die Knetmaschine unten in der Bäckerei, und der Zorn in ihr schwoll immer mehr an, bis er sie fast zu ersticken drohte.

Endlich wurden die Maschinen unten abgestellt, Camellia vernahm das Klirren von Teetassen und das Pfeifen des Kessels; die Rowlands gossen sich eine letzte Kanne Tee auf. Die Kirchenuhr schlug zehn, dann hörte Camellia die Stufen knarren, als die Rowlands heraufkamen, um zu Bett zu gehen.

Binnen Minuten kehrte Stille im Haus ein. Draußen auf der Straße kamen die Leute aus dem »George«; hohe Absätze klapperten den Gehsteig hinunter, und gelegentlich erklang Gelächter. Erst als es auf der Straße so still war wie im Haus, drückte Camellia das Gesicht in das Kissen und schluchzte.

Sie konnte Bonny die eigene Vernachlässigung verzeihen, ebenso die Alkoholexzesse und die unzähligen Affären mit irgendwelchen Männern. Das verschwendete Vermögen der Familie kümmerte Camellia nicht im Mindesten. Sie hatte sich auf weitere Demütigungen gefasst gemacht, auf grausame Scherze, auf all den Klatsch und Tratsch, mit dem man ihr in den nächsten Wochen begegnen würde. Doch sie hatte nicht damit gerechnet, dass ihre Mutter ihr das einzig Schöne rauben würde, das ihr geblieben war.

John Norton, dieser freundliche, liebevolle Herr, war einfach einer von vielen »großen Fischen« gewesen, die Bonny durch Lug und Betrug geködert hatte. Sie hatte ihn nicht nur dazu gebracht, sie zu heiraten, indem sie behauptet hatte, von ihm schwanger zu sein; sie hatte dasselbe auch drei anderen Männern gegenüber vorgegeben und jeden von ihnen erpresst – und das noch zu Johns Lebzeiten.

»Ich hasse dich«, flüsterte Camellia grimmig in ihr Kissen. »Erwarte ja nicht von mir, dass ich um dich trauere, du verlogene Hure. Ich bin froh, dass du tot bist.«

Sie hatte so viele schöne, wunderbare Erinnerungen an ihren Vater – wie sie auf seinem Schoß gesessen und ihm vorgelesen hatte, wie sie zusammen mit ihm unten in Camber Sands schwimmen gegangen und in Hastings Karussell gefahren war, während er sie im Arm gehalten hatte. Es war ihr Vater, der ihr die neugeborenen Lämmer gezeigt und der im Frühling die ersten Pfingstrosen für sie gepflückt hatte.

Zwar hatte sie schon vor langer Zeit die Hoffnung aufgegeben, eines Tages so hübsch zu werden wie ihre Mutter, aber dann hatte sie sich seine Kinderfotos angesehen, die ihn als einen pummeligen Jungen zeigten, und gehofft, ihre Pfunde würden genau wie seine mit sechzehn oder siebzehn Jahren verschwinden, und sie würde schlank und elegant werden. Jetzt hatte sie nicht einmal mehr diesen Strohhalm, an den sie sich klammern konnte. Sie war die fette, hässliche Tochter eines dieser namenlosen anderen Männer.

In den letzten Jahren war Camellia zu der Auffassung gelangt, dass der Egoismus, die Launenhaftigkeit und die mangelnde Selbstbeherrschung ihrer Mutter nicht mehr waren als geringfügige Charakterschwächen, gegen die Bonny machtlos war. Aber dieser Glaube gehörte jetzt der Vergangenheit an. Bonny hätte sehr wohl etwas dagegen unternehmen können. Sie war ein berechnendes Miststück gewesen, das sich mit Lug und Betrug durchs Leben geschlagen hatte. Selbst jetzt stand sie wahrscheinlich irgendwo jenseits des Grabes und lachte, lachte in der Hoffnung, dass man jeden dieser drei Männer verhören und ihre Familien an den Pranger stellen würde.

»Ich werde es nicht zulassen«, murmelte Camellia, während sie sich auf ihrem Kissen hin und her wälzte. »Selbst wenn einer von ihnen dich in den Fluss gestoßen hat, mache ich ihm keine Vorwürfe. Du wirst Daddy nie wieder wehtun.«

Der Schlaf wollte sich nicht einstellen, so sehr sie sich auch darum bemühte. Der Heftordner lag unter dem Schrank versteckt, aber selbst in der Dunkelheit meinte sie, diese Briefe noch sehen und die Qualen erahnen zu können, die ihre Mutter diesen Männern zugefügt hatte. Schließlich stieg sie aus dem Bett, trat vors Fenster und atmete tief die kühle Nachtluft ein.

»Du musst hier weg«, flüsterte sie, während sie zur Kirche hinübersah. Der Mond hing direkt über dem Turm und hüllte die Dächer der Läden in der High Street in ein silbernes Licht. In jeder anderen Nacht hätte dieser Anblick sie vielleicht entzückt, doch jetzt konnte sie nichts anderes sehen als Hässlichkeit. »Vergiss diese drei Männer. Von jetzt an wirst du auf eigenen Füßen stehen müssen.«

5. Kapitel

Camellia stellte ihren Koffer auf den Gehsteig und überprüfte noch einmal die Adresse des Mädchenheims, die sie sich auf einem Stück Papier notiert hatte. Sie befand sich eindeutig in der Hornsey Lane. Auf der hölzernen Tafel am Torpfosten stand unverkennbar der Name *Archway House*, aber sie konnte trotzdem kaum glauben, dass ein so freundlich wirkendes Haus ihr Bestimmungsort sein sollte.

Es war Mitte Oktober, zweieinhalb Monate nach dem Tod ihrer Mutter. Als Mrs. Rowlands ihr an diesem Morgen am Bahnhof von Rye nachgewinkt hatte, war es sehr kalt gewesen, und dicke, schwarze Wolken hatten Regen angedroht. Aber je näher Camellia London gekommen war, desto heller war der Himmel geworden. Jetzt, am späten Nachmittag, war die Sonne herausgekommen und ließ die Blätter einer großen Blutbuche neben dem Tor leuchten und die Fenster blitzen. Auf dem Rand eines großen, kunstvoll gestalteten Vogelbeckens in der Mitte des Rasens hockten einige Spatzen und sahen ihren mutigeren Brüdern beim Baden zu.

Camellia hob ihren Koffer hoch und ging auf die steinerne Treppe zu, die zur Tür des alten, vornehm wirkenden Hauses führte. Sie war sehr nervös. In Rye war es schön und gut gewesen, sich einzureden, die Stelle in dem Londoner Kaufhaus, die sie angenommen hatte, sei ein großes Abenteuer, und all der Kummer gehöre der Vergangenheit an, doch tief im Innern wusste sie, dass sie noch einen weiten Weg vor sich hatte, bevor sie nicht mehr ständig an die Ereignisse der letzten Zeit denken würde.

Doch als sie jetzt die Treppe erreichte, lächelte sie. Irgendjemand hatte einen dünnen, roten Schal um den Hals eines wettergegerbten steinernen Adlers geschlungen, der auf der Balustrade kauerte. Sie hatte das Gefühl, dass es ihr hier gefallen würde.

»Sie müssen Camellia Norton sein.« Eine schmale Frau mit kurzem, eisengrauem Haar und dicken Brillengläsern stand mit einem herzlichen Lächeln in der Tür. »Kommen Sie doch herein, meine Liebe. Hatten Sie eine gute Reise? Ich bin Miss Peet, die Aufseherin, obwohl ich das Wort hasse. Es klingt so, als wäre ich eine Gefängniswärterin.«

Am Ende des Korridors konnte Camellia einen Blick in einen Raum mit einem halben Dutzend fürs Abendessen gedeckten Tischen erhaschen. Zu ihrer Rechten führte eine breite Treppe nach oben, und zu ihrer Linken schien eine Art Salon zu liegen. Obwohl es in dem Haus so still war wie in einer Kirche, verströmte es doch nichts von der strengen Kargheit, die sie von einer solchen Anstalt erwartet hätte. Die Wände waren in sanften Pastelltönen gestrichen und die Fußböden mit Teppichen bedeckt.

»Lassen Sie Ihren Koffer hier stehen«, meinte Miss Peet. »Ich zeige Ihnen Ihr Zimmer später. Die anderen Mädchen sind alle noch bei der Arbeit, daher sollten wir den Frieden und die Ruhe nutzen, um eine Tasse Tee zu trinken und uns miteinander bekannt zu machen.«

Camellia folgte der älteren Frau durch einen Flur bis zum anderen Ende des Hauses. »Oh, Sie haben es aber schön hier!«, rief sie spontan, als sie Miss Peets Wohnzimmer betrat. Es war in herbstlichen Farben gehalten, mit chintzbezogenen Sesseln, rotgoldenen Samtvorhängen und einem echten Feuer, vor dem eine gescheckte Katze saß.

»Das ist Sheba.« Miss Peet bückte sich, um die Katze hinter den Ohren zu kraulen. »Falls Sie sie jemals oben sehen sollten, scheuchen Sie sie hinunter; sie hat eine Vorliebe für fremde Betten, und einige der Mädchen mögen das gar nicht.«

Camellia war plötzlich den Tränen sehr nahe. Sie war so froh darüber gewesen, aus Rye fortzukommen, doch jetzt fühlte sie sich mit einem Mal furchtbar einsam. »Ich hatte nicht erwartet, dass das Heim so hübsch sein würde«, bemerkte sie und rang um Fassung.

»Wir tun unser Bestes, um es uns gemütlich zu machen«, antwortete Miss Peet, während sie einen elektrischen Kessel anstellte, der auf einem Teewagen stand. Auf einem Tablett daneben erblickte Camellia zierliche Tassen aus Knochenporzellan und einen Teller mit Keksen. »Jetzt setzen Sie sich und machen Sie es sich bequem.«

Gertrude Peet warf einen raschen Blick über ihre Schulter, während sie darauf wartete, dass das Wasser kochte. Das Mädchen kauerte unbeholfen in einem Sessel und sah blass und verängstigt aus.

Eine Lehrerin von der Mittelschule in Rye hatte Miss Peet angerufen, um nach einem Platz für dieses Mädchen zu fragen, und sie in groben Zügen über die Familiengeschichte der Nortons informiert. Sie hatte sich vorgestellt, ein Mensch mit dem Namen Camellia müsse sehr hübsch sein; ganz gewiss war sie nicht darauf vorbereitet gewesen, dass das Mädchen so drall und unansehnlich war.

»Was für einen prachtvollen Namen Sie haben!«, bemerkte sie, während sie das heiße Wasser in die Teekanne goss. »Ich arbeite seit der Eröffnung des Heims im Jahr 1948 hier, aber einer Camellia bin ich noch nie zuvor begegnet.«

»Mir ist es lieber, wenn man mich Mel nennt«, entgegnete das Mädchen mit gepresster Stimme.

Es klang so, als hätten sich schon viele Leute über Camellia und ihren Namen lustig gemacht, und Gertrudes Herz flog dem jungen Mädchen zu. Sie war selbst reizlos gewesen mit ihrer spitzen Nase, ihrem mausbraunen Haar und einem Körper, der so dünn und flach war wie ein Brett. Während des Krieges war sie bei den Luftwaffenhelferinnen gewesen, und obwohl sie hatte zusehen müssen, wie jede einzelne ihrer Kolleginnen Liebesaffären erlebt, geheiratet und Kinder bekommen hatte, war sie einem Mann niemals näher gekommen, als es bei einem Tanz in der Kantine möglich war. Sie hatte sich schon bald damit abgefunden, das Leben einer alten Jungfer zu führen. Jetzt war sie achtundfünfzig und hatte sich siebzehn Jahre lang um junge Frauen gekümmert, die zum ersten Mal fern von zu Hause waren, und sie konnte sich mühelos mit einem Mädchen identifizieren, das glaubte, niemals akzeptiert zu werden.

Gertrude Peet wusste, dass viele der Mädchen im Archway House in ihr einen Hemmschuh für jedwedes Vergnügen sahen, einen Drachen, der all ihre Schritte beobachtete und beim leisesten Anzeichen eines Regelbruchs über sie herfiel. Tatsächlich verstand sie die jungen Mädchen sehr gut, und das Wohlergehen eines jeden einzelnen ihrer vierundzwanzig Schutzbefohlenen lag ihr aufrichtig am Herzen. In den meisten Fällen waren die Mädchen, die hier herkamen, von ihren Familien fortgelaufen. Im Laufe der Jahre hatte Gertrude alle möglichen Konstellationen kennen gelernt, angefangen von Opfern von Inzucht, brutaler Grausamkeit und Vernachlässigung bis hin zu jungen Mädchen, die fast erstickt worden waren von elterlicher Liebe. Seltsamerweise waren es Letztere, die die größten Schwierigkeiten machten: Sie waren diejenigen, die alle Regeln brachen. Dem Anschein nach gehörte Camellia Norton trotz des schlechten Rufs ihrer Mutter und deren ein wenig zweifelhaftem Ende zur stillen, fleißigen und vernünftigen Sorte.

Nun, man würde sehen.

Camellia begriff bald, dass ihre Vorstellung, ihr Leben werde eine dramatische Wendung zum Besseren nehmen, ein Irrtum war. In Rye war der Tratsch ihr größtes Problem gewesen, sodass ihr schließlich nichts anderes übrig geblieben war, als die Stadt für immer zu verlassen. Nach der Beerdigung hatten die Leute sie behandelt wie einen streunenden Hund, dem sie Mitleid und kleine Leckerbissen anboten, doch niemand hatte sie wirklich haben wollen oder ihre Gefühle verstanden. Noch Wochen nach Bonnys Tod hatte man über die teuren anonymen

Blumensträuße getratscht, die zur Beerdigung geschickt worden waren. Kein einziger dieser mysteriösen Bewunderer hatte den Mut gehabt, Camellia ein paar tröstende Worte oder gar ein paar Pfund in einem Umschlag zu senden, um ihr zu helfen, ihr Leben wiederaufzubauen. Die einzigen Briefe, die sie erhalten hatte, waren weitere unbezahlte Rechnungen gewesen.

Mr. und Mrs. Rowlands hatten sich freundlich gezeigt, aber im Laufe der Wochen war Camellias Dankesschuld ihnen gegenüber zu einem solch hohen Berg angewachsen, dass sie sich davon erstickt gefühlt hatte. Um ihnen ihre Gastfreundschaft zu vergelten, hatte sie in der Bäckerei wie eine Sklavin geschuftet. Der Job bei Peter Robinson in der Oxford Street und der Platz in einem Mädchenheim würde nicht viel besser sein als das, was sie in Rye gehabt hatte, aber zumindest wäre sie dort ein unbeschriebenes Blatt.

Das zumindest hatte sie gedacht, bevor sie aus ihrer Heimatstadt aufgebrochen war, doch in London traf sie auf eine Mauer absoluter Gleichgültigkeit. Während ihrer ersten vier Monate dort wäre Camellia beinahe froh gewesen, hätte sie im Zentrum eines neuerlichen Skandals gestanden, nur damit irgendjemand sie beachtete. Sie hatte das Gefühl, unsichtbar geworden zu sein.

Trotzdem gefiel ihr der Job an der Handtaschentheke bei Peter Robinson recht gut. Sie hatte ein gewisses Talent im Umgang mit den Kunden, und die Abteilungsleiterin lobte sie für ihre geschickte Dekoration der Waren, ihre Aufmerksamkeit den Kunden gegenüber und ihre Verlässlichkeit. In den Wochen vor Weihnachten hatte es im Kaufhaus viel zu tun gegeben, und auch während des Ausverkaufs im Januar hatte Camellia kaum Zeit gefunden, um darüber nachzudenken, dass sie praktisch nichts über die anderen Verkäuferinnen wusste. Aber daheim im Archway House war ihre Isolation von den anderen Mädchen schmerzhaft fühlbar. Sie hatte bisher nicht eine einzige Freundin gefunden.

Ihr sechzehnter Geburtstag verging, ohne dass sie eine einzige Glückwunschkarte erhalten hätte. Weihnachten hatte sie kurz zuvor nur mit Miss Peet und einem neuen Mädchen namens Janice verbracht, das immer wieder in Tränen ausgebrochen war. Alle anderen waren zu ihren Familien nach Hause gefahren. Camellia hatte eine Karte und eine Wollmütze von Mrs. Rowlands bekommen, einen Geschenkgutschein von Bert Simmonds und Badesalz von Miss Peet. Sie hatten Brathühnchen gegessen und ferngesehen, aber selbst Miss Peet schien – trotz ihrer unermüdlichen Bemühung um Frohsinn – Erinnerungen an eine glücklichere Zeit nachgehangen zu haben.

Eines Morgens im Februar, vier Monate nach ihrer Ankunft in London, fuhr Camellia wie gewohnt mit der U-Bahn zur Arbeit, als ihr plötzlich ein wenig schwindelig wurde. Wahrscheinlich hatte sie Hunger, dachte sie. Am Abend zuvor hatte sie das Essen ausgelassen, und am Morgen war sie ohne Frühstück aufgebrochen. Aber gegen zehn Uhr, kurz vor der Kaffeepause, in der sie sich ein Sandwich aus der Kantine hatte holen wollen, fühlte sie sich plötzlich wieder so merkwürdig. In ihrem Kopf summte es, und sie konnte nicht richtig sehen. Bevor sie auch nur einen Stuhl erreichte, um sich hinzusetzen, wurde alles um sie herum schwarz.

Als sie wieder zu sich kam, lag sie auf dem Fußboden, umringt von Kunden und Verkäufern. Suzanne, die zierliche Blondine aus der Strumpfwarenabteilung, kniete neben ihr und strich ihr das Haar aus der Stirn.

Suzanne war das beliebteste Mädchen im ganzen Kaufhaus. Alle anderen Angestellten rissen sich förmlich ein Bein aus, um mit ihr die Pausen verbringen zu dürfen. Bis jetzt hatte sie für Camellia kaum ein Lächeln übrig gehabt und nicht das geringste Interesse an ihr gezeigt.

»Ich kümmere mich um sie, Miss Puckridge«, beharrte die blonde junge Frau, während sie Camellia mit tatkräftiger Unterstützung durch die Abteilungsleiterin auf die Beine half. »Ich bringe sie in den Pausenraum und brühe ihr eine Tasse Tee auf.«

Als Camellia, gestützt auf Suzanne, die Kaufhausetage durchquerte, war sie noch zu benommen von ihrer Ohnmacht, um verlegen zu sein oder auch nur irgendetwas zu erklären. Erst als das andere Mädchen sie auf einen Sessel gedrückt, den Kessel angestellt und sich dann vor sie hingehockt hatte, das zarte, elfenhafte Gesicht voller Sorge, wurde Camellia bewusst, dass sie mit ihrem Missgeschick die Mauer der Gleichgültigkeit durchbrochen hatte.

»Du bist doch nicht schwanger, oder?«, fragte Suzanne.

Camellia schüttelte den Kopf. Trotz ihrer derzeitigen Orientierungslosigkeit wusste sie, dass sie ihre Notlage irgendwie zu ihrem Vorteil nutzen musste.

Suzanne war der Inbegriff all dessen, was sie selbst nie sein konnte, dachte Camellia. Sie war chic und sah entzückend aus in ihren wadenlangen engen Röcken: klein und zierlich, mit seidigem, blondem Haar, das ihr wie ein Vorhang über ein Auge fiel. Außerdem war sie nur etwa ein Jahr älter als Camellia, besaß aber das Selbstbewusstsein und die Haltung einer Zwanzigjährigen.

»Schwanger bin ich ganz bestimmt nicht.« Camellia brachte ein kleines Lächeln zu Stande. »Es sei denn, du glaubst an unbefleckte Empfängnis.«

Suzanne lachte. »Nun, das erleichtert mich sehr«, meinte sie, bevor sie sich wieder dem Kessel zuwandte, um den Tee zu kochen. »Dann bliebe nur noch die andere Theorie übrig, dass du dich langsam zu Tode hungerst. Habe ich Recht?«

Camellia beobachtete Suzanne verstohlen, während diese das kochende Wasser in die Teekanne goss. Der enge Rock zeichnete einen makellos geformten Körper nach; sie wagte es sogar, einen Gürtel um ihren Pullover zu binden. Ob sie jemals begreifen würde, was für ein Gefühl es war, dick zu sein? »Ich versuche nicht direkt, mich zu Tode zu hungern, aber ich habe tatsächlich Diät gehalten«, sagte sie leichthin.

»Wozu um alles in der Welt tust du das?« Suzanne drehte sich jäh um, und ihre falschen Wimpern flatterten überrascht.

»Na komm schon!« Camellia lächelte. »Du brauchst nicht höflich zu sein. Ich weiß, dass ich monströs bin, doch ich habe versucht, etwas dagegen zu unternehmen.«

Suzanne sah sie verwirrt an. Dann trat sie ein oder zwei Schritt zurück, einen Finger auf ihr kleines spitzes Kinn gelegt, und musterte Camellia. »Als du hier angefangen hast, habe ich dich für ein bisschen pummelig gehalten«, bekannte sie nachdenklich. »Aber ehrlich, das bist du jetzt nicht mehr. Du wiegst bestimmt keine sechzig Kilo.«

Jäher Jubel durchzuckte Camellia. Ihre Kleider waren in letzter Zeit ein wenig ausgebeult gewesen, doch bisher hatte sie einfach gedacht, sie hätten sich beim Waschen geweitet. Sie hatte nicht den Mut aufgebracht, sich in der Apotheke zu wiegen. »Im September hat mich ein Arzt gewogen«, beteuerte sie. »Die Waage zeigte fünfundsiebzig Kilo an, und er hat mir einen Diätplan gegeben.«

Suzanne sah sie triumphierend an. »Nun, die Diät hat offensichtlich funktioniert. Hast du dich in letzter Zeit mal gewogen?«

»Ich hab mich ja gar nicht dran gehalten.« Camellia ließ den Blick sinken. »Ich konnte es nicht. Weißt du, ich habe damals in einer Bäckerei gearbeitet. Eigentlich sollte ich mich noch mal bei dem Arzt vorstellen, bevor ich Sussex verließ, aber ich habe es versäumt. Wahrscheinlich hatte ich genug von all den Fragen nach dem Tod meiner Mum.«

Suzanne legte sich in einer Geste offensichtlicher Verlegenheit eine Hand auf den Mund. »Das tut mir Leid«, entgegnete sie hastig. »Davon wusste ich nichts. Ist es erst vor kurzem passiert? Bist du deshalb nach London gekommen?«

Camellia hatte nur ein einziges Mal mit Miss Peet über den Tod ihrer Mutter gesprochen, danach nie wieder. Als sie jetzt jedoch die Sympathie in Suzannes Augen sah, wurde ihr klar, dass das vielleicht ein Fehler gewesen war. »Ist schon gut. Es war im August«, antwortete sie in der Hoffnung, damit das Interesse des anderen Mädchens wach zu halten. »Sie ist ertrunken. Ich werde dir mal davon erzählen, wenn du willst. Aber vielleicht sollte ich mir zuerst ein Sandwich holen. Ich möchte nicht noch mal umkippen.«

Suzanne drückte Camellia einen Becher mit süßem Tee in die Hand, dann besorgte sie ihr ein Sandwich in der Kantine. Nach der Geschwindigkeit zu urteilen, mit der sie zurückkam, musste sie den ganzen Weg bis in den vierten Stock und zurück gerannt sein.

Während Camellia ihr Käsesandwich verzehrte und den Tee trank, erzählte sie von den vergangenen Monaten.

Suzannes Augen füllten sich mit Tränen, und sie ließ sogar ihre Zigarette im Aschenbecher verglimmen.

»Oh, Mel«, seufzte sie schließlich. »Wie furchtbar! Ich weiß nicht, wie ich es ertragen würde, wenn meiner Mum so etwas zustieße.«

Camellia streckte zaghaft die Hand aus und berührte den Arm des anderen Mädchens. »Ich fühle mich jetzt viel besser. Vielen Dank.«

Sie tranken eine zweite Tasse Tee, obwohl Suzanne mittlerweile eigentlich ihre Arbeit wieder aufnehmen müsste, und Camellia gestand ihr, wie einsam sie sich gefühlt hatte, sowohl bei der Arbeit als auch im Mädchenheim.

»Als du hier angefangen hast, haben wir alle gedacht, du wärst arrogant. Ich wünschte, ich hätte damals schon gewusst, was passiert war – dann wäre ich nicht so gemein zu dir gewesen.« Suzannes forscher Londoner Tonfall klang jetzt gedämpft, und zwischen ihren Brauen standen tiefe Falten.

»Du warst nicht gemein.« Camellia lächelte – Suzanne hatte ihr nichts Schlimmeres angetan, als sie zu ignorieren. »Außerdem war Mitleid das Letzte, was ich wollte. Das habe ich zu Hause schon tonnenweise erfahren. Außerdem weiß ich, dass fette, reizlose Mädchen nicht gerade die Welt in Brand setzen.«

Einen Augenblick lang herrschte Schweigen, dann begann Suzanne zu ihrer Überraschung zu kichern.

»Du bist vielleicht blöd!« Sie griff nach Camellias Hand und zog sie auf die Füße und zu einem Spiegel an der Wand hinüber. »Ich habs dir doch schon gesagt, du bist nicht fett! Und reizlos bist du erst recht nicht. Sieh dich doch mal richtig an!«

Seite an Seite standen sie vor dem Spiegel. Camellia sah, was sie erwartet hatte: ein hoch gewachsenes Mädchen, neben dem die zierliche Blondine geradezu winzig erschien, ein Mädchen mit einem strengen Pferdeschwanz, blasser Haut und dunklen, schräg geschnittenen Augen. Aber dann griff Suzanne von hinten in ihre Kleider und zog ihren Rock und die Strickjacke zurück, sodass die Linien ihres Körpers sichtbar wurden.

»Verstehst du, was ich meine? Du bist nicht viel dicker als ich. Es liegt nur an deinen schäbigen Kleidern. Und dein Gesicht ist große Klasse! Du hast einen guten Körperbau und eine wunderbare Haut; du hast nur nicht gelernt, das Beste aus dir zu machen. Man braucht sich ja nur deinen Pferdeschwanz anzusehen! Du solltest dir einen schönen Haarschnitt verpassen lassen und die Haare offen tragen. Wenn es heute Nachmittag etwas ruhiger ist, hole ich Carol aus der Kosmetikabteilung, damit sie dir ein paar Tipps gibt.«

Dann mussten sie beide wieder zurück zur Arbeit, aber in Camellias Kopf hallten noch Suzannes Worte nach. Sie glaubte keinen Augenblick lang, dass sie besser aussah als früher, obwohl ihre Pickel verschwunden waren. Dennoch ließ sie im Schutz der Ladentheke die Hände über ihre Hüften gleiten. Zu ihrem maßlosen Erstaunen stellte sie fest, dass sie kaum noch Fleisch zu greifen bekam.

In den Badezimmern in Archway House gab es keine Spiegel; der einzige bodenlange Spiegel in dem Schlafzimmer, das sie sich mit drei anderen Mädchen teilte, befand sich in Wendys Teil, und sie dachte nicht im Traum daran, sich darin zu betrachten. Wie peinlich, wenn irgendjemand sie dabei ertappte! Es stimmte, sie hatte in letzter Zeit keine Süßigkeiten mehr gegessen, keinen Kuchen und keine Pasteten – konnte es sein, dass das allein unmerklich ein Wunder bewirkt hatte?

Camellia wartete in der Apotheke, bis einige andere Mädchen sich von der Waage entfernt hatten; dann schlich sie mit gesenktem Kopf darauf zu. Die Zeit war ihr sehr lang geworden an diesem Morgen, während sie auf ihre Mittagspause gewartet hatte, um hierher zu kommen.

Sie stellte sich auf die Waage und knöpfte ihren Mantel auf, bevor sie den Penny in den Schlitz warf, damit außer ihr niemand sonst das Ergebnis sehen konnte. Während die Münze fiel, legte sie vorsichtshalber eine Hand über die Siebzig, aber zu ihrer Überraschung wanderte der Zeiger nur bis knapp über die Sechzig-Kilo-Marke. Einundsechzig Kilogramm waren es genau.

Einen Augenblick lang konnte sie die Waage nur erschrocken anstarren. Es war unmöglich, dass sie das richtige Ergebnis anzeigte! Konnte sie wirklich fast fünfzehn Kilo abgenommen haben?

»Zeigt die Waage richtig an?«, fragte sie die Bedienung an der Theke.

»Natürlich.« Die Frau schürzte die Lippen, als nähme sie Camellia die Frage übel. »Sie wird grundsätzlich jeden Montag geprüft.«

Wenn Camellia nach ihrer Rückkehr ins Kaufhaus nicht gleich zu Suzanne hinübergegangen wäre und ihr das Ergebnis des Wiegens zugeflüstert hätte, hätte die hübsche Blondine ihr früheres Versprechen das Make-up betreffend vielleicht vergessen. Aber jetzt sah sie sich auf der im Augenblick wenig besuchten Kaufhausetage um und eskortierte Camellia zu Carol an die Kosmetiktheke.

Carol mit ihrem flammend roten, Cilla Black nachempfundenen Haar und den dazu passenden langen Fingernägeln bewunderte Camellia beinahe noch mehr als Suzanne. Alles an ihr war der Inbegriff der Vollkommenheit, angefangen von ihrer cremeweißen Haut bis zu ihren Kenntnissen auf dem Gebiet der Kosmetik. Sie und Suzanne waren echte Glückskinder – hübsch, beliebt und umschwärmt. Aber es bedurfte nur eines einzigen Wortes von Suzanne, und Carol schob Camellia auf einen Stuhl, zerrte ihr das Gummiband aus dem Haar und kämmte es durch.

»Du, meine Liebe, hast alle klassischen Züge einer echten

Schönheit, im Gegensatz zu Suzanne und mir mit unserer hellen Haut und dem gefärbten Haar«, erklärte sie begeistert. »Dein Haar ist von Natur aus leuchtend und gewellt. Es braucht nur einen anständigen Schnitt. Mir brennt es schon seit einer Ewigkeit unter den Nägeln, dich in die Finger zu bekommen«, gestand sie.

Carol begann mit einer Gesichtsbehandlung und zupfte Camellia die Augenbrauen, bevor sie sich dem Make-up widmete. »Du brauchst gar nicht viel«, meinte sie, während sie eine Grundierung auftrug. »Du brauchst bloß deine größten Vorzüge zu betonen, deine Wangenknochen, die Augen und diese herrlich sinnlichen Lippen. Die meisten Frauen würden für so ein Aussehen einen Mord begehen!«

Selbst Miss Puckridge, die rotblonde, hochmütige Abteilungsleiterin, kam herbei, um den jungen Frauen Ratschläge zu erteilen. Es schien ihr überhaupt nichts auszumachen, dass Camellia nicht hinter ihrer Theke stand. »Hören Sie genau zu, was Carol Ihnen rät«, sagte sie und schenkte Camellia sogar ein seltenes Lächeln. »Jeder, der sie oder mich selbst jemals ohne Make-up gesehen hat, würde sich für ihre erstaunlichen Fähigkeiten auf diesem Gebiet verbürgen.«

Es war ein Schock für Camellia festzustellen, dass ihr Gesicht nicht rund war, wie sie stets angenommen hatte, sondern oval. Unter ihren Wangenknochen lagen interessante Grübchen, und sowohl ihre Wangenknochen als auch ihre jetzt noch von Mascara und Eyeliner besonders betonten mandelförmigen dunklen Augen stachen auf eine Art und Weise hervor, wie sie es noch nie bemerkt hatte. Als die Mädchen darauf bestanden, dass sie ein modernes zweiteiliges Strickkostüm mit langem, engem Rock anzog, war sie erst recht verwirrt. Ihre Hüften waren nur um eine Spur breiter als Suzannes Hüften, ihr Bauch war fast flach, und sie hatte tatsächlich eine Taille.

Während der ganzen Heimfahrt mit der U-Bahn verlor Camellia sich in einem wunderbaren Tagtraum. Sie malte sich aus, wie es ihr Leben verändern würde, wenn sie nun schlank und hübsch wurde. In diesem Sommer konnte sie in Parks Sonnenbäder nehmen und rosafarbene oder rote Kleider tragen statt marineblauer. Sie konnte zu Tanzabenden und Partys gehen. Vielleicht würde sie sogar einen Freund finden.

Aber als die U-Bahn zwischen Kentish Town und Tuffnel Park hielt, wanderten ihre Gedanken plötzlich zu den Briefen ihrer Mutter weiter. Zum ersten Mal dachte sie jetzt mit Interesse an diese Männer statt mit Zorn.

Welcher von ihnen war ihr Vater? War es Magnus in Bath, Jack in Arundel oder Miles in Kensington? Sie hatte ihre Briefe jetzt so oft gelesen, dass sie sich ein Bild von ihnen allen gemacht hatte. Sie glaubte zu wissen, dass Jack die Sandkastenliebe war, der Mann, der Bonny vor dem Ertrinken gerettet hatte. Er war offensichtlich ein ungebildeter Mann; seine Adresse war eine Reparaturwerkstatt in demselben Dorf in Sussex, in das ihre Mutter während des Kriegs evakuiert worden war.

Magnus dagegen schien älter und sehr gebildet zu sein, ein verheirateter Mann, dem seine verbotene Affäre mit Bonny großes Unglück gebracht hatte.

Der dritte Mann, Miles, hatte nur ein einziges Mal geschrieben, einen kalten, abschätzigen Brief, als hätte er bestenfalls Verachtung für Bonny empfunden. Camellia hatte das Gefühl, in Erfahrung bringen zu müssen, wer dieser Mann war. Sie fragte sich, ob er und seine Frau zu den Ehepaaren zählten, die zu Lebzeiten ihres Vaters manchmal zum Abendessen gekommen waren.

Außerdem befand sich unter diesen Briefen einer, der von einer Frau stammte. Sie hatte mit »H« unterschrieben, und es klang so, als wäre auch sie Tänzerin gewesen. Es war ein seltsamer, rätselhafter Brief, doch gleichzeitig verriet er so viel Zuneigung und Wärme sowohl für die Freundin Bonny als auch für sie selbst, Camellia, dass die Frau für ihre Mutter wichtig gewesen sein musste.

Camellia wollte gerade in Archway aus der U-Bahn steigen, als sie mit jäher Klarheit eine neue Dimension dieser Briefe erkannte. Damals in Rye hatte sie in ihnen den endgültigen Beweis dafür gesehen, dass ihre Mutter nur eine kaltherzige, berechnende und flatterhafte Person gewesen war. Sie hatte es nicht gewagt, Bert Simmonds die Briefe zu übergeben, nicht wegen eines neuerlichen Skandals oder weil einer dieser Männer vielleicht den Tod ihrer Mutter verursacht hatte, sondern weil *sie* sich davor gefürchtet hatte, irgendwelche weiteren schmutzigen Wahrheiten zu entdecken.

Aber jetzt, mit ihrem neu gefundenen Selbstbewusstsein, war sie weniger ängstlich als neugierig, was ihre Vergangenheit betraf.

Sie würde an sich arbeiten müssen, bevor sie den Mut aufbrachte, einem jeden von diesen drei Männern gegenüberzutreten. Aber eines Tages musste sie es wagen. Sie würde kein ganzer Mensch sein, bevor sie nicht die Wahrheit kannte.

Kurz nach halb sieben öffnete Camellia die Tür von Archway House. Sie war so glücklich, dass sie glaubte zu platzen. Die dicke, unansehnliche Camellia würde in Kürze begraben werden, und eine schlanke, potenziell attraktive, neue Camellia würde in Erscheinung treten.

Miss Peet nahm gerade die alten Aushänge vom schwarzen Brett in der Halle ab, als Camellia hereinkam. Schon auf den ersten Blick konnte sie sehen, dass an diesem Tag etwas Gutes passiert sein musste. Das Mädchen wirkte vollkommen anders als sonst. »Sie sehen glücklich aus«, meinte sie. »Und dabei ist nicht einmal Zahltag!«

»Ich fühle mich fantastisch«, erwiderte Camellia strahlend. »Eins der Mädchen bei der Arbeit hat mich geschminkt, und ich habe mich gewogen.« Sie brach ab, weil sie sich plötzlich töricht vorkam.

Miss Peet lächelte wissend. Ihr war schon seit einigen Wochen aufgefallen, dass Camellia abgenommen hatte. All ihre Mädchen bekamen abends eine leicht verdauliche, ausgewogene Mahlzeit, und viele von ihnen wurden dadurch schlanker und selbstbewusster. Sie wünschte nur, sie hätte ebensolche Wunder bewirken können, was das Anknüpfen von Freundschaften betraf, aber vielleicht würde Camellia dazu nun selbst in der Lage sein.

»Lassen Sie sich einen Rat von dem alten Drachen geben«, sagte sie mit einem Lächeln. »Ziehen Sie sich nach dem Essen nicht mehr in Ihr Zimmer zurück, sondern kommen Sie mit den anderen Mädchen in den Salon. Sie werden sehen, so schwierig ist das gar nicht.«

Camellia spähte zaghaft in besagten Salon. Insgesamt saßen dort fünf Mädchen. Madeline, eins der zwei anderen Mädchen aus ihrem Zimmer, teilte sich das große Sofa mit zwei neuen, die vor einer Woche angekommen waren. Rose, ein hoch gewachsener Rotschopf, und Karen, ein zierliches, dunkelhaariges Mädchen aus dem Norden, saßen vor den dreien auf dem Fußboden.

»Hallo.« Rose blickte auf und lächelte. »Kommst du rein? Im Fernsehen läuft rein gar nichts, deshalb jammern wir gerade alle darüber, dass wir keinen Freund haben.«

Miss Peet hatte den Aufenthaltsraum – auch Wohnzimmer oder Salon genannt – gemütlich und einladend eingerichtet. Die Sessel und Sofas passten zwar nicht zusammen, und einige davon waren alt und schäbig, doch jeden Abend wurde im Kamin ein großes Feuer angezündet, die Regale standen voller Bücher, und sogar ein Klavier und ein großer Fernseher waren da. Männliche Freunde durften sich bis zehn Uhr abends in diesem Raum aufhalten, waren jedoch ein seltener Anblick; den meisten jungen Männern fiel es schon schwer, Miss Peet an der Tür gegenüberzutreten, und ein Abend mit einem halben Dutzend kichernder Mädchen war erst recht keine verlockende Aussicht.

»Komm nur«, rief Karen mit einem unerwartet herzlichen Lächeln. »Wir beißen nicht.«

Rose stellte ihr die Neuzugänge vor und hielt dann einen Moment lang inne. »Von Camellia kann ich euch leider nichts berichten«, fügte sie mit einem Lachen zu den beiden hinzu. »Bisher war sie eine richtige Einsiedlerin. Madeline glaubt, sie wolle den Schleier nehmen.«

Während all dieser Monate war Camellia so sehr mit sich selbst beschäftigt gewesen, dass ihr nie der Gedanke gekommen war, die meisten anderen Mädchen in dem Heim könnten genauso einsam sein wie sie. Es fiel ihr schwer, so unbefangen zu plaudern wie Rose und Madeline, aber sie hörte den anderen aufmerksam zu und ließ sich Zeit, bevor sie ihnen etwas von sich selbst erzählte.

Rose war von zu Hause weggegangen, um ihrer neuen Stiefmutter zu entkommen. Brenda und Christine, die neuen Mädchen, hatten Schottland verlassen, weil es dort keine guten Jobs gab. Karen kam direkt aus einem Kinderheim, und Madeline hatte ihr Zuhause in Birmingham nach einem Streit mit ihren Eltern verlassen, bei dem es um ihren Freund gegangen war. Aber obwohl keine der jungen Frauen es so leicht gehabt hatte, wie Camellia bisher angenommen hatte, drehte das Gespräch sich trotzdem keineswegs um traurige Lebensgeschichten. Es ging um Kleider, Popstars und Jungen – aber ein wenig wollten die anderen doch nun auch über Camellia erfahren.

Die früheren Ereignisse des Tages hatten Camellias Vorsatz, ihre Vergangenheit für sich zu behalten, ausgelöscht. Wenn sie von diesen Mädchen akzeptiert werden wollte, musste sie ehrlich sein, das spürte sie instinktiv. Sie erzählte ihre Geschichte schlicht und schmucklos und ohne jedwede Sentimentalität.

Als sie schließlich in die Gesichter der anderen Mädchen blickte, sah sie nicht nur Interesse darin, sondern tiefes Verständnis. In diesem Moment erkannte sie, dass ihr Leben sich verändern würde. Sie gehörte endlich dazu, war wie die anderen.

Das Gespräch wandte sich anderen Themen zu, unter anderem der Hartnäckigkeit, mit der Miss Peet darauf bestand, dass die Mädchen, die unter achtzehn waren, um elf Uhr zu Hause sein mussten. Rose meinte, sie würden sich eine plausible Ausrede ausdenken müssen, wenn sie zu der Party am nächsten Wochenende gehen wollten, zu der einige junge Männer aus der Nachbarschaft sie eingeladen hatten.

»Es sind allesamt Kunststudenten von der Kunstakademie Hornsey«, erinnerte Madeline mit einem Kichern, das vermuten ließ, dass sie die jungen Männer ziemlich gut kannte. »Außerdem sind sie Beatniks und rauchen Marihuana.«

Ein gewisses Unbehagen malte sich auf den Gesichtern der Mädchen ab. Camellia witterte eine Gelegenheit, noch einige weitere Punkte für sich erzielen zu können. »Klingt witzig«, erklärte sie mit Nachdruck, obwohl ihre Kenntnisse von Beatniks und Marihuana sich auf einen einzigen Zeitschriftenartikel beschränkten. »Wenn ihr wollt, werde ich Miss Peet fragen. Sie hält mich für ein furchtbar braves Mädchen, und wenn ich sage, dass wir alle zusammen hingehen wollen, kann sie das nicht gut ablehnen.«

»Was um alles in der Welt sollen wir anziehen?« Brenda, die junge Schottin, blickte zweifelnd auf ihren adretten Faltenrock.

»Jeans«, erklärte Madeline kategorisch. »Und ausgeleierte Pullis. Die Wohnung ist der reinste Schweinestall.«

Eine Woche später, nachdem Miss Peet sich endlich hatte erweichen lassen und die Sperrstunde für den Abend der Party aufgehoben war, beschloss Camellia, sich eine Jeans zu kaufen.

An ihrem freien Tag Anfang der Woche hatte sie alle Vorsicht in den Wind geschlagen und sich in einem Frisörsalon in der Oxford Street die Haare schneiden lassen. Mit einem Bild aus einer Zeitschrift bewaffnet, das ein Model mit seidig schimmerndem Bob zeigte, war sie dort erschienen, aber als die Friseurin ihr das Haar über die Augen gekämmt und begonnen hatte, ihr einen Pony zu schneiden, hatte sie es mit der Angst zu tun bekommen. Was, wenn das Ganze ein schrecklicher Fehler war? Die Panik wuchs noch, als die junge Frau rundherum mindestens acht Zentimeter abschnitt, doch als das Haar schließlich gefönt war, hätte Camellia am liebsten vor Glück geweint.

Ein schwerer Pony fiel ihr jetzt über die Augenbrauen, der gleichzeitig ihre breite Stirn verbarg und ihre dunklen Augen betonte. Ihr Haar war nun schulterlang, dick, leuchtend und schwer, und selbst wenn sie den Kopf herumwarf, fiel es sofort wieder in die richtige Form.

Der erfolgreiche Haarschnitt veranlasste sie schließlich, ihre Ersparnisse anzugreifen. Sie hatte sich bereits einen engen Rock gekauft, Schnürstiefel und einen hautengen Pullover für die Arbeit und dazu neue, kleinere Unterwäsche. Jetzt war es Zeit für die Jeans.

»Die ist viel zu groß.« Suzanne blickte in die Umkleidekabine, während Camellia in ihrer Mittagspause einige Hosen anprobierte, und hielt ihr eine kleinere hin. »Die müsste richtig sitzen.«

Camellia fand die Jeans in Größe vierzig genau richtig, wagte es aber nicht, das zu sagen. Gehorsam zog sie sie aus und nahm die Größe achtunddreißig von ihrer Freundin entgegen. Sie bekam sie zwar über die Hüften, konnte den Reißverschluss aber nicht hochziehen.

»Die ist viel zu eng«, japste sie, während sie noch mit dem Stoff kämpfte.

Suzanne grinste sie an. »Nein, ist sie nicht. Leg dich auf den Rücken, dann kriegst du sie schon zu.«

Camellia kicherte über diesen lächerlichen Vorschlag, tat aber wie geheißen. Hoffentlich kommt nicht ausgerechnet jetzt jemand in die Umkleideräume und sieht mich hier liegen, wie ich mit einem Reißverschluss ringe, dachte sie im Stillen. »Ich kann mich unmöglich jedes Mal hinlegen, wenn ich zur Toilette muss!«, jammerte sie.

»Die Hosen weiten sich noch, du Dummkopf.« Suzanne verlor langsam die Geduld. »Und jetzt steh auf!«

Camellia erhob sich vorsichtig. Sie hatte das Gefühl, ein Stahlkorsett zu tragen – sie konnte kaum gehen, geschweige denn laufen oder sich hinsetzen.

»Sieht doch fabelhaft aus«, beharrte Suzanne. »Komm raus und lass dich bewundern.«

Camellia ließ sich vor einen Spiegel schieben und errötete, als ein paar Kunden sie anstarrten.

Aber beim Anblick ihres Spiegelbildes schnappte sie vor Erstaunen nach Luft. »Ich bin ja richtig schlank!«, entfuhr es ihr.

Jeans waren in diesen Tagen Pflicht, wenn man »dazugehören« wollte. Camellia konnte nicht zählen, wie oft sie sich gewünscht hatte, solche Hosen tragen zu können. Aber jetzt, da sie sah, dass ihr Po noch knackiger aussah als Suzannes Po und dass sich keine Wülste mehr um ihre Taille abzeichneten, erschien es ihr wie ein Wunder.

»Wie oft muss ich dich noch daran erinnern?« Suzanne grinste gutmütig. »Das einzig Dicke an dir ist dein Kopf. Also, was willst du obenrum anziehen?«

»Madeline meinte, einen ausgebeulten Pulli.« Camellia legte fragend den Kopf zur Seite. »Was sagst du dazu?«

»Nur Beatniks tragen ausgeleierte Pullis«, schnaubte Suzanne verächtlich. »Du brauchst etwas, das deinen hübschen Busen zur Geltung bringt. Da drüben hängen ein paar schicke Streifen-T-Shirts von Banlon. Probier mal eins von den schwarz-roten an, damit siehst du bestimmt klasse aus.«

»Die sind zu teuer.« Camellia runzelte die Stirn. »Ich kann nicht mehr als drei Pfund ausgeben.«

Suzanne spähte aus der Umkleidekabine, um sich davon zu überzeugen, dass niemand zuhörte. »Klau eins«, flüsterte sie. »Steck es dir in die Hose, wenn du nach Hause gehst.«

Camellia starrte die Freundin mit offenem Mund an. Sie konnte nicht fassen, was sie da hörte. »Das ist unmöglich!«

»Die meisten Mädchen tun das«, antwortete Suzanne zwinkernd, »mich eingeschlossen, aber dass du uns ja nicht verpetzt, hörst du?«

Camellia kaufte die Jeans, bekam ihren Personalrabatt und ließ sie zum Personaleingang hinunterschicken, wo sie sie auf dem Heimweg abholen wollte. Aber als sie ihre Arbeit hinter der Theke wieder aufgenommen hatte, ging Suzannes Vorschlag ihr nicht aus dem Kopf. Das T-Shirt war im Grunde nicht allzu wichtig für sie; der Himmel allein wusste, dass sie genug ausgeleierte Pullover besaß, die den Zweck erfüllen würden. Doch der Wunsch, mit Suzanne gleichzuziehen, trübte die Frage der Moral ein wenig. Es wäre so einfach: Zusammengefaltet wäre das T-Shirt nicht dicker als ein Schal. Suzanne behauptete, sie hätte einmal sogar eine Jacke unter ihrem Mantel aus dem Haus geschmuggelt. Die Sicherheitsleute am Personalausgang überprüften zwar immer ihre Taschen, aber bisher hatten sie noch nie jemanden wirklich gefilzt. Und wenn sie jetzt kniff, würde Suzanne sie dann nicht für einen Feigling halten?

Während des Nachmittags stahl Camellia sich immer wieder in die Modeabteilung hinüber, um sich das T-Shirt anzusehen. Das Oberteil, das ihr am besten gefiel, kostete sechs Pfund, neunzehn Shilling und elf Pence, war schwarz-rot gestreift und hatte lange Ärmel und einen runden Ausschnitt. Je öfter sie es betrachtete, desto dringender wollte sie es haben.

Ein plötzlicher Kundenansturm am späten Nachmittag vertrieb es aus ihren Gedanken. Sie verkaufte einer schwierigen Kundin eine sehr teure italienische Handtasche und ein Portmonee und kurz darauf noch fünf preisgünstigere Taschen. Wie vernünftig es wäre, wenn Peter Robinson seinen Verkäuferinnen Provisionen zahlen würde! Es war kaum überraschend, dass die meisten Mädchen sich keine große Mühe mit den Kunden gaben.

Gegen fünf Uhr stand Suzanne plötzlich wieder neben ihr.

»Eine Kundin hat gerade ein T-Shirt in der Umkleidekabine liegen lassen«, flüsterte sie. »Geh rein und hol es dir.«

Jetzt hatte Camellia keine Ausrede mehr – nicht einmal eine Kundin, die sie daran hätte hindern können, stand an ihrer Theke. Eine Weigerung würde sie vielleicht wieder in die Reihen der anderen Mauerblümchen zurückkatapultieren, die ihre Mittagspausen allein zubrachten. Sie ließ sich Zeit auf dem Weg in die Umkleidekabinen und hoffte, dass jemand das T-Shirt inzwischen wieder an den Ständer gehängt hatte.

Aber es lag immer noch da, ein kleines, zerdrücktes, schwarzrotes Etwas auf einem Hocker. Es hatte für sie genau die richtige Größe, stellte sie fest, als sie es in die Hand nahm.

Nach einem tiefen Atemzug faltete sie das Oberteil winzig klein zusammen, zog ihren Rock hoch, schob es unter ihren Strumpfhalter und schaute in den Spiegel. Keine verräterische Wölbung zeichnete sich ab, aber zurück hinter ihrer Theke, schlüpfte sie zur Sicherheit in ihre alte Strickjacke und knöpfte sie zu.

Suzanne kam zurück, die Augenbrauen fragend hochgezogen.

Camellia nickte und klopfte auf ihren Bauch.

»Ich hab mir so einen geholt«, flüsterte Suzanne und zeigte auf eine Schaufensterpuppe, die einen Pullover aus weißer australischer Wolle trug. »Wir gehen zusammen raus.«

Die Glocke, die den Ladenschluss verkündete, erklang, die Sicherheitsleute kamen herbei, um die Türen abzuschließen, und die Verkäufer legten weiße Leinentücher über ihre Theken. Endlich verkündete das zweite Läuten, dass das Personal die Kassenschubladen in die Buchhaltung bringen und nach Hause gehen konnte.

Als sie die Garderobe erreichte, zitterte Camellia am ganzen Körper und schwitzte heftig. Suzanne, die sich gerade eine dunkelblaue Baskenmütze aufsetzte, plauderte mit einem anderen Mädchen. Sie wirkte nicht im Mindesten nervös.

»Willst du den ganzen Abend hier verbringen?« Carol aus der Kosmetikabteilung berührte Camellia am Ellbogen. »Komm, lass uns noch eine Tasse Kaffee bei ›Wimpy‹ trinken, bevor wir nach Hause gehen. Ich sterbe, wenn ich mich nicht endlich hinsetzen und eine rauchen kann.«

Miss Puckridge stand neben Wilf, dem Sicherheitsmann, am Personalausgang. Wie immer malte sich auf ihrem Gesicht jener gewisse Ausdruck der Überlegenheit ab. Eins nach dem anderen trotteten die Mädchen an Wilf vorbei und hielten ihm ihre geöffneten Handtaschen hin. Suzanne war vor Camellia an der Reihe, Carol nach ihr.

»Gute Nacht, Süßer.« Suzanne kraulte Wilf kurz unterm Kinn, als sie an die Reihe kam. »Kein Abschiedskuss heute Abend?«

»Sieh zu, dass du nach Hause kommst, du kleines Luder«, knurrte er, und seine dunklen Augen funkelten.

Als Nächstes musste Camellia die Tasche vorzeigen. Ihr war jetzt übel; bestimmt stand ihr das Wort »Diebin« auf die Stirn geschrieben. Wilf war keine besonders erschreckende Erscheinung – er war mindestens sechzig Jahre alt und ein freundlicher, umgänglicher Mensch –, aber das würde alles irgendwie noch schlimmer machen, falls er Verdacht schöpfte. Er warf jedoch nur einen beiläufigen Blick in ihre Handtasche und wandte sich dann Carol zu.

»Miss Norton!«

Beim Klang der schrillen Stimme der Abteilungsleiterin wich alles Blut aus Camellias Gesicht.

»Ich glaube, Sie haben etwas vergessen, Miss Norton«, fügte sie hinzu, und Camellias Beine wurden butterweich.

Miss Puckridge ließ sich von niemandem zum Narren halten, obwohl die Mädchen alle über sie witzelten. Ihr entging kaum etwas, das im Kaufhaus passierte, und es war schon vorgekommen, dass sie Verkäuferinnen rausgeworfen hatte, nur weil sie zu spät gekommen waren. Plötzlich durchzuckte Camellia ein Gedanke: War sie vielleicht von Suzanne auf die Probe gestellt worden, um ihre Ehrlichkeit zu überprüfen?

»Ich habe etwas vergessen?«, wiederholte Camellia schwach. Ihr Herz hämmerte, und jede Schweißdrüse in ihrem Körper schien sich zu öffnen, um Flüssigkeit abzugeben.

»Ihre Jeans.« Die ältere Frau lächelte und hielt ihr eine Peter-Robinson-Einkaufstüte entgegen. »Ein paar von euch Mädchen würden ihren Kopf vergessen, wenn er nicht fest angeschraubt wäre.«

Ein mattes Grinsen war alles, was Camellia zu Stande brachte, als sie die Tüte entgegennahm und auf die Tür zueilte.

»Also, hast du irgendwas mitgehen lassen?«, fragte Suzanne Carol, sobald sie in der »Wimpy-Bar« saßen. Zu Camellias Überraschung griff Carol unter den Tisch und förderte eine Handtasche aus weichem Leder zu Tage.

Camellia war schockiert, nicht nur weil die glamouröse Carol ebenfalls des Diebstahls fähig war, sondern weil sie die Frechheit besessen hatte, etwas von ihrer, Camellias, Theke zu stehlen – wahrscheinlich direkt vor ihrer Nase. »Aber das ist brandneue Ware«, rief sie. »Ich habe die Sachen heute erst ausgezeichnet.«

»Und es ist gar nicht einfach, so ein Ding in der Unterhose zu verstauen«, kicherte Carol. »Es hat höllisch gekitzelt. Ich hätte es dir schon früher erzählt, doch ich weiß erst seit heute von Suzanne, dass du unserer fröhlichen Truppe beigetreten bist.«

Jetzt war es an Suzanne, ihre Beute ans Licht zu bringen. Sie zog ihren Pullover unter dem Mantel hervor und faltete ihn dann säuberlich zusammen, bevor sie ihn in ihre Tasche schob.

Camellia zeigte mit beschämter Miene ihr T-Shirt vor. »Ich hätte mir fast in die Hose gemacht, als Miss Puckridge meinen Namen rief«, gab sie zu, bevor sie das T-Shirt glatt strich und es in die Einkaufstüte mit ihrer Jeans legte. »Ich habe noch nie etwas geklaut.«

»Ich finde, es steht uns einfach zu.« Carol zündete sich eine Zigarette an und lehnte sich auf ihrem Stuhl zurück. »Die bezahlen uns einen beschissenen Lohn und erwarten von uns, dass wir jeden Tag ordentlich angezogen zur Arbeit erscheinen, doch der Rabatt, den sie uns einräumen, ist kaum der Rede wert. Mir kommt es so vor, als nähme ich mir lediglich eine Gehaltserhöhung.«

Camellia dachte bei sich, dass die dreißig Prozent Rabatt, die sie beim Kauf der Jeans erhalten hatte, recht anständig waren, aber sie wollte sich mit ihren neuen Freundinnen nicht streiten.

»Du wirst sehen, im Handumdrehen wirst du einen ganzen Schrank voller Kleider zu Hause haben«, meinte Suzanne kichernd. »Doch lass dich bloß nie dazu hinreißen, in die Kasse zu greifen, Mel. Sie haben Millionen Methoden, um uns dabei zu erwischen.«

Die Party in der Hornsey Lane war eine ziemliche Enttäuschung für die Mädchen aus dem Heim, abgesehen von Madeline, die ein Auge auf einen der Gastgeber geworfen hatte. Es gab nur Bier und Cidre zu trinken, und auch von dem versprochenen Marihuana war nichts zu sehen; stattdessen versuchten die jungen Männer, von den Mädchen Zigaretten zu schnorren.

Aber obwohl diese Party ihr Leben nicht veränderte, hatte die Erfahrung die Mädchen zusammengeschweißt: Gemeinsam hatten sie Miss Peet die Erlaubnis abgerungen, sie bis ein Uhr morgens ausgehen zu lassen, sie hatten einander beim Frisieren und Schminken geholfen, und das Gekicher am Abend danach hatte ihre neue Freundschaft zementiert.

Vor wenigen Wochen waren die Werktage für Camellia schleppend langsam dahingekrochen, und die freien Tage und Sonntage waren ihr noch länger erschienen. Jetzt, da sie Freunde bei der Arbeit und zu Hause hatte, flog die Zeit förmlich dahin. Die Party war nur ein Vorgeschmack auf das Leben außerhalb des Wohnheims gewesen, ein kurzer Blick auf wilde, freie Menschen, die die ganze Nacht aufblieben und Musik hörten, die an Demonstrationen teilnahmen und sich weigerten, sich Zwängen zu unterwerfen. Suzanne sagte, ihre Freunde nähmen etwas, das Purple Hearts hieß und das ihnen dabei half, die ganze Nacht wach zu bleiben und zu tanzen. Im Sommer würden sie alle dann auf ihren Motorrollern nach Brighton fahren.

Mit dem Frühling veränderten sich die Bilder in den Modezeitschriften langsam, was größtenteils auf die Designerin Mary Quant zurückging. Ihre Mode richtete sich ausschließlich an junge Menschen, mit lebhaften geometrischen Mustern und Röcken, die weit oberhalb des Knies endeten. Die jungen Mädchen reagierten mit Feuereifer, wandten sich über Nacht von ihren alten, wadenlangen Röcken ab und trugen Stiefel statt der alten Schnürschuhe – sozusagen als Gegengewicht zu so viel nacktem Bein. Irgendjemand aus der Medienwelt verfiel auf die Beschreibung »Minirock«, und mit einem Mal war ein vollkommen neuer Look geboren.

Für Camellia gab es kein Halten mehr. Sie studierte Modezeitschriften, beobachtete, was andere Mädchen trugen, und fragte jeden um Rat, von dem sie glaubte, er wisse es besser als sie. Und die Sachen, die sie jetzt fast täglich im Kaufhaus stahl, waren einzig zu dem Zweck gedacht, sie in puncto Mode ganz an die Spitze zu bringen.

Sie nahm weiter ab, und Ostern wog sie nur noch fünfundfünfzig Kilo. Jetzt brauchte sie sich nicht länger an Schaufenstern vorbeizustehlen, aus Angst, einen Blick auf ihr Spiegelbild zu erhaschen, sondern sah sich an und lächelte. Mit ihrem wippenden Haar, den mit schwarzem Kajalstift betonten Augen, dem blassen Schmollmund und den langen, schlanken Beinen war sie der Inbegriff einer »flotten Biene«. Wer hätte gedacht, dass das reizlose, dicke Mädchen, das einst den Spitznamen Camel getragen hatte, die Erste im Archway House sein würde, die es wagte, sich einen Minirock zu kaufen?

Ab und zu erwachte in Camellia der Wunsch, Bonny hätte ihre Veränderung miterleben können. Die Zustimmung ihrer Mutter hätte ihr Freude bereitet. Manchmal dachte sie sogar daran, nach Rye zu fahren. Welch süße Rache es gewesen wäre, die Mädchen, die sie in der Vergangenheit verspottet hatten, vor Erstaunen und Neid erblassen zu sehen! Mrs. Rowlands wollte sie gar nicht wiedersehen, aber es wäre schön gewesen, noch einmal mit Bert Simmonds zusammenzutreffen. Er war ein wahrer Freund gewesen.

Doch 1966 war ein zu aufregendes Jahr, um kostbare Zeit auf den Besuch eines Ortes zu verschwenden, der nichts als traurige Erinnerungen für sie bereithielt. Camellia war überglücklich in dieser Zeit; sie lernte junge Männer kennen, ging tanzen und besuchte Partys. Sie schmiedete sogar langfristige Pläne, von denen einer die Überlegung beinhaltete, sich im neuen Jahr zusammen mit Madeline und Rose eine Wohnung zu suchen.

Dann kam eine ganze Serie von Partys und Feten. Sie begann mit Camellias siebzehntem Geburtstag am einundzwanzigsten Dezember und dauerte ohne Pause über Weihnachten bis Silvester. Das Jahr 1967 begann für Camellia in den Armen eines jungen Mannes, der ein kragenloses Beatles-Jackett und den dazu passenden Haarschnitt trug. Er sagte ihr, sein Name sei Tony Blackburn, er sei DJ bei Radio Caroline, dem Piratenradiosender. Er klang tatsächlich wie der bekannte DJ, aber sie konnte nicht recht glauben, dass ein so berühmter Mann den Silvesterabend im »Hammersmith Palais« verbringen und seine Zeit mit einem gewöhnlichen Mädchen wie ihr verschwenden würde. Er versprach ihr, sie in den nächsten Tagen anzurufen und zu einem Essen in dem Restaurant oben im Post Office Tower einzuladen.

Er hielt sein Versprechen nicht, doch das spielte kaum eine Rolle, da sie jede Menge anderer Verabredungen hatte, sowohl allein als auch zusammen mit Madeline und Rose aus dem Mädchenwohnheim. In einem Pub in Highgate, den sie regelmäßig besuchten, lernten sie immer irgendjemanden kennen. Januar, Februar und März vergingen im Handumdrehen, und sie sprachen immer noch von einer gemeinsamen Wohnung, in der sie wilde Partys feiern und unabhängig sein würden, sodass sie die ganze Nacht fortbleiben konnten, wenn ihnen danach zumute war. Aber irgendwie kamen sie nie dazu, sich auf die Suche nach etwas Geeignetem zu machen.

Im April desselben Jahres flammte in Camellia zum ersten Mal Interesse an der Londoner Untergrundszene auf. Im März hatte es im Central Park in New York einen Protestmarsch von zehntausend Blumenkindern gegeben, und ihre bizarre Kleidung, ihre Demonstrationen gegen die amerikanische Beteiligung am Vietnamkrieg und ihre Ideologie von Frieden und Liebe sprachen Camellia irgendwie an. Das gewaltige Medienecho, das das Thema auslöste, und die Berichte darüber, dass London die »Swinging City« sei, überzeugten sie davon, dass direkt vor ihrer Nase etwas wirklich Wichtiges vor sich ging.

Etwa zur selben Zeit stellte Miss Puckridge den Verkäuferinnen von Peter Robinson ein Ultimatum: Jede Angestellte, die bei der Arbeit einen Rock von weniger als fünfzig Zentimetern Länge trug, würde gezwungen werden, sich einen Nylonoverall überzuziehen. Da die Mehrheit von Camellias Röcken Zentimeter um Zentimeter kürzer geworden waren, bis sie selbst die vierzig Zentimeter unterschritten hatten, wusste sie, dass die ältere Frau sie auf dem Kieker hatte. Hinzu kam ein vages Gefühl der Langeweile, was die Mädchen im Wohnheim betraf. Sie schien ihnen entwachsen zu sein. Der einzige Ehrgeiz dieser

Mädchen war eine Ehe, während Camellia das Leben kennen lernen wollte. Selbst Madeline, die Wildeste im Archway House, zeigte kein Verlangen mehr nach abenteuerlichen Ausflügen in das Nachtleben Londons. Im Gegenteil, als Camellia vorschlug, zusammen ins »Middle Earth« zu gehen, einen neuen Club, der in einem Kellergeschoss von Covent Garden eröffnet hatte, erntete sie von Madeline einen entsetzten Blick.

»Da wimmelt es nur so von Drogenabhängigen«, sagte sie und schürzte missbilligend die Lippen. »Ich habe gehört, dass man eine Nadel in den Arm gestochen kriegt, sobald man über die Schwelle tritt.«

Dies erschien Camellia extrem unwahrscheinlich, und sie beschloss, am nächsten Tag Carol und Suzanne auf das »Middle Earth« anzusprechen.

Es wurde dann doch Sommer, bis sie zum ersten Mal hingingen. Der Club öffnete erst nach halb zehn, und als die Mädchen kurz nach elf dort ankamen, plärrte aus den Lautsprechern *Strange Brew* von The Cream, dass ihnen beinahe das Trommelfell platzte. Wie man ihnen erzählt hatte, war das Lokal einfach ein riesiger, höhlenähnlicher Keller, der direkt unterhalb des Marktes von Covent Garden lag; die Sitzplätze bestanden nur aus nackten Brettern, aber der Club entsprach genau Camellias Erwartungen, ja er übertraf sie sogar. Die Wände waren weiß getüncht und gaben einen erstklassigen Hintergrund für bunte Lichtershows ab. Im Rhythmus der Musik formten sich bunte Kleckse an den Wänden, sodass sich überall ein anderes Bild ergab.

»Und da habe ich mir Sorgen gemacht, ich würde vielleicht komisch aussehen!«, kicherte Suzanne.

Sie war wie eine Indianersquaw gekleidet, mit einem ledernen Minikleid mit langen Fransen und Perlen. Dazu trug sie lange, braune Stiefel und noch mehr Perlen um die Stirn.

»Ich habe mich nie normaler gefühlt«, erwiderte Carol lachend. Sie hatte sich nur mit Mühe dazu überreden lassen, ihr normales Outfit gegen ein viktorianisches Kleid aus cremefarbener Spitze einzutauschen, das einmal ihrer Großmutter gehört hatte. Sie sah umwerfend aus. »Ich glaube, ich werde in Zukunft öfter mal Grans Kleiderschrank plündern.«

Sie kamen sich vor wie auf einem Filmset oder einer Kostümparty. Hunderte von Menschen, die so ziemlich alle Perioden und Stilrichtungen präsentierten: Mädchen in Abendkleidern aus den Zwanziger- und Dreißigerjahren oder in wallenden, durchsichtigen Gewändern, in Jeans, Miniröcken und wild gemusterten Fantasiegewändern, man sah aber auch Saris und Zigeunerröcke, und ein Mädchen hatte sich sogar wie eine Bauchtänzerin mit einem glitzernden Gürtel aus Goldmünzen gekleidet. Die Männer waren genauso auffällig: nicht ein einziger dunkler Anzug im ganzen Club und Haare, die fast ebenso lang waren wie die der Mädchen. Samthosen, Brokatjacketts, perlenbesetzte Indianerhemden aus Leder und Jeans. Ein Mann trug nichts am Leibe als eine leuchtend gelbe Hüfthose. Seine nackten Füße und seine Brust waren von einem dunklen goldenen Braunton, und sein gelocktes Haar umrahmte sein Gesicht wie ein Heiligenschein.

»Das muss ein Balletttänzer sein«, meinte Suzanne, als der Mann eine Pirouette drehte und hoch in die Luft sprang. Eine junge Schwarze gesellte sich auf Rollerskates zu ihm und ließ in einem langen roten Röhrenkleid die Hüften kreisen. Überall brannten Weihrauchstäbchen, kleine Glöckchen, die viele der Besucher um den Hals trugen, klingelten, und die ganze Atmosphäre erinnerte Camellia an einen Jahrmarkt oder einen Karnevalsumzug.

Zu ihrer Enttäuschung schienen Carol und Suzanne sich zu langweilen. »Es gibt keinen Tropfen Alkohol«, jammerten sie immer wieder. »Die Typen sind alle ziemlich komisch. Die Musik ist zu laut, vielleicht hätten wir doch runter ins ›Palais‹ gehen sollen.«

Die Musik war nicht laut, sie war ohrenbetäubend. Camellia hatte das Gefühl, endlich im Zentrum all der Ereignisse gelandet zu sein, von denen sie gelesen hatte. »Seid keine Spielverderber«, flehte sie ihre Freundinnen an. »Alle anderen amüsieren sich doch auch.«

»Die nehmen alle Drogen«, erklärte Suzanne mit einem Schmollmund. »Wenn wir an ein paar Purple Hearts kämen, könnten wir wohl auch mitfeiern.«

Camellia brauchte nichts, um high zu werden. Aber wenn ein paar Pillen Suzanne und Carol glücklich machen und zum Bleiben bewegen konnten, sollte es ihr recht sein.

Sie hockte zusammen mit Carol auf einem der Sitzbretter und beobachtete Suzanne, wie sie auf einen hoch gewachsenen, dunkelhaarigen Mann in langer Brokatjacke zuging. Er war sehr schlank und hatte schwarzes, gelocktes Haar, das so lang war wie ihr eigenes. Als Suzanne ihn ansprach, drehte er sich um, und Camellia spürte, wie sich die feinen Härchen in ihrem Nacken aufstellten. Ein Pirat aus einem Kinderbuch, war ihr erster Eindruck; ein längliches, olivfarbenes Gesicht mit dichten Augenbrauen und ein breites, strahlendes Lächeln.

Sie war mindestens zwanzig Meter von ihm entfernt, aber als Suzanne in ihre Richtung zeigte, lächelte er, und Camellias Puls beschleunigte sich.

Er war mindestens einen Meter achtzig groß, trug unter seiner Jacke ein zerknittertes Hemd und dazu Samthosen, die er sich in hohe Stiefel aus Schlangenleder geschoben hatte.

Camellia legte eine Hand auf Carols Schulter und machte sie auf den Mann aufmerksam. »Er ist einfach schön«, flüsterte sie.

»Für mich sieht er gefährlich aus«, antwortete Carol. »Wie alle anderen hier. Ich weiß nicht, warum wir überhaupt mitgekommen sind.«

Camellia beachtete Carols schroffe Erwiderung nicht, denn in diesem Moment kam Suzanne mit dem dunkelhaarigen Mann auf sie zu.

»Wonach steht euch denn der Sinn, Mädels?«, fragte er, als er vor ihnen stand. Er blickte zu Camellia hinüber und zwinkerte, beinahe als wüsste er, dass sie ihn beobachtet hatte.

»Purple Hearts oder Blues?«, hakte Suzanne nach.

Er schob eine Hand in die Tasche und holte einen kleinen Umschlag hervor. »Alles, was ich habe, sind ein paar Bennies, wollt ihr die?«

»Was kosten sie?« Suzanne hatte ihren kühlen, hochnäsigen Ausdruck aufgesetzt, zu dem sie immer Zuflucht nahm, wenn sie sich einer Sache nicht ganz sicher war.

»Bin ich vielleicht der Typ, der drei so süßen Puppen Geld abnimmt?«, gab er lächelnd zurück. »Die gehen auf mich.«

Er zögerte, bevor er sich von ihnen abwandte. Abermals wanderte sein Blick zu Camellia, und sie konnte nichts anderes tun, als ihn ihrerseits anzustarren. Seine Augen waren die dunkelsten, die sie je gesehen hatte, leicht schräg mit schweren Lidern und langen, schwarzen Wimpern, und seine Haut spannte sich straff und glatt über markante Wangenknochen. Er verströmte Männlichkeit aus allen Poren und wusste die Aufmerksamkeit auf seine engen Hosen und die Ahnung eines muskulösen Körpers unter dem exquisiten Hemd zu lenken.

»Wach auf«, flüsterte Carol und stieß Camellia in die Seite. »Er ist weg.«

»War er wirklich so schön?« Camellia lächelte.

»*Yeahr.*« Carol reichte ihr eine Cola, um die Tabletten herunterzuspülen. »Aber du kannst darauf wetten, dass alle anderen Frauen das Gleiche denken. Also, vergiss ihn.«

Überall um sie herum gingen merkwürdige Dinge vor. Eine bleichgesichtige, schmutzig aussehende junge Frau saß in der Ecke und zog sich einen Ledergürtel über dem Oberarm fest; zu Camellias Entsetzen injizierte sie sich irgendeine Droge. In einer anderen Ecke liebten sich zwei Leute, als wären sie allein. Andere murmelten vor sich hin oder stolperten mit glasigen Augen umher. Auf der Tanzfläche sprangen, torkelten und taumelten die Leute zu der lauten Musik, sodass sie das Gefühl hatte, auf einem bizarren, fremden Planeten gelandet zu sein. Aber trotz all der Dekadenz um sie herum wanderte Camellias Blick immer wieder zu dem Mann hinüber, der ihnen die Tabletten gegeben hatte.

Jeder kannte ihn und versuchte, ihn im Vorbeigehen anzusprechen, aber er blieb niemals länger als wenige Sekunden bei irgendjemandem stehen. Camellia fragte sich, ob er vielleicht der Besitzer des Clubs war. Jedenfalls war es nett von ihm, seine Tabletten mit ihnen zu teilen.

Sie bemerkte kaum, dass zuerst Carol, dann Suzanne auf den Tanzboden ging, da sie vollauf damit zufrieden war, einfach dazusitzen und das Treiben zu beobachten. Ihre Freundinnen hatten behauptet, so high zu sein, dass sie kaum still sitzen konnten, aber Camellia spürte nichts weiter als eine schwache Röte der Erregung auf ihren Wangen.

»Haben sie dich ganz allein sitzen lassen?«

Es war wieder der dunkelhaarige Mann, und seine Stimme klang tief und heiser, als rauchte er hundert Zigaretten am Tag.

»Kein Problem«, lächelte sie. »Ich sehe gern zu.«

So mühelos und anmutig wie eine Katze schwang er sich auf den Platz neben ihr, obwohl die Sitzbretter hier etwa zwei Meter über dem Boden angebracht waren. »Ich habe euch drei noch nie hier gesehen«, bemerkte er. »Woher kommt ihr?«

»Die beiden anderen wohnen in Hammersmith«, erwiderte Camellia. »Ich komme aus Highgate.«

»Ich heiße Dougie«, sagte er. »Und du?«

»Camellia.«

Es war das erste Mal, seit sie sich erinnern konnte, dass sie bereitwillig ihren wirklichen Namen nannte. Aus irgendeinem seltsamen Grund fühlte sie sich an diesem Abend wie eine Camellia.

»Ein hübscher Name«, entgegnete er lächelnd. »Passt zu dir. Du hast die schönsten Beine, die ich je gesehen habe.«

Camellia kicherte errötend und zog ihre Shorts instinktiv ein Stück weiter herunter.

»Tu das nicht.« Er schlug ihr spielerisch auf die Finger. »Wenn du den Mut hast, etwas derart Aufreizendes zu kaufen, dann solltest du es mit Stolz tragen, statt verlegen zu sein.«

Camellia hatte eine überraschend unbefangene Art mit Männern, wenn sie sich mit den meisten Mädchen verglich, die sie kannte. Da sie noch immer nicht erwartete, ihnen besonders zu gefallen, gab sie sich irgendwie keine allzu große Mühe im

Umgang mit ihnen. Die Folge war, dass die Männer sich umso mehr für sie interessierten. Außerdem hatte ihre Arbeit in einem viel besuchten Kaufhaus ihr zusätzliches Selbstbewusstsein gegeben, da sie gelernt hatte, aufmerksam auf alles zu reagieren, was die Kunden vielleicht sagten. Und zu guter Letzt hatte sie festgestellt, dass eine freche Bemerkung ganz am Anfang eines Gesprächs ihr Gegenüber überraschte und sein Interesse wach hielt.

»Ich hab die Shorts nicht gekauft«, meinte sie grinsend. »Ich habe sie geklaut. Ich klaue alle meine Kleider.«

Einen Moment lang sah er sie nur an. Es ließ sich schwer feststellen, ob er schockiert war oder sie für verrückt hielt. Aber dann verzog er den Mund zu einem breiten Grinsen, und seine Augen blitzten. »Also wirklich!«, meinte er. »Ein Mädchen ganz nach meinem Herzen.«

Erst als sie mit Dougie zu plaudern begann, wurde ihr bewusst, dass die Tabletten ihre Wirkung zeigten. Wie Suzanne behauptet hatte, wurde man von der Droge ziemlich redselig und selbstbewusst. Sie registrierte, dass sie ein Bild von sich zeichnete, das ihr gänzlich neu war, ein Bild, das Dougie den Eindruck vermitteln musste, sie sei viel erfahrener und verrückter, als sie es in Wirklichkeit war.

Er forderte sie zum Tanzen auf, und obwohl Camellia einen Augenblick lang befürchtete, sich auf dem Tanzboden zu blamieren, stellte sie zu ihrer Freude fest, dass die Musik sie mitriss.

»Bist du Berufstänzerin?«, wollte Dougie wissen. Er selbst hatte sich beim Tanzen auf ein Minimum an Bewegung beschränkt.

»Nein«, lachte sie. »Aber meine Mutter war eine. Ich schätze, es liegt mir im Blut.«

Ein- oder zweimal sah Camellia Suzanne und Carol auf der anderen Seite des Clubs tanzen, doch da die beiden sich offensichtlich gut amüsierten, vergaß sie sie schließlich. Je länger sie Dougie ansah, desto mehr gefiel er ihr. Er war anders als alle Männer, die sie je kennen gelernt hatte.

Nach einer Weile wurde es ihnen zu heiß zum Tanzen, und

sie setzten sich in eine etwas abseits gelegene Nische, um sich ein alkoholfreies Getränk zu bestellen.

Selbst hier war es noch zu laut, um ein richtiges Gespräch zu führen, obwohl Dougie sie auf einige der besonders auffällig gekleideten Leute aufmerksam machte und ihr erzählte, wer sie waren.

»Siehst du den Typen in dem orangefarbenen Gewand?«, fragte er und zeigte auf einen hoch gewachsenen, dunkelhaarigen Mann mit Bart. »Das ist ein amerikanischer Rechtsanwalt. Wenn er beruflich in London zu tun hat, lässt er hier die Sau raus. Der Bursche würde eine Droge nicht mal erkennen, wenn man ihm eine in die Nase schöbe, trotzdem zieht er sich so verrückt an und tanzt die ganze Nacht durch.«

»Was ist mit dem da?« Camellia zeigte auf den Mann, den sie zuvor für einen Balletttänzer gehalten hatten.

»Der ist auf LSD«, meinte Dougie grinsend. »War früher mal beim Royal Ballet. Der Besitzer lässt ihn umsonst rein, weil er auf dem Tanzboden eine gute Show hinlegt. Und genau darum geht es hier im Grunde, um eine Show. Sie kommen alle hierher, die Spinner, die Exhibitionisten und dann noch ein Haufen Leute, die nur zusehen wollen. Wenn alle so wären, würde es keinen Spaß machen.« Er zeigte auf ein schäbig aussehendes Pärchen, das mit fast geschlossenen Augen an einer Wand saß.

»Die nehmen Heroin«, erklärte er. »Verlierertypen, alle beide. Wahrscheinlich klauen sie, bevor die Nacht vorbei ist, noch ein paar Portmonees oder Handtaschen, um sich den nächsten Schuss zu besorgen. Eingelassen haben sie sich mit dem Heroin nur zum Spaß, und jetzt wissen sie nicht mal mehr, was das Wort bedeutet.«

Camellia wollte noch so viel mehr über Dougie erfahren, aber sie hätte schreien müssen, um ihm weitere Fragen zu stellen. Er verwirrte sie ein wenig. Dougie kannte jeden hier, er schien hierher zu gehören, und doch betrachtete er das Geschehen mit unübersehbarem Zynismus. Was für eine Rolle spielte er in dieser Szene?

Sie waren erst wenige Minuten wieder auf dem Tanzboden gewesen, als Suzanne plötzlich neben ihr stand und sie am Ärmel zupfte.

»Wo hast du gesteckt?«, fragte sie ungehalten. »Wir haben überall nach dir gesucht.«

»Ich habe nur ein Glas Limonade mit Dougie getrunken.« Camellia hielt einen Moment lang im Tanzen inne. »Was ist los?«

»Es ist fast drei Uhr. Wir wollen nach Hause«, antwortete Suzanne. »Kommst du mit?«

Camellia blickte durch den Raum. Ohne dass sie es gemerkt hatte, hatte der Club sich deutlich geleert. Carol stand zwischen zwei ernst dreinblickenden jungen Männern in Jeansjacken mit Pilzköpfen. Selbst aus der Ferne war offenkundig, dass die vier zusammen aufbrechen wollten.

»Es ist noch früh«, wandte Camellia flehentlich ein. »Könnt ihr nicht noch ein bisschen länger bleiben?«

»Wenn wir noch warten, bekommen wir kein Taxi mehr.« Suzannes Pupillen hatten sich so sehr geweitet, dass Camellia keine Iris mehr sehen konnte. »Außerdem wollen die Jungs uns auf einen Kaffee in ihre Wohnung mitnehmen.«

Dougie trat vor und legte einen Arm um Camellias Schultern. »Du brauchst nicht mit ihnen zu gehen. Ich bringe dich nach Hause«, erbot er sich.

Camellia blickte zwischen Suzanne und Dougie hin und her. Sie wusste, dass sie mit ihren Freundinnen gehen sollte – schließlich verbrachte sie angeblich das Wochenende mit ihnen im Haus von Suzannes Eltern in Hammersmith. Aber wenn sie jetzt aufbrach, würde sie Dougie vielleicht nie wiedersehen.

»Ihr wollt bestimmt keine Anstandsdame dabeihaben«, meinte Camellia und zeigte mit dem Kopf auf die beiden jungen Männer. »Und ich würde lieber hier bleiben.«

Suzanne runzelte die Stirn. Sie fühlte sich hin und her gerissen; einerseits wollte sie mit den Jungen in deren Wohnung gehen, andererseits wollte sie Camellia auch nicht hier zurücklassen. Außerdem war da noch ihr Vater. Wenn sie bis acht Uhr am Morgen nicht zu Hause waren, würde er durchdrehen. »Dann treffen wir uns um kurz vor acht an der U-Bahn in Hammersmith«, schlug sie vor. »Komm nicht zu spät. Dad kriegt die Krise, wenn wir nicht zusammen und mit derselben Geschichte nach Hause kommen.«

»In Ordnung.« Camellia fand, das sei eine gute Idee.

»Ich werde dafür sorgen, dass sie pünktlich da ist«, meldete Dougie sich zu Wort.

»Na schön, dann ziehen wir jetzt Leine.« Suzanne wirkte immer noch etwas beunruhigt. »Bist du sicher, du kommst allein klar?«

»Natürlich.« Camellia lächelte; es war eine neue Erfahrung, dass jemand sich um ihr Wohlergehen sorgte.

Suzanne trat einen Schritt von ihr fort, dann zögerte sie abermals.

»Geht nur! Macht euch um mich keine Gedanken«, drängte Camellia sie. »Und amüsiert euch gut mit den Jungs.«

Kaum dass ihre Freundinnen gegangen waren, schien die Musik Camellias Gefühle auf eine ganz eigene Art zu stimulieren. Verse, die ihr noch nie zuvor aufgefallen waren, schienen jetzt eine ganz besondere Botschaft zu enthalten.

»Alle Jungs aus der Nachbarschaft würden sie lieben, wenn sie könnten«, sang Dougie ihr leise ins Ohr, drückte sie fester an sich und strich ihr übers Haar.

Als er sie küsste, hatte Camellia das Gefühl, als drehte sich der Club um sie herum. Sie hatte reichlich Erfahrung im Küssen und genauso viel Erfahrung damit, Jungen abzuweisen, die weiter gehen wollten. Aber Dougie war ein Mann, kein Junge. Er stürzte sich nicht auf sie und versuchte auch nicht, sie an sich zu pressen, bis sie keine Luft mehr bekam. Seine Berührungen waren magisch, zärtlich und ungeheuer erotisch.

Es war fast hell, als sie aus dem Club nach oben auf die Straße gingen, die Ohren noch wie betäubt von der lauten Musik. Die Markthalle wirkte jetzt, da sie geschlossen und vollkommen unbelebt war, seltsam enthöhlt, und doch lag in der Luft ein zarter Hauch von Blumen und Früchten.

Camellia schlang sich zitternd die Arme um den Leib.

»Es ist noch viel zu früh, um nach Hammersmith zu fahren«, bemerkte Dougie, während er ihr seine Jacke um die Schultern legte. »Komm noch mit zu mir!«

Der Verstand sagte ihr, dass es nicht klug wäre, mit einem Mann nach Hause zu gehen, den sie erst seit wenigen Stunden kannte. Aber Dougie hatte Recht: Es war noch zu früh, um nach Hammersmith zu fahren.

»Kein Grund, so besorgt dreinzuschauen.« Er legte ihren Kopf ein wenig schräg und küsste sie sachte auf die Lippen. »Meine Wohnung ist gleich um die Ecke, du kannst kurz nach sieben aufbrechen und hast dann immer noch jede Menge Zeit.«

Er griff nach ihrer Hand und führte sie durch eine kleine Gasse, dann über eine weitere schmale Straße und in einen winzigen, dunklen Innenhof. Dort blieb er vor einer Druckerei stehen. »Bevor wir reingehen, musst du mir versprechen, nie jemandem zu verraten, wo ich wohne.«

Ein Strahl frühen Morgenlichts fiel durch eine Lücke in den hohen Gebäuden und wanderte kurz über Dougies markante Wangenknochen. Plötzlich sah er seltsam finster aus, und sie zog sich instinktiv von ihm zurück.

»Bei mir kann dir nichts passieren.« Seine Stimme war leise und betörend. »Ich nehme sonst niemanden mit hierher, weil ich kein besonders vertrauensvoller Mensch bin. Aber du bist anders als die anderen, Camellia, und meine Gefühle für dich sind etwas Besonderes.«

Vor zwei Jahren hatte niemand in der Welt irgendetwas für sie empfunden. Und wenn Tollkühnheit der Weg war, um Liebe und Anerkennung zu finden, würde sie sich diese Chance nicht entgehen lassen. »Ich werde niemandem etwas verraten«, beteuerte sie. Suzanne gegenüber konnte sie behaupten, direkt vom Club aus zur U-Bahn gegangen zu sein.

Aber ihre Furcht kehrte zurück, als Dougie sie in den dunklen Raum führte, der nach Maschinen und Druckerschwärze roch, und sie von dort aus durch eine weitere Tür in völlige Finsternis gelangten.

»Es gibt kein Licht, bis wir oben sind«, erklärte er, während er die Tür hinter sich mit einem Riegel verschloss. »Nimm meine Hand, ich gehe voran.«

Modriger Gestank ließ sie zurückprallen. Sie konnte nackte Holzbretter unter ihren Füßen spüren. Vielleicht lauerten sogar Mäuse oder Ratten hinter ihrer Schulter, doch jetzt war es zu spät, um sich zurückzuziehen. Immer weiter gingen sie nach oben, bis Dougie endlich ein Licht anknipste und einen quadratischen Treppenabsatz mit rauchgeschwärzten Wänden enthüllte.

»Hier hat es mal gebrannt«, sagte er ruhig. »Der Drucker ist alt, und ich erledige viele Geschäfte für ihn, deshalb lässt er mich hier wohnen. Ich werde das Haus demnächst renovieren.«

Die Wohnung bestand aus einem einzigen großen, dunklen Raum mit einer primitiven Küche, und die schäbigen Möbel, zu denen ein großes hölzernes Bett in der Mitte des Raumes gehörte, erinnerten Camellia an die Fishmarket Street.

Ihre Furcht verwandelte sich jedoch in Entsetzen, als Dougie einen großen stählernen Riegel anhob und ihn vor die Tür legte. »Du brauchst keine Angst zu haben«, meinte er lächelnd über die Schulter gewandt. »Der Riegel dient dazu, andere Leute auszusperren, nicht dazu, dich einzusperren.«

Er entzündete den Gasofen, um die Kälte aus dem Raum zu vertreiben, und legte *Seargent Pepper's Lonely Hearts Club Band* auf. Camellia stand schaudernd und unsicher im Raum und zog seine Jacke noch fester um sich. Sie wünschte jetzt, sie hätte darauf bestanden, irgendwo eine Tasse Kaffee trinken zu gehen.

»Komm her«, bat er und hielt ihr die Hand hin.

Zögernd trat sie auf ihn zu, aber er zog sie an sich, legte die Arme um sie und bettete sein Gesicht in ihr Haar.

»Das ist doch auch was, oder?«, flüsterte er und deutete auf das Bild, das sich ihnen hinter dem Fenster bot.

Camellia blickte über die Dächer, aber es war der Himmel selbst, auf den Dougie sie hinwies: Jede Farbschattierung war dort vertreten, angefangen von hellstem Grau über eine Vielzahl von Blautönen, die mit rosafarbenen und schließlich roten Streifen durchzogen waren. Und in der Mitte prangte wie eine riesige Melone die Sonne.

Dann küsste er sie, und seine warmen Lippen legten sich so sanft auf Camellias, dass sie in seinen Armen dahinschmolz und alle Furcht verlor. Er schlang die Finger in ihr Haar und zog sie noch näher an sich.

»Ich wusste, dass du etwas Besonderes bist, kaum dass ich dich gesehen hatte«, flüsterte er und küsste ihren Hals, ihre Ohren und ihre Augen. »Du bist wie der Himmel da draußen, Camellia, ganz frisch und glänzend. Ich möchte dich einfach nur festhalten und dafür sorgen, dass es niemals aufhört mit uns.«

Camellia war durchaus an junge Männer gewöhnt, die sie zu verführen versuchten. Aber dies hier war etwas anderes. Dougie hatte ihr den Gürtel abgestreift und den Reißverschluss ihrer Kittelbluse aufgezogen, beinahe ohne dass sie etwas davon bemerkt hatte. Und als er sie küsste und die Hände über die nackte Haut ihres Rückens wandern ließ, zitterte sie. Carol und Suzanne sprachen bei der Arbeit zwar ständig über Sex, doch die beiden würden sie eine Schlampe schimpfen, wenn sie wüssten, dass sie einem Mann, den sie gerade erst kennen gelernt hatte, solche Freiheiten gestattete.

Andererseits hatte sie furchtbare Angst, Dougie zurückzuweisen, weil sie befürchtete, er würde sie dann nicht mehr mögen. Seine Arme schenkten ihr eine Wärme und Geborgenheit, die sie seit Kindertagen nicht mehr erfahren hatte. Seine Küsse löschten endlich das furchtbare Gefühl aus, nirgendwo hinzugehören. Außerdem hatte sie den ganzen Abend so getan, als wäre sie eine erfahrene Frau. Wie konnte sie sich da jetzt als kindische kleine Jungfrau zeigen?

Als er sie aufs Bett legte, brachte er es irgendwie fertig, ihr mit derselben Bewegung ihre Bluse auszuziehen. »Hab keine Angst«, raunte er. »Ich möchte dich nur lieben. Lass mich deinen BH ausziehen und deine Brüste sehen.«

Es war das Staunen auf seinem Gesicht, als er zum ersten Mal ihre nackten Brüste berührte, das eine Saite in ihr zum Klingen brachte. So viele Jahre lang hatte sie geglaubt, hässlich und kein bisschen liebenswert zu sein, hatte ihren Körper vor den Blicken aller anderen verborgen gehalten. Jetzt hockte er sich neben sie, umfasste eine Brust mit jeder Hand und streichelte sie so ehrerbietig, als wären sie ein Kunstwerk.

»Du bist so wunderschön, Camellia«, murmelte er und beugte sich vor, um sie zu küssen. »Das schönste Mädchen, das mir je begegnet ist.«

Die Zeit hatte keinerlei Bedeutung mehr, als sie in seinen Armen lag. Jedes Mal, wenn er ihre Brüste küsste, hatte sie das Gefühl, als zöge sich irgendetwas in ihrem Innern zusammen. Alles drängte sie dazu, sich immer enger und enger an ihn zu drücken. Mehrmals versuchte er, ihr die Shorts abzustreifen, aber irgendwie gelang es ihr, ihn daran zu hindern.

»Nicht weiter«, beharrte sie, obwohl sie vielleicht schwach geworden wäre, wäre es dunkel gewesen. Ihr ganzes Wesen sehnte sich danach, berührt und erforscht zu werden, um den Ursprung jenes Drängens in ihrem Innern zu finden. Wenn sie irgendwie ihre Stiefel, die Shorts, die Strumpfhosen und den Schlüpfer hätte ausziehen können, ohne dass er es sah – aber die Sonne schien durchs Fenster, und sie war sich ihres nackten Körpers noch nicht sicher genug, um ihn Dougies Blicken preiszugeben.

Schließlich stand sie auf. »Ich muss gehen«, behauptete sie. Sie wollte ihn nicht verlassen, doch es war schon nach sieben. Obwohl Dougie selbst die Augen immer wieder zufielen, war Camellia hellwach. Es musste an der Tablette liegen, die sie genommen hatte: Ihr war leicht übel, und sie sehnte sich nach einer Tasse Tee.

»Wir treffen uns morgen um acht Uhr an der U-Bahn-Haltestelle Covent Garden«, murmelte er schläfrig. »Ich glaube, ich bin gerade dabei, mich in dich zu verlieben.«

In der Zeit, die sie brauchte, um ihre Bluse anzuziehen und zur Toilette zu gehen, war Dougie bereits eingeschlafen. Jetzt bemerkte Camellia auch den Schmutz an den Wänden, die Flusen auf dem Fußboden und die grauen, fleckigen Laken. Aber als sie sich über ihn beugte, um ihn zum Abschied zu küssen, zog ihr Herz sich schmerzhaft zusammen. Im Schlaf hatte sein Gesicht alle Härte verloren, seine Lippen waren so unendlich weich. Sie griff in sein Haar und schlang sich eine seiner schwarzen Locken um den Finger. Er hatte gesagt, er sei dabei, sich in sie zu verlieben. Und sie konnte die Art, wie er lebte, verändern.

Dougie erwartete sie bereits, als sie am Montagabend aus der U-Bahn-Station kam; er lehnte an einer Mauer und rauchte eine Zigarette, aber als er sie sah, ließ er die Zigarette fallen und sprang beinahe auf sie zu.

»Ich habe nicht mit deinem Kommen gerechnet«, gestand er und küsste sie, ohne auf die Menschen zu achten, die an ihnen vorbeigingen. »Ich fürchtete, nachdem du gesehen hast, wo ich lebe, würdest du deine Meinung ändern.«

Camellia lächelte nur und schüttelte den Kopf. Sie hatte an nichts anderes als an ihn gedacht, seit sie aus dieser grässlichen, dunklen Druckerei gekommen war, und die Stunden bis zum Wiedersehen gezählt. Auch früher hatte sie Verabredungen mit Männern entgegengefiebert, doch so wie diesmal war es noch nie gewesen.

Außerdem war sie ein großes Risiko eingegangen, um das Kleid zu stehlen, das sie jetzt trug und das nicht einmal ausgezeichnet gewesen war. Es war ein Minikleid von Mary Quant, weiß, mit einem schwarzen, diagonalen Streifen, der von der einen Schulter bis zur Hüfte reichte, und es waren nur insgesamt drei davon geliefert worden. Sie hoffte, nicht zufällig einem anderen Angestellten von Peter Robinson über den Weg zu laufen.

»Du siehst zum Anbeißen aus«, bemerkte Dougie und griff nach ihrer Hand. »Also, wo möchtest du hingehen?«

Camellia konnte keinen Vorschlag machen, da sie so wenig über die Pubs im West End wusste, daher brachte Dougie sie ins »Old King Cole's« unten am Strand. Das Lokal befand sich in fester Hand der Blumenkinder, und es wurde laute Rockmusik gespielt. Wie im »Middle Earth« schien Dougie auch hier jeden zu kennen.

Die Zeit verflog viel zu schnell. Camellia hatte das Gefühl, es könne höchstens eine Stunde vergangen sein, als sie bemerkte, dass es bereits halb elf war.

»Ich muss gehen«, stieß sie hervor. Sie würde große Mühe haben, bis elf wieder in Archway House zu sein.

Sie hatten über alle möglichen Dinge geredet, und trotzdem wusste sie immer noch nicht allzu viel über Dougie. Warum lebte er in einer so schrecklichen Wohnung, obwohl er so viel Geld zu haben schien? Und warum wich er ihr jedes Mal aus, wenn sie ihn nach seinem Leben fragte, obwohl sie ihm von ihrem so viel erzählt hatte?

»Bleibst du heute Nacht bei mir?« Dougie griff nach ihrer Hand und führte sie an die Lippen. »Bitte.«

»Ich kann nicht. Ich würde große Schwierigkeiten kriegen«, bekannte sie traurig.

»Was ist das Schlimmste, was dir passieren kann?«, fragte Dougie schulterzuckend. »Dass man dich rauswirft?«

Camellia nickte.

»Na und? Du könntest doch zu mir ziehen, und zusammen könnten wir meine Wohnung auf Vordermann bringen«, meinte er mit einem betörenden Lächeln. »Du kannst nicht leben, wenn du um elf zu Hause sein musst. Das ist doch lächerlich, vor allem jetzt, da du mein Mädchen bist. Um diese Tageszeit wache ich erst richtig auf.«

»Ich kann nicht bei dir übernachten.« Camellia errötete. »Am Ende säße ich vielleicht mit einem Baby da.«

»Wenn das alles ist, worum du dir Sorgen machst, das Problem habe ich im Handumdrehen gelöst«, versicherte Dougie grinsend.

Ein oder zwei Stunden später lag Camellia in Dougies Bett, und alle früheren Bedenken waren dem tiefen Gefühl des Glücks gewichen, dass jemand sie in den Armen hielt und liebte.

Es war zu dunkel, um zu sehen, wie hässlich seine Wohnung war. Durch das große offene Fenster wehte ein leichter kühler Luftzug, und Dougie hatte ein paar Kerzen angezündet und ans Bett gestellt.

Camellia hatte das Gefühl, als läge sie auf Seidenlaken und ein Märchenprinz liebte sie. Vielleicht lag es an dem Haschisch, das sie mit ihm geraucht hatte, dass sie sich so sicher und so glücklich fühlte, vielleicht waren es aber auch die Worte von der Beatles-Platte *Something*, die er immer wieder leise in ihr Ohr sang.

Seine Brust schimmerte im Kerzenlicht golden, und sie fühlte sich so wunderbar seidig an. Die Größe seines Penis, der ihm fast bis zum Nabel hinaufreichte, hatte sie ein wenig erschreckt; es war das erste Mal, dass sie einen erwachsenen Mann nackt sah. Aber er streichelte und liebkoste sie lange, und schließlich wusste sie, die Zeit war gekommen, sie konnte ihn nicht länger abweisen.

»Komm, ich lege dir das hier unter die Hüften«, flüsterte er und hob sie ein wenig an, um ein Kissen unter sie zu schieben. »Das macht es leichter.«

Ein Stich der Eifersucht durchzuckte sie. Irgendwie zeigte ihr diese kleine Bemerkung, mit wie vielen anderen Frauen er schon zusammen gewesen war.

Es tat weh. Sie wünschte, sie hätte ihn wegstoßen und sagen können, das Ganze sei ein Versehen gewesen. Von dem Glück, das sie zuvor verspürt hatte, war nichts mehr geblieben. Dougie war nicht länger sanft und liebevoll, sondern benutzte Schimpfworte, bei denen sie sich innerlich krümmte, Worte, die ihr wie ein Verrat erschienen. Aber trotzdem klammerte sie sich an ihn, schlang die Beine um seinen Rücken und wölbte sich ihm entgegen.

Es schien eine Ewigkeit zu dauern, und sie spürte, wie sie mit jedem neuerlichen Stoß immer wunder wurde, aber mittlerweile nahm Dougie sie überhaupt nicht mehr wahr; er stöhnte und keuchte und biss ihr in den Hals.

Immer schneller und schneller bewegte er sich, bis sie glaubte, sie würde schreien müssen, aber plötzlich stieß er ein lautes Stöhnen aus, und es war vorbei.

Während sein Zittern allmählich verebbte und er schwer über ihr lag, fühlte sie sich feucht und entschieden enttäuscht. Ein Teil von ihr dachte: Das ist es also, ja? Warum machen die Leute bloß so ein Gewese darum?

Ein paar Sekunden lang rührte er sich nicht, und sein rauer Atem normalisierte sich langsam. Einen Moment lang glaubte sie, er sei eingeschlafen. Aber dann rollte er sich auf die Seite und zog sie an sich.

Nur eine einzige Kerze brannte noch und warf ihr flackerndes Licht auf ein Poster von Jimmy Hendrix. Sie blickte zu dem Poster hinüber und fragte sich, ob Rose Miss Peet wohl ausgerichtet hatte, dass sie die Nacht bei Suzanne verbrachte.

»Es war für dich nicht besonders schön, hm?«, murmelte er mit merkwürdig krächzender Stimme.

»Doch, doch«, log sie tapfer. Sie wollte seine Gefühle nicht verletzen.

»Erzähl mir keinen Blödsinn«, erwiderte er, rückte ein Stück von ihr ab und stützte sich auf den Ellbogen, um auf sie hinabzublicken.

Jetzt hatte er noch größere Ähnlichkeit mit einem Piraten oder einem Zigeuner. Seine Lippen waren sehr rot und leicht geschwollen, und sein Haar war wild und gelockt.

»Nun werde ich mich um dich kümmern. Damit du auch kommst«, meinte er. »Ich möchte, dass diese erste Nacht für uns beide wunderschön wird.«

Camellia konnte nicht antworten. Sie wusste nicht, was er vorhatte, und sie hatte ein wenig Angst, er würde wieder von vorne beginnen. Aber er nahm ihr Schweigen als Zustimmung und rutschte ein wenig auf dem Bett hinunter, um ihre Brüste zu küssen und mit den Fingern in sie einzudringen.

»Bist du wund?«, raunte er. »Ich wollte dir nicht wehtun.«

In diesem Moment, als er sie streichelte, verzieh sie ihm alles. Sie hielt den Atem an und hatte nur die eine Angst, er könnte aufhören, aber er hielt nicht inne, sondern trieb sie immer weiter der Ekstase entgegen.

Es spielte keine Rolle mehr, woher er so viel Erfahrung hatte.

Das hässliche Zimmer verschwand, als sie in eine Welt der Verzückung hinüberglitt. Plötzlich verstand sie, warum ihre Mutter immer wieder mit Männern ausgegangen war.

Gefühle waren das Einzige, was jetzt noch zählte, ihr heißer, schwerer Atem, seine Küsse und Liebkosungen. Irgendetwas geschah in ihr, etwas, das sie nicht beherrschen konnte. Eine Million Sterne funkelten hinter geschlossenen Augenlidern, eine Rakete katapultierte sie in den Himmel, diesen Sternen entgegen.

»Ich liebe dich«, hörte sie sich rufen.

»Ich glaube, wir sind füreinander bestimmt«, flüsterte er später in der Dunkelheit, als er sie in der warmen Geborgenheit seiner Arme festhielt. Die letzte Kerze war erloschen, und nur ein schwacher Duft von Wachs lag noch in der Luft. »Willst du für immer mein Mädchen sein?«

6. Kapitel

Weshalb machst du das?« Dougie trat hinter Camellia, als diese gerade die Fenster putzte, drückte sich an sie und umfasste mit beiden Händen ihre Brüste.

»Sie sind schmutzig«, antwortete sie tadelnd. »Man kann kaum noch hindurchsehen.«

»Bevor du hierher gekommen bist, bin ich selten bei Tageslicht aufgestanden, und aus dem Fenster gesehen habe ich erst recht nicht.« Dougie streichelte ihre Brustwarzen und begrub das Gesicht in ihrem Haar. »Gehen wir ins Bett?«

»Kannst du denn niemals an etwas anderes denken?« Camellia ließ den Lappen in den Eimer fallen. Dougie erregte sie einfach durch seine bloße Nähe, aber in Gedanken war sie damit beschäftigt, seine Wohnung gemütlicher zu gestalten, vor allem jetzt, da es draußen kälter wurde. Seit ihrer ersten Begegnung mit Dougie waren zehn Wochen vergangen, und der Sommer war beinahe vorüber. »Wir sollten das Zimmer streichen, damit es etwas hübscher wirkt. Tagsüber ist es einfach grässlich hier.«

Sie hatte die Wohnung gründlich geputzt und dabei reichlich Bleich- und Putzmittel verwandt, aber obwohl die Küche schon viel besser aussah, waren im Wohnzimmer kaum Fortschritte sichtbar. Sie träumte davon, es glänzend weiß zu streichen, mit einem orangefarbenen Teppich, dicken Sitzkissen auf dem Fußboden und großflächigen, hell gerahmten Kunstdrucken an den Wänden. Einige kleinere Veränderungen hatte sie bereits vorgenommen: Auf dem zerkratzten Sideboard lag jetzt eine rote

Tischdecke, eine rot-goldene chinesische Laterne dämpfte das Deckenlicht, und zwei große Poster mit dem Tierkreis darauf bedeckten die schlimmsten Flecken an den Wänden. Aber das war nicht genug.

Dougie zog den Reißverschluss ihrer Jeans auf und schob die Hände hinein, bis seine Finger ihr Schamhaar fanden. »Zum Teufel mit dem Anstreichen, wenn ich mich stattdessen mit dir befassen kann«, flüsterte er. »Ich würde mir viel lieber deine Brüste ansehen als die Wände!«

Seit Camellia ihre erste Nacht mit Dougie verbracht hatte, stand ihr Leben auf dem Kopf. Wenn sie damals selbst mit Miss Peet gesprochen hätte, statt eine Nachricht zu hinterlassen, dass sie bei Suzanne übernachten werde, hätte sie vielleicht immer noch in Archway House gewohnt und bei Peter Robinson gearbeitet. Aber Miss Peet hatte beim Lesen von Roses schriftlicher Notiz Verdacht geschöpft und Mrs. Connor, Suzannes Mutter, angerufen, um auf diese Weise erfahren zu müssen, dass Camellia nicht dort übernachtete.

Als Camellia am nächsten Abend nach Hause gekommen war, hatte Miss Peet sie ins Wohnzimmer gerufen, um sie einem Kreuzverhör zu unterziehen.

Wenn die Aufseherin es bei einer Moralpredigt über die Gefahren von Schwangerschaft und Geschlechtskrankheiten hätte bewenden lassen, hätte Camellia vielleicht darüber nachgedacht, dass die ältere Frau sich nur um ihr Wohlergehen sorgte. Aber Miss Peet hatte ihr mit einem Monat Hausarrest gedroht, sofern »dieser Freund« nicht bereit war, nach Archway House zu kommen, damit sie ihn kennen lernen konnte.

Am Ende hatte Camellia nicht einmal mehr den Mut aufgebracht, ihr Zimmer zu kündigen oder Miss Peet auch nur Lebewohl zu sagen. Als die ältere Frau am nächsten Samstagmorgen einkaufen gegangen war, hatte Camellia hastig ihre Sachen in zwei Kopfkissenbezüge gepackt und sich ein Taxi gerufen. Rose, Wendy und Madeline hatten sie umarmt und sie gedrängt, mit ihnen in Kontakt zu bleiben, aber sie wussten, dass sie Camellia zum letzten Mal sahen, das hatten ihre Augen verraten.

Keine vierzehn Tage, nachdem sie bei Dougie eingezogen war, bekam Camellia bei Peter Robinson die Kündigung. Sie war vier Tage in Folge zu spät zur Arbeit erschienen, jedes Mal mit dunklen Ringen unter den Augen. Als sie kein Attest vorweisen konnte, um eine Erkrankung nachzuweisen, gab man ihr ihre Papiere.

Dougie war begeistert. »Ich werde dir zeigen, wie du dreimal so viel verdienen kannst wie früher«, sagte er und lachte nur über ihre Beteuerungen, sie brauche eigenes Geld. »Mach dir keinen Kopf deswegen, Babe, das Leben hat mehr zu bieten als Arbeit.«

Camellia fand schon bald heraus, dass seine letzte Behauptung durch und durch der Wahrheit entsprach. Sobald sie erst einmal ihre anfängliche Furchtsamkeit überwunden hatte, erschien ihr das Leben wie ein einziger herrlicher langer Urlaub. Müßige Sommertage, an denen sie Haschisch rauchten, Rockmusik hörten und sich liebten, mit Dougies Freunden in den Parks herumlungerten oder durch die Boutiquen in der Carnaby Street bummelten, bevor sie zu ihren abendlichen Streifzügen durch Bars und Clubs aufbrachen.

Obwohl Camellila zuerst ein wenig beunruhigt über die Entdeckung war, dass all das Geld, mit dem Dougie um sich warf, aus dem Verkauf von Drogen stammte, wurde diese Tatsache schon bald zu einer Quelle des Stolzes für sie.

Tagsüber waren sie einfach zwei Blumenkinder und unterschieden sich nicht von tausenden anderen Blumenkindern, die sich im West End tummelten, aber wenn sich die Dunkelheit herabsenkte und Dougie seine Samthosen, Rüschenhemden und Schlangenlederstiefel anzog, war er »The Man«, begehrt, bewundert und respektiert. Camellia spielte in erster Linie die Rolle eines hübschen Zierstücks an seinem Arm, zudem diente sie ihm jedoch ebenfalls als Späherin und als Ablenkung für neugierige Blicke, bis auch das letzte Päckchen Drogen aus seinen Stiefeln, seinem Hosenbund und den Taschen verschwunden und der Geldbeutel, den er unterm Hemd trug, prall gefüllt war.

Während Camellia mit ihm von einem Club zum nächsten zog, lernte sie den Unterschied zwischen »Touristen« und »Süchtigen« kennen. Ersteren konnte man den doppelten Preis abverlangen; Letztere waren gefährlich, wenn die Ware nicht erster Klasse war. Uppers, Downers, African Black, Lebanese Gold, Durban Poison, LSD und Gras, Camellia probierte alles aus und lernte, die Eigenarten der einzelnen Drogen zu unterscheiden. Sie erkannte einen Polizisten in Zivil auf hundert Meter Entfernung und war bald genauso geschickt wie Dougie, wenn es darum ging, ihnen auszuweichen.

Sie kamen viel herum und blieben niemals einen ganzen Abend lang im selben Lokal. London war von summendem Leben erfüllt, täglich strömten junge Leute aus allen Winkeln Englands und aus Übersee herbei, und als der Sommer 1967 langsam dem Herbst wich, hatte Camellia das Gefühl, auch die letzten Spuren des dicken, reizlosen Mädchens aus Rye abgeschüttelt zu haben. Ein- oder zweimal versuchte sie, Dougie zu erzählen, wie das Leben damals für sie gewesen war, aber er sagte dann: »Nur die Gegenwart und die Zukunft zählen, Babe, die Vergangenheit ist genauso tot wie deine Mutter.«

Diese Einstellung verletzte Camellia ein wenig, da sie alles mit ihm teilen wollte. Aber sie gewöhnte sich an seine Art zu denken, und in ungestörten Augenblicken, wenn sie allein war, dachte sie an Bonny und verstand ihre Mutter nun ein wenig besser, da ihr eigenes Leben nicht länger blitzsauber war.

Miss Peet, die Mädchen im Archway House und selbst ihr alter Job bei Peter Robinson lagen alle in weiter Ferne, in einer Phase ihres Lebens, die sie bisweilen mit einem Hauch von Wehmut betrachtete, meistens aber voller Erleichterung darüber, sich nicht länger ihren Regeln unterwerfen zu müssen. Nur die Erinnerung an Bert Simmonds störte sie bisweilen in ihrer Selbstzufriedenheit. Er hätte ihre Art zu leben eindeutig nicht gebilligt. Aber auch darüber konnte sie nicht mit Dougie sprechen; er würde nicht verstehen, warum irgendjemandem die Meinung eines Polizisten wichtig sein sollte.

Sie war eine wunderschöne Frau, das bestätigten ihr alle. Sie war verliebt, sie hatte Geld in der Tasche. Endlich war sie »jemand«; sie hatte ihr Ziel erreicht.

Dougie ermutigte sie, winzige Miniröcke aus Wildleder zu tragen, bestickte Blusen, die möglichst viel von ihren nackten, festen Brüsten enthüllten, Indianerhaarbänder und wilden, ausgefallenen Silberschmuck. Er wollte, dass andere Männer sie begehrten, da das alles seinem Prestige zugute kam, und Camellia war glücklich darüber, im Mittelpunkt der Aufmerksamkeit zu stehen.

Aber wie aufregend es auch war, Dougies »Mädchen« zu sein, den Neid auf den Gesichtern anderer junger Frauen zu sehen und sich in dem Ruhm ihres Freundes zu sonnen, es waren dennoch die Stunden, die sie allein mit ihm zu Hause verbrachte, die ihr die liebsten waren. Zum ersten Mal in ihrem Leben hatte sie das Gefühl, wirklich erwünscht zu sein und gebraucht zu werden. Sobald Dougie die Tür verriegelte und sie in die Arme nahm, schienen sich all ihre kleinen ärgerlichen Zweifel und Unsicherheiten in Luft aufzulösen.

Als Dougies Finger nun immer tiefer und tiefer in ihre Jeans vordrangen, spürte Camellia, wie ihre Begeisterung fürs Fensterputzen nachließ. Als er sie umdrehte, um sie zu küssen, ließ sie ihren Lappen fallen und reagierte voller Leidenschaft auf seine Berührungen.

Dougie war normalerweise sehr sparsam mit seinen Küssen. Jetzt hielt sie ihn fest an sich gedrückt, schob ihre Zunge zwischen seine Lippen und presste sich an ihn. Schließlich zog er ihr die Jeans über die Hüften und schob sie rückwärts vor sich her, bis sie am Fenstersims lehnte.

Es fiel Camellia schwer, seine Vorliebe für Sex in seltsamen Positionen zu verstehen. Aber andererseits war er eben in jeder Hinsicht unkonventionell, und sie hatte schnell gelernt, dass sie sich ihm fügen musste, wenn sie sein Interesse wach halten wollte.

Aber als er sich vor ihr auf die Knie sinken ließ und ihr mit einer einzigen Bewegung Jeans und Schlüpfer abstreifte, schien es, als hätte er diesmal einzig und allein die Absicht, sie glücklich zu machen. Im nächsten Augenblick spürte sie seine Zunge an ihrer Scheide, und aller Widerstand schmolz dahin. Camellia beugte sich vor, schlang die Finger in seine dunklen Locken, beobachtete seine Zunge bei ihrem erregenden Spiel und stöhnte vor Lust.

»Willst du kommen?« Er hielt einen Moment lang inne und blickte grinsend zu ihr auf.

Camellia konnte nur nicken und zog ihn näher an sich.

Ein verschlagener Ausdruck trat in seine schwarzen, unergründlichen Augen. »Dann versprichst du mir, dass du nachher losgehen und ein paar Lebensmittel klauen wirst?«, fuhr er fort. »Und du wirst nicht kneifen wie beim letzten Mal?«

Sie wusste sofort, dass sie hereingelegt worden war. Es war nicht Leidenschaft, die ihn veranlasst hatte, mit ihr zu spielen, er wollte sich lediglich seiner Macht über sie versichern. Aber obwohl sie sich einen Augenblick lang ihrer selbst schämte, war sie ihm hilflos ausgeliefert.

»Ich verspreche es«, murmelte sie und warf den Kopf in den Nacken, bis er gegen die Glasscheibe hinter ihr prallte. »Ich tue alles, was du willst!«

Und sie würde es tun.

An einem kalten, stürmischen Nachmittag im Dezember erlernte Camellia – ohne es eigentlich geplant zu haben – auch das Gewerbe eines Taschendiebs. Sie stand gerade an einem Zeitungskiosk am Piccadilly Circus, um sich eine Zeitschrift auszusuchen, als direkt neben ihr ein Amerikaner aus einem Taxi stieg.

Wahrscheinlich hätte sie ihn nicht einmal eines Blickes gewürdigt, hätte er sich nicht mit dem Fahrer gestritten.

»Hör mal, Kumpel«, rief der Taxifahrer ungeduldig. »Wenn du glaubst, es gibt einen schnelleren Weg von Notting Hill nach Piccadilly Circus als den, den ich genommen habe, dann schlage ich vor, dass du das nächste Mal einen verdammten Bus nimmst.«

Der Amerikaner war klein und dick und trug einen grellen, karierten Mantel, der ihm mehrere Kleidergrößen zu groß zu sein schien, und einen leuchtend gelben Wollschal. Als er seinen Koffer auf den Bürgersteig fallen ließ und seine Brieftasche herausholte, konnte Camellia sehen, dass sie voll gestopft mit Geldscheinen war. Statt die Brieftasche jedoch wieder in die Innentasche zurückzustecken, aus der er sie gezogen hatte, schob der Amerikaner sie wütend in seine Manteltasche, bevor er sein Gepäck wieder aufnahm und in Richtung des »Café Royal« davonging.

Camellia vergaß die Zeitschriften, die sie kaufen wollte, vollkommen. Alles, was sie sehen konnte, war die Kante dieser schwarzen Lederbrieftasche, die aus der rechten Tasche des Mannes hervorlugte. Sie folgte ihm mit schnellen Schritten durch die Menschenmenge, bis sie direkt hinter ihm war.

Der Koffer des Mannes und seine Aktentasche waren so sperrig, dass er sie nur mit abgespreizten Armen tragen konnte. Für Camellia war es die einfachste Sache der Welt, die Hand auszustrecken, die Brieftasche mit festem Griff zu umfassen, sie vorsichtig herauszuziehen und die Hand dann wieder unter ihrem Mantel verschwinden zu lassen.

Verrückterweise folgte sie ihm noch weiter. Sie verspürte nicht das geringste Schuldgefühl, nur Freude. Er war offensichtlich ein reicher Mann und ein Geizkragen obendrein.

Als sie Dougie ihre Beute zeigte, war dieser ehrlich erstaunt.

»Du hast ihm das Ding aus der Tasche gezogen?« Sein hageres olivfarbenes Gesicht spiegelte Ungläubigkeit, Erschrecken und Ehrfurcht wider. Voller Bewunderung strich er über die teure Brieftasche und schnupperte an dem weichen Leder. »Camellia, das war wirklich kein Spaß. Was, wenn ein Bulle dich dabei gesehen hätte?«

»Die Hand ist schneller als das Auge«, lachte sie, riss ihm die Brieftasche wieder aus den Fingern, öffnete sie und kippte ihren Inhalt auf das Bett.

Seite an Seite zählten sie ihre Beute: zweihundertzwanzig Pfund in Zwanzigpfundscheinen, hundert Dollar und ein paar Deutsche Mark.

Die Schnappschüsse von seiner Familie und das Rückflugticket nach Chicago warfen sie weg. Als sie an diesem Abend zum Essen ins »Bistingo« in Queensway gingen, verschwendeten sie keinen einzigen Gedanken auf den Besitzer der Brieftasche.

Camellia trug einen Mantel aus weißem Kaninchenfell, den sie bei C&A hatte mitgehen lassen, und darunter ein neues schwarzes Minikleid von Ossi Clark; Dougie hatte seinen neuen Kaschmir-Kolani und ein geblümtes Hemd angezogen, das sie ihm bei John Stevens in der Carnaby Street besorgt hatte, und sie legten den Hin- und den Rückweg mit dem Taxi zurück.

Es war ein herrlicher Abend. Bei französischer Zwiebelsuppe, Taube in Rotwein und einer Flasche perlenden Weines hielt Dougie ihre Hand, und sie sprachen über seine Pläne für ihre gemeinsame Zukunft.

»Wir werden anfangen, richtig zu sparen«, meinte er. »Ich werde gleich nach Weihnachten ein paar Geschäfte abwickeln, und im März packen wir dann unsere Sachen und fahren nach Marokko. Dort können wir immer so leben, Camellia. Ich werde ein paar Kontakte drüben knüpfen, um Stoff zu kaufen. Wir suchen uns ein richtiges Haus am Meer. Und wenn uns die Knete ausgeht, kaufen wir einfach ein Kilo Stoff, schmuggeln ihn nach England zurück und machen ihn zu Geld.«

Die Bilder, die er mit Worten zeichnete, waren so malerisch und lebendig wie Aufnahmen auf einer Postkarte. Camellia sah sie beide in einem kleinen arabischen Haus auf einem Hügel, mit Blick auf ein türkisfarbenes Meer, saftige Pfirsiche und gekühlten Zitronentee vor sich. Ihre Freunde würden auf der Durchreise nach Marrakesch bei ihnen vorbeischauen, sie würden den ganzen Tag schwimmen und in der Sonne baden und nie wieder frieren.

In dieser Nacht liebten sie sich voller Zärtlichkeit und Sanftheit. Es spielte keine Rolle, dass die Gasheizung den Raum nicht wärmte und die Fensterläden im Wind klapperten. Sie hatten einander, und schon bald würden sie nur noch lachend an diese schreckliche Wohnung zurückdenken.

Im Laufe des Monats Dezember wurden Amerikaner mittleren Alters am Piccadilly zu Camellias Hauptbeute. Sie lernte es, die Männer in Banken und belebten Kaufhäusern aufzuspüren, bevor sie sie dann in einer überfüllten Straße ausraubte. Zu diesem Zweck kleidete sie sich besonders sorgfältig und trug niemals etwas, das Argwohn geweckt hätte. Ihren Pelzmantel ließ sie offen, um darunter ein tief ausgeschnittenes, enges Minikleid zu enthüllen, und sie schminkte und frisierte sich, als wäre sie auf dem Weg zu einer Hochzeit.

In ihren Augen war die Art und Weise, wie diese Männer ihren Reichtum zur Schau stellten, einfach obszön. Sie verdienten es, um ihr Geld erleichtert zu werden.

»Entschuldigen Sie bitte, Sir.« Sie blickte ihnen mit einem Lächeln direkt in die Augen und beugte sich ein wenig vor, sodass sie in ihren Ausschnitt sehen konnten. »Ich fürchte, da hat gerade ein Vogel sein Geschäft auf Ihrem Haar erledigt.«

Sie reagierten immer gleich: Eine Hand flog zu ihrem Kopf, ihr Gesicht rötete sich vor Verlegenheit, und sie schöpften keinen Moment lang Verdacht, dass das hübsche Mädchen mit dem leuchtenden, langen Haar und dem engen Minirock sie bestehlen würde.

»Ich erledige das für Sie«, meinte sie dann und lächelte verständnisvoll. »Angeblich bringt so etwas ja Glück, doch es ist keine besonders angenehme Erfahrung, nicht wahr?«

Mit einem Taschentuch in der einen Hand tupfte sie an ihrem Haar herum und lenkte sie gleichzeitig mit ihrem Ausschnitt, den langen Beinen und dem freundlichen Geplänkel ab. Es dauerte nur eine Sekunde, bis sie die andere Hand in die entsprechende Tasche geschoben hatte, und eine weitere, um die Beute in ihrem Mantel zu verstauen.

Manchmal versuchten sie, sich mit ihr zu verabreden; sie flehten sie beinahe an, sie auf einen Drink begleiten zu dürfen.

»Sie sind wirklich ein Schatz«, kam dann prompt ihre Antwort. »Aber ich bin mit meinem Freund verabredet. Vielleicht ein andermal.«

Bevor sie auch nur Luft holen konnten, war sie bereits in der Menge verschwunden, zog sich in die U-Bahn-Toiletten zurück, um die Scheine zu zählen und sich der Beweise zu entledigen, dann ging sie nach Hause zu Dougie, wo sie den Rest des Tages vertrödelte, Hasch rauchte, Musik hörte, mit ihm schlief und sich in seiner Bewunderung sonnte.

Anfang des Jahres 1968 kam Dougie eines Nachmittags mit einem breiten Grinsen nach Hause.

Camellia kauerte mit einer Decke um die Schultern vor dem Gasofen. Es war kurz nach vier, aber draußen war es bereits dunkel. Sie hatte schon vor Stunden die Fensterläden geschlossen, um die Kälte ein wenig auszusperren, doch es hatte nichts geholfen.

Dougie war seit zehn Uhr morgens fort gewesen. Sein Mantel war jetzt voller Schnee, und weiße Flocken glänzten auf seinen dunklen Locken wie blitzende Ziermünzen.

»Es schneit also immer noch?«, bemerkte sie, um etwas zu sagen. Dougie mochte es nicht, wenn man ihn fragte, wo er gewesen war.

»Und ob, an manchen Stellen liegt der Schnee schon fünfzehn Zentimeter hoch«, erwiderte er gut gelaunt, legte seinen Mantel über die Rückenlehne eines Stuhls und trat näher an den Ofen heran, um sich die Hände zu wärmen. »Du solltest mal den Hyde Park sehen, der sieht aus wie eine Weihnachtskarte.«

Camellia wollte lieber nicht an Weihnachten denken. Dougie hatte keinen Stoff bekommen, weder um ihn selbst zu rauchen noch um ihn zu verkaufen, und er hatte sich aufgeführt wie ein Bär mit Kopfschmerzen. Camellia hatte ein Huhn mitsamt allen Beilagen zubereitet, aber er hatte an allem etwas auszusetzen gehabt.

»Was würdest du zu einer Nacht in einem schnieken Hotel sagen?«, wollte er wissen. »Lange, heiße Bäder und jede Menge Essen und Alkohol?«

»Dafür würde ich sterben«, antwortete sie. Tatsächlich hätte es ihr schon gereicht, einfach nur ins Bett zu gehen.

»Nun, Prinzessin, Euer Wunsch soll Euch gewährt werden.« Er deutete eine tiefe Verbeugung an und küsste ihre Füße. »Diesen Samstag, und besorg dir scharfe Unterwäsche, die mich in Stimmung bringt.«

Er erzählte ihr, er habe eigentlich für ein langes Wochenende mit ihr nach Brighton fahren wollen, befürchte jedoch, die Züge würden wegen des Schnees gestrichen. Aber da Camellia seit Ewigkeiten nicht mehr in einem Hotel gewohnt hatte, versetzte schon der Gedanke an eine Nacht in einem eleganten Haus sie in helle Aufregung.

»Es wird wie im Märchen sein«, meinte er grinsend, als sie in einem Laden in der Shaftesbury Avenue Unterwäsche aussuchten. »Ich möchte, dass du dich wie ein Flittchen auftakelst, das ich gerade auf der Straße aufgelesen habe, dann werde ich dir die tollste Nacht deines Lebens bescheren.«

Es war erst kurz nach acht, als sie in der Upper Berkeley Street aus dem Taxi stiegen. Vor zwei Tagen hatte es aufgehört zu schneien, und die Straßen waren geräumt, aber die Dächer, Bäume und Mauern lagen noch immer unter einer dicken weißen Schicht begraben. Das »George Hotel« sah herrlich einladend aus, und aus den halb verglasten Türen fiel goldenes Licht auf die weißen Marmorstufen.

Camellia trug ihren weißen Pelzmantel und darunter ein enges rotes Kleid, schwarze Strümpfe und hohe Absätze.

Sie war froh darüber, dass Dougie so selbstbewusst auftrat. Sie dagegen errötete bereits, als sie den ersten Schritt in das luxuriöse Foyer tat, mit einem livrierten Portier und einer eleganten blonden Empfangsdame. Aber Dougie stellte sich als Mr. Green vor und trug sich in das Anmeldebuch ein, als hätte er sein ganzes Leben in solchen Häusern verbracht.

»Von jetzt an musst du das Spiel spielen«, sagte er, als sie aus dem Aufzug stiegen.

Dougie hatte ihr eine Stunde zuvor etwas Speed gegeben, doch erst als sie in ihr Zimmer kamen, bemerkte Camellia, wie stoned sie war.

Die Wärme und der Luxus hüllten sie ein wie eine Decke. Das große Bett war bereits für sie vorbereitet, und beim Anblick der schweren Brokatvorhänge, des weichen cremefarbenen Teppichs und des herrlichen Badezimmers fühlte sie sich wie ein Filmstar. In einem Eiskübel stand eine Flasche Champagner und daneben ein Korb mit Früchten, und als Dougie leise Musik einschaltete, fühlte Camellia sich wirklich und wahrhaftig in eine Märchenlandschaft hineinversetzt.

»Gib mir deinen Mantel«, meinte Dougie, von Kopf bis Fuß Gentleman. Als er ihr den Mantel von den Schultern streifte, beugte er sich vor, um sie auf den Nacken zu küssen. »Und jetzt ein Glas Champagner.«

Während Dougie die Flasche öffnete, probierte Camellia das Bett aus. Am liebsten wäre sie darauf herumgehüpft, aber das passte nicht zu ihrem Rollenspiel. Das schwarze Korsett, das sie in der Shaftesbury Avenue gekauft hatten, saß sehr eng und schnürte ihr die Luft ab, gab ihr aber das Gefühl, herrlich verdorben zu sein. Mit einer verführerischen Geste legte sie sich auf das Bett, dann stützte sie sich auf einen Ellbogen und zog ihren Rock hoch, sodass Dougie gerade eben noch ihre Strumpfbänder erkennen konnte. Ein langer, niedriger Spiegel auf dem Ankleidetisch und ein weiterer hinter ihr über dem Bett zeigten ihr ein vollständiges Bild ihrer selbst.

Sie meinte, noch nie so sexy ausgesehen zu haben. Ihr rotes Kleid hatte etwas Dramatisches, und das Korsett schob ihre Brüste hoch, sodass sie beinahe aus dem tiefen Ausschnitt quollen. Mit ihrem langen dunklen Haar, das ihr über die Schultern fiel, und den falschen Wimpern, die ihre mandelförmigen Augen betonten, hätte sie eine Schönheitskönigin sein können oder zumindest ein hochkarätiges Callgirl.

Auch Dougie hatte noch nie so cool ausgesehen. In einer

neuen roten Samtjacke, einem Rüschenhemd und engen schwarzen Hosen, das Haar frisch gewaschen und zu einem Pferdeschwanz zurückgebunden, erinnerte er sie an einen Profispieler auf einem Flussdampfer auf dem Mississippi.

»Setz dich auf meinen Schoß«, schlug er vor, während er ihr ein Glas Champagner reichte. »Damit wir uns ein bisschen besser kennen lernen.«

Camellia tat ihm nur allzu gern den Gefallen. Sie schleuderte ihre Schuhe von den Füßen, nahm einen Schluck von ihrem Champagner und kicherte, als die Bläschen ihr in die Nase stiegen. Dann bewegte sie sich mit wiegenden Hüften auf Dougie in seinem Sessel zu.

»Du bist wirklich schön.« Er strich ihr übers Haar und fuhr ihr mit einem Finger sachte über die Lippen, als wäre dies ihr erstes Treffen. »Darf ich dich küssen?«

Das war die Art von Fantasie, die sie wirklich erregte. Dougie roch wunderbar, er hatte sich sorgfältig rasiert, und der Alkohol stieg ihr direkt in den Kopf.

Er küsste sie wie in ihrer ersten gemeinsamen Nacht, so zärtlich, dass sie sich seiner Liebe wieder vollkommen sicher fühlte. Diese Nacht sollte auch für ihn unvergesslich werden, nahm sie sich vor, vielleicht würde er sie dann öfter so küssen.

Camellia stand auf, stellte die Musik ein klein wenig lauter und begann zu tanzen. Dougie beobachtete sie lächelnd, und in seinen Augen stand unverhohlene Bewunderung. Sie war eine gute Tänzerin, und die sanfte Beleuchtung, der dicke, weiche Teppich unter ihren Füßen gaben ihr das Gefühl von herrlicher Verderbtheit.

Mit wiegenden Hüften fachte sie seine Leidenschaft weiter an, dann griff sie langsam nach hinten, um den Reißverschluss ihres Kleides aufzuziehen und es zu Boden gleiten zu lassen, sodass das Korsett, die Strümpfe und der so sündhafte, feuerrote, im Schritt offene Slip sichtbar wurden.

Eine Woge der Erregung überschwemmte sie, als sie ihr eigenes Bild im Spiegel sah. Die entblößten Brüste, das Weiß ihrer Schenkel zwischen dem schwarzen Korsett und den Strümpfen und der Hügel dunklen Haares, der durch den Slip hervorlugte, erinnerten sie an Fotografien, die sie in den Schaufenstern der Buchhandlungen in Soho gesehen hatte. Sie war die Favoritin in einem Harem, und ihre Aufgabe war es, ihren Herrn zu ergötzen. Heute Nacht würde sie alles tun, wovon er je geträumt hatte – und noch mehr.

Camellia war zu erschöpft, um sich zu bewegen. Ihr Blick wanderte träge zur Uhr, und sie sah, dass es nach zwölf war. Sie hatten sich vier Stunden lang geliebt.

»Wie war das?«, flüsterte Dougie, während er ihr die Laken über die Brüste zog.

»Herrlich, unfassbar«, flüsterte sie zurück und streckte die Arme aus, um ihn an sich zu ziehen.

»Ich gehe uns nur schnell einen Drink holen«, meinte er. »Es dauert nicht lange. Danach können wir die ganze Nacht weiterschmusen.«

Camellia war zu schläfrig, um zu protestieren. Sie beobachtete, wie er in seine Hose schlüpfte, dann hörte sie das Klicken der Tür, und die Augen fielen ihr zu.

Nur wenige Sekunden später öffnete sie sie wieder, weil sie ein leises Klopfen vernommen hatte, als wäre jemand an ihrer Tür. Stattdessen sah sie, dass Dougie sie offen gelassen hatte.

Aus dem Flur hörte sie seine Stimme.

Plötzlich war sie hellwach. Irgendwann am Abend hatte er erzählt, dass sie den Zimmerservice rufen konnten, wenn sie einen Drink oder etwas zu essen haben wollten. Warum hatte er nicht das Telefon benutzt? Sie schlang sich ein Laken um die Schultern und stolperte zur Tür. Draußen im Flur war die Stimme eines zweiten Mannes zu hören.

Als sie an die Tür kam, spitzte sie die Ohren. Dougie sprach, und das Blut gefror ihr in den Adern, als sie verstand, was er sagte.

»Gute Vorstellung, was? War sie klasse oder nicht?«

Einen Moment lang stand Camellia wie angewurzelt da. Ein

Gefühl der Übelkeit überschwemmte sie. Sie drehte sich nach dem Bett um. Dougie hatte die Lichter darüber gedämpft, bevor er den Raum verlassen hatte, und sie konnte ihr Bild in dem Spiegel über dem Kopfende jetzt kaum noch erkennen.

Ein Zweiwegespiegel!

Sie wollte es nicht glauben, doch es war die einzige Erklärung. Dougie hatte nicht die Absicht gehabt, eine wunderbare Liebesnacht mit ihr zu verbringen, ihr einen Vorgeschmack auf das herrliche Leben zu geben, das er mit ihr führen wollte. Es war ein abgekartetes Spiel gewesen!

Sie zitterte vor Zorn und wäre am liebsten in diesen Nebenraum geplatzt, um eine Szene zu machen, aber selbst in ihrer Wut wusste sie, dass das gefährlich sein konnte. Also drehte sie sich um, ging ins Badezimmer, zog die Tür hinter sich zu und verschloss sie. Hier war nur ein einziger Spiegel angebracht, über dem Waschbecken, trotzdem hängte sie zur Vorsicht ein Handtuch darüber, während das Gefühl der Demütigung ihr noch immer den Atem raubte.

Die Tränen wollten nicht kommen; sie war jenseits von Tränen angelangt. Dies war ein Verrat der schlimmsten Art, sie für ein paar Perverse in einer Art Peepshow auftreten zu lassen. Sie erinnerte sich an jeden Augenblick, an jedes Wort, das sie in Ekstase hervorgestoßen hatte, und je deutlicher sie die Einzelheiten der letzten Stunde vor sich sah, desto heißer brannte die Scham, die sie empfand. Was würde er als Nächstes tun? Sie für Geld an einen Freund vermieten? Daneben stehen und zusehen, während ein anderer Mann mit ihr schlief?

Als Dougie zurückkehrte, lag sie in der Badewanne, und das heiße Wasser reichte ihr bis zum Hals hinauf.

»Was machst du da, Babe?«, rief er. »Ich dachte, du wärst eingeschlafen!«

Es kostete Camellia alle Selbstbeherrschung, ihm ihren Zorn nicht entgegenzuschleudern. Er war fast eine halbe Stunde fort gewesen. Sie stellte sich vor, wie er mit diesen Männern getrunken und gelacht hatte, wie er mit seiner Wirkung auf Frauen geprahlt hatte. Er war verabscheuenswert, aber diesmal würde sie ihm die Stirn bieten.

Camellia stieg aus der Badewanne und schlüpfte in einen der dicken Frotteebademäntel, die hinter der Tür hingen. Ihr Haar war nass und fiel ihr wie Seetang um die Schultern, und ihr sauber geschrubbtes Gesicht zeigte, wie jung sie in Wirklichkeit war.

Dougie saß auf dem Bett. Auf dem Nachttisch standen ein Teller mit Schinken-Sandwiches und zwei Gläser Cola.

»Häng irgendwas über diesen Spiegel da«, meinte Camellia gelassen. »Sie haben für ihr Geld genug gesehen.«

Das Entsetzen auf seinem Gesicht war beinahe zum Lachen. Sein Unterkiefer klappte herunter, und die Augen rundeten sich. »Du wusstest Bescheid?«, stieß er hervor.

»Natürlich.« Sie zwang sich, sich hinzusetzen und in aller Seelenruhe nach einem Sandwich zu greifen. »Du glaubst doch nicht, dass ich so eine Vorstellung für nichts und wieder nichts abziehen würde, oder?«

»Aber … wieso?«, fragte er, dann begann seine Stimme zu zittern und verlor sich.

Innerlich zitterte Camellia ebenfalls. Der Schmerz war beinahe unerträglich, doch sie wusste, dass sie sich nur auf eine einzige Art und Weise rächen konnte: Sie musste ihn da treffen, wo es wehtat, direkt in seiner Männlichkeit. »Wie viel haben wir bekommen?«, fuhr sie fort.

Jetzt wurde er bleich, und ein Muskel in seiner Wange zuckte. Das passierte immer, wenn er Angst hatte. »Fünfzig Mäuse plus Spesen«, murmelte er.

»Nun, dann gib mir die Hälfte davon«, versetzte sie schroff und streckte die Hand aus.

Sie wartete gerade so lange, bis er fünfundzwanzig Pfund abgezählt hatte, dann beugte sie sich vor und nahm ihm weitere zehn Pfund aus der Hand.

»Die Unterwäsche war Teil der Spesen«, erklärte sie energisch. »Und die habe ich bezahlt.« Sie wandte sich ab. »Jetzt ruf den Zimmerservice und bestell uns noch zwei Bacardi zu der Cola. Ich trockne mir nur schnell die Haare.«

Als sie zehn Minuten später ins Zimmer zurückkehrte, hatte sie sich ein wenig gefasst.

»Ich wollte das Geld für Marokko sparen«, behauptete Dougie. Er sah jetzt nicht mehr aus wie Errol Flynn, sondern wie ein x-beliebiger ungewaschener Hippie mit verfilztem Haar, Dreitagebart und vom Speed geweiteten Pupillen. Sie konnte Schwäche in diesen vollen Lippen erkennen und ahnte das schwarze Loch dort, wo sein Herz hätte sein sollen.

»Meinen Anteil gebe ich lieber für ein Paar neue Stiefel aus«, bemerkte sie gähnend, stieg ins Bett und legte den Lichtschalter um. »Das Badezimmer ist ein Traum, und das Schaumbad, das sie hier haben, duftet einfach himmlisch. Was wir wohl zum Frühstück bekommen werden?«

Ein paar Sekunden lang herrschte Schweigen, und Camellia konnte Dougies Unbehagen förmlich spüren. Jetzt zweifelte er an seiner Männlichkeit und fragte sich vielleicht sogar, ob sie im Bett immer eine Show abzog.

»Ich wünschte, du hättest mir gesagt, dass du Bescheid weißt«, flüsterte er durch die Dunkelheit. »Du warst so wunderbar, dass ich die Männer vollkommen vergessen habe, und jetzt fühle ich mich irgendwie leer.«

»Ich bin ziemlich helle, das solltest du langsam begreifen«, entgegnete sie. »Halt mich nie wieder zum Narren, Dougie, oder du kannst dir eine andere suchen. Ich habe diese Geschichte heute Nacht durchgezogen, um dir eine Lektion zu erteilen. Sieh zu, dass du es nicht wieder vergisst.«

»Ich liebe dich wirklich«, erwiderte er leidenschaftlich und zog sie in seine Arme. »Als ich sagte, wir seien füreinander bestimmt, war das nichts als die Wahrheit. Ich könnte ohne dich nicht leben.«

Camellia lag noch lange wach, nachdem Dougie eingeschlafen war. Bisher hatte sie geglaubt, all ihre alten Wunden seien verheilt, doch jetzt konnte sie spüren, wie sie von neuem aufbrachen.

Sie fühlte sich genau wie an jenem Tag in der Umkleidekabine in der Schule, eine verhasste Erinnerung, von der sie angenommen hatte, sie sei für alle Zeit aus ihrem Gedächtnis ausgelöscht. Sie hatte zum Sportunterricht ihren Trikotrock und die dazugehörige Bluse getragen, sie war voller Schlamm vom Hockeyfeld gekommen, und die Sportlehrerin hatte eine der Vertrauensschülerinnen an der Tür postiert, damit niemand sich vor dem Duschen drücken konnte.

Alle anderen Mädchen zogen sich aus und lachten und scherzten miteinander, während sie hübsche BHs und Schlüpfer enthüllten, und dann entdeckte Margaret Davenport, ein Mädchen mit der Figur einer Schönheitskönigin, aber dem Wesen einer Wespe, plötzlich Camellia, die sich in eine Ecke drückte und sich größte Mühe gab, unsichtbar zu werden.

»Zieh deine Kleider aus, Camel«, rief sie. »Ich kann dich bis hierhin riechen.«

Beim Klang von Margarets Stimme hielten zwanzig Mädchen jäh in ihrem Tun inne, und die Atmosphäre in der Umkleidekabine schien sich auf der Stelle um zehn Grad abzukühlen.

»*Yeahr,* zieh dich aus!«, rief jemand anderes, und plötzlich war Camellia umstellt. Gesichter starrten sie hämisch an, ein Singsang erhob sich: »Zieh dich aus, zieh dich aus!«, und Hände streckten sich nach ihr aus, um ihr das Trikot vom Leib zu reißen.

Sie schlug die Hände weg, aber es waren zu viele. Jemand zerrte ihr den Rock herunter, und beim Anblick ihrer dicken, schwabbeligen Schenkel brach hysterisches Gelächter aus.

Camellia hatte noch nie in ihrem Leben solche Angst ausgestanden. Es waren nicht mehr einfach Mädchen, die da vor ihr standen, sondern ein tobender Mob. Sie saß in der Falle, während einige ihrer Klassenkameradinnen versuchten, ihr das Hemd über den Kopf zu ziehen, und andere an dem Gummiband ihres Schlüpfers zerrten.

»Fettes Kamel, fettes Kamel«, grölten sie, dann stießen sie sie zu Boden und zogen ihr das Hemd und die Unterwäsche aus. Als sie dort lag, vor Scham schluchzte und verzweifelt versuchte, ihre Nacktheit mit den Händen zu bedecken, untersuchten die anderen zuerst ihre Unterwäsche, lachten laut darüber und hielten sie schließlich wie Siegesfahnen in die Luft.

Das Eingreifen einer Lehrerin bereitete diesem Martyrium ein Ende, aber die Entwürdigung jener Minuten blieb ihr bis zum heutigen Tag im Gedächtnis haften. Und sie hatte das Gefühl, dass die Ereignisse dieser Nacht sie in Zukunft ebenso treu begleiten würden.

Als sie am nächsten Morgen erwachte, wurde ihre Verletzung von Dougies liebevoller Aufmerksamkeit und dem Luxus des Hotelzimmers ein wenig gelindert. Er hatte das Frühstück aufs Zimmer bestellt und fütterte sie mit kleinen, in Eigelb getunkten Toaststücken. Dann drehte er sich einen weiteren Joint, und sie liebten sich vor dem fest verhüllten Spiegel auf eine süße und zärtliche Art. Es war ein Vorgeschmack auf all die schönen Dinge im Leben, ein gemeinsames Bad, den Luxus weicher, vorgewärmter Handtücher und das Wissen, dass sie mehr als genug Geld hatten, um später in ein elegantes Restaurant zu gehen und dort zu essen.

Dougie gab schließlich zu, dass die Nacht vom Empfangschef eingefädelt worden war.

»Der Spiegel ist ursprünglich gar nicht für irgendwelche perversen Spielchen dort aufgehängt worden«, erklärte er, als spielte das irgendeine Rolle. »Anscheinend gehörte dieses Zimmer früher einmal zu einer Suite, die zu Geschäftszwecken benutzt wurde. Eines Tages, beim Frühjahrsputz, hat der Empfangschef den Spiegel entdeckt, und seither war er eine hübsche kleine Nebeneinnahme für ihn.«

»Hast du schon mal ein anderes Mädchen hierher gebracht?«, fragte sie.

»Ich selbst habe noch nie bei einer Vorstellung mitgewirkt«, erwiderte er grinsend. »Aber ich habe mich schon als Mittelsmann betätigt, ja.«

Jetzt, da die Luft klarer war, fühlte Camellia sich ein wenig besser. Sie würde Dougie nie ganz verzeihen, doch sie hatte aus der Erfahrung etwas gelernt. Sie brauchte mehr Selbstbewusstsein, musste ihm die Stirn bieten und gelegentlich sogar von ihm lernen. Sie würde kein Opfer sein.

»Genauso möchte ich immer leben«, meinte sie und reckte sich genüsslich vor dem Fenster, ohne die mindeste Scham zu verspüren. »Wenn du mir dieses Leben nicht ermöglichen kannst, werde ich jemanden finden, der dazu in der Lage ist.«

»Ich hätte dich nie für eine Goldgräberin gehalten«, lachte er. Er saß nackt im Schneidersitz auf dem Bett, und sein feuchtes Haar lockte sich um sein Gesicht wie bei einem King-Charles-Spaniel.

»Ich bin genetisch vorbelastet«, erwiderte sie grinsend. »Du hättest mal meine Mutter in Aktion sehen sollen.«

Plötzlich ertappte sie sich dabei, wie sie von Bonny sprach und über verschiedene Ereignisse lachte, an die sie sich erinnerte. Jetzt zeigte Dougie auch tatsächlich Interesse und lachte mit ihr, und sie hatte das Gefühl, dass dieser Tag vielleicht einen Wendepunkt in ihrer Beziehung darstellen würde.

»Einmal hatte sie einen Kerl, der sie übers Wochenende in ein schickes Hotel in Brighton mitgenommen hat«, berichtete Camellia und war selbst überrascht darüber, dass sie sich mit ihrer Mutter identifizierte, obwohl ebendiese Geschichte sie früher einmal schockiert hatte. »Sie haben sich über irgendetwas gestritten, wahrscheinlich ging es darum, dass er seine Frau nicht verlassen wollte. Jedenfalls stürmte er aus dem Zimmer und ließ sie allein zurück. Rate mal, wie sie ihm eine Lektion erteilt hat?«

Dougie zuckte die Schultern.

»Sie hat die Handtücher geklaut, die Bademäntel und sogar die Bettdecke, und sie hat einen ihrer Schlüpfer in seine Anzugjacke gesteckt, bevor sie nach Hause abgerauscht ist. Nicht weil sie die Sachen haben wollte, sondern um ihn in Verlegenheit zu bringen. Ich wette, er hat nie wieder eine Frau allein in einem Hotel sitzen lassen.«

»Deshalb konntest du gestern Nacht also so cool tun?« Dougie sah Camellia nachdenklich an. Bis zur vergangenen Nacht war ihm gar nicht aufgefallen, wie sehr sie sich verändert hatte – sie war härter geworden, irgendwie skrupellos. Er war sich nicht sicher, ob ihm das gefiel.

»Ich hatte eine gute Ausbildung«, gab sie trotzig zurück. »Ich werde meiner Mum von Tag zu Tag ähnlicher.«

7. Kapitel

»Verdammte Scheiße!« Dougie sprang aus dem Bett und riss Camellia damit jäh aus dem Schlaf.

»Was ist denn los?«, fragte sie benommen. Noch bevor er ausgesprochen hatte, hörte sie schwere Schritte, die sich ihnen über die nackte Holztreppe näherten.

Es war November, elf Monate nach jener Nacht im »George Hotel«. Trotz Dougies zahlreicher Versprechungen lebten sie immer noch in der Wohnung am Nottingham Court. Und Camellia betätigte sich immer noch als Ladendiebin und leerte die Taschen wohlhabender Männer.

Dougie riss die schweren hölzernen Fensterläden auf, bevor Camellia auch nur den Kopf vom Kissen heben konnte.

»Wer ist das?«, flüsterte sie. »Warum öffnest du das Fenster?«

»Das sind die Bullen, du Dummkopf«, zischte er. In dem Licht, das durchs Fenster hereinfiel, konnte sie sehen, wie er sich mit halsbrecherischer Geschwindigkeit anzog. »Ich bin weg. Mach bloß die Tür nicht auf. Sollen sie sie ruhig eintreten, damit ich Zeit habe, hier rauszukommen. Sag ihnen, ich wäre irgendwann nach zehn weggegangen. Sie können das Haus nicht beobachtet haben, sonst hätten sie mich früher hochgenommen.«

In Camellias Kopf überschlugen sich die Fragen, aber Dougie legte ihr einen Finger auf die Lippen und bedeutete ihr, still zu sein. Die schweren Schritte hatten inzwischen den Flur draußen vor ihrer Tür erreicht.

»Ich melde mich, sobald ich in Sicherheit bin«, flüsterte er, während er die Arme in seinen bestickten Mantel schob.

»Schließ die Läden und das Fenster hinter mir. Und sei leise, damit sie nichts merken. Oh Mist, gib mir Zeit zu verschwinden.«

Beim ersten lauten Klopfen an der Tür riss Dougie eine Reisetasche unter dem Bett hervor, warf sie sich über die Schulter und zog das Fenster auf. Mit der lautlosen Beweglichkeit einer Katze schwang er sich auf das Fensterbrett.

»Bis bald«, raunte er ihr zu, während er sich bereits auf das Dach unter ihm fallen ließ. »Schließ das Fenster und bleib cool.«

Camellia konnte für ein paar Sekunden seine Silhouette auf dem frostbedeckten Dach beobachten, dann war er verschwunden.

Das Hämmern an der Tür wurde lauter. »Polizei, machen Sie auf!«

Im Nu hatte Camellia die Läden und das Fenster geschlossen, sich wieder ins Bett gelegt und die Decke über den Kopf gezogen. Aber ihr Herz hämmerte wie wild, und sie zitterte vor Angst.

»Denk daran, was er gesagt hat«, ermahnte sie sich, während der Lärm draußen noch weiter anschwoll. »Bleib cool.«

Ein Krachen schwerer Stiefel an der Tür, und das Holz splitterte. Ein weiteres Krachen, und die Tür gab nach. Der stählerne Riegel fiel klirrend zu Boden. Als Camellia unter den Decken hervorlugte, sah sie zwei helle Lichtstrahlen, die durch den Raum glitten.

Im nächsten Moment wurde die Deckenlampe eingeschaltet, und Camellia zwang sich, sich mit einem Schrei aufzurichten und die Decken über ihre nackten Brüste zu ziehen. Sie musste blinzeln, so grell war das Licht. Es war nicht weiter schwierig, sich erschrocken zu zeigen: Sie *war* erschrocken.

Vier uniformierte Polizisten stürzten, die Knüppel in den Händen, in die Wohnung.

»Wo ist er?« Einer der Männer trat auf sie zu.

Camellia drückte sich, wimmernd vor Furcht, an das Kopfbrett. »Wer?« Sie schlang sich den Arm um den Kopf, weil sie einen Moment lang glaubte, der Mann würde sie schlagen.

»Douglas Green, wer sonst?«, fuhr er sie an, und seine großen Zähne wirkten gelb im fahlen Licht der chinesischen Laterne.

»Er ist noch gar nicht nach Hause gekommen«, stammelte sie. »Warum? Was hat er getan?«

Plötzlich waren die Polizisten überall, stöberten im Raum herum und kippten Schubladen aus, während der älteste von ihnen sich Camellia schroff als Inspector Spencer vorstellte.

»Spielen Sie hier nicht das Unschuldslamm, Mädchen«, schnauzte er sie an. »Wir wissen, dass er nach Hause gekommen ist, wir haben ihn um halb neun herkommen sehen.«

»Aber er ist später noch einmal weggegangen«, behauptete sie. Vermutlich hatte die Polizei so lange gebraucht, um einen Durchsuchungsbefehl zu bekommen. Jetzt griff sie mit betont ahnungsloser Miene nach ihrer Uhr. »Meine Güte! Ist es wirklich schon drei? Ich habe fest geschlafen, bis Sie hier hereingestürmt sind.« Sie hatte jetzt wirklich panische Angst.

Einer der Polizisten riss Bücher von den Regalen und warf Zierstücke, Päckchen mit Weihrauchstäbchen und eine Muschelsammlung auf den Fußboden.

»Wie heißen Sie?«, fuhr Spencer sie noch einmal an.

»Camellia Norton«, wimmerte sie, während ihr die Tränen in die Augen stiegen. »Was hat Dougie angestellt?«

Ein sechster Sinn sagte ihr, dass es hier um mehr ging als um eine gewöhnliche Drogenrazzia. Irgendetwas hatte gestern mit Dougie nicht gestimmt.

Er war wie ein wildes Tier im Zimmer auf und ab gegangen, hatte eine nach der anderen geraucht und sich geweigert, etwas zu essen. Er hatte behauptet, ein Deal sei schief gegangen, aber das konnte so ziemlich alles bedeuten.

»Drei Kinder liegen im Krankenhaus. Seinetwegen.« Spencer zog sie an der Schulter nach vorn und riss die Kissen hinter ihr weg. »Mittlerweile könnten sie durchaus alle tot sein, und wenn Sie auch nur einen Funken Verstand haben, dann erzählen Sie uns, wo Green steckt.«

Camellia fror mit einem Mal innerlich. »Aber was hat das mit Dougie zu tun?« Sie zwang sich zu einem törichten Gesichtsausdruck. »Er kann doch nichts dafür, wenn drei Kinder im Krankenhaus liegen!«

»Stehen Sie auf.« Der Polizist verdrehte vor Ungeduld die Augen.

»Aber ich habe nichts an.«

»Ich habe zu meiner Zeit mehr als genug nackte Flittchen gesehen«, entgegnete er. Dann griff er sich eine Hand voll Kleider von einem Stuhl und warf sie ihr zu. »Ziehen Sie das da an, bevor ich Sie aus dem Bett zerre.«

Gerade als sie sich die Bluse zuknöpfte, kam der andere Polizist wieder herein.

»In die Richtung ist er nicht gegangen«, berichtete einer der jüngeren Männer und zeigte auf die Küche und das Bad. »Die Fenster sind verriegelt. Und im Kühlschrank habe ich etwas gefunden.«

Wenn die Dinge nicht so ernst gewesen wären, hätte Camellia am liebsten gelacht. Das Fenster war der offensichtlichste Fluchtweg, und doch war keiner der Männer bisher auf die Idee gekommen, es zu öffnen. Und sie würden ziemlich erstaunt sein, wenn sie das Zeug in der Flasche analysierten und feststellten, dass es sich um Hustensaft handelte!

Schließlich ging der jüngste der Polizisten, ein Mann mit hellrotem Haar und ebenso roten Wimpern, auf das Fenster zu, ohne Camellia auch nur eines Blickes zu würdigen, während sie versuchte, sich unter der Decke in ihren Schlüpfer zu zwängen. Der Mann war so unbeholfen, dass er nicht einmal den Riegel öffnen konnte.

»Ich glaube kaum, dass er da raus ist«, meinte einer der anderen. »Dann hätten wir ihn gehört.«

Der junge Polizist schaffte es endlich, das Fenster zu öffnen, und leuchtete mit einer Taschenlampe auf das Dach. »Da geht es ziemlich tief runter«, murmelte er. »Soll ich das mal überprüfen?«

»Er ist durch die Tür gegangen! Das habe ich Ihnen doch erklärt«, stieß Camellia mit wenig überzeugendem Trotz hervor. Sie schwang die Beine über die Bettkante, stand auf und griff nach ihrer Jeans. »Wenn Sie mir zuhören würden, statt mich zu schikanieren, würden Sie vielleicht etwas Nützliches in Erfahrung bringen.«

»Komm mir nicht so, Mädchen«, knurrte der Inspektor sie an. »Und sieh zu, dass du endlich in deine Kleider kommst!«

Dougie war ohne einen Laut etwa fünf Meter tief auf das darunter liegende Dach gesprungen, aber der junge Constable wirkte wie ein Elefant. Er hievte sich ungeschickt über das Fensterbrett, dann ließ er sich wie eine Tonne Ziegelsteine fallen. Irgendetwas ging dabei deutlich hörbar zu Bruch.

»Allmächtiger«, drang seine gedämpfte Stimme durchs Fenster. »Die Hose ist hin.«

Mehr als zwei Stunden später brachten die Männer sie endlich aufs Polizeirevier in der Bow Street. Obwohl sie die ganze Wohnung auf den Kopf gestellt hatten, hatten sie nichts Belastenderes gefunden als ein paar Päckchen Zigarettenpapier und die Kippe eines alten Joints in einem Mülleimer. Eins musste man Dougie lassen, bei seinen Drogen hatte er wirklich auf Ordnung geachtet. Wie oft hatte sie über ihn gelacht, wenn er vor dem Schlafengehen stets alles so sorgfältig in eine Schachtel direkt neben dem Bett gepackt hatte! Jetzt verstand sie, warum. Er musste die Schachtel an sich gerissen haben, sobald er die schweren Schritte gehört hatte.

Dann jedoch hatte einer der Polizisten den Teppich vom Fenster weggezogen und das lose Dielenbrett entdeckt, und Camellia war mit einem Mal ganz schlecht geworden. Die Übelkeit hatte sich dann schnell in Zorn verwandelt, als sie festgestellt hatte, dass auch dieses Versteck leer war. Ihr Sparbuch, Dougies Pass und das Bündel Geldscheine, das er erst wenige Tage zuvor dort hineingelegt hatte, waren verschwunden. Dougie musste eine Razzia erwartet haben, und doch hatte er sie nicht ins Vertrauen gezogen.

Zu Hause in ihrer Wohnung war es vergleichsweise einfach für sie gewesen, den naiven, aber ein wenig rebellischen Teenager zu spielen, doch als sie jetzt mit dem grimmig dreinblickenden Inspector Spencer, der sie verhörte, im Revier saß, fiel es ihr weitaus schwerer.

»Ich werde es Ihnen ganz langsam erklären, damit Sie es auch wirklich verstehen«, meinte er. Die Tränensäcke unter seinen Augen und der konturenlose, feuchte Mund erinnerten sie an einen Bluthund, den sie einmal gesehen hatte. »Ihr Freund ist nicht nur Drogendealer, er ist auch kaum besser als ein Mörder. Es reichte ihm nicht, Geld zu verdienen, indem er Kinder abhängig machte, er wollte noch mehr rausholen, indem er dieses LSD mit einem Gift verschnitten hat. Angenommen, es wäre Ihre Freundin, die sich jetzt in Qualen auf einem Krankenhausbett winden und Blut erbrechen müsste! Wie würden Sie sich dann fühlen?«

Diese Vorstellung entsetzte Camellia zutiefst. Aber als Spencer nun fortfuhr, erzählte er ihr auch von anderen Straftaten, an denen Dougie beteiligt gewesen war: Einbrüche in Essex, bei denen man Hunden vergiftetes Fleisch vorgeworfen hatte, um sie möglichst schnell ruhig zu stellen, Überfälle auf zwei alte Rentner in Islington, die er ausgeraubt und anschließend gefesselt hatte, während er ihr Haus geplündert hatte.

»Das wusste ich nicht«, weinte sie. Diesmal sagte sie die Wahrheit. »Er hat mir nie irgendetwas erzählt. Ich kann nicht glauben, dass er so schlecht war.«

Doch im tiefsten Herzen wusste sie, er war zu all dem fähig. Er hatte kein Gewissen und Respekt vor nichts und niemanden. Im vergangenen Jahr war er häufig allein fortgegangen, und er war furchtbar heimlichtuerisch geworden. Das alles passte zusammen.

»Wie alt sind Sie, Camellia?« Der Inspector legte ihr mit einer beinahe väterlichen Geste eine Hand auf die Schulter.

»Achtzehn. In ein paar Wochen werde ich neunzehn«, flüsterte sie.

»Und Ihre Eltern, wo wohnen die?«

»Sie sind beide tot«, antwortete sie.

Einen Moment lang sah sie so etwas wie Mitgefühl in seinen

Augen aufblitzen. Aber seine nächste Bemerkung trieb ihr die Schamesröte in die Wangen.

»Wenn ich herausfinden würde, dass meine Tochter mit einem Mann wie Douglas Green zusammenlebt, ich glaube, es würde mir das Herz brechen«, bekannte er. »Sie hätten sich keinen schlimmeren Mann aussuchen können, Camellia, er ist weniger wert als eine Made.«

»Aber zu mir war er gut«, behauptete sie. Sie hatte jetzt schreckliche Angst, ja, sie meinte beinahe hören zu können, wie sich die Gefängnistore auch hinter ihr schlossen. »Er hat sich um mich gekümmert, als ich sonst niemanden hatte.«

Sie ließen sie für eine Weile allein, und während die Stunden im Verhörraum quälend langsam verstrichen, trat Verzweiflung an die Stelle von Furcht. Sie war den Tränen nahe. Achtzehn Monate lang hatte sie Dougie blind und gegen jede Vernunft geliebt und war seinem Beispiel gefolgt, als hätte sie keinen eigenen Verstand.

Wie oft hatte sie gehört, wie er den Verkauf von Drogen gerechtfertigt hatte: »Wenn sie das Zeug nicht von mir bekommen, dann bekommen sie es von einem anderen.« Er hatte ihr eingeredet, Drogen seien für das Glück der Menschen genauso wichtig wie Sonnenschein und Liebe. Und irgendwie hatte sie selbst sich eingeredet, Diebstahl sei kein Verbrechen, sondern ein Jux, eine Umverteilung des Wohlstands.

Aber es war unrecht. Das wusste sie jetzt. Sie hätte ihn nach jener Nacht in dem Hotel in Mayfair verlassen sollen, als sein wahres Wesen offenbar geworden war. Warum war sie dennoch bei ihm geblieben?

Dabei hatte das Leben mit Dougie nicht einmal Spaß gemacht. Im Februar waren die Quellen, aus denen er seine Drogen bezog, für eine Weile versiegt, und er war mürrisch und gewalttätig geworden, und doch hatte sie törichterweise immer noch geglaubt, mit ihm fertig werden zu können. Es war kein Cannabis mehr zu bekommen, und die Polizei spürte ein LSD-Labor nach dem anderen auf. Im »Middle Earth« wurden an drei aufeinander folgenden Wochenenden Razzien veranstaltet, und dem Club drohte jetzt eine dauerhafte Schließung.

Dougie bekam es mit der Angst zu tun, als Polizisten in Zivil sich irgendwann unter die Hippies in Soho mischten und die Dealer einen nach dem anderen hochnahmen. Bis dahin kam Camellia der Ladendiebstahl beinahe wie ein Spiel vor, eine lange Nase, die man den Kapitalisten zeigte. Jetzt musste sie damit ihren Lebensunterhalt bestreiten, und Dougie zwang sie, immer größere Risiken einzugehen. »Nur bis wir genug Geld zusammenhaben, um abzuhauen«, beschwor er sie oft. »Dann verschwinden wir nach Marokko und leben wie die Könige.«

Aber wo war er gewesen, als der Ladendetektiv sie die Kensington High Street hinauf verfolgt hatte? Hätte es ihm etwas ausgemacht, wenn man sie dabei erwischt hätte, wie sie die Taschen der Touristen leerte? Wo war er jetzt mit all dem Geld, das zu beschaffen sie ihm geholfen hatte?

In den vergangenen Monaten hatten selbst seine alten Freunde sie gedrängt, ihn zu verlassen, weil er begonnen hatte, sie zu schlagen. Aber wie konnte sie einen Mann verlassen, der manchmal so heftig zitterte, dass er nicht einmal eine Tasse halten oder sich rasieren konnte? Seine Paranoia, seine Albträume, all das hatte sie glauben lassen, es wäre ihre Pflicht, zu ihm zu stehen.

Aber in diesem kahlen, grell erleuchteten Verhörraum sah sie die Dinge auf einmal, wie sie wirklich waren: Dougie hatte nie den Wunsch gehabt, das Taj Mahal oder die Niagarafälle zu sehen. Er hatte sich nicht nach der Sicherheit und dem Komfort eines schönen Zuhauses gesehnt. Sein einziger Wunsch war es, ständig stoned zu sein und in einer Zwielichtwelt des Müßiggangs zu leben. Wenn er von Indien oder Marokko gesprochen hatte, dann nur deshalb, weil Drogen dort leicht zu haben waren und sein Geld länger reichen würde. Als sie jetzt darüber nachdachte, wie gut er seine Flucht organisiert hatte, dass er seine Drogen und sein Geld mitgenommen, sie jedoch zurückgelassen hatte, um die Suppe auszulöffeln, konnte sie sich nicht einmal mehr an den Gedanken klammern, dass er sie brauchte.

Zwei Stunden später kam Inspector Spencer in den Verhörraum zurück und klopfte ihr auf die Schulter, um sie aus ihrem Erschöpfungsschlaf zu wecken. »Ich werde Sie gehen lassen«, erklärte er.

»Gehen?« Sie starrte ihn verständnislos an.

»Wir werden uns Green schnappen, daran habe ich keinen Zweifel.« Seine Stimme klang tief und streng. »Aber ich bin genauso fest davon überzeugt, dass er nicht zurückkommen wird, um Sie zu holen.«

Auch Camellia wusste das inzwischen. Dougie war mittlerweile wahrscheinlich bereits auf dem Weg nach Amsterdam.

»Aber die Kinder im Krankenhaus?«, fragte sie. »Wie geht es ihnen?«

»Zum Glück sind sie auf dem Weg der Besserung«, antwortete er eisig.

Eine Woge der Erleichterung überschwemmte Camellia, und sie stand auf.

»Da wären nur noch ein paar Dinge, auf die ich Sie aufmerksam machen möchte«, fuhr er fort, und seine Augen waren so hart wie Stein. »Ich weiß ganz genau, dass Sie nicht so unschuldig sind, wie Sie vorgeben zu sein. Aber wenn ich mich nicht sehr irre, haben die Ereignisse dieser Nacht Sie hinreichend aufgerüttelt, um noch einmal genau über Ihr Leben nachzudenken.«

Camellia nickte. Sie traute ihrer Stimme nicht, daher schwieg sie.

»Ich werde Sie im Auge behalten.« Er hob drohend den Zeigefinger. »Wenn ich auch nur ein Wispern höre, dass Sie wieder Ihre alten Tricks abziehen, dann werde ich Sie mir vorknöpfen, und zwar auf eine Art und Weise, dass Sie es für den Rest Ihres Lebens bedauern werden.«

Er wusste alles. Camellia konnte es in seinem Gesicht sehen. Sie hatte ihn nicht eine Minute lang getäuscht.

»Diese Bruchbude von einer Wohnung wird versiegelt werden«, fuhr er fort. »Eine Polizistin wird Sie jetzt begleiten, damit Sie Ihre Sachen holen können. Lassen Sie sich einen Rat von mir geben, Camellia. Suchen Sie sich einen anständigen Job und machen Sie etwas aus sich. Zwingen Sie mich nicht dazu, meine Nachsicht Ihnen gegenüber jemals zu bereuen.«

Erst später in einem Café in der Charing Cross Road, nachdem Camellia ihre Habe aus der Wohnung geholt hatte, trafen sie die Konsequenzen der jüngsten Ereignisse mit voller Wucht. Sie war obdachlos, arbeitslos und abgesehen von etwa zwei Pfund in ihrem Portmonee pleite und allein.

Es war zehn Uhr morgens, ein kalter, dunkler, grauer Tag. Sie musste sich waschen und die Zähne putzen, und selbst ihr Haar war verfilzt. Sie sah aus wie eine Vagabundin. Wenn sie Archway House nur nicht so überstürzt verlassen hätte, hätte sie vielleicht auf Miss Peet zurückgreifen können. Aber das kam nicht infrage, ebenso wenig wie sie sich an Suzanne und Carol wenden konnte, da sie nicht ein einziges Mal versucht hatte, mit ihnen Kontakt aufzunehmen. Was um alles in der Welt sollte sie tun?

Sie schlang ihre kalten Hände um die Kaffeetasse, um sie zu wärmen, und fragte sich, ob sie es wagen durfte, ein wenig von ihrem Geld für ein Schinken-Sandwich auszugeben. Die beiden letzten anderen Gäste verließen das Café, und ein Schwall kalter Luft wehte durch den Raum, als sie die Tür öffneten.

»Was ist los?« Neben ihr erklang plötzlich die Stimme einer Frau, und sie blickte auf. Es war die dicke blonde Kellnerin, die Dougie »Cream Puff« nannte, aber ihre leuchtend blauen Augen waren voller Freundlichkeit.

»Ein kleiner Depri.« Camellia versuchte zu lächeln, doch ihre Lippen zitterten.

Die junge Frau räumte den Tisch ab, an dem die beiden Männer gesessen hatten, und stapelte die Teller auf der Theke. Sie trug einen engen blauen Nylonoverall, und dort, wo ihr schwarzer Slip endete, zeichnete sich ein Speckröllchen ab. Als sie mit ihrer Arbeit fertig war, drehte sie sich wieder zu Camellia um. »Darf ich mich zu dir setzen?«, fragte sie.

Camellia nickte.

»Hat Dougie die Biege gemacht?« Die junge Frau ließ sich auf den Stuhl gegenüber sinken, zog ein Päckchen Zigaretten aus ihrer Overalltasche, nahm sich selbst eine und bot dann auch Camellia eine an.

Einen Moment lang war Camellia so überrascht, dass sie das rundliche, von einem Mopp blonden, lockigen Haares umrahmte Gesicht des anderen Mädchens nur anstarren konnte. »Du kennst Dougie?«

Das Mädchen kicherte. »Jeder kennt Dougie Green.«

»Ist er heute Morgen hier gewesen?« Camellias Herz tat einen Sprung.

Das Mädchen schüttelte den Kopf und zündete die Zigaretten an.

»Du heißt Camellia, nicht wahr?«, hakte sie nach. »Ich habe oft gehört, dass er dich so nannte. Ein wunderschöner Name.«

Camellia seufzte bitter. »Ich habe es lieber, wenn man mich Mel nennt, vor allem wenn ich so verlottert aussehe wie im Moment«, bekannte sie. »Und wie heißt du?«

»Ich habe auch einen schicken Namen«, lachte das Mädchen. »Ich heiße Beatrice, kannst du dir das vorstellen? Aber mir ist Bee lieber. Also, was ist passiert? Und was haben diese Koffer zu bedeuten?«

Camellia hätte am liebsten etwas erfunden, doch sie nahm an, dass spätestens zur Mittagszeit ganz Soho ohnehin die Wahrheit kennen würde.

»Die Bullen haben uns hochgenommen«, platzte sie heraus. »Dougie konnte rechtzeitig verschwinden. Ich habe die ganze Nacht auf dem Revier gesessen.«

Bee zuckte mit keiner Wimper. »Das überrascht mich nicht sonderlich. Es wird schon seit Wochen über Dougie getuschelt, und alles, was man so hörte, war ziemlich unerfreulich. Was für ein Mistkerl, dass er dich die Suppe auslöffeln lässt! Haben sie irgendwelche Anklagen gegen dich erhoben?«

Camellia war argwöhnisch. Die meisten Mädchen, die sie im West End kannte, ergötzten sich geradezu am Missgeschick anderer. Ihr fiel niemand ein, der die Neuigkeiten über Dougie nicht mit hämischer Schadenfreude aufnehmen würde. Andererseits wünschte sie sich sehnlichst, dieser freundlichen Kellnerin ihr Herz auszuschütten, da sie sonst niemanden hatte. Und irgendwie zeigte ihr diese Tatsache endgültig, dass sie vollkommen allein dastand, und sie begann zu weinen.

»Na komm schon, Schätzchen, so schlimm kann es doch nicht sein.« Bee legte eine Hand auf Camellias Rechte. »Es ist nur eine Geldstrafe wegen Drogenbesitzes. Ich nehme an, das ist die Anklage, die sie gegen dich erhoben haben, oder bist du so außer dir, weil Dougie die Kurve gekratzt hat?«

Camellia musste reden, selbst wenn sie damit das Risiko einging, dass die Geschichte später vor anderen wiederholt und ausgeschmückt werden würde.

Bee war eine gute Zuhörerin und unterbrach Camellia nur, um gelegentlich einen bestimmten Punkt näher zu erhellen. Der Spitzname »Cream Puff«, den Dougie ihr gegeben hatte, war überaus passend. Die blonden Locken, das liebenswerte, hübsche Gesicht und ihre rundliche Gestalt erinnerten in der Tat an Sahne, die aus einem süßen, klebrigen Teilchen quoll. Andererseits spürte Camellia, dass Bee mehr zu bieten hatte als ein mitfühlendes Ohr, etwas, mit dem Camellia sich identifizieren konnte, obwohl sie noch nicht den Finger darauf zu legen vermochte.

»Du hältst mich bestimmt für eine Idiotin, weil ich ihm vertraut habe?«, flüsterte Camellia, als sie mit ihrem Bericht zum Ende kam.

Bee zuckte die Schultern und nahm einen Zug von ihrer Zigarette. »Ich schätze, mir wäre es nicht anders ergangen«, gestand sie. »Aber gut aussehende Typen wie Dougie geben sich nicht mit Mädchen wie mir ab, das ist der einzige Vorteil, wenn man dick ist.«

Die Aufrichtigkeit dieser Bemerkung traf Camellia. Auch sie hatte früher einmal ähnlich abfällige Bemerkungen über sich selbst gemacht. »Dafür hast du ein wunderschönes Gesicht«, wandte sie ein. Und es war die Wahrheit: Bees Gesicht war wirklich hübsch, irgendwie engelhaft mit babyweichen Lippen, die sich zu einem warmen Lächeln wölbten, und Grübchen in beiden Wangen. »Jeder kann abnehmen, aber ich glaube nicht, dass man das Stigma, eine Diebin zu sein, jemals verliert.«

»Wen interessiert es, wenn Herumtreiber einen als Diebin bezeichnen? Ich würde nichts auf die Meinung von Dougies Kumpanen geben. An deiner Stelle würde ich versuchen, neu anzufangen.«

»Leichter gesagt als getan.« Camellia lächelte kläglich. »Wie bekommt man einen Job, wenn man nicht erklären kann, was man die vergangenen anderthalb Jahre getrieben hat?«

»Du könntest hier arbeiten.« Bee nahm einen tiefen Zug von ihrer Zigarette. »Die Besitzer sehen nicht allzu genau hin. Ich könnte ihnen erzählen, dass du im Ausland gearbeitet hast oder irgendetwas in der Art.«

Noch vor wenigen Wochen hätte Camellia über den Gedanken, Sandwiches zuzubereiten und Pommes frites zu braten, nur gelacht, doch jetzt war sie verzweifelt. »Wirklich? Meinst du, die würden mich nehmen?«

Das »Black and White« hätte gute Chancen gehabt, als das schäbigste Lokal im ganzen West End durchzugehen. Die in Schwarz und Weiß gehaltene Einrichtung war das Produkt des Stils der späten Fünfziger, mit Tischen, die spindeldürre Beine hatten, und unbequemen Stühlen. Das Weiß war jetzt gelb, und die Plastikpolster an der Theke und auf den Stühlen waren rissig. Aber das Café stand in dem Ruf, gutes Essen äußerst günstig anzubieten, und so kamen die Gäste trotzdem.

»Kein Grund zur Begeisterung«, meinte Bee kichernd, und ihr Doppelkinn zitterte. »In der Mittagszeit ist es verdammt harte Arbeit, aber die Bezahlung ist nicht schlecht, und man bekommt obendrein sein Essen umsonst. Ich werde den Boss fragen, wenn er später anruft. Am besten sage ich, dass du nur als

Aushilfe einspringst, bis er selbst feststellen kann, wie du dich machst.«

Camellia hatte das Gefühl, als würde ihr ein Rettungsanker zugeworfen. »In Ordnung.« Sie lächelte schwach. »Du bist ein echter Lebensretter. Jetzt brauche ich nur noch ein Bett zum Schlafen. Da hast du bestimmt keine klugen Ideen, oder?«

Einen Moment lang schwieg Bee. Offenbar fragte sie sich, warum sie sich Camellia aufgehalst hatte. »Für ein oder zwei Tage kannst du oben bei mir pennen«, seufzte sie schließlich, als fühlte sie sich zu diesem Angebot gezwungen. »Aber nur ein oder zwei Tage, länger nicht.«

»Ich möchte dir nicht zur Last fallen.« Es war Camellia peinlich, dass ihr nichts anderes übrig blieb, als das Angebot anzunehmen. »Ich bin dir wirklich dankbar. Und ich bin nicht wie Dougie, ich werde dich nicht ausnutzen.«

»Deine Dankbarkeit wird sich in Grenzen halten, wenn du erst das Zimmer gesehen hast«, lachte Bee, doch ihre Wangen wurden flammend rot, als wäre das Ganze ihr ziemlich unangenehm. »Es ist die reinste Bruchbude. Ich habs dir nur angeboten, weil ich sehen kann, dass du innerlich fast zusammenbrichst. Außerdem fühle ich mich ein bisschen einsam.«

Als das Café um sieben Uhr abends schloss, half Bee Camellia, ihre Koffer auf ihr Zimmer im ersten Stock zu tragen. Obwohl Camellia vorgewarnt war und dankbar für jedes Bett gewesen wäre, in dem sie die Nacht verbringen konnte, hatte sie Mühe, sich ihr Entsetzen nicht anmerken zu lassen.

Überall lagen Kleider, und auf dem Fußboden standen schmutzige Teller, auf denen zum Teil noch halb vergammeltes Essen lag. Jede einzelne Schublade stand offen, und nicht einmal das Bett war gemacht. Andererseits hatte Bee offensichtlich versucht, sich ein wenig gemütlich einzurichten: An den Wänden hingen einige Poster von Popstars, auf dem Fenstersims stand eine Grünpflanze, und vor dem Bett lag ein flauschiger Teppich. Aber der Raum sah nach genau dem aus, was er war: ein Ort, an dem abends ein einsamer Teenager ins Bett kroch, ein Ort, an den sich niemals ein Besucher verirrte. Das Zimmer war beinahe genauso traurig wie die Wohnung, die Camellia früher am Tag geräumt hatte.

Unten auf der Charing Cross Road donnerte unablässig der Verkehr dahin. Der Geruch von Gebratenem, der in dem kleinen, schäbigen Raum hing, erfüllte Camellia mit einer leichten Übelkeit, und sie konnte sich vor Erschöpfung kaum noch auf den Beinen halten. Ihre Füße brannten, und ihre Hände waren vom Abwaschen gerötet. Sie hatte noch nie so hart gearbeitet, nicht einmal im Ausverkauf bei Peter Robinson.

»Ich bin eine Schlampe, nicht wahr?«, bemerkte Bee fröhlich. »Eigentlich wollte ich ja schnell nach oben laufen und aufräumen, bevor du das Zimmer siehst, aber dafür war einfach keine Zeit da. Außerdem hättest du ohnehin schnell herausgefunden, wie chaotisch ich bin. Besser, du siehst den Dingen gleich ins Auge.«

Es gefiel Camellia, dass Bee nicht versuchte, ihr irgendetwas vorzumachen. Und sie hatte auch nicht die Neigung, andere Menschen zu verurteilen. Bee kannte und verstand das West End wahrscheinlich besser als Camellia selbst. Sie arbeitete seit vier Jahren in dem Café, und obwohl sie nur wenige Monate älter war als Camellia, kannte sie alle Diebe, Prostituierten, Zuhälter und Drogendealer genauso gut wie die Clubbesitzer und Geschäftsleute. Sie redete mit ihnen, hörte sich all den Klatsch und Tratsch an, der im West End kursierte, und hielt sich trotzdem abseits.

»Mir ist es egal, wie es hier aussieht«, erwiderte Camellia. »Solange ich hier bin, werde ich dir sowohl unten als auch hier oben helfen. Ich bin einfach nur dankbar dafür, ein Dach überm Kopf und einen Job zu haben.«

»Du bist schon ein seltsamer Vogel«, meinte Bee nachdenklich. »Wenn du früher mit Dougie zum Essen hier warst, hatte ich immer den Eindruck, dass du ein verwöhntes Kind aus reichem Haus bist. Weißt du, was ich meine?«

Camellia kicherte. »Ich könnte dir ein paar Geschichten über meine Mutter und mich erzählen, die dir diese Idee schnell austreiben würden«, gab sie zurück. »Aber wir haben jetzt den ganzen Tag nur über mich und meine Probleme gesprochen. Erzähl mir von deinen Träumen und Hoffnungen.«

»Die Vergangenheit war ziemlich beschissen«, gab Bee zu, doch dann lachte sie, als hätte sie die Absicht, ebendiese Vergangenheit von der heiteren Seite zu sehen. »Was meine Hoffnungen und Träume betrifft, nun ja, die drehen sich alle um die Idee, aus diesem Höllenloch rauszukommen.« Sie griff nach einem Tablett, nahm Camellia das schmutzige Geschirr aus der Hand und verschwand damit aus dem Zimmer.

Wenige Minuten später kam sie zurück und begann, die Kleider aufzulesen. »Das Einzige, was ich wirklich will, ist eine hübsche Wohnung und ein Job, bei dem ich nicht den ganzen Tag esse und nach Pommes frites stinke. Über Ritter auf weißen Rössern denke ich nicht viel nach, genauso wenig über Männer, die meinen dicken Hals mit Diamanten ausstaffieren. Weißt du, wie meine Lieblingsfantasie aussieht?«

»Ein Bibliothekar, der dich mit Poesie betört?«, witzelte Camellia.

»Sie dreht sich nicht einmal um einen Mann. Ich sehe einen Raum, der ganz weiß ist, die Sonne fällt durch die Fenster, und auf einem polierten Holztisch steht eine einzige Vase mit Narzissen.«

Einen Augenblick lang sagte Camellia gar nichts. Die Schlichtheit der Fantasie traf sie bis ins Innerste, denn sie war ihr sehr vertraut.

Als sie es sich später mit einer Tasse Kaffee im Bett gemütlich machten, erzählte Bee Camellia ihre Geschichte, und während sie zuhörte, wurde Camellia klar, dass sie nicht nur eine neue Freundin gefunden hatte, sondern eine Seelenverwandte.

Bee war ein Einzelkind. Ihr Vater war Oberfeldwebel bei der Armee gewesen, und sie hatte ihre Kindheit in verschiedenen Ländern verbracht, einschließlich einiger Jahre in Singapur. Bis zu ihrem zwölften Lebensjahr, als ihr Vater aus der Armee austrat, hatte sie geglaubt, alle Kinder lebten so wie sie.

Ihr Vater war vollkommen mit seinem Job beschäftigt gewesen und ihre Mutter mit den Geselligkeiten des Armeelebens. Es gab ein Dienstmädchen, das sich um Bees Mahlzeiten kümmerte und das Haus sauber hielt.

»Es war herrlich«, meinte sie lächelnd. »Mum war ständig unterwegs, um Tennis zu spielen oder Whist-Turniere zu bestreiten, und es waren jede Menge andere Kinder da, mit denen ich spielen konnte. Die Armee hat alles organisiert, die Schule, die Unterkunft und den Rest. Dad war immer sehr streng, aber andererseits habe ich ihn und Mum kaum je einmal zu Gesicht bekommen. Erst als sie das Haus in Eltham kauften und Dad eine Stelle bei der Post antrat, fand ich heraus, wie die wirkliche Welt aussah.«

Mit zwölf nahm Bees Leben eine dramatische Wende zum Schlechteren. Es fiel ihr schwer, sich in einer großen Londoner Gesamtschule einzugewöhnen, und sie wurde dort ebenso wie zu Hause schikaniert. »Ich konnte einfach nicht begreifen, warum meine Mum plötzlich so hysterisch wurde, als Dad die Armee verließ. Sie war immer so elegant und gelassen gewesen, und plötzlich machte sie um alles und jedes einen Riesenaufstand. Von morgens bis abends hat sie nur gejammert. Sie ist nicht einmal mit den einfachsten Dingen fertig geworden, mit dem Waschen oder Kochen zum Beispiel. Wenn Dad abends von der Arbeit nach Hause kam, ist er dann auf uns beide losgegangen.«

Camellias Herz flog Bee zu, als diese weitererzählte. Ein Vater, der ein Leben lang Männer schikaniert hatte, ließ seine Frustration jetzt an seiner Frau und seiner Tochter aus. Eine verwöhnte, schwache Mutter, die es übel nahm, dass man ihr das einfache Leben genommen hatte. Zwei Menschen, die so mit ihrem eigenen Egoismus und ihrer Enttäuschung beschäftigt waren, dass sie ihr einziges Kind zum Sündenbock für ihre eigenen Unzulänglichkeiten machten.

»Es war die Hölle«, bekannte Bee, und bei der Erinnerung traten ihr Tränen in die Augen. »Mum hat von mir erwartet, dass ich den ganzen Haushalt besorgte und außerdem zur Schule ging und die Hausaufgaben nicht vergaß. Ich hatte nie Kochen oder Waschen gelernt, und natürlich habe ich nichts richtig gemacht. Mum schrie mich an, und wenn Dad abends nach Hause kam, erzählte sie ihm von meinen Missgeschicken. Er hat mich so oft verprügelt, Camellia! In der Schule wurde ich ausgelacht, weil ich schon damals pummelig war und anders sprach als die anderen. Im Unterricht hinkte ich hinterher, und die Lehrer steckten mich in eine Idiotenklasse. Das brachte Dad erst recht in Rage. Ich fühlte mich so einsam, Camellia, kannst du das verstehen?«

»Oh ja«, seufzte Camellia. »Ich habe immer gehofft, dass ich schwer krank würde, damit irgendjemand sich um mich kümmerte.«

»Mit vierzehn habe ich herausgefunden, wie ich ein wenig Aufmerksamkeit bekommen konnte«, gab Bee zu. Sie lächelte, doch in ihren Augen stand ein Ausdruck der Verlorenheit. »Ich habe mich mit Männern eingelassen. Nicht mit Jungen, die wollten nichts von mir wissen, weil ich so dick war, aber ich habe dem Mann vom Süßigkeitenladen in der Nähe unseres Hauses erlaubt, mich in seinem Lagerraum zu befummeln.«

Sie beschrieb den Mann als ein Wiesel, und so wie sie die Geschichte erzählte, klang das Ganze sehr komisch. Aber Camellia war nicht zum Lachen zumute: Für sie hörte es sich so an, als wäre der Mann ein Perverser der schlimmsten Art gewesen.

»Er hat mir jedes Mal zehn Schilling gegeben«, erzählte sie. »Und er nannte mich ›seine Prinzessin‹. Aber obwohl das Ganze schäbig war und ich wusste, dass ich mich hätte schämen sollen, hat er mich zumindest wirklich gern gehabt und anschließend mit mir geredet und mich gestreichelt.«

Schließlich schwänzte sie die Schule, um den Tag mit einem Handlungsreisenden zu verbringen, den sie in einem Café kennen gelernt hatte, oder um am Nachmittag mit dem Milchmann zu schlafen, dessen Frau bei der Arbeit war.

»Abends durfte ich nicht aus dem Haus, nicht einmal in einen

Jugendclub. Ich hatte keine Freunde. Also habe ich mit Sex angefangen«, bekannte sie freimütig und richtete ihre leuchtend blauen Augen mit solcher Aufrichtigkeit auf Camellia, dass diese kichern musste. »Ich habe ernsthaft daran gedacht, nach der Schule Callgirl zu werden. Das war das Einzige, was ich gut konnte.«

»Bist du damals von zu Hause weggelaufen?«

»Ich bin nicht gelaufen. Ich bin gehumpelt, nachdem Dad mich verprügelt hatte. Die Frau des Milchmanns hat alles rausgefunden und hat meine Eltern damit konfrontiert. Dann brach die Hölle los. Dad hat mich windelweich geschlagen und anschließend rausgeworfen.«

»Wie alt warst du damals?«

»Fünfzehn«, antwortete Bee schulterzuckend. »Wie kann jemand ein Mädchen in diesem Alter aus dem Haus werfen, obwohl man weiß, dass es kein Geld hat und nirgendwo hin kann? Ich habe mich in einen Zug gesetzt und bin schließlich hier im Café gelandet. Ich war in einem schrecklichen Zustand, mit blauen Augen und allem Drum und Dran. Schließlich habe ich Cyril, dem Besitzer des Cafés, alles erzählt. Er hat mir einen Job auf Probe und ein Zimmer angeboten, bis ich auf eigenen Beinen stehen konnte, und ich bin nie mehr weggekommen.«

»Hast du deine Eltern seither mal gesehen?«

»Nein.« Bee senkte den Blick. »Ein Mal habe ich Mum geschrieben. Ich habe versucht, ihr meine Lage, meine Gefühle zu erklären, aber sie hat mir nie geantwortet. Sie schickt mir jedes Jahr zu Weihnachten eine Karte, doch niemals einen Brief. Wie dem auch sei, ich bin drüber weg. Es macht mir nichts mehr aus.«

Camellia vermutete, dies war die erste Lüge, die sie an diesem Tag gehört hatte. Einem so warmherzigen Menschen wie Bee konnten die eigenen Eltern unmöglich gleichgültig sein, auch wenn sie sich ihr gegenüber noch so grausam benommen hatten.

»Bist du – na ja, du weißt schon, mit Cyril?«

Bee brach in Gelächter aus. »Himmel, nein«, prustete sie. »Er ist ein guter Mann und ein anständiger, glücklich verheiratet, mit fünf Kindern. Wenn ich ihn an meine Schlüpfer ließe, würde seine Frau mich ohne Zögern in den Schinkenschneider stecken. Ich war ihm einfach so dankbar, dass er mir eine Chance gegeben und mich wie ein menschliches Wesen behandelt hat. Deshalb habe ich seither wie eine Sklavin für ihn geschuftet. Aber nach drei Jahren ist die Dankbarkeit ein wenig dünner geworden. Jetzt möchte ich etwas Besseres.«

Als sie sich später auszogen, um zu Bett zu gehen, sah Camellia, warum die Männer sich zu Bee hingezogen fühlten. Nackt war sie eher üppig als fett, und ihr Fleisch war seidig und fest wie das der Frauen auf den Gemälden von Rubens. Die Kombination von engelhaftem Gesicht, wuscheligem, blondem Haar und diesen prächtigen Kurven war gleichzeitig weiblich und ungemein sexy.

Obwohl Camellia vollkommen erschöpft war, lag sie noch lange in ihrem Schlafsack wach. An die Stelle des brennenden Schmerzes, den sie früher am Tag empfunden hatte, war jetzt Wut auf Dougie getreten, und mit der Wut kam der Wunsch nach Rache.

»Dem werde ich es zeigen«, versprach sie sich. »Eines Tages wird er nach London zurückkehren, und ich werde alles haben, was das Herz begehrt. Dann werde ich ihn mit Verachtung strafen und ihn stehen lassen, und er wird sein mieses Verhalten mir gegenüber bedauern.«

Am sechsten Januar bezahlten die beiden Mädchen vor dem Haus Nummer vierzehn in der Oakley Street in Chelsea ein Taxi und begannen unter übermütigem Gekicher, ihre Habe die Treppe hinunter in die Kellerwohnung zu tragen.

Es war ein unfreundlicher, grauer Tag, und der Wind wehte mit eisiger Wucht direkt vom Fluss her.

»Das ist *der* Augenblick!« Bee stellte draußen die letzten Kartons und Koffer ab, legte die Faust wie eine Trompete an die Lippen und trötete hinein. Dann nahm sie den Schlüssel aus der Tasche und schwenkte ihn vor Camellias Nase hin und her. »Also, welche von uns wird die andere über die Schwelle tragen?«

»Nun, ich werde dich bestimmt nicht tragen«, gab Camellia zurück. »Lass uns einfach zusammen reingehen!«

Sie hatten dem Café für immer Lebewohl gesagt. Sieben lange Wochen, nachdem sie sich zum ersten Mal begegnet waren, hatten sie die Wohnung ihrer Träume gefunden.

Das war Bee zu verdanken, die eines Tages eine Unterhaltung zwischen zwei Männern mitgehört hatte. Einer von ihnen war der Mieter dieser Wohnung, der durch einen langen Mietvertrag gebunden war, und er wollte möglichst schnell aus der Wohnung heraus, weil der andere Mann ihm einen Job im Ausland angeboten hatte.

Die beiden planten, in der Abendzeitung eine Annonce zu schalten. Bee hörte den Mieter sagen, dass er keine große Abstandssumme verlangen würde, um möglichst schnell einen Ersatz zu finden.

Camellia hatte Bee zu diesem Zeitpunkt noch keine zwei Wochen gekannt, hatte aber bereits festgestellt, dass ihre neue Freundin eine bemerkenswerte Auffassungsgabe besaß. Trotzdem war die Geschwindigkeit, mit der sie auf diese Unterhaltung reagierte, phänomenal. Irgendwie brachte Bee es fertig, den Mann anzusprechen, zuzugeben, dass sie das Gespräch belauscht hatte, und ihn zu fragen, ob sie die Wohnung haben könne. Binnen einer halben Stunde hatte der Mann sich bereit erklärt, ihr die Wohnung für zweihundert Pfund zu überlassen, vorausgesetzt, der Vermieter akzeptierte sie.

Als Bee später erzählte, was sie gemacht hatte, und zugab, dass sie nur zehn Pfund auf der Bank hatte, hielt Camellia sie für verrückt. Aber die Vorteile, die diese Wohnung bot, waren auch auf den ersten Blick erkennbar: Die Miete betrug nur zehn Pfund die Woche, die Wohnung hatte zwei Schlafzimmer, und es gab sogar eine Zentralheizung.

»Doch wie um alles in der Welt sollen wir bis Anfang Januar zweihundert Pfund auftreiben?«, hatte Camellia gefragt, und bei dem bloßen Gedanken hatte sie weiche Knie bekommen.

Aber auch dafür hatte Bee bereits eine Lösung. »Wir werden uns Jobs als Hostessen in einem Club besorgen«, erklärte sie. »Ich weiß, es wird schwierig werden, doch wir können es schaffen. Ich kenne genau den richtigen Mann, den ich um einen Job bitten kann. Er hat ein Auge auf mich geworfen, und dich wird er einfach umwerfend finden.«

»Aber Nachtclubhostessen sind doch in Wirklichkeit Prostituierte«, wandte Camellia empört ein.

»Nein, sind sie nicht«, widersprach Bee nachdrücklich. »Sie sind lediglich dazu da, die Männer zum Trinken zu verleiten, und sie bekommen zehn Pfund pro Abend. Das wird das reinste Kinderspiel. Weihnachten steht kurz bevor, und jeder Kerl, der in London festsitzt, wird nur allzu gern ein paar Scheine auf den Tisch legen, um mit uns zu trinken. Wir brauchen nur hübsch auszusehen und ihnen das Gefühl zu geben, wichtig zu sein.«

Es gab allerdings auch Rückschläge: Sie hatten nicht die richtige Art auffallender Kleider, und es war ein Schock festzustellen, dass sie ihre zehn Pfund Hostessenhonorar von den Kunden selbst kassieren mussten. Aber sie kamen schließlich zu einem Kompromiss. Camellia stahl die Kleider, die sie brauchten, in einem Geschäft auf der Regent Street, und Bee, der es nicht so peinlich war, um Geld zu bitten, kassierte für Camellia das Honorar bei deren Kunden.

Schon bald stellten sie jedoch fest, dass die Sache nicht ganz so viel Spaß machte, wie sie erwartet hatten. Die männlichen Kunden waren im Allgemeinen um die fünfzig und todlangweilig, und es war ungemein anstrengend, den ganzen Tag im Café zu arbeiten und sich dann herauszuputzen, um die halbe Nacht gut gelaunt zu plaudern, zu tanzen und Geschäftsleute zum Trinken zu animieren. Um drei oder vier Uhr am Morgen fielen sie todmüde ins Bett, nur um um acht Uhr wieder aufzustehen und das Ganze von vorne zu beginnen. Doch sie hielten durch. Sie wollten diese Wohnung unbedingt haben, und dafür nahmen sie die Müdigkeit gern in Kauf.

Nachdem sie das Café nun verlassen hatten, wollten sie weiter als Hostessen arbeiten, bis sich etwas Besseres bot. Wie Bee zu Anfang gesagt hatte, war es einer der einfachsten Jobs, die man sich nur denken konnte.

»Wie hast du das Geld für den Notar aufgetrieben?«, wollte Camellia wissen, als sie Arm in Arm in die Wohnung rauschten. Mit dieser zusätzlichen Ausgabe von fünfundzwanzig Pfund hatten sie zunächst nicht gerechnet, doch Bee hatte versprochen, sich darum zu kümmern.

»Das willst du gar nicht wissen«, lachte Bee, warf ihr Haar in den Nacken und lief wie ein Kind durch das leere Wohnzimmer.

Camellia sah Bee scharf an. Sie konnte sich denken, wie ihre Freundin zu dem Geld gekommen war. Bee war eines Sonntagabends mit einem Mann, den sie im Club kennen gelernt hatte, ausgegangen und erst am Montagmorgen zurückgekommen.

»Nun, dann frag du mich auch nicht, wie ich das hier aufgetrieben habe.« Camellia nahm ein Bündel Scheine aus ihrer Tasche und warf sie ihrer Freundin zu. »Aber wir können von Glück sagen, dass wir beide unartige Mädchen sind, da es in der Wohnung nämlich keine Betten gibt!«

Bee blieb wie angewurzelt stehen, als sie das Geld auffing. Sie blätterte die Scheine durch und runzelte die Stirn. Sie hatten einander ihre jeweiligen Missetaten aus der Vergangenheit anvertraut. Aber Camellia hatte versprochen, sich nie wieder als Taschendiebin zu betätigen oder Kleider zu stehlen, und Bee hatte ihrerseits versprochen, niemals mehr für Geld mit einem Mann zu schlafen.

»Dieser betrunkene Amerikaner, als wir gestern Abend aus dem Club kamen?« Ihr Gesichtsausdruck verriet eine Mischung aus Bewunderung und Furcht. »Du hast seine Brieftasche geklaut, während er versucht hat, dich anzumachen?«

Camellia nickte. »Er war so hinüber, dass er nicht einmal mehr wusste, welchen Wochentag wir hatten. Geschieht ihm recht. Was muss er auch jungen Mädchen nachstellen.«

»Aber das sind fast zweihundert Pfund!«

»Ich habe den Jackpot geknackt«, kicherte Camellia. »Na

schön, ich weiß, was du denkst. Ich verspreche, ich werde es mir in Zukunft verkneifen! Solange du auch nicht in irgendwelche Hotelzimmer entschwindest.«

Dann war alles vergessen, während sie gemeinsam die Wohnung erkundeten.

»Ist sie nicht einfach perfekt?« Bee lief von Zimmer zu Zimmer, öffnete glänzend weiße Türen und strich ehrfürchtig über Fensterrahmen. »Ein Schlafzimmer für jede von uns und ein richtiges Wohnzimmer, in dem wir Gäste empfangen können.« Sie sah Camellia mit hochgezogenen Augenbrauen an.

»Es ist ein Paradies.« Camellia setzte sich auf den mit Teppich belegten Fußboden und zog ein Päckchen Zigaretten aus der Tasche. »Er hat sogar die Gardinen und den Herd dagelassen, hipp, hipp, hurra.«

Trotz des grauen Januartages draußen fiel helles Licht durch die Fenster im Wohnzimmer. Alle Fußböden waren mit einem hübschen grauen Teppich belegt, die Wände waren allesamt weiß gestrichen, und es gab sogar Einbauschränke. Jetzt brauchten sie nur noch ein paar Möbel und einige Bilder an den Wänden, damit sie es richtig gemütlich hatten.

»Zehn lausige Pfund die Woche!« Bee warf sich neben Camellia auf den Boden. »Kannst du dir vorstellen, zu einem Taxifahrer zu sagen: ›Oakley Street, Chelsea, direkt am Fluss‹? Die werden uns für stinkreiche Gören halten!«

»Sollen wir noch mal losgehen und uns in einem Secondhandladen Betten besorgen?« Camellia strahlte ihre Freundin an. »Und einen polierten Holztisch, auf den du deine Vase mit Narzissen stellen kannst?«

Tränen des Glücks traten in Bees Augen. Sie hatte vergessen, dass sie Camellia von diesem Traum erzählt hatte. Sie konnte nicht mit Worten ausdrücken, wie viel es ihr bedeutete, eine richtige Freundin zu haben und ein Zuhause. Und ganz neu anfangen zu können. Aber andererseits war sie davon überzeugt, dass es Camellia ganz genauso ging. »Mit zweihundert Pfund in der Kasse können wir uns den Tisch, die Narzissen, die Betten und obendrein eine Flasche Wein zum Feiern leisten.« Sie streckte die Hand aus, um ihre Freundin impulsiv zu umarmen. »Aber zuerst wollen wir meinen Schallplattenspieler anschließen, dann ist das hier wirklich unser Zuhause.«

8. Kapitel

Mai 1970

Hey! Ich bin Camellia. Wäre Ihnen etwas Gesellschaft recht?«

»Aber klar doch, Süße!« Der dicke Amerikaner mit den Knopfaugen ließ seinen Blick über ihr seidiges dunkles Haar wandern, verweilte bei ihren Brüsten, die der Ausschnitt ihres Cocktailkleids aus rotem Chiffon prächtig zur Geltung brachte, und verharrte schließlich auf ihren langen, schlanken Beinen. »Setz dich doch. Ich spendier dir einen Drink.«

Hinter Camellias professionellem, festgefrorenem Lächeln verbarg sich Abscheu, als sie sich auf den Hocker neben ihrem neuen Kunden gleiten ließ. Sie hatte die Niete gezogen. Es war erst acht Uhr am Abend, es würde noch Stunden dauern, bis der Club sich füllte, und dieser Kerl sah grässlich aus. Das hier konnte durchaus die längste Nacht werden, seit sie vor anderthalb Jahren angefangen hatte, als Hostess zu arbeiten.

Sie stützte die Ellbogen auf den Tisch und wandte sich dem Mann zu, als wäre er der wichtigste Mensch auf der ganzen Welt. »Also, wie heißen Sie, und aus welchem Teil Amerikas kommen Sie?«

»Hank Beckwith, aus Detroit.« Er hielt ihr seine schwammige Hand hin. »Es ist wirklich mächtig nett von dir, dass du etwas Zeit mit einem einsamen Amerikaner verbringen willst.«

Der feuchte Händedruck verursachte Camellia eine Gänsehaut, aber aus reiner Gewohnheit klimperte sie mit ihren falschen Wimpern. »Sie wissen doch, dass ich als Hostess hier arbeite und ein Honorar verlangen muss?«

Er antwortete nicht, und einen Moment lang hoffte Camellia, er würde ablehnen. Der Instinkt sagte ihr, dass er normalerweise keine Nachtclubs besuchte.

Dann zog er zu ihrer Überraschung seine Brieftasche heraus. »Wie viel?«, fragte er.

»Zwanzig Pfund«, erklärte sie hastig und verdoppelte dabei das übliche Honorar. Das war natürlich nicht ganz korrekt, aber Bee hütete mit einer Grippe das Bett, und irgendwie fand Camellia es durchaus gerecht, auch ihren Anteil zu verlangen.

Stirnrunzelnd zog der Amerikaner zwei neue Zehnpfundscheine aus der Brieftasche und schob sie über den Tisch.

»Damit wäre das Schlimmste vorbei.« Camellia faltete die Scheine zusammen und schob sie sich in den Ausschnitt. »Dann können wir jetzt zum unterhaltsamen Teil übergehen.«

Viel Unterhaltsames erwartete sie von diesem Hank Beckwith allerdings nicht. Er sah nicht so aus, als läge ihm das besonders. Er war fett, rotgesichtig und fast kahlköpfig, und auf seiner Stirn glänzte bereits der Schweiß. Seine große, breite Nase, sein feuchter, schlaffer Mund und sein greller karierter Anzug stießen sie ab. Ohne unter den Tisch zu sehen, wusste sie, dass er noch etwas anderes trug, das sie hasste: weiße Socken.

»Jetzt erzählen Sie erst einmal von sich«, bat sie, sobald die Drinks, die er bestellt hatte, auf dem Tisch standen. Ihr erster Wodka-Lemon war echt, und sie nippte genüsslich daran, wohl wissend, dass später nur noch Limonade serviert werden würde. »Verbringen Sie hier Ihren Urlaub, oder sind Sie geschäftlich in London?«

»Urlaub? Ferien?« Er sah sie dümmlich an. »Nein, Süße, ich bin zum Arbeiten hier. Meine Firma stellt Packmaschinen her. Ich bin rübergekommen, um mir eure Fabriken anzusehen.«

In den anderthalb Jahren, die sie jetzt in Clubs arbeitete, hatte Camellia Männer aus fast allen Berufen kennen gelernt. Aber was konnte sie über Packmaschinen sagen?

Ohne auf eine weitere Aufforderung zu warten, begann Hank, Fakten und Zahlen herunterzuleiern. Und wie sehr seine Firma seine Sachkenntnis zu schätzen wusste. Camellia heftete den

Blick fest auf sein Gesicht und tat so, als hörte sie aufmerksam zu, während ihre Gedanken eigene Wege gingen.

Sie wollte nicht länger als Hostess arbeiten; es wurde langsam ermüdend. Die dicken Teppiche, die Chromeinrichtung, die gepolsterten Sitznischen und die intime Beleuchtung konnten die wirkliche Traurigkeit des Nachtclublebens nicht verbergen. Wie viele Familiengeschichten würde sie sich noch anhören müssen?

Es war ja gut und schön, hübsche Kleider und jede Menge Geld zu haben, aber wo blieb die Romantik, der Kitzel?

»Erzählen Sie mir von Ihrer Familie«, schlug sie schließlich vor, als Hank der Gesprächsstoff hinsichtlich seines Berufes auszugehen schien. »Ein so attraktiver Mann wie Sie hat doch sicher Familie?«

Er griff in seine Jackentasche und förderte das unvermeidliche Plastikalbum mit Fotos zu Tage.

»Das ist Fern, meine Frau.« Er zeigte auf die Studioaufnahme einer mondgesichtigen Blondine. »Sie hat seither ein paar Pfund zugenommen, aber sie sieht immer noch umwerfend aus.«

Ein weiterer Schnappschuss von Fern vermittelte Camellia ein klareres Bild. Hier trug sie Bermudashorts, die aussahen, als hätte man zwei Kissen hineingestopft, und sie hatte die Arme um zwei typisch amerikanische Kinder mit vorstehenden Zähnen geschlungen.

»Das ist Marlene.« Er zeigte auf das Mädchen. »Sie ist jetzt acht und genauso ein heller Kopf wie ihr Daddy. Buck ist neun, und er wird mal Arzt werden.«

Jeder einzelne Aspekt seines Lebens in Detroit spiegelte sich auf den Fotos wider: das weiß gestrichene, mit Schindeln gedeckte Haus, der Chevrolet und sogar der verhätschelte Pudel namens Misty.

»Sie sind ein Glückspilz«, meinte Camellia. »Sie haben so ziemlich alles, was man sich wünschen kann!«

»Ich habe tatsächlich mehr Glück als die meisten Menschen.« Er klappte sein Fotoalbum zu und verstaute es in der Nähe seines Herzens. »Intimität ist nicht gerade Ferns starke Seite, wenn Sie verstehen, was ich meine, aber sie ist eine gute Ehefrau.«

»Wollen wir uns noch etwas zu trinken bestellen?« Camellia wusste aus Erfahrung, wohin solche Bemerkungen führten: Im nächsten Moment würde der Kunde ihr sein Herz ausschütten. Sie wollte überhaupt nicht wissen, wie Hank Beckwith sein Sexualleben aufbesserte. Da war es eine erheblich bessere Idee, ihn betrunken zu machen und frühzeitig heimzuschicken.

»Noch einen vielleicht.« Hank legte seine feuchte Fischhand auf ihre. »Wie wärs, wenn wir irgendwo anders hingehen würden? Und auf dem Rückweg zu meinem Hotel könnten wir uns vielleicht irgendwo einen Hamburger schnappen?«

Es war das erste Mal, dass es ihm gelang, sie zu überraschen.

»Ich glaube, Sie verstehen nicht ganz, was eine Hostess ist«, erwiderte sie mit ihrer besten gezierten Stimme. »Ich bin hier, um Ihnen Gesellschaft zu leisten, sonst nichts.«

Er sah sie scharf an. »Ich habe für dich bezahlt, Süße. Ich sage, wo's langgeht.«

Sie betrachtete sein aufgeschwemmtes Gesicht und das Dreifachkinn, den bebenden Bauch, der die Knöpfe seines Hemdes zu sprengen drohte, und das dünne rötliche Haar und überlegte, ob sie vielleicht den Rausschmeißer rufen sollte. Aber im Club war noch immer nicht viel los. Ihr Kunde würde vielleicht auf der Rückgabe seines Geldes bestehen, und dann würde man herausfinden, dass sie ihm das Doppelte des üblichen Honorars abverlangt hatte.

»Sie haben nur für meine Gesellschaft bezahlt«, protestierte sie entschieden. »Ich weiß nicht, wie das in Amerika funktioniert, aber hier ist eine Hostess eine Dame, keine Prostituierte. Wenn es das ist, was Sie wollen, dann sehen Sie sich bitte anderswo um.«

»Ich wollte dich nicht beleidigen.« Jetzt wirkte er verwirrt und ein wenig verlegen. »Oh, verdammt, Süße, jetzt bist du böse auf mich!«

»Ich werde den Fauxpas vergessen, solange Sie ihn nicht wiederholen«, entgegnete Camellia steif. »Und nun lassen Sie uns noch einen Drink nehmen.«

Das Einkommen des Clubs hing davon ab, dass die Gäste kräftig dem Alkohol zusprachen, doch Camellia war klar, dass es diesem Mann zutiefst missfiel, die hohen Preise zu bezahlen. Widerwillig bestellte er eine weitere Runde, nippte jedoch nur quälend langsam an seinem Glas.

Auf Fragen antwortete er kurz und bündig, und nicht ein einziges Mal schnitt er spontan ein neues Thema an. Die Minuten wirkten wie Stunden, und wieder und wieder musste Camellia ein Gähnen unterdrücken.

»Möchten Sie vielleicht tanzen?«, fragte sie verzweifelt. Zwei der anderen Mädchen waren jetzt mit Geschäftsleuten auf dem Tanzboden. Manchmal konnten die Mädchen es so einfädeln, dass ihre Kunden sich kennen lernten und auf diese Weise ein wenig umgänglicher wurden.

»Ich tanze nicht«, entgegnete er entschieden. »Hab nie einen Sinn drin gefunden.«

Darauf gab es keine Antwort, und Camellia zermarterte sich das Hirn auf der Suche nach irgendeiner neuen Strategie. »Wann werden Sie London denn verlassen?«, erkundigte sie sich. Wenn er einen frühen Flug gebucht hatte, konnte sie ihn vielleicht sanft dazu bewegen, sich frühzeitig zu Bett zu begeben.

»Vielleicht morgen«, sagte er. »Vorher muss ich aber noch ein paar Leute aufsuchen.«

Camellia war inzwischen so verzweifelt, dass sie am liebsten laut geschrien hätte. Da hörte sie plötzlich seinen Magen knurren. »Sie haben Hunger«, bemerkte sie eifrig. »Haben Sie heute Abend noch nichts gegessen?«

»Nein«, gab er ein wenig widerstrebend zu.

»Ich könnte Ihnen hier einen kleinen Imbiss bestellen«, versetzte sie hastig. »Es ist allerdings ein bisschen teuer.«

»Ich kann später essen«, meinte er. Wieder knurrte sein Magen.

»Das Dumme ist nur, dass die meisten Restaurants hier in der Nähe um Mitternacht schließen. Es gibt doch nichts Schlimmeres, als mit leerem Magen ins Bett zu gehen. Warum suchen Sie sich nicht irgendwo ein hübsches Lokal und essen eine Kleinigkeit?«

Sie sah Argwohn in seinen Knopfaugen aufblitzen. »Versuchst du, mich loszuwerden?«

»Natürlich nicht.« Sie zwang sich, mütterlich seinen Arm zu tätscheln. »Sie können anschließend ja wieder zurückkommen. Mir gefällt nur der Gedanke nicht, dass jemand Hunger hat, das verdirbt den ganzen Abend. Also, oben am Marble Arch gibt es ein gutes, preiswertes Steakhaus, das ich empfehlen könnte.«

Sie hoffte, dass er sich eine üppige Mahlzeit gönnen und auf einen neuerlichen Besuch im Club verzichten würde. Um halb elf am Abend war in sämtlichen Restaurants der Teufel los, und er würde lange warten müssen, bis man ihn bediente.

Er leckte sich die Lippen, als könnte er das Steak bereits riechen. »Du läufst mir nicht weg?«, fragte er.

»Natürlich nicht.« Sie rückte noch ein Stück näher, um seine Wange zu tätscheln, prallte jedoch hastig zurück, weil sein Atem allzu widerlich roch.

Als er aufstand, stellte sie fest, dass er noch dicker war, als sie gedacht hatte. Er musste mindestens hundertfünfzig Kilo wiegen.

»Dann sehen wir uns später, Süße«, murmelte er gedehnt und ging auf die Tür zu.

Es war weit nach zwölf, als Camellia endlich den Club verließ. Sie hatte das Gefühl gehabt, bleiben zu müssen, falls der schreckliche Hank tatsächlich zurückkam; bei ein paar Drinks hatte sie sich mit Denise unterhalten, der Wirtin. Einen Moment lang blieb sie unter der schwarz-weißen Markise des Clubs stehen, um nach einem Taxi Ausschau zu halten. Die Davies Street war ungewöhnlich verlassen. Sie überlegte kurz, ob sie noch einmal hineingehen sollte, um sich ein Taxi zu rufen, aber es waren nur ein paar Minuten zu Fuß bis zur Oxford Street, und dort würde sie sicher einen Wagen finden.

Noch vor zwei Tagen hatte warmer Sonnenschein den Sommer angekündigt, aber der Mai war ein unberechenbarer Monat, und jetzt war es wieder bitterkalt. Camellia war froh, dass sie ihren weißen Kaninchenfellmantel trug. Sie stellte den Kragen hoch und machte sich auf den Weg. Zu ihrer Freude kam in diesem Moment ein Taxi von der Oxford Street herunter und blieb etwa fünfzehn Meter vor ihr stehen, als wollte ein Fahrgast dort aussteigen. Also klemmte sie sich ihre Tasche unter den Arm und lief darauf zu.

Doch als die Beifahrertür geöffnet wurde und ein massiges Bein in einer vertrauten karierten Hose zum Vorschein kam, erstarrte Camellia. Es war zu spät, um sich umzudrehen und wegzulaufen. Jetzt stand er bereits auf dem Gehsteig, und er hatte sie entdeckt.

Die Höflichkeit gebot, irgendeine Entschuldigung hervorzubringen; außerdem wollte sie sein Taxi.

»Ich konnte leider nicht länger auf Sie warten«, erklärte sie, während er den Fahrer bezahlte. »Meine Freundin, mit der ich mir eine Wohnung teile, ist krank, und ich muss nach Hause. Könnten Sie mich bitte nach Chelsea bringen?«, wandte sie sich dann an den Fahrer, während sie sich zwischen Hank und das Taxi schob.

»Aber ich bin extra deinetwegen zurückgekommen«, protestierte Hank, und auf seinem runden Gesicht malte sich Enttäuschung ab.

Camellia stieg in den Wagen, doch Hank hielt die geöffnete Tür fest und blickte zu ihr hinein. »Ich habe nicht gedacht, dass Sie so lange weg sein würden«, entgegnete sie schwach. »Gehen Sie in den Club, irgendjemand wird sich sicher um Sie kümmern. Ich muss wirklich los.«

Der Taxifahrer drehte sich mit erzürnter Miene zu ihnen um.

Camellia griff nach der Klinke, doch Hank zog die Tür noch weiter auf und stieg ein.

»Ich bringe dich nach Hause«, meinte er, und sein massiger Leib füllte das Taxi beinahe zur Gänze aus.

»Das ist nicht nötig«, erwiderte sie; sie hatte mit einem Mal ein wenig Angst. »Außerdem ist es ein langer Weg.«

Der Fahrer räusperte sich. »Hören Sie, Sir«, sagte er gereizt.

»Ich werde die junge Dame zuerst nach Chelsea bringen. Wenn es ihr nichts ausmacht, kann ich Sie hinterher irgendwo absetzen. Einverstanden?«, setzte er an Camellia gewandt hinzu.

Da sie keine Szene machen wollte, konnte sie nur mit einem Nicken ihr Einverständnis bekunden.

»Zum ABC in der Fulham Road«, bat sie schnell, damit Hank nicht herausfand, wo sie wohnte. Von dort aus war es nur ein kurzes Stück bis zur Oakley Street.

Aber sobald sie den Piccadilly hinter sich ließen, bedauerte Camellia, nicht energischer gewesen zu sein. Hank legte ihr einen massigen Arm um die Schultern und versuchte, ihr Gesicht mit Gewalt umzudrehen, um sie zu küssen.

Bei dem bloßen Gedanken an seine schwammigen Lippen auf ihren wurde ihr übel. »Wie können Sie es wagen?« Sie drückte sich, so weit wie möglich von ihm entfernt, in die andere Ecke der Sitzbank. »Kommen Sie mir nicht noch einmal zu nahe, oder ich werde den Fahrer bitten, direkt zum nächsten Polizeirevier zu fahren.«

»Du hast mich reingelegt, ja?«, stellte er schmollend fest. »Hast mein Geld genommen und mich abgewimmelt.«

Camellia wünschte sich sehnlichst, der Fahrer möge das Tempo beschleunigen, und sie bereute es jetzt, ihn gebeten zu haben, sie nach Knightsbridge zu bringen. »Sie waren derjenige, der unbedingt etwas zu essen haben wollte«, erklärte sie hochmütig. »Ich habe mehr als eine Stunde auf Sie gewartet, bevor ich gegangen bin. Ich konnte nur davon ausgehen, dass Sie nicht zurückkommen würden.«

Die Atmosphäre verschlechterte sich von Minute zu Minute. Camellia starrte aus dem Fenster und zählte die Sehenswürdigkeiten, an denen sie vorbeikamen. Das Scotch House, Harrod's, die Abzweigung zur Fulham Road, das Michelin-Gebäude – es war jetzt nicht mehr weit.

»Ich hoffe, Sie haben noch einen angenehmen Aufenthalt in England«, bemerkte sie steif, als sie vor sich das ABC-Kino sah.

»Sie können mich hier rauslassen«, rief sie dem Fahrer durch die gläserne Trennscheibe zu.

Er sagte nicht Auf Wiedersehen. Camellia war kaum aus dem Taxi ausgestiegen, als der Wagen wieder losfuhr und nach links in die Beauford Street abbog.

Sie blieb stehen, um sich eine Zigarette anzuzünden – und um darauf zu warten, dass Hank sich entfernte. Diesen Teil von Chelsea hatte sie immer besonders gemocht: Er war nicht so elegant wie einige andere Gegenden, aber durchaus faszinierend, beinahe wie ein kosmopolitisches Dorf. Nachdem sie ein paarmal tief inhaliert hatte, klemmte sie sich ihre Handtasche unter den Arm und bog in die Beauford Street ein.

Die Straße war vollkommen menschenleer; die Bewohner lagen bereits in ihren Betten, und kein einziges Fenster war erleuchtet. Camellia konnte gerade eben das Glitzern leuchtender Farbe an den Haustüren erkennen und einen Baldachin von Kirschblüten in den Gärten. Ein Knarren hinter ihr schreckte sie auf. Sie blieb stehen, sah sich um, konnte aber nichts erkennen. Schließlich warf sie ihre Zigarette in den Rinnstein und ging weiter, in der Annahme, sich das Geräusch nur eingebildet zu haben.

Sie spürte seine Gegenwart bereits den Bruchteil einer Sekunde, bevor sich ein Arm um ihren Hals legte. Bevor sie auch nur schreien konnte, wurde ihr eine Hand auf den Mund gepresst.

Es ging alles so schnell. Im einen Augenblick war sie über den Bürgersteig gelaufen, im nächsten war sie eine Gefangene. Ihre Handtasche fiel klappernd zu Boden, und der Inhalt rollte über das Pflaster. Der üble Mundgeruch verriet ihr, dass es Hank war, noch bevor sie den karierten Stoff seines Jacketts sah.

»Du hast wohl geglaubt, wunders wie klug zu sein«, zischte er. »Ich wusste, dass du nicht hier wohnst, du hast vorhin erwähnt, dass du in der Nähe des Flusses lebst. Wolltest mich wohl zum Narren halten, was?«

Sie versuchte, sich seinem Griff zu entwinden, aber er hielt sie eisern fest.

»Weißt du, was ich jetzt mit dir machen werde?« Seine Stimme klang heiser und bedrohlich. »Soll ich es dir in allen Einzelheiten schildern?«

Camellia konnte nicht antworten. Sie versuchte, ihren Kopf so weit zu befreien, dass sie Hank beißen konnte, wollte nach ihm treten und ruderte mit den Armen, um gegen ihn anzukämpfen.

Aber je mehr sie sich zur Wehr setzte, desto fester packte er sie und riss ihren Kopf zurück, bis es sich anfühlte, als würde er ihr den Hals brechen. Mit den Knien stieß er sie durch ein offenes Tor, hinein in die tiefschwarze Dunkelheit eines Gartens.

Wenn er sie vergewaltigen wollte, würde er sie zu sich umdrehen müssen, ging ihr mit jäher Klarheit auf. Sie hörte auf, sich zu wehren, und ließ sich von ihm vorwärts schieben, um auf ihre Chance zu warten.

Als er den Arm von ihrem Hals nahm und ihren Mund für einen Moment losließ, schrie sie aus Leibeskräften, drehte sich um und stieß ihm das Knie in die Lenden. Aber der Schrei beeindruckte ihn nicht im Mindesten, und dem Knie wich er mit einem Schritt zur Seite aus. Im Nu hatte er sie um die Kehle gefasst und drückte ihr die Luftröhre zu, bis sie spüren konnte, wie ihr die Augen aus den Höhlen traten.

»Ich war Marine-Infanterist«, stieß er drohend hervor. »Ich kenne mindestens zehn Möglichkeiten, um dich umzubringen, doch das ist es nicht, was ich im Sinn habe.«

Er drückte ihr die Kehle noch fester zu, und sie meinte, ihre Brust würde explodieren. Ihr wurde schwindelig, und sie konnte nichts mehr sehen. Mit einem Mal wusste sie, dass eine Vergewaltigung besser wäre als der Tod. Ohne seinen Griff um ihren Hals zu lösen, trat er die Beine unter ihr weg, sodass sie zu Boden fiel. Dann setzte er sich rittlings auf sie.

»Von euch Engländerinnen hatte ich schon während des Krieges die Schnauze voll«, krächzte er, den Daumen direkt auf ihrer Luftröhre. »Wie ihr euch an uns rangemacht habt, um uns Nylonstrümpfe und Konserven abzuschwatzen und hinter unserem Rücken dann über uns zu lachen. Nichts hat sich verändert, obwohl wir den Krieg für euch gewonnen haben. Ihr seid immer noch genauso verdammt arrogant wie früher.«

Die seltsamsten Dinge schossen ihr durch den Kopf, als er sich über sie beugte und sein ganzes Gewicht benutzte, um sie zu unterwerfen: Bee zu Hause, die sich bestimmt fragte, wo sie wohl steckte, die zwanzig Pfund in ihrem BH, ihr schöner Mantel, der im Schmutz lag. Alles so unwichtig, verglichen mit Vergewaltigung oder Tod.

Er kramte etwas aus seiner Tasche hervor, dann stieß er ihr ein Stück Stoff in den Mund und drückte es so tief in ihre Kehle hinein, bis sie würgen musste.

Jetzt konnte sie nur noch mit den Augen flehen. Mit einem Knie hielt er sie fest zu Boden gedrückt, und jedes Mal, wenn sie die Arme bewegte, um sich gegen ihn zu wehren, presste er ihr die Kehle noch fester zu.

»Hast du endlich begriffen?«, flüsterte er, als sie schließlich reglos liegen blieb. »Jetzt werde ich dich verschnüren wie einen Truthahn zum Erntedankfest.«

Etwas Weißes, Langes erschien in seiner Hand. Binnen einer Sekunde hatte er ihr eine Schlinge über den Kopf geworfen und sie fest um ihren Hals gebunden. Dann grinste er, und irgendwie war das noch erschreckender als zuvor seine finstere Miene.

Mit einem Ende der Schnur schlang er einen weiteren Laufknoten und schob ihr Handgelenk hindurch. Aber als er hinter sich griff, ihr den Schuh vom Fuß riss und ihren Knöchel packte, um ihn an das Handgelenk zu fesseln, begriff sie, was er vorhatte, und wusste, dass sie sterben würde, langsam und qualvoll.

Camellia versuchte mit aller Kraft, sich loszureißen. Sobald er ihr das Handgelenk und den Knöchel zusammengebunden und das Seil stramm gezogen hatte, um die andere Seite zu fesseln, würde sie bei der geringsten Bewegung ersticken.

Sie bog den Körper unter seinem mit Macht durch und schlug jedes Mal nach ihm, wenn sein Griff an ihrem noch freien Arm sich lockerte, doch sein Gewicht drückte sie wie ein Panzer zu Boden, und das Seil spannte sich nur umso fester um ihren Hals.

Als er ihr das zweite Bein nach hinten bog, um es an ihrem Handgelenk zu fesseln, war es pure Qual. Ein scharfes Knacken erklang wie ein Gewehrschuss. Er hatte ihr das Bein gebrochen.

Inzwischen blendete der Schmerz alles andere aus. Sie war vollkommen hilflos, da sich mit jeder Bewegung die Schlinge um ihren Hals fester zusammenzog. Camellia spürte kalte Tränen auf den Wangen. Ihre Schreie waren nur ein Gurgeln in ihrer Kehle und hörbar nur für sie allein.

»Ich habe mal gesehen, wie ein paar Burschen das mit einem Nigger gemacht haben«, bemerkte er beinahe beiläufig, während er ihr den Rock über die Taille schob. »Wenn du still liegst, hast du vielleicht eine Chance zu überleben. Wehr dich, und du wirst sterben.«

Sie zitterte am ganzen Leib und wurde gleichzeitig von brennender Hitze verschlungen. Ihr ganzes Wesen konzentrierte sich auf den Schmerz in ihrem Bein und auf die Anstrengung, sich selbst daran zu hindern, es zu Boden sinken zu lassen. Trotzdem sah sie jedoch Hanks Hand, als er sich den Reißverschluss seiner Hose aufzog und sich zwischen ihre Schenkel kniete.

Brutal zerrte er an ihren Strümpfen. Das Zerreißen des Nylons an ihrem gebrochenen Bein überflutete sie mit einer neuen Schmerzwelle. Als Nächstes kam ihr Schlüpfer an die Reihe, dann spürte sie Finger, die sich in ihr Fleisch gruben. Ein kalter Lufthauch sagte ihr, dass sie nackt war, aber das war nichts im Vergleich zu den furchtbaren Schmerzen.

Er kniete vor ihr, das Gesicht in der Dunkelheit verborgen. Im schwachen Licht einer Straßenlaterne hinter der Gartenmauer konnte sie die Umrisse seines zuckenden Ellbogens sehen. Warum kam nicht jemand vorbei? Wie konnten die Menschen in dem Haus schlafen, während sich direkt unter ihren Fenstern etwas Derartiges abspielte?

Er grunzte, hielt einen Moment lang inne, dann begann das Zucken von neuem.

»Du Miststück«, zischte er ihr plötzlich zu, und das Geräusch seines Reißverschlusses klang wie eine Wespe in der Dunkelheit. »Selbst das hast du mir gestohlen.«

Sie sah nicht, wie er das Bein zurücknahm, nachdem er wieder auf die Füße gesprungen war, sondern fühlte nur den dumpfen Schmerz, als er ihr zwischen die Beine trat.

»Ich glaube, da versucht jemand einzubrechen.« Diana Wooton rüttelte ihren schlafenden Mann wach. »Gordon, wach auf, da ist jemand im Garten, ich habe das Tor quietschen hören.«

Gordon Wooton richtete sich auf, lauschte und kratzte sich in der Dunkelheit den Kopf. Er konnte nichts hören, aber Diana würde darauf bestehen, dass er draußen nachsah.

»In Ordnung«, seufzte er und streckte die Hand nach dem Lichtschalter der Nachttischlampe aus.

»Mach kein Licht«, flüsterte sie ängstlich. »Wenn der Einbrecher das sieht, wird er uns vielleicht etwas antun. Schleich dich im Dunkeln nach unten und sieh nach. Wenn jemand da ist, ruf die Polizei.«

Gordon tastete in der Dunkelheit nach seinem Morgenmantel. Tagsüber in seinem Büro gab er die Befehle, und sein Personal sprang. Aber zu Hause und vor allem in der Nacht gehorchte er Diana aufs Wort.

Zuerst schlich er sich ins Wohnzimmer und zog die dicken Vorhänge einen Spaltbreit auseinander. Das geschwungene schmiedeeiserne Tor stand offen, aber im Garten war niemand. Er ging wieder in die Küche und spähte auch dort durchs Fenster.

Nichts als das Glänzen weißer Blüten vor der Dunkelheit des Rasens.

»Wahrscheinlich ein Betrunkener, der in den Garten gepinkelt hat«, murmelte er bei sich, dann stöhnte er leise auf, als er sich die nackten Zehen an einer Weinkiste stieß, die er am Abend zuvor mit nach Hause gebracht hatte.

Das Quietschen des Gartentors im Wind ließ ihn verharren, gerade als er wieder nach oben gehen wollte. Diana würde den Rest der Nacht wachliegen, wenn er nicht nachsah.

Vorsichtig ging er den gepflasterten Weg zum Tor hinunter. Er drückte das Tor fest ins Schloss, doch als er sich umdrehte, entdeckte er etwas Weißes auf dem Rasen, direkt neben dem Haus.

Einen Moment lang glaubte er, es sei ein Schwan, der den Kopf unter die Flügel gesteckt hatte. Er blinzelte und sah noch einmal hin, dann eilte er zurück ins Haus und knipste die Außenbeleuchtung an.

»Gütiger Gott«, stieß er hervor und vermochte kaum seinen Augen zu trauen. »Diana«, rief er, so laut er konnte. »Verständige die Polizei. Und ruf einen Krankenwagen.«

Camellia fühlte das Licht, statt es zu sehen: ein rötliches Leuchten, das einfach nicht weggehen wollte. Sie versuchte, die Hand zu heben, um sich die Augen zu reiben, aber ihr Arm war zu schwer, um ihn zu bewegen.

»Hallo«, erklang eine Männerstimme dicht neben ihr. »Können Sie mich hören?«

Sie konnte nicht antworten. Sie konnte Fragen hören, die sich in ihren Gedanken formten, doch ihr Mund war nicht in der Lage, sie auszusprechen. Sie brachte ein Krächzen zu Stande, mehr nicht, dann versank sie wieder in Bewusstlosigkeit.

Das Nächste, was sie wahrnahm, war eine Hand auf ihrem Arm und das Geräusch einer Art Luftpumpe.

Als sie die Augen aufschlug, sah sie eine Krankenschwester in einer blau-weiß gestreiften Uniform.

»Willkommen zurück«, sagte die Frau. »Sie waren ziemlich lange bewusstlos. Tut Ihnen irgendetwas weh?«

Camellia konnte keine Antwort geben: Allein die Frage verwirrte sie. Die Bandage um ihren Arm wurde fester, und sie sah die Krankenschwester verständnislos an.

»Ich messe nur Ihren Blutdruck«, erklärte die Frau. »Können Sie sich an die Vorfälle der letzten Nacht erinnern?«

Camellia versuchte, sich zu bewegen und zu sprechen, und mit einem Mal kam die Erinnerung zurück. Da war ein Seil um ihren Hals, und als sie die Hand hob, um es zu lockern, stand ihr Hanks lüsternes, hämisches Gesicht deutlich vor Augen.

Sie wollte sich auf die Seite drehen, um das Pulsieren in ihrem Unterleib zu lindern, doch da spürte sie einen brennenden Schmerz in ihren Beinen. Sie befühlte sie vorsichtig und stieß mit den Händen auf einen schweren Gips.

»Hank Beckwith«, stieß sie krächzend und mit einiger Mühe hervor.

Eine Zeit lang war sie verwirrt. Erinnerungsfetzen trieben durch ihren Geist – eine Zigarette, die sie sich in der Fulham Road angezündet hatte, Denise, die ihr einen Drink einschenkte, ein Baldachin von Kirschblüten über ihrem Kopf –, aber ihre Kehle schmerzte zu sehr, um Fragen zu stellen, die ihr vielleicht geholfen hätten, die leeren Stellen in ihrer Erinnerung auszufüllen.

Es war ein Polizist, der ihr in diesen Stunden am meisten beistand.

»Sie sind im St. Stephen's Hospital.« Seine Stimme klang beruhigend, und einen Moment lang glaubte sie, es sei Bert Simmonds. »Man hat Sie irgendwann zwischen Mitternacht und drei Uhr morgens in der Beauford Street überfallen. Dort hat jemand Sie in seinem Garten gefunden. Es ist jetzt neun Uhr abends, und man hat Ihr Knie einer Notoperation unterzogen. Aber wir wissen nicht, wer Sie sind oder wo Sie wohnen. Sie müssen versuchen, es mir zu erzählen, damit wir den Mann finden können, der Ihnen das angetan hat.«

Langsam gelang es Camellia, die Worte über die Lippen zu bekommen. Immer wieder wanderten ihre Finger zu ihrem Hals hinauf, um das brennende, beengende Gefühl dort zu lindern. Sie war froh, als eine Krankenschwester hereinkam und ihr etwas injizierte, das sie wieder schläfrig machte. Sie wollte nicht wach sein.

Als Camellia am nächsten Morgen erwachte, war ihr Verstand klarer, obwohl sie überall Schmerzen hatte und ihr Unterkörper sich anfühlte, als stünde er in Flammen. Sie lag in einem kleinen Privatzimmer.

»Sie werden wieder auf die Station verlegt, sobald die Polizei keine weiteren Fragen mehr an Sie hat«, erklärte ihr eine Schwester. »Ihr rechtes Knie ist schwer verletzt, und die Ärzte müssen noch mehr Tests durchführen, um festzustellen, ob der Tritt in den Unterleib zu inneren Verletzungen geführt hat«, fuhr sie mit sanfter Stimme fort. »Es wird mit Sicherheit Wochen dauern, bis Sie wieder gehen können. Aber Sie können von Glück sagen, überhaupt noch am Leben zu sein: Wenn die Leute in dem Haus in der Beauford Street Sie in jener Nacht nicht gefunden hätten, würde die Polizei jetzt Ihren Mörder suchen.«

Die amerikanische Botschaft forschte in ihren Unterlagen nach einem Hank Beckwith. Alle Fluglinien waren verständigt worden, und die Polizei überprüfte die Meldelisten sämtlicher Hotels in London. Außerdem war der Taxifahrer, der Camellia in der Fulham Road abgesetzt hatte, in der Presse aufgefordert worden, sich zu melden. Noch in der vergangenen Nacht hatte die Polizei im »Don Juan« angerufen, um Denise und die anderen Mädchen zu befragen.

Um elf Uhr morgens erschien Bee im Krankenhaus, um Camellia zu besuchen, und nachdem die Polizei die ganze Geschichte mit ihr noch einmal durchgesprochen hatte, durfte sie das Zimmer ihrer Freundin betreten.

Bee war außer sich, ihre Augen waren rot umrandet, und das Haar fiel ihr ungekämmt und zerzaust über die Schultern. »Oh Mel«, schluchzte sie, noch bevor die Polizisten den Raum verlassen hatten. »Das ist ein Albtraum! Ich kann einfach nicht glauben, dass dir irgendjemand so etwas angetan hat.«

Als sie sich einige Zeit später beruhigt hatte, erzählte sie Camellia, wie sie davon erfahren hatte. »Ich bin gestern Morgen erst um zehn Uhr aufgewacht. Als ich merkte, dass du nicht zu Hause warst, nahm ich an, du hättest jemanden kennen gelernt. Ich wäre nie auf den Gedanken gekommen, dass dir etwas Schlimmes zugestoßen sein könnte. Nachdem ich den ganzen Tag zu Hause auf dich gewartet und vergeblich auf einen Anruf von dir gehofft hatte, wurde ich langsam wütend. Schließlich habe ich um neun Uhr abends im Club angerufen, um Denise nach deinem Verbleib zu fragen. Und als sie mir dann von diesem Mann erzählte, hatte ich gleich ein ganz schlechtes Gefühl. Kurz darauf ist dann die Polizei gekommen. Du hattest das Bewusstsein gerade so weit wiedererlangt, um deinen Namen und deine Adresse nennen zu können. Die Polizisten haben mir erzählt, was dieser Mann dir angetan hat.«

»Jetzt ist es ja vorbei«, murmelte Camellia schwach. »Versuch, nicht daran zu denken, Bee, darum bemühe ich mich auch. Du wirst sehen, bald geht es mir wieder besser.«

»Aber du verstehst nicht«, schluchzte Bee. »Die Leute glauben, wir wären einfach nur zwei Prostituierte und du hättest einen Mann an der Nase herumgeführt und nur das bekommen, was du verdient hast.«

»Wer denkt das?«, entfuhr es Camellia.

»Es steht heute in sämtlichen Zeitungen.« Bee, aus deren Augen jetzt Tränen quollen, sah Camellia an. »Die Journalisten kampieren draußen vor unserer Tür.«

Camellia war nicht einmal in der Verfassung zu reden, geschweige denn, über irgendetwas nachzudenken. »Versuch, jemanden zu finden, bei dem du unterkommen kannst, bis die Wogen sich geglättet haben«, krächzte sie mühsam. »Und komm nicht mehr ins Krankenhaus. Mach dich möglichst unsichtbar.«

In den nächsten Tagen war Camellia überaus dankbar dafür, dass Bee ihren Rat nicht beherzigte, denn andere echte Freunde hatte sie offenbar nicht. Abgesehen von Denise aus dem Club, die ihr einen warmherzigen Brief und Blumen schickte, nahm niemand Kontakt zu ihr auf. Sie hatte immer angenommen, Bee und sie seien die beliebtesten Mädchen in Chelsea. Doch das waren alles nur Seifenblasen gewesen, erkannte sie nun.

Die Zeitungsartikel über sie erschreckten sie noch mehr. Offensichtlich hatte jemand aus ihrer Vergangenheit mit der Presse geredet. Nicht nur dass die Journalisten ein altes Foto von ihr ohne BH in einer fast durchsichtigen Bluse ausgegraben hatten, sie hatten auch die Geschichte über den Tod ihrer Mutter herausgefunden. Es war reiner Sensationsjournalismus, und die Tatsachen wurden verzerrt, als hätten die Redakteure beschlossen, an ihr ein Exempel zu statuieren.

Wenige Tage später wurde Camellia auf die Frauenstation verlegt. Die feindlichen Blicke der anderen Patientinnen und ihr Getuschel über sie taten ihr weh. Als ihr Bein in einen Streckverband kam, schien es, als würde jeder, der an ihrem Bett vorbeikam, absichtlich dagegenstoßen.

Aber Bee hielt ihr unverbrüchlich die Treue. Sie war immer die erste Besucherin, die durch die Tür des Krankensaales kam, und die letzte, die wieder ging. Sie setzte sich stets so hin, dass Camellia nicht sehen konnte, wie die Besucher der anderen Frauen mit Fingern auf sie zeigten, und sie tat ihr Bestes, um Camellias Ängste zu beschwichtigen.

»Ich arbeite jetzt jeden Abend, sorg dich also nicht wegen der Miete«, berichtete sie. »Außerdem versuche ich, etwas Geld zu sparen, damit wir irgendwo Urlaub machen können, wenn du aus dem Krankenhaus entlassen wirst.«

»Du solltest im Moment lieber nicht dort arbeiten«, warnte Camellia sie wieder und wieder. Jeden Abend hatte sie Angst um ihre Freundin. Was, wenn auch Bee an einen Kerl wie Hank geriet? »Stell dir vor, jemand fällt auch noch über dich her!«

»Mir kann nichts passieren«, beharrte Bee. »Einer der Rausschmeißer bringt uns Mädchen jetzt immer nach draußen zum Taxi. Außerdem würde dieser Yankee es wohl kaum wagen, noch einmal dort aufzutauchen, oder?«

»Sie haben ihn noch nicht geschnappt.« Camellia stöhnte, während sie versuchte, sich etwas bequemer hinzusetzen. »Die Polizei glaubt, dass er mir einen falschen Namen genannt hat. Wahrscheinlich ist er inzwischen schon wieder in den Staaten.«

Bee sah, dass Camellia zusammenzuckte, als sie sich bewegte. »Tut es sehr weh?«

»Das Bein oder das Wissen, dass die Welt mich für ein Flittchen hält, das endlich seinen Meister gefunden hat?« Camellia versuchte zu lachen, aber es klang hohl.

»Dein Bein, du Dummkopf.« Bee legte den Kopf auf Camellias Arm. In ihren Augen war ihre Freundin der tapferste Mensch, dem sie je begegnet war.

»Das Bein ist gar nicht so schlimm«, antwortete Camellia. »Solange niemand das Bett anrempelt. Was mir wirklich zu schaffen macht, ist mein Unterleib, vor allem, wenn die Schwestern mir eine Bettpfanne geben. Warum konnte ich nicht auf einen netten, anständigen Vergewaltiger treffen?«

Die Witzeleien über ihr Martyrium waren die einzige Möglichkeit für sie, damit umzugehen. Die finsteren Blicke der anderen Patienten, die Journalisten, die ständig um Interviews baten, die Angst und die Fragezeichen, was ihre Zukunft betraf, waren schlimm genug. Aber zu all dem kamen noch die fortwährenden körperlichen Schmerzen und die geistige Qual, die sie in tiefste, dunkelste Depression stürzten. Vielleicht war es ein wenig krank, über etwas so Ernstes zu witzeln, doch es war immer noch besser als hemmungsloses Weinen.

Während Camellias körperliche Genesung langsam voranschritt, war es eher Sergeant Rodgers als Bee, der ihr einen Ausweg aus dem dunklen Morast zeigte, in dem sie immer wieder unterzugehen drohte.

Er war der Polizist, der bei ihr gewesen war, als sie aus der Narkose erwacht war, der Mann, den sie einen Moment lang irrtümlich für Bert Simmonds gehalten hatte. Wie Bert war er ein Polizist der alten Schule, ein integrer Mensch, der sich Gesetz und Ordnung verschrieben hatte und dabei doch jenen, die schwächer waren als er selbst, mit Mitgefühl begegnete.

Zuerst waren seine Besuche rein offizieller Natur. Er nahm ihre Aussage auf und rief mehrfach an, um sich weitere Informationen geben zu lassen und um sie auf dem Laufenden zu halten, was die polizeilichen Untersuchungen betraf. Nach und nach fasste sie Zutrauen zu diesem freimütigen Sergeant und wurde offener in seiner Gegenwart.

Camellia hatte fast zwei Wochen im Krankenhaus gelegen, als er spätabends vorbeikam, um sie zu bitten, sich einige Fotos von Männern anzusehen. Sie hatte fast den ganzen Tag lang geweint, weil es eine solche Qual war, still im Bett zu liegen und um alles bitten zu müssen, angefangen von einer Bettpfanne bis hin zu einem Glas Wasser. Draußen schien die Sonne. Und irgendwo da draußen war Hank Beckwith, frei wie ein Vogel, während sie solche Schmerzen litt. Die Presse hatte sie über Nacht als Prostituierte abgestempelt. Ihre Vergangenheit erfüllte sie mit Scham, und eine Zukunft konnte sie nicht sehen.

Sergeant Rodgers stand einen Moment lang an ihrem Bett und blickte auf sie herab, als spürte er genau, wo sie mit ihren Gedanken war.

»Es wird besser werden, Miss Norton«, versicherte er sanft. »Ihr Körper wird heilen, und die Erinnerung an jene Nacht wird verblassen. Sie glauben jetzt, dies sei das Ende, aber in Wirklichkeit ist es ein neuer Anfang. Versuchen Sie, sich das immer wieder vor Augen zu führen, Sie werden sehen, es hilft.«

Er zog sich einen Stuhl heran, und statt sie mit Fragen zu bestürmen oder darauf zu bestehen, dass sie sich seine Fotografien ansah, redete er einfach mit ihr – redete wie ein Freund mit ihr. Er versprach ihr, jemanden vom Sozialamt zu ihr zu schicken, damit sie ihren Anteil an der Wohnungsmiete bezahlen konnte. Camellia vergaß beinahe, dass er Polizist war. Obwohl sie sich später fragte, ob er sich nur deshalb so freundlich gezeigt hatte, weil er hoffte, sie könnte ihm später irgendwie von Nutzen sein – in jener Nacht war es ein großer Trost für sie, einem anderen Menschen ihre Ängste anvertrauen zu können.

Obwohl es immer weniger offizielle Gründe für ihn gab, sie zu besuchen, kam Mike Rodgers nach wie vor. Manchmal holte er ein paar Süßigkeiten oder einen Apfel aus seiner Tasche, dann wieder hatte er nur Scherze für sie, um sie aufzuheitern, doch in seiner Gegenwart ging es ihr immer besser.

»Sie sind eine sehr schöne Frau«, bemerkte er bei einem dieser inoffiziellen Besuche. Eine Krankenschwester hatte am Morgen Zeit gefunden, um ihr die Haare zu waschen, und das hatte sie so weit aufgemuntert, dass sie sogar ein wenig Lippenstift aufgelegt hatte.

»Das nützt mir viel«, scherzte sie, aber sein Kompliment tat ihr gut. »Wenn ich hier rauskomme, werde ich mehr brauchen als ein hübsches Gesicht, um einen anständigen Job zu finden.«

Mike sah sie nachdenklich an. Während seiner vielen Besuche und aufgrund seines Wissens um ihre Vergangenheit hatte er mehr über ihren Charakter in Erfahrung gebracht, als ihr bewusst war. Sie war im Herzen ein guter Mensch; sie ließ sich zwar zu leicht beeinflussen, doch sie war intelligent, mutig und unabhängig.

»Sie behaupten, Sie hätten keine Talente, aber Sie müssten vielleicht ein wenig mehr Abstand gewinnen, um sie sehen zu können«, entgegnete er.

»Ich würde ganz nah herangehen müssen – mit einer Lupe in der Hand –, um irgendetwas Derartiges zu finden«, erwiderte sie kichernd, obwohl das Kichern eher Scham als Erheiterung verriet. »Ich kann weder Maschine schreiben noch Auto fahren. Und ich habe die Schule ohne jeden Abschluss verlassen.«

»Sie verstehen eine Menge von Menschen, und Sie haben einen guten Charakter«, versetzte er trocken. »Solche Dinge sind wichtiger als Prüfungsergebnisse. Ich könnte mir viele Betätigungsfelder vorstellen, auf denen diese Gaben zusammen mit Ihrem Aussehen Anerkennung finden würden.«

»Zum Beispiel?« Camellia zog eine Augenbraue in die Höhe.

»In der Personalabteilung einer Firma, in der Wohlfahrt oder als Empfangsdame«, antwortete er prompt. »Sie würden auch eine gute Bewährungshelferin abgeben.«

Mikes Besuche wurden immer regelmäßiger, und Camellia merkte, dass mehr war zwischen ihnen als nur Freundschaft. Sie ertappte sich dabei, wie sie Lippenstift und Mascara auflegte und ständig die Ohren spitzte, um auf den Klang seiner festen Schritte draußen auf dem Korridor zu lauschen. Plötzlich fragte sie sich nicht länger, womit Bee sich tagsüber wohl beschäftige; es war Mike, über den sie nachdachte. Wenn er den Bettensaal betrat, zeichnete sich auf seinem breiten Gesicht ein warmes Lächeln ab, und sie wusste, ohne ihn danach fragen zu müssen, dass sie ebenso sehr in seinen Gedanken war wie er in ihren.

Während ihrer Zeit im »Don Juan« war sie zu einer Expertin geworden, wenn es darum ging, Männer anzusprechen und ihr Verlangen zu entfachen. Aber sie wagte es nicht, ihre alten Tricks anzuwenden, um ihn zu ködern. Für einen Mann wie Mike Rodgers war sie einfach nicht gut genug.

Als sie ihn fragte, ob er eine Frau habe, antwortete er lachend, er sei nur mit seinem Job verheiratet. Sie wusste, dass er Rugby spielte, im Fernsehen gern die Comedyshow *Monty Python's Flying Circus* sah und in Acton eine kleine Wohnung hatte. Aber das war nicht genug. Sie wollte alles über ihn in Erfahrung bringen: was er gern aß, wo er aufgewachsen war, wie alt er war, als er zum ersten Mal ein Mädchen geküsst hatte. Wer die Frau war, die ihn so schrecklich enttäuscht hatte, denn irgendwie spürte sie, dass er verletzt worden war.

Aber sie stellte keine dieser Fragen, sondern saugte nur alles in sich auf, was sie beobachten konnte, um sich in den Stunden der Einsamkeit daran festzuhalten. Die Art, wie er die Lippen spitzte, wenn ihm etwas missfiel, das Grübchen in seiner rechten Wange, die winzige Ecke, die einem seiner Schneidezähne fehlte, und das Licht in seinen Augen, von dem sie wusste, dass es ihr galt.

Vor allem die langen, schlaflosen Nächte waren es, in denen Camellia nachdachte. Sie schloss die Augen und versuchte, die nächtlichen Geräusche der Station auszublenden. Den pfeifenden Atem der alten Dame in dem Bett am Ende der Reihe, das leise Kratzen eines Kugelschreibers, wenn die Nachtschwester draußen ihre Schreibarbeit erledigte.

Vor allem die Menschen, die sie in der Vergangenheit beeinflusst hatten, paradierten vor ihrem inneren Auge. Jeder einzelne von ihnen huschte vorbei wie in der Vorschau eines Films. Ihre Mutter in einem rückenfreien blauen Kleid, mit blonden Locken, die ihr über die goldbraunen Schultern fielen. Bert Simmonds in seiner Uniform, Miss Peet in ihrem schäbigen Tweedrock und den handgestrickten Pullovern, wie sie in Archway House das Abendessen austeilte. Dougie in seinen hohen Stiefeln aus Schlangenleder, den engen Samthosen und einem Rüschenhemd. Auch andere, weniger wichtige Personen kamen ihr in den Sinn, Mrs. Rowlands, Suzanne, Carol und Miss Puckridge.

Camellia wusste jetzt, dass niemand aus diesem Ensemble die Verantwortung für ihr eigenes Scheitern trug, auch wenn sie früher geglaubt hatte, einigen von ihnen an manchem die Schuld geben zu können. Ihre Mutter war nicht gerade das beste Vorbild gewesen, Suzanne und Carol hatten sie zum Stehlen verführt, Dougie hatte sie mit Sex und Drogen bekannt gemacht. Aber sie war es, Camellia, die aus freien Stücken diesen Beispielen gefolgt war und ihr eigenes Gewissen ignoriert hatte. Sie allein war auf die Idee gekommen, sich als Taschendiebin zu betätigen, und sie hatte sich niemals den Kopf darüber zerbrochen, wie ihre Opfer sich fühlen mochten. Dann waren da all die Männer, mit denen sie nach Dougie geschlafen hatte. Von einigen wusste sie nicht einmal mehr die Namen. Was war aus dem Mädchen geworden, für das es einmal nichts Wichtigeres gegeben hatte als die Liebe?

Wie konnte sie jemals auf eine Romanze mit Mike hoffen? Einmal abgesehen von ihrem schlechten Ruf, der seiner Karriere schaden und ihn zum Gespött der Truppe machen würde, waren da noch all die Schatten in ihrer Vergangenheit, von denen er nichts wusste. Sie hatte so lange verdorbene Luft geatmet. Sie hatte kein Recht, ihn damit zu beschmutzen.

Ende Juni, nach sechs Wochen im St. Stephen's Hospital, stimmten die Ärzte Camellias Entlassung zu. Ihr Knie war so weit verheilt, dass man es bereits in der Woche zuvor aus dem Streckverband genommen hatte, und da sie kürzere Wege mühelos auf Krücken bewältigen konnte, gab es keinen Grund mehr, sie im Krankenhaus zu behalten.

Als Mike um sieben Uhr an diesem Abend auf die Station kam, traf er sie im Korridor, wo sie mit ihren Krücken übte.

Camellia erzählte ihm von ihren Neuigkeiten. »Ich bin ganz aus dem Häuschen«, bekannte sie atemlos. »Ich dachte, ich würde nie wieder hier rauskommen. Es ist inzwischen Sommer, und ich habe kaum etwas davon bemerkt.«

»Darf ich Sie manchmal zu Hause besuchen?«, fragte er und wirkte dabei ein wenig verlegen.

»Geben Sie mir erst etwas Zeit, um Boden unter den Füßen zu bekommen«, bat sie. »Es ist nicht nur mein Bein, das wieder heilen muss.«

Bee stand mit erwartungsvollem Blick in der Tür, während Camellia sich in einen Sessel setzte und ihr eingegipstes Bein auf einen Hocker legte. Sie war seit zwei Tagen zu Hause, und Bee war ständig wie eine Glucke um sie herumgewuselt. Aber für diesen Nachmittag hatte ihre Freundin einen Termin als Fotomodell, dem sie mit großer Nervosität entgegensah.

»Meinst du wirklich, dass ich gut aussehe?«, fragte sie und fuhr sich mit einer Hand durch die blonden Locken.

»Absolut«, versicherte Camellia ihr zum dritten Mal, obwohl sie in Wirklichkeit fand, dass Bee in dem roten Minikleid ein wenig ordinär wirkte. »Nun mach schon, verschwinde.«

»Wirst du ohne mich klarkommen?«, hakte Bee noch einmal nach. »Wahrscheinlich gehe ich von dort aus direkt in den Club, sodass ich erst spät wieder zu Hause sein werde«, fügte sie errötend hinzu.

»Ich bin weder deine Wächterin noch dein Mum«, bemerkte Camellia. »Grüß die Mädchen von mir und spitz die Ohren, damit du mich morgen mit dem neuesten Klatsch unterhalten kannst, ja?«

»Ich tue mein Bestes.« Bee griff nach ihrer Handtasche und ging auf die Tür zu. »Und du pass auf, dass du nicht hinfällst!«

Als Bee kurze Zeit später auf der Straße stand, um auf ein Taxi zu warten, konnte Camellia aus dem Fenster nur einen Teil von deren Figur sehen. Ihre Augen mochten sie trügen, aber es sah so aus, als hätte Bee abgenommen.

Camellia seufzte. Seit sie wieder zu Hause war, wirkte Bee irgendwie verändert: Sie war aufmerksam und fürsorglich, gleichzeitig aber auch irgendwie heimlichtuerisch. Der Teppich hatte Flecken bekommen und die Möbel Kratzer, als hätte Bee in Camellias Abwesenheit eine Party in der Wohnung gefeiert, obwohl sie ihr nichts davon erzählt hatte. Und von den Mädchen im Club hatte sie ebenfalls nichts erzählt.

Nachdem sie achtzehn Monate lang alles miteinander geteilt hatten, war Bees Verschlossenheit traurig. War auch ihr klar geworden, dass ihre Beziehung eine Wegscheide erreicht hatte? Zur Linken lagen die Clubs, das leicht verdiente Geld und der Kitzel. Zur Rechten lagen richtige Jobs, weniger Geld und harte Arbeit. Camellia wusste, in welche Richtung sie gehen wollte. Hatte Bee Angst, ihr einzugestehen, sie auf diesem Weg nicht begleiten zu können?

Als Bee eine Stunde fort war, begann Camellia, sich zu langweilen. Auch im Krankenhaus waren die Tage nur langsam vergangen, aber dort hatte es zumindest Unterbrechungen durch Mahlzeiten, Besuchszeiten und Ärzte gegeben. An diesem Morgen hatte Mike sie angerufen und sich nach ihrem Befinden erkundigt; er hatte auf eine Einladung gehofft, das hatte sie spüren können. Auch sie wollte ihn unbedingt sehen, doch nicht hier, nicht inmitten all der Erinnerungen an ihr altes Leben.

Die Wohnung kam ihr wie ein Gefängnis vor. Sie konnte die Menschen draußen auf der Straße beobachten, aber es würde noch einige Zeit dauern, bis sie die Kunst beherrschte, sich mit

Krücken die Stufen hinaufzuhieven, und bis dahin würde sie im Haus bleiben müssen.

»Na schön, üben wir ein bisschen«, meinte sie laut, griff nach den Krücken und hievte sich aus dem Sessel. Ein paar Runden durch den Flur wären immerhin ein guter Anfang.

Als sie an das Ende des Korridors kam und einen Blick in Bees Schlafzimmer warf, lächelte sie. Es war der reinste Schweinestall. Alle anderen Räume hatte Bee für Camellias Rückkehr aufgeräumt, doch dann musste ihr wohl die Puste ausgegangen sein.

Camellia drückte die Tür ganz auf und ging hinein. Das Zimmer war nicht nur unordentlich, sondern auch sehr schmutzig. Überall lagen Kleider herum, Schubladen standen offen, und der Schrank war fast leer. Auf dem Ankleidetisch lag zwei Zentimeter dick der Staub.

Auf dem Bett sitzend, machte Camellia sich über die Kleider her, spießte sie mit ihrer Krücke auf und sortierte dann die schmutzigen und die sauberen Sachen auseinander. Die schmutzigen stopfte sie in den Kissenbezug, in den sie auch die Laken vom Bett verfrachtete, die offensichtlich seit Wochen nicht mehr gewechselt worden waren.

Plötzlich stellte es eine große Herausforderung für sie dar, alles in Ordnung zu bringen. Sie holte sich einen kleinen Einkaufskorb, um ungespültes Porzellan in die Küche zu bringen und ihn dort mit Putzutensilien zu füllen. Es überraschte Camellia, wie viel sie trotz ihrer Verletzung ausrichten konnte. Mit einer Krücke schob sie den Hocker vor dem Ankleidetisch beiseite, dann setzte sie sich darauf und putzte den Boden davor.

Dieselbe Methode funktionierte auch mit dem Staubsauger, und Stück um Stück brachte sie das Zimmer wieder auf Vordermann.

Aber als sie den Staubsauger unter das Bett schob, stieß sie dort auf Widerstand. Sie zog sich den Hocker näher heran, stützte sich mit einer Hand am Bett ab und ließ sich auf den Boden nieder, um mit ihrer Krücke hervorzuholen, was sich darunter angesammelt hatte. Der erste Streich förderte zwei

Aschenbecher zu Tage, einen goldenen Ohrring, den Bee schon vor Monaten verloren hatte, einen Armreif, ein paar Zeitschriften und eine Hand voll Kleingeld. Beim zweiten Versuch bekam Camellia eine alte Handtasche und einen großen braunen Umschlag zu fassen. Sie stellte das Porzellan in ihren Einkaufskorb, legte den Rest der Sachen auf Bees Nachttisch und hievte sich dann, sehr zufrieden mit sich selbst, wieder auf den Hocker.

Es war ziemlich schwierig, das Bett im Sitzen frisch zu beziehen. Als es ihr endlich gelungen war, die Tagesdecke wieder aufzulegen, war sie müde und lehnte sich zurück, um Luft zu holen.

Reine Neugier trieb sie dazu, einen Blick in den braunen Umschlag zu werfen; es war normalerweise nicht ihre Gewohnheit, in Bees Sachen herumzuschnüffeln. Zu ihrer Überraschung enthielt der Umschlag einen Stapel professionell aufgenommener Hochglanzfotos.

Das erste zeigte Bee in einem schwarzen Spitzennegligee. Es war ein gutes Bild, das die Essenz ihres Charakters auffing, die Keckheit ebenso wie die Liebenswürdigkeit. Sie zog sich gerade einen schwarzen Strumpf hoch, wobei sie reichlich Ausschnitt und Oberschenkel zeigte.

Camellia lächelte. Bee war es offensichtlich ernst mit der Arbeit als Fotomodell. Sie betrachtete das Bild eine Weile, dann wandte sie sich dem nächsten zu.

Ihr Lächeln erstarb, als aus den koketten Mädchenbildern nach und nach Pornografie wurde: ein Foto von Bee, wie sie, einen lüsternen Ausdruck auf dem Gesicht, ihre Brüste hochhielt, ein weiteres, auf dem sie rittlings auf einem Stuhl saß und alles zeigte, was sie an Reizen zu bieten hatte. Als Camellia zu der letzten der zwölf Aufnahmen kam, auf der eine Männerhand die intimsten Stellen von Bees Körper erkundete, wurde ihr übel.

Bei näherem Hinsehen stellte sich heraus, dass die Fotos hier in der Wohnung aufgenommen worden waren. Die mit einem Leopardenfell verhängte Couch, auf der Bee lag, war ihre. Der hohe Stuhl, auf dem sie rittlings hockte, stammte aus der Küche.

Aber das Schlimmste von allem waren Bees Augen. Ein Fremder hätte vielleicht vermutet, der glasige, leere Blick und die geweiteten Pupillen wären ein Ausdruck der Ekstase, aber Camellia wusste es besser. Bee stand unter Drogen.

Camellia ließ die Fotos auf dem Bett liegen und humpelte unter Schmerzen zurück ins Wohnzimmer. Es nutzte nichts, sich einzureden, dass sie in Zeitschriften, die man an jedem Kiosk kaufen konnte, schon weit schlimmere Bilder gesehen hatte als diese. Hier ging es um ihre liebste Freundin, um ihre ganze Familie.

Jetzt verstand sie Bees Heimlichtuerei, die unerklärten Flecken auf dem Teppich, dieses ordinäre rote Kleid. Irgendjemand benutzte sie. Während Camellia im Krankenhaus gelegen und ihr neues Leben geplant hatte, hatte Bee jemanden kennen gelernt, dessen Einfluss auf sie stärker war, und sie war auf der Leiter, die in den Abgrund führte, noch einige Schritte nach unten gestiegen.

Als Bee endlich nach Hause kam, war es schon nach ein Uhr nachts. Camellia lag hellwach und bei brennender Nachttischlampe im Bett. Sie hörte das Klicken der Wohnungstür, das Klappern von Schuhen, die im Wohnzimmer von den Füßen gekickt wurden, dann leise Tritte nackter Füße, als Bee den Korridor entlanggging.

»Kannst du nicht schlafen?«, fragte Bee und streckte den Kopf durch die Tür. Ihr Haar war zerzaust und das Make-up verschmiert. Sie sah aus, als wäre sie gerade mit irgendjemandem im Bett gewesen.

»Nein«, antwortete Camellia. Sie hatte fast den ganzen Abend lang geweint und wandte jetzt das Gesicht ab, damit Bee ihre geschwollenen Augen nicht sehen konnte. »Mein Bein tut weh.«

»Ich ziehe mir nur schnell die Sachen aus«, meinte Bee. »Dann bringe ich dir ein Glas heiße Milch und ein Aspirin.«

Camellia seufzte. Sie hatte die Fotos auf Bees Bett liegen gelassen. Würde ihre Freundin wütend sein? Oder würde Bee versuchen, ihr einzureden, dass Pornofotos noch besser waren als das Dasein einer Nachtclubhostess?

Sie brauchte nicht lange zu warten. Nur wenige Sekunden später kam Bee zurück. Sie hatte sich das Kleid ausgezogen und trug jetzt stattdessen ihren rosafarbenen Morgenrock.

»Du hast herumgeschnüffelt«, stellte sie anklagend fest.

»Nein, habe ich nicht«, widersprach Camellia steif. »Ich bin lediglich in dein Zimmer gegangen, um aufzuräumen. Die Bilder habe ich unter dem Bett gefunden.«

»Hast du wegen der Fotos geweint?«, wollte Bee wissen. Sie verschränkte die Arme vor der Brust und sah ihre Freundin trotzig an. »Ich wüsste nicht, warum die ein Grund zum Weinen sind. Sie schaden doch nichts.«

»Sie schaden nichts?« Camellia zog sich im Bett hoch. »Die Fotos sind widerlich.«

»Du hast leicht reden, du brauchtest ja auch keine Möglichkeit zu finden, um die Telefonrechnung zu begleichen, den Strom und das Gas.«

»Aber was ist mit dem Club?«, fragte Camellia. »Du brauchtest nicht …« Ihre Stimme verlor sich, als sie das unglückliche Gesicht ihrer Freundin sah.

»Sie haben mich rausgeworfen«, sagte Bee mit gepresster Stimme. »Ich habe es dir nicht erzählt, weil ich dich nicht noch mehr beunruhigen wollte. Bitte, sei nicht wütend auf mich.«

»Wer hat dich in diese Sache reingezogen, Bee?«, hakte Camellia sanfter nach und streckte die Arme nach ihrer Freundin aus. Sofort ließ Bee sich auf das Bett sinken und begann zu weinen. »Erzähl mir alles.«

Man hatte Bee gekündigt, weil immer wieder Polizisten und Journalisten in den Club gekommen waren, um Fragen zu stellen. »Wenn du nicht länger hier arbeitest, Bee«, hatte Denise erklärt, »bleiben diese unliebsamen Besucher fort.« Dieses Verhalten erschien Camellia brutal, aber vielleicht hatte Denise auf Befehl des Besitzers gehandelt.

Nach zwei Wochen ohne jeden Verdienst war Bee vollkommen am Ende gewesen. In einer Zeitung hatte sie eine Kleinanzeige entdeckt, in der Fotomodelle gesucht wurden. Es hieß, man brauche keine Erfahrung, und so hatte sie schließlich einen Termin mit einem Geschäftsmann namens Jake verabredet.

Während Camellia sich Bees Bericht anhörte, flog ihr Herz der Freundin zu. Jake hatte ihr offensichtlich geschmeichelt, ihr vorgegaukelt, sie könne ein Vermögen verdienen, und sich erboten, die ersten Fotos selbst aufzunehmen.

»Ich wollte es eigentlich gar nicht«, schluchzte Bee. »Ich wusste, dass es dir nicht gefallen würde. Aber Jake sagte, ich könnte dir ja erzählen, die Fotos seien für Kataloge bestimmt. Er meinte, die Fotos von mir würden nur in Zeitschriften in Deutschland und Holland erscheinen, nicht hier.«

»Aber ich begreife nicht, wie du das ertragen konntest«, wandte Camellia ein. »Er hat dir Drogen gegeben, nicht wahr?«

»Nur ein bisschen Koks«, flüsterte Bee dicht an Camellias Schulter. »Doch es schien gar nicht so schlimm zu sein. Als er die Fotos schoss, hatte ich schon ein paarmal mit ihm geschlafen. Ich liebe ihn, und er liebt mich.«

»Er kann dich nicht lieben, wenn er dich dazu bringt, solche Aufnahmen zu machen!« Camellia strich der Freundin übers Haar. Alles, was sie bisher von diesem Mann gehört hatte, klang zutiefst erschreckend.

»Er ist Künstler – er ist anders als die Männer, die wir normalerweise kennen lernen.« Bee richtete sich auf und wischte sich mit dem Ärmel die Tränen ab. »Er hat gesagt, mein Körper sei wunderschön und ich solle stolz darauf sein, ihn vorzeigen zu dürfen. Es ist ja nicht so, als erlaubte ich einem Wildfremden, mich anzustarren.«

Camellia seufzte. »Du musst sofort damit aufhören«, warnte sie Bee sanft. »Denk daran, was mir passiert ist, nur weil ich im Club gearbeitet habe! Als Modell für Pornoaufnahmen lebst du in noch viel größerer Gefahr. Ich werde versuchen, von jetzt an ein ordentliches Leben zu führen – keine Drogen mehr, keine Affären und auch sonst nichts in der Art. Wenn du etwas anderes willst, dann werde ich mir eine eigene Wohnung suchen müssen.«

»Bitte, lass mich nicht allein.« Bee begann wieder zu weinen. »Ich war so einsam, als du im Krankenhaus warst; ich hätte mich niemals dazu überreden lassen, wenn du zu Hause gewesen wärst.«

9. Kapitel

Drei Tage nach diesem Gespräch lernte Camellia Jake zum ersten Mal persönlich kennen.

Sie saß im Wohnzimmer und las, Bee war einkaufen. Es war heiß, und die Wohnungstür stand offen, damit ein wenig Luft hereinkam.

Camellia hörte Jake nicht die Treppen zum Souterrain hinuntersteigen, und sie sah ihn auch nicht eintreten. Er stand einfach plötzlich vor ihr, und sie wäre beinahe aus der Haut gefahren.

»Hallo, ich bin Jake«, meinte er und ließ sich in einen Sessel fallen, als wäre es seine eigene Wohnung. »Du musst Mel sein.«

Er war genauso attraktiv, wie Bee behauptet hatte: fast einen Meter und achtzig groß, mit schulterlangem, blondem Haar und einem roten indianischen Stirnband. Dunkle Sonnenbräune betonte die leuchtend blauen Augen und die makellosen weißen Zähne. Camellia schätzte ihn auf fünfundzwanzig, und er hatte breite Schultern und schlanke Hüften. Sein weißes Voile-Hemd und die ausgewaschene helle Jeans waren absolut sauber und adrett gebügelt. Aber trotz seiner unerwarteten Attraktivität fühlte Camellia sich in seiner Gegenwart unbehaglich.

»Was macht das Bein?«, erkundigte er sich. »Hast du schon mal wieder versucht zu bumsen?«

Wenn ein alter Freund ihr diese Frage gestellt hätte, hätte Camellia vielleicht gelacht. Aber in Anbetracht der Umstände, unter denen sie sich ihre Verletzungen zugezogen hatte, und der Tatsache, dass sie diesem Mann noch nie zuvor begegnet war, versteifte sie sich innerlich. »Der Bruch heilt langsam«, gab sie kurz angebunden zurück. »Was das *Bumsen* betrifft, wie du es ausdrückst: Das ist das Letzte, wonach mir im Moment der Sinn steht.«

Inzwischen war ihr klar geworden, dass er älter sein musste, als sie ursprünglich angenommen hatte, wahrscheinlich schon über dreißig. Bei näherem Hinsehen konnte sie auch feststellen, dass das Hippie-Image künstlich wirkte. Sein Haar war zu gut geschnitten, seine Jeans und das Hemd waren zu teuer.

»Bee hat mich schon gewarnt, dass du wahrscheinlich nicht besonders nett zu mir sein würdest«, meinte er ein wenig verärgert. »Sind wir vielleicht eifersüchtig, weil sie hie und da als Model arbeitet?«

»Ich wäre zu keinem Fremden besonders nett, der ungebeten einfach hereinspaziert und unverschämte persönliche Fragen stellt«, fuhr sie ihn an. »Und nur der Vollständigkeit halber: Ich würde die Fotos, die ich gesehen habe, wohl kaum als die ›Arbeit eines Models‹ bezeichnen.«

»Du bist also nicht nur prüde, sondern auch noch hochnäsig«, spottete er und nahm eine Tabakdose aus seiner Gesäßtasche. »Es macht dir nichts aus, deine Muschi zu verkaufen, aber wenn jemand sie fotografieren lässt, rümpfst du die Nase. Merkwürdig, nicht wahr?«

Ihre schlimmsten Befürchtungen, was diesen Mann betraf, hatten sich bewahrheitet. »Ich habe niemals meinen Körper verkauft«, gab sie aufgebracht zurück. »Und Männer, die sich an schmutzigen Fotos aufgeilen, sind meiner Meinung nach einfach krank.«

Jake grinste und begann, sich einen Joint zu drehen. »Nun, dann bist du eine größere Närrin, als ich gedacht hatte. Pornos sind eine wachsende Industrie. Bee kann genug Geld verdienen, um sich in ein paar Jahren zur Ruhe zu setzen. Große Titten wie ihre sind genau das, was die Kunden wollen.«

»Bee glaubt, dass du sie liebst«, zischte Camellia ihm zu. »Was für eine Laus ist das, die einen solchen Menschen ausbeutet?«

»Ein Geschäftsmann«, gab er zurück, während er den Joint

zusammenrollte und das Papier mit der Zunge befeuchtete. »Meine Arbeit unterscheidet sich gar nicht so sehr von dem, was du in deinem Club mit diesen Gimpeln getrieben hast. Komm mir ja nicht frech, du dummes Miststück. Und glaub ja nicht, dass es Bee keinen Spaß machen würde!«

Camellia zuckte zusammen, nicht nur weil er sie beleidigt hatte, sondern weil sie begriff, dass seine Worte eine gewisse Wahrheit enthielten. Sie konnte nicht abstreiten, dass Bee wie ein begeistertes Hündchen war und nur allzu gern bereit, die Hand eines jeden Menschen zu lecken, der sie zu lieben schien – was sie Jake jedoch unmöglich erzählen konnte, denn ein solches Eingeständnis würde ihn womöglich auf die Idee bringen, ihre Freundin auch noch auf andere Art und Weise auszunutzen.

Ihre bösen Vorahnungen wuchsen, als Jake sich auf das Sofa legte, um seinen Joint zu rauchen. Sie hatte das schreckliche Gefühl, dass er zu einer dauerhaften Einrichtung in ihrer Wohnung werden würde, wenn sie der Sache nicht entschieden einen Riegel vorschob.

Wenige Minuten später kam Bee vom Einkaufen zurück. In ihrem Strandkleid aus rosafarbener Baumwolle sah sie aus wie ein Schulmädchen. Sie hatte sich das Haar zu zwei Schnecken gebunden, und sie war verschwitzt von der Hitze.

»Jake!«, rief sie, und ihr Gesicht leuchtete auf. »Was für eine schöne Überraschung!« Sie eilte zu ihm hinüber, um ihn zu küssen.

Aber zu Camellias Entsetzen stieß er sie barsch zurück.

»Scheiße, wie siehst du denn aus?«, maulte er, und seine wulstigen Lippen verzogen sich vor Abscheu. »Außerdem stinkst du nach Schweiß. Geh ins Bad und mach dich zurecht. So wie du jetzt bist, lass ich mich nur über meine Leiche mit dir sehen!«

In den nächsten Tagen musste Camellia mit anhören, wie Jake Bee noch weitaus brutaler beleidigte. Worte wie »schön«, »hübsch« oder »zauberhaft« schien es in seinem Vokabular nicht zu geben, nur hässliche Ausdrücke, bei denen Bee vor Scham errötete, obwohl sie überhaupt keinen Grund dazu hatte. Er mäkelte an ihrem Haar herum, an ihrem Make-up, ihren Kleidern und ihrem Körper, und erst wenn sie seine Befehle bis ins Letzte befolgt und sich in eine Art Barbiepuppe mit leerem Blick verwandelt hatte, ließ er sich endlich zu der Erklärung herab, dass sie passabel oder erträglich aussehe.

Am Anfang gab Camellia sich alle Mühe, etwas Positives an ihm zu finden, um zu verstehen, warum Bee so vernarrt in ihn war. Aber es gab nichts Positives, nicht einen Funken Anstand oder auch nur Humor.

Schon bald wurde er zu einem Keil zwischen Bee und ihr. Bee war so fasziniert von ihm, dass sie nur noch für ihn lebte. Camellia saß in der Wohnung fest und kreiste in Gedanken ständig um die Veränderungen in der Persönlichkeit ihrer Freundin, und binnen weniger Tage wurde ihr klar, dass viele dieser Veränderungen ihren Grund in dem Speed hatten, mit dem Jake sie fütterte.

Bee war rastlos, übermäßig redselig und hatte ihren einst herzhaften Appetit vollkommen verloren. Als Camellia eines Morgens in der Dämmerung erwachte, hörte sie, wie ihre Freundin in ihrem Zimmer Schubladen aufzog und wieder schloss. Da sie dachte, dass sie vielleicht ihren Umzug vorbereitete, stand Camellia auf und humpelte auf ihren Krücken durch den Flur.

Zu ihrer Überraschung trug Bee nichts am Leibe als einen dürftigen Slip aus Spitze, und auf ihrem Bett stapelten sich Kleider.

»Was um alles in der Welt treibst du da?«, fragte Camellia von der Tür aus. In diesem Augenblick erkannte sie, wie stark Bee abgenommen hatte. Sie war beinahe mager!

»Mir sind inzwischen alle Kleider zu groß«, erklärte Bee. »Ich dachte, ich sortiere mal die Sachen aus, die mir so gut gefallen, dass ich sie ändern lassen möchte.«

»Um diese Uhrzeit?« Es war erst kurz nach vier. Bee war gegen zwölf nach Hause gekommen. Aber die Zeit war nicht das

Auffälligste. Sie sah sofort, dass die Pupillen ihrer Freundin stark geweitet waren. Bees Hände zitterten, und ihr Atem ging stoßweise. »Was hast du genommen?«

»Nur ein paar Bennies«, meinte Bee schulterzuckend und schlüpfte in ein schwarzes Minikleid. »Sieh dir das an, Mel! Weißt du noch, wie eng es mal gesessen hat?«

Camellia konnte sich nur allzu gut daran erinnern, wie das Kleid einmal ausgesehen hatte. Bees Brüste waren beinahe aus dem Ausschnitt gequollen, und es hatte sich wie eine zweite Haut um ihre Hüften gelegt. Jetzt schlotterte es um ihren Körper.

Da Camellia selbst einmal dick gewesen war, brachte sie großes Verständnis für die Begeisterung ihrer Freundin auf. Aber es war riskant, in so kurzer Zeit so viel abzunehmen, vor allem wenn der Grund dafür gefährliche, süchtig machende Amphetamine waren.

»Bee, du musst damit aufhören«, flehte Camellia sie an. »Ich mache mir entsetzliche Sorgen um dich. Jake verwandelt dich in einen vollkommen anderen Menschen.«

Bee drehte sich zu Camellia um und schürzte verächtlich die Lippen. »Jake hat Recht, was dich betrifft, Mel«, gab sie kopfschüttelnd zurück. »Du bist eifersüchtig und verbittert, und du gehst mir langsam wirklich auf die Nerven.«

»Eifersüchtig?«, schnaubte Camellia. »Weil du einen Mann hast, der dich demütigt, mit Drogen voll stopft und wie den letzten Dreck behandelt? Werd endlich erwachsen, Bee, und sieh dir an, was für ein Mensch er wirklich ist.«

»Er ist nur deshalb so ungeduldig mit mir, weil seine Situation im Moment so schwierig ist«, entgegnete Bee. »Wenn er sein Atelier aufgeben und seine Arbeit hier erledigen könnte, käme er schon wieder in Ordnung.«

Camellia drehte sich der Magen um. »Niemals!«, sagte sie entschieden. »Wenn du ihn hier einziehen lässt, Bee, dann bin ich weg, und zwar für immer. Das garantiere ich dir.«

In diesem Sommer waren die Beatles mit ihrem letzten und sehr ergreifenden Song in der Hitparade: *The Long and Winding Road*. Dieser Song schien Camellias Gefühle widerzuspiegeln; auch sie war einem langen, gewundenen Weg gefolgt, nur um feststellen zu müssen, dass es der falsche war. Aber an guten Tagen, wenn Mike anrief und sich nach ihr erkundigte, glaubte sie, dass der Weg am Ende vielleicht zu ihm und zu wahrem Glück führen würde. Manchmal, wenn Bee mit Jake ausging, setzte Camellia sich mit einer Decke und ein paar Kissen nach draußen in den kleinen Garten, um Bücher zu lesen, die der junge Polizist ihr empfohlen hatte, und Tagträumen von dem nachzuhängen, was vielleicht später sein würde, wenn ihr Bein verheilt war, wenn sie einen Job gefunden hatte und Bee das Interesse an Jake verlor.

Aber bisher sah es noch nicht so aus, als würde er seine Macht über sie verlieren. Stattdessen wurde sein Einfluss von Tag zu Tag stärker. Er ging mit ihr zum Einkaufen auf die Kings Road und schenkte ihr durchsichtige Blusen, enge Miniröcke aus Leder mit großen Nietengürteln und verrückte hohe Stiefel. Nicht einmal ihr Haar überließ er ihrer Aufmerksamkeit. Jake bestand auf einer Dauerwelle im Afrolook, sodass ihr das Haar jetzt wie ein wirrer, blonder Heiligenschein vom Kopf abstand. Sie hatte ihre gesunde Gesichtsfarbe verloren, ihre Wärme und auch ihren Sinn für Humor. Bee sah aus wie ein Pornostar, handelte jedoch wie ein Roboter, der nur darauf programmiert war, seinem Herrn zu gefallen.

Zwei Wochen nach Camellias Entlassung aus dem St. Stephen's Hospital musste sie zu einer Nachuntersuchung ihres Beins noch einmal dorthin.

Einige Stunden später kam sie mit einem Taxi wieder nach Hause und war überglücklich, weil man ihr versprochen hatte, den Gips in drei oder vier Wochen abzunehmen. Aber als sie unbeholfen die Treppe hinunterhumpelte, um Bee davon zu erzählen, erhaschte sie durchs Fenster einen Blick auf Jake, der seine Stative im Wohnzimmer aufstellte.

»Du wirst nicht hier einziehen«, rief sie ärgerlich, kaum dass sie die Wohnung betreten hatte. »Schaff den ganzen Kram auf der Stelle wieder weg!«

Bee war nicht da. Wahrscheinlich hatte er sie zu Besorgungen weggeschickt. Jake trug hautenge weiße Jeans, ein Unterhemd und dazu ein goldenes Medaillon um den Hals. Die Haare hatte er sich zu einem Pferdeschwanz zusammengebunden.

»Es ist nicht deine Wohnung«, erwiderte er mit einem triumphierenden Grinsen. »Ich habe mir den Mietvertrag angesehen. Er ist nur auf Bees Namen ausgestellt. Und sie ist damit einverstanden, dass ich einziehe, also halt den Mund, sonst sorge ich dafür, dass sie dich rauswirft.«

Camellia zitterte vor Wut. Er hatte natürlich Recht; juristisch gesehen war Camellia nicht mehr als eine Untermieterin. Als sie später mit Bee allein war, versuchte sie, ihre Freundin auf ihre Seite zu ziehen und Jake hinauszuwerfen, doch Bee weinte nur, beteuerte, er würde höchstens ein paar Wochen bei ihnen wohnen, und flehte sie an, sich nicht länger aufzuregen.

»Dann werde ich ausziehen müssen«, erklärte Camellia, voller Verbitterung darüber, dass ihrer Freundin Jakes Gefühle wichtiger waren als ihre, obwohl sie einander so lange Zeit alles bedeutet hatten. »Ich wusste, wir würden nicht für immer zusammenbleiben, doch ich hätte nie gedacht, dass ein so wertloser Kerl wie Jake uns einmal auseinander bringt.«

Doch wie gern Camellia auch ausgezogen wäre, sie konnte es nicht. Ihr einziges Einkommen war das Geld von der Fürsorge, und das war nicht genug, um die Kaution für eine andere Wohnung aufzubringen. Jetzt, da Jake bei ihnen eingezogen war, konnte sie nicht einmal mehr daran denken, Mike einzuladen. In der Luft hing der Geruch von Cannabis, überall lagen Pornozeitschriften herum, und sie wusste niemals im Voraus, welcher von Jakes zweifelhaften Freunden vielleicht vorbeikommen würde. Manchmal fühlte sie sich versucht, Mike anzurufen und sich ihm anzuvertrauen, doch er war zuerst und vor allem Polizist, und wenn er auf die Idee kam, eine Razzia in der Wohnung vornehmen zu lassen, war es durchaus vorstellbar, dass man schwer wiegende Anklagen gegen Bee erheben würde.

Als Jake sich erst einmal in der Wohnung festgesetzt hatte, wurde alles noch viel schlimmer. Die Wohnung gehörte nicht länger Camellia und Bee, sondern Jake. Das Wohnzimmer war übersät von Stativen, Fotoapparaten und Lampen, sodass es unmöglich war, dort zu putzen. Jake schlief bis in den Mittag hinein und verbrachte die Nachmittage entweder mit einem Joint in der Hand vor dem Fernseher oder führte endlose Telefongespräche mit Kontaktleuten. Gegen sechs Uhr abends wurde er dann langsam munter und erhob Einwände, wenn Camellia kochen wollte, weil »sein Atelier« dann nach Essen roch. Wildfremde Menschen kamen in die Wohnung, um sich fotografieren zu lassen. Spärlich bekleidete Frauen beschlagnahmten das Badezimmer als Umkleideraum, benutzten Camellias Handtücher und ließen ihre Zigaretten auf den Boden fallen.

Ständig plärrte laute Musik. Bierflaschen, überquellende Aschenbecher und Papierstapel zerstörten das Zuhause, das beiden Frauen einmal so viel bedeutet hatte. Jake brachte weder dem Besitz noch der Privatsphäre anderer Menschen auch nur den geringsten Respekt entgegen.

Wenn Camellia in der Badewanne lag, wobei sie das verletzte Bein über den Rand hängen lassen musste, um es trocken zu halten, kam Jake oft herein, um die Toilette zu benutzen, und quittierte ihre Verlegenheit mit einem breiten Grinsen. Er aß das Essen, das sie bezahlt hatte, und durchstöberte ihr Zimmer auf der Suche nach Zigaretten.

Wann immer sie sah, wie er sich das Haar bürstete oder sich im Spiegel bewunderte, hätte sie ihn am liebsten angeschrien. Sie verabscheute ihn zutiefst. Aber sie konnte in ihr Zimmer fliehen und die Tür zuschließen. Bee musste mit ihm leben.

Nun ließ sich nicht mehr übersehen, welche Macht Jake über Bee besaß. Er gab ihr Drogen, bis sie in einem Zustand dauerhafter Benommenheit lebte: Barbiturate, damit sie nachts schlafen konnte, und Amphetamine, um sie am nächsten Tag wach zu bekommen. Ihre Ernährung bestand hauptsächlich aus Jogurt und

Orangen, und während sie weiter dramatisch an Gewicht abnahm, wurde sie immer ausgezehrter und zog sich in sich selbst zurück. Im Badezimmer lagen überall blonde Haare, ihre Haut war trocken und schuppig, und in ihren Augen stand ständig ein stumpfer, leerer Ausdruck.

Manchmal wurde Camellia in den frühen Morgenstunden von den Geräuschen geweckt, die auf brutalen Sex zurückgingen. Ab und zu war neben Bees Stimme noch eine weitere Frauenstimme zu hören.

Eines Morgens fand Camellia sie zitternd und nur mit einem Schlüpfer bekleidet auf dem Sofa vor. Ein Blick auf ihr tränenüberströmtes Gesicht genügte, um zu begreifen, dass Jake sie wegen eines anderen Mädchens hinausgeworfen hatte. Ausnahmsweise einmal schien sie nicht mit Drogen voll gepumpt zu sein.

»Bee, du musst dich zusammenreißen«, flehte Camellia sie an, kochte ihr Tee und zwang sie, ein Ei auf Toast zu essen. Dann fuhr sie mit der Hand über eine neue Prellung auf der knochigen Schulter ihrer Freundin. »Er ist durch und durch schlecht, Bee, und das weißt du auch. Du brauchst nur ein Wort zu sagen, und ich finde ein paar Leute, die ihn rauswerfen.«

»Du verstehst nicht.« Bees große, stumpf gewordene blaue Augen füllten sich mit neuen Tränen. »Es ist eine Art Test. Er liebt mich, er liebt mich wirklich.«

»Ein Test!« Camellia schüttelte ihre Freundin wütend. »Das ist kein Test! Er hat dich ja praktisch um den Verstand gebracht. Wo ist dein Stolz, Bee? Er ist da drin und schläft in deinem Bett mit einer anderen Frau! Jake liebt keinen anderen Menschen als sich selbst, du arme Närrin.«

Auf den Tag vier Wochen nach ihrer Entlassung aus dem Krankenhaus ging Camellia für eine Nacht zu Denise, nur um sich für kurze Zeit von Jake zu erholen. Als sie am nächsten Tag nach Hause kam, regnete es heftig, aber Camellia war trotzdem zuversichtlicher als seit langem. Denise hatte ihr von einer Freundin erzählt, der Besitzerin eines Pubs draußen in Chiswig, die ein Barmädchen suchte. Und es sollte jemand sein, der auch im Haus wohnen könne. Sobald man ihr den Gips abnahm, wollte Camellia sich bei der Frau vorstellen.

Die Vorhänge im Wohnzimmer waren zugezogen, und im ersten Moment vermutete Camellia, dass Bee und Jake noch im Bett lagen. Sie schloss die Tür auf, blieb dann jedoch jäh stehen, als sie strahlendes Licht sah, das aus dem Wohnzimmer in den kleinen Flur flutete.

Sie konnte nichts hören. In der Annahme, Jake habe versehentlich seine Fotolampen brennen lassen, ging sie in die Küche und warf dabei einen kurzen Blick durch die halb geöffnete Wohnzimmertür.

Zu ihrem Entsetzen war der Raum jedoch nicht leer. Bee lag, nur mit einem schwarzen Hüftgürtel und Strümpfen bekleidet, auf dem Sofa, und über ihr kniete ein nackter, stark behaarter Mann, der ihr den Penis an die Lippen drückte.

Camellia war so schockiert, dass sie wie angewurzelt stehen blieb.

»Herrje, Bee«, dröhnte plötzlich Jakes Stimme dicht an Camellias Ohr; er musste direkt neben der Tür stehen. »Du sollst ihn dir nicht nur ansehen. Mach schon!«

Bee hatte die Augen vor Ekel fest zusammengekniffen.

»Du sollst das verdammte Ding lutschen!«, schrie Jake da und trat einen Schritt vor. Mit einem Mal konnte Camellia seinen Rücken sehen.

Er trug nichts als eine weiße Shorts, und sein muskulöser Körper war sonnengebräunt. Die schwere Filmkamera noch auf der Schulter, griff er mit der freien Hand roh nach Bees Arm.

Camellia saß in der Falle. Wenn sie jetzt kehrtmachte, würde Jake sie hören. Also blieb sie stehen und wartete auf einen günstigen Augenblick, um die Flucht zu ergreifen. Starr vor Entsetzen beobachtete sie die abscheulichen Vorgänge im Wohnzimmer. Schließlich wurde Camellia von einem gewaltigen Brechreiz geschüttelt. Sie ließ eine ihrer Krücken fallen und sprang mit einem Satz zum Waschbecken.

»Du spionierst uns nach, was?« Jake stand plötzlich hinter ihr. »Wenn du zusehen willst, brauchst du nur zu fragen!«

Sie richtete sich wieder auf, und an die Stelle der Übelkeit war jetzt Zorn getreten. »Wie kannst du nur?«, schrie sie. »Du verfluchter Perverser.«

Er packte sie am Arm und riss sie nach vorn. Camellia klammerte sich verzweifelt an die eine Krücke, die sie noch in der Hand hielt, um ihn daran zu hindern, aber er war zu stark für sie.

»Komm, ich will dich Hussein vorstellen«, meinte er grinsend, legte einen Arm um sie und umfasste eine ihrer Brüste. »Ich bin sicher, er hat noch was für dich übrig.«

Bee versuchte hastig, sich zu bedecken. Hussein glaubte offensichtlich, man hätte ihm eine neue Partnerin gebracht, und seine Stirn legte sich in Falten, als er den Gips an ihrem Bein entdeckte. »Wer ist die da?«, fragte er und setzte sich auf einen Stuhl, ohne sein Geschlecht zu bedecken.

Aber stärker als ihre Furcht und ihr Abscheu war ihre Sorge um Bee. Ihre Freundin war fix und fertig, und ihre Pupillen hatten sich so sehr geweitet, dass die Iris kaum mehr zu sehen war. Sie konnte sich nicht einmal auf dem Sofa aufrichten.

»Lass sie in Ruhe«, murmelte Bee immer wieder, während sie sich geistesabwesend mit dem Handrücken übers Gesicht fuhr. »Lass sie in Ruhe, Jake.«

Am ersten August, fast drei Monate nach Hank Beckwiths Untat, nahm man Camellia endlich den Gips ab. Ohne ihn fühlte sich das Bein seltsam an. Es war merkwürdig leicht, und die warme Sonne schien das blasse Fleisch zu kitzeln.

Auf dem Heimweg setzte sie sich für ein paar Minuten auf

eine Bank am Fluss, um nachzudenken. Die beiden letzten Nächte hatte sie bei Denise verbracht, aber heute musste sie nach Hause zurückkehren und tun, was sie schon vor langer Zeit hätte tun sollen. Bee würde ihr eines Tages dafür danken. Vielleicht hoffte sie ja sogar tief in ihrem Innern, dass irgendjemand ihr zu Hilfe kommen würde.

Jake war in dubiose Geschäfte in Amsterdam verwickelt; das hatte Camellia herausgefunden, als er vor einer Woche für einige Zeit die Wohnung verlassen hatte und sie seine Sachen durchsucht hatte. Außerdem war sie auf ein Sparbuch gestoßen, auf dem er über dreitausend Pfund liegen hatte. Das bedeutete, dass er vielleicht bald fortgehen würde, doch sie hatte nicht die Absicht, darauf zu warten. Heute wollte sie seinen Abgang ein wenig beschleunigen.

Bee befand sich in einem furchtbaren Zustand, aber Camellia glaubte fest daran, dass sie ihr Leben wieder in den Griff bekommen würden, wenn Jake endlich verschwand.

Mike Rodgers war die Trumpfkarte, die sie benutzen wollte. Sie hatte sich vor einigen Tagen mit ihm zum Mittagessen getroffen und wusste jetzt, dass ihre Gefühle für ihn wirklich tief und echt waren. Und sie hatte einen Plan gefasst: Sie würde Jake ganz beiläufig den Besuch eines befreundeten Polizisten ankündigen und ihm raten, all seine schmutzigen Bücher und Fotos besser aus der Wohnung zu entfernen, falls er nicht die Behörden auf seine Spur bringen wollte. Wenn sie ihn richtig durchschaute, würde er in Panik geraten und auf der Stelle das Weite suchen.

Es war nur ein kurzer Weg vom Fluss bis zur Oakley Street, aber als Camellia das Haus erreichte, pulsierte ihr Knie, und sie schwitzte. Die Vorhänge im Wohnzimmer waren noch zugezogen, doch die Haustür stand weit offen.

Einen Moment lang dachte Camellia an einen Einbruch. Jakes gesamte Ausrüstung – Kameras, Stative und Lampen – alles war aus dem Wohnzimmer verschwunden. Aber als sie die Vorhänge aufzog, um sich gründlicher umsehen zu können, verwandelte sich die Panik in Erleichterung. Es war kein Einbrecher gewesen; Jake hatte seine Sachen gepackt und war verschwunden! Auch seine Kleider, die sonst überall herumgelegen hatten, und seine Aktenordner mit Fotos waren nirgends mehr zu sehen.

Camellia stieß einen lauten Freudenschrei aus. Der schmutzige, unordentliche Raum war ihr noch nie so attraktiv vorgekommen. »Ich danke dir, lieber Gott«, flüsterte sie. Bee würde ein oder zwei Tage lang unglücklich sein, aber sie würde darüber hinwegkommen.

Camellia ging durch den Korridor und spähte ins Zimmer ihrer Freundin. Auch dort waren die Vorhänge zugezogen, sodass es zu dunkel war, um sie deutlich sehen zu können, doch sie lag mit dem Gesicht nach unten auf dem Bett, splitternackt und tief schlafend. Einen Moment lang fühlte Camellia sich versucht, ihre Freundin zu wecken, aber sie widerstand dem Impuls. Es war sicher besser, sie schlafen zu lassen, zumindest bis sie die Wohnung aufgeräumt hatte. Dann konnten sie später am Nachmittag vielleicht in einen der Parks gehen und sich wie früher zusammen sonnen.

Nachdem sie in eine alte Shorts und ein T-Shirt geschlüpft war, riss Camellia die Wohnzimmerfenster weit auf, damit der ekelhafte Gestank von Zigaretten und schalem Bier abziehen konnte. Obwohl ihr das Bein wehtat, konnte sie sich mühelos bewegen, und während sie mit Staubsauger, Besen und Wischlappen alle Spuren von Jake ausmerzte, schmiedete sie langfristige Pläne. Morgen wollte sie zu einer Agentur gehen und nach einem Bürojob fragen und vielleicht noch nach einer Aushilfsstelle als Kellnerin am Abend. Sie würden das Wohnzimmer neu streichen. Und wenn es Bee erst wieder besser ging, würden sie vielleicht irgendwo günstig Urlaub machen.

Die Küche befand sich in einem schauderhaften Zustand. Im Spülbecken stapelte sich schmutziges Geschirr, und überall standen Bierdosen, Gläser und benutzte Tassen herum. Über den Resten eines Hühnercurrys surrten Fliegen.

Während Camellia darauf wartete, dass das Wasser im Kessel kochte, warf sie den Müll in den Abfalleimer und spülte die Teller. Die ganze Küche brauchte dringend einen Frühjahrsputz, doch das konnte warten. Fürs Erste würde sie Bee eine Tasse Tee bringen und endlich wieder einmal mit ihrer Freundin reden.

»Wach auf, Bee! Ich habe dir Tee gekocht«, rief sie und stieß die Tür mit einem Fuß weiter auf.

Es kam keine Antwort; Bee hatte sich nicht bewegt, seit Camellia das letzte Mal in ihr Zimmer gesehen hatte.

»Meine Güte, wie hältst du es bloß in diesem Gestank aus?«, seufzte Camellia, hielt sich die Nase zu und trat über den gewohnten Kleiderstapel hinweg, um zum Fenster zu gelangen. Dort zog sie die schweren Vorhänge beiseite, und helles Licht strömte in den Raum. »Wie du dabei schlafen kannst, ist mir ein Rätsel.«

Aber als Camellia sich umdrehte, um den Teebecher abzustellen, stieß sie ein entsetztes Keuchen aus.

Bee lag mit dem Gesicht nach unten in einer Pfütze von Erbrochenem, und eine dunkelrote Schwiele zog sich über ihr nacktes Gesäß.

»Oh nein, Bee.« Camellia stellte den Becher ab und berührte ihre Freundin an der Schulter. »Komm, wach auf und hilf mir, dich hier rauszuschaffen.«

Bee rührte sich nicht. Camellia packte ihre Freundin fester, um sie aus dem Erbrochenen zu rollen. Als Bees Kopf zur Seite sackte und ihr das Haar aus dem Gesicht fiel, schrie Camellia auf. Bees Augen waren weit geöffnet, kalt und glasig. Das Fleisch unter Camellias Fingern fühlte sich eiskalt an.

»Nein, Bee!«, schrie sie. »Du kannst nicht tot sein!«

Während sie auf die Ankunft der Polizei wartete, stand Camellia in der Tür zu Bees Schlafzimmer, zu erschüttert, um auch nur zu weinen.

»Wenn ich gestern Abend doch bloß nach Hause gekommen wäre!«, murmelte sie immer wieder laut vor sich hin.

»Tod durch Ersticken an Erbrochenem.« Die tiefe, klare Stimme des Polizeiarztes war bis in den Flur hinaus zu hören, wo Camellia auf einem Stuhl kauerte und weinte.

»Genaueres kann ich erst sagen, wenn wir den Mageninhalt untersucht und ein paar Bluttests durchgeführt haben, aber ich schätze, dass sie einen Cocktail aus Barbituraten und Alkohol zu sich genommen hat. Dieser Striemen auf ihrem Gesäß stammt von einem Rohrstock und ist noch ziemlich frisch, ebenso wie die Prellungen auf ihren Oberarmen, doch die Verletzungen wurden ihr beträchtliche Zeit vor der Einnahme der Tabletten zugefügt. Ich schätze, sie ist irgendwann zwischen zwei und drei Uhr heute Morgen gestorben.«

Camellia fühlte sich geistig und körperlich wie gelähmt. Sie nahm wahr, dass die Polizisten durch die Wohnung gingen und alles durchsuchten, aber ihre Stimmen drangen wie aus weiter Ferne zu ihr vor. Alles, was sie sehen konnte, waren Bees glasige, blaue, blicklose Augen.

»Miss Norton.« Eine befehlsgewohnte Stimme und eine Hand auf ihrer Schulter holten sie in die Wirklichkeit zurück. »Ist alles in Ordnung mit Ihnen? Soll ich Ihnen ein Glas Wasser bringen?«

Camellia schüttelte den Kopf.

»Sie sagen, Sie seien gegen zwölf nach Hause gekommen. Warum haben Sie bis halb zwei gewartet, bevor Sie uns angerufen haben?«

»Ich habe geputzt und aufgeräumt. Als ich nach Hause kam, habe ich sofort in Bees Zimmer gesehen, doch ich dachte, sie schliefe nur.«

»Und gestern Abend, wie hat sie sich da benommen? Haben Sie irgendetwas Ungewöhnliches gehört?«

Camellia blickte zu dem Polizisten auf. Sein Gesicht war nur ein Nebel über ihrem Kopf, doch hinter seiner Schulter konnte sie Menschen auf der Straße sehen, die über das Geländer spähten. »Ich war nicht hier. Ich habe zwei Tage bei einer Freundin geschlafen.« Sie schlug sich die Hände vors Gesicht und wiegte sich in ihrem Kummer hin und her. »Wenn ich doch nur zurückgekommen wäre, dann würde sie jetzt noch leben.«

Ein Polizist in Zivil mit einem grobschlächtigen Gesicht übernahm das Verhör. »Womit hat Beatrice sich ihren Lebensunterhalt verdient? War gestern Nacht jemand bei ihr?«

»Ja, Jake. Es war Jake«, schluchzte sie. »Sie müssen ihn finden.«

Als einer der Männer mit einem Stapel Pornofotos aus dem Schlafzimmer kam, wurde Camellia hysterisch.

»Jake hat Bee zu den Fotoaufnahmen gezwungen«, rief sie. »Er hat sie unter Drogen gesetzt und ihr keine andere Wahl gelassen. Bee war ein guter, liebenswerter Mensch, doch Jake ist durch und durch verkommen und hat sie vollkommen beherrscht.«

Ein oder zwei Stunden später wusste Camellia, dass sie durchaus mit einer Verhaftung rechnen musste, aber das kümmerte sie nicht. Sollten die Männer doch das Unterste zuoberst kehren, sollten sie Proben von allem nehmen, was ihnen in die Hände fiel, sollten sie sie wegen der Drogen, die sie in der Wohnung gefunden hatten, anklagen, sollten sie sie des Mordes an Bee beschuldigen. Sie fühlte sich dafür verantwortlich. Sie hätte hier sein müssen.

Bees Leiche wurde in einem Plastikbeutel hinausgebracht, und die Polizisten suchten immer noch weiter. Sie trampelten durch alle Räume, zogen Schubladen heraus, öffneten Schränke und tasteten Sessel ab. Es war, als durchlebte Camellia noch einmal jenen Morgen am Nottingham Court, nur dass diesmal ihre liebste Freundin auf dem Weg ins Leichenschauhaus war.

Später nahm sich ein jüngerer, freundlich aussehender Beamter Camellias an. Er brühte ihr eine Tasse Tee auf und stellte ihr behutsam Fragen nach Jake und Bee.

Camellia erzählte ihm alles, was sie wusste, von Jakes Freunden, von seinen Beziehungen und den Briefen aus Amsterdam. Wenn er jetzt zur Tür hereinkäme, würde sie ihn mit bloßen Händen töten, davon war sie überzeugt.

»Kann ich irgendjemanden für Sie anrufen, der sich um Sie kümmert?«, fragte der Polizist. »Ihre Mutter vielleicht?«

»Meine Mutter ist ebenfalls tot«, schluchzte sie. »Ich habe niemanden mehr.«

»Hier können Sie nicht bleiben«, bemerkte er. »Unsere Nachforschungen werden noch einige Zeit in Anspruch nehmen. Aber es muss doch irgendjemanden geben, der Ihnen helfen könnte?«

»Ich habe einen Freund bei der Polizei«, sagte sie schwach. »Könnten Sie ihn vielleicht bitten herzukommen? Sein Name ist Sergeant Mike Rodgers.«

Sie hatte Mikes Namen kaum genannt, als sie bereits wusste, dass es ein Fehler gewesen war.

»Ist er Ihr Freund?« Die Augen des Polizisten weiteten sich.

»Oh, nein.« Camellia schüttelte den Kopf. »Ich habe ihn vor einigen Monaten kennen gelernt, nachdem ich in Chelsea überfallen worden war.«

Der Zivilpolizist mit dem grobschlächtigen Gesicht war bis zu diesem Zeitpunkt ganz damit beschäftigt gewesen, in Büchern und Papieren zu kramen, und es hatte den Anschein gehabt, als hörte er nicht zu. Aber bei Camellias letzten Worten ruckte sein Kopf hoch, als hätte er plötzlich eine Verbindung hergestellt.

Als die beiden Männer sich zu einer geflüsterten Beratung in eine Ecke des Raumes zurückzogen, begann Camellia wieder zu weinen. Noch an diesem Morgen hatte sie wirklich geglaubt, sie könne die Vergangenheit hinter sich lassen. Aber die Vergangenheit war der Gegenwart ständig auf den Fersen, und jetzt würde alles wieder aufgerührt werden, obwohl es nichts mit Bee und ihrem Tod zu tun hatte.

Es war vier Uhr nachmittags, als Mike schließlich erschien. Er redete kurz mit einem anderen Beamten vor der Haustür.

Einen Moment lang musste Camellia wieder an Bert Simmonds denken. So war es auch gewesen, als sie im Krankenhaus aus der Narkose erwacht war und Mike an ihrem Bett gestanden hatte. Sein kurzes blondes Haar war von der Sonne gebleicht, und sein Gesicht strahlte vor Gesundheit. Aber genau wie Bert war Mike weit mehr als ein stämmiger, tüchtiger Polizist mit muskulösen, gebräunten Armen. Es war die innere

Stärke, die durchschimmerte, die Stärke eines Menschen, der abscheuliche Verbrechen jedweder Art gesehen hatte, ohne dabei seine Barmherzigkeit und seine Toleranz zu verlieren. Er kannte das Gesetz, doch er kannte die Menschen noch besser, und er hatte sich niemals vom Leben desillusionieren lassen.

Aber als Mike die Wohnung betrat und den anderen Mann mit einer kurzen Geste aus dem Zimmer schickte, konnte Camellia ihm deutlich ansehen, dass auch ihn Bees Tod zutiefst schockierte.

»Ich bin nicht als Polizist hier«, versicherte er, während er ihr gegenüber Platz nahm. »Sondern nur als Freund. Erzähl mir alles, Mel. Ich möchte dir helfen.«

Es fiel ihr nicht schwer, von Jake zu sprechen, von all den abscheulichen Dingen, die er getan hatte, und von ihren Überlegungen, was sein ganzes schmutziges Netzwerk der Pornografie betraf. Es war sogar vergleichsweise einfach zu erklären, warum und wie der Mann Bee in seinen Bann gezogen hatte. Das Schwierigste war jedoch zu rechtfertigen, warum sie nichts gegen all diese furchtbaren Machenschaften unternommen hatte.

»Ich habe ein Dutzend Mal daran gedacht, dich anzurufen, schon lange bevor wir uns neulich zum Mittagessen getroffen haben«, gestand sie. Nicht einmal jetzt verurteilte Mike sie, sondern hörte ihr nur aufmerksam und mit traurigen Augen zu. »Aber ich hatte wahrscheinlich Angst, dass alles auf mich zurückfallen würde, wenn die Polizei unsere Wohnung durchsucht. Ich habe die ganze Zeit gewartet und gehofft, Jake würde verschwinden. Das klingt ziemlich mies, nicht wahr?«

»Wir alle versuchen, uns selbst zu schützen«, seufzte er. »Du warst in einer unmöglichen Situation: mit einem gebrochenen Bein und mit Jake auf der einen Seite und Bee auf der anderen.«

»Aber das ist keine Entschuldigung für Feigheit, oder?« Abermals begann Camellia zu weinen. Sie konnte spüren, dass Mike mehr und mehr zum Polizisten wurde und den Teil seiner selbst ausblendete, der sich zu ihr hingezogen fühlte. »Jetzt ist Bee tot, und ich trage die Verantwortung dafür.«

»Mel, Bees Tod ist nicht deine Schuld. Ja, du hättest uns über

Jakes Machenschaften informieren sollen. Aber ich bezweifle, dass Bee es dir gedankt hätte.«

»Es wäre besser gewesen, als sie an den Tod zu verlieren.« Camellia putzte sich die Nase und versuchte, sich zu fassen. »Vielleicht hätten wir auf diese Weise beide ein anständiges Leben anfangen können.«

»Ich glaube, du hast an dem Tag, an dem dieser Amerikaner versucht hat, dich zu vergewaltigen, bereits ein anständiges Leben angefangen«, gab Mike sanft zurück und wischte ihr mit dem Taschentuch die Tränen weg. »Du darfst dir nicht die Schuld an Bees Tod geben. Gib sie denen, die wirklich Verantwortung dafür tragen, Jake und auch Bee. Sie kannte den Unterschied zwischen richtig und falsch – sie war kein unschuldiges Kind. Du musst weiterleben und das alles hinter dir lassen.«

»So wie die vielen anderen Dinge, die ich hinter mir gelassen habe?« Camellia blickte in sein ehrliches, offenes Gesicht, und neue Tränen traten ihr in die Augen. »Ich habe ein ganzes Zimmer voller böser Erinnerungen, die ich weggeschoben habe«, fügte sie verbittert hinzu. »Aber diesmal glaube ich nicht, dass die Tür sich davor schließen wird.«

»Natürlich wird sie sich schließen.« Seine Stimme klang jetzt energischer und distanzierter. »Im Augenblick bist du wie betäubt von Bees Tod, und du kannst dir nicht vorstellen, diesen Schlag jemals zu überwinden. Aber wenn du immer einen Tag nach dem anderen angehst, wirst du irgendwann darüber hinwegkommen.«

Camellia hätte sich am liebsten in seine Arme geworfen. Wenn er sie nur festhielte, sie vielleicht sogar küsste, dann würde der Mann in ihm den Polizisten zur Seite drängen, das spürte sie.

»Du warst so freundlich zu mir, Mike.« Sie stand auf, wischte sich über die Augen und legte genug Raum zwischen sie beide, um der Versuchung auszuweichen. Sie mochte Mike zu sehr, um ihn leiden zu sehen, nur weil er sich mit ihr einließ. »Ich werde Denise anrufen und sie fragen, ob ich für ein paar Tage bei ihr bleiben kann. Danke, dass du hergekommen bist. Es war eine große Hilfe für mich, mir das alles von der Seele reden zu können.«

Sie sah, dass seine Unterlippe bei ihren förmlichen Worten zu zittern begann. »Ich …« Er zögerte. »Ich meine …«

»Versuch nicht, irgendetwas zu sagen.« Camellia trat vor ihn hin und legte ihm warnend einen Finger auf die Lippen. »Ich weiß, was du empfindest, ich empfinde genauso. Aber es konnte niemals Wirklichkeit werden, Mike, das wissen wir beide.«

Er hielt ihre Hand fest, küsste die Spitze ihres Zeigefingers und schloss die Augen. Eine einzelne Träne glitzerte wie ein winziger Diamant auf seinen Wimpern. Sie hatte noch nie zuvor ein so ehrliches Gefühl im Gesicht eines Mannes gesehen.

Alles in ihr drängte sie, ihm zu gestehen, dass er es gewesen war, der sie in der Zeit im Krankenhaus aufrechterhalten hatte – und auch später, während der dunklen letzten Wochen mit Bee. Dass sie sich in ihren Tagträumen ein Leben mit ihm ausgemalt hatte – ein Leben voller Liebe, ein Leben, das Leidenschaft und vielleicht sogar eine Heirat beinhaltete. Aber es war barmherziger, ihn loszulassen.

»Geh jetzt, Mike«, bat sie fest. »Ich packe nur schnell ein paar Sachen zusammen, dann fahre ich rüber zu Denise. Sie wird sicher einen Rat wissen.«

10. Kapitel

Camellia verbrachte die Nacht bei Denise, und am nächsten Morgen hatte die Freundin bereits ein Zimmer für sie gefunden und brachte sie in einem Taxi dorthin. Ihr neues Zuhause lag am Nevern Place, Earls Court: ein winziges, spartanisch eingerichtetes Zimmer im vierten Stock eines Studentenwohnheims.

»Nur ein Ort, an dem du deine Wunden lecken kannst«, meinte Denise, während sie einen Korb mit dem Nötigsten auspackte, einigen Dingen, die sie für Camellia gekauft hatte. Sie hatte ein schlechtes Gewissen, weil sie Camellia nicht länger bei sich unterbringen konnte und das Mädchen offensichtlich unter Schock stand. In der vergangenen Nacht hatte sie Camellia weinen hören, und heute Morgen schien sie einem seelischen Zusammenbruch nahe zu sein.

»Bleib hier, bis Gras über die ganze Sache gewachsen ist. Du findest bestimmt leicht einen Job; so ziemlich jedes Restaurant in London sucht eine Kellnerin. Ruf mich an, wenn du jemanden zum Reden brauchst, dann komme ich vorbei.« Beim Abschied steckte sie Camellia einen Zehnpfundschein zu und schlang die Arme um sie. »Ich wünschte, ich könnte dir deinen Schmerz abnehmen«, murmelte sie dicht an Camellias Hals, und nun musste sie selbst gegen die Tränen ankämpfen. »Glaub mir, ich weiß, wie du dich fühlst.«

Später fand Camellia heraus, dass Denise die Miete einen Monat im Voraus für sie bezahlt hatte, und die unerwartete, heimliche Freundlichkeit half ein wenig. Aber als sie jetzt auf dem schmalen Bett lag, konnte sie Gelächter und Stimmengewirr hören und die Schritte der Studentinnen, wenn sie nach unten zum Gemeinschaftstelefon liefen, das fast die ganze Zeit über klingelte, während Camellia schluchzend in ihrem Zimmer lag.

Der Verlust ihrer Mutter war schlimm gewesen, aber Verbitterung und Wut hatten Camellias Trauer ein wenig ausgeglichen. Bee hinterließ einen Zeichenblock voller herrlicher, leuchtend bunter Bilder, die nichts auslöschen konnte: Gekicher am frühen Morgen, Nachmittage, die sie mit herrlichem Nichtstun verbracht hatten, Abende voller Gelächter. Sie hatten alles miteinander geteilt, angefangen von Essen, Kleidern und Geld bis hin zu Träumen.

Jetzt fühlte Camellia sich wie ein siamesischer Zwilling, der grausam von seiner Schwester getrennt worden war. Der noch lebte, jedoch außer Stande war, die Qual zu ertragen, auseinander gerissen worden zu sein.

Es gab etliche Formalitäten, die es zu überstehen galt. Die Beerdigung, die gerichtliche Untersuchung und das Ausräumen der Wohnung in der Oakley Street. Aber noch bevor diese Dinge auf sie einstürmten, kamen die Zeitungsartikel.

Camellia wurde schwach vor Schreck, als sie die Lügen und Verzerrungen las. Beatrice Gerald wurde als Englands Pornokönigin dargestellt und die Wohnung in der Oakley Street als ein Zentrum von Lastern und Drogen. Eine Zeitschrift hatte irgendwo ein Bild ausgegraben, das Bee und Camellia zusammen zeigte, und die Überschrift des Artikels lautete: *Verbrechen, Sex und Drogen*. Die ganze Geschichte mit Hank Beckwith wurde noch einmal ans Tageslicht gezerrt.

Aber von all den schmerzlichen Dingen, die Camellia ertragen musste, war die Begegnung mit Bees Eltern bei der Beerdigung das Schlimmste; ihre absolute Gleichgültigkeit ihrer eigenen Tochter gegenüber traf Camellia bis ins Herz.

Sie bemerkte weder das Ende des Sommers noch den Übergang zum Winter. Camellia stürzte sich in die Arbeit, um den Schmerz in sich zu betäuben.

Beinahe unsichtbar in schäbigen, unattraktiven Kleidern, das Haar straff zurückgebunden, begann sie ihren Tag um sieben Uhr morgens als Stubenmädchen, dann arbeitete sie in der Mittagszeit in einem stark besuchten Restaurant und abends in einer Imbissstube. Sie aß bei der Arbeit, sparte ihr Geld und vermied es, mit irgendjemandem zu reden.

Jake wurde Ende September mit einer beträchtlichen Menge Cannabis in der Tasche gestellt. Während er auf seine Verhandlung wartete, deckte die Polizei endlich sein Pornogeschäft auf: ein kleines Atelier in Kentish Town und ein weitaus größeres in Amsterdam, mit einem Netzwerk von Versandkunden sowohl in England als auch in Holland. Beweise dafür, dass er auch mit Bees Tod zu tun gehabt hatte, ließen sich zu Camellias Erbitterung nicht finden.

Camellia wurde noch mehrmals verhört, aber ob es daran lag, dass Mike seinen Einfluss geltend gemacht hatte, oder ob die Polizei ohne ihre Zeugenaussage vor Gericht bereits genug Beweise gegen Jake in der Hand hatte – der zuständige Inspector ließ keinen Zweifel daran, dass man sie in dem Fall nicht weiter benötigte.

Camellias einundzwanzigster Geburtstag im Dezember verstrich ohne jede Feier. Es kam nur eine einzige Karte, von Denise. Weihnachten blieb ihr nichts anderes übrig, als ein wenig Make-up aufzulegen, zu lächeln und den Gästen, die sie bediente, ein fröhliches Gesicht zu zeigen, aber nichts konnte ihre Reserviertheit durchbrechen. Während all dieser Monate suchte sie zu keinem der Menschen, die sie kannte, Kontakt. Wenn sie nicht gerade arbeitete, lag sie die meiste Zeit auf ihrem Bett; manchmal las sie, doch vor allem grübelte sie.

Obwohl sie viel an Bee dachte und an ihre eigenen Fehler und Missgeschicke, war es vor allem Bonny, die ihre Gedanken beschäftigte. Allerdings waren es weniger die schlechten Seiten ihrer Mutter, die ihr jetzt in den Sinn kamen. Im Lichte ihrer eigenen Handlungen und Fehlentscheidungen konnte sie die Vergangenheit nicht mehr mit der gleichen Selbstgerechtigkeit betrachten wie früher und erinnerte sich stattdessen mit einem süßen Gefühl der Wehmut an die glücklicheren Zeiten. Ab und zu stellte sie fest, dass ihr Zwischenfälle, die ihr früher einmal peinlich gewesen waren, heute ein Lächeln entlockten. Bonny war immer ein so extrovertiertes Geschöpf gewesen.

Während Camellia in den alten Erinnerungen kramte und überlegte, wie viele davon verantwortlich für die Prägung ihres eigenen Charakters gewesen waren, wurde ihr irgendwann klar, im Grunde nur wenig über Bonnys Leben vor ihrer Heirat zu wissen. Bonny hatte selbst niemals in Erinnerungen geschwelgt; sie hatte immer nur für den Augenblick gelebt – darin hatte sich Camellia bisher nicht von ihr unterschieden.

Diese Überlegung war es, die sie schließlich bewog, sich den Stapel alter Briefe noch einmal vorzunehmen. Unmittelbar nach ihrer Ankunft in London hatte sie sie viele Male gelesen, aber danach kaum wieder zur Hand genommen – nur einmal, um sie Bee zu zeigen.

Zu ihrer Überraschung betrachtete sie die Briefe jetzt jedoch aus einer gänzlich anderen Perspektive. Vielleicht verstand sie nun einfach die menschliche Natur ein wenig besser, sodass sie nicht mehr so sehr unter diesen Dingen litt, wie es früher einmal der Fall gewesen war. Wahrscheinlich hatte sie auch die Ehe ihrer Eltern idealisiert; möglicherweise waren sie niemals so glücklich miteinander gewesen, wie es ihr als Kind vorgekommen war.

Sie sortierte die Briefe der drei Männer auseinander. Diejenigen von dem Mann namens Jack Easton wiesen die meisten Eselsohren auf, waren aber ärgerlicherweise allesamt undatiert. Diese Briefe nahm sie sich zuerst vor.

Einer davon war besonders zerknittert und auf einem Stück Papier geschrieben, das aus einem billigen Notizbuch stammen musste. Als Adresse war Tollgate Garage, Amberley, Sussex angegeben. Das war das Dorf, in das Bonny während des Krieges evakuiert worden war; dort hatte sie bei der Tanzlehrerin gewohnt, die sie später Tante Lydia genannt hatte. Camellia erinnerte sich vage an einige Besuche dort, sowohl vor dem Tod ihres Vaters als auch danach. Es war ein hübsches Dorf mit reetgedeckten Cottages, und Tante Lydia war ihr beinahe wie eine Großmutter erschienen, wenn auch hoch gewachsen und schlank und ganz anders als ihre richtige Oma. Jetzt fragte sie sich, warum Bonny den Kontakt zu ihr verloren haben mochte. Konnte es etwas mit diesem Mann, diesem Jack, zu tun haben?

Liebe Bonny, ich kann nicht sagen, dass mir das, was neulich nachts passiert ist, Leid täte. Es war falsch, aber es war einfach zu schön, um sich dafür zu entschuldigen. Ich werde am nächsten Samstag an dich denken, das wollte ich dich nur wissen lassen, und ich hoffe von Herzen, dass sich für dich alles zum Besten regeln wird und du dein Glück findest. Wir hatten doch einigen Spaß zusammen, nicht wahr? Du wirst immer einen besonderen Platz in meinem Herzen haben. In Liebe, dein Jack.

Camellia fragte sich, was an dem erwähnten Samstag geschehen sein mochte. Ob es sich um ein Vortanzen für eine Show gehandelt hatte? Den Umzug in eine neue Stadt? Der Brief klang wie ein letztes Lebewohl. Sie wünschte, Jack hätte ihn datiert.

Der Brief, der Camellias Ansicht nach der nächste gewesen sein musste, war auf ordentlichem Papier geschrieben und trug dieselbe Adresse in Amberley. Dieser Brief war ziemlich förmlich, lediglich eine Gratulation zu Camellias Geburt; Jack erwähnte kurz seine eigene Tochter und kam auch auf Lydia zu sprechen, die, wie er sagte, darauf brannte, das Baby zu sehen. Unterschrieben war er mit: *Ganz herzliche Grüße, Jack.* Er musste ihn irgendwann 1950 geschrieben haben.

Camellia hatte den Eindruck, dass zwischen diesem und dem nächsten Brief mehrere Jahre lagen. Er war auf dickem Notizpapier mit Aufdruck geschrieben und trug den Absender einer Reparaturwerkstatt in Littlehampton. Anscheinend hatte Jack in den dazwischen liegenden Jahren beruflich einigen Erfolg gehabt. Aber sein Tonfall war kühl und wachsam.

Liebe Bonny, natürlich habe ich mich gefreut, von dir zu hören, obwohl ich doch sehr überrascht war. Doch, nein, ich kann mich nicht mit dir treffen. Das wäre nicht richtig. Wir sind beide verheiratet, wir haben

Kinder und tragen Verantwortung. Es tut mir Leid, dass du eine Art Lebenskrise durchmachst. Ich würde gern einfach ein Freund sein und zuhören, aber wir beide wissen, warum das nicht funktionieren würde. Mit herzlichen Grüßen, Jack.

Bonny musste ihm noch einmal geschrieben und um ein Treffen gebeten haben, da der nächste Brief praktisch denselben Inhalt hatte wie der vorangegangene, nur dass Jack diesmal noch klarer und nachdrücklicher »Nein« sagte.

Aber der vorletzte Brief war derjenige, der Camellia am meisten faszinierte.

Liebe Bonny, ich dachte, deine Lügen könnten mich nicht länger schockieren, doch diese hier ist bisher die größte und boshafteste. Was du damit erreichen willst, weiß ich wirklich nicht. Ich habe bei Lydia Bilder deiner Tochter gesehen; sie hat nicht die geringste Ähnlichkeit mit mir, und meine Haarfarbe ist von der Art, die sich normalerweise in der Vererbung durchsetzt.

Du hast alles, was eine Frau sich wünschen kann, ein wunderschönes Zuhause, ein entzückendes Kind und einen Ehemann, der dich ganz offensichtlich anhimmelt. Warum willst du das vermasseln, Bonny? Was geht in deinem hinterhältigen kleinen Kopf vor? Du hattest deine Chance bei mir, und du hast sie weggeworfen. Selbst wenn wir beide frei wären, würdest du keinen Mann mit Schmutz unter den Fingernägeln haben wollen. Über deine Behauptung, dass du mich noch immer liebst, kann ich nur lachen. Hör auf mit dem Unsinn!

Wenn Erpressung dein Spiel ist, ist es ein krankes Spiel. Und vergiss vor allem nicht, dass du mehr zu verlieren hast als ich. Wenn du auch nur ein einziges Wort zu Ginny sagst, dann werde ich dir, so wahr mir Gott helfe, den Hals umdrehen.

Jack.

Der letzte Brief war eine Beileidsbekundung zu Johns Tod. Die vorangegangenen Briefe wurden darin mit keinem Wort erwähnt. Genau wie das erste Schreiben war dieses herzlich und voller Zuneigung, und Jack drückte darin sein Mitgefühl und die Hoffnung aus, Bonnys Leben möge sich in Zukunft bessern. Jack war entweder ein sehr nachsichtiger Mensch, oder aber er hatte diesen Brief in Anwesenheit seiner Frau geschrieben.

Eines der alten Fotos zeigte eine kleine Gruppe von Kindern. Camellia erkannte Bonny sofort: Sie saß mittendrin, mit Haarbändern, die wie Kaninchenohren von ihrem Kopf abstanden. Sie hatte das Gefühl, der magere, unordentlich aussehende ältere Junge neben ihr könnte vielleicht Jack sein. Er hatte ein sommersprossiges Gesicht, auf dem ein breites Grinsen stand, und er hatte einen Arm um Bonny gelegt. War er der Junge, den sie immer als ihre »Sandkastenliebe« bezeichnet hatte?

Als Nächstes nahm Camellia sich den einzigen Brief des Mannes vor, der mit *Miles* unterschrieben hatte. Dieser trug ein Datum; er war im September 1954 geschrieben worden, zwei Jahre vor dem Tod ihres Vaters. Das Schreibpapier war von hervorragender Qualität, cremefarbenes, schweres handgeschöpftes Bütten mit eingeprägtem Briefkopf einer Adresse im Holland Park in London. Die Handschrift des Mannes war wunderschön, ganz anders als Jacks Gekrakel.

Liebe Bonny, las sie. *Ich habe deinen letzten Brief erhalten und bin erstaunt über die ungeheuerlichen Behauptungen, die du darin aufstellst. Zuerst wollte ich dich anrufen und darauf bestehen, dass du diese boshafte Anschuldigung zurücknimmst, aber aufgrund meiner Hochachtung für deinen Mann und Marys Zuneigung zu dir habe ich beschlossen, deine Worte zu ignorieren und als eine dumme Entgleisung zu erklären, verursacht wahrscheinlich durch Eifersucht und den Konsum von Alkohol.*

In deinem Anfall von Gehässigkeit ist dir wahrscheinlich nicht klar gewesen, dass ein Erpresser immer schlechter dasteht als sein Opfer, falls er oder sie enttarnt wird. Du hast einen liebevollen Ehemann und eine kleine Tochter, an die du denken musst, während ich jetzt zu alt bin, als dass mich eine kleine Schlammschlacht noch ängstigen könnte.

Denk über diese Dinge nach, bevor du einen weiteren Stein in den See wirfst.

Mit freundlichen Grüßen, Miles.

Von dem letzten Mann, Magnus Osbourne, gab es sehr viele Briefe, die von mehreren verschiedenen Adressen und über einen langen Zeitraum hinweg geschickt worden waren. Diese Briefe erzählten eine fast vollständige Geschichte, eine Geschichte von einem älteren, verheirateten Mann, der sich in eine junge Tänzerin verliebt hatte.

Als Camellia die Briefe in Rye zum ersten Mal gelesen hatte, hatte sie nichts über Liebe oder Leidenschaft gewusst. Aber jetzt, als sie sie wieder las, verstand sie die Unterströmungen darin. Der Mann litt Qualen, denn er liebte Bonny, aber auch seine Frau. Er war ein ehrenhafter, höchst intelligenter Mann, das spürte Camellia, und er hatte sich in einem Netz verfangen, aus dem er sich nicht mehr lösen konnte.

Sie entnahm den Briefen, dass Magnus Bonny kennen gelernt hatte, als sie in einem Theater in Oxford getanzt hatte – der erste Brief erwähnte eine Show, ein Hotel und ein Bauprojekt, das Magnus in Angriff nehmen wollte. Er sprach von »dem Wahnsinn der mittleren Jahre« und erzählte ihr im gleichen Satz, niemals könne mehr etwas zwischen ihnen sein. Außerdem bat er sie, ihm zu schreiben und zu berichten, wie sie mit ihrer neuen Show in Brighton zurechtkam.

In einem anderen Brief erzählte er voller Wehmut von einem Haus an der Themse in Stanes in Middlesex.

Denkst du auch manchmal noch an unseren Bootsausflug auf der Themse? Ach, Bonny, du bist eine kleine Hexe, du hast mich verzaubert. Und doch weiß ich, das alles muss ein Ende haben, bevor es zu spät ist.

Wahrscheinlich war es bereits zu spät gewesen. Neun oder zehn Briefe stammten aus den Jahren 1946 und 1947. Camellia fand diese Briefe sehr amüsant, denn nach ihren inzwischen deutlich liberaleren Maßstäben waren sie überaus keusch.

Sie hätte gern gewusst, wohin all diese Briefe geschickt worden waren. Es schien, als wäre Bonny in dieser Zeit auf Tournee gewesen und in billigen kleinen Zimmern abgestiegen:

Manchmal drückte Magnus sein Mitleid aus, weil sie sich mit einer aushäusigen Toilette begnügen musste und kein Badezimmer zur Verfügung hatte. Es gab Anspielungen auf den Pier in Brighton und auf eine Wohltätigkeitsveranstaltung in London, die ihrer Karriere vielleicht förderlich sein könne. Aber nach einer Bemerkung über das Hippodrom in Cattford in Südlondon, wo er hoffte, sich einmal ihre Show anzusehen, brachen die Briefe ab.

Vermutlich hatte Bonny etwa zu dieser Zeit John Norton kennen gelernt und deshalb vielleicht ihre Affäre mit Magnus beendet.

Erst im August 1945 hatte Magnus ihr wieder geschrieben, und zwar von einer Adresse in Bath. Dieser Brief war verwirrend. Camellia konnte daraus nicht entnehmen, ob die Nortons und die Osbournes sich einige Jahre lang in denselben gesellschaftlichen Kreisen bewegt hatten oder ob Bonny sich eine Zufallsbegegnung zunutze gemacht hatte. Das Entscheidende war das Datum. Nur einen Monat zuvor hatte sie einen bemerkenswert ähnlich klingenden Brief von Miles bekommen.

Meine liebe Bonny, zuerst wollte ich deine Bemerkung einfach ignorieren. Du hattest stark getrunken, und vielleicht wolltest du einfach nur ein wenig Unruhe stiften. Möglicherweise bereitet es dir auch ein sadistisches Vergnügen, mir einen solchen Schock zu versetzen, während sowohl John als auch Ruth in Hörweite waren, aber wie auch immer deine Gründe oder Entschuldigungen aussehen mögen, ich muss ständig daran denken. Du musst mir die Wahrheit sagen. Es ist offensichtlich, dass John dich und Camellia anbetet; nach allem, was ich höre, führt ihr drei ein glückliches Leben. Ich möchte dich bitten, an Johns und Camellias Glück zu denken, bevor du weitere überstürzte Bemerkungen machst. Viele Grüße, Magnus.

Wieder folgte eine lange Zeit des Schweigens – der nächste Brief war ein Beileidsschreiben zu Johns Tod –, aber es war offensichtlich, dass die beiden während dieser Zeit miteinander in Kontakt geblieben waren. Bonny hatte offensichtlich eine Möglichkeit gefunden, Magnus davon zu überzeugen, dass er Camellias Vater war.

Meine liebe Bonny, es tut mir furchtbar Leid, von Johns Tod zu hören. Es erscheint mir unaussprechlich grausam, dass ein so junger Mann an einem Herzinfarkt sterben kann. Kondolenzbriefe sind immer eine schwierige Aufgabe, aber in diesem Fall ist es wegen unserer früheren Beziehung für mich doppelt schwierig. Ich habe John gemocht und respektiert, wie du weißt, und nach unserem letzten Gespräch hatte ich die Hoffnung, du würdest dich jetzt mit ganzem Herzen auf deine Ehe konzentrieren und die Art von Gattin werden, die er verdiente.

Aber jetzt, nach seinem Tod, bin ich überaus beunruhigt. Es täte mir für jedes Kind Leid, einen so liebevollen Vater zu verlieren. Das Wissen, dass Camellia in Wirklichkeit meine Tochter ist, bringt mich in eine unmögliche Lage. Ich kann sie nicht anerkennen: Damit würde ich nicht nur meiner Frau und meinen anderen Kindern wehtun, sondern auch Camellia. John war in jeder Hinsicht ihr wahrer Vater.

Ich bitte dich jetzt, nur an sie zu denken. John hat euch beide gut versorgt hinterlassen. Ermögliche deiner Tochter um ihretwillen, voller Stolz und Trost an ihn zu denken. Lass alte Geheimnisse begraben sein, zumindest bis sie alt genug ist, um sie zu verstehen.

Ich werde dich natürlich finanziell unterstützen, solltest du diese Unterstützung jemals benötigen. Aber ich möchte dich bitten, deine Briefe nicht nach Oaklands zu schicken, sondern an meine Anwälte, mit einem Vermerk auf dem Umschlag, dass sie an mich weiterzuleiten sind. Ich vertraue darauf, dass du die Angelegenheit auch weiterhin diskret behandeln wirst, nicht um meinetwillen, sondern Camellia zuliebe.

Dein Magnus.

Wahrscheinlich hatte Bonny tatsächlich um Hilfe gebeten, da die wenigen Briefe aus den Jahren zwischen 1956 und 1962 kurz und geschäftsmäßig gehalten waren. Camellia hatte den Eindruck, der einzige Grund für diese Briefe war der beiliegende

Scheck gewesen. Sie entnahm Magnus' Bemerkungen, dass Oaklands ein Hotel war, da er in einem der jüngeren Briefe Gäste erwähnte. Allerdings fragte sie sich auch, warum nach 1962 keine Briefe mehr gekommen waren. Hatte Magnus Bonny jede weitere Hilfe verweigert? Oder konnte es sein, dass die beiden sich in dieser Zeit wieder getroffen hatten? Konnte er der Mann gewesen sein, den sie bei ihrer letzten Reise nach London hatte besuchen wollen?

Zu guter Letzt war da noch ein einzelner Brief von einer Frau, geschrieben auf blauem Papier und abgeschickt von einer Adresse in der Bayswater Road in London. Er war undatiert und mit *H* unterzeichnet.

Liebste Bonny, wie geht es euch? Ich komme irgendwie durch. Mein Haar fühlt sich an wie Stahlwolle, meine Stimme klingt aufgrund mangelnder Übung wie ein Nebelhorn, und ich bin so schwabbelig geworden, dass ich mich für ein paar Kurse angemeldet habe. Gestern habe ich ›M‹ getroffen; es fiel mir schwer, ihm in die Augen zu sehen, aber anscheinend läuft alles nach Plan. In der Zwischenzeit habe ich mir einen Job als Cocktailkellnerin gesucht, um mich abzulenken.

Ja, natürlich ist mein Herz bei dir und Camellia, aber das weißt du auch so, nicht wahr? Beruhige mich noch einmal, dass wir das Richtige getan haben! Spätnachts quälen mich manchmal Panikattacken, doch ich nehme an, das ist verständlich. Du weißt, was ich mir wünsche, all die kleinen Einzelheiten. Schreib mir bald und erzähl mir alles. Gib Camellia einen Kuss von mir und grüße John. Ihr seid alle drei in meinen Gedanken, Tag und Nacht. Alles Liebe, H.

Camellia las diesen Brief wieder und wieder. Die Frau war offensichtlich ebenfalls Tänzerin, und obwohl es keine Hinweise auf die Vergangenheit gab, ließ die kryptische, beinahe an einen Geheimcode erinnernde Art des Schreibens auf eine enge Freundschaft schließen. Wer war sie? War der »M«, den sie erwähnte, Miles oder Magnus? Und warum konnte sie ihm nicht in die Augen sehen? »Beruhige mich noch einmal, dass *wir* das Richtige getan haben!« Hatten die beiden irgendetwas zusammen ausgeheckt? War diese Frau, diese »H«, bei der Erpressung der drei Männer Bonnys Komplizin gewesen?

Zwischen den Briefen befand sich ein abgegriffenes Schwarz-Weiß-Foto von Bonny und einer anderen Tänzerin, und beide trugen sie paillettenbesetzte Kostüme und Haarbänder aus Federn. Zwischen ihnen stand ein Mann in einer Smokingjacke. War dieses zweite Mädchen »H«?

Aber wenn sie und Bonny so enge Freundinnen gewesen waren, warum hatte Bonny dann nie von ihr gesprochen?

Der Mann auf dem Foto war attraktiv, wenn auch wahrscheinlich über vierzig, mit kräftigen, zerklüfteten Gesichtszügen, dichtem blonden Haar und einem breiten, liebenswerten Lächeln. Dies musste Magnus sein, da war sich Camellia sicher. Miles klang nicht nach einem Mann, der so lächeln würde!

Es war ein faszinierendes Rätsel und ein unvollständiges obendrein. Ihre Mutter war immer so desorganisiert gewesen. Bei ihrem Auszug aus dem Haus in der Mermaid Street hatte sie hunderte von alten Briefen aussortiert, ohne auch nur einen Blick darauf zu werfen. Warum also hatte sie *diese* aufgehoben und so methodisch aufbewahrt?

Als Camellia das erste Mal darauf gestoßen war, hatte sie vermutet, dass die Polizei diese Briefe hatte finden sollen, damit die drei Männer neuerliche Scherereien bekamen. Als sie nun noch einmal über die Briefe nachdachte, erschien ihr diese Möglichkeit unwahrscheinlich; die Männer waren alle so alt. Um wirkliches Unheil zu stiften, hätte Bonny über Druckmittel verfügt haben müssen, die nicht so weit in die Vergangenheit reichten.

Vielleicht hatte Bonny die Briefe auch nur einfach unter die Matratze geschoben, um sie aufzubewahren, und sie dann vergessen. Aber eine erheblich wahrscheinlichere Erklärung war die, dass Bonny vor ihrem Tod noch immer Kontakt zu einem oder zu all diesen Männern gehabt hatte, dass sie vielleicht sogar eine neue Intrige geplant hatte, um ihnen die Daumenschrauben enger zu ziehen.

Dieser Gedanke gefiel Camellia überhaupt nicht. Sie legte die

Briefe wieder in den Ordner und räumte ihn beiseite. Eines Tages würde sie sich damit auseinander setzen müssen. Aber nicht jetzt, noch nicht.

Erst im Februar 1971, sechs Monate nach Bees Tod, erfuhr Camellia von Jakes Verurteilung und Gefängnisstrafe. Über Nacht hatte es heftig geschneit, und als sie zur Mittagsschicht im Restaurant erschien, war es geschlossen. Ihr Arbeitgeber, ein Grieche namens Costa, hatte sich in letzter Zeit oft über Stromausfälle ärgern müssen, die am Nachmittag zu einer regelmäßigen Plage geworden waren. Und nun war auch noch die Dezimalwährung eingeführt worden. Niemand schien die neue Währung zu begreifen, am wenigsten Costa. Jeder fragte: »Aber was wäre das in altem Geld?« Der Schnee musste für Costa das Fass endgültig zum Überlaufen gebracht haben; wahrscheinlich war er deshalb zu Hause geblieben.

Camellia kaufte nur selten Zeitschriften, und ebenso selten ging sie in Cafés, doch jetzt suchte sie sich einen Fensterplatz in der »Wimpy-Bar« auf der Earls Court Road und wartete dort, für den Fall, dass Costa doch noch auftauchte.

Wenn Camellia nicht die Zeit hätte totschlagen müssen, hätte sie vielleicht niemals von Jakes Verurteilung erfahren. Die Vorderseite des *Daily Express* war einem scherzhaften Artikel über die Dezimalwährung gewidmet und den Problemen, die die Menschen damit hatten. Auf der zweiten und dritten Seite fand sich ein Bericht über einige der Opfer der Katastrophe im Ibrox Park im Januar, bei der nach dem Zusammenbruch der Absperrungen sechsundsechzig Menschen bei einer Massenpanik totgetrampelt oder erdrückt worden waren. Jakes Verhandlung wurde lediglich in einer einspaltigen Nachricht auf der vierten Seite erwähnt, und wäre nicht das kleine Foto von ihm gewesen, hätte Camellia sie vielleicht überlesen. Sein wirklicher Name war Timothy Reading: Das klang nach einem Bankangestellten aus der Mittelklasse, nicht nach dem perversen Kerl, den sie kennen gelernt hatte.

Vor einem Jahr hätte sie vielleicht geglaubt, dass sechs Jahre Gefängnis eine harte Strafe für den Schmuggel von Cannabis und die Verbreitung schmutziger Bilder sei. Aber in Jakes Fall waren sechs Jahre ihrer Meinung nach nicht annähernd lang genug. Sie wusste, dass er Bee getötet hatte.

Als Costa nach geraumer Zeit noch immer nicht erschienen war, um das Restaurant zu öffnen, brach sie zu einem Spaziergang auf, doch erst als sie sich in Kensington Gardens wiederfand, wurde ihr klar, wie weit sie gelaufen war. Seit Monaten hatte sie sich durch die Tage geschleppt, als hätte sie Scheuklappen vor den Augen und Baumwollpfropfen in den Ohren. Vielleicht lag es nur an der Schönheit des knirschenden Schnees unter ihren Füßen, den schwer beladenen Bäumen, die in dem schwachen Sonnenschein glitzerten, aber mit einem Mal verspürte sie den Drang, loszurennen und sogar die Kinder mit ihren rosigen Gesichtern und den dicken Mänteln anzulächeln.

Sie blieb stehen, um einem Mann und seinen Kindern beim Bau eines Schneemanns zuzusehen, und fischte zwei große, schwarze Knöpfe aus den Taschen, die sie ihnen als Augen anbot. Die beiden Knöpfe hatten sich schon vor Wochen vom Mantel gelöst, und sie war die ganze Zeit recht gut ohne sie ausgekommen.

Überall im Park herrschte Ferienstimmung. Kinder, die die Schule schwänzten, Geschäftsleute in Schafsfellmänteln und Regenstiefeln, Hunde, die durch die hohen Schneewehen tollten, und Mütter, die kleine Kinder auf Schlitten hinter sich herzogen. Eine Gruppe von Studenten vollführte eine Schneeballschlacht, und ausnahmsweise einmal war sogar das allgegenwärtige Dröhnen des Verkehrs erstorben.

Das Eis in ihr taute langsam. Sie formte einen Schneeball und warf ihn, damit ein Hund, der schon darauf wartete, ihm nachjagen konnte. Sie lachte laut auf, als er losrannte und dann völlig verwirrt stehen blieb, weil er ihn im Schnee nirgends mehr finden konnte.

In diesem Moment begriff Camellia, dass es Zeit war weiterzuziehen. In London gab es nichts mehr für sie als hässliche Erinnerungen. Sie würde reisen, würde sich die Welt ansehen und versuchen, etwas an sich zu entdecken, das ihr gefiel. Dann wäre sie vielleicht auch stark genug, um an jeden dieser drei Männer heranzutreten und herauszufinden, wer sie wirklich war.

11. Kapitel

September 1972

Es war fünf Uhr am Nachmittag, und Camellia war kurz davor, in Tränen auszubrechen. Anderthalb Jahre hatte sie auf Ibiza gearbeitet und langsam wieder zu sich gefunden, doch dann hatte man ihr auf der Rückfahrt ihre gesamten Ersparnisse gestohlen, und zu allem Übel machte Denise, bei der all ihre Besitztümer gerade lagerten, in Italien Urlaub. Von der Sozialfürsorge, wo sie fast den ganzen Tag verbracht hatte, hatte sie nur fünfundsiebzig Pence bekommen, der tägliche Unterhaltszuschuss, den man dort an Vagabunden austeilte. Bevor sie keine Adresse hatte, konnte man ihr dort nicht mehr geben. Aber wie sollte sie eine Wohnung bekommen, wenn sie nicht im Voraus die Miete bezahlen konnte?

Sie hatte die Leute unter Tränen angefleht und war dann wütend geworden, als sie ihr nicht hatten zuhören wollen. »Ich habe zwanzig Pfund auf einem Postsparbuch liegen«, hatte sie erklärt, »damit kann ich jedes Darlehen zurückzahlen, sobald ich mein Sparbuch von meiner Freundin Denise zurückbekomme.«

»Sie können ja bei der Post vorstellig werden«, meinte die Angestellte von der Fürsorge, »vielleicht finden Sie dort Hilfe.«

Alles hatte sich gegen sie verschworen. In Jeans und Pullover sah sie nach der langen Reise schmuddelig und heruntergekommen aus, und ihr Haar benötigte dringend eine Wäsche. War es da ein Wunder, dass man sie in ihrem alten Studentenheim am Earls Court rüde vor die Tür gesetzt hatte? Würde irgendjemand einem Mädchen vertrauen, das seine ganze weltliche Habe in einem Rucksack auf dem Rücken trug?

Bei einer weiteren Tasse Tee in einem Café zählte sie ihr Geld. Ihre ganze Barschaft belief sich auf ein Pfund und achtundvierzig Pence. Sie fühlte sich ernsthaft versucht, ins West End zu gehen und eine Brieftasche zu stehlen.

»Nein«, flüsterte sie vor sich hin, legte die Hände um den Teebecher und versuchte, das hungrige Knurren in ihrem Magen zu ignorieren. »Es muss einen anderen Weg geben.«

Um acht Uhr am Abend war Camellia verzweifelt und völlig durchgefroren. Am Nachmittag war sie nach Hammersmith gegangen, um ihre alte Freundin Suzanne aufzusuchen, doch diese war vor zwei Jahren mit ihrer Familie nach Watford gezogen, hatte eine Nachbarin Camellia erzählt. Wäre sie eine bessere Freundin gewesen und hätte den Kontakt zu Suzanne gehalten, hätte sie das vielleicht gewusst. Ihr Stolz verbot es ihr, auch nur daran zu denken, ins Archway House zu gehen; von Miss Peet hatte sie kein Mitleid zu erwarten, das wusste Camellia instinktiv, und alle anderen Adressen und Telefonnummern von alten Bekannten lagen zusammen mit dem Rest ihrer Habe in Denises Wohnung.

Mit einem Mal – sie stand gerade auf dem Hammersmith Broadway – musste sie an Miles denken, einen der alten Liebhaber ihrer Mutter. Holland Park war nicht allzu weit entfernt.

Sie hatte ursprünglich die Absicht gehabt, sich zuerst einen guten Job und ein anständiges Zuhause zu suchen, bevor sie, in atemberaubend guter Kleidung, einen dieser Männer aufsuchte. Aber jetzt war sie verzweifelt und klammerte sich an jeden Strohhalm.

Es war ein waghalsiger Versuch. Doch dieser Mann hatte große Hochachtung vor ihrem Vater gehabt, so viel ging aus seinen Briefen hervor, und wahrscheinlich hatte er sie als kleines Kind irgendwann einmal kennen gelernt. Sie hatte nicht viel zu verlieren: Was konnte er ihr schon Schlimmeres antun, als ihr die Tür vor der Nase zuschlagen? Mit ein wenig Glück würde er ihr Tee und ein Sandwich anbieten. Wenn er ein freundlicher Mensch war, würde sie ihm vielleicht sogar von ihrer Notlage berichten und ein Bett für die Nacht bekommen können.

Holland Park war ein Wohnviertel der Reichen. Miles' Haus war im Vergleich zu seinen Nachbarn eher klein. Aber als Camellia durch das hohe schmiedeeiserne Tor spähte, verließ sie der Mut.

Es war so überaus elegant. Ein Licht über der Eingangstür beleuchtete den schweren Messingklopfer, den glänzenden dunkelgrünen Lack und zwei Töpfe mit Lorbeerbäumen. Um ein Haar hätte sie auf dem Absatz kehrtgemacht. Ein sechster Sinn sagte ihr, dass man sie in diesem Hause nicht willkommen heißen würde, doch dann drückte sie dennoch das Tor auf und ging auf die Eingangstür zu.

Eine Glocke hallte durch das Haus. Camellia sah, wie ein Licht im Flur aufflammte, dann hörte sie das Schlurfen alter Füße, die sich der Tür näherten.

Kurz darauf stand ein kleiner, verhutzelter Mann in einem dunklen Anzug vor ihr, der sie herablassend musterte. »Ja?«

»Miles?«, fragte sie. »Es tut mir Leid, ich kenne Ihren Nachnamen nicht.«

Der Mann spitzte verächtlich die Lippen. »Dies ist Sir Miles Hamiltons Londoner Anwesen.«

Einen Moment lang konnte Camellia den alten Mann nur töricht anstarren. Nicht einmal in ihren wildesten Träumen hätte sie es für möglich gehalten, dass die Briefe von einem Adeligen stammten. Dieser alte Mann, der sie so abschätzig musterte, musste ein Butler oder Kammerdiener sein. Sie hatte die Sache verpfuscht, erkannte sie nun. Sie hätte sich vor ihrem »Besuch« besser informieren sollen.

»Nein, das wusste ich nicht«, murmelte Camellia. Dann brach sie ab und zermarterte sich das Hirn über die Frage, wie sie sich vorstellen sollte. »Ich meine, es tut mir Leid, dass ich hergekommen bin, ohne mich vorher bei Sir Hamilton anzumelden, doch ich bin gerade erst vom Kontinent zurückgekehrt, und ich hätte gern ein Wort mit ihm gesprochen. Wäre es möglich, dass er mich für ein paar Minuten empfängt?«

»Sir Miles hält sich zurzeit nicht in London auf«, erwiderte der Mann scharf. »Wenn Sie mir Ihre Karte geben wollen, werde ich sie bei seiner Rückkehr an ihn weiterreichen.«

Camellia verspürte den starken Drang, auf der Stelle die Flucht zu ergreifen. »Ich habe keine Karte«, entgegnete sie schwach. »Mein Name ist Camellia Norton, und ich glaube, dass Sir Hamilton ein alter Freund meines Vaters war. Nach dem Tod meiner Mutter ist mir ein Brief von ihm in die Hände gefallen. Ich wollte mich ihm lediglich vorstellen.«

Der Mann drehte sich kurz um, nahm einen kleinen Block von einem Tisch direkt hinter der Tür und reichte ihn Camellia. Der Ausdruck auf seinem gefurchten Gesicht war undeutbar. »Schreiben Sie hier Ihren Namen und Ihre Adresse auf«, forderte er.

Camellia saß in der Klemme. »Ich habe im Augenblick keine feste Adresse«, bekannte sie stockend. »Ich bin nur auf der Durchreise in London, bevor ich außerhalb der Stadt eine neue Stelle antrete. Ich werde nur meinen Namen hinterlassen. Vielleicht kann ich Sir Hamilton später irgendwann schreiben.«

Sie notierte ihren Namen und gab dem Butler den Block zurück.

»Entschuldigen Sie bitte die Störung.« Sie versuchte zu lächeln, doch sie war den Tränen gefährlich nahe. »Guten Abend.«

Nachdem sie eine Nacht im Holland Park unter einem Busch geschlafen hatte, war sie in ihrer Verzweiflung per Anhalter zu einem Ferienlager in Butlins gefahren, von dem ihr Bekannte auf Ibiza erzählt hatten. Angeblich gab es dort immer Arbeit, weil die Jobs schlecht bezahlt waren und die Besitzer das Personal gnadenlos ausbeuteten.

Trotzdem war Camellia unendlich dankbar dafür gewesen, dort einen Job zu bekommen. Auch als ihre Hände am zweiten Tag rot und wund waren, ihr Rücken schmerzte und sie das Gefühl hatte, statt Blut Putzmittel in den Adern zu haben, verflog ihre Dankbarkeit nicht.

Am folgenden Dienstag, ihrem freien Tag, beschloss Camellia schließlich, sich auf die Suche nach Jack Easton und Tante Lydia zu machen. Sie hatte am Samstagnachmittag ihren Lohn bekommen und konnte es sich daher leisten, eine billige Tageskarte für eine Zugfahrt nach Littlehampton zu kaufen.

Der Stapel alter Briefe lag in Denises Wohnung, sodass Camellia sich ganz auf ihre Erinnerung verlassen musste. Obwohl sie den Namen der Straße vergessen hatte, in der Jacks Reparaturwerkstatt lag, glaubte sie, dass ihr die Adresse nach einem Blick auf einen Stadtplan wieder einfallen würde.

Als sie am Bahnhof von Littlehampton ausstieg, hatte sie das Gefühl, diese Stadt schon einmal gesehen zu haben. Vermutlich war sie irgendwann einmal mit ihren Eltern hier gewesen. Direkt vor dem Bahnhof hing ein Stadtplan, und als sie den Index überflog, stach ihr die Terminus Road direkt ins Auge. Und noch größer war ihre Freude, als sie feststellte, dass sie sich genau in dieser Straße befand.

Direkt gegenüber dem Bahnhof lag eine Reparaturwerkstatt, aber auf dem Schild stand kein Name. Es war ein baufälliger Holzbau mit verrostetem Eisendach, und Camellia entdeckte einen Mann, der hinter der Werkstatttür mit einer Schutzmaske einen Wagen lackierte.

»Entschuldigung«, sprach sie ihn an, nachdem sie die Straße überquert hatte.

Der Mann blickte auf, hielt in der Arbeit inne und nahm die Maske vom Gesicht. Er war ungefähr in Camellias Alter und hatte tiefdunkle Haut.

»Könnten Sie mir sagen, wem diese Werkstatt gehört?«, erkundigte sie sich.

Der Mann sah sie fragend an. »Mr. Stan Wells«, antwortete er. »Warum wollen Sie das wissen?«

»Ich dachte, der Besitzer sei ein gewisser Jack Easton«, erklärte sie. »Ich würde gern mit ihm reden.«

»Sie sind also auf der Suche nach einem neuen Wagen?« Er

musterte sie mit seinen dunklen Augen, und sein Blick verharrte auf ihren Brüsten.

»Oh nein«, widersprach sie hastig. »Ich suche nur Mr. Easton.«

»Die Werkstatt hat ihm tatsächlich mal gehört, vor x Jahren.«

Hoffnungslosigkeit breitete sich in ihr aus. »Wissen Sie, wo er jetzt ist?«, fragte sie. »Betreibt er inzwischen eine andere Werkstatt?«

Der Mann sah sie höchst seltsam an. »Keine Werkstatt.« Plötzlich grinste er und entblößte dabei überraschend gesunde Zähne. »Aber er hat einen feinen Autohandel. Ein Stückchen weiter an der Arundel Road.«

Die Arundel Road zweigte von der Terminus Road ab, doch nachdem Camellia eine Viertelstunde lang gegangen war, überlegte sie, was der Mechaniker wohl genau mit »ein Stückchen weiter« gemeint hatte.

Als sie zu einem Schild mit der Aufschrift *Wick* kam, sah sie die Ausstellungsräume, und ihr Selbstbewusstsein löste sich in nichts auf. Keine Zapfsäulen, keine Öllachen und keine Männer in Overalls, sondern ein zweistöckiges Gebäude mit verspiegelten Fenstern, einem Ausstellungsraum, dessen Fußboden wie Glas blitzte, und ein schimmernder neuer Mercedes neben dem anderen auf erhöhten Podesten. Draußen hing über einer Reihe nicht minder prächtiger Gebrauchtwagen ein blaues, beleuchtetes Schild mit der Aufschrift *Jack Easton Cars*.

Sie hatte Angst, ihre Hände fühlten sich schwitzig an, und ihr Herz hämmerte. Obwohl sie sich ihres guten Aussehens, ihrer sonnengebräunten Haut und des glänzenden Haares bewusst war, war sie sich nicht sicher, ob Jeans die angemessene Kleidung für einen Besuch in einem solchen Haus waren. Der Mann würde wohl nur ungern an seine Vergangenheit erinnert werden – und was, wenn ihm all die schmutzigen Artikel in den Zeitungen wieder in den Sinn kamen und er ihr die Tür vor der Nase zuschlug? Sie ging langsam an der Fensterfront vorbei und versuchte, allen Mut zusammenzunehmen. Drinnen standen zwei Männer, typische Autoverkäufer in eleganten Anzügen und auf Hochglanz polierten Schuhen. Aber sie waren beide Anfang dreißig, zu jung, um Jack sein zu können. Als sie außer Sichtweite der Männer war, überprüfte sie in einem kleinen Spiegel ihr Make-up, zog sich einen Kamm durchs Haar und legte frischen Lippenstift auf. Dann holte sie tief Luft und ging zurück zum Eingang.

»Guten Morgen, Madam.« Einer der Männer stürzte förmlich auf sie zu. »Kann ich Ihnen helfen?«

»Ich würde gern kurz mit Mr. Easton reden, bitte«, begann sie und zwang sich zu einem strahlenden Lächeln. »Ist er im Haus?«

Augenblicklich malte sich Argwohn auf dem Gesicht des Mannes ab. »Mr. Easton empfängt niemanden ohne vorherige Terminabsprache.« Er betrachtete Camellias Jeans und die Turnschuhe. »Wollen Sie etwas verkaufen?«

Camellia tat ihr Bestes, um den Mann zu entwaffnen. »Sehe ich so aus, als wollte ich etwas verkaufen?«, lachte sie. »Nein, ich bin nur auf gut Glück vorbeigekommen, in der Hoffnung, dass ich ihn vielleicht antreffe. Ich bin die Tochter einer alten Freundin von ihm.«

»Sagen Sie mir Ihren Namen, und ich werde feststellen, ob er frei ist«, meinte der Mann, als sein Kollege herbeikam, um herauszufinden, was vorging.

»Das würde die Überraschung verderben«, protestierte sie hastig. »Könnten Sie mir nicht einfach gestatten, nach oben zu gehen und ihn ohne Vorwarnung zu überfallen?« Durch die gläsernen Türen hinter den Autos konnte sie eine Treppe erkennen. Wahrscheinlich war sein Büro dort oben.

»Mr. Easton mag keine Überraschungen«, erklärte der erste Mann entschieden. »Und Unterbrechungen schätzt er auch nicht besonders.«

»Oh, geben Sie Ihrem Herzen einen Stoß«, drängte sie die beiden. Während sie darüber nachdachten, fragte Camellia sich, was sie tun sollte, falls sie ihre Bitte abschlugen. Sie wollte ihren

Namen nicht nennen: Womöglich würde Jack Easton sich dann rundheraus weigern, mit ihr zu sprechen. Ein falscher Name würde ihr ebenfalls nichts nützen. Wenn er halbwegs bei Verstand war, würde er sich nicht von einem Namen ködern lassen, den er noch nie gehört hatte. »Wie wärs denn, wenn ich behaupten würde, die Treppe hinaufgeschlichen zu sein, während Sie mit einem Kunden beschäftigt waren?«

Die beiden Männer sahen einander widerstrebend an. Als hätte das Schicksal beschlossen, ihr ein wenig Hilfestellung zu geben, öffnete sich in diesem Moment die Tür des Ausstellungsraums, und ein Ehepaar trat ein. Die beiden sahen eindeutig nach potenziellen Mercedesfahrern aus.

»Sie haben mich nicht gesehen«, flüsterte Camellia, und bevor die beiden sie aufhalten konnten, war sie auch schon durch die Glastür verschwunden und lief die Treppe hinauf.

Als Camellia im oberen Stockwerk vor einer Tür stand, neben der ein Schild mit der Aufschrift *Jack Easton, Direktor* hing, bekam sie es plötzlich mit der Angst zu tun. Ein Stück weiter unten im Flur stand eine Tür offen, und sie konnte zwei Frauen miteinander reden hören und das Geklapper einer Schreibmaschine. Hoffentlich warf man sie nicht heraus!

Aber schließlich nahm sie ihren ganzen Mut zusammen und klopfte an seine Tür.

»Herein«, erklang eine tiefe Stimme.

Jacks Aussehen raubte ihr für einen Moment den Atem. Sein Haar war feurig rot und stachelig, und seine Gesichtszüge hätten durchaus zu einem Straßendieb gepasst. Hätte er einen Overall getragen und sie sich mit ihm unterhalten, während er einen Wagen reparierte, hätte sie sich in seiner Gegenwart recht wohl gefühlt. Aber er trug ein schneeweißes Hemd und eine gestreifte Krawatte und saß hinter einem gewaltigen Chromschreibtisch. Eines wurde ihr auf der Stelle klar: Ein ungebildeter Mann mit einem so wenig einnehmenden Äußeren, der es so weit gebracht hatte, musste genauso zäh sein, wie er aussah.

»Entschuldigen Sie bitte die Störung«, bat sie mit gepresster Stimme. »Bitte, seien Sie nicht wütend, weil ich hier raufgekommen bin, ohne zuerst um einen Termin zu bitten, aber ich musste Sie einfach sehen.«

»Kommen Sie von der Schule?«, fragte er, während er sich erhob. »Hat Amanda wieder irgendetwas angestellt?«

Er war offensichtlich nur eine Spur größer als sie selbst, aber sein untersetzter Körperbau vermittelte den Eindruck eisenharter Muskeln. Er sprach mit einem Dialekt, den sie Sussex zuordnete, auch wenn Untertöne von Cockney darin mitschwangen.

»Nein, nichts in der Art«, antwortete sie, trat dann in den Raum ein und schloss die Tür hinter sich. »Verstehen Sie, ich bin Camellia Norton.«

Einen Augenblick lang herrschte absolute Stille. Jack war wie vom Donner gerührt und starrte sie mit offenem Mund an.

»Bonnys Tochter«, erklärte sie und trat noch einen Schritt auf ihn zu. »Ich weiß, dass Sie vor vielen Jahren miteinander befreundet waren, und ich habe gehofft, Sie könnten etwas Licht auf eine bestimmte Frage werfen. Mum ist vor ein paar Jahren gestorben.«

»Sie ist tot?« Seine Augen wurden noch größer: Sie waren hellbraun mit bernsteinfarbenen Sprenkeln und überraschend ausdrucksstark für einen so ungeschlachten Mann. »Wir waren Freunde, als Kinder«, fügte er hinzu, dann hielt er inne, als wüsste er nicht, was er als Nächstes sagen sollte. »Wir wurden beide aus London evakuiert. Aber ich habe seit Jahren keine Verbindung mehr zu ihr gehabt.«

Äußerlich wirkte er ungerührt, doch als er ihr einen Stuhl und ein Glas Whisky anbot, trieb ihn vermutlich in erster Linie die Erschütterung über ihre Neuigkeiten dazu.

Camellia nahm den Whisky dankbar an, weil sie hoffte, ihr Zittern damit unter Kontrolle bringen zu können, dann begann sie unvermittelt, von Bonnys Tod zu erzählen.

Kaum dass sie den Fluss erwähnt hatte, fiel Jack ihr ins Wort. »Ertrunken! Sie hat Wasser gehasst, sie wäre niemals auch nur in die Nähe eines Flusses gegangen.«

Ein anderer hätte diese Bemerkung vielleicht abschätzig gefunden. Aber für Camellia bewiesen seine Worte nur, wie nahe er Bonny einmal gestanden haben musste. Sie hatte genauso reagiert, als Bert Simmonds ihr seinerzeit die Nachricht vom Tod ihrer Mutter gebracht hatte.

»Das Urteil des Richters lautete Tod durch Unfall«, erklärte Camellia. »Die Polizei ging von Selbstmord aus. Aber ich habe das nie recht glauben können.«

Jack schüttelte den Kopf. »Sie hatte entsetzliche Angst vor Wasser. Sie ist einmal in Amberley in den Fluss gefallen und wäre beinahe ertrunken. Damals sind wir Freunde geworden – ich war es, der sie gerettet hat.«

Camellia lächelte.

»Warum das Lächeln?«, hakte Jack schroff nach.

»Weil Mum mir diese Geschichte so viele Male erzählt hat. Sie hat Ihnen eine sehr heldenhafte Rolle zugewiesen. Es ist schön zu erfahren, dass es sich wirklich so abgespielt hat. Und ich bin dankbar dafür, dass ich jetzt auch Ihren Namen und Ihr Gesicht kenne. Verstehen Sie, meine Mutter hat mir nur sehr wenig von ihrem Leben vor meiner Geburt erzählt, und es kommt mir vor, als hätte ich endlich eine leere Seite ausfüllen können.«

Wieder starrte er sie nur an. Es war zutiefst irritierend, denn sie konnte unmöglich abschätzen, was er dachte. Aber offensichtlich hatte er die Zeitungsartikel über sie nicht gelesen, sonst hätte er inzwischen sicher eine Bemerkung darüber gemacht. Das war immerhin eine Erleichterung. Vielleicht waren ihre Befürchtungen, die Leute könnten sich an ihren Namen erinnern, vollkommen grundlos.

»Entschuldigen Sie, ich kann im Moment nicht klar denken«, bekannte er schließlich. Er fuhr sich mit den Fingern durchs Haar und leckte sich die Lippen. »Ich hätte Ihnen zunächst einmal mein Beileid zum Tod Ihrer Mutter aussprechen sollen. Sie müssen mich für sehr unhöflich halten.«

»Ich bin nicht hergekommen, um Mitleid zu erregen, und ich finde Sie keineswegs unhöflich«, erwiderte Camellia gelassen. »Der Grund für meinen Besuch ist ein Bündel Briefe, das ich kurz nach dem Tod meiner Mutter gefunden habe. Ich war damals erst fünfzehn und stand unter Schock, sodass ich die Briefe aufgehoben habe, statt sie der Polizei zu geben, denn alles, was ich dort erfahren habe, war für mich zutiefst verstörend.«

Während sie sprach, verkrampfte sich sein Unterkiefer, und seine Augen wurden härter.

»Ich nehme an, Sie werden mir gleich mitteilen, dass einige der Briefe von mir stammen?« Seine Stimme war plötzlich eisig. »Ich hoffe nur, Sie werden mir nicht gleich eine Art Vorschlag unterbreiten?«

»*Jetzt* sind Sie unhöflich«, erwiderte sie. »Meine Mutter mag nicht vor Erpressung zurückgeschreckt sein, aber was mich betrifft, so liegt mir nichts ferner als das. Also lassen Sie mich bitte aussprechen!«

Ohne sie noch einmal zu unterbrechen, ließ er sie weiterreden.

»Ich war noch ein Kind, als ich diese Briefe fand. Es war schlimm genug, meine Mutter zu verlieren, aber plötzlich erfahren zu müssen, dass auch John nicht mein richtiger Vater war, das war furchtbar. Ich habe ihn über alles geliebt: Er war der beste Vater, den ein Kind sich wünschen konnte, und das Einzige, was mich mit Stolz erfüllte. Es war das Grausamste, was Mum mir jemals angetan hat, und ich habe sie lange Zeit dafür gehasst. Doch das liegt jetzt weit hinter mir. Ich möchte nur noch die Wahrheit wissen. Sagen Sie mir eins, Mr. Easton, ganz unter uns. Könnten Sie mein Vater sein?«

Jack Easton schluckte. Er war kein Mensch, der sich leicht einschüchtern ließ. Seine frühe Kindheit in einem Elendsviertel in Südlondon hatte ihn zu einem zähen, unabhängigen Burschen gemacht, und als junger Mann hatte er hart arbeiten und sich jeden Schritt des Weges erkämpfen müssen, um seine Ziele zu erreichen. Bonny war der einzige Mensch, der ihn je dazu gebracht hatte, die Kontrolle zu verlieren, und wenn er an sein Verhalten damals dachte, war er voller Verachtung für sich selbst. Bonny hatte ihn so oft manipuliert, und dies fühlte sich an wie ein letzter Versuch aus dem Grab.

Doch an diesem jungen Mädchen war nichts, das ihn an Bonny erinnerte. Sie war weder frech noch blond oder blauäugig. Und offenbar hatte sie auch nicht die Verschlagenheit ihrer Mutter geerbt.

Schließlich stand er auf, kam um den Schreibtisch herum, nahm Camellias Hände in seine und führte sie zu einem Spiegel an der Wand. »Schauen Sie«, bat er und hielt sein Gesicht neben ihres, um einen Vergleich zu ziehen. »Könnte ich der Vater eines Kindes sein, das so zauberhaft ist wie Sie?«

Der Anblick ihrer beiden Gesichter Seite an Seite hatte etwas Komisches. Ihres war oval und leicht olivfarben, mit einer vollkommenen, geraden Nase und mandelförmigen Augen. Jack mit seinem roten Haar, den hellen Augen und der nach oben gebogenen Nase hatte nicht die geringste Ähnlichkeit mit ihr. Camellia musste lächeln.

»Ich bin mit einer Frau verheiratet, deren Haar beinahe so dunkel ist wie das Ihre«, fügte er hinzu, als wollte er sein Argument unterstreichen. »Aber all meine drei Kinder haben etwas rötliches Haar. Sie sind alle klein und untersetzt, und obwohl Amanda braune Augen hat, sind sie rund, ganz anders als Ihre. Glauben Sie wirklich, dass Bonny und ich mit unserer hellen Haut ein Kind mit einem so dunklen Teint hervorgebracht haben könnten?« Er hielt inne und holte tief Luft. »Camellia, Sie sind John Nortons Tochter. Etwas anderes dürfen Sie niemals denken.«

»Aber warum hat sie das dann behauptet? Sie müssen sich doch etwa um die Zeit, als ich empfangen wurde, mit ihr getroffen haben?«

Jack zögerte einen Moment lang. Er wollte nichts zugeben, was ihn belasten konnte, spürte aber andererseits, dass nur die absolute Wahrheit dieses junge Mädchen zufrieden stellen würde. »Es war eine *einzige* Nacht«, gestand er schließlich. »Aber um meiner Familie willen vertraue ich darauf, dass Sie das für sich behalten. Bonny kam im Mai nach Sussex zurück, um ihre Hochzeitspläne mit ihrer Tante Lydia zu besprechen. Ich habe sie damals nach London zurückgefahren, weil sie den Zug verpasst hatte. Und dann sind die Dinge ein wenig außer Kontrolle geraten.«

»Im Mai?«, wiederholte Camellia.

»Ja, im Mai. Ginny war damals für ein paar Tage bei ihrer Mutter.« Jack sah sie seltsam an.

Camellia stellte im Geist eine schnelle Rechnung an. Bonny hatte immer behauptet, sie sei eine Frühgeburt gewesen. Als sie nach Bonnys Tod herausgefunden hatte, dass ihre Eltern Anfang Juni geheiratet hatten, hatte sie vermutet, die Geschichte mit der Frühgeburt wäre eine kleine Notlüge gewesen, damit niemand dahinterkam, dass ihre Mutter an ihrem Hochzeitstag bereits schwanger gewesen war. Im Jahr 1949 konnte ein Baby, das einen Monat zu früh geboren wurde, vielleicht überlebt haben, aber ein Kind, das zwei Monate zu früh gekommen war, hatte wohl kaum große Überlebenschancen gehabt. Vermutlich war Bonny schon vor ihrer letzten Begegnung mit Jack schwanger gewesen, ging es Camellia durch den Kopf.

»Ich verstehe nicht, warum eine Frau eine Affäre suchen sollte, wenn sie kurz darauf heiraten wollte?« Camellia sah Jack durchdringend an. »Ist ihr klar geworden, dass sie Sie immer noch liebte?«

»Ich weiß, warum *ich* schwach geworden bin«, antwortete er leise und errötete ein wenig. »Aber was Bonnys Motive betrifft, tappe ich im Dunkeln. Rückblickend vermute ich, sie wusste schon damals von ihrer Schwangerschaft, und deshalb hat sie so überstürzt geheiratet. Sie müssen eines über Ihre Mutter wissen, Camellia. Sie war hinterhältig und verschlagen, und sie liebte es, Macht über Männer zu haben. In jener Nacht hat sie mich in ihrem seidenen Netz eingefangen – warum, das kann ich Ihnen nicht sagen. Vielleicht hatte sie etwa zur selben Zeit noch eine letzte kurze Affäre mit all ihren ehemaligen Liebhabern.«

Camellia sah tiefe Kränkung in seinen Augen. Jack hatte für diese eine Liebesnacht mit großen Schuldgefühlen und Bedauern gezahlt, erkannte sie.

»Keiner Ihrer Briefe war datiert«, bemerkte sie sanft. »Können Sie sich daran erinnern, in welchem Jahr sie Ihnen geschrieben und um ein Treffen gebeten hat?«

Jack setzte sich wieder an seinen Schreibtisch. Er runzelte nachdenklich die Stirn. »Es war in den Sommerferien. April, meine Älteste, wurde kurze Zeit später eingeschult, daher muss es wohl 1954 gewesen sein. Als ich den ersten dieser Briefe bekam, bin ich in Panik geraten, weil ich dachte, Bonny könne womöglich einfach in der Werkstatt auftauchen, und April war damals oft bei mir.«

»Schon wieder 1954«, murmelte Camellia. »Ich wünschte, ich wüsste, was in diesem Sommer mit ihr geschehen ist. Aber später, als Sie ihr zu Johns Tod kondoliert haben, da hatten Sie ihr doch verziehen, nicht wahr? Hatte sie sich für ihr Verhalten entschuldigt?«

Jack lachte, ein volles, warmes Lachen. »Bonny und sich entschuldigen! Sie hat sich niemals entschuldigt, für nichts. Sie hat einfach nicht noch einmal geschrieben und mich – dem Himmel sei Dank – auch nicht besucht. Was meinen Beileidsbrief nach dem Tod Ihres Vaters betrifft, nun ja, es blieb mir wohl nichts anderes übrig, oder? Wir waren schließlich alte Freunde.«

Camellia spürte, dass Jack genug hatte von persönlichen Fragen. Daher beschloss sie, ihn nach den anderen Männern zu fragen, bevor er des Gesprächs müde wurde und sie bat zu gehen.

»Wissen Sie etwas über Sir Miles Hamilton?«, erkundigte sie sich.

Jack zog eine Grimasse und zuckte die Schultern. »Eigentlich nicht. Er war bei der Hochzeit Ihrer Eltern zugegen, ein alter Freund von John, denke ich.«

»Und Magnus Osbourne?«, hakte sie nach. »Was wissen Sie über ihn?«

Wieder zuckte Jack die Schultern. »Nie von ihm gehört«, antwortete er, und Camellia hatte das Gefühl, dass er die Wahrheit sagte. »Aber sie hätte mir wohl kaum die Namen ihrer Liebhaber genannt, oder?«

»Dann war da ein Brief von einer Frau, die nur mit ›H‹ unterschrieben hat«, fuhr Camellia fort. »Was ist mit ihr?«

Jack runzelte die Stirn. »Mir fällt niemand ein, dessen Name mit einem ›H‹ anfing. Sie hatte eine Freundin namens Ellie, eine Tänzerin wie sie. Ich habe sie allerdings nie kennen gelernt. Sie war Bonnys Brautjungfer.«

Camellia zögerte einen Moment lang, bevor sie weitere Fragen stellte. Sie glaubte, alle Fotos von der Hochzeit ihrer Eltern gesehen zu haben, aber an eine Brautjungfer konnte sie sich nicht erinnern.

Sie unterhielten sich noch eine Weile, und Jack erzählte ihr einige faszinierende Dinge von Bonny als junges Mädchen, von dem Spaß, den sie zusammen gehabt hatten, von ihren ersten Tanzshows. Er sprach auch von seinem Liebeskummer, als sie in einem Brief mit ihm Schluss gemacht hatte, kurz bevor er aus der Armee ausgetreten war, und er gab zu, bis zu seiner Hochzeit mit Ginny Bonnys Karriere weiterhin aus der Ferne beobachtet zu haben.

»Ich wünschte, ich könnte herausfinden, warum sie diese alten Briefe von Ihnen allen aufgehoben hat«, meinte Camellia verwirrt. »Ich kann verstehen, dass jemand alte Liebesbriefe aufbewahrt, Geburtstagskarten und solche Dinge. Aber warum sollte jemand all das wegwerfen und nur die unerfreulichen Briefe aufbewahren?«

»Nichts an Ihrer Mum war einfach und geradlinig«, bemerkte Jack mit einem kläglichen Lächeln. »Logik war nicht direkt ihre starke Seite. Genauso wenig wie Wahrheitsliebe.«

Camellia hatte ursprünglich eigentlich nicht davon erzählen wollen, wie tief ihre Mutter in ihren letzten Lebensjahren gesunken war, doch sie fühlte sich verpflichtet, diesem Mann ebenfalls die Wahrheit zu sagen. Sie erzählte ihm, dass Bonny nach dem Tod ihres Vaters das Familienvermögen verschleudert hatte, sodass sie ihr Zuhause verloren hatten, und sie verschwieg ihm auch nicht die Alkoholexzesse und Männergeschichten.

Jack hörte Camellia ruhig zu. Ihre mitfühlenden und gleichzeitig scharfsinnigen Einblicke in die Seelen anderer Menschen beeindruckten ihn zutiefst. Erst als er sie schließlich fragte, in welchem Beruf sie selbst arbeitete und wo sie lebte, spürte er, dass sie in jüngster Zeit ein persönliches Trauma erlitten haben musste. Es widerstrebte ihr offensichtlich, von ihrem Leben nach dem Tod ihrer Mutter zu erzählen, und ihren gegenwärtigen Job in dem Ferienlager tat sie als vorübergehende Notlösung ab. Dann wechselte sie hastig das Thema und fragte nach Lydia.

Es schockierte Jack zu entdecken, dass Camellia keine Ahnung davon hatte, welche Rolle Lydia Wynter in Bonnys Leben zugekommen war. Lydia war weit mehr für sie gewesen als eine Pflegemutter in Kriegszeiten. Sie hatte Bonny geliebt und für sie gesorgt, als wäre sie ihr eigenes Kind gewesen. Dank Lydia waren Bonny während der Kriegsjahre Not und Elend erspart geblieben. Lydia hatte Bonny alles gegeben: Liebe, Selbstbewusstsein, Sprachunterricht, Haltung. All die Fähigkeiten und Eigenschaften, die sie später benutzt hatte, um reiche Männer zu ködern.

»Lydia ist tot, mein Kind.« Jacks Stimme brach, so aufgewühlt war er. Er hatte Lydia ebenso sehr verehrt wie Bert und Beryl Baker, seine eigenen ehemaligen Pflegeeltern. »Sie ist 1961 an Krebs gestorben.«

»Das hat Mum nie erzählt«, antwortete Camellia und stöberte in ihrem Gedächtnis, ob sie vielleicht irgendetwas vergessen hatte. »Ich kann mich nicht daran erinnern, dass sie zu einer Beerdigung gefahren wäre …«

»Das hat einen einfachen Grund: Ich habe dafür gesorgt, dass sie nichts davon erfährt.« Jacks Gesicht verzerrte sich, als schmerzte ihn die Erinnerung daran. »Sie können den Dingen ebenso gut ins Auge sehen, Camellia: Ihre Mutter war manchmal das habgierigste, eigensüchtigste und grausamste Wesen auf der Welt. Sie wusste zwei Jahre lang von Lydias Krankheit, doch sie hat sie nicht ein einziges Mal besucht, sie hat sie niemals angerufen oder ihr geschrieben. Schließlich fuhr Lydia eines Tages nach Rye, kurz bevor sie zu krank wurde, um überhaupt noch etwas unternehmen zu können. Die beiden hatten einen furchtbaren Streit, und als Lydia wieder nach Hause kam, bat sie mich zu sich, um mir davon zu erzählen. Der Besuch bei Bonny hatte ihr das Herz gebrochen: Sie hat Ihre Mutter geliebt wie ein eigenes Kind, und sie hat Sie als Enkelin betrachtet. Als sie nur wenige Wochen darauf starb, habe ich beschlossen, Bonny nicht zu informieren. Ich konnte es nicht ertragen, sie in Amberley zu sehen, ganz die große Dame in einem schwarzen

Kleid, wie sie die Rolle der trauernden Tochter spielte und alle anderen mit ihrem Verhalten aus der Fassung brachte.«

»Ich mache Ihnen keine Vorwürfe«, entgegnete Camellia leise. In Anbetracht dessen, was er ihr von Lydias Beziehung zu Bonny erzählt hatte, und seiner eigenen Zuneigung zu der älteren Frau war seine Verbitterung verständlich. »Ich wünschte nur, ich hätte Lydia kennen lernen und mit ihr reden können.«

Jack betrachtete das traurige, hübsche Gesicht vor sich, und ein Stich väterlicher Zuneigung durchzuckte ihn. Er konnte die seelischen Wunden, die ihre hinterhältige Mutter ihr zugefügt hatte, beinahe mit Händen greifen.

»Wollen Sie einen Rat von einem *Beinahe*-Onkel annehmen?«, meinte er, und sein Gesicht rötete sich, als die Gefühle ihn überwältigten.

Camellia nickte.

»Lassen Sie Ihre Mutter, Ihre Kindheit und all diese Dinge hinter sich«, fuhr er sanft fort. »Das Morgen ist es, was zählt, mein Kind, nicht das Gestern. Ich habe Bonny geliebt, so wahr mir Gott helfe! Es gab eine Zeit, da wäre ich für sie barfuß bis ans Ende der Welt gegangen. Aber das ist jetzt Vergangenheit. Selbst die tote Bonny lässt uns noch so an ihren Fäden tanzen, als wäre sie noch am Leben. Lassen Sie das nicht zu, Camellia. Stehen Sie zu sich selbst.«

»Darf ich Sie noch einmal besuchen, bevor ich Sussex verlasse?«, bat Camellia. Es gab noch so viele Dinge, die sie wissen wollte.

»Nein, mein Kind.« Jack schüttelte den Kopf, und seine Augen waren traurig. »Nicht weil ich kein Interesse an Ihnen hätte, sondern wegen Ginny und unserer Kinder. Meine Älteste, April, ist kaum älter als Sie, Amanda ist vierzehn und genauso ein kleiner Teufel, wie ich es in ihrem Alter war. Die kleine Lydia ist acht. Ich darf nicht zulassen, dass sie durch Klatsch und Tratsch verletzt werden.«

»Aber wir könnten uns doch sicher irgendwo außerhalb von Littlehampton treffen?«

Jack lächelte kläglich. Camellia hatte nicht die geringste Ähnlichkeit mit ihrer Mutter, weder äußerlich noch was ihren Charakter betraf, und doch erinnerte er sich nur allzu deutlich daran, dass Bonny ihm 1949 genau dasselbe vorgeschlagen hatte. Camellias Besuch vermischte sich auf seltsame Weise mit dem ihrer Mutter in jener einen Nacht der Schwäche, und er hatte während all der Jahre unter seinen Schuldgefühlen gelitten. Der gleiche Fehler würde ihm nicht noch einmal unterlaufen.

»In dieser Gegend sind die Leute sehr schnell mit boshaftem Gerede bei der Hand«, erklärte er sanft. »In manchen Kreisen spricht man heute noch von Ihrer Mutter. Wenn die Leute wüssten, dass ihre Tochter hier war und mit mir geredet hat, wäre es das reinste Fest für sie.«

Camellia stand auf. »Ich muss jetzt gehen.« Sie versuchte zu lächeln, aber ihre Lippen zitterten. »Danke, dass Sie sich Zeit für mich genommen haben, Jack.«

Er musste sie in die Arme nehmen. Auf seinem Gesicht spiegelte sich all der Kummer wider, den er empfand, all die zerbrochenen Träume, all die Dinge, die vielleicht hätten sein können.

»Geben Sie auf sich Acht«, bat er heiser, während er sie fest an sich gedrückt hielt. Als er sie wieder losließ, nahm er ein Bündel Geldscheine aus der Tasche und gab ihr dreißig Pfund.

»Betrachten Sie das nicht als eine Art Abfindung. Ich versuche nur, Ihnen ein wenig den Weg zu ebnen, geradeso wie ich es bei meinen eigenen Töchtern tun würde. Versprechen Sie mir, mir ab und zu mal eine Zeile zu schreiben und mich wissen zu lassen, wie es Ihnen geht und wo Sie sind.«

Jack sah Camellia vom Fenster seines Büros aus nach, als sie zurück zum Bahnhof ging: ein hoch gewachsenes, gertenschlankes junges Mädchen mit glänzendem Haar, das um ihren Kopf wippte. Hätte Lydia noch gelebt, wäre sie überglücklich über die Entdeckung gewesen, dass das komische kleine Mädchen, das sie so lieb gehabt hatte, zu einer schönen Frau herangewachsen war.

Er hätte Camellia gern etwas gesagt, das ihren Kummer vielleicht gelindert hätte. Aber andererseits gab es so viele Dinge, die er sich wünschte. Dass Bonny ihn so sehr geliebt hätte, wie er sie geliebt hatte. Dass Lydia ihm niemals erzählt hätte, wie sie Bonny bei ihrem letzten Besuch vorgefunden hatte: sturzbetrunken, halb nackt und in Gesellschaft zweier Männer. Und er wünschte sich, er hätte ehrlich sein und Camellia erzählen können, dass Lydia ihm und Ginny wegen der Ereignisse jenes Tages Briar Bank vermacht hatte, ihr wunderschönes Haus in Amberley.

Jack seufzte tief und schenkte sich noch einen großen Whisky ein. Das Studio im Kellergeschoss, in dem Bonny früher ihre Tanzübungen absolviert hatte, war jetzt ein Spielzimmer. Ginny kümmerte sich mit der gleichen Begeisterung wie früher Lydia um den zauberhaften Garten. Manchmal betrachtete er das große Sofa im Wohnzimmer und musste daran denken, dass er dort das erste Mal mit Bonny geschlafen hatte. Sie war damals erst fünfzehn Jahre alt gewesen.

»Werde in Briar Bank mit Ginny glücklich«, hatte Lydia kurz vor ihrem Tod gesagt. »Bietet euren Kindern all die Möglichkeiten, die ich selbst gehabt habe. Am besten nehmt ihr auf das Haus eine Hypothek auf, Jack, damit du dir den Ausstellungspavillon für einen Autohandel einrichten kannst, von dem du immer geträumt hast.«

Lydia war immer für ihn da gewesen, genauso wie für Bonny. Sie war es gewesen, die ihn 1939 mit Autos vertraut gemacht hatte, als er als magerer kleiner Bursche aus London gekommen war. Durch die ganze Kriegszeit hindurch hatte sie sein Verlangen nach einem besseren Leben wach gehalten, sie hatte ihn getröstet, als Bonny ihn sitzen gelassen hatte, und ihn während seiner ersten harten Jahre nach der Eröffnung seiner eigenen Werkstatt unterstützt und ermutigt.

Aber vor allem wünschte Jack sich, er hätte Camellia erzählen können, dass Lydia für sie auf einer Bank mehrere tausend Pfund hinterlegt hatte. Aber sie hatte Jack und ihren Anwälten aufgetragen, Camellia das Geld erst zu ihrem fünfundzwanzigsten Geburtstag zu geben – und unter der Bedingung, dass sie nicht ihrer Mutter nachschlug. Jack wünschte, er hätte ihr jetzt schon davon erzählen können, und sei es auch nur, um ihr zu beweisen, dass Lydia sie bis zum Ende wie eine eigene Enkeltochter geliebt hatte. Aber damit hätte er sein Versprechen Lydia gegenüber gebrochen. Jack hoffte, dass Camellia sich wieder bei ihm melden würde. Andernfalls könnte es schwierig werden, sie zu finden.

Genau zwei Wochen nach ihrem Besuch bei Jack kehrte Camellia dem Ferienlager endgültig den Rücken. Es war ein mieser Job gewesen für eine noch miesere Bezahlung, und Denise war immer noch nicht nach Hause zurückgekehrt. Aber Camellia hatte jetzt einen Plan, einen Plan, der sie weit mehr begeisterte als eine Rückkehr nach London, um sich einen Job zu suchen. Sie würde nach Bath fahren, um mit Magnus Osbourne zu sprechen und die Vergangenheit ein und für alle Mal hinter sich zu lassen.

Dank des Geldes, das Jack ihr gegeben hatte, verfügte sie über einen kleinen Notgroschen. Sie wollte per Anhalter fahren, statt Geld für Fahrscheine auszugeben. Und sie besaß einen langen, grauen Regenmantel, einige warme Pullover und ein Paar kräftige Laufschuhe, alles Dinge, die irgendwann in einem Fundbüro abgegeben und niemals von ihrem Besitzer zurückverlangt worden waren. Wäre sie nicht ein wenig niedergeschlagen gewesen, hätte die Welt rundherum rosig ausgesehen.

Sie hatte seit einigen Tagen einen rauen Hals und war am Abend zuvor zitternd und mit Gliederschmerzen zu Bett gegangen. An diesem Morgen fühlte sie sich noch schlimmer.

Sie hatte kaum die Tore des Ferienlagers hinter sich gelassen, als bereits ein Wagen anhielt, um sie mitzunehmen. Am Mittag befand sie sich hinter Salisbury und wartete zum vierten Mal an diesem Tag am Straßenrand auf einen freundlichen Autofahrer; sie schätzte, spätestens um drei oder vier Uhr in Bath sein zu können. Aber nachdem sie ungefähr eine Meile durch den Regen gegangen war, ohne dass irgendjemand angehalten hätte, fürchtete sie, ihre Glückssträhne sei zu Ende.

Jetzt fühlte sie sich langsam wirklich krank. Ihre Kehle brannte schrecklich, sie konnte kaum noch schlucken und zitterte wie im tiefsten Winter. Binnen einer Stunde hatte der Regen ihren Regenmantel durchweicht, und die kräftigen Schuhe hatten ihr eine Blase beschert. In einem Dorfladen machte sie Halt, kaufte ein Päckchen Aspirin und Pflaster und fragte, ob es einen Bus nach Bath gebe.

»Nicht vor halb sechs, Schätzchen«, meinte die Frau mit den rosigen Wangen hinter der Kasse. »Und ich weiß nicht, ob er zu dieser Jahreszeit überhaupt fährt.«

Es blieb Camellia nichts anderes übrig, als weiterzutrotten, während es immer heftiger regnete und der Wind kräftiger wurde. Autos jagten an ihr vorbei und bespritzten sie mit noch mehr Wasser. Gegen halb sechs ließ sie schließlich ein Bauer mit einem Lastwagen voller Schweine einsteigen, aber er fuhr nur bis nach Rode, kurz hinter Warminster. Das Knattern des alten Lastwagens, der Regen draußen und ein schlecht eingestelltes Radio, das die ganze Zeit über knisterte und knackte, verhinderten, dass Camellia ihm erzählte, wie krank sie sich fühlte. Auch konnte sie ihn nicht nach einer Pension in der Nähe fragen.

Als sie Rode erreichten, war es stockdunkel. Schätzungsweise waren es noch fünfzehn Meilen bis nach Bath. Sie quälte sich weiter den Weg entlang, wohl wissend, dass kein vernünftiger Mensch sie an einem so dunklen, stürmischen Abend noch mitnehmen würde. Sie konnte nur hoffen, bald auf ein Gasthaus zu stoßen.

Es war unheimlich, durch die Dunkelheit zu laufen. Camellia konnte sich nicht daran erinnern, sich jemals so krank und durchgefroren gefühlt zu haben.

Sie kehrte in zwei Pubs ein und trank in jedem einen großen Whisky, aber in keinem der beiden hatte man ein Zimmer für sie. Das Gehen fiel ihr immer schwerer. Der Wind stieß sie hin und her, und mehrmals hupten vorbeifahrende Autos sie an. Sie weinte inzwischen, ihre Füße schmerzten, sie war nass bis auf die Haut, und ihre unter den Knien weit geschnittenen, durchweichten Jeans klatschten ihr gegen die Waden.

Als sie einen steilen Hügel hinunterging, sah sie an seinem Fuß einen hell erleuchteten Pub. Sie nahm den letzten Rest ihrer Kraft zusammen und konzentrierte sich nur noch darauf, diese Gaststätte zu erreichen. Dort musste ihr einfach jemand helfen! Es kümmerte sie nicht mehr, ob sie jemals nach Bath kam, sie wollte sich nur irgendwo hinlegen, wo es warm und trocken war.

Hitze schlug ihr entgegen, als sie die Tür des Pubs aufdrückte. Während sie einige Schritte auf die Theke zu machte, schien die Hitze sie zu packen und sie so fest zu umschlingen, dass sie nicht länger klar sehen konnte. Sie erkannte ein helles Licht, dann ein Dutzend weitere, die sich vor ihren Augen drehten, danach spürte sie, wie die Beine unter ihr nachgaben.

»Sie ist pitschnass«, hörte Camellia einen Mann sagen. »Völlig durchgefroren und bis auf die Haut durchnässt. Ruf einen Krankenwagen!«

In ihrer Angst vor den Behörden riss sie Augen auf. »Mir geht es gut«, krächzte sie. »Es ist nur die Hitze hier drin.«

Sie lag auf dem Fußboden, umringt von Männern mit Tweedjacketts und geröteten Gesichtern.

»Schafft ein bisschen Platz für sie«, drängte irgendjemand.

»Wohin wollten Sie denn?«, fragte ein anderer.

Camellia spürte, wie ihr jemand eine Hand unter den Rücken schob und sie aufrichtete.

»Ich wollte zum ›Oaklands‹, einem Hotel in Bath«, erklärte sie.

Sie hatte ursprünglich nicht die Absicht gehabt, Magnus aufzusuchen, bevor sie ein Quartier in Bath gefunden hatte. Aber jetzt sprudelten die Worte einfach aus ihr heraus.

»›Oaklands‹, wie! Nun, dann haben Sie Ihr Ziel ja fast erreicht.« Der Mann, der ihr geholfen hatte, sich aufzusetzen, kniete sich neben sie und legte ihr eine Hand auf die Stirn. »Sie glühen vor Fieber, mein Mädchen. Am besten, wir bringen Sie sofort rüber.«

Camellia war zu benommen, um klar denken zu können. Als der Mann ihr auf die Füße half, war sie nur unendlich dankbar dafür, dass jemand die Dinge in die Hand nahm. Und so kümmerte es sie nicht, was als Nächstes geschah.

Zwei der Männer halfen ihr ins Freie. Vage registrierte sie, wie sie ihren Rucksack in den Kofferraum legten und eine Decke über den Beifahrersitz breiteten, um ihn vor ihren nassen Kleidern zu schützen, dann wurde sie auch schon in den Wagen geschoben.

Die kalte Luft brachte sie zumindest teilweise wieder zu Verstand. Der Wagen fuhr eine sehr steile, gewundene Straße hinauf, die zu beiden Seiten mit dichten Büschen und Bäumen bestanden war.

»Haben Sie einen weiten Weg gehabt?«, erkundigte sich der Fahrer. Er trug eine karierte Kappe und ein Gabardinejackett. Seine Stimme klang energisch und kultiviert.

»Aus Sussex«, antwortete sie mit einiger Mühe.

»Halsschmerzen?«, fragte er besorgt. »Wie lange sind Sie draußen im Regen gewesen?«

Sie versuchte, etwas zu erwidern, aber nur ein heiseres Krächzen kam über ihre Lippen. Schließlich griff sie sich an die Kehle und sah den Mann hoffnungslos an.

»Magnus wird Ihnen einen Arzt rufen«, versicherte er. »Wollten Sie wegen eines Jobs dorthin?«

Camellia nickte; das war einfacher, als sich mit irgendwelchen Erklärungen abzumühen. Bald fuhr der Mann ein wenig langsamer durch eine Kurve, und ein großes Holzbrett mit der Aufschrift *Oaklands* wurde im Licht der Autoscheinwerfer sichtbar. Das Brett war an einer prächtigen alten Steinmauer befestigt, in die massive schmiedeeiserne Tore eingelassen waren.

Ihr Herz setzte einen Schlag aus. In ihrer Fantasie hatte sie sich Oaklands als ein etwas größeres Haus vorgestellt, das zu einem kleinen Touristenhotel umgebaut worden war. Aber diese Einfahrt führte durch einen dicht mit gewaltigen Bäumen bestandenen Park. Ohne das Haus gesehen zu haben, wusste sie, dass es nicht die Art Hotel sein würde, in der der durchschnittliche Tourist übernachtete, und dass man dort kaum jemanden willkommen heißen würde, der so heruntergekommen aussah wie sie selbst.

»Magnus ist ein sehr weitsichtiger Mann«, bemerkte der Fahrer. »Als er dieses Haus kaufte, war es praktisch eine Ruine, und niemand hat damit gerechnet, dass er solchen Erfolg haben würde. Allein die Bewirtschaftung des Grundstücks ist eine Herkulesarbeit.«

Als der Wagen die hohen Bäume hinter sich ließ, sah Camellia das imposante, von Flutlichtern angestrahlte georgianische Haus vor sich und wünschte, der Boden würde sich unter ihr öffnen und sie verschlucken.

Sie würde heute Abend unmöglich ihre Identität enthüllen können, erkannte Camellia plötzlich. Sie brauchte Zeit zum Nachdenken. In diesem Moment hielt der Wagen vor der Eingangstür.

Als Camellia taumelnd in die Halle trat, kam sofort ein hoch gewachsenes, dunkelhaariges Mädchen herbeigeeilt.

»Schnell, hol ihr einen Stuhl«, hörte sie den Mann, der sie hergebracht hatte, rufen. »Und gib Magnus Bescheid.«

Danach musste sie wohl wieder ohnmächtig geworden sein. Das Nächste, was sie wahrnahm, war eine starke Männerhand, die ihren Kopf festhielt.

»Hat sie gesagt, wer sie ist oder warum sie hierher wollte? Ich habe niemanden erwartet.«

»Sie kommt aus Sussex«, antwortete der Mann, dem der Wagen gehörte. »Wegen eines Jobs, hat sie gemeint, aber viel mehr konnte sie nicht erzählen, weil ihr die Stimme wegblieb.«

Camellia wartete einen Moment, bevor sie sich anmerken ließ, dass sie wieder bei Bewusstsein war. Rechts von ihr konnte sie Männerstimmen und das Klirren von Gläsern hören.

»Ich vermute, sie ist den ganzen Tag gelaufen«, vernahm sie die erste Stimme. »Durchnässt bis auf die Haut, und gegessen hat sie bestimmt seit einer ganzen Weile auch nichts mehr. Sie hat Fieber, und lass uns hoffen, dass keine Lungenentzündung draus wird. Ich werde sie für die Nacht hier behalten. Ruf du den Arzt, Fred.«

Camellia bewegte sich ein wenig, und wieder erklang die

tiefe Stimme. »Hallo! Sie kommt zu sich«, stellte der Mann fest. »Also, Mädchen, können Sie mir erklären, wer Sie sind?«

Als Camellia sich aufrichtete, ging er vor ihr in die Hocke. Es war ein Gefühl, als blickte sie plötzlich einem Löwen in die Augen. Er hatte eine Mähne dichten blonden Haares, eine breite Nase mit tiefen Furchen zu beiden Seiten, buschige Augenbrauen und durchdringende Augen von unbestimmbarer Farbe. Sie hatte erwartet, den Mann zu sehen, der mit Bonny und den anderen Mädchen auf dem Foto abgebildet war, aber er erschien ihr zu jung dafür, kaum älter als fünfundfünfzig Jahre. Der Mann auf dem Foto hatte weltmännisch und distinguiert gewirkt; dieser Mann sah rauer aus, und sein Gesicht war zerklüftet, als verbrächte er den ganzen Tag draußen im Freien. Es würde schwer sein, ihn zu täuschen, das sagte ihr der Instinkt.

»Mel«, krächzte sie. »Amelia Corbett«, fügte sie dann hastig hinzu. Es war der Name eines Mädchens, das sie auf Ibiza kennen gelernt hatte. Zum Glück war er ihr in diesem Moment eingefallen. »Ich habe gehört, dass Sie jemanden suchen. Als ...« Wieder versagte ihr die Stimme, und das letzte Wort konnte sie nur noch mit den Lippen formen: »Küchenmädchen«. Es war eine lahme Ausrede, aber das Beste, was ihr auf die Schnelle einfiel.

»In Ordnung, Mel. Versuchen Sie nicht zu sprechen, wenn es wehtut.« Seine Stimme klang jetzt sanfter, und der Mann, der sie hergebracht hatte, verabschiedete sich. »Sie brauchen nur zu nicken oder den Kopf zu schütteln«, setzte er hinzu. »Haben Sie Schmerzen?«

Camellia schüttelte den Kopf.

»Sie waren lange zu Fuß unterwegs?«

Ein Nicken.

»Nun, dann wollen wir Sie erst einmal aus diesen nassen Kleidern herausholen und in ein heißes Bad stecken.«

Magnus brachte sie nach unten in das Kellergeschoss, wo er sie in ein kleines Badezimmer führte, ihr einen Frotteemantel reichte und ihr befahl, die Kleider auszuziehen.

»Vor dem Bad brauchen Sie noch etwas Heißes zu trinken und

einen Teller Suppe«, erklärte er. »Ich möchte nicht, dass Sie mir hier drin bewusstlos werden.«

Es war die reinste Wonne, ihre durchweichten Kleider auszuziehen und sich in den dicken, warmen Morgenmantel zu schmiegen, und als sie das Badezimmer wieder verließ, kam Magnus mit einer Schale Suppe und einem Becher Tee auf einem Tablett den Flur herunter.

Er setzte sich an einen kleinen Tisch im Korridor, und sie trank trotz ihres wunden Halses gierig die Suppe. Dann verschwand Magnus wieder, aber sie konnte ihn in einem Zimmer weiter unten im Flur hören. Aus der Küche drangen Stimmen zu ihr rüber, eine Männerstimme mit einem französischen Akzent und die einer Frau, doch keiner der beiden ließ sich bei ihr blicken.

»Ich habe den Arzt angerufen und Ihnen ein Bad eingelassen«, berichtete Magnus, als er zurückkam, um festzustellen, ob sie die Suppe gegessen hatte. »Schließen Sie die Tür nicht ab, für den Fall, dass Sie wieder ohnmächtig werden sollten. Ich werde hier draußen warten, falls Sie mich brauchen.«

Dankbarkeit für ihre Rettung war alles, was sie empfand, als sie in der Badewanne lag. Sie fühlte sich zu krank, um über den nächsten Tag nachzudenken, an dem sie Erklärungen würde geben müssen; für den Augenblick genügte es, im Warmen zu sein. Aber als sie aus der Wanne stieg, musste sie sich plötzlich heftig übergeben, noch bevor sie sich auch nur in ein Handtuch hüllen konnte.

Es war eine grauenhafte Erfahrung. Noch während sie sich über die Toilettenschüssel beugte, kam Magnus hereingeeilt, ohne ihr Zeit zu geben, sich zu bedecken. Er griff nach dem Morgenmantel, legte ihn ihr um die Schultern und strich ihr das nasse Haar aus dem Gesicht.

»Die Suppe war offensichtlich ein Fehler«, bemerkte er mit seiner brummigen Stimme, die Camellia mittlerweile vertraut war. »Ich nehme an, Sie haben ein paar Tage gehungert, während Sie draußen im Freien geschlafen haben.«

Sie konnte nicht sprechen, um ihm zu widersprechen. Es gelang ihr, die Arme in den Morgenrock zu schieben und ihn um ihren nackten Körper zu wickeln, während er ihre durchweichten Kleider vom Fußboden aufhob und sie angewidert zwischen Daumen und Zeigefinger hielt.

»Ich habe nichts übrig für Hippies«, erklärte er und warf einen verachtungsvollen Blick auf die Kette mit Liebesperlen um ihren Hals. »Die Idee, per Anhalter zu fahren, sich Essen zu ergaunern, jedweder Arbeit aus dem Weg zu gehen und sich den Verstand mit Opiaten zu trüben, ist mir ein Gräuel. Andererseits würde ich in einer Nacht wie dieser nicht einmal einen Hund auf die Straße setzen, erst recht nicht einen kranken. Sie können hier bleiben, bis es Ihnen besser geht, aber ich möchte nicht, dass Sie in den oberen Fluren herumstreichen, egal, aus welchem Grund. Falls Sie irgendwelche Drogen bei sich haben, schlage ich vor, dass Sie sie jetzt in die Toilette werfen.«

Camellia lag schon bald mit zwei zusätzlichen dicken Decken im Bett, aber obwohl sie vollkommen erschöpft war, konnte sie vor Scham und Verlegenheit nicht schlafen.

Die Tränen rollten ihr über die Wangen. Der Raum kam ihr vor wie eine Gefängniszelle. Es gab nur ein einziges kleines Fenster hoch oben in der Wand, und dieses Fenster war verriegelt. Bis auf eine kleine Kommode und einen einzigen Holzstuhl war der Raum nackt.

Sie hatte es wieder einmal verpfuscht. Wenn sie den Leuten im Pub doch nur erlaubt hätte, einen Krankenwagen zu rufen, dann läge sie jetzt sicher aufgehoben in einem Krankenhaus. Nun, sie würde Magnus nicht erzählen, wer sie wirklich war. Sollte er doch denken, sie sei einfach ein schmutziger Hippie, der auf der Suche nach Almosen vorbeigekommen war. Sie würde bleiben, bis es ihr besser ging, die Tabletten nehmen, die der Arzt ihr gegeben hatte, und dann verschwinden. Einen Vater, der so engstirnig und bigott war wie Magnus, brauchte sie nicht.

12. Kapitel

Camellia ging die Treppe vom Keller hinauf und um das Haus herum und überquerte dann die gepflasterte Terrasse zu der breiten Steintreppe, die zum Rasen führte.

Dort unten, halb verborgen von dichten Sträuchern, blieb sie stehen und blickte zurück nach Oaklands. Schon bald würde Magnus Osbourne sie zu sich rufen, und dies war vielleicht ihre einzige Chance, sich umzusehen, bevor sie hinausgeworfen wurde.

Sie hielt sich jetzt seit sechs Tagen in seinem Hotel auf. Während der beiden ersten Tage war sie zu krank gewesen, um sich den Kopf darüber zu zerbrechen, welchen Eindruck sie machte. Sie erinnerte sich vage, dass Magnus mit einem Arzt in ihr Zimmer gekommen war, aber nach Abklingen des Fiebers waren seine Besuche ausgeblieben. Mrs. Downes, die Haushälterin, und der französische Koch Antoine, die sich um sie gekümmert hatten, hatten zwar erzählt, er erkundige sich täglich nach ihrem Befinden, aber das konnte Camellias Ansicht nach nur eins bedeuten: Er wollte sie so schnell wie möglich loswerden.

Selbst vom Kellergeschoss aus hatte Camellia die Schönheit und den Zauber des Hauses gespürt. Doch es war noch prächtiger, als sie angenommen hatte.

Von ihrem augenblicklichen Standort aus, auf der anderen Seite des Rasens und eingehüllt in den schwachen Schein der Herbstsonne, zeigte es sich von seiner schönsten Seite. Wie die meisten georgianischen Landhäuser war es so gebaut worden, dass es seine schönste Seite nicht der Auffahrt zeigte, sondern der Landschaft. Und eine prächtigere Landschaft konnte es in ganz England nicht geben.

Das Haus stand stolz über einem üppigen, grünen, sanft gewellten Tal. Darunter lagen der Avon, der Kanal, das Viadukt und das winzige Dorf Limpney Stoke, wo Mrs. Downes wohnte. Dahinter stiegen die Hügel sanft wieder an. Camellia konnte gerade eben noch die Straße erkennen, die sie hinuntergetaumelt war, bevor sie den Pub erreicht hatte und gerettet worden war.

Jetzt drehte sie sich noch einmal zu dem Haus um. Wilder Wein in seiner ganzen herbstlichen, feurigen Schönheit rankte sich über den goldgelben Stein. Hinter den langen, eleganten Fenstern zu ihrer Rechten lag der Speisesaal, die Fenster auf der linken Seite gehörten zum Salon, und im Raum in der Mitte war die Bar untergebracht, durch die man Zutritt zum Garten hatte – all das wusste Camellia von Mrs. Downes.

Die Haushälterin hatte gesagt, zwei der zehn luxuriösen Gästezimmer seien mit Himmelbetten ausgestattet, und sie hatte von ausgiebigen Renovierungsarbeiten in den ehemaligen Dienstbotenquartieren erzählt. Obwohl Camellia auf weitere ausführliche Informationen gehofft hatte, waren diese ausgeblieben. Sie konnte nur ahnen, dass alle Räume so schön waren wie die elegante Eingangshalle, die sie am Abend ihrer Ankunft kurz gesehen hatte.

Wie damals vermutet, waren es keine gewöhnlichen Menschen, die hier Quartier nahmen, sondern nur die ganz reichen und berühmten. Es war Magnus offensichtlich ein Anliegen, seine Gäste vor der Neugier der Medien zu schützen, und Camellia hatte gehört, dass in der Vergangenheit Angestellten, die sich als indiskret erwiesen hatten, ohne weitere Umstände gekündigt werden war.

Das Hotel diente außerdem als Country Club, dessen Mitglieder sich in der Bar trafen, ein Gourmetmahl zu sich nahmen, durch den Park schlenderten oder einfach nur in der Orangerie ihren Nachmittagstee nahmen.

Während sie so dastand, Oaklands bewunderte und sich von einem kräftigen Wind das Haar zerzausen ließ, hing sie ganz kurz einem Traum nach. Sie wusste, ihre Überlegungen waren lächerlich, denn binnen weniger Minuten würde Magnus sie zu sich rufen und auffordern, ihre Sachen zu packen und zu gehen. Und trotzdem wünschte sie, sie hätte an diesem Ort bleiben können.

Zum Teil lag das an der freundlichen Mrs. Downes. Äußerlich wirkte sie energisch, kompromisslos, tüchtig und scharfsinnig, doch die harte Schale diente nur zum Schutz eines weichen Herzens.

Sie lebte mit ihrem Mann unten im Dorf und kam jeden Tag ins Hotel. Camellia schätzte sie auf etwa fünfundfünfzig, eine kleine, gedrungene Gestalt mit grauem, säuberlich in Dauerwellen gelegtem Haar und dicker Brille. Sie war es, die Camellia Medizin gebracht hatte und dazu einen nie versiegenden Vorrat an Zitrone mit Honig; sie hatte ihr Zeitschriften zum Lesen mitgebracht und sie während der ersten beiden Tage ihrer Krankheit getröstet.

Camellia war bei dem Namen Amelia Corbett geblieben, hatte sich ansonsten aber so nah wie möglich an die Wahrheit gehalten und erzählt, ihre Eltern seien beide tot, und sie sei in London aufgewachsen. Um nicht über die letzten Jahre reden zu müssen, hatte sie behauptet, in dieser Zeit durch Europa gereist zu sein, mit Ibiza als letzter Station.

Seit es ihr wieder gut genug ging, um aufzustehen, half sie unten im Keller bei der Arbeit. Sie sortierte und bügelte Wäsche, polierte Silber und faltete Servietten. Einmal richtete sie sogar unter Antoines wachsamen Blicken alle Salate für den Speisesaal an.

Antoine war leicht erregbar und aufbrausend: ein hoch gewachsener, dünner Mann mit einem Galgenvogelgesicht, das sein übersprudelndes Wesen Lügen strafte. Wie Mrs. Downes ihr im Vertrauen erzählt hatte, war er vierzig Jahre alt und lebte seit zwanzig Jahren in England, aber anscheinend setzte er, wenn er in den Speisesaal gerufen wurde, immer noch einen schweren französischen Akzent auf. Unten in der Küche war sein Akzent eine bemerkenswerte Mischung aus Londoner Slang und lokalem Dialekt, und dazu hatte seine Stimme einen überaus reizvollen Klang, die an Maurice Chevalier erinnerte. Camellia fand den Mann faszinierend. Er war ein brillanter Koch und das einzige Mitglied des Personals, das im Haus lebte. Sein Zimmer im Kellergeschoss war furchtbar unordentlich, und wie es aussah, verfügte er nicht über das mindeste Privatleben. Sie fragte sich, warum er nie geheiratet hatte: Er war durchaus attraktiv mit seinem glänzend schwarzen Haar und den blitzenden dunklen Augen. Allerdings war ihr der Gedanke gekommen, er könne homosexuell sein, obwohl nichts in seinem Verhalten darauf schließen ließ.

Abgesehen von der Haushälterin und dem Koch hatte sie nur eine weitere Angestellte kennen gelernt – Sally, das Mädchen, das abends als Kellnerin arbeitete. Aber sie wusste, dass es ein ganzes Team von Mitarbeitern, Putzfrauen und Aushilfspersonal gab.

»Mel!« Mrs. Downes stand in der Tür zur Bar und winkte sie zu sich heran.

Sie atmete ein letztes Mal bewusst die saubere, frische Luft ein, um sich gegen das Kommende zu wappnen, und ging die Treppe hinauf zu der Haushälterin. Sobald sie noch einmal mit Magnus Osbourne persönlich gesprochen hatte, würde sie es wahrscheinlich sehr eilig haben, von hier fortzukommen. Mrs. Downes und Antoine mochten ihn ja für den weisesten und gerechtesten Mann in ganz Westengland halten, doch seine harten Worte zu ihr an ihrem ersten Abend klangen ihr immer noch in den Ohren, und sie rechnete nicht damit, dass er ihr jetzt freundlicher begegnen würde.

»Fühlen Sie sich besser?«, fragte Magnus Osbourne, als sie in sein Büro trat.

»Ja, danke, Mr. Osbourne«, antwortete sie und hielt den Blick dabei gesenkt. Sie bezweifelte, dass ihr Gesundheitszustand ihn wirklich interessierte; wahrscheinlich war er froh, sie nun verabschieden zu können. Camellia blickte auf. »Es war sehr freundlich von Ihnen, mich hier zu behalten. Ich muss eine furchtbare Last für Sie gewesen sein.«

Der Eindruck, den sie an ihrem ersten Abend von diesem Mann gewonnen hatte, blieb auch jetzt unverändert: Er erinnerte sie an einen Löwen. Während der letzten beiden Tage hatte sie ihn von den Kellerfenstern aus beobachtet, wie er mit energischem Schritt über das Gelände ging, sein blondes Haar vom Wind zu einer wilden Mähne zerzaust, das Kinn hochgereckt, den Blick auf den fernen Horizont geheftet. Er war ein hoch gewachsener Mann, vielleicht einen Meter achtzig groß, mit einer gesunden Gesichtsfarbe, die das Ergebnis langer Arbeitsstunden im Freien sein musste. Als Mrs. Downes ihr erzählt hatte, er sei sechsundsechzig Jahre alt, war sie ehrlich erstaunt gewesen; er hatte die Tatkraft und Stärke eines Fünfzigjährigen. Vor zwanzig Jahren musste er ein überaus attraktiver Mann gewesen sein.

»Setzen Sie sich«, drängte er ungeduldig und deutete auf einen Stuhl am Fenster. Sein Büro wirkte sehr maskulin: dunkelrote Tapeten, ein mit Papieren übersäter Mahagonischreibtisch, zwei braune Ledersessel und ein Aktenschrank. Aus dem Fenster konnte man auf die Einfahrt und den alten Stallblock blicken, und der ganze Raum war ziemlich dunkel. »Also, jetzt würde ich gern die Wahrheit hören. Warum sind Sie hergekommen?«

Die Direktheit, mit der er zur Sache kam, brachte sie ebenso aus der Fassung wie sein durchdringender Blick. Seine Augen hatten eine ungewöhnliche Farbe; sie waren überwiegend blau, aber gesprenkelt mit kleinen grünen und braunen Flecken. Einen Moment lang fürchtete sie, er könnte womöglich ihren richtigen Namen in Erfahrung gebracht haben.

»Ich hatte an jenem Abend eigentlich gar nicht die Absicht, hierher zu kommen«, bekannte sie wahrheitsgemäß. »Ich war lediglich auf dem Weg nach Bath, um mir dort ein Zimmer zu suchen. Doch auf Ibiza habe ich eine Frau kennen gelernt, die hier aus der Gegend kam und mir erzählt hat, sie habe in einem Hotel namens ›Oaklands‹ gearbeitet. Daher hatte ich mir vorgenommen, mir das Haus einmal anzusehen, wenn ich in der Gegend war. Dann bin ich in diesen Pub unten an der Straße gegangen und ohnmächtig geworden. Als ich wieder zu mir kam, fragte mich jemand, wohin ich wolle, und ich habe einfach den Namen des Hotels genannt – warum, das weiß ich auch nicht. Ich war verwirrt und benommen. Und ein paar Minuten später saß ich in dem Wagen und war auf dem Weg hierher.«

Er zog eine buschige Augenbraue in die Höhe. »Und der Name dieses Mädchens, das Sie auf Ibiza kennen gelernt haben?«

»Susie«, antwortete Camellia trotzig. »Ihren Nachnamen kenne ich nicht.«

»Sie sind ein interessantes Phänomen, Amelia«, sagte er, nahm sich einen Kugelschreiber vom Schreibtisch und begann, damit zu spielen. »Ich habe das Gefühl, dass Sie ein sehr starkes Motiv hatten, hierher zu kommen, ein Motiv, das Sie vor mir verborgen halten. Hat Ihre Hippie-Freundin vielleicht nebenbei noch erwähnt, dass dieses Hotel sehr einsam liegt und in der Regel recht wohlhabende Leute beherbergt?«

Die kaum übersehbare Andeutung, die hinter seiner Frage lag, weckte ihren Zorn.

»Sie beleidigen meinen Verstand«, erwiderte sie kalt. »Wenn ich hier hätte einbrechen wollen, wäre ich wohl kaum tropfnass und mit einer schweren Erkältung bei Ihnen aufgetaucht. Ich hätte mich in Schale geworfen, wäre mit einem Taxi vorgefahren und hätte mir als willkommener Gast Zutritt erschlichen.«

»Aber Sie haben keine anständigen Kleider, oder?«, entgegnete er ironisch. »Alles, was Sie in diesem Rucksack hatten, stinkt widerlich nach Hippie. Diese Jeans sind völlig abgetragen – es ist ein Wunder, dass sie nicht reißen. Sie haben den ganzen Sommer an Stränden herumgelegen und sich mit Gras um den Verstand geraucht. Der beste Job, auf den Sie hoffen können, wäre der eines Küchenmädchens.«

Plötzlich war Camellia ungeheuer wütend. Sie stand auf, und ihre Nasenflügel bebten. »Ich war Ihnen für Ihre Gastfreundschaft und die medizinische Versorgung sehr dankbar«, fuhr sie ihn mit flammenden Augen an. »Aber ich habe den Sommer keineswegs damit zugebracht, an Stränden herumzuliegen und das zu rauchen, was Sie Gras nennen, ich habe gearbeitet. Um genau zu sein, ich hatte drei Jobs. Und dass meine Kleider nach Patschuliöl riechen, nun, das tut mir Leid. Ich habe den Rucksack von einer Freundin geerbt, und der war zufällig mit dem Zeug getränkt. Außerdem besitze ich sehr wohl ein paar schöne, elegante Kleider, doch die liegen in einem Koffer bei einer Freundin in London. Okay, Sie haben nichts übrig für Leute, die reisen und unterwegs irgendwelche Arbeiten annehmen; nun, Sie sind eben ein alter Langweiler. Sie haben wahrscheinlich Ihre ganze Jugend darauf verwandt herauszufinden, wie man Millionär wird? Aber ich verachte Sie deswegen nicht. Ich zumindest weiß, dass nicht jeder nach demselben Trommelschlag marschiert.«

»*Touché*«, murmelte er, überraschenderweise glitzerten dabei seine Augen. »Immerhin haben Sie Ihre Stimme wiedergefunden – das freut mich, und es freut mich nicht minder zu wissen, dass Sie nicht die kleine Heulsuse sind, für die ich Sie vor einer Woche gehalten habe. Also, wollen wir jetzt über einen Job reden?«

Camellia war so erstaunt, dass ihr Kopf mit einem Mal vollkommen leer war, und sie ließ sich wenig graziös wieder auf ihren Stuhl fallen.

Magnus Osbourne war kein Einfaltspinsel. Als junger Mann war er sehr selbstlos gewesen, aber im Laufe der Jahre hatte er begriffen, dass die gewaltige Mehrheit der Menschen Großzügigkeit nur ausnutzte. Er hatte gelernt, argwöhnisch zu sein und sein Vertrauen und seine Freundschaft zurückzuhalten, bis ein Mensch sich ihrer würdig erwies. In jedem Sommer kamen dutzende von Studenten auf der Suche nach Arbeit in sein Hotel, und von vier jungen Leuten, die er einstellte, versuchte mindestens einer, ihn zu betrügen.

Aber Joan Downes mochte dieses junge Mädchen wirklich, und er hielt sie für eine gute Menschenkennerin. Sie hatte Mels Initiative gelobt und behauptet, das Mädchen habe das Bügeln und andere Aufgaben übernommen, ohne dass jemand es darum gebeten hätte. »Vielleicht hat Mel vor nicht allzu langer Zeit ein schweres Unglück in ihrem Leben verkraften müssen«, hatte Joan gemeint. Das war einer der Gründe, warum Magnus das Mädchen so herausgefordert hatte. Mel faszinierte ihn. Irgendwie passte sie so recht in keine Schublade, die er benennen konnte.

Sie hatte Stolz, und das gefiel ihm. In einem hübschen Kleid, geschminkt und mit ordentlich geschnittenem Haar, würde sie im Hotel keineswegs deplatziert wirken. Sie hatte eine kultivierte Sprache, sie war überraschend würdevoll, und wenn sie zu harter Arbeit im Stande war, würde er ihre letzten Mängel schon bald ausbügeln können.

»Ja, ein Job«, wiederholte er und weidete sich an dem Ausdruck maßloser Überraschung auf ihren Zügen. »Als Hotel- und Küchenhilfe mit Unterkunft im Haus.«

»A… a… aber«, stammelte sie. »Sie mögen weder mich noch meine Kleider, und Sie vertrauen mir nicht.«

»Ich habe nicht gesagt, dass ich Sie nicht mag«, erwiderte er lächelnd und zog die Augenbrauen hoch. »Bevor ich das beurteilen könnte, müssten wir uns besser kennen lernen. Was Ihre Kleider betrifft, so haben Sie mir bereits erklärt, dass Sie in London elegantere haben. Sie können sie herbringen. Und Vertrauen? Nun, ich fürchte, das müssen wir uns alle verdienen, meine Liebe. Wollen wir damit anfangen, dass Sie Ihre Sachen aus London holen?«

»Ich habe keine Versicherungskarten«, gestand sie schwach und so überwältigt, dass sie beinahe hoffte, er würde seine Meinung ändern. »Ich habe nie richtige, feste Jobs gehabt.«

Magnus war sich ziemlich sicher, sie nie wiederzusehen, wenn sie erst einmal nach London verschwunden war, aber er hoffte, dass sie ihm das Gegenteil beweisen würde.

»Nun, jetzt habe ich Ihnen einen solchen Job angeboten«, versetzte er gelassen. »In den nächsten ein oder zwei Tagen können Sie sich bei der Versicherung melden. Dort wird man Ihnen eine Karte geben. Und jetzt ab mit Ihnen, sehen Sie zu, dass Sie diese rote Nase loswerden, und über die Einzelheiten reden wir dann, wenn Sie Ihre Sachen wiederhaben.«

Die junge Frau, die am nächsten Abend in der Paddington Station in den Sechs-Uhr-Zug nach Bath stieg, sah ganz anders aus als die, die um elf Uhr an diesem Morgen dort angekommen war. Sie hatte ihre Jeans, den Pullover und die Turnschuhe in Denises Mülleimer gesteckt und sie durch einen Maxirock aus dunkelroter Wolle ersetzt; dazu trug sie einen passenden Feinstrickpullover, einen breiten braunen Ledergürtel und auf Hochglanz polierte braune Stiefel. Mit ihrem langen weißen Kaninchenfellmantel und ihrem frisch geschnittenen Haar sah sie aus wie ein Fotomodell.

Es gefiel ihr, endlich wieder einen Koffer in der Hand zu halten statt eines Rucksacks. Außerdem freute sie sich darauf, ein rüschenbesetztes Nachthemd zu tragen und Pantoffeln, Unterröcke und hochhackige Schuhe anziehen zu können. Auf Denises Vorschlag hin hatten sie einige ihrer Sachen getauscht: Die hautengen Abendkleider, die Camellia im »Don Juan« getragen hatte, hingen jetzt im Schrank ihrer Freundin, und ihr eigener Koffer enthielt dafür ein marineblaues, klassisches Kostüm, ein Twinset aus Kaschmir und einen Faltenrock. Konventionelle Durchschnittskleidung war nie Camellias Stil gewesen, aber genau diese Dinge würde sie in ihrem neuen Job benötigen.

Das Beste von allem war jedoch die Tatsache, dass sie schon bald eine Versicherungskarte mit ihrem neuen Namen darauf haben würde. Denise war mit ihr zu einem Notar gegangen, bei dem sie ihren Namen mit einer einseitigen Erklärung in Amelia Corbett geändert hatte. Jetzt brauchte sie nur mit dieser Urkunde zusammen mit ihrer alten Nummer zu der örtlichen Filiale der Sozialversicherung zu gehen und würde ihre neue Karte bekommen. Camellia Norton war nun tot und begraben; Amelia Corbett, eine junge Frau ohne schändliche Vergangenheit, würde in Kürze eine neue Laufbahn beginnen. Camellia hatte die Absicht, zusammen mit dem Namen auch all die alten Erinnerungen auszulöschen. Und selbst in ihren eigenen Gedanken würde sie in Zukunft schlicht und einfach Mel sein.

Magnus hatte etwa fünf Minuten am Bahnhof gewartet, als sich eine außerordentlich attraktive junge Frau in weißem Pelzmantel mit einem schweren Koffer durch die Schranke mühte. Instinktiv trat er auf sie zu, um ihr zu helfen. Es dauerte ein oder zwei Sekunden, bis ihm klar wurde, dass er Amelia vor sich hatte.

»Also, da laust mich doch der Affe!«, sagte er mit einem breiten Grinsen. »Sie sehen ja spitzenmäßig aus.«

Camellia war genauso überrascht, ihn zu sehen. »Sie sind hergekommen, um mich abzuholen?«

Als Magnus von Oaklands aufgebrochen war, hatte er vermutet, wahrscheinlich umsonst zum Bahnhof zu fahren. Umso größer war seine Begeisterung, Amelia zu sehen. »Natürlich bin ich hergekommen, um Sie abzuholen, Amelia«, antwortete er und nahm ihr den schweren Koffer ab. »Meine Angestellten sind genauso wichtig für mich wie meine Familie.«

»Vielen Dank«, erwiderte sie lächelnd. »Aber bitte, nennen Sie mich Mel. Mrs. Downes und Antoine tun das auch.«

Bei ihrer Rückkehr nach Oaklands warteten dort noch weitere Überraschungen auf sie.

»Sie können ein Zimmer im dritten Stock beziehen«, erklärte Magnus. »Es ist das letzte auf der rechten Seite, das einzige ohne eine Nummer an der Tür. Bringen Sie Ihren Koffer nach oben und packen Sie aus.« Ihre unverkennbare Freude schien Magnus zu amüsieren. »Geben Sie mir eine Stunde Zeit und kommen Sie dann wieder herunter. Wir müssen über Ihre Pflichten sprechen, über Ihre Arbeitszeiten und den Lohn.«

Wäre dies nicht das erste Mal gewesen, dass Sie in die oberen Stockwerke gehen durfte, wäre Mel wahrscheinlich trotz des schweren Koffers die Treppe hinaufgeflogen. So aber ging sie langsam, Schritt für Schritt, und bestaunte die breite, elegante Treppe, die hohen Fenster und den dicken pastellblauen Teppich unter ihren Füßen. Auf dem Treppenabsatz im ersten Stock standen eine mit hellgrünem Samt bezogene Chaiselongue und eine Kommode aus Walnussholz, die dem Anschein nach genauso alt sein musste wie das Haus selbst. Der dritte Stock, das Dachgeschoss, hatte eine leichte Dachschräge, und vom Korridor aus konnte man auf die Ställe blicken. Camellia hielt einen Moment lang inne, um sich die frischen Blumen auf einem kleinen Tisch anzusehen, die leuchtende weiße Farbe und die Porzellanknäufe an den Türen, bevor sie sich langsam und genüsslich ihrem Zimmer näherte.

Als sie die Tür öffnete, schossen ihr die Tränen in die Augen. Dieser Raum hatte nichts Asketisches: Er war ein kleines Paradies.

Der Boden war ganz mit einem moosgrünen Teppich bedeckt, die Wände waren mit einer Blumentapete tapeziert, und neben einem alten Ankleidetisch aus Kiefernholz stand ein Diwan mit einem grün gepolsterten Kopfbrett. Als sie das letzte Mal in einem so zauberhaft schönen Zimmer gestanden hatte, hatte sie noch in ihrem Elternhaus in der Mermaid Street gelebt. Die gesteppte Tagesdecke passte genau zu den Vorhängen. Neben ihrem Bett stand eine kleine Lampe, eine weitere auf dem Schreibtisch. Sie hatte sogar einen tragbaren Fernseher im Zimmer! Schließlich öffnete sie eine Tür und entdeckte einen Einbauschrank mit Regalen auf der einen Seite und Schuhfächern auf dem Boden. In freudiger Erregung öffnete sie die zweite Tür, und dort lag zu ihrem Erstaunen ihr eigenes winziges Badezimmer, ganz in rosa und weißer Vollkommenheit gehalten.

Tränen puren Glücks strömten ihr über die Wangen. Auf der Paddington Station hatte sie nur das Gefühl gehabt, wiedergeboren zu sein, aber jetzt *wusste* sie, dass für sie tatsächlich ein neues Leben angefangen hatte.

Sie durchquerte den Raum, zog die Vorhänge auf und schaute nach draußen. Es war zu dunkel, um viel zu sehen, aber morgen Früh nach dem Aufwachen würde sie einen herrlichen Blick auf das Tal haben. Jetzt konnte sie Autoscheinwerfer sehen, die sich über jenen Hügel näherten, den sie sich vor einer guten Woche hinaufgeschleppt hatte. Sie blickte zu dem sternenübersäten Himmel empor und sprach ein stummes Dankgebet. Mit einem Mal glaubte sie, dass es dort oben doch jemanden geben musste, jemanden, der auf sie Acht gab und sie leitete.

»Sie haben geweint«, rief Magnus aus, als sie ihn später in seinem Büro aufsuchte. Sie hatte ihre Kleider weggelegt und einige kleine Zierstücke und Kosmetikartikel ausgepackt. Vor allem aber war sie einfach durch das Zimmer geschlendert und hatte alles berührt, was sie dort in Erstaunen versetzte.

»Nichts Wichtiges«, lachte sie. Sie hatte sich das Gesicht gewaschen, ihr Make-up erneuert und angenommen, alle Tränenspuren beseitigt zu haben. »Ich habe nur noch nie so ein schönes Zimmer gehabt.«

»Dann halten Sie es auch gut in Ordnung«, brummte er. Seiner Meinung nach war der Raum ziemlich gewöhnlich. Sophie, seine Tochter, hatte nie allzu große Begeisterung an den Tag gelegt, als sie dort geschlafen hatte. Nach Mels Reaktion zu schließen, mussten ihre früheren Behausungen ziemlich grässlich gewesen sein.

Er kam sofort zur Sache. »Sie werden von sieben Uhr morgens bis zwölf Uhr mittags arbeiten und dann wieder von sieben Uhr abends bis elf; die Dienstage haben Sie in Zukunft frei. Unter der Woche werden Sie abends nicht immer voll ausgelastet sein«, meinte er. »Die meiste Zeit über werden Sie einfach nur da sein und sich bereithalten, falls Sie gebraucht werden. Aber an den Wochenenden geht es häufig ziemlich hektisch zu, und obwohl ich zusätzliches Personal habe, verlasse ich mich darauf, dass Sie, sobald Sie eingearbeitet sind, für einen reibungslosen Ablauf der Dinge sorgen werden.«

Sie sollte alle Aspekte der Arbeit in einem Hotel kennen lernen – das Kellnern, den Hausdienst, den Empfang und den Barbetrieb. Darüber hinaus sollte sie gelegentlich auch in der Küche mit anfassen.

»Aber natürlich nicht alles gleichzeitig«, lächelte er. »Ich werde Sie ganz langsam in die verschiedenen Bereiche einführen. Zusätzlich zu Unterkunft und Verpflegung zahle ich Ihnen fünfundzwanzig Pfund die Woche.«

Bei dieser Eröffnung wäre Mel vor Überraschung beinahe aufgesprungen. Schon fünfzehn Pfund hätten sie überglücklich gemacht.

»Sie werden sich das Geld verdienen«, bemerkte Magnus mit einem schiefen Lächeln. »Aber jetzt kommen wir zu den Warnungen und Regeln. Zunächst einmal werden Sie eine dreimonatige Probezeit durchlaufen. Ich werde Ihre Leistungen Woche für Woche beurteilen, und wenn Sie den Ansprüchen nicht genügen sollten, fürchte ich, werde ich Sie bitten müssen zu gehen. Sie müssen sich ein schlichtes schwarzes Kleid für die Bedienung bei Tisch besorgen. Die Schürze werde ich bereitstellen. Wenn Sie an der Bar oder am Empfang arbeiten, erwarte ich, dass Sie elegant gekleidet zum Dienst erscheinen. Sie werden unsere Gäste und Clubmitglieder mit ausgesuchter Höflichkeit behandeln, selbst wenn sie Ihnen gegenüber unverschämt werden. Sie dürfen niemals jemandem außerhalb des Hotels die Namen eines Gastes unseres Hauses enthüllen. Wenn Reporter an Sie herantreten, schützen Sie absolute Unwissenheit vor und kommen sofort zu mir. Ebenso wenig werden Sie mit irgendjemandem darüber reden, wie das Hotel geführt wird. Ich möchte grundsätzlich nicht, dass Sie sich mit einem Gast unseres Hauses verabreden. Zu guter Letzt: Sollte ich jemals Grund zu der Annahme haben, dass Sie irgendwelche Drogen nehmen oder mit Leuten verkehren, die Drogen konsumieren, werde ich Ihnen auf der Stelle kündigen. Ihr Zimmer ist für Sie allein bestimmt, und ich werde keine Herrenbesuche dort tolerieren.«

Mel blickte nur in seine seltsam gefärbten Augen und versprach, sich an die Regeln zu halten. Von Männern und Drogen hatte sie ohnehin bis an ihr Lebensende genug.

Fröhliches Gelächter ließ Magnus von dem Brief aufblicken, den er gerade schrieb. Mel schmückte gerade den Weihnachtsbaum im Salon.

Seit ihrer Ankunft hatte es überhaupt sehr viel mehr Lachen hier gegeben. Nach nur zehn Wochen war sie bereits unentbehrlich. Abgesehen von Joan hatte er nie zuvor eine Angestellte gehabt, die über eine so gute Intuition oder eine so rasche Auffassungsgabe verfügte. Mel war allzeit fröhlich, und die Gäste lobten sie über den grünen Klee für die kleinen Freundlichkeiten, die sie ihnen erwies. Und ständig stellte sie Fragen – über den Wein, über das Essen oder die richtige Art, alle möglichen Arbeiten zu verrichten. Abends glänzte sie hinter der Theke und erfasste instinktiv den Unterschied zwischen Interesse und Impertinenz. Sie mischte freundliche Wärme mit gerade dem richtigen Maß an Koketterie, um die Männer dazu zu verlocken, Abend um Abend herzukommen, aber sie überschritt nicht ein einziges Mal die Grenze.

Dennoch war es ihr Lachen, das Magnus am meisten liebte. Immer wieder ging ihm durch den Kopf, wie sehr Ruth sie gemocht hätte.

Magnus wusste, dass er mittlerweile über den Tod seiner Frau hinweg sein sollte, aber so war es nicht. Vielleicht waren es zum Teil Schuldgefühle, weil er nicht immer der Ehemann gewesen war, den sie verdient hatte. Jedenfalls trauerte er noch immer um sie.

Als er mit Mitte zwanzig die schüchterne Arzttochter kennen gelernt und geheiratet hatte, war er im Glauben gewesen, er sei der starke, dominante Teil ihrer Partnerschaft. Während er Häuser gebaut, Geschäfte abgeschlossen und sich einen Namen gemacht hatte, war Ruth daheim in Yorkshire geblieben, hatte sich um das Haus gekümmert und die Kinder großgezogen. Niemals hatte sie sich über die lange Zeit beklagt, die er von zu Hause fortblieb; sie hatte ihn selbst und die Kinder gleichermaßen und ohne Fehl unterstützt und gehegt, hatte ihnen ihre Liebe geschenkt. Damals hatte er sie geliebt und angenommen, ihren wahren Wert zu kennen. Aber erst als sie im Sterben lag, begriff er wirklich, was sie ihm bedeutete.

Sie war eine Frau gewesen, die das Glück aller anderen vor ihr eigenes stellte, die um die Stärken und Schwächen der Menschen wusste und sie niemals verurteilte. Sie konnte Probleme mit einem Lachen und Kränkungen mit einem Kuss verscheuchen, konnte um andere weinen und weinte doch niemals um sich selbst. Ohne sie fühlte sich das Bett noch immer zu groß für ihn an.

Überall konnte er die kleinen Dinge erkennen, mit denen sie dem Hotel einen persönlichen Stempel aufgedrückt hatte. Ohne Ruth hätte er nie begriffen, dass schöne Möbel, dicke Teppiche und ein guter Koch allein noch kein erstklassiges Hotel ausmachten. Es musste mit Liebe gebaut werden, die Gäste mussten verhätschelt werden, als wären sie geschätzte Freunde oder Verwandte. Auch das Personal musste ausgebildet und zu diesem Ideal hin erzogen werden.

Ruth hätte Mel selbst ausgesucht; das wusste er. Und mittlerweile hätte sie gewiss längst den Grund für jenen traurigen, geistesabwesenden Blick in den Augen des Mädchens entdeckt.

Aber Magnus besaß diese Gabe der Sanftmut nicht. Wenn er einer Sache auf den Grund gehen wollte, forderte er die Menschen heraus und überrumpelte sie bisweilen einfach, sodass sie ihm das Gewünschte von sich aus erzählten. Irgendwie war es ihm gelungen, Sophie zu einer kalten, berechnenden Harpyie zu machen, während Stephen unverschämt arrogant und faul war. Und Nicholas erst!

»Du magst es zu finanziellem und gesellschaftlichem Erfolg gebracht haben«, sagte er halblaut zu sich selbst. »Aber als Vater bist du ein absoluter Versager.«

Ein neuerlicher Ausbruch von Heiterkeit lenkte ihn von der Beschäftigung mit sich selbst ab. Er erhob sich, öffnete die Tür seines Büros und blickte durch den Flur zum Salon hinüber.

Er konnte Mel auf einer Trittleiter hocken sehen. Sie trug Jeans und einen roten Pullover und hatte sich das Haar wie ein Schulmädchen zu zwei Zöpfen gebunden. In den Händen hielt sie eine Fee, die sie gerade erfolglos auf der Spitze des fast drei Meter hohen Weihnachtsbaums zu befestigen versuchte.

Joan hielt die Leiter fest. Auch sie lachte, dass ihre massige Brust unter dem dunkelblauen Kleid bebte. Magnus drehte sich um, um seinen Fotoapparat aus dem Büro zu holen.

Dann schlich er über den Flur und blieb direkt an der geöffneten Tür stehen, wo er auf einen günstigen Augenblick wartete, um ein Foto aufzunehmen.

»Wir haben die Fee seit drei Jahren nicht mehr auf den Baum

gesteckt«, erzählte Joan. »Margaret, die nach Mrs. Osbournes Tod zu uns kam, fand einen Stern eleganter. Außerdem ist er viel leichter anzubringen.«

»Aber die Fee auf der Weihnachtsbaumspitze ist Tradition«, erwiderte Mel und sah auf die ältere Frau hinab. »Und diese ist so besonders entzückend. Schauen Sie nur, sie hat sogar seidene Schlüpfer an.«

Ein Stich der Wehmut durchzuckte Magnus. Ruth hatte die Fee eingekleidet. Er konnte sich noch gut daran erinnern, wie sie scherzhaft bemerkt hatte: »In meinem Haus bleibt keine Fee schlüpferlos!«

Mel hatte genau denselben Ausdruck auf dem Gesicht wie Ruth, wenn sie ihre Puppen in Händen gehalten hatte – mütterlich und doch irgendwie auch wie ein kleines Mädchen, das den Zauber der Kindheit festhalten wollte. Mel lehnte an der Leiter und zupfte den Rock und die Flügel der Fee zurecht. »Also«, erklärte sie entschieden, während sie sich ernsthaft mit der Puppe beschäftigte. »Du wirst da hinaufkommen, du wirst dort bleiben, und du wirst erst zum Dreikönigstag wieder herunterkommen.«

Als sie sich vorbeugte, hielt Magnus den Apparat fest in den Händen und wartete nur darauf, den Auslöser zu betätigen. Mel hatte in ihrer Konzentration die Zunge zwischen die Zähne geschoben, und ihr schlanker Körper beugte sich gefährlich tief über den Baum. Joan blickte hinauf, ihr rundliches Gesicht voller Sorge, und blinzelte hektisch hinter ihren dicken Brillengläsern.

Magnus drückte ab, und die Kamera blitzte. Vor lauter Schreck zuckte Mel zusammen und verlor den Halt.

»Ah«, schrie sie und fiel von der Leiter.

Der Baum schwankte, als Mel auf dem Rücken landete und dabei mehrere Glasornamente mitriss und einen Schauer von Kiefernnadeln auslöste.

Magnus konnte der Versuchung nicht widerstehen, noch eine Aufnahme zu machen, diesmal von Mel mit den Beinen in der Luft, die Fee immer noch fest umklammert.

»Sie sind ein Biest«, fuhr sie ihn an, aber dann stand sie auf, rieb sich die Kehrseite und brach in Gelächter aus. »Ich wette, dieses Foto hätten Sie auch gemacht, wenn ich mir das Rückgrat gebrochen hätte. Ich hätte gute Lust, Sie wegen eines Arbeitsunfalls auf Schadenersatz zu verklagen.«

»Es tut mir ja so Leid«, sagte Magnus, prustend vor Lachen. »Ich konnte einfach nicht widerstehen.«

»Nun, dann können Sie jetzt ja auch losgehen und den Staubsauger holen«, gab sie zurück, »und diese Fee selbst da oben anbringen!«

Eine Stunde später war der Baum geschmückt, einschließlich Kerzen, Glaskugeln und der Fee. Magnus zündete im Kamin die Holzscheite an, Mel fegte die letzten Fetzen Lametta und Kiefernnadeln vom Boden, und Joan war zu ihren Pflichten im oberen Stock zurückgekehrt.

»Dieser Raum ist so wunderschön«, stellte sie leise fest. »Kommen Sie jemals hier herein, nur um ihn anzusehen?«

Magnus drehte sich um. Ich habe normalerweise keine Zeit, mir irgendetwas anzusehen, wollte er barsch entgegnen, aber Mels Gesicht erstickte eine so zynische Antwort im Keim.

Ihre Miene verriet echte Begeisterung, ihre dunklen Augen waren voller Staunen und doch gleichzeitig auch traurig. Ihre Lippen zitterten, als wäre sie kurz davor, in Tränen auszubrechen. Sie sah wunderschön aus.

»Ja, ich komme oft hierher«, gab er zu, »und ich sehe Ruths Hand in allen Dingen. Wissen Sie, dass sie die Vorhänge von Hand genäht hat? Sie meinte, wenn man sie mit der Maschine näht, würden sie niemals so aussehen, wie sie sollten.«

Der Raum spiegelte die georgianische Architektur von ihrer schönsten Seite wider: eine hohe Decke, ein verspielter, umlaufender Fries über der Decke und ein Adams-Kamin. Die Fenster reichten fast bis zum Boden hinunter und gaben den Blick auf die Terrasse und das dahinter liegende Tal frei. An den Schmalseiten befanden sich zwei weitere Fenster und eine Glastür, die in den Garten hinausführte. Alles war in sanften Grün- und Blautönen gehalten, die Vorhänge aus schwerem Wollsatin wurden von dicken seidenen Kordeln zusammengehalten. Außerdem standen drei Sofas im Raum, zwei davon hellblau, eins grün, und neben einem der Sofas leuchtete auf einem niedrigen Chippendale-Tisch eine große chinesische Lampe in denselben Farben.

»Der Stoff muss ja hunderte von Metern lang sein.« Mel strich ehrfürchtig über die Vorhänge. »Ihre Frau muss ein Mensch von bemerkenswerter Geduld gewesen sein.«

Je mehr Mel über Ruth Osbourne in Erfahrung brachte, umso tiefer bekümmerte es sie, dass Magnus ihr nicht treu gewesen war. Sie schien eine Ehefrau und Mutter gewesen zu sein, von der man nur träumen konnte, so ganz anders als ihre eigene Mutter es gewesen war. Aber schließlich wusste sie aus Erfahrung, dass es gerade die Männer mit perfekten Ehefrauen waren, die fremdgingen. Nur zu gut konnte sie sich an all die Männer im »Don Juan« erinnern, die die Vorzüge ihrer Frauen aufgelistet und trotzdem versucht hatten, sie zu befingern, sobald sie ihnen auch nur einen Kuss auf die Wange gedrückt hatte.

»Das war sie.« Magnus stand auf und rieb sich die Knie, als wären sie steif geworden. »Geduldig, freundlich und sehr mitfühlend. Ich hoffe nur, dass unsere Kinder mehr von ihr geerbt haben als von mir. Geduld ist gewiss nicht meine Stärke.«

»Kinder ähneln nicht immer einem ihrer Eltern«, erwiderte Mel nachdenklich. In den vergangenen zehn Wochen hatte sie mehr und mehr gelernt, Magnus zu mögen und zu bewundern. Aber auch jetzt noch konnte sie keinerlei Ähnlichkeit zwischen ihm und sich selbst entdecken, wie gründlich sie auch danach Ausschau hielt. »Ich zum Beispiel bin ganz anders als meine Mutter.«

»Wie ist Ihre Mutter gestorben?«, fragte Magnus.

»Sie hat Selbstmord begangen«, antwortete Mel. Vor einigen Wochen hatte sie sich vorgenommen, so wenig Lügen zu erzählen wie möglich. Sie gab niemals freiwillig etwas von sich preis, doch wenn man ihr eine direkte Frage stellte, fühlte sie sich gezwungen, die Wahrheit zu sagen.

Ihre abrupte Erklärung brachte Magnus aus dem Gleichgewicht. Er trat einen Schritt auf sie zu. »Das tut mir furchtbar Leid, Mel. Es muss schrecklich für Sie gewesen sein.«

»Das war es.« Sie schenkte ihm ein schwaches Lächeln, gerührt von seiner traurigen Miene und seinen aufrichtigen Worten. »Doch ich bin jetzt darüber hinweg. Sie war nicht die beste Mutter, die man sich wünschen könnte – sie hat getrunken und gelogen, und sie war eigensüchtig. Eine Zeit lang war ich voller Zorn. Inzwischen versuche ich, mich nur an ihre guten Seiten zu erinnern.«

»Wie war sie denn?«, wollte Magnus wissen. »Ich meine, äußerlich. Haben Sie ein Foto von ihr?«

»Nein, ich habe alle Fotos vernichtet«, erklärte sie. Das entsprach teilweise der Wahrheit; sie hatte tatsächlich die meisten Fotos vernichtet, jedoch nicht alle. Die wenigen, die sie behalten hatte, waren oben in ihrem Zimmer versteckt, wo nur ein entschlossener Schnüffler sie finden konnte. Jetzt drehte sie sich zu dem Weihnachtsbaum um. »Sie hatte große Ähnlichkeit mit dieser Fee da oben, blond, hübsch und ungefähr genauso schwer festzumachen.«

Magnus betrachtete die Fee. Die blonde Puppe mit ihren glasigen hellblauen Augen erinnerte auch ihn an jemanden. An jemanden, den er lieber vergessen wollte.

»Es freut mich, sie in diesem Jahr wieder auf dem Baum zu sehen«, gestand er. »Ruth hat sie ebenfalls zu Weihnachten hervorgeholt. Sie wollte nicht, dass sie das ganze Jahr über in einer Schachtel auf dem Dachboden schmachtete.«

Bei seinen Worten überlief Mel ein kalter Schauder. Es wirkte wie ein Echo dessen, was Jack Easton gesagt hatte. Bonny zog noch aus dem Grab an den Schnüren, und sei es mithilfe einer kleinen Weihnachtsfee.

13. Kapitel

Mel saß am Küchentisch und dachte darüber nach, dass sie am heutigen Tag ein Jubiläum feiern könnte: Sie lebte jetzt seit einem ganzen Jahr auf Oaklands. Und es war ein ungeheuer glückliches Jahr gewesen. Sie empfand Stolz, in einem so guten Hotel zu arbeiten. Es bereitete ihr Freude, neue Gäste kennen zu lernen, hinter der Theke zu bedienen und bei Tisch aufzuwarten. Außerdem bekam sie zu den großzügigen Trinkgeldern einen hervorragenden Lohn. Abends schwelgte sie in der luxuriösen Vollkommenheit ihres hübschen Zimmers und fühlte sich absolut sicher.

Allerdings gab es auch Augenblicke, in denen es ihr zu schaffen machte, ihre wahre Identität stets verbergen zu müssen. Sie war erst zweiundzwanzig, musste sich aber wie eine weitaus reifere Frau benehmen. Es wäre schön gewesen, eine gute Freundin zu haben, um wenigstens ab und zu einmal auszugehen, etwas zu trinken und mit Männern zu flirten, und noch immer ertappte sie sich dabei, dass sie an Bee dachte. Sie vermisste die vertrauten Plauderstündchen, die geteilten Kleider und das gemeinsame hilflose Gekicher. Wahrscheinlich werde ich all das bis in alle Ewigkeit vermissen, dachte sie oft. Aber wenn solche Gedanken in ihr aufstiegen, schob sie sie hastig beiseite und führte sich all die schönen Dinge vor Augen, die sie auf Oaklands erlebte.

Im vergangenen Dezember zum Beispiel hatte Antoine ihr zu ihrem zweiundzwanzigsten Geburtstag einen Kuchen gebacken, den ersten, den sie bekommen hatte, seit sie ein Kind von sieben oder acht Jahren gewesen war. Am ersten Weihnachtstag hatte sie einen kleinen, wohl gefüllten Strumpf an ihrem Türknauf vorgefunden, und als sie sich bei Magnus dafür hatte bedanken wollen, hatte er den Unwissenden gespielt und sie lachend gescholten, weil sie nicht an den Nikolaus glaubte.

Sein eigentliches Geschenk für sie, das zusammen mit denen für die anderen Angestellten unter dem Weihnachtsbaum gelegen hatte, war eine Flasche Estée Lauder Youth Dew gewesen. Aber so sehr sie sich über das Parfüm gefreut hatte – der Strumpf bedeutete ihr viel mehr. Er gab ihr das Gefühl, sie sei so etwas wie eines seiner Kinder.

Es bekümmerte sie um seinetwillen, dass keiner von ihnen über Weihnachten auf Oaklands war. Sophie kam mit ihrem Mann, Michael, wenigstens zu Neujahr, doch Stephen und Nicholas hatten beide wegen anderer Verabredungen abgesagt.

Manchmal, besonders im Winter, hatte Camellia über die Liebe nachgedacht und sich gefragt, ob sie ihr jemals wieder begegnen würde. Selbst wenn es ihr gestattet gewesen wäre, mit den Männern auszugehen, die die Bar besuchten, so wäre doch keiner von ihnen ihr Typ gewesen.

Frühling und Sommer waren in ihrer ganzen üppigen Schönheit verstrichen, und Camellia hatte jeden einzelnen Tag genossen. Aber jetzt war es wieder Herbst – der wilde Wein am Haus war feuerrot, und die Bäume zu beiden Seiten der Einfahrt schillerten in allen Tönen von Gold, Braun, Rostrot und Gelb. Camellia war ein ganzes Jahr lang hier glücklich gewesen. Doch was ihr noch mehr bedeutete, war ihre wachsende Gewissheit, dass Magnus ihr leiblicher Vater sein musste.

Sie besaßen beide einen ähnlichen Sinn für Humor. Das hatte sie an dem Tag herausgefunden, als sie beim Schmücken des Weihnachtsbaums von der Trittleiter gefallen war. Als sie am ersten Weihnachtstag den Strumpf an ihrer Tür gefunden hatte, hatte sie Magnus' liebevolle Seite kennen gelernt. Und in all den Monaten seit ihrer Ankunft auf Oaklands war ihr Respekt vor ihm gewachsen; sie hatte beobachtet, wie hart er arbeitete, wie gerecht er seine Angestellten behandelte, wie liebevoll er sich um seine Gäste kümmerte. Aber erst an einem warmen Nachmittag im Juni hatten sich Sympathie, Respekt, Ehrfurcht und Bewunderung zusammengefügt, und ihr war klar geworden, welchen Namen das Gefühl trug, das sie für diesen ruppigen, halsstarrigen Mann empfand. Es war Liebe.

Mel hatte Shorts und ein T-Shirt angezogen, weil sie zum Postamt im Dorf gehen wollte, doch sie wusste, dass Magnus seit zehn Uhr morgens draußen im Wald arbeitete, ohne auch nur etwas zu trinken mitgenommen zu haben, daher beschloss sie, ihm vorher eine Flasche von Antoines selbst hergestellter Limonade und ein paar Hühnersandwiches zu bringen.

Nachdem sie sich einen Weg durch das dichte Unterholz gebahnt hatte und das Geräusch seiner Kettensäge langsam lauter geworden war, sah sie ihn jetzt vor sich auf einer Lichtung. Er arbeitete mit nacktem Oberkörper, nur bekleidet mit verblichenen khakifarbenen Shorts und kräftigen Stiefeln. Trotz seines Alters war sein Körper so fest und muskulös wie der eines jungen Mannes, und seine Haut hatte in der Sonne die Farbe von altem Kiefernholz angenommen. Durch den Lärm der Säge hörte er sie nicht kommen, und Mel belächelte seine jugendliche Energie, mit der er das dichte Gebüsch attackierte. Ab und zu blieb er stehen, um die abgeschnittenen Zweige herauszuziehen und auf einen großen Haufen hinter sich zu werfen.

»Ich dachte, Sie würden sich vielleicht über eine Erfrischung freuen«, rief sie ihm zu, als sie nahe genug war. »Das sieht mir nach einer Arbeit aus, die ziemlich durstig macht.«

Er drehte sich überrascht und mit schweißnassem Gesicht um. »Gott segne Sie, Mel«, meinte er, legte die Säge auf den Boden und nahm ein Taschentuch aus der Tasche, um sich das Gesicht abzutupfen. »Seit einer guten Stunde sterbe ich fast vor Durst, doch ich wollte einfach nicht hier abrücken, bevor alles fertig war.«

Er setzte sich auf einen am Boden liegenden Baumstamm, nahm eifrig die Flasche Limonade in Empfang und trank so schnell, dass ein kleines Rinnsal ihm übers Kinn lief und auf die Brust tropfte.

»Sie sollten nicht so hart arbeiten«, bemerkte sie tadelnd. »Das könnte doch sicher der Gärtner erledigen?«

»Harte körperliche Arbeit hat ihren eigenen Lohn«, erwiderte er und lächelte jungenhaft zu ihr auf. »Das ist viel befriedigender, als sich über einen Stapel Papierkram zu beugen.«

Sein Gesicht, die Brust und die Arme waren übersät von kleinen Kratzern, und in seinem Haar hatten sich Grashalme und Blätter angesammelt. Aber seine Augen strahlten, und er sah ungeheuer glücklich aus.

Mel setzte sich zu ihm, während er die Sandwiches aß. Sie unterhielten sich über die Leute, die zum Mittagessen da gewesen waren, und über einige Gäste, die später am Abend erwartet wurden. Doch als er mit dem Essen fertig war, stand sie auf. »Ich lasse Sie jetzt besser in Ruhe.«

»Gehen Sie noch nicht«, bat er unerwartet. »Wir haben nie viel Zeit zum Reden. Ich wollte Sie schon lange einmal fragen, ob Sie hier glücklich sind und wie Ihre Pläne für die Zukunft aussehen.«

Mel setzte sich wieder hin. »Ich bin hier glücklicher als je zuvor in meinem Leben«, bekannte sie wahrheitsgemäß. »Ich schmiede keine Pläne für die Zukunft. Das hier ist alles, was ich mir jemals gewünscht habe.«

»Sie sind ein seltsames Mädchen, Mel.« Er lächelte, und sie sah die Zuneigung in seinen Augen. »Ich dachte, Sie würden sich schnell langweilen, sobald Sie herausgefunden hätten, dass unsere Gäste allesamt alte Leutchen sind. Sehnen Sie sich nicht manchmal nach ein paar Leuten in Ihrem Alter?«

»Nicht allzu oft.« Sie lachte leichthin und dachte an einige ihrer alten Hippie-Freunde auf Ibiza. Sie vermisste tatsächlich diese Kameradschaft und den Spaß, den sie miteinander gehabt hatten, aber sie wusste, dass das alles sehr oberflächlich gewesen war. »Ich fühle mich hier geborgen und sicher.«

»Ich wünschte, meine Kinder hätten Ihre Gelassenheit«, bemerkte er mit einem tiefen Seufzer. »Es ist seltsam, Mel, und wahrscheinlich sehr treulos von mir, doch manchmal fühle ich mich Ihnen näher als meinen eigenen Söhnen und meiner Tochter.«

»Meine Mutter pflegte immer zu sagen, es sei ein Jammer, dass wir uns unsere Eltern nicht selbst aussuchen können«, antwortete Mel nachdenklich. »Sie hat von ihren Eltern nicht allzu viel gehalten. Ich nehme an, mit Kindern ist es genauso. Man kann sie lieben, aber man muss sie nicht zwangsläufig mögen.«

Magnus lachte leise, als hätten ihre Worte eine Saite in ihm zum Klingen gebracht. »Ruth erklärte immer: ›Unsere Verwandten werden wir nicht los. Danken wir Gott, dass es Freunde gibt.‹ Ich nehme an, das bedeutet im Großen und Ganzen das Gleiche. Ich hatte nie viel mit meinen älteren Brüdern gemeinsam. Stephen und Sophie sind ihnen manchmal sehr ähnlich.« Er stand auf und harkte die Trümmer, die er hinterlassen hatte, zu einem Haufen zusammen. Mel begann, ihm zu helfen. Sie wollte ihn nicht dazu drängen, mehr von seinen Kindern zu erzählen, doch wenn sie blieb und mit ihm arbeitete, würde er ihr vielleicht noch mehr anvertrauen.

Sie hatte weder an Sophie noch an Stephen bei ihren unregelmäßigen Besuchen viel Liebenswertes entdecken können. Da Nicholas sich während ihrer ganzen Zeit auf Oaklands nicht ein einziges Mal die Mühe gemacht hatte, seinen Vater zu besuchen, vermutete sie, dass sie ihn erst recht nicht mögen würde.

Sophie schien aus allen Poren Groll zu versprühen. Mit gerade einmal achtunddreißig Jahren hatte sie ihre Jugend offensichtlich mit großer Begeisterung hinter sich gelassen; sie trug die unattraktivsten, formlosesten Kleider und frisierte sich ihr dunkles Haar zu einem matronenhaften Knoten im Nacken. Sie war ein absolut freudloser Mensch: Mel hatte sie nicht ein einziges Mal lachen hören, ihr Lächeln war verkniffen und höflich, und ihre Bemerkungen in einem Gespräch wirkten immer seltsam gequält, als wäre es ihr unmöglich, irgendjemanden zu mögen.

Michael, ihr Mann, Banker von Beruf, war fast genauso schlimm – ein stiller, fügsamer Mensch, der sich von seiner Frau vollkommen beherrschen ließ. Er seufzte sehr oft, als wäre das Leben eine ungeheure Enttäuschung für ihn.

Stephen, der älteste Sohn, stellte dem gegenüber keine große

Verbesserung dar. Er war mit der Verwaltung des Familienbesitzes in Yorkshire betraut und lag seinem Vater ständig mit den Problemen dort in den Ohren. Seine Frau, June, erinnerte Camellia an eine graue Maus und besaß noch weniger Persönlichkeit.

Magnus schwieg etwa zehn Minuten lang, während er weitere Zweige und alte Büsche auf seinen Haufen schleppte. Aber gerade als Mel glaubte, ihr Gespräch sei vorüber, hielt er einen Moment lang in der Arbeit inne und beobachtete sie, die Hände in die Hüften gestemmt, wie sie die Holzscheite übereinander stapelte.

»Als ich Oaklands kaufte, hatte ich die Absicht, ein Familiengeschäft aufzubauen«, berichtete er. »Ich habe nie versucht, meine Kinder mit einer Art Gehirnwäsche dazu zu bringen, mir diesen Wunsch zu erfüllen, aber als Stephen sich der Betriebswirtschaft und Sophie sich der Gastronomie zuwandte, nahm ich an, auch sie hätten dieses Ziel im Auge. Nicholas war damals noch ein kleiner Junge, und ich habe nicht ein Mal darüber nachgedacht, welche Rolle er spielen könnte. Aber als Ruth starb, starb dieser Traum mit ihr.«

Mel hockte sich auf ein Holzscheit. »Es hätte vielleicht sowieso nicht funktioniert«, wandte sie vorsichtig ein.

Magnus ließ sich mit einem Kichern neben ihr nieder. »Das können Sie laut sagen! Die Vorstellung, dass die frostige Sophie ein Hotel leitet, während Stephen aufgebläht wie ein Pfau auf dem Gelände herumstolziert – die reinste Katastrophe!«

»Ich hätte niemals die Kühnheit besessen, das auch nur zu denken, geschweige denn, es auszusprechen«, versetzte Mel empört.

»Na, kommen Sie!«, neckte er sie. »Ich habe Sie beobachtet, wie Sie die beiden angesehen haben. Ihr Gesicht ist manchmal ein offenes Buch. Selbst Ruth, die wirklich eine hingebungsvolle Mutter war, meinte stets, die beiden hätten weniger Persönlichkeit als ein Bleistift.«

Mel lachte. »Ruths Bemerkungen klingen immer so witzig und nett. Ich wünschte, ich hätte sie kennen gelernt.«

»Sie hätten ihr ebenfalls gefallen«, erwiderte Magnus lächelnd. »Und sie hätte mittlerweile selbst die winzigste Kleinigkeit aus Ihnen herausgeholt. Wann werden Sie mir endlich wirklich etwas von sich erzählen?«

»Es gibt nichts Interessantes zu erzählen«, antwortete Mel. Sie hatte ungezählte Male darüber nachgegrübelt, ob sie Magnus ihre Identität preisgeben sollte oder nicht. Aber je mehr sie über ihn in Erfahrung brachte, desto mehr begriff sie, dass eine solche Offenbarung ihn in eine unmögliche Situation bringen würde. Er trauerte immer noch um seine Frau, daher gefiel ihr der Gedanke, ihn an seine vergangenen Sünden zu erinnern, überhaupt nicht. Seine Kinder schienen nur nach Oaklands zu kommen, wenn sie etwas wollten, und sie hätte den Gedanken nicht ertragen, dass er sie ebenfalls für eine Glücksritterin halten könnte. Außerdem hatte sie bereits alles, was sie wollte, die Sicherheit eines guten Jobs, ein Zuhause, das ihre kühnsten Träume überstieg, und die Zuneigung dieses Mannes. Sie würde nicht mehr gewinnen, wenn sie ihm die Wahrheit offenbarte, und es war sehr gut möglich, dass sie alles verlor, was sie bereits besaß.

»Da bin ich anderer Meinung.« Er legte ihr freundschaftlich einen Arm um die Schultern. »Ich habe den Verdacht, dass in Ihrer Geschichte wahrscheinlich mehr Bewegung steckt als in meinem ganzen Leben. Ich bin nicht neugierig, Mel. Ich bin nur ein alter Mann, der glaubt, endlich einen wahren Freund gefunden zu haben, und wahre Freunde vertrauen sich einander an.«

Es war so still und friedlich im Wald. Alles roch so sauber und rein. »Magnus, wenn ich Dinge vor Ihnen verborgen halte, dann nicht, weil ich Ihnen nicht traue, sondern weil ich mich schäme«, bekannte sie leise. »Vor fast zwei Jahren habe ich einen hohen Preis für all meine vergangenen Fehler gezahlt, als meine liebste Freundin an einer Überdosis Drogen starb. Damals habe ich alle Brücken hinter mir abgebrochen. Ich habe eine neue Seite aufgeschlagen und von vorne angefangen. Bitte, verlangen Sie nicht von mir, das alles noch einmal zu durchleben.«

Magnus drückte sie noch ein wenig fester an sich. »In Ordnung«, entgegnete er rau. »Das respektiere ich. Auch ich habe mich zu Dingen hinreißen lassen, die ich lieber vergessen möchte. Aber Sie sollen eines wissen: Ich habe Sie sehr lieb gewonnen, Mel.«

Seit diesem Tag war Mel nachmittags oft mit Magnus zum Arbeiten nach draußen gegangen. Es schien, als brächte jeder Tag neue Nähe mit sich. Sie fanden heraus, dass sie beide eine Schwäche für pappige Puddings hatten und dem Alltag gern mit schaurigen Harold-Robbins-Büchern und alten Schnulzen entflohen. Magnus erzählte ihr Anekdoten aus seiner Zeit an der Oxford University, seiner Zeit in Kanada als junger Mann und seinen Heldentaten während des Kriegs in der RAF. Er schilderte ihr, wie er nach dem Krieg sein Baugeschäft gegründet hatte, mit einer ersten Parzelle Land in Staines. Während er von diesen Dingen sprach, fügte Camellia nach und nach weitere Steinchen in das Puzzlespiel, das die Vergangenheit ihrer Mutter darstellte. Sie hoffte, ihn eines Tages vielleicht dazu bewegen zu können, Bonny zu erwähnen, aber obwohl er zugab, dass er Ruth in jener Zeit vernachlässigt hatte, erwähnte er mit keinem Wort eine andere Frau.

Eines Tages brachte Mel schließlich den Mut auf, ihm zu beichten, dass sie früher einmal als Hostess in einem Nachtclub gearbeitet hatte. Sie erzählte ihm sogar einige der witzigeren Geschichten von Bee. Es war, als kreisten sie beide um ihre eigenen Geheimnisse, und mit jedem Tag näherten sie sich ein klein wenig mehr dem Punkt, an dem ihre letzten Schutzwälle fallen würden.

Doch jetzt war es wieder Herbst. Und Magnus verbrachte mehr Zeit in seinem Büro. Vielleicht würden sie ab und an noch Gelegenheit finden, zusammen draußen auf dem Grundstück zu arbeiten, aber realistischerweise würde es wohl Frühling werden, bevor sie wieder häufiger Gelegenheit hatten, miteinander zu reden.

Mels Tagtraum wurde von Mrs. Downes durchbrochen, die in die Küche gekommen war und ihren Regenmantel aufknöpfte.

»Zwei weitere Absagen für heute Abend«, sagte sie zu Antoine. »Ich kann nicht behaupten, dass ich den Leuten einen Vorwurf machen würde. Bei so einem Wetter würde ich nicht einmal einen Hund vor die Tür schicken. Sie werden einen ruhigen Abend haben, Mel. Magnus ist auf eine Schachpartie zum Pfarrer gegangen, und ich bezweifle, dass überhaupt jemand auf einen Drink vorbeischauen wird. Nutzen Sie die Gelegenheit und machen Sie früh Feierabend.«

»Früher Feierabend, was ist das?«, kicherte Mel. Sie ging selten vor eins ins Bett, und um sieben stand sie wieder auf. Mrs. Downes bereitete das leichte Sorgen, aber Mel schien nicht mehr Schlaf zu brauchen.

»Eines Tages wird es sich rächen, dass Sie sich keine Ruhe gönnen.« Mrs. Downes drohte ihr scherzhaft mit dem Finger. »Wenn Sie in meinem Alter sind, werden Sie Runzeln haben wie eine Dörrpflaume.«

Mrs. Downes hatte Recht behalten: Es war außergewöhnlich ruhig. Um halb acht kamen zwei Männer in die Bar, tranken ein paar Gläser und gingen wieder. Im Speisesaal fanden sich nur vier Personen ein, und nachdem sie bedient waren, bezog Sally, die Abendkellnerin, an der Rezeption Stellung.

Mel nutzte die Zeit, um die Gläser aus den Regalen hinter der Theke zu polieren und die Vorräte zu überprüfen. Draußen heulte der Wind, Regen trommelte gegen die Fenster, und die ganze Szenerie beschwor alte Erinnerungen herauf: nicht nur an jenen schrecklichen Abend, an dem sie auf Oaklands angekommen war, sondern auch an das Jahr davor, als sie sich in jenem kleinen Raum am Earls Court verkrochen hatte, wie betäubt und vollkommen verzweifelt nach Bees Tod.

Es schien ihr nicht länger so wichtig zu sein, sich Klarheit über Bonnys Leben zu verschaffen. Wie Jack so klug bemerkt hatte: »Das Gestern zählt nicht. Nur das Morgen ist von Bedeutung.«

Gegen neun Uhr hörte Mel draußen am Empfang eine Männerstimme. Sie vermutete, es sei einer der Gäste, der sich mit Sally unterhielt, aber wenige Minuten später trat ein junger Mann in einer regendurchweichten, abgenutzten Lederjacke in die Bar.

Mel kannte inzwischen die meisten Clubmitglieder, doch diesen Mann hatte sie noch nie gesehen. Wenn sie ihn nicht mit Sally sprechen gehört hätte, hätte sie vielleicht einen Beweis seiner Mitgliedschaft im Club verlangt: Er trug Jeans und einen Rollkragenpullover, obwohl die Kleidervorschriften für den Abend elegante Kleidung vorsahen. In Anbetracht des Wetters draußen wäre es ihr allerdings ein wenig pedantisch erschienen, den Mann anders zu begrüßen als mit einem herzlichen Lächeln.

»Ein scheußlicher Abend, nicht wahr?«, meinte sie gut gelaunt und dankbar dafür, mit jemandem reden zu können. »Was darf ich Ihnen bringen?«

»Einen Whisky zum Aufwärmen, bitte.«

Seine Stimme war wunderschön und lenkte auf der Stelle von seinen schäbigen Kleidern ab: tief und volltönend, von der Art, die Bee immer als »BBC-Stimme« beschrieben hatte – mit anderen Worten: fernsehgerecht. Jetzt sah sie, dass er auch sehr attraktiv war; das blonde Haar fiel ihm in die Stirn, und seine dunkelblauen Augen wurden von dichten, dunklen Wimpern umrahmt.

»Sie sind wohl das neue Mädchen, Mel?«, erkundigte er sich, als sie ihm seinen Drink gab.

»So neu bin ich inzwischen auch nicht mehr. Ich bin heute ein Jahr hier«, antwortete sie.

»Ist das ein Grund zum Feiern, oder wäre Beileid eher angebracht?«, konterte er mit einem schelmischen Glitzern in den Augen.

»Oh, eindeutig ein Grund zum Feiern«, lachte sie leichthin. »Ich werde Ihnen sogar den Whisky ausgeben, um es zu beweisen.«

Während ihres ganzen Jahrs auf Oaklands hatte Mel nicht einen einzigen Mann kennen gelernt, zu dem sie sich hingezogen gefühlt hätte. Die meisten der jüngeren Clubmitglieder waren protzige Typen, die ihre goldenen Uhren und Siegelringe zur Schau stellten. Sie trugen Fönfrisuren, ihre Anzüge waren maßgeschneidert, und der Hauptgrund, warum sie zum Trinken nach Oaklands kamen, war das gesellschaftliche Ansehen, das sie dadurch zu erlangen hofften. Aber dieser Mann war ganz anders.

Sie spürte, dass sein Aussehen ihn offensichtlich wenig interessierte: Das Haar fiel ihm wirr über den Kragen seines Jacketts und zeigte jenen Grad von Vernachlässigung, der nur einen Schluss zuließ: Wenn er es sich doch einmal schneiden ließ, dann ging er zu einem konventionellen Frisör, um sich den Nacken und die Seiten kürzen zu lassen. Sie schätzte ihn auf Mitte zwanzig, und er war etwa einen Meter achtzig groß, sehr schlank und besaß schöne, markante Wangenknochen. Außerdem verströmte er eine Aura guter Erziehung, ähnlich wie einige der männlichen Studenten, die während des Sommers in der Bar gearbeitet hatten.

Sie setzte sich auf einen Drink zu ihm, nachdem sie zuvor sorgfältig das Geld für die beiden Getränke in die Kasse gelegt hatte – obwohl Magnus nichts dagegen hatte, wenn das Personal sich gelegentlich zusammen mit einem Kunden einen freien Drink gönnte.

»Wie gefällt Ihnen Bath?«, wollte er wissen. »Ich finde es immer ein wenig muffig.«

Mel hatte sich auf den ersten Blick in Bath verliebt, doch sie wusste, was er meinte. »Die Stadt selbst liebe ich sehr«, gab sie zu. »Aber ich muss gestehen, es ist das reinste Paradies für Snobs. Ein bisschen Schickimicki, wie meine Mutter zu sagen pflegte.«

Sie erzählten einander Anekdoten von einigen der schlimmsten Leute, die ihnen in Bath begegnet waren. Mel berichtete von einem Besuch bei einem Juwelier, bei dem sie sich nach dem Preis einer Armbanduhr erkundigt hatte. Sie wäre vor Schreck beinahe umgefallen, als sie gehört hatte, dass die Uhr fünfhundert Pfund kosten sollte.

»Er meinte, es sei eine Rolex«, kicherte sie. »Was mir wiederum rein gar nichts sagte. Als ich fragte, ob sie nicht etwas unter zehn Pfund hätten, sah er mich an, als hätte ich zwei Köpfe, und erwiderte: ›Vielleicht sollten Madam es einmal bei H. Samuel versuchen.‹ Ich hätte mich eigentlich gern erkundigt, warum irgendjemand so viel Geld für eine Uhr ausgeben sollte, obwohl sie doch alle dieselbe Zeit zeigen, doch ich habe mich nicht getraut. Ich habe mich nur schleunigst und mit hochrotem Gesicht aus dem Laden geschlichen.«

Bei einem zweiten Drink erzählte Mel ihm von ihrer Zeit auf Ibiza, und er berichtete von einem Sommer, während dessen er in einer Bar in Südfrankreich gearbeitet hatte.

Camellia hatte das Gefühl, ihn schon seit Jahren zu kennen. Sie flogen von einem Thema zum anderen, lachten miteinander und bemitleideten sich gegenseitig für die Missgeschicke, die ihnen widerfahren waren. Wenn Mel ihm irgendwo anders als auf Oaklands begegnet wäre, hätte sie ihm wahrscheinlich noch viel mehr anvertraut. Sie lagen genau auf derselben Wellenlänge. Irgendwie wusste Camellia, dass auch er einige der dunklen Orte kannte, die ihr vertraut waren; sie schloss es aus seinem Benehmen und seinem wissenden Blick.

Als Antoine sie über das Haustelefon anrief, um sie in die Küche zu rufen, stellte sie fest, dass es fast halb elf war.

»Ich bin gleich wieder da«, versicherte sie. »Wenn Sie noch etwas zu trinken wollen, wenden Sie sich an Sally an der Rezeption.«

Antoine hatte sich in den Finger geschnitten und brauchte Hilfe, um einen Verband anzulegen. Es war schlimmer, als sie erwartet hatte, denn die Wunde blutete heftig. Sie versorgte seinen Finger, wischte das Blut weg, das überall hingetropft war, und verstaute die Lebensmittel für ihn im Kühlschrank.

Kurz vor elf war sie wieder in der Bar. Zu ihrer Überraschung war der Mann verschwunden. Sally hatte die Lichter in der Bar ausgeknipst, die Handtücher über die Zapfhähne gelegt und abgeschlossen.

Mel kam sich sehr töricht vor, weil sie erwartet hatte, der

Mann würde auf sie warten. Wenn sie darüber nachdachte, musste sie sich eingestehen, dass sie den ganzen Abend mit ihm geflirtet hatte.

Sie mochte ihn wirklich, das war das Schlimmste von allem, und sie war fest davon überzeugt gewesen, dass er sich genauso zu ihr hingezogen fühlte. Doch wahrscheinlich war er nur höflich gewesen. Und sosehr sie sich auch bemühte, sie bekam weder sein Gesicht noch seine Stimme aus dem Kopf.

Am nächsten Morgen räumte Mel gerade die Frühstückstische ab, als Magnus mit langen Schritten in den Speisesaal kam. Er wirkte sehr selbstzufrieden, und sein Gesicht hatte einen rosigen Schimmer.

»Also, wie hat Nick Ihnen denn nun gefallen?«, fragte er.

»Nick?« Mel sah ihn ratlos an.

»Nun, nach allem, was ich gehört habe, haben Sie gestern den halben Abend mit ihm geplaudert.« Magnus stieß ein dunkles, volltönendes Lachen aus. »Es wird ihm aber gar nicht gefallen, wenn ich ihm erzähle, wie wenig Eindruck er auf Sie gemacht hat.«

Ihr Magen schlingerte auf seltsame Weise. »Das war Ihr Sohn?«

»Natürlich. Wussten Sie das denn nicht?«

»Nein, er hat sich nicht vorgestellt«, antwortete sie leise und setzte sich dann jäh an den Tisch, den sie gerade abgewischt hatte. »Ich dachte, er wäre irgendein Clubmitglied.«

»Einen so verlotterten Burschen wie ihn würde ich niemals in den Club aufnehmen«, lachte Magnus, und doch schwang in seiner Stimme ein gewisser Stolz mit. »Sie sind ein bisschen überstürzt zu Bett gegangen, nicht wahr? Als ich zurückkam, fand ich Nick allein vor. Er sagte, sie seien nach unten in die Küche gerufen worden. Deshalb habe ich die Bar abgeschlossen und bin mit Nick nach oben gegangen. Als ich wieder herunterkam, um Sie auf einen Schlummertrunk zu uns einzuladen, waren Sie bereits zu Bett gegangen.«

»Ich wusste nicht, dass Sie zurückgekehrt waren. Ich dachte, Sally hätte die Bar abgeschlossen«, erklärte sie und errötete heftig, weil ihr unweigerlich wieder einfiel, wie lange sie wachgelegen und an den jungen Mann gedacht hatte.

»Ist nicht so wichtig. Wenn er bei dem Vorsprechen heute die Rolle bekommt, wird er mindestens zwei oder drei Wochen hier sein. Da werden Sie noch reichlich Gelegenheit haben, ihn besser kennen zu lernen.«

Mel versuchte, sich zusammenzureißen. »Wie konnte ich nur so dumm sein!«, murmelte sie. »Ich habe einfach nicht geschaltet.«

»Er hat aber geschaltet. Jedenfalls hat es bei ihm ganz laut ›Klick‹ gemacht«, brummte Magnus, doch er lächelte, als fände er Gefallen an dem Gedanken. »Er wollte alles über Sie wissen, absolut alles. Das ist das erste Mal seit einer Ewigkeit, dass er so hingerissen von einer Frau ist.«

Als Magnus einige Minuten später den Speisesaal verließ, blieb Mel noch eine Weile am Tisch sitzen. Sie war bis ins Mark erschüttert.

An diese eine Möglichkeit hatte sie nie gedacht. Nicht einen Augenblick lang hätte sie erwartet, Magnus' jüngsten Sohn zu mögen: Nach allem, was sie von ihm gehört hatte, konnte er eigentlich nur noch unsympathischer sein als Stephen. Außerdem hatte er seinen Vater seit mehr als einem Jahr nicht mehr besucht. Zwar betete Mrs. Downes ihn an, doch andererseits hatte sie Nick seit Ruths Tod die Mutter ersetzt. Trotzdem gab selbst sie zu, dass er furchtbar verwöhnt war und sich besser einen richtigen Job suchen sollte, statt seine Zeit als Schauspieler zu verschwenden und Magnus auf der Tasche zu liegen. Auch sein Aussehen hatte ihn nicht verraten; er hatte nicht die geringste Ähnlichkeit mit seinem Vater oder seinen Geschwistern.

Sie konnte sich nicht länger einreden, er sei nicht an ihr interessiert. Magnus' Bemerkungen hatten bestätigt, was ihr Instinkt ihr ohnehin gesagt hatte: Diese wohligen Schauder, die ihr den Rücken hinunterkrochen, wenn sie mit ihm redete, hatten ihre Ursache in einer gefährlichen, auf Gegenseitigkeit beruhenden Anziehung.

Gegenseitige Anziehung zwischen mir und meinem Halbbruder, dachte sie schaudernd. Ich hätte wissen müssen, dass irgendjemand mir Sand ins Getriebe streuen würde. Also, was nun?

14. Kapitel

Mel!«

Mel ignorierte Nicks Ruf und ging weiter die Einfahrt hinauf, als hätte sie ihn im Rascheln des Windes in den Bäumen nicht gehört.

»Dann bist du also nicht nur unerträglich arrogant, sondern obendrein noch taub«, witzelte er atemlos, als er sie einholte. »Du hast mir die ganze Zeit von den Lippen abgelesen, und ich habs nicht gemerkt.«

»Hast du nach mir gerufen?«, fragte sie in der Hoffnung, ihr kalter Tonfall würde ihn abschrecken. »Ich war so tief in Gedanken versunken, dass ich dich nicht gehört habe.«

Während der letzten Tage war Mel in Nicks Gegenwart zunehmend nervös gewesen. Sie hatte Angst.

Er hatte die Rolle beim Bath Theatre Royal nicht bekommen, und sie wusste nur zu gut, dass sie der einzige Grund war, warum er nicht nach London zurückkehrte. Er war jetzt seit viereinhalb Tagen auf Oaklands und hatte sich ein Bein ausgerissen, um sie bei jeder nur denkbaren Gelegenheit zu betören.

Und es funktionierte. Sie war nicht nur betört, sie war bezaubert. Kein anderer Mann hatte bisher eine solche Wirkung auf sie gehabt. In seiner Gegenwart fühlte sie sich benommen und voller Jubel, und sobald sie wieder allein war, war sie gereizt und mutlos. Wieder und wieder schalt sie sich überzureagieren und versuchte, ihn aus ihren Gedanken zu verbannen, doch es war ihr unmöglich. Und er ließ sie einfach nicht in Ruhe.

Wenn sie Bardienst hatte, war er da, um zu helfen. Er tauchte auf, wenn sie die Frühstückstische abräumte; wenn sie in die Küche ging, erschien er ebenfalls dort, plauderte mit ihr, brachte sie zum Lachen, neckte sie und flirtete mit ihr.

Jeder auf Oaklands redete über sie, bereits fest davon überzeugt, dass dies die Romanze des Jahrhunderts werden würde. Mrs. Downes erzählte ihr immer neue Geschichten, wie süß Nick als kleiner Junge gewesen sei. Magnus strahlte nur noch, und am Sonntag bot er ihr einen zusätzlichen freien Abend an, damit Nick sie ins Kino ausführen konnte.

Mel hatte Magnus' Angebot ausgeschlagen. »Ich habe Nick zwar gern«, hatte sie erklärt, »ich bin jedoch nicht an einem Rendezvous mit ihm interessiert.«

Aber Magnus hatte nur gelacht. »Sie zieren sich gewiss nur, Mel.«

Sie war der Meinung, inzwischen für all ihre vergangenen Fehler und Untaten gebüßt zu haben, und sie hatte geglaubt, ihr neu gefundenes Glück und ihr Stolz auf sich selbst würden von Dauer sein. Jetzt sah es so aus, als wäre Nick als neuerliche Strafe über ihr Leben gekommen. Sie wusste nicht, wie sie sich verhalten sollte.

Eine leise Stimme in ihr drängte sie, zu Magnus zu gehen und ihm alles zu erzählen. Sie hatte keinen Beweis dafür, dass er wirklich ihr Vater war. Vielleicht konnte er ihren Spekulationen ein und für alle Mal ein Ende bereiten. Aber wie konnte sie jetzt zugeben, dass sie ein ganzes Jahr lang unter falschen Vorspielungen unter seinem Dach gelebt hatte? Sie würde hinterhältig und verlogen wirken. Und wenn er wirklich ihr Vater war, was dann? Er würde sie entweder bitten fortzugehen oder sich gezwungen fühlen, sie öffentlich anzuerkennen. So wie sie Magnus inzwischen kannte, war er ein zu anständiger Mensch, um den feigen Ausweg zu wählen. Und das würde seiner ganzen Familie tiefen Kummer bescheren.

Es hatte bis zum vergangenen Abend unablässig heftig geregnet, was ihre Niedergeschlagenheit noch verstärkt hatte. Als sie an diesem Morgen bei blauem Himmel und Sonnenschein erwacht war, hatte sie sich vorgenommen, am Nachmittag einen langen Spaziergang zu unternehmen, um nachzudenken und vielleicht ihr inneres Gleichgewicht wiederzufinden. Es war noch immer sehr windig, und ein Teppich von verwelktem Laub verbarg tiefe Pfützen, aber mit ihren Gummistiefeln, dem Ölmantel und einem warmen Schal um den Hals war sie gut geschützt. Sie wusste nur nicht, wie sie sich auch vor Nick schützen sollte.

Jetzt blieb sie stehen und drehte sich zu ihm um. »Ich wollte nur ein wenig spazieren gehen. Ich möchte deine Gefühle nicht verletzen, aber ich würde lieber allein sein«, sagte sie unumwunden.

Seine Mundwinkel sanken verdrossen nach unten, was ihn sehr jung aussehen ließ. Wie gewöhnlich trug er Jeans und dazu seine Lederjacke. Seine einzige Schutzmaßnahme gegen das Wetter war ein karierter Schal, den er sich locker um den Hals geschlungen hatte. Seine Wildlederstiefel taugten kaum für einen Spaziergang durch Schlamm und Pfützen.

Während der letzten Tage hatte sie vergeblich versucht, ihn nicht allzu genau zu betrachten. Seine schmalen Hüften und sein strammes, wohl gerundetes Hinterteil erregten sie, und unter dem Blick seiner wachsamen dunkelblauen Augen wurde sie jedes Mal flammend rot. Er hatte eine winzige Narbe über der rechten Augenbraue, und immer wieder hatte es ihr in allen Fingern gejuckt, diese Narbe zu berühren. Doch es waren seine Lippen, die sie wirklich aus dem Gleichgewicht brachten und sie, weich und voll, quälend daran erinnerten, wie lang es her war, seit sie das letzte Mal einen Mann geküsst hatte.

»Wir müssen endlich einmal richtig reden«, entgegnete er schulterzuckend. »Ich weiß, es gefällt dir nicht, dass ich der Sohn vom Boss bin, aber das ist dumm. Dad hat nichts dagegen einzuwenden.«

Mel lächelte spöttisch, doch ihr Herz zog sich schmerzhaft zusammen. Sie wusste, sie musste eine Möglichkeit finden, ihn zu verletzen.

»Du bist noch arroganter als dein Bruder Stephen«, erwiderte sie schneidend. »Ich bin keine kleine viktorianische Küchenmagd. Ich habe einen eigenen Kopf. Und wie ich dir schon zu erklären versucht habe, ich mag dich, doch das ist auch alles. Ich interessiere mich nicht für Männer, Punkt. Es wäre mir sogar egal, wenn du Paul Newman oder Steve McQueen wärst. Ich würde trotzdem Nein sagen. Bekommst du das endlich in deinen Kopf?«

Sie erwartete, dass er mit einer gleichermaßen scharfen Erwiderung kontern würde. Er war schließlich ein Mann von Welt und sehr wortgewandt, aber stattdessen sah er sie einfach nur an, die dunkelblauen Augen voller Tadel.

»Tut mir Leid, doch ich glaube dir nicht«, gab er leise zurück. »Nicht, weil ich ein egoistischer Bastard bin, der denkt, alle Mädchen müssten ihm zu Füßen liegen, sondern weil ich etwas zwischen uns spüren kann. Ich weiß, das klingt vielleicht wie ein grässliches Klischee, aber ich habe es schon gespürt, als wir uns erst wenige Sekunden kannten.«

Mel lachte ihn aus. Sie hatte von Mrs. Downes gehört, dass er durchaus als Playboy gelten konnte, ein gesellschaftlicher Schmetterling, der jede Woche mit einem anderen Mädchen am Arm durchs Leben flatterte. »Ich hätte gedacht, dass einem Schauspieler da etwas Besseres einfallen würde«, versetzte sie.

»Ich verstehe mich recht gut darauf, einer Frau den Hof zu machen, wenn es mir nicht ernst ist«, entgegnete er. »Aber das hier ist kein Scherz. Ich erkläre dir nur, was in meinem Herzen vorgeht.«

Seine Aufrichtigkeit nahm ihr allen Wind aus den Segeln.

»Sieh mal, Nick«, meinte sie, und es fiel ihr schwer, ihm in die Augen zu blicken. »Ich weiß nicht, wie viel du über mich weißt, doch ich habe eine ziemlich bunte Vergangenheit. Ich habe als Hostess in einem Nachtclub gearbeitet, und das Flirten ist mir in Fleisch und Blut übergegangen. An jenem Abend, als du das erste Mal in die Bar gekommen bist, habe ich einfach genauso auf dich reagiert wie auf jeden anderen Mann dort. Wenn du mehr hineininterpretiert hast, tut es mir Leid. So, dürfte ich meinen Spaziergang jetzt fortsetzen?«

»Ich komme mit«, entschied er und hakte sie unter. »Ich habe dir nämlich noch einiges mehr zu sagen.«

»Ich will es nicht hören«, erwiderte sie in flehentlichem Ton.

»Ich hatte nicht die Absicht, den ganzen Nachmittag nur über uns zu reden«, erklärte er. »Ich möchte einfach nur mehr über dich wissen. Ich verstehe jetzt, warum Dad so viel von dir hält. Sophie und Stephen mögen denken, dass du dir seine Zuneigung mit kühler Berechnung erschlichen hast, doch nur um das einmal festzustellen: Ich weiß, die beiden irren sich.«

»Freut mich zu hören«, murmelte sie, dann schüttelte sie seine Finger von ihrem Arm ab und schob die Hände in die Taschen ihres Mantels. »Nur um das einmal festzustellen, wie du es ausdrückst, ich habe deinen Dad ebenfalls sehr lieb gewonnen. Er hat mir einen Job gegeben und einen neuen Anfang ermöglicht. Ich schulde ihm viel. Und ich glaube nicht, dass deine Geschwister ihn besonders gut kennen, wenn sie glauben, irgendjemand könne sich seine Zuneigung ›erschleichen‹. Er ist so ziemlich der scharfsinnigste Mensch, dem ich je begegnet bin.«

»Du machst den beiden Angst«, bekannte Nick. »Du bist alles, was Sophie nicht ist, schön, witzig, lebhaft und klug. Was Stephen betrifft, nun, der findet einfach, dass der Platz einer Frau am Herd sei; er hat nicht einmal genug Fantasie, um sie sich im Bett vorzustellen.«

Mel musste einfach lachen. »Gegen die Komplexe deiner Geschwister kann ich nichts tun«, meinte sie. »Aber du kannst ihnen ausrichten, dass ich es nicht auf ihren Dad abgesehen habe – und auch nicht auf dich. Wenn du willst, erzähl ihnen, ich sei eine Lesbe.«

»Keiner von beiden hätte auch nur einen blassen Schimmer, was das ist«, seufzte er. Dann griff er wieder nach ihrem Arm und drehte sie leicht zu sich um, sodass sie gezwungen war, ihn anzusehen. »Na schön, genug davon, lass uns einfach ein bisschen laufen und reden.«

Sie gingen den Bath Nocker Hill hinunter zum Fluss, der über die Ufer getreten war und die Felder zu beiden Seiten überflutet hatte. Aber der Treidelpfad am Kanal war trotz des Schlamms an manchen Stellen begehbar, und außerdem schützten die dichten Büsche sie vor dem kalten Wind.

»Es tut mir Leid, dass du die Rolle neulich nicht bekommen hast«, bemerkte Mel. Sie fühlte sich jetzt ein wenig unbefangener. Vielleicht konnten sie ja doch eine platonische Freundschaft aufbauen. »Hast du eine Ahnung, warum es nicht geklappt hat?«

»Ich bin einfach kurz vor dem Ziel von einem besseren Schauspieler geschlagen worden«, gab er zu.

»Nun, das ist eine ehrliche Antwort«, sagte sie.

Er zuckte die Schultern. »Ich musste lernen, ehrlich und bescheiden zu sein.«

Mel hatte den Eindruck, einen Nerv getroffen zu haben. »Du warst also nicht immer ehrlich und bescheiden?«

»Nein. Ich war König Prahlhans«, seufzte er, lachte dann jedoch, als wäre er es nicht gewohnt, derart freimütige Geständnisse zu machen. »Verstehst du, ich habe keine Schauspielschule besucht. Ich dachte, ich wäre bei den Schulaufführungen so großartig gewesen, dass ich so etwas nicht nötig gehabt hätte. Ich habe ein paar zusätzliche Arbeiten übernommen und bin dann durch einen Bekannten an einige Werbespots gekommen. Ich habe nie begriffen, dass ich einfach Glück hatte. Ich habe mich immer für ein Naturtalent gehalten.«

»Und du hast dafür bezahlt?« Magnus hatte ihr in der Vergangenheit ein oder zwei Dinge erzählt, die die Vermutung nahe legten, dass irgendwann einmal in Nicks Leben etwas furchtbar schief gegangen sein musste. Sie hoffte, er würde ihr davon erzählen.

»Das kam später«, antwortete er mit einem Grinsen. »Was mir wirklich den Kopf verdreht hat, war die Titelrolle in einer Fernsehserie. Ich war damals erst zwanzig und bekam eine Menge Vorschusslorbeeren in den Medien; es wurde behauptet, ich sei ein zweiter James Dean, ein Bursche, der es höchstwahrscheinlich bis ganz nach oben schaffen würde, und ich habe jedes Wort davon geglaubt. Es war eine simple Familienserie, einfaches Milieu in einer Südlondoner Siedlung. Ich habe den Halbstarken gespielt, der gerade eine Zeit in Borstel abgesessen hatte.«

»Doch nicht etwa *Hunnicroft Estate*?«, fragte sie.

»Gütiger Gott, es gibt also doch noch jemanden, der sich daran erinnert!«, erwiderte er trocken. »Hat dir die Serie gefallen?«

Es war Mel zu peinlich zuzugeben, dass Bee und sie sich die ersten Minuten der ersten Episode angesehen und den Apparat gleich wieder ausgeschaltet hatten. Soweit sie sich erinnerte, war es nur um fluchende junge Kerle gegangen, die einander mit Motorradketten verprügelten. »Es war nicht so ganz mein Ding«, wich sie aus. »Aber ich habe damals auch kaum ferngesehen.«

»Du warst nicht die Einzige, der die Serie nicht gefallen hat. Es ist überhaupt niemand darauf abgefahren«, bemerkte er lachend. »Das Timing war vollkommen idiotisch. Nicht zeitgemäß, das Ganze. Die Leute riefen beim Sender an und beschwerten sich über die Fäkalsprache und die Gewalt. Nach den ersten sechs Wochen hat man die Serie fallen lassen wie einen Stein.«

»Und dann?«

»Für mich kam gar nichts mehr«, sagte er kläglich und stieß mit dem Fuß gegen einen Stein. »Ich war auf den Schläger–Typ festgelegt; all meine Träume waren zerplatzt wie Seifenblasen, und ich hatte nicht genug Verstand, um mich einfach für ein Weilchen zurückzuziehen und auf eine zweite Chance zu warten.«

Mel dachte einen Moment lang über seine Antwort nach. Er musste ein ziemlich guter Schauspieler gewesen sein, wenn es ihm gelungen war, überzeugend einen Schläger zu spielen, denn er selbst hatte so gar nichts von einem Schläger. »Was hast du denn stattdessen getan?«

»Ich habe die Rolle des großen Stars gespielt. Abend um Abend bin ich durch die Clubs gezogen, ›Annabel's‹, das ›Speak Easy‹, das ›Scotch of St. James's‹. Solange bloß ein paar Puppen dort waren, die mich erkannten, blieb ich Nacht für Nacht so lange, bis ich zu betrunken war, um aufrecht gehen zu können. Das Geld, das ich verdient hatte, war schon bald futsch. Das Einzige, was mir von meinen fünf Minuten Ruhm geblieben war, waren einige Hochglanzfotos und ein paar scharfe Anzüge.«

Seine Aufrichtigkeit rührte Mel. Sie hatte während ihrer Zeit in Chelsea all diese Clubs kennen gelernt und war dort vielen Männern dieses Schlags begegnet. Aber andererseits war sie eben eine dieser »Puppen« gewesen und jederzeit bereit, die Nacht mit diesen Männern zu durchtanzen und ihr Ego mit Schmeichelei aufzupäppeln, solange sie nur dafür zahlten. Sie fühlte sich stark versucht, ihm das zu gestehen, doch manche Dinge blieben besser ungesagt.

»Du klingst so, als schämtest du dich dafür«, stellte sie stattdessen fest. »Ich kenne das Gefühl; es gibt auch in meinem Leben einige Dinge, die ich lieber vergessen würde.«

Er warf ihr einen Seitenblick zu, als wollte er herausfinden, ob er seiner Beichte noch etwas hinzufügen konnte. »Ich war ein ausgemachter Trottel«, gestand er mit einem schwachen, freudlosen Grinsen. »Ich habe die Menschen benutzt, bis sie mich fallen ließen, und ich bin so tief gesunken, dass ich glaubte, nie wieder hochzukommen. Zu meinem Glück traf ich dann eine Frau, die mich genug mochte, um mir eine helfende Hand anzubieten. Sie ließ mich in ihrem Haus wohnen, während ich wieder Boden unter den Füßen gewann; sie bestand darauf, dass ich mir einen Job als Barkeeper suchte, um meinen Unterhalt zu verdienen, und sie ermutigte mich, ein paar Schauspielkurse zu besuchen.«

»Ist das der Grund, warum du deinen Vater so lange nicht besucht hast?«

»Ja, wahrscheinlich schon.« Er blickte ein wenig beschämt drein. »Dad ist nicht der Typ, der von mir erwartet, dass ich mich einmal im Monat hier blicken lasse. Aber ich konnte ihm einfach nicht gegenübertreten, bevor ich mein Leben halbwegs wieder in Ordnung gebracht hatte. Doch wir haben jetzt lange genug von mir gesprochen, ich würde jetzt gern mehr über dich erfahren.«

Normalerweise redete er nicht über diese Dinge, das spürte Mel, und wahrscheinlich war die ganze Geschichte für ihn genauso traurig und quälend wie ihre für sie. Solche Aufrichtigkeit verdiente ein gewisses Maß an Offenheit ihrerseits, fand sie.

»Ich war einfach nur eine dumme Gans, die glaubte, bis in

alle Ewigkeit die Kerze von beiden Enden gleichzeitig abbrennen zu können«, bekannte sie mit einem kleinen Lächeln. »Es war alles ziemlich schmutzig. Schon komisch, dass man sich so lange selbst einreden kann, es sei alles in Ordnung. Und eines Tages wacht man dann auf und stellt fest, dass über Nacht die Milch sauer geworden ist.«

Sie erzählte ihm von Bee. Allerdings dieselbe bereinigte Version, die sie auch Magnus erzählt hatte und in der sie die Pornografie ausließ.

»Es tut mir so Leid«, meinte er, und in seinen blauen Augen stand das gleiche Mitgefühl, das sie so oft in den Augen seines Vaters gesehen hatte. »Ich konnte nicht begreifen, warum du in der Abgeschiedenheit von Oaklands so glücklich warst, doch jetzt verstehe ich es.«

»Es ist die Reinheit des Lebens hier, die mir gefällt«, erklärte sie und drehte sich um. Oaklands lag jetzt hinter Bäumen verborgen, aber die gewellten Hügel, das Flickenwerk der Felder und die herbstlichen Farben im Tal waren wunderschön. »Ich weiß, dass manche der Gäste nicht das sind, was sie zu sein scheinen, dass ich mich hier vielleicht vor dem wirklichen Leben verschließe, doch wenn ich aus meinem Fenster blicke, fühle ich mich erneuert und voller Frieden. Deshalb bin ich deinem Vater so dankbar, Nick. Er war für mich das, was für dich deine Freundin war, die dir geholfen hat. Er hat mich an der Hand genommen und all die Hippiephrasen verbannt, an die ich früher geglaubt habe. Jetzt bereitet es mir Freude, hart zu arbeiten, und es tut gut, das Gefühl zu haben, hier ein Teil des Ganzen zu sein.«

Vielleicht war das nicht die ganze Wahrheit, aber sie glaubte tatsächlich, dass Magnus' Einfluss der beste in ihrem Leben gewesen war, der, der sie am meisten geprägt hatte.

Später an jenem Nachmittag saß Nick am Schlafzimmerfenster seines Vaters. Es war inzwischen fast dunkel. Dieser Raum lag im ersten Stock, direkt unter Mels Zimmer, und bot dieselbe

Aussicht auf das Tal, auch wenn die Fenster hier größer waren. Nebenan befand sich Magnus' privates Wohnzimmer.

Hier im Schlafzimmer gab es noch viele Erinnerungen an seine Mutter: gestickte Bilder, Satinkissen, die sie selbst genäht hatte und deren Bezüge langsam verblassten, deren Füllungen immer dünner wurden. Fotos von allen Kindern bedeckten die eine Wand, und in den Silberrahmen auf dem Ankleidetisch standen noch mehr. Bei seinen seltenen Besuchen daheim schlief Nick immer im Wohnzimmer nebenan. Er behauptete, es lohne sich nicht, eins der Gästezimmer für ihn zu reservieren, doch in Wirklichkeit schlief er hier, weil er gern in der Nähe seines Vaters war.

Zu Lebzeiten seiner Mutter hatten sie private Räume am anderen Ende des Hauses gehabt. Nick hatte es Magnus bitter übel genommen, dass er nach ihrem Tod hierher umgezogen war. Aber Zeit und Reife hatten ihn sanfter werden lassen, und jetzt verstand er seinen Vater.

Ruth hatte Pastelltöne geliebt, zierliche Möbel und hübsche Aquarelle, aber seit sie nicht mehr da war, war es für Magnus zu schmerzlich, mit so vielen Erinnerungen an sie zu leben. Sein neues Wohnzimmer war streng maskulin eingerichtet wie ein Raum in einem Herrenclub, mit dunklen, moosgrünen Wänden, ledernen Sesseln und wohl gefüllten Bücherregalen. Abgesehen von einem Foto von Ruth und Magnus an ihrem Hochzeitstag gab es nichts, was ihn unerwartet in die Vergangenheit hätte zurückreißen können.

Nick starrte aus dem Fenster und beobachtete, wie der Himmel langsam dunkel wurde. Er wusste, dass er sich eigentlich hätte rasieren, in einen Anzug schlüpfen und zum Abendessen hinuntergehen sollen, um seinem Vater Gesellschaft zu leisten. Aber obwohl es ihm im Allgemeinen Spaß machte, sich unter die Gäste und Clubmitglieder zu mischen und die Rolle des verlorenen Sohnes zu spielen, verspürte er an diesem Abend die starke Versuchung, oben zu bleiben.

Mel ging ihm einfach nicht aus dem Sinn. Und seine erste Begegnung mit ihr stand ihm so deutlich vor Augen, als betrachtete er ein Foto.

Ein einziger Scheinwerfer hatte sein Licht auf ihr dunkles, glänzendes Haar geworfen, das sie sich im Nacken mit einem schwarzen Samtband zusammengebunden hatte. Sie hatte ein hautenges rotes Kleid getragen, in dem viele andere Frauen billig gewirkt hätten, aber sie hatte den dramatischen, beinahe italienischen Teint, zu dem man so etwas tragen konnte.

Als er Mel hinter der Bar hatte stehen sehen, hatte es ihm den Atem verschlagen. Sophie hatte Mel als eine Art grell geschminkte Bardame beschrieben, die nur darauf wartete, ihren Vater in die Klauen zu bekommen. Er wusste, dass Sophie zu Übertreibungen neigte, trotzdem hatte er eher einen vollbusigen, auffälligeren Frauentyp erwartet – herausfordernd, vielleicht sogar mit einer altmodischen, toupierten Frisur. Dieses Mädchen – und sie war ein Mädchen, keine Frau, wie Sophie es dargestellt hatte – war schlicht und einfach schön. Vielleicht zum ersten Mal in seinem Leben hatte er es genossen, anonym zu bleiben.

Noch ein oder zwei Jahre zuvor wäre er zu aufgeblasen und überheblich gewesen, um sie wirklich anzusehen oder ihr zuzuhören. Aber so war er in den Genuss gekommen, sich jede winzige Kleinigkeit an ihr einzuprägen: die Sinnlichkeit der eine Spur fülligeren Unterlippe, die Form ihrer Augen, die Art, wie sich ihr Hüftknochen unter dem Kleid abzeichnete, wenn sie sich streckte und oben etwas aus dem Regal nahm.

All seine Freundinnen waren blond gewesen, und wenn er sich selbst gegenüber absolute Ehrlichkeit walten ließ, musste er zugeben, dass er sie beinahe wie Accessoires ausgewählt hatte. Aber Camellia würde sich niemals damit zufrieden geben, für einen Mann ein modisches Accessoire zu sein. Sie hatte einen eigenen Kopf und einen Stil, der absolut individuell war.

In mancher Hinsicht ähnelte sie Kate, der vierzigjährigen, geschiedenen Frau, die ihm zwei Jahre zuvor wieder auf die Beine geholfen hatte. Sie ähnelte ihr nicht äußerlich – Kate war eher üppig gewesen und hatte violette Augen gehabt –, sondern in ihrer Herzlichkeit, in ihrem Interesse an anderen Menschen und vielleicht in ihrer Leidenschaft. Seine Beziehung zu Kate war rein platonisch gewesen, dennoch hatte er gespürt, dass die Leidenschaft da war, genau wie er sie in Mel spüren konnte.

Es war die Leidenschaft, über die er noch spät an jenem Abend nachgedacht hatte, als er versucht hatte, auf dem Sofa seines Vaters einzuschlafen. Mel würde sich als eine leidenschaftliche Geliebte erweisen, davon war er überzeugt. Sie war eindeutig ein Mädchen mit reichlich Erfahrung, was Männer betraf. Er musste an all die humorvollen, scharfsichtigen kleinen Bemerkungen denken, die sie über ihre männlichen Freunde auf Ibiza gemacht hatte. Und an die verführerische Art, wie sie ihn angesehen hatte.

Jetzt, nach vier Tagen in Mels Gesellschaft, war Nick gründlich verwirrt. Er hatte Sophies Theorien allesamt über Bord geworfen: Mel brachte seinem Vater nichts entgegen als unverhohlene Bewunderung und Zuneigung. Aus seinen Gesprächen mit Joan Downes, Antoine und anderen Angestellten wusste er, dass sie niemandem etwas vorspielte und keine hinterhältigen Absichten verfolgte. Falls sie Oaklands verließ, würden sie alle am Boden zerstört sein: Wie es aussah, hatte sie praktisch die Leitung des Hotels übernommen.

Sie hatten so viel gemeinsam: Sie lachten über dieselben Dinge, und sie konnten sich vollkommen unbefangen und natürlich unterhalten. Er war ehrlich zu ihr gewesen, was seine Vergangenheit betraf, obwohl es noch viel mehr gab, was er ihr hätte erzählen können, und sie hatte sich ihm gegenüber ebenfalls zu einem gewissen Grad geöffnet. Warum also wollte sie ihn nicht?

Vielleicht war er immer noch ein wenig arrogant, aber er *wusste*, dass Mel sich zu ihm hingezogen fühlte. Er konnte es spüren, als umhüllte ihn ein starkes Parfüm. Warum kämpfte sie dagegen an?

Bis Mel an diesem Abend ins Bett kam, verging noch einige Zeit. Auch sie schlief nicht, sondern schluchzte sich das Herz aus dem Leib. Es war einer der qualvollsten Abende gewesen, die sie je erlebt hatte. Trotz ihres Protestes hatte Magnus darauf bestanden, dass sie sich Nick und ihm zum Essen im Speisesaal anschloss. Während sie dort gesessen und mit pochiertem Lachs gespielt hatte, flankiert von zwei attraktiven Männern, war es ihr größter Wunsch gewesen, ihre Sachen zu packen und für immer fortzugehen.

»Ich fahre morgen nach London zurück«, hatte Nick erklärt, während er ihr ein Glas Wein eingeschenkt hatte. »Aber ich werde so oft wieder nach Oaklands zurückkommen, bis du weich geworden bist.«

Magnus hatte zu all dem nur zufrieden gelächelt, als organisierte er in Gedanken bereits die Hochzeit. »So ist es richtig, mein Sohn«, stellte er voller Überzeugung fest. »Ein verzagtes Herz gewinnt keine schöne Frau. Mel ist einfach außer Übung. Ich habe sie zu lange hinter Schloss und Riegel gehalten.«

Sie konnte nur erröten und schwach lächeln. Nick sah so fantastisch aus in seinem dunklen Anzug und dem hellblauen Hemd. Wie konnte sie es wagen, ihn so sehr zu begehren? Oder das Vertrauen missbrauchen, das Magnus ihr geschenkt hatte, Magnus, der ihr so viel väterliche Zuneigung entgegenbrachte, ohne zu ahnen, dass sie miteinander verwandt waren?

Während sie da bei Kerzenlicht beieinander saßen, fiel ihr auf, wie sehr sie einander ähnelten, etwas, das ihr bisher entgangen war. Sie hatte hohe, feine Wangenknochen – genau wie Nick. Die Falten und das Fleisch, das Magnus' Gesichtskonturen weicher wirken ließ, hatten sie bisher dafür blind gemacht, doch jetzt konnte sie diese Züge bei ihm ebenfalls erkennen. Auch die Farbe seines Haars und seiner Augen hatte sie bisher über andere Ähnlichkeiten hinweggetäuscht … Andererseits hatte auch Sophie dunkles Haar und dunkle Augen …

Die Tönung ihrer Haut lieferte einen weiteren Fingerzeig: Tagsüber bemerkte man nur, dass Magnus' Gesicht durch die Arbeit im Freien einen rötlichen Braunton angenommen hatte, wogegen Nick vergleichsweise blass wirkte. Aber jetzt erkannte Mel, dass sie alle den gleichen olivfarbenen Hautton hatten. Und auch wenn Nick nun eher blass wirkte, hatte er ihr doch erzählt, dass er nach seiner Rückkehr aus Griechenland im vergangenen Jahr beinahe schwarz gewesen war. Selbst die Form ihrer Lippen war verräterisch. Sie alle hatten Lippen mit den Konturen eines klassischen Bogens.

Früher einmal wäre sie überglücklich gewesen, weitere Beweise für ihre Verwandtschaft mit Magnus zu entdecken, doch jetzt verursachte ihr diese Entdeckung Übelkeit. Sie wünschte sich nichts mehr, als eine anonyme Angestellte zu sein, deren größte Sorge es war, wie sie den nächsten Wochenlohn ausgeben sollte.

Das Gespräch wandte sich schließlich Magnus' Zukunftsplänen zu: Er wollte im ehemaligen Stallblock einen Fitnessraum und einen Swimmingpool einrichten lassen. Magnus schlug Nick sogar im Scherz vor, einen Kurs als Fitnesstrainer zu belegen, damit er eine berufliche Alternative hätte, falls seine Schauspielkarriere irgendwann endgültig im Sande verlaufen sollte.

Nick hatte vorher beiläufig erwähnt, dass er in einem Fitnessstudio in London arbeitete, aber als Magnus jetzt davon sprach, sah Mel Nick plötzlich vor ihrem inneren Auge nackt vor sich. Sie trank noch mehr Wein, um ihre Verwirrung zu verbergen.

»Ich habe vor, Ihnen Fahrstunden geben zu lassen, Mel«, eröffnete Magnus da. »Es ist einfach lächerlich, dass Sie nicht Auto fahren können«, fügte er beinahe schroff hinzu. »Sie könnten die Bankgeschäfte für mich regeln und würden auf diese Weise auch mehr aus dem Haus kommen. Ich werde morgen mit der Fahrschule sprechen.«

Je länger das Essen sich hinzog, desto schlimmer wurde es. In allen langfristigen Plänen, von denen Magnus sprach, spielte sie eine bedeutende Rolle. Es war ganz offensichtlich, dass er über seinen Rückzug aus dem Berufsleben nachdachte und die Absicht hatte, sie zur Direktorin des Hotels zu befördern.

»Ich möchte expandieren«, erklärte er und lächelte ihr zu, bevor er wieder Nick ansah, als hätten sie das alles bereits im Detail besprochen. »Zurzeit überlege ich, einen Anbau neben die Ställe setzen zu lassen, mit noch einmal zwanzig Zimmern. Ich habe auch in Erwägung gezogen, einen Konferenzraum anlegen zu lassen, sodass wir Firmen ein Komplettpaket anbieten könnten.«

Noch vor einer Woche wäre Mel außer sich vor Begeisterung über einen solchen Plan gewesen. Sie hätte vielleicht sogar angeregt, mehr Hochzeitsgesellschaften in das Hotel zu ziehen. Aber jetzt nippte sie nur an ihrem Wein, hörte den Männern zu und hoffte gegen alle Vernunft auf einen Notfall in der Küche, der ihre Anwesenheit dort dringend erforderlich machte.

Nick erzählte von seiner Schulzeit und von den Ferien auf Oaklands, damals, als seine Mutter noch gelebt hatte. Es war sehr schmerzlich für Mel, die beiden Männer so liebevoll von Ruth sprechen zu hören und zu wissen, dass Magnus die ganze Zeit über Bonny geschrieben hatte. Nicks Kindheit klang so idyllisch, ein Baumhaus im Wald, Schulfreunde, die zu wochenlangen Besuchen blieben, Theaterstücke, die im Stall mit Kindern aus dem Ort aufgeführt wurden.

Aber die Zeit nach Ruths Tod erwähnte Nick mit keinem Wort, und Mel spürte, dass er in diesen Jahren des Heranwachsens genauso unglücklich gewesen war wie sie selbst. Vielleicht hatte er deshalb mit der Schauspielerei angefangen, hatte den Unverwüstlichen und Gleichgültigen gespielt, während sein Vater sich in seine Trauer zurückgezogen hatte: ein einsamer Junge, der gezwungen gewesen war, viel zu schnell zum Mann zu werden.

»Es wird Zeit, dass Sie endlich mal Urlaub machen, mein Mädchen«, bemerkte Magnus kurz darauf; vielleicht hatte ihr ungewohntes Schweigen seine Aufmerksamkeit erregt. »Nick schwärmt mir ständig von den griechischen Inseln vor. Selbst um diese Jahreszeit ist es dort noch wunderschön. Wie wärs, wenn ihr zwei für eine Woche rüberfliegen würdet?«

Rückblickend war Mel klar, dass Magnus nur nett hatte sein wollen, dass er sich Sorgen machte, weil sie nicht so lebhaft war wie gewöhnlich. Er warf sich vor, sie zu hart arbeiten zu lassen. Doch in diesem Moment hatte sie seinen Vorschlag lediglich als einen Versuch betrachtet, sie zu manipulieren. »Wenn ich Urlaub machen will, kann ich das durchaus selbst organisieren«, fuhr sie auf, ohne nachzudenken.

Sie sah die beiden Männer Blicke tauschen und begriff, dass sie ein wenig betrunken war. »Ich muss dringend ein Wort mit Antoine sprechen«, behauptete sie hastig, denn sie fürchtete, sich noch mehr zu blamieren. Und bevor einer der beiden Männer protestieren konnte, hatte sie auch schon den Raum verlassen.

Glücklicherweise brauchte Antoine tatsächlich etwas Hilfe, da die Spülmaschine ihren Dienst versagte. Mel nahm alles heraus, spülte es und trocknete es von Hand, während Antoine die Desserts garnierte.

Als sie ins Esszimmer zurückkam, waren Magnus und Nick mit einer Flasche Brandy in ihr Wohnzimmer verschwunden.

Sally grinste Mel an, als sie ihr diese Information übermittelte. »Sie lassen dich bitten nachzukommen«, fügte sie widerstrebend hinzu.

Sally war die einzige Angestellte im Hotel, in deren Gegenwart Mel sich nicht ganz wohl fühlte: ein hoch gewachsenes, schmales Mädchen aus Rhodesien, das tagsüber an der Universität von Bath studierte. Mel hatte sich schon früher bisweilen gefragt, ob Sally vielleicht eifersüchtig auf sie war; jetzt entnahm sie ihrem scharfen Tonfall, dass sie selbst ein Auge auf Nick geworfen hatte.

»Ich fühle mich nicht besonders«, erwiderte Mel matt. »Wahrscheinlich gehe ich gleich ins Bett. Würdest du das den beiden bitte ausrichten?«

Sie hatte gerade einen Fuß auf die letzte Treppenflucht zum oberen Stockwerk gesetzt, als die Tür von Magnus' Wohnzimmer geöffnet wurde und Nick heraustrat.

»Gesell dich doch zu uns«, bat er sie, doch Mel schützte dieselbe Ausrede vor, die sie Sally genannt hatte, und ging weiter die Treppe hinauf.

Nick folgte ihr, wobei er immer zwei Stufen auf einmal nahm. »Was ist denn eigentlich wirklich los?«, fragte er, als er sie auf dem Flur vor ihrem Zimmer einholte.

»Ich habe es dir doch gesagt. Ich fühle mich nicht gut«, flunkerte sie. Der Abwasch hatte sie ein wenig ernüchtert.

»Der heutige Abend war einfach zu viel für dich, nicht wahr?«, erwiderte er. »Dad ist wie ein Bulldozer, wenn er erst einmal auf Touren kommt.«

Der verständnisvolle Klang seiner Stimme trieb ihr die Tränen in die Augen. Als Nick sah, dass sie weinte, zog er sie an sich.

»Na, na«, flüsterte er tröstend. »Kümmer dich nicht um Dad. Er hat Angst, zu alt zu werden, bevor er all seine Träume in die Tat umsetzen kann. Doch einige Dinge lassen sich nicht überstürzen, das vergisst er manchmal.«

Es tat so gut, in seinen Armen zu liegen, dass sie für einen Moment ihre Ängste vergaß, selbst dann noch, als er die Hände hob und ihr Gesicht umfasste.

»Du bist es wert zu warten«, raunte er ihr ins Ohr und drückte ihr einen sanften Kuss auf die Nase. »Manchmal kann ich der geduldigste Mensch auf der Welt sein.«

Sein Mund legte sich auf ihren, und für einen kurzen Augenblick gab sie ihm nach und verlor sich in der Süße dieser warmen, sinnlichen Lippen.

Aber die Wirklichkeit kehrte schnell und mit absolutem Grauen zurück. Sie stieß ihn mit Macht von sich. »Tu das nie wieder«, sagte sie und wischte sich seinen Kuss mit dem Handrücken ab. »Ich bin nicht interessiert, das habe dir bereits erklärt. Kannst du das denn nicht in deinen Dickschädel hineinbekommen?«

Er trat ein paar Schritte von ihr zurück, und eine helle Röte strömte in seine Wangen. »Ich würde gern behaupten, dass es mir Leid tut, aber das wäre nicht wahr«, gab er zurück und drehte sich um, um die Treppe wieder hinunterzugehen. »Ich weiß nicht, was mit dir los ist, Mel, doch ich werde es herausfinden, so oder so. Du wolltest mich genauso sehr küssen, wie ich es gewollt habe. Du kannst mir nichts vormachen.«

Sie saß in der Falle! Das erkannte Mel, als sie kurz darauf weinend im Bett lag. Den ganzen Abend lang hatte Nick ihr Beweise für seine zähe Entschlossenheit geliefert, angefangen von dem Kind, das trotz des Widerstandes von Seiten der Familie beschlossen hatte, Schauspieler zu werden, bis hin zu der Hartnäckigkeit, mit der es ihm nach dem beruflichen Absturz gelungen war, die Leiter wieder hinaufzuklettern. Er mochte früher ein Playboy gewesen sein, doch jetzt war er das nicht mehr. Nick hatte beschlossen, dass sie sein Schicksal war, und sie wusste, er würde nicht lockerlassen.

»Warum tust du mir das an?«, flüsterte sie in die Dunkelheit, an die gleiche Gottheit gewandt, der sie vor einem guten Jahr für dieses wunderschöne Zimmer gedankt hatte. »Was habe ich verbrochen, um das zu verdienen?«

15. Kapitel

Mel blickte durch Magnus' Wohnzimmerfenster hinaus in den schweren, peitschenden Regen. Es war noch nicht ganz vier Uhr nachmittags und trotzdem fast dunkel. Der kräftige Wind hatte den Bäumen ihre schönen Herbstblätter geraubt und Rasen und Terrasse mit einem braunen Flickenteppich bedeckt. Für sie war dieser Anblick eine scharfe Erinnerung an den Tag vor zwei Jahren, an dem sie auf Oaklands angekommen war, und den Tag im vergangenen Jahr, an dem sie Nick Osbourne zum ersten Mal begegnet war.

»Wann werden Sie mir verraten, was Sie quält?«

Die gebrummte Frage erschreckte sie. Sie zog die schweren Vorhänge zu und drehte sich wieder zu Magnus um. Er war nach einer Lungenentzündung auf dem Weg der Genesung. Begonnen hatte die Krankheit mit einer schlimmen Erkältung im vergangenen Monat; nach einem Nachmittag draußen im Regen war daraus eine Bronchitis geworden und schließlich, weil Magnus sich geweigert hatte, im Bett zu bleiben, eine Lungenentzündung.

Er saß auf seinem Lederstuhl dicht am Holzfeuer, bekleidet mit alten, grauen Flanellhosen und einer kastanienbraunen Smokingjacke. Das Teetablett, das sie gerade hereingebracht hatte, stand auf einem kleinen Tisch neben ihm. Er war noch nie in seinem Leben so krank gewesen und erwies sich überdies als ein sehr ungeduldiger Patient, der ständig eigenmächtig das Bett verließ und seine Genesung auf diese Weise noch weiter hinauszögerte. Aber jetzt war er endlich auf dem Wege der Besserung, und in der nächsten Woche würde Nick mit ihm auf die Kanarischen Inseln fliegen, damit er sich in der Sonne endgültig erholen konnte.

»Mich quält gar nichts«, flunkerte sie. »Ich habe nur darüber nachgedacht, wie niederschmetternd der Herbst sein kann.«

»Ich mag zwar langsam alt werden, doch ich bin noch nicht blind und auch nicht senil«, gab Magnus mit einem ungläubigen Schnauben zurück. »Kommen Sie her und setzen Sie sich zu mir.«

Magnus spürte seit einigen Monaten, dass Mel nicht mehr ganz sie selbst war, hatte diesen Umstand jedoch auf Überarbeitung zurückgeführt. Im Hotel hatte es den ganzen Sommer über viel zu tun gegeben, und sie waren knapp an Personal gewesen. Während der Wochen im Bett hatte er jedoch das deutliche Gefühl gehabt, dass Mel mehr zusetzte als bloße Erschöpfung. Irgendetwas belastete sie sehr.

Ihr Lächeln erreichte ihre Augen nicht mehr, obwohl sie immer noch scherzte und drauflosplapperte. Auch ihren Schwung und ihre Tüchtigkeit hatte sie keineswegs verloren, und sie war nach wie vor freundlich zu jedermann, aber das Licht in ihr war schwächer geworden. Als sie jetzt durch den Raum kam, um sich auf den anderen Stuhl am Kamin zu setzen, vermisste er den federnden Schritt, mit dem sie sich normalerweise bewegte. Ihr ganzer Körper wirkte verkrampft.

Magnus füllte zwei Tassen mit Tee, gab Milch hinzu und reichte eine der Tassen an Mel weiter. »Also?« Er warf ihr einen durchdringenden Blick zu, damit sie es nur ja nicht wagte, das Thema zu wechseln. »Was ist los, Mel? Und belügen Sie mich nicht. Ich will die Wahrheit hören.«

Mel schluckte. Sie wusste jetzt seit einigen Wochen, dass sie Oaklands würde verlassen müssen, hatte jedoch gehofft, es für sich behalten zu können, bis Magnus wieder vollkommen genesen war. Sie wusste, wie sehr er sich auf sie verließ; während seiner Krankheit waren sie einander noch näher gekommen. Aber sie hatte zu viel Respekt vor ihm, um ihn jetzt mit einer lahmen Ausrede abzuspeisen.

Ein ganzes Jahr lang lebte sie nun wie ein Jo-Jo: oben, solange Nick fortblieb, unten, sobald er zurückkam. Sie wollte ihn sehen, und doch geriet sie in Panik, wann immer sein zerbeulter roter MG die Einfahrt heraufrollte. Sie hatte gebetet, dass er das Interesse an ihr verlieren, einen Job auf der anderen Seite der Welt finden und nie mehr wiederkommen möge.

Im letzten November hatte er sich einem Repertoire-Theater in Birmingham angeschlossen, und einige Monate lang war es ihr gelungen, sich einzureden, er habe vielleicht eine andere Frau gefunden, auf die sich sein Interesse konzentrierte. Aber Ostern hatte er für die Sommersaison ein Engagement am Schauspielhaus in Weston-super-Mare angenommen, und seither kam er mindestens einmal die Woche nach Bath herüber.

Magnus wollte jedes Stück sehen, in dem Nick spielte, und jedes Mal bat er sie, ihn zu begleiten. Sie musste seinem Wunsch Folge leisten, denn mit einer Weigerung hätte sie seine Gefühle verletzt. Aber Magnus hatte keine Ahnung, welche Qualen das für sie bedeutete.

Manchmal gingen sie nach einer Matinee noch auf ein Eis und einen Spaziergang an die Promenade hinunter, und es genügte, wenn Nick ihre Hand mit seiner streifte oder ihr einen Kuss auf die Wange gab, und ihr Herz begann zu rasen. Sie war in einer hoffnungslosen, verzweifelten Situation gefangen, und es blieb ihr nichts anderes übrig, als Ärger zu heucheln, wann immer ihre Gespräche persönlich wurden.

Doch nicht einmal ihre vorgetäuschte Gleichgültigkeit konnte die beiderseitige Anziehung zerstreuen. Seine Blicke folgten ihr, geradeso wie ihre Blicke ihm folgten. In den Nächten, in denen er auf Oaklands blieb, konnte sie durch geschlossene Türen beinahe seinen Herzschlag hören, konnte seinen Körper an ihrem spüren und sich seine Küsse so lebhaft vorstellen, dass es sie beschämte.

Umringt von Angestellten und Gästen, war sie in Sicherheit; es waren die Zufallsbegegnungen, wenn sie beide allein waren, vor denen sie sich hüten musste. Sie hatte furchtbare Angst davor, sich eines Tages einen winzigen Augenblick der Schwäche zu gestatten. Jetzt war Nick wieder in Birmingham, aber er würde schon bald herkommen, um seinen Vater abzuholen, und danach wollte er sich, wie sie wusste, eine Arbeit in Bath suchen.

»Wollen Sie es mir nicht erzählen, Mel?« Magnus' Brummbass war zu einem Flehen geworden. »Sie sind für mich viel, viel mehr als eine Angestellte, und Sie wissen es. Sie dürfen jetzt keine Geheimnisse vor mir haben.«

Mel nippte an ihrem Tee und ging im Geiste all die Erklärungen durch, die sie sich ausgedacht und wieder verworfen hatte; keine davon erschien ihr auch nur halbwegs plausibel.

Alles, was sie im Leben gelernt hatte, hatte sie hier gelernt: Buchhaltung, Kochen, ihre Kenntnisse über Wein, Autofahren und – vor allem – Selbstachtung. Sie konnte ihre Fähigkeiten auch woanders nutzen, doch nirgendwo sonst würde sie sich zu Hause fühlen. Der Gedanke, ohne Magnus zu leben, war ihr unerträglich.

»Ich weiß nicht, wie ich es Ihnen sagen soll«, antwortete Mel, und die Tränen traten ihr in die Augen. »Es ist so, ich möchte fort.«

»Warum?«, fragte er, und seine Augen weiteten sich vor Schreck. »Haben Sophie und Stephen Ihnen wieder zugesetzt?«

Es entsetzte ihn, dass seine beiden älteren Kinder ihm die Zuneigung zu Mel immer noch übel nahmen; sie konnten anscheinend nicht begreifen, dass Mel diese Zuneigung verdient hatte. Mel arbeitete für drei, und immer wieder kamen Gäste ihretwegen zurück. Sie war der Leim, der alles zusammenhielt, geradeso wie Ruth es früher gewesen war.

Und wie Ruth behielt auch Mel eine Menge für sich. Sie drängte ihre Meinung nur selten auf, sie stellte ihre vielen Fähigkeiten nicht zur Schau, und Kompromisse waren ihr immer lieber als Konfrontation. Sie verbarg ihre Schönheit unter schlichten, häufig gouvernantenhaften Kleidern, doch Magnus wusste, dass hinter ihrem sanften Benehmen und ihrer leisen Stimme noch sehr viel mehr steckte. Niemand konnte so viel tiefes Verständnis für andere haben, ohne selbst am Grund des Lebens gekratzt zu haben.

Mel schloss die Augen, ballte die Fäuste und zwang sich, stark genug zu sein, um zu sagen, was sie sagen musste, und darauf zu bestehen, dass er sie gehen ließ.

»Nein, es hat nichts mit Stephen oder Sophie zu tun«, erklärte sie ruhig. »Ich habe einfach nur das Gefühl, dass ich weiterziehen muss.«

Im goldenen Licht des Feuerscheins konnte sie den jüngeren Magnus sehen, wie er auf jenem alten Foto gewesen war, das ihn mit ihrer Mutter zeigte: ein hagerer Abenteurer mit zerklüftetem Gesicht, der es fertig brachte, selbst in einer Smokingjacke und mit schwarzer Krawatte kraftvoll und unverwüstlich auszusehen. Jetzt war diese Mähne ungebärdigen blonden Haares silbern geworden, sein kräftiges Kinn lag unter einem weißen Bart verborgen, der erst kürzlich gewachsen war, als er zu krank gewesen war, um sich zu rasieren. Sein einstmals harter, muskulöser Körper hatte zu guter Letzt doch dem Alter nachgegeben, aber seine Ausstrahlung, sein Humor und sein scharfer Verstand waren unverändert.

»Ich dachte, Sie wären hier so glücklich«, entgegnete er, bestürzt über die Verkrampfung, die sich plötzlich seines Herzens bemächtige.

»Früher war ich es, aber jetzt nicht mehr.« Sie stockte, denn sie wusste, dass das nicht genügte, um ihn zu überzeugen. »Es geht um Nick. Ich werde einfach nicht mehr mit ihm fertig. Bitte, sagen Sie nicht, Sie wollten mit ihm reden oder seine Besuche verhindern. Das ist keine Lösung.«

Sie machte sich auf einen Ausbruch gefasst, der überraschenderweise jedoch ausblieb. Magnus saß nur da und umklammerte die Armlehnen seines Sessels, das Kinn leicht emporgereckt, einen stolzen, beinahe hochmütigen Ausdruck in den Augen.

»Verstehen Sie?«, fragte sie zögernd. »Ich kann niemals das sein, was er sich wünscht. Es ist besser, wenn ich aus Ihrer beider Leben verschwinde.«

»Es ist nicht besser, dass Sie aus meinem Leben verschwinden!«, widersprach er, und zu ihrem Entsetzen sah sie, dass eine Träne durch die tiefe Furche auf seiner Wange rann. »Es ist besser, dass Sie mir den wahren Grund verraten, warum Sie niemals sein können, was Nick sich wünscht. Denn ich *weiß*, dass Sie ihn lieben, auch wenn Sie noch so sehr beteuern, kein Interesse zu haben.«

»Das ist doch lächerlich«, protestierte sie heftig. »Ich mag ihn wirklich sehr, aber eben nicht auf diese Weise.«

Magnus sah sie gelassen und mit einem berechnenden Ausdruck in den Augen an. Als er nicht sofort antwortete, wuchs ihre Beklommenheit noch.

Lange Sekunden verstrichen, während er sie ohne einen Wimpernschlag beobachtete.

»Was ist es, was Sie vor mir verbergen, Mel?«, fragte er schließlich. »Sind Sie mit einem anderen Mann verheiratet? Haben Sie irgendwo ein Kind, von dem Sie uns nichts erzählt haben? Oder eine Krankheit, die Sie nicht eingestehen können?«

»Nein. Natürlich nicht«, versicherte sie entrüstet.

Er seufzte, und in seinen Augen lagen tiefer Kummer und auch ein wenig Verärgerung. »Ich muss zugeben, dass ich bei Ihrer Ankunft damals das starke Gefühl hatte, Sie seien aus einem bestimmten Grund hierher gekommen. Da sich alle meine Theorien in den ersten paar Monaten als falsch erwiesen, habe ich sie wieder verworfen. Aber während ich krank war und Zeit hatte, darüber nachzudenken, warum Sie sich wegen Nick so sehr quälen, bin ich wieder auf eine dieser ersten Ideen verfallen. Zuerst kam es mir zu weit hergeholt vor, doch je länger ich darüber nachdachte, umso wahrscheinlicher erschien es mir.« Er hielt inne und sah ihr direkt in die Augen. »Sagen Sie mir jetzt die Wahrheit: Sind Sie Bonny Nortons Tochter?«

Die Frage schockierte Mel so sehr, dass ihr plötzlich schwindelig wurde. Zwei Jahre lang hatte sie mit der Hoffnung gelebt, er würde eines Tages Bonnys Namen erwähnen. Als dies nicht geschehen war, hatte sie sich beinahe einreden können, es sei für ihn nicht wichtig gewesen.

Der Wind heulte ums Haus wie ein rächender Geist, der versuchte hineinzukommen. Sie konnte es nicht abstreiten.

»Ja«, flüsterte sie. »Ja, ich bin Camellia Norton.«

Alle Farbe wich aus seinem Gesicht, und er sank in seinem Sessel zusammen. »Warum haben Sie mir das in all dieser Zeit niemals erzählt?«

»Zuerst hatte ich Angst davor, und später, als ich Sie besser kennen gelernt hatte, wollte ich Sie nicht verletzen oder in Verlegenheit bringen.«

»Sie hat Sie hierher geschickt?« Jetzt schwangen Entsetzen und Furcht in seiner Stimme mit.

»Nein, natürlich nicht«, erklärte sie hastig. »Ich habe es Ihnen doch an meinem ersten Weihnachten hier erzählt: Sie ist tot. Meine Mutter hat Sie mir gegenüber niemals erwähnt. Ich habe aber einige alte Briefe von Ihnen gefunden.«

Sein Gesichtsausdruck war der eines Mannes, dem soeben ein riesiger Verband schmerzhaft von einer alten Wunde gerissen worden war. Seine Augen standen weit offen, seine Lippen zitterten, und er krampfte die Hände ineinander.

»Sie werden mir das alles von Anfang an erzählen müssen, Mel. Verstehen Sie, als Sie sagten, Ihre Mutter hätte Selbstmord begangen, da wusste ich – oder glaubte ich zu wissen –, dass Sie unmöglich Bonnys Tochter sein können. Sie war nicht der Typ, der sich das Leben nimmt. Abgesehen davon, dass ich mir immer vorgestellt hatte, ihr Kind wäre blond.« Er zögerte, und ein Muskel in seiner Wange begann zu zittern. »Sie sollten mir besser die ganze Geschichte erzählen.«

Mel hatte schon vor langer Zeit jedweden Verdacht ausgelöscht, dass Magnus etwas mit dem Tod ihrer Mutter zu tun haben könnte. Aber das Erschrecken in seinen Augen, als sie jenen Tag vor acht Jahren beschrieb, hätte endgültig jeden Zweifel zerstreut.

»Die Briefe habe ich dann am nächsten Morgen gefunden«, berichtete sie. »Ich weiß heute nicht mehr, warum ich sie nicht der Polizei übergeben habe. Die Briefe haben mich so sehr entsetzt, dass ich einfach nicht mehr klar denken konnte.«

Magnus nickte. Er rückte seinen Stuhl näher an Mel heran

und griff nach ihrer Hand, während sie von der Beerdigung sprach, von der Scham, dem Tratsch und den Verleumdungen.

»Ich war so jung, ein fetter Kloß von einem Mädchen, dessen Mutter das Stadtflittchen war. Ich wollte nur fort von Rye und ein neues Leben anfangen. Also habe ich die Briefe in meinen Koffer gesteckt, und erst als ich sehr viel älter war, erwachte in mir der Wunsch, nach Antworten zu suchen.«

Sie erzählte ihm, wie sie nach Oaklands gekommen war und warum sie ihm damals ihre Identität nicht offenbart hatte.

»Ich war einfach so glücklich, in Ihrer Nähe zu sein, Magnus. Aber als ich letztes Jahr Nick kennen lernte, war plötzlich alles anders.«

Eine Weile schwiegen sie beide. Der Wind heulte immer noch, und Regen trommelte gegen die Fenster. Mel überlegte, wie sie Magnus bitten könnte, über das, was sie ihm soeben erzählt hatte, Stillschweigen zu bewahren. Er starrte ins Leere und zwang sich, auf einen Teil seines Lebens zu blicken, den er begraben hatte.

»Sie verstehen doch, warum ich fortmuss, nicht wahr?«, fragte sie schließlich. »Ich kann unter diesen Umständen nicht bleiben. Aber würden Sie mir zuerst etwas von meiner Mum und Ihnen erzählen? Ich habe einen Teil des Puzzles bereits selbst zusammengefügt, doch es fehlt noch so viel.«

»Ja, ich begreife, wie Sie sich fühlen«, antwortete er langsam. »Es ist mir unmöglich, mich zu rechtfertigen. Ich werde es nicht einmal versuchen. Sie sind intelligent und erfahren genug, um zu verstehen, dass ein normalerweise verantwortungsbewusster, erwachsener Mann sich manchmal völlig skrupellos benehmen kann.«

Er räusperte sich und schnitt eine Grimasse. »Ich habe Bonny zu einer Zeit in meinem Leben kennen gelernt, als ich an einer Wegscheide stand«, begann er bedächtig. »Hinter mir lagen meine Jugend und der Krieg. Ich war zweiundvierzig, und mir standen mehrere Möglichkeiten offen. Ich hätte nach Yorkshire zurückkehren können, zu Ruth und den Kindern, aber das hätte mit ziemlicher Sicherheit bedeutet, dass ich mich wieder mit

Craigmore hätte beschäftigen müssen, unserem Familiengut, und wie ich Ihnen schon so oft erzählt habe, hatte ich nicht allzu viel übrig für meine älteren Brüder. Eine andere Möglichkeit wäre es gewesen, Englisch und Geografie zu unterrichten, doch dagegen hat dann der Abenteurer in mir rebelliert.

In jener Zeit nach dem Krieg war alles so grau und trostlos. Die größeren Städte waren allesamt verwüstet, und Männer, die tapfer für ihr Land gekämpft hatten, mussten bei ihrer Rückkehr feststellen, dass sie nicht einmal mehr ein Zuhause hatten. Es fehlte an allem, angefangen von Nahrungsmitteln und Kleidung bis hin zu Baumaterialien. Die Regierung trat auf der Stelle; man sprach zwar davon, England wieder aufzubauen, doch es geschah nichts in der Richtung.

Mich lockte ein goldener Traum, Mel. Es mag jetzt ziemlich verstiegen klingen, vor allem für Kinder wie Sie, die die Entbehrungen der Dreißiger und Vierziger nicht kennen gelernt haben. Aber mich brachte die Apathie überall um mich herum in Wut, und ich fühlte mich gezwungen, das Wenige, was ich an Geld und Einfluss besaß, und meine Kenntnisse im Baugewerbe zum Wohl der Gemeinschaft zu nutzen.

An dem Tag, an dem es mir gelungen war, das erste Stück Land in Staines zu bekommen, lernte ich Bonny kennen. Ich war nach Oxford gefahren, um mich mit einem alten Kameraden von der RAF zu treffen und ein wenig zu feiern. Auf der Suche nach einer Frau war ich ganz sicher nicht: Ich war glücklich verheiratet, und ich war ohnehin nie ein Schürzenjäger gewesen. Aber Basil und ich haben ziemlich viel getrunken, und dann haben wir diese beiden Tänzerinnen kennen gelernt.«

Er hielt inne, sah Mel an und lächelte schief. »Wäre sie nicht gewesen, hätte ich vielleicht einfach nur den Bau auf die Beine gestellt und wäre dann nach Hause gefahren, zu Ruth, Sophie und Stephen. Aber sie ist buchstäblich in mein Leben hineingetanzt und hat das Unterste zuoberst gekehrt. Sie war gerade erst siebzehn und atemberaubend schön, und ich verbrachte vier wunderbare Tage mit ihr. In meiner Naivität glaubte ich wirklich, ich könnte diese vier Tage genießen und sie dann vergessen, aber das war natürlich ein Irrtum. Sie ist wie ein Wirbelwind in mein Leben gekommen und hat eine Art von Farbe und Leidenschaft hereingebracht, wie ich sie nie zuvor kennen gelernt hatte, und ich kam einfach nicht von ihr los.«

Magnus verfiel in Schweigen und dachte an all die Monate knochenharter Schufterei auf den Baustellen in Staines. Das Unbehagen schwerer körperlicher Arbeit war sein Ventil für seine Schuldgefühle gewesen. Andererseits, wenn er den sichereren Weg gewählt und das Projekt lediglich überwacht hätte, hätte er niemals all das erreicht, was er schließlich erreicht hatte.

»Dann haben Sie sie also wirklich geliebt?« Mel konnte sehen, dass er mit quälenden Erinnerungen rang.

»Ich versuche mir immer einzureden, dass *wahre* Liebe das ist, was ich mit Ruth hatte: eine friedliche Wärme, die auf tiefer Zuneigung fußte und auf einem gemeinsamen Leben«, antwortete er schroff. »Einen solchen Frieden habe ich bei Bonny nie gefunden, es war eher eine Art gefährlicher, zerstörerischer Wahnsinn. Sie war ständig auf Reisen, tanzte in einer Stadt und zog dann in die nächste weiter. Unsere Affäre bestand nur aus einigen gestohlenen Stunden hier und da. Trotzdem, es war Liebe, oh ja! Sie hat mir etwas Besonderes gegeben, hat mich mit ihrem Geist und ihrem Wagemut angesteckt. Sie aufzugeben, war das Schwerste, was ich jemals getan habe.«

»Dann haben Sie also die Beziehung gelöst?«

»Ja.« Er seufzte tief. »Als Ruth mit Nicholas schwanger wurde, begriff ich, dass ihre Gefühle und die Sicherheit der Kinder viel wichtiger waren als meine eigenen selbstsüchtigen Bedürfnisse.«

»Aber Sie haben die Beziehung nicht zur Gänze gelöst«, bemerkte Mel scharf. »Nick ist zwei Jahre älter als ich.«

»Das zu erklären, ist das Schwerste von allem.« Magnus drückte ihre Hand. Seine Lippen zitterten, und in seinen Augen glänzten Tränen. »Ich habe sie dann ein gutes Jahr nicht wiedergesehen. Zu dieser Zeit hatte ich bereits mehrere kleine Siedlungen in London gebaut und eine Menge Geld damit verdient. Ich bin nach Yorkshire zurückgekehrt, um dort weitere Häuser zu bauen, und mit Ruth und dem Baby fand ich dann ein neues, tiefes Glück. Ich hörte, dass Bonny inzwischen mit John Norton zusammen war, und habe nicht erwartet, sie jemals wiederzusehen.«

»Sprechen Sie weiter«, hakte Mel nach, als er stockte.

»Es war purer Zufall, dass ich ihr dann in einem Londoner Geschäft begegnete. Sie schmiedete gerade Pläne für ihre Hochzeit mit Norton, und ich war geschäftlich in London. Um der alten Zeiten willen haben wir zusammen zu Mittag gegessen. Bis auf den heutigen Tag weiß ich nicht, warum ich mich habe überreden lassen, sie in mein Hotelzimmer mitzunehmen.« Er sah Mel traurig an. »Ich habe mich niemals so sehr geschämt wie nach jenem Nachmittag. Ich könnte natürlich den Alkohol ins Feld führen, und doch kann ich meine Schwäche nicht einmal damit rechtfertigen. Aber das, Mel, war der Tag, an dem sie Sie empfangen hat. An dem sie dich empfangen hat.«

Mel errötete. Sie hatte nicht erwartet, dass er es so bereitwillig zugeben würde.

Magnus bemerkte ihre Verlegenheit und lächelte. »Zum ersten Mal in all dieser Zeit bin ich nicht ganz so unglücklich über jenen Nachmittag«, sagte er und strich ihr voller Zuneigung über die Wange. »Ich habe nicht damit gerechnet, dich jemals kennen zu lernen, Mel. Und gewiss gäbe ich viel darum, wenn ich dir deinen Schmerz abnehmen könnte, aber ein kleiner, selbstsüchtiger Teil von mir ist ungeheuer stolz auf dich.«

Eine tiefe Liebe zu diesem aufrichtigen, gütigen Mann stieg in Mel auf. Diese letzten Worte bedeuteten ihr unendlich viel; das war alle Anerkennung, die sie brauchte.

»Erzähl mir, was danach passiert ist.« Mel dachte kurz daran, ihm von Jack Easton zu erzählen, der ebenfalls beteuert hatte, dass er nur eine einzige Liebesnacht mit Bonny verbracht hatte, aber für den Augenblick wollte sie erst einmal den Rest der Geschichte hören.

»Eine Weile später haben John und Bonny geheiratet. Ich glaube, sie sind in Johns Elternhaus in Somerset gezogen. Sie waren sehr glücklich und bekamen eine kleine Tochter – das hörte ich gerüchteweise. Ungefähr zu dieser Zeit habe ich Oaklands gekauft, und kurz darauf kamen Ruth und die Kinder nach. Es war eine sehr glückliche, aufregende Phase in unserem Leben, wie ein vollkommen neuer Anfang. Nicht einen Augenblick lang hatte ich es für möglich gehalten, dass du mein Kind sein könntest, und ich hatte mir Bonny wirklich ein für alle Mal aus dem Sinn geschlagen. Aber dann griff das Schicksal ein. Ruth und ich wurden zu der Eröffnung des Hotels eines Freundes in Sussex eingeladen, und zu meinem Entsetzen waren John und Bonny ebenfalls dort. Anscheinend hatten sie einige Jahre zuvor ihr Haus in Somerset verkauft und waren nach Rye gezogen. An diesem Abend erzählte Bonny mir, dass du mein Kind bist.«

Mel konnte sich an jedes Wort des Briefes erinnern, der auf die Party gefolgt war.

»Das war 1954. Du hast in deinem Brief geschrieben, sie sei betrunken gewesen. Du glaubtest ihr nicht. Warum hast du deine Meinung geändert?«

Magnus schnitt eine Grimasse. »Was Bonny betraf, hatte ich eines gelernt: Obwohl sie eine notorische Lügnerin war, steckte in ihren Geschichten normalerweise immer ein Körnchen Wahrheit. Außerdem konnte sie manchmal ausgesprochen bösartig sein, und man durfte sie ebenso wenig ignorieren, wie man mit einem roten Tuch vor der Nase eines Stiers herumwedeln darf. Also habe ich mich widerstrebend bereit gefunden, mich mit ihr zu treffen. Der endgültige Beweis, den sie hatte, waren Bluttests von euch allen dreien. John konnte wegen seiner Blutgruppe unmöglich dein Vater sein. Und ich wusste, sobald ich die Tests gesehen hatte, dass ich als Vater infrage kam. Das Merkwürdige war, dass sie keinerlei Forderungen stellte oder Drohungen aussprach. Sie entschuldigte sich sogar dafür, bei dieser Party einfach so mit der Geschichte herausgeplatzt zu sein. Ich sollte ihre Schuld teilen; das schien ihr einziges Motiv zu sein. Ich gewann den Eindruck, dass das alles sehr schwer auf ihren Schultern lastete.«

»Aber nach Dads Tod hatte sie keine Skrupel, sich abermals an dich zu wenden?«, hakte Mel voller Verbitterung nach.

»Ganz so war es nicht«, erwiderte er sanft. »Ich habe ihr schriftlich kondoliert; du darfst nicht vergessen, dass ich John ziemlich gut kannte. Er war nicht direkt ein Freund, doch ich habe ihn geschätzt, und ich musste sichergehen, dass ihr beide, du und Bonny, gut versorgt wart.«

»Das waren wir«, murmelte Mel. »Oder wir wären es gewesen, wenn Bonny vernünftig gewirtschaftet hätte, aber sie hat das Geld verschleudert und das Haus verloren.«

Magnus seufzte tief und zog eine buschige Augenbraue in die Höhe.

»Das ist also passiert?«

Mel gab ihm einen kurzen Überblick über die Ereignisse. »Wusstest du das nicht?«

Magnus schüttelte den Kopf. »Du hast anscheinend angenommen, dass wir während dieser Jahre in enger Verbindung standen. So war es nicht, Mel. Ich habe mich weder mit ihr getroffen noch sie angerufen. Alle Kontakte zu ihr liefen ausschließlich über meinen Anwalt«, sagte er. »Sie schrieb, dass John nicht genug Geld für dein Schulgeld hinterlassen hätte. Ich habe mich bereit erklärt, die Gebühren halbjährlich zu bezahlen, und ich habe auch noch eine kleine Summe zusätzlich überwiesen, um andere Kosten abzudecken. Es war beinahe ein geschäftliches Arrangement; Bonny hat mir keine persönlichen Informationen über dich geschickt, und ich habe nicht darum gebeten. Ich kannte nicht einmal dein genaues Geburtsdatum. Um ehrlich zu sein, war ich einfach nur ungeheuer erleichtert darüber, dass Bonny keine weiteren Forderungen stellte.«

»Aber sie hat mich von der Privatschule heruntergenommen«, gab Mel zurück, »kurz bevor ich elf wurde. Und ich habe auch keine Briefe von dir aus der Zeit danach gefunden. Was ist damals passiert?«

Magnus blickte sie nachdenklich an. »Ich hatte keine Ahnung, dass du bereits von der Schule abgegangen warst. Anfang des Jahres 1962 schrieb sie mir über die Anwälte und bat um ein Treffen mit mir, um über deine Zukunft zu sprechen. Ich verspürte nicht den Wunsch, sie wiederzusehen, stimmte aber zu, im Büro meines Anwalts in London mit ihr zusammenzukommen. An diesem Tag haben wir ein Abkommen getroffen, das alle Kontakte zu ihr beendete.«

»Wie sah dieses Abkommen aus?«, wollte Mel wissen.

»Sie erzählte mir, du würdest vom kommenden September an auf das staatliche Gymnasium gehen, sodass kein weiteres Schulgeld anfiel, nur die Kosten für deine Uniform und was du sonst noch benötigtest. Sie schlug vor, dass ich ihr eine letzte Summe in bar geben solle, danach würde sie nie mehr irgendwelche weiteren Forderungen an mich stellen. Mein Anwalt riet mir, den Vorschlag anzunehmen, und wir haben uns auf die Höhe der Summe geeinigt. Bonny hat ein Dokument unterschrieben, mit dem die Abmachung endgültig wurde.«

»Aber ich bin nicht aufs Gymnasium gegangen. Ich musste die Mittelschule besuchen«, rief Mel. »Wenn ich auf meiner alten Schule geblieben wäre, hätte ich vielleicht ein Studienstipendium gewinnen können, doch nach dem traumatischen Schulwechsel habe ich die Prüfung nicht geschafft.«

Magnus sah sie entsetzt an. »Ich wünschte, ich hätte das damals schon gewusst. Aber es gab keinen Grund, an ihrem Wort zu zweifeln. Meine größte Überraschung an jenem Tag war es, dass sie nicht den Wunsch äußerte, dich auf ein teures Internat zu schicken.«

»Sie wollte Bargeld«, stellte Mel düster fest. Jetzt konnte sie auch einige Ereignisse in der Vergangenheit begreifen, die sie zu jener Zeit verwirrt hatten. Schon damals hatten sich die Gewitterwolken zusammengebraut. Bonny steckte bereits bis über beide Ohren in Schulden, und sie tauschte eine langfristige Absicherung gegen schnelles Geld ein. Aber auch Magnus' Geld verschleuderte sie offensichtlich, da sie bereits ein Jahr später die Mermaid Street verlassen mussten. Es war verabscheuungswürdig, einem Kind die Chance auf eine gute Ausbildung zu rauben, damit sie weiter trinken und Partys feiern konnte, aber so wie Mel ihre Mutter kannte, hatte sie wahrscheinlich angenommen, dass irgendwo an der nächsten Straßenecke schon ein neuer Krug mit Gold auf sie wartete.

»Wenn ich nach Mums Tod zu dir gekommen wäre, wie hättest du dann reagiert?«, murmelte sie.

»Das weiß ich wirklich nicht«, sagte er wahrheitsgemäß. »Ruth war noch nicht lange tot, Nick steckte mitten in der Pubertät und war ein schwieriger Junge. Wenn du mir geschrieben hättest, hätte ich vielleicht eine Lösung für dich gefunden. Aber wenn man der leibliche Vater eines Menschen ist, bedeutet dies nicht zwangsläufig, dass man sich barmherzig zeigt, vor allem dann nicht, wenn die Sicherheit der anderen Kinder auf dem Spiel steht.«

»Warum hat sie diese Briefe zurückgelassen, sodass ich sie finden musste?«, begehrte sie bitter auf. All die schlimmen Dinge, die sie getan hatte, fuhren wie ein Wirbelwind durch ihre Gedanken. »Ich bin bereits genug bestraft worden für meine eigenen Fehler. Jetzt bezahle ich auch noch für Mums Fehltritte. Ist das fair?«

»Nein, das ist es nicht«, antwortete er müde. »Ich wünschte, ich könnte irgendetwas sagen, irgendetwas tun, um all das wiedergutzumachen. Wenn es dir ein Trost ist: Auch ich zahle den Preis für meine früheren Fehler. Ich kann mir nicht absolut sicher sein, dass du meine Tochter bist. Mein Gefühl sagt mir, dass es so ist, doch das ist nicht ganz dasselbe, nicht wahr? Aber wenn du meine Tochter bist, dann befürchte ich, mit dir auch meinen Sohn zu verlieren, wenn ich ihm das alles erkläre.«

Seine Worte ließen sie auffahren. Magnus sah plötzlich sehr blass und zerbrechlich aus. Sie hatte nicht erwartet, dass er es auch nur in Erwägung ziehen würde, seiner Familie irgendetwas von all dem zu erzählen.

»Magnus, deine Kinder dürfen nichts erfahren. Das musst du mir versprechen.« In ihrer Furcht umklammerte sie seine Hände. »Das könnte ich nicht ertragen. Es muss unser Geheimnis bleiben.«

»Oh, Mel«, seufzte er. »Woher hast du nur dein großes Herz?«

Sie blickte auf ihre Armbanduhr. Es war schon halb sechs. Dabei gab es noch so viele Dinge, die sie wissen wollte, und sie hätte auch gern Näheres über die Rolle erfahren, die Jack Easton und Sir Miles bei dem Ganzen gespielt hatten. Aber Magnus war müde, das konnte sie sehen, und auf sie selbst wartete Arbeit.

»Ich muss jetzt wieder nach unten.« Sie erhob sich kraftlos und griff nach dem Teetablett. »Und du könntest vielleicht ein wenig schlafen? Ich bringe dir später das Abendessen hinauf, und dann reden wir weiter, in Ordnung?«

»Ich möchte nur noch eines wissen, bevor du gehst. Wie war Bonny als Mutter? Ich meine, wenn sie nicht getrunken hat?«

Mels Kehle zog sich zusammen, als sie die Zärtlichkeit in seinen Augen sah. »Es war nicht alles schlecht. Manchmal war sie einfach wunderbar«, erklärte sie mit einem Lächeln. »Sie mochte Kinder im Grunde gern. Sie war so fröhlich, und man konnte solchen Spaß mit ihr haben. Wir haben oft Picknicks zusammen veranstaltet oder sind mit einem Ruderboot aufs Meer gefahren. Sie war eher wie eine große Schwester, nicht wie eine Mutter.«

»Und wenn sie nicht wunderbar war?« Seine Augen wurden dunkler, als wollte er sagen: Wage es nur, die Vergangenheit zu verklären!

»Es gab Zeiten, in denen sie mich vernachlässigte«, gab sie zu und senkte den Blick. »Ich habe sie dafür gehasst, dass sie alles Geld für schöne Kleider für sich selbst ausgab, obwohl ich nichts hatte, doch ich war ja auch dick und reizlos. Vielleicht dachte sie, dass ich solche Dinge nicht brauche.«

Er schauderte, denn er ahnte, wie viel sie vor ihm verborgen hielt. »Doch jetzt bist du nicht mehr dick oder reizlos.« Seine Stimme war kaum mehr als ein Wispern.

Sie lächelte zu ihm hinab. »Abgenommen habe ich selbst, aber alles andere, was ich heute bin, habe ich dir zu verdanken. Manchmal habe ich Mum gehasst für das, was sie mir antat, doch was auch geschehen mag, es wird mir niemals Leid tun, dass du vielleicht mein Vater bist.«

Sie drehte sich noch einmal zu Magnus um, als sie die Tür öffnete. Er starrte ins Feuer, die Hände auf die Armlehne des Sessels gelegt. Jetzt sah er wieder aus wie ein Löwe, hochmütig, stolz, aber er würde nie wieder Ehrfurcht gebietend sein.

Mel ging in die Halle hinunter und durchquerte gewohnheitsmäßig den Salon, um sich davon zu überzeugen, dass alles für die Gäste vorbereitet war, die sie später erwarteten. Die Vorhänge waren zugezogen, die Lampen auf dem Tisch eingeschaltet. Im Kamin knisterte ein fröhliches Feuer, daneben stand ein wohl gefüllter Korb mit Holzscheiten, und auf dem Mahagoni-Sideboard prangte eine große Vase mit weißen Chrysanthemen. Draußen war es trostlos, nass und kalt, aber das Haus selbst war eine Oase warmen Friedens.

»Wie geht es ihm, Mel?« Mrs. Downes, die soeben aus der Bar kam, schreckte sie auf. Die ältere Frau war bereit für den Heimweg, mit Gummistiefeln an den Füßen, einem langen grünen Regenmantel und ihrem Ölhut in der Hand.

»Schon viel besser heute, er ist fast wieder der Alte«, antwortete Mel. Mrs. Downes sorgte sich ständig um Magnus. »Heute Abend bringe ich ihm das Essen noch einmal nach oben, aber ich denke, morgen wird es ihm wieder gut genug gehen, um herunterzukommen.«

»Ich habe Antoine aufgetragen, ihm eine Hühnersuppe mit Lauch zu kochen.« Ein ängstliches Lächeln zeichnete sich auf dem Gesicht der Haushälterin ab, als spräche sie über einen geliebten Enkel und nicht über ihren Arbeitgeber. »Das war immer sein Lieblingsessen.«

»Sie wollen doch nicht etwa zu Fuß nach Hause gehen?« Mel blickte auf Mrs. Downes' Stiefel hinab. »Es ist absolut grässlich da draußen! Kommen Sie, ich stelle nur schnell das Tablett weg, dann fahre ich Sie rüber.«

»Sie werden nichts dergleichen tun«, schnaubte die ältere Frau missbilligend. »Ich bin nicht aus Zucker, und ein wenig frische Luft wird mir gut tun. Richten Sie Magnus aus, dass ich morgen Früh bei ihm reinschauen werde. Wir sollten einmal darüber reden, ob das blaue Zimmer nicht renoviert werden sollte. Ich finde, die Wände werden langsam ein wenig schäbig.«

Mel kicherte. »Eine einzige Schramme neben der Tür?« Sie zog die Augenbrauen hoch. »Ich bezweifle, dass das außer Ihnen irgendjemandem auffallen würde.«

»Die Gäste bezahlen hier für Vollkommenheit«, meinte Mrs. Downes mit einem Lächeln. »Mein Haus fällt beinahe zusammen, so sehr habe ich es vernachlässigt, doch ich verlange auch kein Vermögen für das Privileg, dort zu schlafen.« Sie sah Mel scharf an. »Da wir gerade von schlafen reden – sorgen Sie dafür, dass Sie heute mal zu einer vernünftigen Stunde ins Bett kommen. Sie sehen mir schon seit einer ganzen Weile viel zu spitz aus.«

»Das ist nur die Jahreszeit.« Mel zwang sich zu einem Lächeln. Während des letzten Jahres war sie viele Male versucht gewesen, sich dieser gütigen, klugen Frau anzuvertrauen, aber am Ende hatte sie es dann doch nicht gewagt. »Ich hasse den Oktober, wenn alles um mich herum stirbt. Manchmal wünschte ich, ich könnte einen Winterschlaf halten.«

»Sie sollten tanzen gehen und Spaß haben, mein Mädchen«, gab die Haushälterin streng zurück. »Als ich in Ihrem Alter war, konnten mich keine zehn Pferde davon abhalten, mich zu amüsieren.«

»Ich habe so viel getanzt, dass es für den Rest meines Lebens reicht.«

»Das, Mel, ist purer Fatalismus.« Mrs. Downes stülpte sich ihren Ölhut auf den Kopf, warf einen Blick in den Spiegel und verzog das Gesicht. »Wenn ich fünfundzwanzig Jahre jünger wäre und man noch Boogie-Woogie tanzte, würde ich Sie an den Haaren aus dem Haus schleifen, und dann könnten Sie noch das eine oder andere von mir lernen.«

Mel lachte. Sie konnte sich Joan Downes unmöglich bei etwas Schwungvollerem vorstellen als einem gemessenen Foxtrott.

Als Mrs. Downes die Tür öffnete, schlug ihr ein Schwall eisigen Windes entgegen, und der Kronleuchter begann zu klimpern. »Bis morgen«, rief sie über die Schulter. »Und denken Sie an meine Worte: früh zu Bett!«

Um halb acht ging Mel wieder nach oben, diesmal mit einem Tablett, auf dem Magnus' Abendessen stand.

Gelächter drang aus der Bar im unteren Stockwerk: Vier Geschäftsleute und ihre Frauen waren für ein paar Ferientage aus London hergekommen. Außerdem erwarteten sie sechs Gäste zum Abendessen, aber das waren Stammkunden, und wenn Magnus ihr Gespräch fortsetzen wollte, konnte sie die Leute ohne weiteres den anderen Angestellten überlassen. Sie hatte die Absicht, die Briefe aus ihrem Zimmer zu holen und jeden einzelnen mit ihm durchzusehen. Mel hoffte noch immer, dass irgendein neuer Beweis ans Licht käme, der wie durch ein Wunder alles ändern würde. Wenn er sich nur daran erinnern könnte, in welchem Monat er seine letzte Affäre mit Bonny gehabt hatte, würde sich alles vielleicht endgültig aufklären. Dann konnten sie die Unterlagen in dem Krankenhaus einsehen, in dem sie zur Welt gekommen war, um festzustellen, ob sie wirklich eine Frühgeburt gewesen war. Vielleicht hätte sie das schon vor zwei Jahren versuchen sollen.

Als Magnus auf ihr Klopfen nicht antwortete, öffnete sie die Tür und trat ein.

»Ich bins nur«, rief sie, in der Annahme, dass er schlief. »Ich bringe das Abendessen. Soll ich es hier herrichten oder im Schlafzimmer?«

Als sie immer noch keine Antwort bekam, stellte sie das Tablett ab und ging in das angrenzende Schlafzimmer. Zu ihrer Überraschung lag er nicht im Bett: Die Bettdecke war unberührt, obwohl beide Nachttischlampen brannten und ein Buch auf dem Bett lag. Es sah so aus, als hätte er die Absicht gehabt, sich hinzulegen und zu lesen. Vielleicht war er stattdessen im Sessel eingeschlafen.

Die Tür zum Badezimmer stand einen Spaltbreit offen, und goldenes Licht fiel daraus auf den dunkelgrünen Teppich.

»Magnus!« Sie zögerte einen Moment lang, weil sie befürchtete, ihn vielleicht unbekleidet anzutreffen.

Wieder kam keine Reaktion.

»Magnus!« Mel stürzte durch den Raum und drückte gegen die Tür, die sich jedoch nicht öffnen ließ.

»Antworte mir!« Ihr Herz hämmerte schmerzhaft, und mit einem Mal standen Schweißperlen auf ihrer Stirn.

Als sie die Tür endlich aufbekam, entfuhr ihr ein Schrei.

Er lag auf dem Fußboden, Mund und Augen geöffnet, in einer Hand ein Röhrchen Tabletten, dessen Inhalt um ihn herum auf dem Fußboden verstreut war. Seine braune Smokingjacke bildete einen scharfen Kontrast zu seinem bleichen Gesicht und dem weißen Haar.

Mel spitzte die Ohren, um auf Schritte draußen auf dem Krankenhauskorridor zu lauschen. Sie sprang von ihrem Sitz im Wartezimmer auf und öffnete die Tür.

Es war Schwester Collins, die auf der Intensivstation arbeitete.

»Gibt es etwas Neues?« Mel hatte diese Frage im Laufe der Nacht ungezählte Male gestellt.

Schon tagsüber waren Krankenhäuser erschreckend, aber nachts herrschte dort eine seltsam gedämpfte, unheimliche Atmosphäre. Die schwachen Pieptöne von Apparaten, die gedämpften Stimmen und Schritte hatten alle eine gehetzte Dringlichkeit, die tagsüber weniger auffällig war.

»Es geht ihm den Umständen entsprechend gut«, antwortete Schwester Collins und betupfte sich mit einem Taschentuch die Stirn. In dem fahlen Licht des Korridors hatte ihr großflächiges, reizloses Gesicht eine grünliche Färbung, als wäre sie vollkommen erschöpft und ausgelaugt. »Es ist ganz normal, wenn ein Schlaganfallpatient achtundvierzig Stunden lang im Koma liegt, meine Liebe. Also, warum fahren Sie nicht nach Hause und ruhen sich ein wenig aus? Sollte sich irgendetwas an seinem Zustand ändern, wird man Sie anrufen.«

»Das kann ich nicht«, gestand Mel, und wieder schossen ihr Tränen in die Augen. »Nicht bevor Mr. Osbournes Sohn hier ist.«

In den ersten entscheidenden Minuten, nachdem sie Magnus bewusstlos auf dem Fußboden seines Badezimmers gefunden hatte, hatte Mel gleich alles in die Wege geleitet: Sie hatte den Krankenwagen angerufen und war mit ihm in das Royal United Hospital gefahren. Sie hatte es Sally und Antoine überlassen, Mrs. Downes, Nick, Sophie und Stephen zu verständigen. Seither hatte sie mehrmals mit Sally telefoniert und erfahren, dass Mrs. Downes nach Oaklands zurückgekehrt war, um die Dinge in die Hand zu nehmen. Man hatte Nick in seiner Wohnung in Birmingham eine Nachricht hinterlassen, und Stephen wollte am Morgen von Yorkshire herkommen, nur bei Sophie hatten sie noch immer niemanden erreicht. Stephen hatte versprochen, ihr irgendwie eine Nachricht zukommen zu lassen.

»Wenn ich doch nur früher zu ihm nach oben gegangen wäre!«, schluchzte Mel. Sie war vollkommen außer sich vor Angst, Magnus könnte sterben, und der Gedanke, dass sie die Verantwortung für seinen Schlaganfall trug, ließ sie nicht mehr los.

»Jetzt hören Sie mir mal zu, Miss Corbett«, sagte Schwester Collins entschieden und legte ihr einen Arm um die Schultern. »Männer in Mr. Osbournes Alter sind nun einmal anfällig für Schlaganfälle. Selbst wenn Sie direkt neben ihm gesessen hätten, als es geschah, hätte sich dadurch nicht viel geändert. Aber er ist ein kräftiger Mann, und ich glaube, er wird durchkommen. Und jetzt fahren Sie nach Hause und ruhen sich ein wenig aus.«

Die Tür am anderen Ende des Korridors wurde geöffnet, und Nick trat hindurch.

»Oh, Nick.« Mel lief auf ihn zu. »Gott sei Dank, dass du hier bist! Ich bin völlig verzweifelt.«

»Wie geht es ihm?« Er hielt ihre Hände fest und drückte sie, die blauen Augen vor Sorge geweitet. Sein Haar und die braune Lederjacke waren vom Regen durchnässt. »Ich habe die Nachricht erst erhalten, als ich spät in der Nacht nach Hause kam. Ich bin so schnell gefahren, wie ich konnte. Was ist passiert?«

Schwester Collins übernahm es, ihn über alles in Kenntnis zu setzen. Sie wiederholte die beruhigenden Worte, mit denen sie soeben Mel getröstet hatte, und fügte hinzu: »Innerhalb der nächsten Stunde können Sie für einen Augenblick auf die Intensivstation kommen, um Ihren Vater zu sehen.«

»Die Schwester hat Recht, du solltest nach Hause fahren, Mel.« Nick fuhr sich geistesabwesend mit den Fingern durchs Haar. Er sah sehr zerzaust aus – er war unrasiert und roch stark nach Zigaretten, als hätte er während der Fahrt pausenlos geraucht. »Ich bin dir wirklich dankbar für alles, was du getan hast, doch jetzt bin ich ja hier, um dich abzulösen. Nimm meinen Wagen.« Er reichte ihr seine Schlüssel.

»Aber …«

»Geh jetzt«, fuhr er sie ungeduldig an, aber als er den Kummer in ihrem Gesicht sah, wurde seine Miene weicher. »Sieh mal, Mel, du brauchst ein wenig Schlaf, und auf Oaklands bist du von weitaus größerem Nutzen als hier. Ich rufe dich an, falls sein Zustand sich verändert, und wenn ich ebenfalls nach Hause fahren will, werde ich mir ein Taxi nehmen.«

Als Mel nach Oaklands zurückkam, war sie zu angespannt, um schlafen zu können. Die Bäume knarrten in dem starken Wind, Regen gurgelte in einer Dachrinne, und von ihrem Bett aus konnte sie einen Gast weiter unten im Korridor schnarchen hören. Aber diese Geräusche störten sie nicht; sie beruhigten sie vielmehr: Sie war nicht ganz allein. Es war jedoch das schreckliche Gefühl der Schuld, das ihr den Schlaf raubte.

Wie sollte sie seinen Kindern oder den anderen Angestellten gegenübertreten, wenn er starb?

Der Gedanke quälte sie vier Stunden lang.

Um halb neun, als sie es nicht länger im Bett aushielt, ging sie in die Küche hinunter.

»Sie hätten nicht aufstehen sollen«, bemerkte Mrs. Downes tadelnd. »Wir kommen auch ohne Sie zurecht.«

»Ich konnte nicht schlafen. Gibt es etwas Neues?« Sie

schenkte sich eine Tasse Kaffee ein und setzte sich an den Küchentisch.

Antoine war frisch rasiert wie immer. Er stand scheinbar gelassen am Herd und briet Eier mit Schinken wie an jedem anderen Tag auch. Nicht einmal die Möglichkeit, dass Magnus sterben könnte, hinderte Mrs. Downes daran, jedes Messer und jede Gabel zu polieren, bevor sie sie auf die Tabletts für die Gäste legte, die im Bett frühstücken wollten.

Aber Mel wusste genau, wie sie sich fühlten. Sie hatten genauso große Angst wie sie selbst. Es war eine Frage des Stolzes, dass sie ihren gewohnten hohen Standard hielten, und es war auch eine Möglichkeit, mit der Furcht umzugehen.

»Nick hat vor ein paar Minuten angerufen«, antwortete Mrs. Downes, deren Unterlippe zitterte, weil sie gegen die Tränen ankämpfen musste. »Ich fürchte, es hat sich nichts an Magnus' Zustand geändert, aber Nick kommt gleich kurz rüber, um zu duschen und zu frühstücken.«

Magnus war Joan Downes seit fünfzehn Jahren ein guter Freund gewesen, und wenn er starb, würde der Schlag sie mit der gleichen Wucht treffen, als wäre er ein Mitglied ihrer eigenen Familie. Aber Mels erschüttertes Gesicht machte Joan bewusst, dass sie selbst immer noch ihren Mann, ihre Kinder und ihre Enkelkinder hatte, zu denen sie heimkehren konnte, sollte es zum Schlimmsten kommen. Mel hatte sonst niemanden: Sie lebte und atmete für Oaklands. Magnus und das Hotel waren ihr Leben.

Mel sah wieder wie ein verlassenes Kind aus, geradeso wie damals, als sie nach Oaklands gekommen war. Sie hatte sich alle Mühe gegeben, sich für die Arbeit zurechtzumachen, und ein dunkelblaues Kleid mit einem Spitzenkragen angezogen, aber ihr Gesicht war schneeweiß, und ihre Augen waren voller Schmerz.

»Nick muss ein gutes Gefühl haben, sonst käme er nicht her.« Mrs. Downes versuchte zu lächeln, während sie einige Nelken in jede der Vasen auf den Tabletts stellte. Sie wünschte, sie könnte diesen gequälten Ausdruck aus den Augen des jungen

Mädchens vertreiben. »Und Magnus ist ein zäher alter Bursche, das wissen wir alle.«

Das Knirschen von Autoreifen auf der geschotterten Einfahrt hielt Mrs. Downes davon ab, Mel in die Arme zu schließen.

Mel war aufgesprungen. »Das ist Nick«, rief sie.

»Nun, das ist eine Erleichterung.« Mrs. Downes nahm zwei Frühstückstabletts von Antoine in Empfang, auf denen die Speisen mit Wärmedeckeln abgedeckt waren. »Ich bringe das hier nur schnell rüber ins blaue Zimmer. Ich bin gleich wieder da, um zu hören, was es Neues gibt.«

Mrs. Downes war bereits wieder in der Küche, bevor Nick herunterkam. Äußerlich wirkte er ruhig und gefasst, als wäre er gerade erst aufgestanden. Er drückte Mrs. Downes einen Kuss auf die Wange und begrüßte Antoine mit seinem gewohnten kecken »*Bonjour,* Antoine.« Nur die Graufärbung seiner Haut und seine rot umrandeten Augen verrieten, dass seine Selbstbeherrschung vorgetäuscht war.

»Wie geht es ihm?«, fragte Mrs. Downes ungeduldig. »Ist er überhaupt einmal wieder zu Bewusstsein gekommen?«

»Es sieht nicht allzu gut aus.« Nicks Stimme zitterte. »Selbst wenn er diesen Schlaganfall überlebt, wird er mit ziemlicher Sicherheit Invalide sein.«

Nick hatte Mel erzählt, dass Mrs. Downes nach Ruths Tod zu einer Mutterfigur für ihn geworden war. Aber als sie jetzt die beiden sah, wie sie instinktiv beieinander Zuflucht suchten, konnte sie ihre Liebe zueinander deutlich spüren. Mrs. Downes war so klein und pummelig, dass Nick sich tief herunterbeugen musste, um den Kopf auf ihre Schulter zu legen, doch das hinderte die ältere Frau nicht daran, ihm mit ihren von der Arbeit geröteten Händen den Rücken zu tätscheln, als wäre er noch ein kleiner Junge.

»Na, na, Nick«, murmelte sie tröstend. »Du weißt, dass dein Vater eine Kämpfernatur ist. Ich habe viele Menschen Schlaganfälle überleben sehen, und ich bin davon überzeugt, dass auch er überleben wird. Jetzt setz dich erst einmal, und ich bringe dir dein Frühstück.«

Mel trat an die Spüle, um ein paar Teller abzuwaschen. Sie spürte Nicks Blick in ihrem Rücken, konnte sich aber nicht umdrehen, um ihm zu begegnen.

»Es muss ein furchtbarer Schock für dich gewesen sein, ihn so zu finden, Mel.« In seiner Stimme schwang ein zärtlicher Unterton mit.

»Es war furchtbar, ja.« Sie drehte sich langsam um und senkte den Blick, als sie die Sorge in seinen Augen sah. Sie hatte so viele verschiedene Seiten von ihm kennen gelernt: den aggressiven Mann, der in der Bar diskutierte, den Charmeur, wenn alte Damen zu Gast waren, den weltgewandten Schauspieler. Doch heute lag etwas Neues in seinem Gesicht. Er sah verletzlich aus, beinahe wie ein Kind, und ihr Herz krampfte sich bei seinem Anblick schmerzhaft zusammen. »Ich fühle mich so ohnmächtig. Ich weiß nicht, was ich tun soll.«

»Das kann ich mir vorstellen.« Er nickte mitfühlend. »Ich dachte, Dad sei unverwüstlich. Ihn so im Bett liegen zu sehen, mit all den Schläuchen und Drähten, hat mir schreckliche Angst eingejagt.«

Mrs. Downes stellte ein weiteres Tablett auf den Tisch und richtete darauf das Frühstück für Nick an. »Ich schlage vor, du gehst damit nach oben in das Büro deines Vaters.« Sie sah Nick streng an, als wollte sie jeden Einwand im Keim ersticken. »Und Mel kann dich begleiten.«

»Das ist unmöglich, wir haben viel zu viel zu tun«, stieß Mel hervor. Das Letzte, was sie wollte, war ein Gespräch allein mit Nick, bevor sie Zeit gehabt hatte, sich zu fassen.

»Unsinn. Ich habe schon meine Schwester angerufen, und sie wird gleich hier sein, um zu helfen.« Mrs. Downes gab ihr einen mütterlichen Klaps auf den Po. »Abgesehen davon, dass es gar nicht nett wäre, Nick allein vor sich hin brüten zu lassen, warten in Magnus' Büro all die Dinge, um die er sich normalerweise kümmert. Sie beide können das gemeinsam in Angriff nehmen.«

Mel seufzte. Sie war geschlagen. Auch wenn sie bei weitem lieber Betten frisch bezogen und Badezimmer geputzt hätte, statt mit Nick allein zu sein, würde eine Ablehnung unnatürlich erscheinen.

»Ich sehe Magnus immer wieder im Badezimmer liegen«, bekannte sie schwach, als wäre das eine vernünftige Erklärung. »Was wäre passiert, wenn ich nicht nach oben gegangen wäre? Er hätte die ganze Nacht dort liegen können!«

»Nun, hat er aber nicht«, entgegnete Nick entschieden. Er nahm Antoine den Teller mit Eiern und Schinken ab und stellte ihn auf das Tablett. »Du hast Downie gehört, du musst mir helfen. Und wenn ich nachher wieder ins Krankenhaus fahre, solltest du dich besser hinlegen. Du siehst schrecklich aus.«

Oben in Magnus' Büro angelangt, empfand Mel Nicks Anwesenheit als überraschend wohltuend. Er nahm die Dinge genauso energisch in die Hand wie sein Vater, und ihm schien genauso wenig nach Reden zumute zu sein wie ihr. Nick setzte sich an Magnus' Schreibtisch, ging den Personalplan durch und rief einige der Halbzeitkräfte an, um sie zu bitten einzuspringen, sodass Mel sich um die Arbeiten kümmern konnte, die Magnus normalerweise erledigte. Als er damit fertig war, nahm er sich als Nächstes die Bestellungen für Wein und andere Getränke vor.

Draußen hatte es endlich aufgehört zu regnen. Schwacher Sonnenschein fiel durchs Fenster, und das geschäftige Treiben des Personals draußen vor der Tür wirkte beruhigend normal. Mel setzte sich an den zweiten Schreibtisch und sortierte die Post. Sie schob gerade ein Blatt Papier, das den Briefkopf des Hotels trug, in die Schreibmaschine, um auf eine Anfrage zu antworten, als Nick mit einem Mal zu sprechen begann.

»Ich glaube, ich würde ihn lieber jetzt sterben sehen, als ihn ohne Verstand in einem Rollstuhl zu erleben.«

Mel riss erschrocken den Kopf hoch.

»Oh Gott, das klingt so gefühllos!«, murmelte er und stützte den Kopf in die Hände. »Ich habe es nicht ganz so gemeint, wie es sich anhörte.«

Mel blickte in sein erschüttertes Gesicht, und ihr Herz krampfte sich zusammen. »Ich weiß, was du meinst«, gab sie leise zurück. »Ich hoffe nur, dass ich die Gelegenheit haben werde, noch ein letztes Mal mit ihm zu sprechen … sollte er wirklich sterben.«

Nick nickte verständnisvoll. »Es gibt so vieles, was ich ihm noch sagen muss.« Er schüttelte traurig den Kopf, und in seinen Augen glänzten Tränen. »Du weißt schon, über Mum. Und ich würde gern wissen, wie er sich fühlte, als ich aus der Spur lief, solche Dinge eben. Und worüber willst du mit ihm reden?«

Mel spürte, dass sie errötete. »Oh … Wie dankbar ich ihm bin, zum Beispiel.«

»Das weiß er auch so.« Nick sah sie eindringlich an. Manchmal konnte er genauso scharfsinnig sein wie sein Vater. Plötzlich fühlte sie, wie die Innenflächen ihrer Hände feucht wurden.

»Du möchtest mit ihm über mich sprechen. Habe ich nicht Recht?«

»Warum sollte ich über dich sprechen wollen?« Sarkasmus schien ihr der einzige Ausweg zu sein, durchmischt mit einer Prise Wahrheit. »Wenn du es unbedingt wissen willst: Gestern Nachmittag habe ich ihm mitgeteilt, dass ich Oaklands verlassen möchte. Ich würde ihm gern sagen, dass ich nicht weggehen werde, bevor er wieder auf dem Wege der Besserung ist.«

»Du kannst nicht weggehen!« Nick riss vor Erstaunen die Augen auf. »Du gehörst hierher, und du gehörst zu mir.«

»Nick, genau darum geht es ja. Solche Aussagen von dir sind es, die mich von hier forttreiben«, entgegnete sie hastig. »Ich habe dir unzählige Male erklärt, dass ich nicht auf diese Weise an dir interessiert bin. Ich kann es nicht ertragen.« Es war nicht notwendig, ihn anzusehen, sie wusste, dass diese blauen Augen jetzt dunkel vor Schmerz waren, dass seine Mundwinkel traurig nach unten zeigten und er außer Stande war, die Zurückweisung zu verstehen.

»Weißt du denn nicht, dass ich dich liebe?«

Seine Worte durchbohrten ihr Herz wie ein Messer.

»Ich habe gesagt, dass ich dich liebe«, wiederholte er.

In ihrer maßlosen Verwirrung konnte sie ihn nur entsetzt anstarren.

»Ich weiß, dass irgendjemand dir furchtbar wehgetan haben muss«, beharrte er, stand von seinem Schreibtisch auf und kam auf sie zu. »Vielleicht hast du Angst, es könnte wieder passieren. Aber ich weiß, dass du das Gleiche empfindest wie ich, Mel. Ich kann es sehen, kann es fühlen. Dies mag vielleicht nicht der richtige Augenblick sein, um es dir zu sagen, doch ich brauche dich.«

Er trat noch einen Schritt auf sie zu, die Arme weit ausgebreitet. Sie zog sich tiefer in ihren Stuhl zurück, aber dann lagen seine Hände auch schon auf ihren Schultern und hielten sie gefangen, während er sich über sie beugte, um sie zu küssen.

»Nein.« Sie versuchte, ihn von sich zu stoßen, doch seine Lippen näherten sich unaufhaltsam den ihren.

Plötzlich zerbrach in ihr etwas. Die Wahrheit war die einzige Möglichkeit, um diesem Wahnsinn Einhalt zu gebieten. Sie konnte einfach keine dürftigen Ausreden mehr finden.

»Nein, Nick. Ich glaube, ich bin deine Schwester!«

Bei ihren Worten erstarrte er. Seine Lippen waren nur wenige Zentimeter von ihren entfernt. Eine Sekunde lang trafen sich ihre Blicke, dann richtete er sich langsam auf und warf die Haarlocke zurück, die ihm über die Augen gefallen war. »Was für ein kranker Scherz soll das sein?«, flüsterte er.

»Nick, das ist kein Scherz.« Sie stand von ihrem Stuhl auf und trat hinter ihn, um sich in Sicherheit zu bringen. »Ich hätte es dir niemals erzählt, wenn du mich nicht dazu gezwungen hättest. Aber es war die einzige Möglichkeit, dich aufzuhalten.«

Die Farbe wich so schnell aus seinem Gesicht, dass sie einen Moment lang befürchtete, er würde ohnmächtig werden. Er tastete nach der Kante des Schreibtischs, um sich zu stützen.

»Du kannst nicht meine Schwester sein!« Seine tiefe Stimme klang erstickt.

»Ich könnte es sein«, wisperte sie. »Oh Gott, Nick! Ich wollte nicht, dass du es so erfährst.«

»Aber wie?« Seine Lippen verzogen sich zu einem höhnischen Grinsen. »Willst du damit andeuten, dass meine Eltern dich gleich nach der Geburt weggegeben haben?«

»Könnten wir uns nicht hinsetzen und vernünftig darüber reden?«, bat sie flehentlich. »Ich kann dir nichts erklären, wenn du mich so ansiehst!«

So war es in ihrem ganzen Leben immer gewesen: kurze Zeiten eines falschen Glücks, für die sie mit Schmerz bezahlen musste. Jetzt verdrängte Zorn den Kummer in seinen Augen; seine breiten Schultern versteiften sich feindselig.

»Es war immer etwas Merkwürdiges an dir«, zischte er. »Ich möchte mich nicht hinsetzen und reden. Ich möchte, dass du diese boshafte Behauptung zurücknimmst und dann von hier verschwindest.«

»Ich werde gehen, wenn es das ist, was du willst.« Sie hob trotzig den Kopf. »Aber nicht, bevor du die Wahrheit kennst.«

Den Rücken zum Fenster gewandt, die Arme über der Brust verschränkt, hörte er ihr zu.

»Wenn du mich in Ruhe gelassen hättest, hätte ich es dir niemals gesagt, dir nicht und Magnus auch nicht. Ich bin vor zwei Jahren nach Oaklands gekommen, um die Wahrheit herauszufinden, doch ich habe fast sofort begriffen, dass es zu vielen Menschen wehtun würde, wenn ich meine wahre Identität preisgegeben hätte. Gestern habe ich Magnus mitgeteilt, dass ich Oaklands verlassen möchte, und er hat es aus mir herausgelockt.«

»Du Miststück! Du bist schuld an seinem Schlaganfall!« Nick machte eine Bewegung auf sie zu, als wollte er sie schlagen.

Mel wich zurück. »Kannst du nicht begreifen, dass ich Magnus liebe?«, fuhr sie ihn an. »Wenn du nicht gewesen wärst, hätte ich es ihm niemals erzählt.«

»Du hast mit mir geflirtet. Du hast mich an der Nase herumgeführt!«

»Nur an jenem ersten Abend. Damals wusste ich nicht, wer du warst. Was glaubst du, warum ich dir seither aus dem Weg gegangen bin, warum ich mich geweigert habe, mit dir auszugehen oder einen Spaziergang zu unternehmen? Hast du auch nur eine leise Ahnung, was für eine Qual das für mich gewesen ist?«

»Warum konntest du mir nicht einfach die Wahrheit sagen?«

»Wie denn?« Tränen liefen ihr über die Wangen. »Ich habe alles in meiner Macht Stehende versucht, um dich auf Abstand zu halten. Ich habe gehofft und gebetet, dass du das Interesse an mir verlieren würdest.«

»Warum hast du dich dann nicht auf dem gleichen Weg davongemacht, über den du dich hier eingeschlichen hast? Du Miststück, du hast dich an den alten Mann herangemacht, und als du seiner müde wurdest, hast du deine kleine Bombe platzen lassen und ihn so sehr aufgeregt, dass er einen Schlaganfall bekam!«

»Wie kannst du nur so etwas Abscheuliches sagen?« Sie hätte ihn am liebsten ins Gesicht geschlagen und gezwungen, ihr zuzuhören. »Ich habe versucht, das zu tun, was für alle das Beste war. Wie kannst du auch nur einen Moment lang glauben, ich hätte es ihm aus Gehässigkeit erzählt?«

»War er sehr enttäuscht darüber, dass sein Flittchen tot ist? Er muss sich doch uralt vorgekommen sein, als er herausfand, dass er sowohl seine Frau als auch seine Geliebte überlebt hat.«

»Hör auf damit.« Sie stürzte auf ihn zu und drosch mit den Fäusten auf ihn ein. »Du hast kein Recht, das alles in den Schmutz zu ziehen.«

Er fing ihre Handgelenke auf und drehte sie ihr auf den Rücken, bis sie vor Schmerz aufschrie. Dann beugte er sich vor und starrte sie höhnisch an. »Es ist schmutzig. Hast du ihn davon überzeugt, dass seine legitimen Kinder sich nichts aus ihm machen? Du warst ja so verdammt gerissen! Meine Schwester hatte die ganze Zeit über Recht, was dich betrifft. Wenn Dad stirbt und er dir in seinem Testament auch nur einen einzigen Penny zugedacht hat, werde ich dafür sorgen, dass du das Geld niemals erhältst.«

Sie konnte jetzt nichts mehr als Hass in seinen Augen sehen, so dunkel und finster wie der Sturm in der vergangenen Nacht. Die andere Seite seines Charakters, die er selbst und auch Mrs.

Downes und sein Vater angedeutet hatten, wurde jetzt offenbar: ein selbstsüchtiger, arroganter Tyrann, der sich mit den Ellbogen durchs Leben kämpfte, um seine Ziele zu erreichen.

Mel schüttelte seine Hände ab und trat einen Schritt zurück. »Ist Geld das Einzige, was dich interessiert? Ich will nichts davon haben, Nick Osbourne. Seit dem Tag, an dem ich dich kennen gelernt habe, war das Leben nur noch eine Qual für mich. Wenn du deinen Vater auch nur halb so sehr liebtest, wie ich ihn liebe, würdest du für seine Genesung beten, statt über sein Testament zu reden.«

»Raus hier«, schrie er und trat mit drohender Miene auf sie zu. »Und sollte mir jemals zu Ohren kommen, dass du mit irgendjemanden über diese Angelegenheit redest, wirst du dir wünschen, nie geboren worden zu sein.«

»Du hast nichts zu befürchten«, entgegnete sie, als sie sich an ihm vorbeischob und zur Tür ging. »Ich werde niemandem gegenüber zugeben, einen Bruder wie dich zu haben.« Mel riss die Tür auf und stürmte mit tränenüberströmtem Gesicht die Treppe hinunter. Sie musste Oaklands verlassen, für immer.

Es konnte keinen liebevollen Abschied von all den Menschen geben, die ihr so sehr ans Herz gewachsen waren. Alle Versuche, irgendetwas zu erklären, würden die Situation nur verschlimmern.

Mel legte ihr schlichtes Arbeitskleid ab, zog Jeans und einen Pullover an und packte dann das Nötigste in eine Reisetasche. Sie wagte es nicht, sich ein letztes Mal umzudrehen, als sie die Tür hinter sich schloss. Hier hatte sie zwei Jahre Glück gefunden, ein Glück, auf das sie kein Anrecht hatte. Jetzt würde sie dafür zahlen müssen.

16. Kapitel

Das Privatzimmer im zweiten Stock des Bath General Hospital sah aus wie ein Blumenladen und roch auch so. Körbe und Vasen mit Blumen darin füllten die Fensterbank. Der Schrank neben Magnus' Bett verschwand beinahe hinter einem riesigen Korb mit Früchten, und an einer Schnur an der Wand hingen mindestens dreißig Karten mit den besten Wünschen für eine baldige Genesung.

Magnus hatte nach seinem Schlaganfall fast sechsunddreißig Stunden lang im Koma gelegen. Obwohl der Arzt und das Pflegepersonal seinen Kindern während dieser Zeit immer wieder versichert hatten, dass das ziemlich normal sei, waren selbst sie überrascht, dass ein nur so geringfügiger dauerhafter Schaden zurückgeblieben war, als er endlich wieder zu sich kam: eine leichte Lähmung in der linken Seite und Schwierigkeiten, anders als undeutlich zu sprechen. Aber inzwischen waren fünf Tage vergangen, seit er das Bewusstsein wiedererlangt hatte, und seine gesundheitlichen Fortschritte grenzten an ein Wunder.

Trotzdem war Magnus in dieser kurzen Zeit dramatisch gealtert. Seine Haut hatte eine gelbliche Färbung angenommen und hing unter den eingefallenen Augen schlaff herab. Die Krankenschwester hatte ihm den Bart abgenommen, und sein kantiges Kinn wirkte ohne die schützenden Haare seltsam ausgezehrt. Auf seinen Händen zeichneten sich blau die Adern ab.

Nick saß am Bett seines Vaters und las eine Zeitung. Allmählich wurde ihm bewusst, dass Magnus ihn beobachtete, und da er seine nächste Frage erriet, versuchte Nick, ihr zuvorzukommen.

»Diese ganze Watergate-Angelegenheit geht mir langsam auf die Nerven«, brummte er und legte die Zeitung beiseite. »Wie lange wollen die Leute noch darauf herumreiten?«

»Es wäre mir vollkommen egal, wenn Richard Nixon sich als Massenmörder entpuppen sollte, und noch weniger interessieren mich die Skandale im Weißen Haus«, gab Magnus mit einiger Mühe zurück. »Hör auf, mich wie einen Schwachsinnigen zu behandeln, Nick, und sag mir, warum Mel mich noch nicht besucht hat.«

Nick schluckte. Seit seiner Rückkehr nach Bath vor fast einer Woche fühlte er sich wie in einem emotionalen Sandstrahlgebläse: die Angst, dass sein Vater sterben könnte, der Zorn auf ihn, weil er seine Mutter betrogen hatte, und sein eigenes Schamgefühl, wenn er daran dachte, wie er Mel behandelt hatte. Schlimmer noch war der Versuch, all das vor Magnus verborgen zu halten, während er ihn im Krankenhaus besuchte und auf Oaklands die Dinge unter Kontrolle zu halten versuchte.

In den ersten Tagen war es vergleichsweise einfach gewesen, jede Erwähnung Mels zu vermeiden. Es durfte immer nur ein einziger Besucher für wenige Minuten zu ihm, und Stephen, Sophie und Nick hatten den Vorrang gehabt. Sie alle drei waren aus unterschiedlichen Gründen übereingekommen, Mels Abreise nicht zu erwähnen, bevor ihr Vater wieder stärker war.

Ein Teil von Nick wollte Magnus in diesem Moment verletzen, wollte ihm all die Beschimpfungen an den Kopf werfen, die er während der langen, schlaflosen Nächte in der vergangenen Woche vor sich hin gemurmelt hatte. Aber der bessere Teil von ihm war überglücklich, dass sein Vater sich hinreichend erholt hatte, um sich wieder für die Vorgänge im Hotel zu interessieren.

»Sie ist fort, Dad.« Er bemühte sich um einen beiläufigen Tonfall. »Sie ist am Morgen nach deiner Einlieferung ins Krankenhaus fortgegangen.«

»Fort!« Magnus' Augen spiegelten sein Entsetzen wider, während er sich mühte, sich aufrecht hinzusetzen. »Sie wäre niemals gegangen, solange ich noch krank war.«

Nick stand auf, legte seinem Vater die Hände auf die Schultern und drückte ihn wieder in das Kissen hinunter. »Du darfst dich nicht aufregen, Dad. Wir kommen auch sehr gut ohne sie klar.«

Nur eine Stunde nach Mels überstürztem Aufbruch war Sophie auf Oaklands angekommen, und Nick hatte einen gewissen Trost darin gefunden, den boshaften Theorien seiner Schwester zu lauschen. Mel sei davongelaufen, so verkündete Sophie, weil sie befürchtet habe, während Magnus' Abwesenheit genauer unter die Lupe genommen zu werden. Sophie hatte beschlossen, zusammen mit Stephen so bald wie möglich die Rechnungsbücher durchzugehen. Sie war davon überzeugt, es würden sich Beweise dafür finden, dass Mel ihren Vater systematisch betrogen und dazu gebracht hatte, ihr große Geldsummen zu überlassen.

In seiner Erregung fiel es Nick leichter, sich den Ideen seiner Schwester anzuschließen, als ihr oder Stephen die Wahrheit zu offenbaren. In den folgenden Tagen glaubte er diese Theorien bisweilen sogar.

Aber es dauerte nicht lange, bis alle – Sophie eingeschlossen – begriffen, was für eine wertvolle Angestellte Mel gewesen war. Das tägliche Leben auf Oaklands lief ohne sie einfach nicht mehr so reibungslos wie früher, wie sehr Joan Downes sich auch bemühen mochte, mit der zusätzlichen Arbeitslast fertig zu werden. Die ruhige Unerschütterlichkeit, mit der Mel ihre Arbeit erledigt hatte, hatte deren Übermaß vollkommen verschleiert. Sie war diejenige, die schweigend einsprang, wo immer es nötig war, die zuerst bei der Vorbereitung der Gästezimmer half und im nächsten Augenblick in der Küche mit anfasste, einige Sandwiches zubereitete und eine Tasse Tee für einen Neuankömmling kochte oder die Vorräte in der Bar überprüfte. Keinem der anderen Angestellten war je aufgefallen, dass Mel sich um die Blumenarrangements kümmerte, bis sie nach ihrem Fortgang die Blumen in den Vasen welken sahen. Und sie hatten vorher auch gar nicht bemerkt, dass das Besteck glitzerte, weil Mel es polierte. Jetzt blieben Fingerabdrücke auf Spiegeln und Fenstern zurück, und jeder beteuerte, dass diese Verrichtungen nicht zu seinen Aufgaben gehörten.

Nicks Zorn hatte seinen quälenden Schmerz nicht gelindert, ebenso wenig wie die Angst vor der Reaktion seines Vaters, wenn er alles erfuhr. Sophies boshafte Bemerkungen über Mel hatten das Personal in zwei Gruppen gespalten: Antoine und Mrs. Downes weigerten sich kategorisch zu glauben, dass Mel irgendetwas Unrechtes getan haben könne; aber Sally und die anderen Aushilfskräfte ergötzten sich an dem Skandalgerede.

Jetzt blickte Magnus zu seinem Sohn auf und sah den flammenden Zorn in seinen Augen. »Sie hat es dir erzählt, nicht wahr? Und du hast sie aus dem Haus geworfen?«

»Ja«, gab Nick zu. Er war froh darüber, dass der Verstand seines Vaters noch immer so scharf war, aber sein Gesichtsausdruck gab Nick das Gefühl, niederträchtig gehandelt zu haben. »Und wenn du nicht so verdammt krank wärst, hätte ich vielleicht gute Lust, dich zu schütteln. Wie konntest du so etwas geschehen lassen? Einmal ganz von den Gefühlen deiner Kinder abgesehen. Das ist eine Beleidigung Mum gegenüber.«

Magnus wandte den Kopf ab. Es war das erste Mal, seit er denken konnte, dass er sich davor fürchtete, einem anderen Mann in die Augen zu sehen. Erst wenige Jahre zuvor hatte er Nick darüber belehrt, dass man Frauen mit Sensibilität und Respekt behandelte; nun würde er sein eigenes Versagen in dieser Hinsicht beichten müssen.

»Es tut mir furchtbar Leid, dass du verletzt bist«, flüsterte Magnus. »Das alles ist so lange her. Wenn ich diesen Schlaganfall nicht bekommen hätte, hätte ich dir alles erklärt.«

»Dann ist es also wahr?« Nicks Stimme klang jetzt eine Oktave höher. Er hatte sich noch immer an die dürftige Hoffnung geklammert, Mel könnte gelogen haben.

»Ich wünschte um deinetwillen, ich könnte es bestreiten«, erwiderte Magnus. Das Sprechen kostete ihn große Kraft. »Doch ich kann es nicht bestreiten, Nick. Ich habe ein Kind mit einer anderen Frau gezeugt, und obwohl ich nicht stolz darauf bin, deine Mutter betrogen zu haben, kann ich mich nicht dafür schämen, dass Mel meine Tochter ist. Aber eines musst du mir glauben: Sie ist nicht nach Oaklands gekommen, um Unheil zu stiften. Sie wollte mich lediglich kennen lernen. Wenn ich sie nicht gezwungen hätte, die Karten auf den Tisch zu legen, wäre sie ohne ein Wort fortgegangen. Ich weiß jetzt, warum sie gehen wollte: Sie hatte sich in dich verliebt, und das hat sie innerlich zerrissen.«

Nick klappte vor Schreck der Unterkiefer herunter. Diese ganze Woche über hatte er sich selbst und seinen Vater als die Opfer betrachtet und Mel als eine Parasitin, die sie beide ausgenutzt hatte. Zum ersten Mal dämmerte ihm nun, dass sie ebenso verletzt war wie er.

Magnus schloss vor Erschöpfung die Augen. Er musste die Kraft finden, um seinem Sohn die Wahrheit zu offenbaren, selbst wenn er ihn sich damit noch mehr entfremdete.

An dem Nachmittag nach seinem Gespräch mit Mel hatte er sich an seinen Schreibtisch gesetzt, um all seine Gedanken niederzuschreiben und auf diese Weise vielleicht ein wenig Klarheit über seine Gefühle zu gewinnen. Er war sich damals nicht sicher gewesen, ob es klüger wäre, Mel fortgehen und anderswo ein neues Leben anfangen zu lassen oder seinen drei anderen Kindern die Wahrheit zu sagen.

Aber dann war plötzlich diese seltsame Benommenheit über ihn gekommen. Er erinnerte sich, dass er ins Bad gegangen war, um sich ein leichtes Beruhigungsmittel zu holen und sich anschließend hinzulegen.

Nachdem er das Bewusstsein wiedererlangt hatte, war er eine Weile ziemlich verwirrt gewesen. Die Ereignisse vor seiner Einlieferung ins Krankenhaus waren nebelhaft, ähnlich wie ein Traum, von dem man nur noch Bruchstücke in Erinnerung hatte. Aber während die Tage verstrichen, kehrten die Erinnerungen nach und nach zurück und mit ihnen das Gefühl, dass auf Oaklands nicht alles zum Besten stand. Auf der Karte, die das Personal ihm zusammen mit einem riesigen Blumenstrauß geschickt hatte, fehlte Mels Name, und es war seltsam, dass sie ihn nicht besuchte, und sei es auch für wenige Minuten. Sophie und Stephen wirkten ungewöhnlich selbstzufrieden, und ihre Beteuerungen, im Hotel laufe alles wie am Schnürchen, klangen zu glatt, da sie normalerweise immer irgendetwas zu klagen hatten. Und Nick hatte sich besonders seltsam benommen: Er war einfach viel zu aufgekratzt – wie er es immer war, wenn ihm etwas zu schaffen machte –, und er hatte nicht ein einziges Mal von Mel gesprochen.

»Erzähl mir, was genau passiert ist«, verlangte Magnus. Ihm war leicht übel, weil er wusste, dass Mel niemals mit etwas so Verheerendem herausgeplatzt wäre, hätte man sie nicht in die Enge getrieben. »Wart ihr alle daran beteiligt?«

»Nein. Nur ich. Es ist passiert, bevor Sophie und Stephen angekommen sind, und ich habe den beiden nichts davon erzählt.« Nicks Lippen zitterten. »Mel war zu diesem Zeitpunkt bereits fort, und die beiden denken, sie hätte uns einfach sitzen lassen. Aber ich möchte dir nicht erzählen, wie es dazu gekommen ist. Lassen wir es dabei bewenden, dass wir einen Streit hatten, und in der Hitze des Augenblicks ist dann alles herausgekommen.«

Magnus zuckte zusammen. Er konnte sich das Szenario durchaus vorstellen. Verstohlen schob er die Finger über die Bettdecke zu Nicks immer noch zur Faust geballten Hand. Tränen waren ihm im Allgemeinen fremd, doch jetzt wurden seine Augen feucht. Wie grausam das Schicksal sein konnte! Ein kleines Samenkorn, das vor Jahren ausgesät worden war, bedrohte jetzt das Glück seines Sohnes und sein eigenes. »Wirst du mir glauben, wenn ich sage, dass ich alles getan hätte, um dir diesen Schmerz zu ersparen?«

Nick blickte auf die kräftige Hand hinab, die auf seiner Faust lag, und spürte, wie sein Ärger verblasste. Sein Vater war schon zu Lebzeiten praktisch eine Legende. Er hatte eine Ruine von einem Haus gekauft, inmitten mehrerer Hektar überwucherter Wildnis, und Seite an Seite mit seinen Arbeitern achtzehn Stunden am Tag geschuftet, um das Haus wieder aufzubauen. So viele Leute hatten auf sein Scheitern gewartet, aber ›scheitern‹

war ein Ausdruck, der in Magnus Osbournes Wortschatz nicht vorkam. Viele der jungen Schwestern hier im Krankenhaus hatten ihm lächelnd anvertraut, dass ihre Mütter ihnen von dem hoch gewachsenen, gut aussehenden Mann erzählt hatten, der vor so vielen Jahren Bath mit seiner Tollkühnheit im Sturm erobert hatte. Auch auf Oaklands sprachen alte Freunde von seinem Mut und seiner Integrität. Aber keiner von ihnen kannte Magnus wirklich.

Sein Vater war die Messlatte, an der Nick alle anderen Männer maß, und die meisten bestanden diese Prüfung nicht einmal annäherungsweise. Seine Sensibilität, sein Humor, seine Leidenschaft, seine Hingabe und seine Vorstellungskraft waren nach wie vor da, verborgen hinter weißem Haar und faltiger Haut. Früher einmal hätte er jedes Hindernis überwunden, hätte mit der puren Kraft seiner Persönlichkeit Feinde zu Freunden gemacht. Jetzt war der Tod die einzige Herausforderung, die noch auf ihn wartete. Wie konnte Nick seinen Vater gehen lassen, ohne nicht wenigstens zu versuchen, ihn zu verstehen?

»Erzählst du mir von Mels Mutter?« Nick zog sich einen Stuhl ans Bett, setzte sich und ergriff die Hand seines Vaters. Nichts konnte die Niedergeschlagenheit zerstreuen, die ihn quälte, aber die Wahrheit würde ihm vielleicht helfen, dem Ganzen einen gewissen Sinn zu geben. »Von Anfang an.«

Magnus schloss für einen Moment die Augen. Er konnte Bonnys Gesicht vor sich sehen, ihr goldenes Haar, ihre pfirsichfarbene Haut und diese lebhaften, türkisfarbenen Augen. Es war seltsam, dass er sich selbst nach so vielen Jahren noch an jede Einzelheit erinnern konnte, was sie betraf.

»Wir haben uns 1949 in Oxford kennen gelernt«, begann er stockend und hasste dabei den Klang seiner undeutlich gewordenen Stimme. »Ich war mit einem alten Freund von der RAF zusammen, Basil.«

Er erzählte Nick die Geschichte ziemlich genau so, wie er sie Mel erzählt hatte, aber von einem männlichen Standpunkt aus. Zwei alte Freunde draußen in der Stadt, die aus Sentimentalität den ganzen Abend zusammenhockten, weil sie beide spürten, dass Jahre bis zu einem Wiedersehen vergehen würden. Die beiden Tänzerinnen, die sie bezauberten, Gelächter, einige Tänze und noch ein paar Drinks. Und anschließend brachten sie die beiden Mädchen nach Hause.

»Bonny schlug vor, dass wir uns am nächsten Tag zum Mittagessen treffen sollten. Ich kann nicht erklären, warum ich zugestimmt habe, ich wusste, dass es Wahnsinn war.«

»Das alles verstehe ich ja«, erwiderte Nick leise. »Was ich nicht verstehe, ist, warum du, wenn du Mum geliebt hast, die Sache nicht beendet hast.«

»Wenn du Bonny gesehen hättest, würdest du das verstehen. Ich wusste, dass ich ein Narr war«, flüsterte er, und Tränen rannen über seine gefurchten Wangen. »Ich war über vierzig, sie war gerade erst siebzehn. Ich habe deine Mutter geliebt, und ich hatte nie den Wunsch, sie zu verlassen, aber Bonny war wie eine Droge, der ich nicht widerstehen konnte.«

»Hat sie dich geliebt?«, fragte Nick. Er wusste nicht, warum das so wichtig für ihn war – vielleicht weil er nicht glauben wollte, dass sein Vater ein vollkommener Narr gewesen war.

»Ich nehme an, das war ein Teil des Ganzen. Ich konnte mir nie vollkommen sicher sein. Sie war Teufel und Engel in einem. Sie hat mich in Höhen geführt, die ich nie zuvor erreicht hatte, und dann wieder in Tiefen absoluten Elends. Damals habe ich wie ein Verrückter gearbeitet, um sie mir aus dem Kopf zu schlagen, doch auch das hat nicht funktioniert. Zu guter Letzt habe ich den Schlussstrich gezogen, als deine Mutter mit dir schwanger wurde. Erst da wurde mir klar, dass Bonny mich wirklich geliebt hat, zumindest soweit sie überhaupt zu wahrer Liebe fähig war.«

Danach erzählte er ihm, wie er es zuvor Mel erzählt hatte, von deren Empfängnis und davon, dass Bonny vier Jahre später behauptet hatte, Magnus sei der Vater ihres Kindes. Zuletzt beschrieb er das finanzielle Arrangement, das er nach John Nortons Tod getroffen hatte.

»Aber wie kannst du nur nach einem Blick auf ein paar Blutproben zu dem Schluss kommen, dass sie dein Kind ist?«, begehrte Nick entrüstet auf und warf sich eine Haarlocke aus dem geröteten Gesicht. »Du musst doch genauso gut wissen wie ich, dass eine einzige Blutgruppe zwar John Norton als Vater ausschließen kann, aber das ist noch lange kein Beweis für deine Vaterschaft! Es könnte noch andere Männer in ihrem Leben gegeben haben. Mel sieht dir kein bisschen ähnlich.«

»Seit ich hier liege, habe ich viel darüber nachgedacht. Es besteht eine starke Familienähnlichkeit«, widersprach Magnus langsam. »Wenn Sophie das Haar offen trägt, sieht es genauso aus wie Mels Haar. Meine Mutter hatte dunkle Haare und mandelförmige Augen – wenn du nach Hause gehst und dir das alte Fotoalbum ansiehst, wirst du es selbst feststellen. Und deine Wangenknochen, Nick – sie sind genauso geformt wie die von Mel.«

Nick suchte verzweifelt nach einem Gegenargument. Er konnte es zwar immer noch nicht glauben, aber er hatte auch nicht vergessen, wie Sophie mit zwanzig ausgesehen hatte, das dunkle Haar lang, gerade und glänzend. Und bevor sie dazu übergegangen war, derart matronenhafte und wenig schmeichelnde Kleider zu tragen, war ihre Figur ebenso weiblich gewesen wie die von Mel.

In diesem Moment brach Nick zusammen. Er legte den Kopf auf das Kissen seines Vaters, hielt den älteren Mann fest umschlungen und weinte.

Im vergangenen Jahr hatte er an kaum etwas anderes als an Mel gedacht. Es hatte viele Frauen in seinem Leben gegeben, aber nicht eine von ihnen hatte ihn jemals so vollkommen bezaubert. Es war nicht nur ihr Aussehen, obwohl diese dunklen Augen ihn bis in seine Träume begleiteten. Es war ihr Wesen, das er am meisten liebte. Die Menschen um sie herum lagen ihr wirklich am Herzen, und sie war immer bereit, einem anderen zu helfen. Bei all dem war sie dennoch kein Moralapostel und auch keine Heilige. Manchmal leuchtete ein keckes Glitzern in ihren Augen auf, sie wusste eine gute Diskussion zu schätzen, und ihr

Humor war durchaus erdverbunden. Sie konnte einen Mann mit einem energischen Einzeiler in seine Schranken weisen, der ihn bis ins Mark traf, und wenn sie jemanden nachahmte, konnte sie bisweilen eine beißende Ironie an den Tag legen. Mehr als alles jedoch vermisste er die Freundin, die sie ihm geworden war. Oaklands erschien ihm leer ohne sie.

»Was soll ich jetzt tun?«, flüsterte er. Die Aufrichtigkeit seines Vaters hatte seinen Zorn ausgelöscht, aber jetzt fühlte er sich zutiefst beschämt. »Ich habe sie ein ganzes Jahr begehrt. So habe ich noch nie für irgendeine Frau empfunden. Jetzt fühle ich mich so furchtbar schmutzig.«

»Du hast dir nichts vorzuwerfen.« Magnus, dem die Tränen über die Wangen liefen, strich seinem Sohn übers Haar. »Ich kann mir gut vorstellen, dass die Begierde nach ihr einfach erlöschen wird, jetzt, da du weißt, dass sie vielleicht deine Schwester ist.«

»Mag sein. Aber ich muss sie finden«, murmelte Nick, und seine Stimme brach. »Ich kann den Gedanken nicht ertragen, dass sie irgendwo da draußen allein ist, nach all dem, was ich ihr vorgeworfen habe.«

Magnus hatte das Gefühl, als wäre plötzlich Ruths Geist im Raum. Nick war ein schwieriger Teenager gewesen, und es hatte oft so ausgesehen, als wären andere Menschen ihm vollkommen gleichgültig. Seltsam, er hat so gar nichts von seiner Mutter geerbt, hatte Magnus damals gedacht. Aber dieser Ausbruch von Mitgefühl bewies, dass Ruth in ihm weiterlebte.

»Das könnte sich als schwierig erweisen«, sagte Magnus leise. »In den beiden Jahren, während sie für mich gearbeitet hat, hat sie kaum je einmal von ihrer Vergangenheit gesprochen. Ich habe nicht die geringste Ahnung, wo wir mit der Suche anfangen sollten. Außerdem ist sie sehr stolz. Ich nehme an, dass sie sich wahrscheinlich irgendwo versteckt hält, wo wir sie niemals finden werden.«

»Dann musst du mir absolut alles erzählen, was du über sie weißt. Ich will die Namen aller Freunde wissen, die sie erwähnt hat, und sei es noch so flüchtig. Es muss doch irgendeinen Menschen oder irgendeinen Ort geben, der für sie eine besondere Bedeutung hatte. Wenn man verletzt ist, kehrt man immer an einen solchen Ort zurück.«

Magnus strich seinem Sohn über die Wange, wie er es getan hatte, als er noch ein kleines Kind gewesen war. Er konnte Ruth in dem Gesicht des jungen Mannes sehen, ihre stille Entschlossenheit und ihre überraschende innere Stärke. »Ist das klug?«, wandte er leise ein. »Mel hat zum Teil deshalb nicht über ihre Vergangenheit gesprochen, weil sie zu schmerzlich war. Bevor du irgendwelche Nachforschungen anstellst, musst du genau darüber nachdenken, ob das, was du womöglich herausfindest, dir nicht noch mehr Kummer bereiten wird.«

»Ich muss es versuchen.« Nick vergrub das Gesicht an der Brust seines Vaters. »Nicht nur um meinetwillen, sondern auch um deinetwillen. Ich weiß, wie viel sie dir bedeutet.«

Magnus verfiel in Schweigen. Der Gedanke, dass Mel irgendwo da draußen war und niemanden hatte, an den sie sich wenden konnte, war furchtbar für ihn. Aber trotz seiner Sorge um sie und seiner Zuneigung zu ihr musste seine erste Priorität das Wohlergehen seines Sohnes sein. Nick hatte nie darüber gesprochen, warum es mit seiner Karriere vor vier Jahren plötzlich so steil bergab gegangen war oder was aus dem vielen Geld geworden war, das er damals verdient hatte. Und er hatte niemals mit einem Wort erklärt, was aus dem netten jungen Mädchen geworden war, mit dem er damals zusammengelebt hatte. Magnus hatte das eine oder andere geahnt, aber er hatte nicht allzu genau hingesehen.

Möglicherweise verfiel Nick wieder in seine alten Gewohnheiten, wenn ihn nicht etwas auf Kurs hielt. Die Frage war, ob die Suche nach Mel dieses Etwas sein konnte … oder ob Nick mit einem fruchtlosen Unterfangen, das ihm vielleicht obendrein das Herz brechen würde, nicht wertvolle Energie vergeudete – Energie, die er stattdessen in seine Arbeit investieren sollte?

»Hat sie den Morris Minor mitgenommen?«, fragte er.

Nick schüttelte den Kopf. »Sie ist nur mit einer einzigen kleinen Reisetasche fortgegangen. Der Rest ihrer Sachen liegt noch oben in ihrem Zimmer. Vielleicht wird sie uns mitteilen, an welche Adresse wir ihr die Sachen nachschicken können«, fügte er hoffnungsvoll hinzu.

Jetzt war es an Magnus, den Kopf zu schütteln. »Das bezweifle ich, mein Sohn«, murmelte er traurig. »Sie ist keine Spur materialistisch. Ich vermute, sie sucht alle Schuld für das Geschehene bei sich selbst und hat beschlossen, diese Tür für immer zu schließen, in der Hoffnung, dass sie es uns auf diese Weise leichter macht. Aber sobald ich nach Hause komme, werden wir uns in ihrem Zimmer umsehen. Vielleicht finden wir dort etwas, das uns einen Hinweis gibt.«

»Sophie möchte alles, was Mel gehört hat, wegwerfen«, seufzte Nick. »Was soll ich ihr und Stephen sagen?«

Magnus war zu müde, um in diesem Moment irgendwelche wichtigen Entscheidungen zu treffen. »Sag ihnen für den Augenblick gar nichts«, bat er erschöpft. »Gib Sophie und Mrs. Downes die Anweisung, dass Mels Zimmer bis zu meiner Heimkehr verschlossen und unberührt bleiben soll. Dann entscheiden wir, was wir unternehmen werden.«

Nachdem Nick gegangen war, liefen Magnus von neuem Tränen übers Gesicht, und er musste an den Tag denken, an dem Nick geboren worden war. Er hatte dieses verhutzelte kleine Menschlein in die Arme genommen und schweigend das Gelübde abgelegt, in Zukunft ein perfekter Ehemann und Vater zu sein. Vielleicht gründete sein damaliger Entschluss zum Teil darauf, dass er vor Arbeit kaum noch nach links oder rechts hatte sehen können, als Sophie und Stephen klein gewesen waren, und dann war der Krieg gekommen und hatte ihn abermals daran gehindert, viel Zeit mit seinen beiden Kindern und Ruth zu verbringen. Aber vor allem hatte sein Gelübde seinen Grund in den Schuldgefühlen, die ihn nach seiner Affäre mit Bonny geplagt hatten.

Doch nur achtzehn Monate später war dieses Gelübde vergessen gewesen, als er eine letzte Liebesnacht mit Bonny verbracht hatte.

Jetzt, Jahrzehnte später, musste er einen hohen Preis für diese beiden Stunden der Leidenschaft zahlen. Nick war furchtbar verletzt worden, Mel hielt sich mutterseelenallein irgendwo da draußen auf, und er war an dieses Bett gefesselt, außer Stande, auch nur einem der beiden zu helfen.

17. Kapitel

Erst zwei Monate nach Magnus' Schlaganfall fand Nick Gelegenheit, Mels altes Zimmer gründlich zu durchsuchen. In den ersten Wochen hatte er das nicht über sich gebracht, außerdem hätte er Sophies Argwohn erregt. Als Magnus' Gesundheitszustand sich so weit gebessert hatte, dass sie wieder nach Yorkshire zurückfahren konnte, bekam Nick eine Rolle in einem Stück in Leeds angeboten und musste selbst Oaklands für eine Weile den Rücken kehren.

Von Mel hatten sie nichts gehört, sie waren nicht einmal aufgefordert worden, ihr ihre übrigen Sachen nachzuschicken. Nick wusste, dass das Personal ihr Zimmer im Scherz »Blaubarts Kammer« nannte, weil es verschlossen blieb. Aber Mrs. Downes, deren Zuneigung zu Mel trotz all der Gerüchte und Spekulationen ungebrochen war, hatte sich energisch an die Anweisungen ihres Arbeitgebers gehalten. Wenn sie darüber nachdachte, welche Gründe ihn wohl dazu veranlasst hatten, so verlor sie jedenfalls kein Wort darüber.

Aber inzwischen war Magnus aus dem Krankenhaus entlassen worden, und Nick war nach Oaklands zurückgekommen, um zu helfen. In zwei Wochen war Weihnachten, und sowohl das Hotel als auch das Restaurant waren vollkommen ausgebucht. Da Magnus immer noch sehr gebrechlich war und nicht gehen konnte und die Angestellten kaum noch wussten, wo ihnen der Kopf stand, wurde Nicks Hilfe dringend gebraucht.

Er öffnete zuerst den Kleiderschrank, und der schwache Duft ihres vertrauten Parfüms, der ihm entgegenschlug, brachte ihn aus der Fassung. Instinktiv griff er nach dem roten Kreppkleid, das sie bei ihrer ersten Begegnung in der Bar getragen hatte. Er schloss die Finger um den weichen Stoff und drückte ihn an seine Wange.

»Es tut mir so Leid, Mel«, murmelte er. »Ich habe all die grausamen Dinge, die ich dir an den Kopf geworfen habe, nicht wirklich so gemeint.«

Das ganze Zimmer strahlte Ordnung und Sauberkeit aus. Nick selbst war eher chaotisch und ließ seine Kleider stets dort liegen, wo er sie fallen gelassen hatte, aber Mels Ordnungsliebe gefiel ihm. Ihre Kleider hingen mit sorgfältig geschlossenen Knöpfen und Reißverschlüssen auf gepolsterten Bügeln; darunter standen säuberlich aufgereiht ihre Schuhe. Insgesamt fanden sich überraschend wenig Kleidungsstücke in dem Schrank: fünf Kleider insgesamt, zwei Kostüme, einige Röcke, Blusen und das schlichte schwarze Kleid, das sie stets bei der Arbeit im Restaurant getragen hatte. Er sah alles durch und untersuchte die Taschen, doch abgesehen von einem Ersatzknopf in einem der Kleider fand er nichts. Es waren alles relativ neue Sachen, die der Mode der Siebzigerjahre entsprachen: kein alter Minirock, kein Kaftan und keine wildlederne Fransenweste aus den Sechzigern, die sie aus sentimentalen Gründen nicht weggeworfen hatte. Jede Frau, die er bisher gekannt hatte, hatte irgendetwas aus der Vergangenheit behalten. Aber an dem Tag, an dem Mel zu Amelia Corbett geworden war, hatte sie offensichtlich ihre Vergangenheit gänzlich abgestreift.

Auch die Kommode enthielt nichts, was ihm irgendwie weitergeholfen hätte; als er jedoch unter dem Auslegepapier einer Schublade versteckt Mels Postsparbuch fand, sog er vor Erstaunen scharf die Luft ein. Sie hatte mehr als sechshundert Pfund auf ihrem Konto. Er sah sich die Einträge an: Seit sie mit der Arbeit auf Oaklands begonnen hatte, waren fast jede Woche zehn Pfund eingezahlt worden. Nur ein einziges Mal hatte sie Geld abgehoben, kurz vor Weihnachten im vergangenen Jahr, wahrscheinlich um Geschenke zu kaufen. Sein Unbehagen verstärkte sich noch, als ihm klar wurde, dass sie nicht einmal ihre Ersparnisse mitgenommen hatte, um darauf zurückgreifen zu können.

Nachdem Nick auch in Mels Büchern vergeblich nach Briefen gesucht hatte, setzte er sich für einen Moment auf den rosafarbenen Sessel am Fenster. Sein Standort im Raum ließ darauf schließen, dass dies ihr Lieblingsplatz gewesen war. Der Blick über das Tal war an diesem Tag nicht so schön, wie er sein konnte: Draußen war es trüb und feucht, ein Tag, an dem alles genauso grau und stumpf erschien wie der Himmel. Nick war sehr enttäuscht vom Ergebnis seiner Suche. Es erschien ihm unfassbar, dass jemand so wenig besitzen konnte und jedes sentimentale Sammelsurium vollkommen fehlte. Wenn er nicht ihr Postsparbuch gefunden hätte, hätte er vielleicht angenommen, dass sie mit Absicht alle Hinweise auf ihren möglichen Verbleib aus dem Raum entfernt hatte. Aber jemand, der vorsichtig genug war, um keinerlei Beweise zurückzulassen, hätte gewiss auch daran gedacht, sein Geld mitzunehmen.

Während er so dasaß und über seinen nächsten Schritt nachsann, fiel ihm eine kleine, leicht erhöhte Stelle des Teppichs in der Ecke des Raumes auf. In der Zeit, als Nick Kokain geschnupft und Gras geraucht hatte, hatte er seine Vorräte häufig an solchen Stellen versteckt.

Binnen einer Sekunde war er aufgesprungen und hatte den Raum durchquert. Als er den Teppich hochzog, entdeckte er darunter einen braunen Umschlag aus Pappe.

Mit rasendem Herzen öffnete er den Umschlag und fand die alten Briefe, von denen sein Vater erzählt hatte. Das war ein weiterer Beweis dafür, dass Mel bei ihrem Aufbruch zu erregt gewesen war, um klar denken zu können.

Auf dem Stapel von Briefen lag das Foto einer atemberaubend schönen blonden Frau. Niemand brauchte ihm zu sagen, dass das Bonny war – sie sah genauso aus, wie sein Vater sie beschrieben hatte. Sie trug ein Kleid im Stil der Zwanzigerjahre, aber das Bild war offensichtlich in den frühen Sechzigern aufgenommen worden; sie tanzte nicht nur Twist, sondern hatte sich das

Haar zu einem kunstvollen gelockten Bienenstock aufgesteckt, die Augen wie Kleopatra schwarz umrandet, und sie trug den sehr blassen Lippenstift dieser Zeit.

»Du hattest Recht, sie war zauberhaft«, murmelte er, während er das Foto sehr genau betrachtete.

Magnus' Briefe kamen als Nächstes, mit einer Büroklammer zusammengeheftet. Ein einziger Blick auf die kühne, vertraute Handschrift überzeugte ihn von der Echtheit der Briefe. Unter Magnus' Briefen lagen die eines anderen Mannes, doch gerade als er sie überfliegen wollte, hörte er Mrs. Downes draußen auf dem Flur. Sie sprach mit Betty, die die Gästezimmer säuberte. Aus Angst, sie könne vielleicht hereinkommen, schloss Nick den Umschlag, schob ihn sich in den Hosenbund, zog seinen Pullover darüber und verließ den Raum.

Mrs. Downes gab Betty frische Bettwäsche aus. Als Nick Mels Zimmer verließ, drehte sie sich um und lächelte ihn zögernd an.

»Ich habe mich nur kurz davon überzeugt, dass alles in Ordnung ist«, behauptete er errötend. Die Heimlichtuerei erschien ihm nicht richtig. »Wahrscheinlich werden wir ihre Sachen bald zusammenpacken müssen, Downie, aber Dad und ich dachten, wir warten damit bis nach Weihnachten. Man kann nie wissen, vielleicht schreibt sie uns ja zum Fest.«

Auf eine solche Gelegenheit hatte Joan Downes gewartet. Es kränkte sie ein wenig, dass Nick sie nicht ins Vertrauen gezogen und ihr erzählt hatte, was mit Mel passiert war. Es hatte einmal eine Zeit gegeben, da hatte er ihr alles erzählt. Sophies Geschichte, das Mädchen könnte sich an Magnus herangemacht haben, hatte sie sofort als Unsinn abgetan. Sophie hatte schon immer eine böse Zunge gehabt.

Joan hatte ihre eigene Theorie. Vielleicht war Mel ja schwanger gewesen, und der Vater war entweder ein Gast oder ein Mann, den sie in Bath kennen gelernt hatte. Vermutlich hatte Mel Nick an jenem Morgen nach Magnus' Schlaganfall davon erzählt.

Joan taten die beiden jungen Leute gleichermaßen Leid. Es war für jeden Mann schwer zu akzeptieren, dass das Mädchen, das er liebte, das Kind eines anderen Mannes bekam, vor allem wenn er sich gleichzeitig ernsthaft um seinen kranken Vater sorgen musste. Es war auch verständlich, dass Mel ohne ein Wort zu irgendjemandem abgereist war; Nick konnte, wenn er in Wut geriet, ein echter Teufel sein.

»Ich nehme an, dass sie gestern angerufen hat …« Joan trat einen Schritt auf Nick zu und senkte die Stimme, damit Betty sie nicht hören konnte. »Wendy am Empfang meinte, eine Frau hätte angerufen, um sich nach einem freien Zimmer zu erkundigen, und dann hat sie sich nach Mr. Osbournes Gesundheitszustand erkundigt. Wendy fand alles ein wenig seltsam, weil die Frau nicht im Mindesten enttäuscht klang, als sie erfuhr, dass das Hotel bis nach Neujahr ausgebucht ist. Sie wollte nicht einmal ihre Telefonnummer hinterlassen, falls irgendjemand absagen sollte.«

»Was hat Wendy ihr geantwortet?«, hakte Nick nach. Er wollte gern glauben, dass Mel die ominöse Anruferin gewesen war.

»›Er ist gerade nach Hause gekommen, und es geht ihm langsam besser‹, sagte sie, ›doch es wird noch eine Weile dauern, bevor er wieder aktiven Anteil an der Leitung des Hotels nehmen kann.‹ Als Wendy nach ihrem Namen fragte, um Magnus die Genesungswünsche ausrichten zu können, behauptete die Anruferin, sie heiße Mrs. Smithers. Der Name sagte Magnus nichts, und Wendy konnte in den Unterlagen niemanden dieses Namens finden, der hier schon einmal gewohnt hätte.«

Eine der Schwestern im Krankenhaus hatte Nick erzählt, dass mehrere telefonische Anfragen von einer Frau gekommen seien, die behauptet hatte, eine alte Freundin von Magnus zu sein, ohne jedoch ihren Namen zu nennen.«

»Ich hoffe, es war Mel«, seufzte Nick. »Das würde zumindest beweisen, dass sie noch an uns denkt.«

Joan legte eine Hand auf Nicks Arm. »Ich wünschte, Sie würden mir erzählen, warum sie einfach so auf und davon gegangen ist, hm«, meinte sie schmeichelnd. »Ich weiß, es geht mich nichts an, doch ich vermisse sie so sehr, und außerdem sorge ich mich furchtbar um sie.«

»Wir hatten eine kleine Auseinandersetzung, Downie.« Nick machte ein trauriges Gesicht und wünschte, er hätte ihr die ganze Wahrheit erzählen können. Er klopfte ihr voller Zuneigung auf die Schulter. »Ich habe ein paar ziemlich abscheuliche, voreilige Dinge gesagt, und daraufhin ist sie gegangen. Jetzt tut es mir wirklich Leid, und sowohl Dad als auch ich hoffen, dass sie es überwinden und zurückkommen wird. Wenn Ihnen irgendjemand einfällt, den sie erwähnt hat, Freunde oder Verwandte, an die sie sich hätte wenden können, dann erzählen Sie es uns, ja?«

Wie typisch es für Nick war, in der Hitze des Augenblicks einen Menschen zu verletzen und dann anzunehmen, später mit einer bloßen Entschuldigung alles in Ordnung bringen zu können!, überlegte Joan. Plötzlich stieg Ärger in ihr auf. Wenn er Mels wahre Gründe für ihre überstürzte Flucht von Oaklands kannte, hätte er Sophies boshaften Verleumdungen ein Ende bereiten müssen, statt zuzulassen, dass wilde Gerüchte im Hotel kursierten. Es war verlockend, diese Dinge auszusprechen – schließlich kannte sie ihn, seit er ein kleiner Junge gewesen war –, aber Nick war ein sehr unberechenbarer Mensch, und sie war schließlich nur eine Angestellte.

»Sie hatte niemanden«, antwortete sie schulterzuckend und biss sich auf die Lippen. Der Gedanke an eine schwangere Frau, die allein und ohne Freunde dastand, war ihr furchtbar. »Zumindest hat sie von niemandem erzählt. Sie wollte immer jede noch so geringfügige Kleinigkeit über meine Familie hören, doch selbst hat sie nie über irgendjemanden gesprochen, den sie von früher gekannt hätte.«

»Zu Weihnachten erinnern sich die Menschen immer an gute Zeiten«, bemerkte Nick besänftigend, und er wusste nicht, ob er mit dieser Bemerkung sich selbst oder die Haushälterin trösten wollte. »Selbst wenn sie sich bei Dad und mir nicht meldet, wird sie Ihnen vielleicht ein paar Zeilen schreiben. Wenn sie das tut, dann werden Sie es mir doch erzählen, oder?«

Als Nächstes ging er in das Wohnzimmer seines Vaters im ersten Stockwerk. »Und wie geht es uns heute, Mr. Osbourne?«

Magnus saß in einem Rollstuhl an seinem Schreibtisch, auf dem ungezählte Puzzleteile ausgebreitet lagen. »So gut, wie man es erwarten darf«, erwiderte er. »Oder jedenfalls würde es mir gut gehen, wenn ihr alle endlich aufhören würdet, so einen Wirbel um mich zu veranstalten.«

Nick hatte sich im Krankenhaus daran gewöhnt, seinen Vater in Pyjama und Morgenmantel zu sehen, aber hier, in seiner eigenen, maskulinen Umgebung, schienen sie sein Alter und seine Gebrechlichkeit noch zu unterstreichen. Der Krankenschwester, die sie engagiert hatten, bereitete es zu viel Mühe, ihm beim Anziehen zu helfen; sie hatte Nicks Vorschlag, dass sein Vater sich in normaler Kleidung vielleicht würdevoller fühlen würde, nur mit einem verächtlichen Schulterzucken abgetan. Nick wollte einige Tage abwarten, um festzustellen, wie diese Krankenschwester sich machte, und wenn sie sich seinen Wünschen nicht beugte, würde er Magnus höchstpersönlich ankleiden und eine einfühlsamere Krankenschwester einstellen.

»Ich bin nicht hergekommen, um Wirbel zu veranstalten«, versicherte Nick ihm und zog den Umschlag aus seiner Hose. »Außerdem habe ich ein viel anregenderes Puzzle für dich gefunden als das da. Fühlst du dich der Sache gewachsen?«

Magnus' Gesicht leuchtete auf, und seine Augen blitzten. »Du hast in Mels Zimmer etwas gefunden?«

Seine Genesung hatte bemerkenswerte Fortschritte gemacht. Seine linke Seite war noch immer teilweise gelähmt, was es ihm unmöglich machte, mit dieser Hand etwas auszurichten, und er konnte auch noch nicht wieder laufen. Aber seine Sprache war wiederhergestellt, er hatte keinen Gedächtnisverlust erlitten, und es gab allen Grund zu der Annahme, dass er mithilfe von Physiotherapien mit der Zeit die volle Gewalt über seinen Arm und sein Bein wiedererlangen würde.

»Es sind Briefe, eine Menge Briefe von dir, aber auch von anderen. Und Fotografien«, fügte Nick triumphierend hinzu, dann schob er das Puzzle zur Seite und legte den Umschlag vor seinen Vater hin. »Ich habe mir die Briefe noch nicht angesehen. Macht es dir etwas aus, wenn ich auch deine lese?«

»Eigentlich nicht«, antwortete Magnus, doch sein leicht verlegenes Grinsen verriet, dass er sich da nicht ganz sicher war. Er nahm seine Brille ab, dann stützte er den schwachen Arm auf sein Knie und polierte die Brillengläser mit seinem Morgenmantel.

Nick war aufgefallen, wie sehr sein Vater sich bemühte, seine linke Hand so oft wie möglich zu benutzen. Selbst wenn er vor dem Fernseher saß, knetete er übungshalber einen Gummiball zwischen den Fingern. »Wir heben uns deine bis zum Schluss auf«, schlug er vor. »Was da drinsteht, wissen wir schließlich.«

Ohne ein Wort zu wechseln, lasen sie die Briefe von Jack Easton, zuerst Nick, anschließend Magnus. Zu Nicks Überraschung reagierte sein Vater überhaupt nicht, als er feststellte, dass Bonny auch Jack erzählt hatte, er sei Mels Vater.

»Dann wusstest du also von ihm?«, erkundigte er sich, als Magnus die Büroklammer mit einiger Mühe wieder über die Briefe schob.

»Ja, sie hat oft von einem Jungen namens Jack gesprochen, der ihre Sandkastenliebe war«, erklärte er kurz angebunden. »Er ist genau wie sie im Krieg aus London evakuiert worden, und die beiden waren von Kindertagen an Freunde. Sie hat mit ihm Schluss gemacht, als er beim Militär war, einige Zeit bevor ich sie kennen lernte. Sieht so aus, als hätte sie ihm doch nicht für immer den Laufpass gegeben.«

Nick griff nach dem beiliegenden Foto, auf dem eine Gruppe von Kindern zu sehen war. »Hat sie dir dieses Bild mal gezeigt?«, fragte er.

Magnus lächelte. »Ja, allerdings. Sie hatte es immer in ihrer Handtasche. Das da ist Bonny, wie du dir denken kannst.« Er zeigte auf die kleine Blondine mit den abstehenden Haarbändern. »Der magere, sommersprossige Junge, der den Arm um sie gelegt hat, ist Jack. Er war beim Bahnhofsvorsteher einquartiert. Bonny hatte man bei einer Tanzlehrerin untergebracht, die sie Tante Lydia nannte. Die anderen Kinder waren ›ihre Gang‹.«

»Er schreibt: *Eine Haarfarbe wie meine wird immer vererbt*«, sagte Nick. »Hat sie dir je erzählt, welche Farbe sein Haar hatte?«

»Es war leuchtend rot«, kicherte Magnus. »Sie meinte auch,

er sei ziemlich hässlich. Aber trotzdem war er ihr bester Freund. Alles, was sie mir von ihm erzählte, gefiel mir, und sie hat ihn sehr lebhaft beschrieben. Ein schneidiger kleiner Junge, mit einer gewaltigen Portion Mut.«

»Warst du nicht wütend, dass sie die Beziehung zu ihm fortsetzte?«, hakte Nick erregt nach. »Warum hast du Bonny nicht genauso die Stirn geboten wie er, als sie dir erzählte, Mel sei deine Tochter?«

Magnus zuckte die Schultern. »Es hat keinen Sinn, jetzt noch eine Autopsie vorzunehmen, Nick.«

»Und was ist mit dieser Tante Lydia? Glaubst du, dass Bonny mit ihr in Verbindung geblieben ist? Könnte sie vielleicht wissen, wohin Mel gegangen ist?«

»Einen Versuch könnte es wert sein«, meinte Magnus und erzählte seinem Sohn, was er über diese Tante wusste. »Aber du darfst nicht vergessen, Nick, dass Bonny mir ungezählte Lügen aufgetischt hat. Sie behauptete, ihre Eltern seien beide tot, und ich bin mir ziemlich sicher, dass das nicht stimmte. Sie hat mich glauben gemacht, diese Tante Lydia sei eine vornehme und wunderschöne Frau. Es könnte sich durchaus herausstellen, dass sie in Armut lebt und eine abstoßende alte Vettel ist.«

Miles' Brief lasen sie zusammen, wobei Nick Magnus über die Schulter blickte.

»Das ist ja ein Ding!«, murmelte Magnus überrascht.

»Warum, kennst du ihn?«

»Du kennst ihn ebenfalls, wenn auch nur dem Namen nach«, erwiderte Magnus. »Das ist Sir Miles Hamilton!«

Nick sog scharf die Luft ein und ließ sich auf einen Stuhl fallen. Sir Miles Hamilton war ein bekannter Gönner der Künste, der sich für das Theater interessierte und im Vorstand mehrerer Filmgesellschaften saß. Nick hatte verschiedene Artikel über den Mann in *The Stage* gelesen, denn obwohl er jetzt über achtzig war und sich buchstäblich zurückgezogen hatte, besuchte er noch immer viele Premieren und Preisverleihungen.

»Meinst du, dass er ebenfalls ihr Geliebter war?«, fragte Nick. Miles war alt genug, um Bonnys Großvater zu sein.

»Das kann ich mir nicht vorstellen«, antwortete Magnus stirnrunzelnd. »Er war kein Freund von mir, doch ich habe mich einmal in den gleichen Kreisen bewegt wie er. Ich habe ihn immer für einen sehr aufrechten Mann gehalten, und soweit ich weiß, hat er seine Frau Mary wirklich geliebt. Seltsamerweise hat Bonny Sir Miles und John Norton durch mich kennen gelernt. Ich habe den beiden jungen Mädchen, Bonny und ihrer Freundin Elly, einen kleinen Kabarettauftritt in einer Wohltätigkeitsaufführung im ›Savoy‹ verschafft, und Sir Miles und John Norton waren ebenfalls dort.«

»Hast du die Vorstellung auch besucht?«, wollte Nick wissen.

Magnus biss sich auf die Unterlippe und wandte den Blick ab.

»Sprich weiter«, drängte Nick ihn. »Es hat jetzt keinen Sinn mehr, irgendetwas vor mir zu verbergen.«

»Es war ein schrecklicher Abend«, seufzte Magnus. »Ich habe es bedauert, dass ich die Mädchen dem Ausschuss jemals vorgeschlagen habe. Aber ich wusste, dass einige Leute aus dem Showgeschäft dort sein würden, und ich hatte gehofft, man würde ihnen vielleicht einen Job anbieten.

Bonny und Elly waren ein umwerfendes Team. Bonny war eine herausragende Tänzerin, und Elly hatte die Stimme und die schauspielerischen Fähigkeiten. Meine Güte, du hättest die beiden zusammen sehen sollen, sie waren reinstes Dynamit.«

Nick setzte sich auf die Tischkante. Es war das erste Mal, dass sein Vater ihm gegenüber jemals zugab, etwas vom Showgeschäft zu verstehen.

»Zunächst einmal war deine Mutter an diesem Abend bei mir«, fuhr Magnus mit rauer Stimme fort. »Ich hatte den Mädchen eingebläut, mich zu ignorieren, und diese Bitte erfüllten sie auch, aber ich habe mich trotzdem sehr unwohl gefühlt. Am Anfang benahmen die beiden sich tadellos; sie sahen umwerfend aus, und als sie ihre Nummer aufführten, war das Publikum vollkommen aus dem Häuschen. Aber als das Kabarett vorbei war und das Abendessen serviert wurde, bemerkte Ruth, großzügig und gutmütig wie sie war, dass Bonny und Elly nach einem Platz suchten, und lud sie an unseren Tisch ein.«

Nick kicherte. Er hatte selbst mehrfach brenzlige Situationen mit Frauen erlebt und konnte sich das Unbehagen seines Vaters gut vorstellen, als seine Frau und seine Geliebte einander plötzlich gegenüberstanden.

»Nun, Elly hat mir den Hals gerettet«, bemerkte Magnus mit einem Hüsteln. »Sie hat Bonny resolut zu John Norton hinübergeschoben, mit dem sie sich vorher unterhalten hatten. Glücklicherweise schöpfte Ruth keinen Verdacht. Aber später am Abend kam ein Mann uneingeladen herein. Zu meinem Entsetzen torkelte er betrunken auf die Mädchen zu und machte ihnen eine Szene.«

»Wer war er? Noch ein Geliebter?«

»Wohl kaum. Er war ein bekannter Schwuler mit Namen Ambrose Dingle. Seines Zeichens ehemaliger Impresario und Exregisseur einer Show, bei der die beiden Mädchen mitgewirkt hatten, bevor ich sie kennen lernte. Wie dem auch sei, Sir Miles stand auf und griff ein. Daraufhin versetzte Dingle Sir Miles einen Fausthieb, und alle Anwesenden reckten die Hälse, um zu sehen, was vorging. Ruth war entsetzt, und ich hatte schreckliche Angst, dass Bonny zu mir herübergelaufen kommen könnte! Aber Sir Miles wurde blendend mit der Situation fertig; er ließ Dingle hinauswerfen und nahm die beiden Mädchen dann unter seine Fittiche. Bonny, die kleine Angeberin, genoss das Spektakel. Sie legte den Kopf an Lady Hamiltons Schulter, ließ sich von ihr trösten und warf Sir Miles kokette Blicke zu.«

Nick dachte über die Worte seines Vaters nach. »Wäre es möglich, dass die beiden danach eine Affäre hatten?«

Magnus seufzte. »Möglich wäre es wohl, ich bin davon überzeugt, dass Bonny das Alter des Mannes wegen seines Geldes und seines Titels übersehen hätte, doch irgendwie kann ich mir Sir Miles einfach nicht als lüsternen Alten vorstellen. Allerdings wurden die Mädchen anschließend tatsächlich von seiner Agentur übernommen. Die Show, an der Bonny mitwirkte, als ich endgültig mit ihr Schluss machte, war eins seiner Projekte. Aber als

Elly etwa ein Jahr später die Hauptrolle in der Bühnenversion von *Oklahoma* bekam, die ebenfalls eines seiner Projekte war, bot man Bonny nicht einmal eine Rolle im Chor an, weshalb ich den Eindruck gewann, dass Sir Miles sich von Anfang an nur für Elly interessiert hatte.«

»Ist sie das?« Nick griff nach einem Foto, das Magnus in einer Smokingjacke zwischen Bonny und einer anderen kostümierten Tänzerin zeigte.

»Ja, das ist Elly. Das Bild wurde hinter der Bühne eines Theaters in Wembley aufgenommen. Der Name fällt mir im Moment nicht ein. Es muss jedenfalls 1947 gewesen sein, nicht lange, bevor Bonny und ich uns getrennt haben. Ich habe Elly gemocht. Ihr Erfolg hat mich wirklich gefreut: Sie hatte es mehr als irgendjemand sonst verdient.«

»Wie war denn ihr Nachname?«, erkundigte sich Nick, während er das Bild stirnrunzelnd betrachtete. »Sie kommt mir irgendwie bekannt vor.«

Zu seiner Überraschung begann Magnus zu lachen. »›Sie kommt mir irgendwie bekannt vor‹«, wiederholte er kichernd. »Das möchte ich meinen! Das ist Helena Forester. Du hast mal für sie geschwärmt.«

Nick klappte vor Verblüffung der Unterkiefer herunter. »Unmöglich!«, stieß er hervor. Helena Forester war ein großer Hollywood-Star. In den Fünfziger- und Sechzigerjahren war sie praktisch ein Markenartikel gewesen, und Nick hatte als Junge all ihre Musicals gesehen. »Warum hast du mir nie erzählt, dass du sie kennst?«, bemerkte er verdrossen. »Wie konntest du das für dich behalten! Ich habe früher ihre Bilder gesammelt und jeden Artikel über sie verschlungen.«

Magnus sah ihn zerknirscht an. »Ich war oft in Versuchung, dir von ihr zu erzählen. Aber wie hätte ich das tun können, ohne alles andere ebenfalls zu gestehen?«

Einige Sekunden später stieß Nick auf einen Brief von einer Frau, der auf blauem Papier geschrieben war. »Könnte der hier von ihr stammen?«, murmelte er. »Sie hat mit ›H‹ unterschrieben.«

Magnus nahm den Brief entgegen und las ihn durch, während Nick ihm über die Schulter blickte. »Ich vermute, ja«, erklärte er nachdenklich. »Natürlich kann ich mich nach all diesen Jahren nicht mehr an ihre Handschrift erinnern. Ich weiß nicht einmal, ob ich sie je gesehen habe. Aber es klingt nach Elly, ja.«

»Bist du der ›M‹, von dem sie hier spricht?«, wollte Nick wissen.

»Nein.« Magnus schüttelte den Kopf. »Ich habe Elly 1947 das letzte Mal gesehen, an dem Abend damals, an dem ich Bonny Lebewohl sagte. Möglicherweise meint sie Miles. Ihr erster Film, *Soho,* ist von einer seiner Gesellschaften gedreht worden.«

»Ein ausgesprochen seltsamer Brief«, stellte Nick fest, während er das Schreiben noch einmal durchlas. »*Versichere mir, dass wir das Richtige getan haben. Spätnachts quälen mich manchmal Panikattacken.* Das klingt beinahe wie ein Code. Hast du eine Ahnung, was das bedeuten könnte?«

Magnus schüttelte den Kopf und griff nach einem separaten Blatt Papier, auf dem Mel sich etwas notiert hatte. *Langfristige enge Freundschaft,* las er. *Gemeinsame Intrigen? Vielleicht gemeinschaftliche Erpressung. Ist ›M‹ Miles oder Magnus? Warum sollte ihr Haar wie Stahlwolle sein?* Magnus legte die Notizen beiseite und sah seinen Sohn an. »Es scheint mir, als wäre Mel genauso verwirrt gewesen wie wir. Was die ›langfristige enge Freundschaft‹ betrifft, hat sie allerdings Recht: Bonny und Elly waren praktisch siamesische Zwillinge. Aber ich glaube nicht, dass Mel weiß, von wem dieser Brief stammt. Also, das ist wirklich seltsam. In den Fünfzigern standen vor jedem Kino die Menschen Schlange, um Helenas Filme zu sehen. Sollte Bonny Mel niemals erzählt haben, dass sie mit einer so berühmten Schauspielerin befreundet war? Das erscheint mir sehr unwahrscheinlich. Bonny hat mit allem angegeben, was sich dafür benutzen ließ!«

»Die beiden müssen sich zerstritten haben«, überlegte Nick. »Was mag wohl der Grund dafür gewesen sein?«

»Eifersucht, vermute ich«, erwiderte Magnus nachdenklich.

»Vielleicht wurde es Bonny zu viel, als Elly plötzlich Furore machte.«

»Würdest du mir von ihr erzählen? Was für ein Mensch war Elly?«

»Bonny und sie waren so verschieden wie Tag und Nacht.« Magnus lächelte bei der Erinnerung. »Elly gehörte zu denen, die geben, und Bonny zu denen, die nehmen. Es war eine höchst merkwürdige Freundschaft. Ellys Vater war vor ihrer Geburt gestorben, und sie ist im Londoner Osten aufgewachsen. Ihre Mutter war Garderobiere in einem Theater, kam jedoch während der Bombenangriffe im Krieg ums Leben. Bonny zufolge ging es dem armen Mädchen während des Krieges furchtbar dreckig – sie wuchs bei einer alkoholkranken Tante auf und sorgte für die Frau, bis auch sie bei einem Luftangriff verletzt wurde. Seltsamerweise starb diese Tante später am selben Abend, an dem ich die beiden Mädchen kennen lernte. Elly war am Boden zerstört: Was immer ihre Tante gewesen sein mochte, sie hatte sie ehrlich geliebt.«

»Du hast sie wirklich gemocht, nicht wahr?« Nick konnte echte Wärme in der Stimme seines Vaters hören, die so ganz anders klang, wenn er von Bonny sprach.

»Ja, ich mochte sie«, bemerkte Magnus mit einem tiefen Seufzen. »Manchmal war ich versucht, ihr zu raten, sich von Bonny zu trennen, ihr zu erklären, dass sie ihr Talent vergeudete. Verstehst du, Bonny teilte die Liebe ihrer Freundin zur Bühne nicht, und Elly war eine brillante Komikerin.«

»Hat sie je geheiratet? Ich erinnere mich nicht, irgendwann einmal etwas über ihr Privatleben gelesen zu haben.«

Magnus schüttelte den Kopf. »Nein, nun, es sei denn, das wäre der Grund, warum sie aus dem Blick der Öffentlichkeit verschwand. Solange ich sie kannte, hatte sie einen Freund namens Edward, der ebenfalls Schauspieler war, aber irgendwie hatte ich das Gefühl, dass sie sich nie besonders für Liebe und Romantik interessierte. Bonny behauptete, ihre Liebe gehöre immer noch einem jungen Feuerwehrmann, den sie während des Krieges kennen gelernt hatte. Anscheinend hatte sie sich damals zwischen einer Ehe mit ihm und ihrer Karriere auf der Bühne entscheiden müssen.«

»Weißt du, wie dieser Edward mit Nachnamen hieß?«

»Nein. Ich bin ihm nie begegnet; ich erinnere mich nur deshalb an seinen Namen, weil Bonny sich ständig über ihn beschwerte. Er hatte eine Rolle in der ersten Show, die die beiden zusammen gemacht haben, und danach sind sie zu dritt auf Tournee gegangen. Bonny verabscheute ihn.«

»Warum?«

Magnus lächelte. »Nun, man konnte keine von Bonnys Äußerungen ganz ernst nehmen! Sie behauptete, er sei unheimlich, gruselig. Ein Snob und besessen von Elly. Ich habe einige Fotos von ihm gesehen – sehr gut aussehend, blond, ein nordischer Typ. Elly verbrachte viel Zeit mit ihm.«

»Hat er die beiden auseinander gebracht?«

»Oh nein«, antwortete Magnus. »Ich glaube, es war in Wirklichkeit die Tatsache, dass Elly die Rolle in *Oklahoma* bekam und Bonny John Norton kennen lernte. Und nach diesem Brief zu urteilen, hat keine der beiden Frauen der anderen etwas übel genommen. Im Jahr darauf, 1950, wurde *Soho* gedreht, und Helena Forester eroberte England im Sturm.«

Nick hatte diesen Filmklassiker mehrmals gesehen und fand ihn großartig: die Geschichte eines jungen Mädchens, das im London der Nachkriegszeit mit der Nachtseite des Lebens in Berührung kam. Viele Kritiker fanden damals, dass die britischen Filmproduzenten mit Zähnen und Klauen hätten kämpfen müssen, um eine so fantastische Schauspielerin in England zu halten. Die schillernden Musical-Komödien, die sie später in Hollywood drehte, waren, verglichen mit *Soho*, der reinste Schund.

»Hat Mel irgendwann mal von diesem Brief gesprochen?«, hakte Nick nach und hielt das blaue Schreibpapier in die Höhe.

»Nein, aber sie hatte auch gar keine Zeit, mir davon zu erzählen. Sie wollte später an jenem Abend noch einmal zu mir nach oben kommen. Doch dann hatte ich den Schlaganfall.«

»Du weißt also nicht, ob sie Sir Miles und Jack Easton bereits überprüft hat?«

»Nein. Das gestaltet die Sache doppelt schwierig, nicht wahr?«

Nick saß einen Moment lang schweigend da, den Brief von Helena Forester noch immer in der Hand. Er hatte gehofft, in dem Ordner auch Briefe an Mel zu finden. Es war enttäuschend, dass er nur Dinge enthielt, die sich auf Bonny bezogen.

»Dad«, begann er schließlich. »Irgendetwas stimmt an dieser ganzen Geschichte nicht. Was würdest du dazu sagen, wenn ich mir diesen Jack Easton mal ansehen würde und auch bei Sir Miles Hamilton vorspreche, um festzustellen, ob einer der beiden Licht auf das Ganze werfen kann?«

»Ich wünschte nur, ich wäre gesund genug, um mich selbst darum zu kümmern«, antwortete Magnus mit einem schiefen Lächeln. »Aber du wirst sehr taktvoll vorgehen müssen, insbesondere bei Sir Miles. Lady Hamilton ist vor einigen Jahren gestorben, und Männer in seiner Position und seinem Alter sind bekanntermaßen sehr empfindlich.«

Nick lächelte. »Ich kann der Inbegriff der Diskretion sein, wenn die Situation es verlangt. Ich denke, ich sollte auch nach Rye fahren und mir einen Überblick darüber verschaffen, was genau geschehen ist, als Bonny sich das Leben nahm.«

»Wann willst du abreisen?«, fragte Magnus.

»Vor Neujahr kann ich hier nicht fort«, überlegte Nick. »Bis dahin haben wir im Hotel zu viel zu tun, außerdem wirst du Hilfe brauchen, bis du dich in diesem Rollstuhl allein bewegen kannst. Aber wirst du dann ohne mich zurechtkommen?«

Magnus gab seinem Sohn einen spielerischen Klaps und lächelte. »Natürlich! Eine Amme weniger, die um mich herumwuselt, wird mir gut tun. Mein Gott, wie ich Mel vermisse, mein Sohn! Wenn sie jetzt hier wäre, würde sie mich zum Lachen bringen, und ich müsste nicht darüber nachgrübeln, ob ich bereits senil bin.«

»Ich hole sie zurück«, versicherte Nick leise. »Warts nur ab.«

Am dritten Januar begab Nick sich auf seine Mission. Magnus winkte ihm von seinem Wohnzimmerfenster aus nach, bis von dem roten MG nur noch eine Wolke grauer Abgase zwischen den Bäumen auf der Einfahrt zurückgeblieben war. Eine Träne rann ihm die Wange hinunter, als er seinen Rollstuhl vom Fenster wegdrehte und ihn zum Feuer zurückschob.

Die Weihnachtsfeiertage waren eine sehr traurige Zeit für ihn gewesen: ein Vorgeschmack auf das, was Alter und Gebrechlichkeit für viele Menschen bedeuteten. Allein in seinem Zimmer, während das fröhliche Lärmen aus der Bar und dem Restaurant zu ihm heraufgedrungen war, abgeschnitten von allem, wofür er gearbeitet hatte, hatte er unablässig an glücklichere Zeiten denken müssen.

Zu Ruths Lebzeiten war Weihnachten voller Zauber gewesen. Sie hatte es genossen, die Menschen zu überraschen: Sie hatte sogar kleine Filzsocken für jeden der Gäste gefüllt, ganz zu schweigen davon, dass sie die Geschenke für die Kinder ausgesucht, den Baum geschmückt und so ziemlich alles andere organisiert hatte. Jeder, der über Weihnachten auf Oaklands blieb, wurde für diesen Tag ein Teil der Familie. Irgendwie brachte Ruth es fertig, die perfekte Gastgeberin mit ihrer Rolle als Mutter und Ehefrau zu vereinen, ohne jemals gehetzt zu wirken. Das Mittagessen zog sich oft über Stunden hin, während die Kinder sich davonstahlen und die Erwachsenen in Frieden tranken und redeten.

Aber seit ihrem Tod war Oaklands immer mehr zu einem Hotel gewachsen, wie es viele andere gab: Zum Mittagessen wurden einzelne Tische für jede Gruppe von Gästen gedeckt, und das Personal war aufmerksam und höflich, hielt jedoch Abstand. Magnus und jedes Mitglied seiner Familie, das zu Besuch kam, nahm das Mittagessen in der Küche ein, sobald die Gäste sich in den Salon zurückgezogen hatten. Magnus wünschte, er könnte jemand anderem die Schuld an diesen Veränderungen geben, aber in Wahrheit hatte er weder Ruths großes Herz noch ihre natürliche Wärme, um zehn oder zwölf Fremde mit seiner Familie zusammenzubringen und jedem Einzelnen das Gefühl zu geben, erwünscht und etwas ganz Besonderes zu sein.

Nick hatte sich am ersten Weihnachtstag erboten, Magnus zum Mittagessen nach unten zu helfen, aber er hatte das Angebot abgelehnt. Es genügte ihm, sich zusammen mit Nick oben ein besonderes Frühstück zu gönnen und später mit anzuhören, wie er anstelle seines Vaters den perfekten Gastgeber spielte.

Magnus hatte sich oft schuldig gefühlt, weil er dieses Kind so viel mehr liebte als die beiden anderen. Aber während der langen einsamen Stunden an diesem Weihnachten war ihm langsam klar geworden, warum das so war: Nick brauchte ihn mehr als seine beiden anderen Kinder.

Oberflächlich betrachtet, war Nick mit weitaus größeren Gaben gesegnet als Sophie oder Stephen. Er besaß grenzenlosen Charme, er war gut aussehend und witzig, und die Menschen schlossen ihn sofort ins Herz. Er hatte es nie nötig gehabt zu lernen, wie man Freunde gewann. Außerdem hatte er die attraktivsten Züge von beiden Elternteilen geerbt: Ruths gerade, klassische Nase und ihren üppigen Mund, Magnus' kräftigen Knochenbau und seine Größe. Stephen hatte Ruths Untersetztheit mitbekommen und die zerklüfteten Gesichtszüge seines Vaters, während Sophie mit dem verkniffenen Mund und der spitzen Nase auf ihre Großmutter kam.

Magnus fühlte sich weder für das Scheitern Stephens noch für das Sophies verantwortlich: Die beiden hatten eine idyllische Kindheit verbracht und waren bei Ruths Tod erwachsen gewesen. Seine Frau hatte einmal bemerkt: »Magnus, die beiden sind echte Yorkshire-Osbournes. Sie werden uns niemals in Verlegenheit bringen oder sich unbedacht benehmen. Vielleicht sollten wir dankbar darüber sein, dass sie intelligent und verlässlich sind, statt uns darüber zu grämen, dass sie so mürrisch sind.«

Für Nicks Versagen fühlte Magnus sich jedoch durchaus verantwortlich. Nach Ruths Tod war er völlig in seine eigene Trauer vertieft gewesen und hatte darüber vergessen, dass sein jüngster Sohn noch ein Kind war.

»Du hättest ihn lange vor ihrem Tod von der Schule nach Hause holen sollen«, murmelte er vor sich hin. »Was ist das für ein Vater, der es einem Schuldirektor überlässt, einem Kind solche Nachrichten zu überbringen? Er war erst dreizehn, und du hast von ihm erwartet, dass er es aufnimmt wie ein Mann!«

Magnus griff nach einem Sammelalbum, das auf seinem Bücherregal stand, dann blätterte er langsam die Seiten durch. Von den Fotos blickte ihm immer wieder Nick entgegen. Sein Herz wurde weich. Nick, dieser sonnige, glückliche kleine Junge, dessen Erscheinen alle Erinnerungen an Bonny verdrängt und seine Liebe zu Ruth neu belebt hatte, sodass sie beide damals die glücklichsten Jahre ihrer Ehe hatten erleben dürfen.

Und jetzt zog er aus, wie ein Ritter auf einem Kreuzzug, um die Wahrheit über die ehemalige Geliebte seines Vaters herauszufinden!

Magnus legte das Sammelbuch auf das Regal zurück, für einen Moment überwältigt von Scham. »Wenn er das für dich tun kann, musst du auch etwas tun: Du musst dafür sorgen, dass du wieder laufen lernst«, sagte er sich grimmig. »Und hör endlich auf, dir selbst Leid zu tun!«

Er rollte sich zum Fenster hinüber, zog die Handbremse an und griff dann mit seiner gesunden Hand nach dem Fenstersims, um sich auf die Füße zu ziehen. Sein linkes Bein zitterte, aber nachdem er den größten Teil seines Gewichtes auf den rechten Fuß verlagert hatte, gelang es ihm, den linken Fuß vorwärts zu schwingen und sich dann abzustützen, um auch das rechte Bein zu bewegen.

»Du kannst es schaffen«, murmelte er, überglücklich darüber, einfach nur aufrecht zu stehen. »Immer einen Schritt nach dem anderen und Willenskraft, das ist alles, was du brauchst.«

18. Kapitel

Einige Tage später stand Nick vor Jack Eastons Haus und kämpfte gegen ein Gefühl der Verwirrung an. Es war offensichtlich Jahre her, seit Jack Easton das letzte Mal einen Schraubenschlüssel in der Hand gehalten hatte. Fünf brandneue Mercedes waren in seinem blitzenden Verkaufsraum ausgestellt. Selbst die Gebrauchtwagen draußen auf dem Hof waren erst zwei oder drei Jahre alt und allesamt in bestem Zustand.

»Prächtig, nicht wahr?« Ein Mann von etwa Mitte vierzig in einem eleganten grauen Anzug kam auf Nick zu, als dieser kurz stehen blieb, um sich ein silbergraues Coupé anzusehen. »Was für einen Wagen fahren Sie denn zurzeit, Sir?«

Nick musterte den Verkäufer von der Seite. Jack konnte es nicht sein, da das wenige Haar, das ihm noch verblieben war, eindeutig blond war. »Einen alten MG«, antwortete er. »Um ehrlich zu sein, wage ich es nicht einmal, von einem Auto wie diesem zu träumen. Eigentlich bin ich hier, um mit Mr. Easton zu sprechen.«

»Haben Sie einen Termin bei ihm?« Der Verkäufer verlor sein Lächeln.

»Ähm, nein.« Nick wünschte, er hätte daran gedacht, bevor er sich Hals über Kopf in diese Unternehmung gestürzt hatte. »Könnten Sie ihn vielleicht fragen, ob er ein oder zwei Minuten für mich Zeit hätte? Ich bin nur heute in Littlehampton, und es ist dringend.«

»Ihr Name, Sir?« Der Mann musterte Nick von Kopf bis Fuß.

»Osbourne. Das wird ihm allerdings nichts sagen, wenn Sie

ihm bitte nur ausrichten könnten, dass ich ihn wegen gemeinsamer Freunde sprechen möchte.«

Der Verkäufer verschwand durch die Tür im hinteren Teil des Ausstellungsraums. Er blieb etwa fünf Minuten fort und kam dann stirnrunzelnd zurück.

»Wenn Sie etwas verkaufen wollen, wird mein Leben nicht mehr lebenswert sein«, erklärte er angespannt. »Gehen Sie nach oben. Die Tür am Ende des Korridors.«

Nick klopfte wenig später energisch an die Tür, dann öffnete er sie.

Er hatte vollauf damit gerechnet, dass Jack Easton eine Art ungeschliffener Diamant sein würde, aber trotzdem verblüffte ihn der Anblick dieses Mannes. Sein Haar war nicht nur rot, sondern eine brennende Fackel, der Mann selbst untersetzt, er hatte einen Stiernacken und abgebrochene Schneidezähne. Sein konservativer grauer Anzug und die gestreifte Krawatte schienen nicht im Mindesten zu ihm zu passen.

Jack Easton lehnte sich auf seinem Stuhl zurück, verschränkte mit einer herrischen Geste die Hände hinterm Kopf und musterte Nick von oben bis unten. »Gemeinsame Freunde, wie? Wenn das heißt, dass Sie jemanden im Reifen- oder Zubehörgeschäft kennen, dann ziehen Sie besser gleich Leine.«

»Ich will nichts verkaufen, das verspreche Ihnen. Es geht um eine private Angelegenheit.« Nick streckte dem anderen die Hand hin, obwohl dieser sich nicht aus seinem Stuhl erhoben hatte. »Nick Osbourne.«

Jack Easton ignorierte die dargebotene Hand.

»Als ich erklärte, wir hätten gemeinsame Freunde, wusste ich nicht einmal, ob Sie und diese Frau wirklich direkt Freunde waren, doch ich hoffe, dass sie mich zu der Tochter dieser Frau führen können.«

Der Mann brach in schallendes Gelächter aus. »Das ist ungefähr so klar wie das Öl in einem Motor«, schnaubte er. »Da müssen Sie sich schon etwas Besseres einfallen lassen.«

»Bonny Norton«, fügte Nick hastig hinzu, bevor er den Mut verlor.

Eastons Miene verkrampfte sich, und sein Gelächter brach jäh ab. Er richtete sich in seinem Stuhl kerzengerade auf und stützte die Arme auf seinen Schreibtisch.

»Bonny ist seit einigen Jahren tot«, fuhr Nick eilig fort, da er offensichtlich einen bloßliegenden Nerv berührt hatte. »Wie gesagt, es geht mir um ihre Tochter. Camellia.«

»Wer sind Sie?« Eastons Augen wurden schmal, und ein drohender Ausdruck legte sich auf seine Züge, als glaubte er, der Besucher sei ein Privatdetektiv.

Nick bekam plötzlich Angst. Kein Zweifel, dieser Mann war durchaus im Stande, ihn mit einem Fußtritt durch das Fenster zu befördern. »Es tut mir Leid. Ich habe die ganze Geschichte wohl nicht allzu geschickt angefangen. Verstehen Sie, ich tappe vollkommen im Dunkeln. Vor zwei Jahren trat eine junge Frau, eine Stellung bei meinem Vater an. Sie behauptete, ihr Name sei Amelia Corbett. Kürzlich hat sich herausgestellt, dass sie in Wirklichkeit Camellia Norton heißt. Sie konnte beweisen, meine Halbschwester zu sein. Aber bevor mein Vater und ich noch einmal mit ihr reden konnten, verschwand sie.«

»Und was hat das mit mir zu tun?« Er entspannte sich geringfügig.

»Weil die Beweise, die sie hatte, Briefe waren. Briefe, die drei verschiedene Männer an ihre Mutter geschrieben hatten. Mein Vater, Magnus, war einer davon. Sie waren ein anderer.«

Weder in seinem Gesichtsausdruck noch in seiner Haltung veränderte sich irgendetwas, trotzdem schien er in seinem Stuhl zu wachsen.

»Hören Sie, Mr. Easton. Ich bin nicht hier, um Ärger zu machen oder alte Geschichten auszugraben. Ich habe Ihre Briefe gelesen, und ich weiß, wie es für Sie gewesen sein muss. Mein einziges Interesse gilt Mel, die ich finden will, und dazu gibt es nur einen Weg: Ich muss versuchen, ihren Weg zurückzuverfolgen.«

Der Mann sah Nick einen Moment lang an, und sein feindseliger Gesichtsausdruck ließ Nick eine Gänsehaut über den Körper laufen. »Weshalb zum Teufel wollen Sie sie finden?«, fragte er schließlich. »Wenn Ihr Vater etwas mit Bonny Norton hatte, muss er doch wissen, was für eine intrigante kleine Lügnerin sie war. Ihr Kind war von John Norton.«

»Ich wäre überglücklich, wenn das die Wahrheit wäre«, entgegnete Nick. »Ich möchte Mel nicht als Schwester haben.«

»Warum? Haben Sie Angst, dass Sie das Familienvermögen mit ihr teilen müssen?«

»Ich wünschte, es wäre so einfach, Mr. Easton. Verstehen Sie, ich habe mich in sie verliebt. Und erst als ich versuchte, ihr das zu sagen, hat sie zugegeben, wer sie ist. Und dann ist sie davongelaufen.«

Zu Nicks Überraschung verschwand der gerissene Ausdruck von einer Sekunde zur anderen von Eastons Miene. Er sank auf seinem Stuhl zusammen. »Oh Gott«, murmelte er schwach. »Diese verdammte Frau! Selbst nach ihrem Tod macht sie noch Ärger.«

»Genau das hat mein Vater auch gesagt.« Nick trat zaghaft einen Schritt auf ihn zu. Er wagte es nicht recht, sich hinzusetzen. »Aber ich muss die Wahrheit herausfinden, und ich muss Mel finden. Ich dachte, Sie wissen vielleicht etwas, das mir helfen könnte.«

Easton rieb sich das Gesicht. »Ich bin nicht ihr Vater«, erklärte er schließlich. »Das können Sie selbst sehen. Eine Blondine und ein Rothaariger bringen keine Kinder mit so dunklen Haaren hervor, wie Mel sie hat.«

»Dann haben Sie sie also gesehen?« Nicks Herz machte einen Satz. »Wann? Vor kurzem?«

»Ja, ich habe sie gesehen«, gab Easton zu. »Aber es wird Ihnen nicht weiterhelfen. Das war vor gut zwei Jahren. Sie ist wie aus heiterem Himmel hier hereingekommen, genauso wie Sie jetzt. Ich habe ihr dreißig Pfund gegeben und ihr erklärt, sie soll sich verziehen.«

Nick war sprachlos.

»Was, keine Wut?« Easton stand auf. »Ihr Privatschuljungen seid doch alle gleich. Ihr verliert niemals die Haltung, nicht einmal dann, wenn ihr einem anderen eigentlich die Faust ins Gesicht rammen solltet.«

»Ich bezweifle, dass ich auf Ihrem Gesicht viel Eindruck hinterlassen könnte«, antwortete Nick aufgebracht. »Außerdem kann ich mir vorstellen, was Bonny Ihnen angetan hat – es muss ein furchtbarer Schock gewesen sein, plötzlich mit ihrer Tochter konfrontiert zu werden.«

»Woher wollen Sie das wissen?« Plötzlich stand Verachtung in Jacks Zügen.

»Weil mein Vater Bonny geliebt hat, und er hat mir alles von ihr erzählt. Auch er war ein verheirateter Mann, wie Sie sich vielleicht erinnern werden.«

»Warum ist er dann so ein verdammter Narr zu glauben, das Kind sei von ihm?« Jack hob die Stimme. »Sie hat Norton geheiratet. Ich kenne die Hochzeitsfotos. Camellia sieht genauso aus wie er.«

Hoffnung stieg in Nick auf. »Anscheinend hatte Norton eine Blutgruppe, die die Vaterschaft ausschloss. Aber andererseits gibt es auch keine Beweise dafür, dass mein Vater oder Sie Mel gezeugt haben. Sobald ich Mel finde, können Sie und mein Vater sich vielleicht weiteren Bluttests unterziehen.«

»Von mir aus.« Jack ließ sich wie resignierend auf seinen Stuhl fallen. »Hören Sie, es tut mir furchtbar Leid, ich stelle mich nicht allzu geschickt an, genauso wenig wie damals, als das Mädchen zu mir kam. Damals habe ich mich bedeckt gehalten – wie jetzt auch. Setzen Sie sich doch, ja?«

Die plötzliche Aufrichtigkeit des Mannes war ermutigend, und Nick war dankbar dafür, dass er ihm endlich einen Platz anbot. »Ich stelle keine Bedrohung für Sie dar«, versicherte er. »Ich bin hergekommen, weil ich versuchen wollte, einige Rätsel zu lösen. Ich bin ein Wildfremder für Sie, und Sie haben keinen Grund, mir zu trauen.«

»Ich erkenne einen Mann, dem ich trauen kann, an dem, was sein Gesicht mir verrät«, brummte Easton. »Was mir zusetzt, sind Schuldgefühle. Als dieses Mädchen zu mir kam, wusste ich, dass es auf die eine oder andere Weise durch die Hölle gegangen war – aber ich wollte einfach nichts mit der ganzen Sache zu tun haben.«

Nick beugte sich auf seinem Stuhl vor. »Was hat Mel gesagt, das Sie auf diesen Gedanken gebracht hat?«

»Nichts. Ich habe es einfach gespürt. Es war die tolerante Art, mit der sie über die Geschehnisse sprach. Diese Toleranz gewinnt ein Mensch nur, wenn er eine harte Schule durchlaufen hat.«

Nick nickte. Easton war genauso scharfsichtig wie sein Vater. Anscheinend hatte Bonny einen bestimmten Typ Mann bevorzugt. »Hat sie Ihnen von ihren Freunden erzählt, wo sie herkam oder irgendetwas anderes?«

»Ich wollte nur, dass sie von hier verschwand«, erwiderte Easton schnell. »Die ganze Zeit, während sie hier war, musste ich immer wieder daran denken, dass Ginny etwas herausfinden könnte. Ich meine, mich besuchen im Allgemeinen nicht viele junge Mädchen hier, und die Leute reden. Aber wir haben uns ein wenig über Bonny und mich unterhalten, als wir beide noch Kinder waren. Sie hatte den verzweifelten Wunsch, mehr über ihre Mutter zu erfahren.«

Bei einem Glas Whisky hörte Nick dann schließlich alles, was Easton Camellia damals erzählt hatte – über den Tod von Lydia Wynter und warum Jack Bonny nicht davon informiert hatte.

Sie sprachen auch über die Tatsache, dass Bonny Jack und Magnus etwa zur gleichen Zeit wegen Camellia geschrieben hatte.

»Warum hat sie das getan?«, murmelte Nick. »Das ergibt doch keinen Sinn.«

»Aufmerksamkeit, vermute ich«, seufzte Easton. »Sie hat sich immer irgendwelche Geschichten ausgedacht, damit die Leute sie beachteten. Ich bin der Sache allerdings nicht auf den Grund gekommen. Sie hat mich ein paarmal in der Werkstatt angerufen und mir auch geschrieben, und sie wirkte sehr erregt. Einmal meinte sie, sie befürchtete, ihr Leben würde in Stücke brechen. Ich habe ihr all die üblichen Fragen gestellt, ob ihr Mann eine Affäre habe, ob es ihm an Geld fehle? Aber es war nichts in der Art.«

»Seltsam!« Nick runzelte die Stirn.

»›Raffiniert‹ ist das Wort, mit dem ich sie immer beschrieben habe«, entgegnete Easton und zog eine Grimasse. »Sie muss von Lydia gewusst haben, dass ich in jener Zeit um das nackte Leben gekämpft habe. Wenn ich damals schon diesen Laden besessen hätte, hätte die ganze Sache mehr Sinn ergeben. Aber das ist alles so lange her, aus und vorbei. Das Merkwürdigste an der ganzen Angelegenheit ist für mich, dass sie sich am Ende ertränkt hat. Ich kann mir immer noch nicht vorstellen, dass sie in einen Fluss gesprungen ist – selbst wenn alle Hunde der Hölle hinter ihr her gewesen wären, hätte sie das nicht über sich gebracht! Um ehrlich zu sein, diese Geschichte ist mir nicht mehr aus dem Kopf gegangen, seit Camellia mir davon erzählt hat. Ich bin sogar nach Rye gefahren, um mir die alten Zeitungen anzusehen und das Ganze zu überprüfen.«

»Haben Sie irgendetwas herausgefunden? Ich hatte die Absicht, als Nächstes ebenfalls dort hinzufahren.«

Easton schüttelte den Kopf. »Aber vielleicht haben Sie ja mehr Glück als ich. Ich meine, ich konnte schließlich nicht zur Polizei gehen und offenes Interesse bekunden. Das unterscheidet Sie von mir, wenn Sie nach Camellia suchen.«

Nick stand auf. »Ich mache mich dann mal besser wieder auf den Weg«, entschied er. »Vielen Dank, dass Sie mit mir gesprochen haben. Darf ich Ihnen meine Telefonnummer dalassen, nur für den Fall, dass sie sich wieder bei Ihnen meldet?« Er nahm eine Karte von Oaklands aus der Tasche und legte sie auf den Schreibtisch.

»Natürlich.« Easton stand auf. Er hielt einen Moment lang inne, dann ergriff er Nicks Hand.

Ihre Blicke trafen sich in stillschweigendem Einverständnis, dann schlug Easton Nick auf die Schulter.

»Ich hoffe, das alles regelt sich zum Besten für Sie«, meinte er rau. »Ich mochte Camellia, trotz ihrer Mutter. Und ich mag auch Sie, Nick. Geben Sie mir Bescheid, wie die Sache ausgegangen ist?«

Sergeant Bert Simmonds trat durch den Hintereingang auf das »Mermaid Inn« zu und blieb stehen, um sich die Schneeflocken von seinem Schaffellmantel zu klopfen. Dann sah er sich um, um festzustellen, ob irgendjemand auf die Beschreibung passte, die man ihm am Nachmittag in der Bibliothek gegeben hatte. Man hatte ihm erzählt, der Mann sei ein typischer Journalist: jung, mit kultivierter Aussprache, unordentlichem, blondem Haar und einer braunen Lederjacke.

Das »Mermaid«, das am oberen Ende von Ryes berühmtester Straße stand, war früher einmal Berts Lieblingspub gewesen. Seit dem fünfzehnten Jahrhundert hatte es sich nicht allzu sehr verändert: schwarze Balken, die von alten Schiffen stammten, uralte Holzbänke und riesige Kamine, die groß genug waren, um einen Ochsen darin zu grillen. Bert mochte das »Inn« immer noch sehr, aber in den vergangenen Jahren hatte das alte Gasthaus sich für seinen Geschmack zu sehr in eine Touristenattraktion verwandelt. Obwohl Bert sich über den Wohlstand freute, den die Besucher der Stadt brachten, trank er sein Bier doch lieber mit bodenständigen, gewöhnlichen Menschen. Neuerdings war das »Mermaid« immer voller Amerikaner mit dröhnenden Stimmen oder, schlimmer noch, Wichtigtuern, die mit ihren Sportwagen aus London herkamen.

Wegen des Schneesturms, der am Nachmittag eingesetzt hatte, waren die Einheimischen ausgeblieben. Es sah so aus, als wären die wenigen Leute im Schankraum allesamt Gäste des Gasthauses. An der Bar saß ein elegant aussehendes Ehepaar und direkt hinter der Tür ein einzelner Mann – aber er war mindestens vierzig und zu gut gekleidet, um Journalist sein zu können. Vor dem Kamin saßen zwei weitere Paare, doch Bert konnte quer durch den Raum ihren amerikanischen Akzent hören.

Gerade als er wieder gehen wollte, entdeckte er einen jungen Mann, der sich in eine Ecke zurückgezogen hatte, halb verborgen hinter der Holzbank. Er studierte Notizen auf einem Stenoblock und trug einen marineblauen Pullover, keine Lederjacke, doch Bert wusste, dass die Chancen, zwei derart attraktive Fremde in der Stadt anzutreffen, im Januar extrem gering waren.

Bert trat direkt auf ihn zu und lächelte. »Darf ich Ihnen noch ein Bier spendieren?«, begann er und griff nach dem leeren Glas.

Den jungen Mann schien eine so großzügige Geste von einem Wildfremden zu verwirren.

»Ich bin Sergeant Simmonds von der hiesigen Polizei«, erklärte Bert. »Ich habe gehört, dass Sie Nachforschungen anstellen, und ich würde gern mit Ihnen darüber reden, wenn Sie nichts dagegen haben.«

Der andere Mann sprang auf und streckte die Hand aus. »Nick Osbourne«, entgegnete er. »Aber darf ich wohl die Drinks spendieren?«

Bert stimmte zu und bestellte zwei Gläser Fassbier.

»Wer hat Ihnen erzählt, dass ich Nachforschungen anstelle?«, fragte Nick, als der Sergeant mit den Drinks zurückkam. Eigentlich, dachte Nick, hätte er erraten müssen, dass dieser Mann Polizist war, auch ohne Uniform. Er war etwa Mitte vierzig, kräftig gebaut, mit einem ausdrucksstarken Gesicht, eindringlichen blauen Augen und blondem, radikal kurz geschnittenem Haar. Seine Stimme war angenehm und überraschend sanft für einen so hoch gewachsenen Mann, mit einem starken ländlichen Akzent.

»Sagen wir einfach, ich habe meine Quellen«, erwiderte Bert mit einem freundlichen Lächeln. »Also, wollen Sie mir jetzt erzählen, warum Sie sich für diese ertrunkene Frau interessieren?«

Nick war einen Moment lang sprachlos. Er war kurz nach zwei Uhr in Rye angekommen und direkt in die Bibliothek gefahren. Zwar hatte er eine gewisse Feindseligkeit gespürt, als er darum gebeten hatte, sich die Lokalzeitungen aus dem Sommer 1965 ansehen zu dürfen, aber diese Reaktion hatte er auf die Trägheit der Frau an der Ausleihtheke zurückgeführt.

»Ist es in Rye ein Verbrechen, in der Vergangenheit zu graben?«, gab er zurück und bemühte sich um einen bewusst unbefangenen Tonfall. »Oder war an Bonny Nortons Tod etwas Ungewöhnliches, von dem Sie nicht wollen, dass irgendjemand es herausfindet?«

»Setzen wir uns ans Feuer«, schlug Bert vor. Sie waren jetzt fast allein in der Bar, die beiden Paare hatten das »Mermaid Inn« eben verlassen. Abgesehen von Bert und Nick hielten sich nur noch der einzelne Mann und der Barkeeper im Schankraum auf, und die beiden waren inzwischen tief in ihr Gespräch versunken. »So ist es besser«, seufzte er, als sie es sich vor den lodernden Flammen bequem gemacht hatten. Bert nahm seine Zigaretten aus der Tasche und bot Nick eine an. »Ich will ehrlich zu Ihnen sein. Hier in Rye haben wir die Sensationsjournalisten, die diese alte Geschichte wieder ans Tageslicht zerren, gründlich satt. Lassen Sie uns um Gottes willen in Ruhe.«

Nick nahm eine Zigarette. Die Worte des anderen Mannes verwirrten ihn. In den Berichten, die er gelesen hatte, war nichts Sensationelles gewesen – genau genommen hatten sie eine ausgesprochen langweilige Lektüre dargestellt. »Ich glaube, Sie haben mich vollkommen falsch verstanden«, erwiderte er. »Ich bin Schauspieler, kein Journalist.«

»Erzählen Sie mir bloß nicht, dass irgendjemand auf die Idee gekommen ist, einen Film daraus zu machen«, stöhnte der Polizist.

»Ich schreibe keine Geschichte und ich will auch keinen Film drehen«, antwortete Nick. »Ich versuche lediglich, Camellia Norton zu finden, die Tochter der toten Frau. Ich hatte gehofft, hier, in ihrer Heimatstadt, ein wenig Unterstützung zu finden, aber anscheinend habe ich mich geirrt.«

»Camellia? Kennen Sie sie denn?«

»Natürlich«, versicherte Nick. »Ansonsten würde ich wohl kaum nach ihr suchen. Sie hat während der beiden letzten Jahre für meinen Vater gearbeitet.«

Er nahm eine Karte von Oaklands aus der Brieftasche und reichte sie dem Sergeant. Dann zögerte er kurz und holte auch noch einen Schnappschuss hervor, den sein Vater im vergangenen Sommer in Weston-super-Mare von ihm und Mel gemacht hatte. »Stellt Sie das zufrieden?«, fragte er mit einem Anflug von Sarkasmus. »Also, wissen Sie, ob Mel während der letzten drei oder vier Monate hier gewesen ist?«

Bert Simmonds betrachtete den Schnappschuss. Das hübsche, dunkelhaarige Mädchen war gertenschlank, sonnengebräunt und trug ein schlichtes Baumwollkleid. »Das ist Camellia?«, murmelte er.

Nicks Ärger wuchs. »Sie haben sie anscheinend niemals kennen gelernt.«

»Und genau da irren Sie sich«, versetzte Bert in scharfem Ton. »Ich kannte Camellia, seit sie ein Baby war. Ich hätte sie nur aufgrund dieses Fotos nicht wiedererkannt. Was die Frage betrifft, ob sie hier gewesen ist oder nicht, so möchte ich bezweifeln, dass irgendjemand in Rye in diesem Mädchen Bonny Nortons Tochter erkennen würde.«

Nick begriff, dass er die Sache falsch angefangen hatte. »Hören Sie, Mr. Simmonds«, hakte er ein wenig freundlicher nach. »Ich will Sie erst einmal ins Bild setzen. Dieses Mädchen hat unter dem Namen Amelia Corbett bei meinem Vater eine Stellung angetreten. Wir haben Mel beide sehr ins Herz geschlossen, aber erst als sie von Oaklands verschwand, habe ich herausgefunden, dass ihr richtiger Name Camellia Norton ist.«

»Was hat sie getan?«

Nick runzelte die Stirn. »Getan? Wie meinen Sie das? Wollen Sie wissen, welche Position sie in unserem Hotel bekleidet hat?«

»Nein, ich will wissen, ob sie Sie bestohlen hat? Oder war es Betrug oder etwas in der Art?«

»Warum sollte ich so etwas annehmen?«, entfuhr es Nick entsetzt. »Die Art Mädchen ist Mel nicht!«

Einen Moment lang sah der ältere Mann genauso verwirrt aus, wie Nick sich fühlte. »Tut mir Leid, doch nach allem, was ich über sie in den Zeitungen gelesen habe, bin ich inzwischen wahrscheinlich genauso zynisch wie alle anderen auch.«

Ein unangenehmes Prickeln stieg langsam an Nicks Rückgrat empor. »Mir scheint, Mr. Simmonds«, entgegnete er, »dass wir beide uns in verschiedenen Kapiteln desselben Buches befinden. Da Sie mich aus irgendeinem Grund hier aufgespürt haben und da Sie Mel länger kennen als ich, sollten Sie mir alles erzählen, was Sie über sie wissen.«

Bert fühlte sich unwohl. Er hatte heute Abend nur dafür sorgen wollen, dass der journalistische Wahnsinn, der vor drei oder vier Jahren über Rye hereingebrochen war, jetzt keine Wiederholung fand. Damals waren ganze Horden sensationslüsterner Presseleute in die Stadt geströmt, um ihre schmutzigen Geschichten über Camellias Vergewaltigung in Chelsea und den späteren Tod ihrer Freundin auszuschlachten – und als sie von Bonny Nortons Tod erfahren hatten, hatten sie genau den Zündstoff gefunden, den sie gesucht hatten.

Die ganze alteingesessene Bevölkerung war entsetzt gewesen, als ihre malerische Stadt plötzlich mit Drogen, Pornografie und Prostitution in einem Atemzug genannt worden war. Sie geriet in Panik, als die Journalisten das alte Haus der Nortons in der Mermaid Street und den Fluss fotografierten, in dem man Bonnys Leiche gefunden hatte. Als Bert früher am Tag erfahren hatte, dass wieder Fragen gestellt wurden, hatte er befürchtet, Camellia könne in einen neuen Skandal verwickelt sein.

Sein Hauptziel war es gewesen, weitere ungünstige Publicity für die Stadt abzuwenden, doch er war auch zutiefst neugierig, was Camellia betraf. Er spürte, dass dieser junge Mann sie liebte. Wenn nicht er Nick die Wahrheit sagte, so vermutete Bert, würde es jemand anderes tun, und dessen Version war dann vielleicht weder so wahrhaftig noch so unvoreingenommen wie seine eigene. Er erzählte die Geschichte einfach und ehrlich – die schlichten Tatsachen, ohne Gerüchte oder Ausschmückungen –, aber Nick wurde trotzdem blass.

»Es tut mir Leid, dass ich derjenige bin, der Ihnen das mitteilt.« Bert legte Nick voller Mitgefühl eine Hand auf den Arm. Jetzt wünschte er, er wäre zu Hause am Kamin geblieben. »Ich hatte Camellia sehr gern, als sie noch klein war. Ich habe damals Bonnys Leiche gefunden und musste Camellia die Nachricht überbringen. Niemand in Rye kennt ihre Familiengeschichte besser als ich, und ich muss zugeben, nach dem Beispiel, das ihre Mutter ihr gegeben hat, überrascht es mich nicht besonders, dass sie für ein Weilchen ebenfalls vom Weg abgekommen ist.«

»Ihre Geschichte schockiert mich keineswegs.« Nick spürte einen Kloß in der Kehle. »Mel hat mich gewarnt. Sie sei eine Frau mit Vergangenheit und habe in einem Nachtclub gearbeitet, hat sie gesagt, und sie hat mir sogar von ihrer Freundin erzählt, die an einer Überdosis starb. Was mir im Augenblick so zusetzt, ist die Tatsache, dass ich mich an die Zeitungsberichte über diesen Fall erinnere. Ich habe ihn nur nie mit Mel in Verbindung gebracht.«

Bert ging zur Bar, und Nick versank wieder in alten Erinnerungen. 1970 hatte auch er in Chelsea gelebt und war häufig abends ins »Elm« gegangen, einen Pub, der nur ein paar Schritte von der Beauford Street entfernt lag. Der Fall des Amerikaners und der Nachtclubhostess, die er vergewaltigt hatte, war damals die Zielscheibe vieler Witze gewesen.

Jetzt empfand er nichts als blankes Entsetzen darüber, dass er diese Dinge damals witzig gefunden hatte. Er hatte nicht einen Funken Mitgefühl für das Mädchen gehabt. Nur an eines konnte er sich noch deutlich erinnern: Wahrscheinlich hat sie das, was ihr passiert ist, verdient, hatte er gedacht.

Als Bert später mit zwei Gläsern Whisky zurückkam, brauchte er nur einen einzigen Blick auf Nicks erschüttertes Gesicht zu werfen, und eine Woge des Mitgefühls stieg in ihm auf. Sein Entsetzen war damals ebenso groß gewesen, und es hatte Bert zutiefst bekümmert, dass das Leben nicht sanfter mit ihr umgegangen war.

»Trinken Sie das«, riet er und reichte Nick eins der Gläser. »Ich kann nicht zurücknehmen, was ich Ihnen erzählt habe, genauso wenig weiß ich, wo sie sich jetzt aufhält, aber vielleicht könnte ich Ihnen ein paar nützliche Hintergrundinformationen geben. Wie wärs, wenn Sie mir zuerst Ihre Seite der Geschichte erzählen würden? Und nennen Sie mich wie alle anderen Bert.«

Nick zögerte einen Moment. Er wollte nicht zugeben müssen, dass Mel nach dem Tod ihrer Mutter Beweismaterial zurückgehalten hatte, außerdem sorgte er sich um den Ruf seines Vaters. Aber der Polizist wirkte anständig, und er schien für Mel ehrliche Zuneigung zu empfinden. Wenn er mehr herausfinden wollte, musste er dem Mann vertrauen.

Er nahm einen großen Schluck von seinem Whisky und begann zu erzählen. Bert hörte aufmerksam zu, und sein ganzes Wesen strahlte Mitgefühl aus.

»Also, eines vorweg«, meinte Bert, sobald Nick seine Darstellung abgeschlossen hatte. »Ich kann kaum glauben, dass Camellia nicht John Nortons eigenes Fleisch und Blut war. Sie war dunkelhaarig wie er, und sie hatte auch sein ernstes Wesen. Die beiden waren als Vater und Tochter ein ideales Gespann, und er war ganz vernarrt in sie. Damals in den Fünfzigern war es recht ungewöhnlich für einen Mann, sich wirklich mit seinen Kindern zu beschäftigen, doch genau das tat John. Obwohl er häufig auf Geschäftsreisen war, entschädigte er seine kleine Tochter dafür, wenn er dann wieder nach Hause kam. Er unternahm ständig lange Spaziergänge mit ihr oder ging mit ihr auf den Spielplatz. Sie war ein altkluges kleines Ding; sie konnte einem immer sagen, wo genau ihr Dad sich gerade auf der Welt aufhielt, und er hatte ihr schon lange vor der Einschulung das Lesen beigebracht.«

Bert erzählte Nick von den glücklichen Jahren, die die kleine Familie vor John Nortons Tod erlebt hatte, und von der schweren Zeit danach. Das Bild, das Nick sich von diesen Jahren gemacht hatte, rundete sich langsam. Einer Eingebung folgend, fragte er den Polizisten schließlich, ob ihm der Name Helena Forester im Zusammenhang mit den Nortons etwas sagte.

»Aber ja!« Plötzlich stand ein lebhafter Ausdruck in den Zügen des älteren Mannes. »Sie hat die Nortons einmal besucht. Die ganze Stadt hat darüber geredet; Helena Forester war in jenen Tagen in aller Munde. Überall standen lange Schlangen vor den Kinos, wenn ihre Filme gezeigt wurden, und es war das erste Mal, dass ein großer Star nach Rye kam. Ich habe sie und Bonny zusammen in einem schwarzen Daimler gesehen; sie fuhren in Richtung Hastings, und Camellia stand auf der Rückbank und winkte wie eine kleine Prinzessin.«

Nick beugte sich wissbegierig vor. »Hat Bonny Ihnen von diesem Besuch erzählt?«

»Ob sie davon erzählt hat!« Er lachte. »Ich glaube nicht, dass es auch nur einen einzigen Menschen in Rye gab, der nichts von Helena Foresters bevorstehendem Besuch wusste.«

»Ich meine, danach«, gab Nick zurück.

»Nein, danach hat sie überhaupt nicht mehr davon gesprochen.« Bert schüttelte den Kopf. »Jetzt, da Sie es erwähnen, fällt es mir auch auf: Sie hat nie ein Wort darüber verloren. Wirklich seltsam, wenn man bedenkt, dass sie ständig davon erzählte, was sie und Helena in der Vergangenheit zusammen alles unternommen hatten, und dass sie selbst sogar eine Rolle in einem Film abgesagt hatte, um John zu heiraten.«

Nick lächelte. Bonny hatte sich selbst mit ihren weit hergeholten Geschichten zu einer Legende stilisiert, das wusste er bereits, doch dies war das erste Mal, dass er von einer Filmrolle hörte! »Was glauben Sie? Warum hat sie nicht darüber gesprochen?«

Bert zuckte die Schultern. »Wer weiß! Vielleicht haben die beiden sich zerstritten. Wenn ich es recht bedenke, kann ich mich nicht daran erinnern, dass Bonny Helena nach jenem Besuch je wieder erwähnt hätte. Ganz sicher ist Helena danach nie mehr nach Rye gekommen. Daran würde ich mich erinnern.«

»Bonny hat in diesem Sommer einem alten Freund erzählt, ihr Leben drohe zu zerbrechen. Haben Sie eine Ahnung, was sie damit gemeint haben könnte?«

In Berts klaren blauen Augen stand ein wissender Ausdruck. »Sie hat mir gegenüber nie davon gesprochen. Die meisten Frauen erleben bisweilen solche Tiefs, aus Gründen, die wir Männer nicht einmal erahnen können. Bonny stand gern im Mittelpunkt, und vielleicht kam sie sich nach Helenas Besuch mit einem Mal ein wenig grau und langweilig vor.«

Nick spürte, dass Bonnys Niedergeschlagenheit in jenem Sommer einen weitaus schwerer wiegenden Grund gehabt haben musste – doch da Bert offensichtlich nichts Näheres darüber zu berichten wusste, erkundigte er sich nach den Jahren nach Johns Tod.

»Sie wurde einfach immer wilder«, meinte Bert traurig. »Sie hat Geld für Kleider ausgegeben, als hätte sie gerade in der Lotterie gewonnen. Ständig gab sie große Partys und ließ dafür anschreiben. Manchmal gönnte sie sich ein paar Tage in London und stieg in einem eleganten Hotel ab. In jener Zeit glaubten wir natürlich, John hätte ihr ein Vermögen hinterlassen, aber mir erschien es doch seltsam, dass all die Londoner Freunde, die zu Lebzeiten häufig bei den Nortons zu Gast gewesen waren, sie nach und nach fallen ließen. Es wurde viel über sie geredet – den Gerüchten zufolge war kein Mann vor ihr sicher –, und dann begann sie, schwer zu trinken. Ich habe sie damals in diesem Gasthaus manchmal so betrunken erlebt, dass sie nicht mehr stehen konnte. Sie hat immer Witze darüber gerissen, wie gut es sei, in unmittelbarer Nähe des ›Mermaid Inn‹ zu leben!«

»Und die arme Camellia musste das alles mit ansehen?«

»Das war das Schlimmste von allem.« Bert seufzte tief. »Das arme Kind wurde dicker und dicker und zog sich immer tiefer in sich selbst zurück. Camellia hatte keine Freunde – andere Mütter erlaubten ihren Kindern nicht, mit ihr zu spielen.«

Als Bert weitersprach, zog sich Nicks Herz schmerzhaft zusammen. Es war alles so viel schlimmer als das, was Mel seinem Vater gegenüber hatte anklingen lassen. Er erfuhr von Gerichtsvollziehern, die die Möbel aus dem Haus in der Mermaid Street geholt hatten, von zwielichtigen Partys und Alkoholexzessen in dem schmutzigen Haus in der Fishmarket Street, von den Männern, die gekommen und gegangen waren. Als Bert plastisch den Abend beschrieb, an dem er Camellia an der Straße von Hastings aufgelesen hatte, brannten Tränen in Nicks Augen.

Er schämte sich jetzt auch für seine eigene Aufsässigkeit nach dem Tod seiner Mutter. Magnus mochte in jener Zeit sehr distanziert und selbstbezogen gewesen sein, doch verglichen mit dem, was Mel durchgemacht hatte, erschien ihm seine Jugend jetzt wie ein einziges Schlaraffenland.

»Danach hat meine Mutter sich mit Mel angefreundet«, fuhr Bert fort. »Sie hat ihr ein wenig Kochen beigebracht und ihr gezeigt, wie man richtig bügelt, näht und strickt, Dinge, um die sich ihre eigene Mutter hätte kümmern sollen. Aber Camellia hat sich niemals über Bonny beklagt; sie hat ihre Mutter einfach so akzeptiert, wie sie war. Sobald sie alt genug dazu war, hat sie sich einen Aushilfsjob für die Ferien und die Samstage in der Bäckerei gesucht. In jenem Sommer ist Bonny dann gestorben. Als ich sagte, dass niemand in Rye Camellia aufgrund dieses Fotos wiedererkennen würde, war mir das durchaus ernst. Sie war damals ungeheuer dick, ja fett, Nick. Ich schätze, dass sie mit fünfzehn Jahren um die achtzig Kilo gewogen haben muss.«

»Wirklich?« Nick konnte sich Mel gar nicht anders als schlank vorstellen. »Was soll ich jetzt tun?«, fragte er schließlich. »Ich habe nicht die geringste Ahnung, wo ich nach ihr suchen soll.«

»Ich wünschte, ich könnte Ihnen irgendwie raten.« Bert blickte düster vor sich hin. »Aber nach meiner Erfahrung halten sich Menschen, die weggelaufen sind, so lange verborgen, bis sie die innere Bereitschaft haben, sich finden zu lassen. Wenn ich an Ihrer Stelle wäre, mein Sohn, würde ich nach Hause fahren, an meiner Karriere arbeiten und einfach abwarten.«

Nick bezweifelte, dazu im Stande zu sein. »Darf ich Ihnen noch eine einzige weitere Frage stellen?«, bat er. »Haben Sie jemals auch nur im Geringsten daran gezweifelt, dass Bonnys Tod wirklich ein Selbstmord war?«

»Und ob ich daran gezweifelt habe!«, seufzte Bert. Seine blauen Augen waren jetzt vom Whisky ein wenig glasig geworden, aber trotzdem stand ein sehr entschlossener Ausdruck darin. »Wenn sie sich hätte umbringen wollen, hätte sie die Sache meiner Meinung nach inszeniert, etwa nach dem Vorbild Marilyn Monroes: nackt auf seidenen Laken, mit nichts anderem bekleidet als Chanel No. 5. Sie wäre am Morgen sogar beim Frisör gewesen. Aber ich habe damals jeden Stein umgedreht. Ich habe das Haus in der Fishmarket Street gründlich durchsucht und jeden einzelnen Brief gelesen, jeden Fetzen Papier studiert und nichts gefunden. Ich bin allerdings davon überzeugt, dass es einen Mann gab, irgendwo. Camellia erzählte mir, sie habe Bonny spätabends mit jemandem telefonieren hören, und sie sagte, ihre Mutter sei in den Wochen vor ihrem Tod sehr aufgedreht gewesen, als erwartete sie jeden Tag eine glückliche Wendung in ihrem Leben. Irgendjemand hat Bonny an jenem Abend nach Rye zurückgebracht, und selbst wenn sie in betrunkenem Zustand gestürzt wäre, glaube ich nicht, dass sie den Weg am Fluss entlang genommen hätte, und erst recht wäre sie nicht hineingesprungen. Es war einfach nicht ihre Art. Aber ich war der Einzige, der damals diese Meinung vertrat, und niemand wollte mir zuhören. Wenn ich auch nur einen einzigen echten Fingerzeig gefunden hätte, wäre es etwas anderes gewesen, doch meine Suche ist vollkommen ergebnislos geblieben.«

Als der Pub schloss, traten Nick und Bert gemeinsam auf die Straße hinaus. Sie waren beide ein wenig wackelig auf den Beinen, aber das lange, vertraute Gespräch hatte ein Band zwischen ihnen geschmiedet.

Die Mermaid Street sah wie verzaubert aus unter ihrer dicken Schneedecke. Nick musste dem jähen kindlichen Drang widerstehen, den Gehsteig hinunterzulaufen, um Fußspuren zu hinterlassen.

»Das war ihr Haus«, bemerkte Bert und zeigte auf die Nummer zwölf, die praktisch gegenüber dem »Mermaid Inn« lag. Hinter dem vergitterten Fenster brannte ein Licht, und Nick konnte genug erkennen, um sich vorzustellen, wie es zu John Nortons Lebzeiten ausgesehen haben musste. »Im Sommer saß Camellia immer abends draußen auf der Treppe und spielte mit ihren Puppen.«

»Passen Sie auf, wenn Sie nach Hause gehen.« Nick fasste den älteren Mann an der Schulter. »Nicht dass Sie mir im Schnee noch ausrutschen.«

»Ich habe echte Polizistenfüße«, meinte Bert grinsend. »Ich mag zwar schwanken, doch ich werde nicht stürzen. Allerdings bekomme ich zu Hause, wenn ich Pech habe, eins mit dem Nudelholz übergezogen, da ich versprochen habe, nicht länger als eine Stunde auszubleiben.«

Mit einem Mal war eine Schwingung zwischen ihnen, eine unausgesprochene Botschaft beiderseitiger Dankbarkeit, ein tiefes Verständnis und sogar Zuneigung.

»Vielen Dank«, sagte Nick rau.

Bert drehte sich um und ging davon, blieb nach ein paar Metern jedoch noch einmal stehen, um sich umzudrehen, hoch gewachsen und stämmig in seinem Schaffellmantel. »Lassen Sie mich wissen, wie die Dinge sich entwickeln«, rief er Nick zu. »Und wenn Sie sie finden, grüßen Sie sie von mir.«

Zwei Tage später stand Nick vor Sir Miles' Haus in Holland Park. Ein älterer Mann mit gebeugten Schultern und Drahtbrille öffnete auf sein Läuten die Tür.

»Kommen Sie herein«, bat er und führte Nick durch eine geräumige Halle mit einem polierten Holzfußboden in eine Bibliothek im hinteren Teil des Hauses. »Sir Miles wird in wenigen Minuten Zeit für Sie haben, Mr. Osbourne.«

Die Bibliothek war warm und sehr beeindruckend. Im Kamin knisterte ein munteres Feuer, und über sämtliche Wände zogen sich Bücherregale, die von der Decke bis zum Fußboden reichten. Nick war zu nervös, um in einem der Sessel am Feuer Platz zu nehmen, daher blieb er stehen und ließ den Blick über die Bücher wandern, um einen Einblick in den Geschmack des Mannes zu gewinnen, dessen Name in *The Stage* so oft Erwähnung fand.

Neben den unausweichlichen, in Leder gebundenen Klassikern fanden sich Gedichtsammlungen und juristische Bücher, aber noch interessanter fand Nick die große Zahl von Taschenbuchkrimis. Irgendwie war er davon ausgegangen, dass ein Mann mit einem Titel solche Bücher niemals lesen, geschweige denn, sie offen zur Schau stellen würde.

Beim Klang näher kommender Schritte wappnete Nick sich für die vor ihm liegende Begegnung, aber als die Tür geöffnet wurde, stockte ihm der Atem. Die schwarz-weißen Pressefotografien, die er gesehen hatte, hatten ihn weder auf einen so großen noch auf einen so auffälligen Mann vorbereitet.

Sir Miles trug eine dunkelblaue Smokingjacke über einer grauen Flanellhose, und in seinem offenen Hemdkragen steckte ein Halstuch in einem etwas helleren Blauton. Er hatte ein mächtiges Doppelkinn, einen dicken Bauch und eine gerötete Knollennase. Nick wusste, dass Sir Miles über achtzig war, aber er hätte ihn eher auf fünfundsechzig geschätzt.

»Vielen Dank, dass Sie mich empfangen, Sir«, begann Nick und streckte die Hand aus.

Sir Miles umfasste sie mit festem Griff. »Ich muss gestehen, dass Ihr Telefonanruf mich doch ein wenig neugierig gemacht hat«, erwiderte er mit tiefer Stimme, beinahe knurrend. Seine Augen lagen halb verborgen in Hautfalten, sodass nur die dunklen Pupillen sichtbar waren. »Sie sagten, es gehe um eine heikle Angelegenheit.«

»Das ist richtig, Sir. Ich bin mir immer noch nicht ganz sicher, wie ich die Sache angehen soll.«

»Wir sind hier ziemlich ungestört.« Sir Miles bedeutete Nick, Platz zu nehmen, und setzte sich seinerseits in den anderen Sessel. »Also, schießen Sie los.«

Wenn er Sir Miles besser gekannt hätte, hätte Nick vielleicht eine Bemerkung über seine große Ähnlichkeit mit W. C. Fields gemacht. Stattdessen nahm er Sir Miles' Brief an Bonny aus der Tasche und reichte ihn dem älteren Mann. »Das ist der Grund, warum ich mit Ihnen reden wollte, Sir«, erklärte er. »Camellia Norton hat nach dem Tod ihrer Mutter diesen und weitere Briefe von anderen Männern, darunter meinem Vater, in ihrem Haus gefunden.«

»Bonny ist tot?« Zu Nicks Überraschung kicherte Sir Miles. »Was für eine Erleichterung für die männliche Hälfte der Menschheit.«

Nick musste lächeln. Er mochte respektlose Menschen.

Sir Miles warf nur einen flüchtigen Blick auf den Brief, dann warf er ihn Nick wieder hin. »So eine dumme, unvernünftige Frau«, fuhr er fort. »Der liebe Gott allein weiß, warum Norton sie geheiratet hat. Es ist ihr gelungen, meine Frau für sich einzunehmen, doch ich hatte niemals etwas für sie übrig.«

Aus der Haltung des alten Mannes sprach eine solche Gleichgültigkeit, dass Nick befürchtete, sein Besuch könne sich als reine Zeitverschwendung erweisen. Dennoch erklärte er hastig und mit knappen Worten, wie er in den Besitz des Briefes gekommen war.

»Mein Vater, Magnus, hätte Sie lieber selbst aufgesucht, aber dafür geht es ihm nicht gut genug«, beendete er seine Ansprache.

»Sie sind also Magnus Osbournes Sohn.« Sir Miles musterte ihn gründlich und runzelte die Stirn. »Ich habe ihn seit Jahren nicht mehr gesehen. Wir haben einander nicht besonders gut gekannt, wie er Ihnen sicher erzählt hat, doch wir sind uns bei verschiedenen gesellschaftlichen Anlässen begegnet. Ein guter Mann, glaube ich.«

Nick war sich nicht sicher, ob Miles ihn wirklich verstanden hatte; er reagierte nicht im Mindesten auf die Nachricht, dass John Norton vielleicht nicht Camellias Vater war. Aber andererseits war es eine ziemlich komplizierte Geschichte, und Miles war sehr alt.

»Ich glaube, Sie waren bei der Hochzeit der Nortons zu Gast«, fuhr er schließlich fort. »Hatten Sie später irgendeinen Grund, daran zu zweifeln, dass John Camellias Vater war?«

»Nicht den geringsten!«, rief Miles. »John tat mir sehr Leid, weil er so vernarrt in diese Frau war, aber ich bin ihm bis kurz vor seinem viel zu frühen Tod häufig begegnet, und alles, was er je über das Kind erzählte, ließ darauf schließen, dass es sein eigen Fleisch und Blut war.«

»Hätten Sie etwas dagegen, mir zu berichten, was Bonny in ihrem Brief an Sie geschrieben hat?«, bat Nick vorsichtig. »Sie haben in Ihrer Antwort das Wort ›Skandal‹ benutzt, und Sie klangen sehr aufgebracht. Ich möchte nicht indiskret sein, ich versuche lediglich, mir ein Bild von den damaligen Vorfällen zu machen.«

»Es war reines Gewäsch. Sie hat sich da eine lächerliche, boshafte Geschichte ausgedacht, die preiszugeben ich nicht beabsichtige. Aber nehmen Sie mein Wort darauf: Magnus ist nicht der Vater des Mädchens.« Sir Miles hatte beim Sprechen die Stimme gehoben. Es klang, als hätte Nick ihn sehr aufgebracht, und er schien sich nicht weiter zu dem Thema äußern zu wollen.

Aber Nick hatte nicht die Absicht, so schnell aufzugeben. »Hat Camellia Sie jemals aufgesucht, Sir?« Er hoffte, dass es ihm vielleicht gelingen würde, aus einem anderen Blickwinkel noch einmal auf den Brief zurückzukommen.

»Man hat mir erzählt, vor einigen Jahren sei eine junge Frau hier gewesen. Es könnte Camellia gewesen sein. Ich hielt mich damals im Ausland auf.«

»Dann haben Sie sie nie kennen gelernt?«

»Ich habe sie natürlich gesehen, als sie noch ein kleines Kind war. Aber seither nicht mehr.«

»Nicht mehr seit Bonnys Brief?«, hakte Nick nach.

»Ganz gewiss nicht.« Seine Röte vertiefte sich noch, und seine Stimme war voller Entrüstung. »Und erst recht nicht nach dieser schrecklichen Angelegenheit in Chelsea!« Er brach plötzlich ab.

»Dann wussten Sie darüber also Bescheid?« Nick konnte sich ein Lächeln nicht verkneifen. »In dem Falle müssen Sie auch über Bonnys Tod informiert gewesen sein, nicht wahr?«

»Jetzt hören Sie mir mal zu, junger Mann«, ereiferte sich Sir Miles. »Wie können Sie es wagen, in mein Haus zu kommen und mich ins Verhör zu nehmen? Ihr Tonfall gefällt mir überhaupt nicht.«

»Es tut mir Leid, Sir, ich wollte nicht beleidigend sein«, gab Nick mit einem gewinnenden Lächeln zurück. »Aber verstehen Sie, ich versuche lediglich, ein Puzzle zusammenzusetzen. Bei diesem Unterfangen habe ich viele Dinge in Erfahrung gebracht, und eines ist vollkommen klar: Camellia ist das Opfer von Ereignissen, die lange vor ihrer Geburt begonnen haben. Selbst diese Angelegenheit in Chelsea, wie Sie es nennen, war nicht ihre Schuld – und ansonsten hat sie sich auch nichts zu Schulden kommen lassen.«

»Unsinn, sie war Prostituierte.«

Nick zuckte zusammen, aber er war fest entschlossen, diesem alten Mann um jeden Preis weitere Informationen zu entlocken, und sei es mithilfe von Schmeichelei. »Sir Miles«, entgegnete er gelassen. »Sie sind ein Mann von großer Erfahrung. Sie wissen gewiss genauso gut wie ich, dass nicht alles, was in den Zeitungen steht, die reine Wahrheit ist. Camellia hat als Hostess in einem Nachtclub gearbeitet; sie war niemals Prostituierte. Bitte, bedenken Sie einen Moment lang, was Camellia durchgemacht hatte. Sie hatte ihren Vater mit sechs Jahren verloren und ihre Mutter mit fünfzehn, und in den Jahren, die dazwischen lagen, haben nicht nur alle alten Freunde ihrer Eltern, die ihrem Leben vielleicht ein wenig Balance hätten geben können, das sinkende Schiff verlassen, sie musste auch eine ganze Horde von Männern durch ihr Elternhaus spazieren sehen und miterleben, wie das gesamte Geld ihres Vaters vergeudet wurde. Sie kam ohne Freunde, ohne Verwandte oder Qualifikationen nach London. Hostess zu werden, war vielleicht nicht die klügste Entscheidung, doch andererseits hatte sie auch niemanden, der ihr Leitung gegeben hätte. Sie musste ihre Lektion auf die harte Tour lernen.«

»Sie war Prostituierte«, widersprach der alte Mann streitlustig.

»Nein, das war sie nicht. Ich habe vor zwei Tagen einen Abend mit einem Polizisten verbracht, der alles über den Fall weiß. Sie war schlicht und einfach Hostess.«

»Kommt auf dasselbe raus«, beharrte Sir Miles stur.

»Das ist nicht wahr, und Sie wissen das auch. Ich bin davon überzeugt, Sie sind oft in Clubs gewesen und haben Hostessen kennen gelernt. Wollen Sie behaupten, jede einzelne dieser Frauen sei eine Prostituierte gewesen?«

»Ja, lose Frauenzimmer alle durch die Bank.«

Nick konnte den schwarzen Humor dieser Situation durchaus erkennen. Hier saß Sir Miles vor ihm, gekleidet wie ein Playboy. Er hatte ein Leben lang in der Theaterszene verkehrt und behauptete trotzdem hartnäckig, alle Nachtclubs seien Lasterhöhlen.

Sir Miles zog ein großes Taschentuch aus der Tasche und tupfte sich die Stirn ab. »Wollen Sie sich nicht die anderen Beweise ansehen, die gegen Camellia sprechen? Sie hatte sich kaum von ihren Verletzungen erholt, als ihre Freundin an einer Überdosis Drogen starb. Die Polizei hat einen ganzen Stapel pornografischer Fotos von dem Mädchen gefunden.«

»Nicht von Camellia«, protestierte Nick entschieden. Er wunderte sich im Stillen über das erstaunliche Gedächtnis des alten Mannes. »Sie wurde nicht einmal als Zeugin vorgeladen, als man gegen den Fotografen verhandelt hat.«

Sir Miles schnaubte und verfiel in Schweigen.

Nick ließ einige Sekunden verstreichen, bevor er noch mal nachhakte. »Wollen wir diese Geschichten erst einmal beiseite lassen«, schlug er vor. »Sie spielen ohnehin keine Rolle mehr. Während der beiden letzten Jahre hat Camellia für meinen Vater hart gearbeitet. Er hat sie ins Herz geschlossen, und sie hat das Hotel praktisch allein geführt. Möchten Sie sich dieses Foto einmal ansehen?« Nick griff in seine Tasche und holte das Foto heraus, das Camellia und ihn in Weston-super-Mare zeigte. »So ist sie heute«, bemerkte er. »Sieht sie aus wie ein Flittchen? Hat sie nicht das Recht, dass man ihr frühere Fehler verzeiht?«

Ein überaus seltsamer Ausdruck, den Nick nicht im Mindesten zu deuten vermochte, ging über die Züge des alten Mannes, als er das Bild betrachtete. Seine Miene spiegelte eine gewisse Überraschung wider, aber das war noch längst nicht alles. Nick irritierte vor allem, wie lange sich Sir Miles das Foto ansah: Die meisten Menschen hätten nur einen flüchtigen Blick darauf geworfen und es dann sofort wieder zurückgegeben.

»Nein, sie sieht nicht wie ein Flittchen aus.« Sir Miles' Stimme hatte ihren barschen Unterton verloren. »Aber ich kann Ihnen nicht helfen, Nicholas. Ich weiß, dass Magnus nicht ihr Vater ist, das muss Ihnen doch genügen.«

»Wie können Sie sich da so sicher sein?« Nick beobachtete den Mann. Er war außer sich; er wusste eindeutig mehr, als er verriet.

»Die Augen«, blaffte Sir Miles. »Die Augen Ihres Vaters sind blau, wenn ich mich recht erinnere, und Bonnys Augen waren ebenfalls blau. Ich glaube, es ist unmöglich, dass zwei blauäugige Menschen ein Kind mit braunen Augen hervorbringen.«

Eine Woge wilden Jubels stieg in Nick auf. »Daran haben wir überhaupt nicht gedacht«, brachte er mit Mühe hervor. Zu seiner Beschämung rollte ihm eine Träne über die Wange.

»Ich bitte Sie«, murmelte Sir Miles, beugte sich auf seinem Stuhl vor und klopfte Nick auf den Arm. »Das ist kein Grund, sentimental zu werden.«

Nick wischte sich mit dem Handrücken über die Augen und begann zu lachen. Das ganze Gespräch war so unerhört seltsam.

»So ist es schon besser«, kicherte Sir Miles. »Wenn ich gewusst hätte, dass mehr nicht nötig ist, um Sie loszuwerden, hätte ich Sie gleich zu Anfang darauf hingewiesen.«

Und in diesem Moment konnte Nick zum ersten Mal die Augen des alten Mannes richtig sehen. Wenn er lachte, öffneten sie sich weiter, und trotz der Tränensäcke darunter sah er, dass sie tiefbraun und mandelförmig waren. Genau wie Mels Augen.

»Was wir jetzt brauchen, ist ein Brandy.« Sir Miles' Tonfall war mit einem Mal leutselig geworden. »Und lassen Sie uns das Thema wechseln. In welcher Produktion arbeiten Sie denn im Augenblick?«

Nick erklärte ihm seine Situation und berichtete ihm von den Engagements der letzten Zeit. Ein wenig beschämt erwähnte er auch *Hunnicroft Estate*. Er hatte die Erfahrung gemacht, dass diese Rolle inzwischen durchaus das Interesse von Agenten und Produzenten erregte. Es war so viel Zeit verstrichen, dass die Serie mittlerweile beinahe Kultstatus besaß.

»Dann waren Sie also der Halbstarke?« Sir Miles schenkte den Brandy ein und reichte eines der beiden Gläser an Nick weiter. »Ich erinnere mich gut daran. Das Skript war grauenhaft, aber Sie haben Ihre Sache recht ordentlich gemacht.«

»Sie haben die Serie gesehen?« Nick schluckte den Brandy herunter, höchst erstaunt über diese Bemerkung.

»Ich sehe mir grundsätzlich alle neuen Serien an, vor allem, wenn sie den Anspruch erheben, kontrovers zu sein. Was man von *Hunnicroft Estate* ganz sicher behaupten kann, bei dieser grässlichen Sprache! Hätte ich damals gewusst, dass Sie Magnus' Sohn sind, hätte ich Ihnen vielleicht helfen können. Wie die Dinge liegen, werde ich Ihren Namen mal an ein paar geeigneten Stellen fallen lassen, vielleicht ergibt sich ja etwas.«

Nick war plötzlich wachsam. Er hatte das Gefühl, als versuchte man, ihn zu bestechen, damit er endlich fortging und keine weiteren Fragen mehr stellte. Er leerte sein Glas. »Ich glaube, ich mache mich dann besser mal wieder auf den Weg«, bemerkte er und stand auf. »Ich habe genug von Ihrer Zeit in Anspruch genommen. Da wäre nur noch eine Frage, die ich gern stellen würde, wenn es Ihnen nichts ausmacht. Sie waren doch bei der Hochzeit der Nortons zu Gast – haben Sie davon vielleicht noch ein Foto? Nennen Sie es Neugier, wenn Sie wollen, doch ich habe noch nie ein Bild von John Norton gesehen.«

Nick konnte feststellen, wie sich ein Ausdruck der Erleichterung auf dem Gesicht des Mannes ausbreitete.

»Ja, irgendwo müsste noch eins sein«, sagte er mit einem Lächeln. »Es tut mir Leid, wenn ich ein wenig schroff zu Ihnen war, Nicholas. Es war einfach diese schreckliche Frau. Ich will ihrem Kind nichts Böses, und ich hoffe, dass Sie es finden.«

Er öffnete eine Schublade und nahm drei dicke Alben heraus. Nachdem er das erste schnell durchgeblättert hatte, nahm er sich das zweite vor. »Ah! Da hätten wir's.« Er reichte Nick ein Foto von der Braut und dem Bräutigam inmitten ihrer Gäste. »Das war das Lieblingsbild meiner Frau.«

Nick konnte auf Anhieb erkennen, warum die Männer Bonny zu Füßen gelegen hatten. Sie war atemberaubend schön in ihrem weißen Satinkleid. Auf diesem Bild hatte sie ihren Schleier zurückgestreift und wischte John lachend Konfetti von der Jacke. John Norton entsprach in etwa dem Bild, das Nick sich von ihm gemacht hatte: hoch gewachsen, schlank, mit einer aristokratischen Nase und einem kleinen Schnurrbart. Aber abgesehen von seinem Teint und der Haarfarbe hatte er keine wirkliche Ähnlichkeit mit Mel.

»Wer sind die anderen Leute?«, erkundigte sich Nick. Auf dem Foto waren drei Frauen zu sehen, eine davon groß und schlank, wahrscheinlich um die vierzig und sehr attraktiv, während die beiden anderen älter waren. Alle drei trugen auffällige, breitkrempige Hüte. Neben Bonny stand Sir Miles, so stämmig wie heute, aber ohne die Tränensäcke. Nick sah Mels Augen, die ihm von dem Foto entgegenblickten. Er kämpfte ein Gefühl der Schwäche nieder und schaute noch mal hin, doch er irrte sich nicht. Es waren Mels Augen.

»Das da war eine ganz bezaubernde Dame, Linda, Lorna oder so ähnlich«, meinte Sir Miles und zeigte auf die jüngere der drei Frauen auf dem Bild. »Das hier ist meine verstorbene Frau, Mary. Die andere war Johns Patentante, Lady Penelope Beauchamp. Sie ist etwa ein Jahr nach John an einem Gehirntumor gestorben.«

»Könnte das Lydia Wynter sein?«, erkundigte sich Nick und deutete auf die attraktive jüngere Frau. Magnus würde sich freuen zu erfahren, dass Bonny in Bezug auf sie nicht gelogen hatte; sie sah wirklich sehr elegant aus und war äußerst fotogen.

»Ja, so hieß sie, sie war Tanzlehrerin. Und für Bonny war sie praktisch eine zweite Mutter, die arme Frau. Haben Sie sie mal kennen gelernt?«

»Sie ist inzwischen ebenfalls verstorben«, erwiderte Nick leise, denn plötzlich war ihm bewusst, dass Sir Miles der Älteste in der Gruppe war und der einzige Überlebende.

Sir Miles nahm das Foto an sich und schob es wieder in das Album. Nick wusste, dass er jetzt wirklich gehen musste. »Vielen Dank für Ihre Auskünfte«, erklärte er. »Sie haben mir sehr geholfen.«

»Kopf hoch.« Der ältere Mann lächelte, und in diesem Lächeln lag ein Anflug von Selbstgefälligkeit. »Ich bin davon überzeugt, dass sie wieder auftauchen wird. Und was Ihre Karriere betrifft, kann ich da vielleicht auch ein wenig Schwung hineinbringen. Jetzt fahren Sie nach Hause und hören Sie auf, sich wegen Ereignissen aus der Vergangenheit den Kopf zu zerbrechen. Bitten Sie Ihren Vater, sich einem Bluttest zu unterziehen – dann haben Sie beide Ihren Frieden.«

Nick hielt in der Tür noch einen Moment lang inne. »Noch eine Frage, danach verschwinde ich. Wissen Sie, warum Bonny sich mit Helena Forester zerstritten hat?«

Sir Miles war vollauf damit beschäftigt, die Alben in die Schublade zurückzulegen, aber jetzt ruckte sein Kopf scharf in die Höhe. »Helena hatte nichts mit all dem zu tun.« Eine tiefe Röte überflutete sein Gesicht. »Sie ist eine ernst zu nehmende Schauspielerin. Alles, was zwischen den beiden war, war eine Bühnennummer.«

Nachdem er Sir Miles' Haus verlassen hatte, setzte Nick sich im Holland Park auf eine Bank. Er war sich nicht ganz sicher, ob Miles Recht hatte und zwei blauäugige Menschen tatsächlich kein braunäugiges Kind hervorbringen konnten. Außerdem war der Blauton von Magnus' Augen nicht ganz rein – die Iris war mit grünen und bernsteinfarbenen Tupfern durchsetzt. Trotzdem wollte Nick der Sache nachgehen.

Aus irgendeinem Grund kam es ihm so vor, als wäre Sir Miles' letzte Antwort die wichtigste von all seinen Bemerkungen gewesen. Warum beharrte er so entschieden darauf, dass Helena nichts mit all dem zu tun hatte? Sie war bis zu diesem Zeitpunkt in dem Gespräch überhaupt nicht erwähnt worden. Würde ein normaler Mensch nicht einfach etwas in der Art sagen wie: »Keine Ahnung, vielleicht war Bonny eifersüchtig« oder: »Die beiden haben sich im Laufe der Zeit entfremdet«?

Angenommen, Sir Miles hätte eine Affäre mit Helena gehabt? Angenommen, Bonny hätte ihn ihr für eine Weile ausgespannt, vielleicht weil sie glaubte, er würde auch ihre Karriere vorantreiben, und war dann schwanger von ihm geworden?

Das hätte die Freundschaft der beiden jungen Frauen tatsächlich zerstören können – vor allem, wenn Helena eine innigere Beziehung zu Miles gehabt hatte. Vielleicht hatte Bonny ihm aus reiner Gehässigkeit geschrieben und ihm gedroht, seiner Frau von ihrem gemeinsamen Kind zu erzählen.

Obwohl Nick sich nicht vorstellen konnte, dass sich zwei so junge, hübsche Frauen um die Zuneigung eines alten Mannes stritten, war dies dennoch die wahrscheinlichste Lösung. Es würde außerdem Miles' Feindseligkeit Bonny gegenüber erklären und die Tatsache, dass er jedes einzelne Wort über Mel in den Zeitungen gelesen hatte. Warum sonst sollte ein Mann den Werdegang eines Kindes mit solcher Aufmerksamkeit verfolgen?

19. Kapitel

Mel stieg in der Wandsworth Bridge Road aus dem Bus und machte sich auf den Weg in die Stephendale Road, wo sie sich ein Zimmer gemietet hatte. Ihre Flucht von Oaklands lag sechs Monate zurück, und sie war gerade für einen Job bei der »Grand-Metropolitan-Hotel«-Gruppe abgelehnt worden, weil sie keine Referenzen von ihrem früheren Arbeitgeber hatte vorlegen können. Der Personaldirektor hatte sie behandelt, als hielte er sie für eine eben aus der Haft entlassene Gaunerin. Jetzt wünschte sie, sie hätte sich dieses peinliche Martyrium erspart.

Camellia fragte sich, welcher Teufel in sie gefahren sein mochte, dass sie ausgerechnet nach Fulham zurückgekehrt war, in den Teil Londons, der so viele schmerzliche Erinnerungen in ihr wachrief. Sie hatte das Zimmer genommen, weil es billig war, und einen Job in einem Café am World's End allein deshalb angenommen, weil Peggy und Arthur, ihre Arbeitgeber dort, keinen Wert auf Versicherungskarten oder Steuernummern legten und sich nicht einmal für ihre früheren Jobs interessierten. Aber jetzt bedauerte sie beide Entscheidungen.

Zuerst war sie dankbar dafür gewesen, von acht Uhr morgens bis sechs Uhr abends in dem gut besuchten Café arbeiten zu können, da sie bei ihrer Heimkehr stets zu erschöpft war, um über all das nachzugrübeln, was sie verloren hatte. Aber langsam zermürbten sie der allgegenwärtige Gestank von Gebratenem, die Berge schmutzigen Geschirrs und die mangelnde Anerkennung durch ihre Arbeitgeber.

Während der Busfahrt war sie den Tränen nahe gewesen –

nicht nur, weil sie den Job nicht bekommen hatte oder weil sie es noch ein Weilchen länger in »Peggys Café« aushalten musste, sondern weil sie Oaklands nach wie vor so sehr vermisste. Wenn sie noch in ihrem alten Zimmer gewohnt hätte, hätte sie jetzt einen grünen Schimmer auf den Bäumen sehen können, Lämmer auf den Weiden und ein goldenes Meer von Narzissen draußen auf dem Rasen. In London waren die Straßen von einem trostlosen Grau, das sie von Tag zu Tag mehr verabscheute. Camellia sehnte sich danach, den Wind im Haar zu spüren, Vogelgezwitscher statt Verkehrslärm zu hören, auf einem Hügel zu stehen und eine schöne Aussicht zu genießen, das Gefühl zu haben, Teil in einem größeren Plan der Dinge zu sein, und irgendeinen anderen Sinn in ihrer Existenz zu finden als das bloße Überleben.

Als Mel jetzt in die Stephendale Road einbog, putzte Mrs. Smethwick, ihre Vermieterin, gerade die Messingbeschläge der Haustür. Aus der Ferne betrachtet, sah sie mit ihrer in Rosa- und Rottönen gehaltenen, über der Brust verkreuzten Schürze, einem Nylonschal über den Lockenwicklern, einer Zigarette zwischen den Lippen und dem üppigen hervorstehenden Hinterteil aus wie eine Karikatur.

Mrs. Smethwick putzte die Messingbeschläge täglich, wohl hauptsächlich als Vorwand, um ihren Nachbarn nachzuspionieren und die neu zugezogenen jungen Angestellten ungeniert mustern zu können.

Als Mel näher kam, grinste ihre Vermieterin sie an und enthüllte dabei einen zahnlosen Oberkiefer. »Haben Sie den Job bekommen, Schätzchen? Sie sehen wirklich chic aus.«

»Es war nicht ganz das, was ich suchte«, antwortete Mel und lächelte höflich, obwohl sie die Frau verabscheute. »Woher wussten Sie, dass ich zu einem Vorstellungsgespräch wollte?«

»Ich habe zwei und zwei zusammengezählt«, meinte Mrs. Smethwick, deren kleine Augen vor Stolz über ihren Scharfsinn glitzerten. »Ich habe die Zeitungen mit den angestrichenen Annoncen gesehen. Und dann sind Sie in Ihrem schönsten Sonntagsstaat aus dem Haus gegangen.«

Eines Tages werde ich vielleicht auf einem Papierfetzen eine Gemeinheit über diese Frau niederschreiben und ihn in ihren Mülleimer legen, überlegte Mel – aber dafür war es leider zu früh. Sie brauchte das billige Zimmer noch ein Weilchen.

Als sie die Treppe zu ihrem Zimmer hinaufging, hielt sie sich die Nase zu. Das Haus roch wie immer furchtbar nach gekochtem Kohl, Katzendreck, Windeln und unaussprechlichen menschlichen Ausdünstungen.

Mels Zimmer war in der Zeitung als »kleine Wohnung für berufstätige Frau, mit Aufwartung« angepriesen worden. Tatsächlich handelte es sich um ein schäbiges, enges Zimmer mit einer schmutzigen Matratze auf dem Bett, einer elektrischen Kochplatte und einer Einbauspüle. Die »Aufwartung« bedeutete, dass Mrs. Smethwick den Mülleimer leerte, alle vierzehn Tage das Bett frisch bezog und mit dem Staubsauger über die sichtbaren Teile des Teppichs ging. Soweit Mel es überschauen konnte, war sie von den insgesamt sechs Mietern die Einzige mit einem Job, und manchmal war der Lärm im Haus so groß, dass sie ebenso gut auf dem Londoner Flughafen hätte wohnen können.

Am Heiligen Abend war sie den ganzen Tag im Bett geblieben, hatte gelesen und sich einzureden versucht, es sei einfach nur ein Sonntag wie alle anderen auch. Als ihre Gedanken zu dem Weihnachtsbaum im Salon von Oaklands und dem festlich gedeckten Speisesaal gewandert waren, hatte sie sich die Decke über den Kopf gezogen und geweint.

Jetzt steckte Mel eine Münze in den Zähler, dann stellte sie den Kessel und die Heizung an. Im Stockwerk über ihr kochte jemand ein Currygericht, und bis zum Abend würde der Geruch sich überall im Haus verbreitet haben. Wenn es nicht so kalt gewesen wäre, hätte Mel nach dem Vorstellungsgespräch noch einen Spaziergang unternommen, um ihre Heimkehr etwas hinauszuzögern.

Es gab keinerlei Komfort in ihrem Zimmer – kein Radio, keinen Fernseher und nicht einmal eine Nachttischlampe. Die gesamte karge Einrichtung gehörte Mrs. Smethwick, von dem zusammengewürfelten, klobigen Porzellan bis zu dem Bild mit den Schwänen, das einen hässlichen Fleck auf der Wand verbarg. Mel war beinahe am Ende ihrer Kräfte, das spürte sie.

Wie viele Teller mit Pasteten und Pommes frites konnte sie noch servieren, bevor sie vor aller Augen die Fassung verlor? Wie viele Abende konnte sie noch erschöpft nach Hause kommen und sich in den Schlaf weinen, bevor sie zusammenbrach?

Nicks Gesicht verfolgte sie auf Schritt und Tritt. Er war morgens beim Aufwachen bereits in ihren Gedanken und das Letzte, was sie abends beim Einschlafen vor sich sah. Und jeden Tag machte sie sich Vorwürfe wegen der Ereignisse an jenem letzten Morgen auf Oaklands und verfluchte sich für ihre Dummheit, nicht schon sechs Monate früher fortgegangen zu sein. Noch mehr quälten sie die Gedanken an Magnus. Sie vermisste ihn nicht nur furchtbar, sondern wusste nicht einmal, in welchem Zustand er sich befand. Konnte er wieder gehen? Richtig sprechen? Sie wusste, dass er vor Weihnachten nach Oaklands zurückgekommen war, weil sie dort angerufen hatte, aber das Mädchen am Empfang hatte ihr erklärt, er sitze im Rollstuhl. Und wann immer sie später wieder angerufen hatte, hatten Mrs. Downes oder Sally das Gespräch angenommen, und Mel hatte rasch aufgelegt, ohne sich zu melden.

Camellia verzehrte sich nach ihrem hübschen Zimmer, der Schönheit ihrer Umgebung und den anderen Angestellten, die ihre Freunde gewesen waren. Sie war so einsam, dass es ihr manchmal erschien, als wäre der Tod leichter zu ertragen als der ständige Schmerz.

»Du bist einfach nur müde«, flüsterte sie und betrachtete sich im Spiegel, während sie ihr marineblaues Kostüm auszog und es auf einen Kleiderbügel hängte. Ihr Haar und ihre Augen waren stumpf geworden, und selbst ihre Haut hatte einen gelblichen Ton angenommen. Außerdem war sie dünner geworden, und ihre Schultern wirkten hager und ausgezehrt.

Im Herbst hatte sie überlegt, Magnus zu schreiben, um ihm zu erklären, warum sie in solcher Eile fortgegangen war und warum sie nie mehr zurückkommen konnte. Aber sie wusste nicht, ob er den Brief selbst würde lesen können, und wenn er in die falschen Hände fiel, wäre das sehr peinlich für ihn. Jetzt war ihr klar, dass sie niemals schreiben konnte: Sie musste sich für immer von ihm fern halten, um seiner Familie willen.

Es war eine große Versuchung, ihre Sachen zu packen, zum Flughafen zu fahren und irgendwohin zu fliegen. Doch Weglaufen war keine Lösung – das hatte sie gelernt. Sie musste wieder anfangen zu leben. Was sie brauchte, war ein Job, auf den sie stolz sein konnte, und ein Zuhause, in dem sie sich wohl fühlte.

Am nächsten Tag fand Mel erst in der Mittagspause Zeit, um sich das erste Mal hinzusetzen. Sie nippte an ihrem Kaffee und stocherte in einer überzähligen Portion Lasagne herum, während sie ohne großes Interesse die Stellenangebote überflog. Dann blieb ihr Blick jedoch an einer der Annoncen hängen.

Bedienung, Koch, Rundumhilfe in einer Person gesucht für neues Abendrestaurant in Fulham. Muss intelligent, fleißig und anpassungsfähig sein. Unterkunft möglich, falls erwünscht. Gute Bezahlung.

Mel notierte sich die Telefonnummer und steckte den Zettel in ihre Tasche. Es war einen Versuch wert. Vielleicht konnte sie den Mangel an Referenzen ausgleichen, indem sie den Betreffenden einlud, ins Café zu kommen und eines ihrer Gerichte zu kosten.

Unter dem Vorwand, Strumpfhosen kaufen zu müssen, konnte Mel sich am späten Nachmittag zu einer öffentlichen Telefonzelle davonstehlen.

»Könnten Sie heute Abend vorbeikommen?«, fragte ein Mann, nachdem sie erklärt hatte, wo sie arbeitete. »Ich kenne ›Peggys Café‹, ich habe mehrmals dort gegessen und war sehr beeindruckt von den Tagesgerichten. Sind Sie die dunkelhaarige junge Frau, die dort arbeitet?«

Der Mann stellte sich als Conrad Deeley vor. Er wirkte sympathisch: Seine tiefe, volltönende Stimme erinnerte Mel ein klein wenig an Magnus, obwohl er mit einem leichten irischen Akzent sprach. Wenn sein Restaurant auch nur halbwegs anständig war und er sie als Köchin einstellen wollte, würde sie die Stelle annehmen. Nichts konnte so schlimm sein wie »Peggys Café«.

»Ja, die bin ich«, antwortete sie. »Camellia Norton, obwohl man mich hier nur als Mel kennt.« Sie wusste nicht, warum sie nach so langer Zeit plötzlich wieder ihren richtigen Namen angab. Vielleicht war es eine reine Instinkthandlung: Sie hatte von Lügen und Heuchelei die Nase voll. »Ich könnte Sie gleich nach der Arbeit aufsuchen«, schlug sie hastig vor, weil sie befürchtete, dass ein anderer ihr vielleicht zuvorkommen könnte. »Aber ich muss Sie warnen, ich bin nicht für ein Vorstellungsgespräch angezogen, und ich werde nach Pommes frites stinken!«

»Hier werden Sie nach Knoblauch stinken«, erwiderte er und lachte ohne Geziertheit. »Klingeln Sie einfach am Nebeneingang. Das Restaurant ist noch nicht eröffnet.«

Im Bus zum Fulham Broadway stellte Mel sich Conrad Deeley als einen Mann um die sechzig vor, hoch gewachsen und mit Glatze. Vermutlich befand sich sein Restaurant in irgendeinem Untergeschoss. Aber sie irrte sich in beiden Punkten.

Als der Nebeneingang von einem jungen Mann geöffnet wurde, der so dünn war wie eine Bohnenstange und eine Drahtbrille und eine irische Strickjacke trug, musste sie gegen ein Gefühl der Enttäuschung ankämpfen.

»Ich habe eine Verabredung mit Mr. Deeley«, begann sie. »Ist er hier?«

»Ich bin Deeley, und Sie müssen Camellia sein. Kommen Sie doch herein.« Seine Stimme bestätigte es ihr: Er war der Mann, mit dem sie gesprochen hatte, aber der tiefe Bass passte so gar nicht zu seiner zierlichen Erscheinung. Er zuckte zusammen, als ein Schwall kalter Luft ihn traf, und zog hastig die Tür hinter ihr zu. »Nun, der Wind muss den Gestank von Pommes frites weggeweht haben, Sie riechen wie eisige, saubere Wäsche.«

Mel war wirklich enttäuscht. Alles an Deeley wirkte unordentlich, angefangen von seinem glatten, mausbraunen Haar bis hin zu seinen farbbespritzten Schuhen. Er sah nicht so aus, als wäre er in der Lage, ein Restaurant zu führen. Wären da nicht der warme Klang seiner Stimme und sein freundliches Benehmen gewesen, hätte sie möglicherweise auf dem Absatz kehrtgemacht.

»Hier herrscht noch ein fürchterliches Chaos«, meinte er mit einem jungenhaften Grinsen. »Ich hoffe nur, Sie haben genug Fantasie, um sich vorzustellen, wie es einmal aussehen wird, wenn es fertig ist. Ich zeige Ihnen fürs Erste nur die Küche, dann können wir uns bei einer Tasse Tee ein wenig unterhalten. Anschließend können Sie sich dann den Rest des Hauses ansehen.«

Sie gingen durch den schmalen Korridor, in dem es stark nach frischer Farbe und Gips roch, und Deeley führte sie in die zwei Stufen tiefer liegende Küche. Dort angekommen, besserte Mels Laune sich schlagartig.

Wenn man einmal von dem schmutzigen Fußboden absah, auf dem Werkzeuge, Bretter und Säcke mit Gips herumlagen und -standen, war die Küche einfach fantastisch: hübsche hellgrüne Einbauschränke, zahlreiche große Arbeitsflächen und ein riesiger Herd. Schon auf den ersten Blick sah Mel, dass Conrad genau wusste, was er tat. Die Küche war offensichtlich unter praktischen Gesichtspunkten eingerichtet worden. Die Beleuchtung war hervorragend, Doppelspüle, Herd und Kühlschrank standen genau da, wo sie hingehörten, die Wände waren bis zur Decke hinauf gekachelt, sodass man sie leicht säubern konnte, und der Besitzer war offensichtlich gerade dabei gewesen, eine größere Menge von Töpfen und Kupferpfannen auszupacken.

Anders als in der düsteren, engen und unpraktischen Küche, die sie in »Peggys Café« ertragen musste, war es hier sicher hell und freundlich. Diesen Eindruck vermittelten zumindest das große Fenster und eine Glastür, die in den Garten hinausführte.

»Ich suche jemanden, der *mit mir* arbeitet, nicht nur für mich«, erklärte er. »Ich habe die Absicht, ›Conrad's Supper Rooms‹ zu ›dem‹ Restaurant im Südwesten von London zu machen. Das beste Fleisch und der beste Fisch, frisches Gemüse – einfaches Essen, aber hervorragend zubereitet und präsentiert. Bevor ich nicht weiß, wie die Sache sich anlässt, kann ich es mir nicht leisten, viel Personal einzustellen. Am Anfang werden wir beide uns die gesamte Arbeit teilen.«

Ihr gefiel die Art, wie er »wir beide« sagte. Als er die Schränke öffnete, um sie hineinschauen zu lassen, und voller Begeisterung von den Dingen sprach, die er noch bestellt hatte, vergaß sie seine äußere Erscheinung mehr und mehr. Sein Enthusiasmus bezauberte sie, und gleichzeitig war sie erstaunt über die Sachkenntnis, mit der er über die Nahrungsmittelzubereitung sprach.

Während er sie nach oben in einen rückwärtig gelegenen Raum führte, der voller grün gestrichener Tische und Stühle stand, gab er ihr einen kurzen Überblick über sein bisheriges Leben: Er hatte früher als Lehrer in einer Jungenschule gearbeitet, dann aber gekündigt, weil er Schriftsteller werden wollte, und einen Job in einem Restaurant angenommen, um sich über Wasser zu halten. »Als ich anfing, wusste ich kaum, wie man einen Rosenkohl schält«, lachte er. »Ich habe mich vom Tellerwäscher hochgearbeitet, bis ich bei Tisch servieren und schließlich kochen durfte, und im Laufe der Zeit wurde mir klar, dass ich für diese Arbeit geboren bin.«

Er redete wie ein Schnellfeuergewehr, erzählte von einem Restaurant in Hampshire, von seiner Familie in Irland und davon, was für ein hoffnungslos miserabler Lehrer er gewesen war. Gleichzeitig brachte er es fertig, eine Kanne Tee zu kochen. Dann zog er Mel einen Stuhl ans Feuer und stellte ihr einige Fragen. Sein Gesicht war blass, mit kleinem Mund und spitzem Kinn, aber hinter seinen dicken Brillengläsern blitzten in seinen großen, braunen Augen unbezähmbarer Humor und Intelligenz.

Conrad oder Con, wie er es vorzog, genannt zu werden, stammte aus einer großen Familie in Limerick. »Wenn ich ein Welpe gewesen wäre oder ein Kätzchen«, meinte er munter, »wäre ich derjenige aus dem Wurf gewesen, den man ertränkt.« Und ohne auch nur einen Moment lang innezuhalten, erzählte er ihr, warum das so war.

»Ich passte einfach nicht ins Bild, ich war immer kränklich und etwas trottelig. Mit neun haben mich meine Eltern also zu meiner Großtante Bridget in Galway geschickt. Glücklicherweise kamen wir beide von Anfang an blendend miteinander klar. Sie war ein bisschen merkwürdig, genau wie ich. Wenn ich nicht in die Schule gehen wollte, erlaubte sie mir, zu Hause zu bleiben und Bücher zu lesen, oder wir sind am Strand spazieren gegangen. Bei ihrem Tod war ich dreizehn. Danach hielt ich mich wieder eine Weile zu Hause auf. Weil ich aber auf der Schule, die meine anderen Brüder besucht hatten, nicht zurechtkam, hat man mich zu meinem Großvater nach England verfrachtet, Großtante Bridgets Bruder. Ich mochte ihn genauso sehr wie Tante Bridget. Er war das schwarze Schaf der Familie und verdiente sein Geld im Baugeschäft. Er war über siebzig und immer noch ein Frauenheld, und er hätte ohne weiteres Kapitän der irischen Whiskymannschaft sein können! Aber er schickte mich auf eine kleine Schule in Weybridge, und dort habe ich dann all die Bildung bekommen, die ich versäumt hatte. Wir hatten eine herrlich enge Beziehung, und als er starb – damals ging ich noch zur Universität –, hinterließ er mir sein ganzes Geld.«

»Klingt so, als hätten Sie eine märchenhafte Jugend verlebt«, kicherte Mel ein wenig verlegen.

»Es war auch märchenhaft, sobald ich erst mal von meiner eigenen Familie fort war«, stimmte er ihr zu. »Ich danke Gott noch heute jeden Tag für sein Eingreifen. Ich kann Ihnen nicht einmal ansatzweise erklären, was für eine schäbige, bigotte und scheinheilige Truppe das war. Glücklicherweise waren sie so wütend auf mich, weil ich Großvaters Geld geerbt hatte, dass sie mich endgültig verstoßen haben.«

Schließlich erzählte er ihr, dass das Geld bis zu seinem dreißigsten Geburtstag – dem »Alter der Vernunft«, wie sein Großvater gemeint hatte – als Treuhandvermögen verwaltet wurde. Danach kam er wieder auf die Schriftstellerei und das Restaurant zurück.

»Ich habe tagsüber geschrieben und nachts als Mädchen für alles gearbeitet«, lachte er. »Einige von meinen Kurzgeschichten sind veröffentlicht worden, und ich habe mit einem Buch angefangen, weil ich glaubte, aus mir würde ein zweiter James Joyce.

Aber jeder größere Verlag im Land hat das Buch abgelehnt. Also habe ich beschlossen, die Schreiberei zurückzustellen und das Kochen ein wenig ernster zu nehmen.«

Mel lächelte, als er ihr erzählte, dass seine Träume endlich wahr geworden waren, jetzt, da er über sein Erbe verfügen könnte. Er war inzwischen zweiunddreißig und wirkte viel scharfsinniger, als sein Äußeres oder seine vorangegangenen Geständnisse es ahnen ließen.

»Ich habe dieses Haus vom Fleck weg gekauft«, bekannte er und errötete leicht. »Ich sehe das folgendermaßen: Falls das Restaurant keinen großen Profit abwirft, kann ich immer noch auf Großvaters Geld zurückgreifen, das in Ziegeln und Mörtel steckt. Ich habe ein Zuhause, ich kann die Art von behaglichem Restaurant aufbauen, die mir vorschwebt, und tagsüber kann ich hier oben sitzen und schreiben.«

Fünf oder sechs Monate früher hätte Mel vielleicht mit Argwohn auf einen wildfremden Menschen reagiert, der ihr bei der ersten Begegnung so viel von sich preisgab, oder ihn als Narren abgetan. Aber jetzt, mit ihrem geschärften Wahrnehmungsvermögen, begriff sie, dass diese freimütigen Erklärungen aus Einsamkeit erwuchsen.

Seine Begeisterung war ansteckend. Mel sah sich um und stellte sich diesen noch ziemlich schmuddeligen Raum vor, nachdem man die Tische und Stühle und die Kisten mit Kaffee und Zucker herausgeräumt und ihn in ein behagliches Wohnzimmer verwandelt hatte. Unter dem Fenster stand ein Schreibtisch, darauf eine Schreibmaschine und ein kleiner Stapel Papier.

»Ist das das Buch?«, fragte sie.

Er nickte. »Ich überarbeite es gerade noch einmal. Eigentlich ist es gut, das weiß ich – es muss nur in die richtige Form gebracht werden. Außerdem lässt mich das Schreiben nicht los. Ich bin davon besessen.«

»Würden Sie mir erlauben, es zu lesen?«

Er errötete abermals und ließ den Kopf hängen. »Ich wäre überglücklich, wenn Sie dazu Lust hätten. Bisher hat noch niemand auch nur das geringste Interesse daran gezeigt.«

Mel spürte, was er eigentlich meinte: *Niemand hat sich jemals auch nur im Geringsten für mich interessiert.* Sie kannte dieses Gefühl gut. »Also, mich interessiert alles, was Sie betrifft«, platzte sie heraus. Sie wollte wirklich gern für ihn arbeiten, das erkannte sie plötzlich. »Wollen Sie mich jetzt durchs Haus führen?«

»Sie werden viel Fantasie brauchen«, warnte er sie noch einmal. »Und ich wäre dankbar für jeden Vorschlag, wie man es ein wenig wohnlicher einrichten könnte.«

Die Wohnung war vollkommen in sich abgeschlossen. Die früheren Besitzer des Gebäudes hatten sie getrennt vom Ladenlokal vermietet, berichtete Con. Wenn man vom Wohnzimmer im hinteren Teil der Wohnung aus zwei Stufen nach unten ging, kam man in eine winzige Küche. Im vorderen Bereich lagen zwei weitere kleinere Räume, von denen einer als Arbeitszimmer gedacht war, während der andere ihm als Schlafzimmer diente. Die Böden waren allesamt noch nackt, und überall standen Kisten.

»Auf diese Weise werde ich Sie wohl kaum beeindrucken.« Er zeigte düster auf die Stapel von Vorräten und Möbeln. »Aber glauben Sie mir, ich werde den Laden tipptopp in Ordnung bringen.« Er sprang auf und öffnete eine weitere Tür, die zu einer kleinen Treppe führte. »Da oben sind noch zwei andere Räume und ein Badezimmer. Dort werden Sie wohnen!«

Die beiden Zimmer gefielen Mel auf Anhieb, auch wenn sie noch leer waren. Sie waren klein, hatten Dachschrägen und waren vor kurzem weiß gestrichen worden.

»Ich will kein hochtrabendes, elegantes Lokal«, rief er ihr aus der Küche zu, wo er gerade eine zweite Kanne Tee kochte. »Mein Restaurant soll für Frohsinn und Wärme bekannt werden, wie die Lokale in Dublin. Wissen Sie, was ich meine?«

Mel war noch nie in Dublin gewesen, wusste aber trotzdem, was ihm vorschwebte. Obwohl Conrad seit vielen Jahren nicht mehr in Irland lebte, war seine Persönlichkeit doch unverkennbar irisch geblieben. Mel lächelte vor sich hin. Vielleicht würde der Löwenanteil der Arbeit am Ende an ihr hängen bleiben, vielleicht würde sie sich vor Sorgen um das Restaurant halb verrückt machen, doch sie hatte das Gefühl, dass das Schicksal ihre Schritte zu Con und seinem kleinen Unternehmen geleitet hatte.

Er erkundigte sich kaum danach, womit sie vor ihrer Arbeit in »Peggys Café« ihren Lebensunterhalt verdient hatte – er ging lediglich eine Speisekarte mit ihr durch, die er entworfen hatte, und fragte, ob sie mit den Gerichten vertraut sei.

»Damit komme ich ohne weiteres klar«, versicherte sie ihm. Seine Desserts sind fantasielos, dachte sie insgeheim, und das werde ich ihm über kurz oder lang auch sagen. »Ich hätte den Job wirklich sehr gern.«

»Aber ich habe Ihnen noch nicht einmal das Restaurant gezeigt«, erwiderte er mit einiger Überraschung. »Oder über Ihr Gehalt gesprochen.«

Soweit es sie betraf, hatte er in den vergangenen zwei Stunden genug von seinem Charakter und seinem Geschmack offenbart, um genau zu wissen, wie das Endergebnis aussehen würde. Ihr gefielen die grünen Stühle und Tische, die sich bis zur Decke stapelten, und die Küche war erstklassig. Aber es war Conrad selbst, der den Ausschlag gab. Solange er bereit war, ihr das Gleiche zu zahlen wie Peggy, war sie bereit, das Risiko mit ihm einzugehen.

Allein die Art, wie er über seine Familie lachte, verriet ihr, dass es ein langer, schmerzhafter Prozess für ihn gewesen sein musste zu akzeptieren, dass seine Eltern und Geschwister ihn nie geliebt oder gebraucht hatten. Er hatte eine asexuelle Ausstrahlung, die das Zusammenleben, wie sie wusste, deutlich erleichtern würde. Unter der Oberfläche waren sie jetzt schon Bruder und Schwester.

»Con, für mich fühlt sich das hier genau richtig an«, erklärte sie. Eine prickelnde kleine Blase des Glücks schwoll in ihr an, ganz ähnlich wie damals, als Magnus ihr einen neuen Anfang geboten hatte. »Ich nehme an, Sie haben noch Vorstellungsgespräche mit anderen Leuten vereinbart, doch ich hoffe trotzdem, dass Sie sich für mich entscheiden werden.«

»Der Job ist vergeben«, antwortete er grinsend. »Würden Ihnen zwanzig Pfund bei freier Unterkunft und Verpflegung reichen? Mit der Aussicht auf eine Erhöhung und einen Bonus, wenn wir eröffnen?«

Genauso viel verdiente sie zurzeit bei Peggy auch, aber im Augenblick musste sie obendrein noch Miete zahlen. »Wunderbar«, gab sie mit einem strahlenden Lächeln zurück.

»Na, dann reichen Sie morgen Ihre Kündigung ein und geben Sie mir Bescheid, wann Sie anfangen und hier einziehen können«, meinte er, und in seinen Augen tanzte echte Freude. »Sie sind die Richtige. Das wusste ich schon, als Sie vorhin anriefen.«

Drei Wochen später rutschte Mel auf den Knien durch die Küche und schrubbte den Fußboden. Conrad saß auf einem Hocker gleich hinter der Tür zum Restaurant und stellte eine Einkaufsliste zusammen.

»Außerdem brauchen wir noch einen Ofenreiniger«, rief sie ihm zu.

»Gib uns erst mal eine Chance, den Ofen schmutzig zu machen«, lachte Conrad und rückte seinen Hocker näher an die Tür heran, um Mel beobachten zu können. Ihr Haar hatte sich aus dem Gummiband gelöst und fiel ihr in das gerötete Gesicht, und um die Ellbogen hatte sie graue Schmutzringe. Ihre Jeans war voller Farbkleckse, ihr T-Shirt ölverschmiert, und ihr großer Zeh lugte durch die Spitze ihrer alten Turnschuhe – aber trotzdem wirkte sie glücklich. Der gehetzte Blick, der ihm bei ihrem Vorstellungsgespräch aufgefallen war, gehörte der Vergangenheit an.

Mel hockte auf den Fersen. »Wir müssen vorausdenken«, erklärte sie. »Wenn wir warten, bis der Herd schmutzig ist, werden wir bald in Teufels Küche kommen. Außerdem musst du auch noch einen Fliesenreiniger mitbringen. Die Fliesen müssen täglich abgewaschen werden.«

»Was für ein Quell der Weisheit du doch bist!«, verspottete er sie. »Ein paar Monate in Irland würden dir unheimlich gut tun. Küchen, in denen Hühner herumlaufen, und Personal, das zu sehr mit Tratschen beschäftigt ist, um den Kamin zu säubern, geschweige denn den Herd. Dieses Lokal soll Spaß machen, vergiss das nicht!«

»Gesundheitsinspektoren haben keinen Sinn für Humor«, gab sie schlagfertig zurück. »Dir, mein weltfremder kleiner Leprechaun, stehen ein paar ziemliche Schocks bevor!«

»Hast du Peggy auch so schikaniert? Und übrigens, für Arbeiten wie diese habe ich Gummihandschuhe besorgt. Deine Hände sehen so rau aus wie die von meiner Mutter!«

»Es wird nicht mehr lange dauern, bis wir Sklaven für die Schmutzarbeit haben«, rief sie ihm nach, da er bereits auf die Tür des Restaurants zuging. »Und vergiss den Ofenreiniger nicht!«

Draußen war ein Mann damit beschäftigt, in Goldlettern den Namen des Restaurants, *»Conrad's Supper Rooms«*, auf die dunkelgrüne Fassade zu schreiben. Am nächsten Tag, Freitag, den fünfzehnten April, wollten sie eröffnen.

Während der letzten drei Wochen hatte Mel noch härter geschuftet als zuvor bei Peggy, hatte Gläser, Porzellan und Besteck ausgepackt, hinter Handwerkern hergeputzt, Möbel gerückt und einige Gerichte zum Einfrieren vorgekocht. Jetzt waren sie fast fertig.

Als der Fußboden in der Küche blitzsauber war, arbeitete Mel sich rückwärts weiter zum Restaurant vor. Nach getaner Arbeit setzte sie sich für einen Augenblick auf einen Hocker an der Bar und betrachtete voller Begeisterung ihr gemeinsames Werk.

Con war ein echtes Genie. Er hatte dem langen, schmalen und völlig charakterlosen Gastraum seinen persönlichen Stempel aufgedrückt. Die weißen, grob verputzten Wände vermittelten zusammen mit dem Grün der Tische, Stühle und des Teppichbodens den Eindruck lichter Weite, den ein Spiegel an der rückwärtigen Wand noch verstärkte. Wandleuchten aus Messing fügten einen ländlichen Touch hinzu, und moderne Kunstdrucke in den Grundfarben ließen das Ganze nicht zu klinisch wirken. Die Bar gleich neben dem Eingang war sehr klein, aber das trug nur zu der gemütlich-privaten Atmosphäre des Raumes bei. Jetzt wurde es Zeit, die weißen Spitzengardinen an den Messingstangen aufzuhängen. Und morgen würden auf jedem Tisch Blumen und Kerzen stehen.

Peggy und Arthur waren wegen ihrer Kündigung fuchsteufelswild gewesen. Nachdem Mel sich den ganzen Vormittag lang wütende Schimpftiraden angehört hatte, war sie nach dem Mittagessen einfach gegangen, ohne den ihr noch zustehenden restlichen Lohn einzufordern.

Mrs. Smethwicks Reaktion auf die Neuigkeiten von Mels überstürztem Auszug war ebenso verletzend ausgefallen, aber ihre Meinung interessierte Mel wenig. Conrads Freude über ihren prompten Einzug hatte sie für alles entschädigt. Und jetzt, da die schlimmste Schufterei hinter ihr lag, wusste Mel, dass die Arbeit hier niemals so hart und freudlos sein würde wie bei Peggy. An Sommernachmittagen konnte sie draußen in dem kleinen Garten sitzen, wo sie einige Blumen pflanzen wollte. Sie würde wie auf Oaklands Zeit zum Lesen und für die Schönheitspflege haben. Bei Con brauchte sie sich mit dem Kochen nicht abzuhetzen, sie konnte kleine Meisterwerke schaffen, statt in aller Eile Menschen zu bedienen, die den Unterschied zwischen einer Konservenerbse und einer frischen gar nicht kannten.

Vor allem aber durfte sie wieder sie selbst sein, und das war das Beste. Con würde ihre Bemühungen, den kulinarischen Standard zu erhöhen, nicht mit Spott danken oder beleidigt sein, wenn sie sich um die Hygiene des Restaurants sorgte.

Es gab für Mel nur einen einzigen Wermutstropfen: Ihre Vergangenheit. Oder, besser gesagt, einen Teil davon.

Sie hatte Con bereits alles von Magnus, Nick und Oaklands erzählt. Er selbst war so ungemein offen gewesen, was die Vergangenheit betraf, da hatte sie genauso ehrlich sein wollen. Con war voller Mitgefühl gewesen. Selbst ein großer Geschichtenerzähler, faszinierte ihn das Mysterium um ihre Mutter und die Männer in deren Leben, und sie spürte, dass ihre Freundschaft durch ihre Offenbarungen nur umso stärker geworden war.

Trotzdem hatte Mel es bisher nicht über sich gebracht, ihm auch von ihrer Zeit in Chelsea zu erzählen. Morgen würde das

Restaurant eröffnet werden, und es war immerhin möglich, dass irgendein Gast sie aus diesen Tagen kannte. Sie musste schon bald mit Conrad darüber reden, sosehr ihr der Gedanke auch verhasst war. Aber er sollte das Ganze auf keinen Fall von einem Fremden zu hören bekommen.

Gegen elf Uhr am Eröffnungsabend konnte Mel ihre Neugier nicht mehr bezähmen. Trotz der lauten Musik hatte sie den ganzen Abend lang Gelächter gehört, doch nachdem Con ein Band mit irischer Tanzmusik aufgelegt hatte, war das höfliche, warme Gelächter in wilden Frohsinn umgeschlagen.

Jeder einzelne Gast war auf persönliche Einladung hier. Mel hatte ein wenig befürchtet, diese Leute könnten den freien Abend genießen und nie mehr als zahlende Kunden zurückkommen, aber Con hatte dazu lediglich bemerkt: »Mit Speck fängt man Mäuse.«

Es waren im Wesentlichen Presseleute aus der näheren Umgebung. Daneben waren der Wirt des benachbarten Pubs und seine Frau gekommen, dann die Besitzer eines feinen Geschäfts für Raumausstattung in Chelsea sowie die beiden Inhaberinnen einer exklusiven Modeboutique. Con mochte zwar wie ein Bücherwurm aussehen, doch was Menschen betraf, war er überraschend scharfsichtig. Er hatte die Anwesenden nicht nur, weil sie einflussreich waren, ausgesucht, sondern auch, weil sie einer wie der andere etwas Schillerndes hatten und vor Temperament sprühten. Wenn diese Leute sich hier prächtig amüsierten, würde das Restaurant in ein paar Tagen in aller Munde sein.

Sie hatten die Auswahl der Speisen an diesem Abend stark eingeschränkt: wahlweise Garnelen in Knoblauch oder hausgemachte Pastete als ersten Gang und als Hauptspeise entweder Bœuf Bourguignon oder ein Ragout von Huhn und Pilzen. Nach den leeren Tellern und den vielfachen Bitten um eine zweite Portion zu schließen, waren alle mehr als zufrieden mit dem Essen.

Als Mel durch die Tür spähte, sah sie zu ihrem Erstaunen, wie Con auf einer Holzplatte höchst gekonnt einen irischen Stepptanz hinlegte. So etwas hatte sie noch nie gesehen, und die verzückten Gesichter der Gäste sagten ihr, dass sie genauso gefesselt waren wie sie selbst. Sein Oberkörper und die Arme blieben vollkommen reglos, aber von den Knien abwärts entwickelten seine Beine und Füße ein quecksilbriges Eigenleben und vollführten schnell und präzise komplizierte Schritte, bei denen er mit Fußspitze und Hacke den Takt trommelte.

Als Con am frühen Abend in neuem, dunkelgrünem Jackett mit Fliege und mit modischem Haarschnitt erschienen war, hatte sie zu ihrer großen Freude festgestellt, dass er sich durchaus in einen eleganten Hahn verwandeln konnte. Jetzt, da er ohne seine Brille tanzte, sah er für alle Welt aus wie ein echter Leprechaun, mit funkelnden braunen Augen und fliegenden Füßen.

»Conrad, Sie sind ein Juwel.« Eine vollbusige Rothaarige in einem Cocktailkleid aus grünem Satin stand von ihrem Platz auf, kaum dass die Musik verstummte, und drückte ihm einen Kuss auf die gerötete Wange. »Sie, mein Lieber, und Ihr Restaurant haben es geschafft!«

Lauter Applaus und Zurufe folgten, was die Vermutung nahe legte, dass alle anderen Gäste im Raum der Rothaarigen zustimmten. Mel kehrte in die Küche zurück, um den Irish Coffee vorzubereiten, und lächelte in sich hinein. Sie hatte das vage Gefühl, dass diese Frau Marcia Helms von der Lokalzeitung war. Con hatte sie eingeladen, weil sie regelmäßig Restaurantkritiken schrieb, und obwohl sie häufig sehr schneidende Kommentare abgab, fiel ihr Lob ebenso überschwänglich aus, wenn ein Lokal ihre Billigung fand.

Es war fast ein Uhr morgens, bevor Con endlich die Tür hinter den letzten Gästen schließen konnte. Strahlend kam er in die Küche.

»Es wird funktionieren, Mel«, jubelte er und zog sie fest an sich. »Marcia hat mir versprochen, über uns zu schreiben, und der Bursche von *Brown's Advertising* hat für nächsten Samstag einen Tisch für sechs Personen reserviert. Ich weiß, es ist noch ein wenig früh für die Prophezeiung, dass die Leute wie die Heuschrecken in unser Restaurant einfallen werden, aber so wird es kommen, ich weiß es einfach!«

»Ich wusste gar nicht, dass du ein Meister des irischen Stepptanzes bist.« Mel wischte ihm einen Lippenstiftfleck von der Wange. »Stille Wasser gründen tief, hm?«

»Als Kind war ich deshalb eine große Attraktion«, gestand er ein wenig beschämt. »Tante Bridget hat mich in Galway Unterricht nehmen lassen. Aber ich kann trotzdem nicht fassen, dass ich heute Abend getanzt habe; ich muss wohl einen Whisky zu viel getrunken haben.«

Als Conrad an jenem Abend ins Bett fiel, war er überglücklich. Seine Träume waren Wirklichkeit geworden. Aber noch während er selbstzufrieden über den Erfolg seines Unternehmens nachdachte, war ihm klar, dass er einen großen Teil seines Glücks Mel verdankte.

Schon während des Vorstellungsgesprächs an jenem ersten Abend hatte er gewusst, dass er eine Freundin gefunden hatte. Mel war etwas ganz Besonderes. Die Zusammenarbeit mit ihr war einfach wunderbar. In seinem ganzen Leben hatte er nicht so viel gelacht wie während dieser letzten drei Wochen.

»Gott segne dich, Mel«, flüsterte er in die Dunkelheit.

Am Sonntagnachmittag kam Mel zu dem Schluss, dass sie ernsthaft mit Con reden musste. Am Samstagabend war es ruhig gewesen; die Leute waren von der Straße zum Essen hereingekommen, und sie hatten mehrere telefonische Anfragen gehabt, darunter fünf Firmen, die Tische für die nächste Woche vorbestellt hatten. Heute blieb das Restaurant geschlossen, aber Con war schon im Morgengrauen aufgestanden und voller wilder Begeisterung durchs Haus gelaufen.

»Können wir mal miteinander reden?«, fragte sie, während sie ihm einen Becher Tee reichte. Nachdem sie alle Tische und Stühle nach unten getragen hatten, hatten sie es sich im Wohnzimmer ein wenig gemütlicher gemacht. Mit einer gebrauchten Sitzgarnitur aus einem Secondhandladen in der Nähe, einem Teppich und Regalen an den Wänden, in denen jetzt Cons Bücher standen, sah der Raum deutlich freundlicher aus, doch er musste dringend renoviert werden. Die Wände waren in einem abscheulichen Lachston tapeziert.

»Du brauchst gar nichts zu sagen! Ich weiß, jetzt kommt eine Ansprache nach dem Motto: Freu dich nicht zu früh«, bemerkte er, als sie in einem Sessel ihm gegenüber Platz nahm. »Ich kann einfach nicht dagegen an, Mel. Ich bin von Natur aus leicht erregbar. Das ist das irische Blut.«

»Nein, darum geht es nicht«, erwiderte sie. »Es geht um etwas, das mir vor über drei Jahren passiert ist. Ich habe Angst, dass mich jemand erkennen und dir davon erzählen könnte. Ich möchte, dass du die wahre Geschichte kennst – nur für den Fall des Falles.«

Con legte seine Zeitung beiseite und lehnte sich auf dem Sofa zurück. Er trug heute wieder Jeans und seine reichlich abgenutzte irische Strickjacke, und auf seinem Kinn zeigten sich dunkle Bartstoppeln. In diesem Moment wirkte er eher wie ein Teenager und nicht wie ein Mann von zweiunddreißig. Sie hoffte, dass ihre Geschichte ihn nicht allzu sehr aus der Fassung bringen würde. Er hatte ein viel behüteteres Leben geführt als sie selbst.

Es kostete Mel ungeheuere Kraft, sich wieder in jene Zeit zurückzuversetzen, zu erklären, wer sie damals gewesen war und warum sie sich so benommen hatte. Wenn sie auf jene Tage in der Oakley Street zurückblickte, erschien ihr das alles noch schmutziger, als es in Wirklichkeit gewesen war. Aber es hatte auch etwas Befreiendes, darüber zu reden, so als öffnete man ein Fenster in einem schmutzigen, stickigen Raum, um frische Luft einzulassen.

»Ist das alles?«, meinte er mit hochgezogenen Augenbrauen, als sie ihren Bericht beendet hatte. Er hatte sie nicht ein einziges Mal unterbrochen, und sie fragte sich, ob ihm wirklich klar war, wovon sie gesprochen hatte.

»Ja.« Sie ließ den Kopf hängen. »Deshalb bin ich damals nach Ibiza gegangen, und was danach passiert ist, weißt du ja schon.«

»Mel, mach nicht so ein unglückliches Gesicht.« Er beugte sich vor und griff nach ihrer Hand. »Wir haben alle irgendetwas getan, das wir gern ungeschehen machen würden. Wenn ich dir einige meiner Jugendsünden beichten würde, hättest du Angst, hier oben mit mir allein zu sein.«

Irgendwie bezweifelte sie, dass es sich bei seinen Missetaten um etwas Schlimmeres handelte als den Diebstahl von ein paar Süßigkeiten bei Woolworths, aber seine Ritterlichkeit rührte sie. Bei Con gab es niemals versteckte Untertöne. Wenn er wütend war, schimpfte er seinen Zorn laut heraus, wenn er glücklich war, lachte er. Sie wusste, was immer er heute zu dem Thema zu sagen hatte, würde sein letztes Wort in dieser Angelegenheit sein. »Erzähl mir, was du wirklich denkst«, bat sie.

Er sah sie einen Augenblick lang an, und sein schmales Gesicht wirkte sehr jungenhaft und unschuldig. »Ich denke, dass ich ein Glückspilz bin, dich zur Freundin zu haben und mit dir zusammenarbeiten zu dürfen«, entgegnete er nach einer ganzen Weile. »Ich glaube, du hast viel zu lange ein härenes Hemd getragen und legst viel zu großen Wert auf die Meinung anderer. Es gibt da draußen Menschen, die furchtbare und wirklich böse Dinge tun. Du warst einfach nur jung, verletzbar und vielleicht töricht, das ist alles.«

»Und was, falls mich doch jemand erkennt?«, wandte sie ein. »Soll ich mich Amelia Corbett nennen? Camellia ist ein Name, den die Leute so schnell nicht vergessen.«

Er lächelte sie voller Zuneigung an. »Für mich bist du einfach Mel, und mehr braucht hier niemand zu wissen. Aber ich finde, du solltest um deines eigenen Seelenfriedens willen deinen richtigen Namen wieder annehmen. Es hat dir nur noch größere Scherereien eingebracht, dass du dich hinter einem falschen Namen versteckt hast. Vor allem musst du jedoch aufhören, dich wegen der Vergangenheit zu grämen. Die Sache ist vorbei und erledigt. Wenn jemand dich erkennt, dann lach einfach

– du brauchst keinen Gedanken daran zu verschwenden, irgendetwas zu erklären oder zuzugeben.«

»Was ist mit Magnus und Nick?«, hakte sie nach, und Tränen schossen ihr in die Augen. »Ich habe versucht, mir einzureden, dies wäre ein abgeschlossenes Kapitel und mir läge nichts mehr an den beiden, doch das ist nicht wahr, Con. Es tut immer noch weh, und ich fürchte, der Schmerz wird niemals verebben.«

Con verfiel in nachdenkliches Schweigen. Mel und er trugen beide die Narben schlimmer Kindheitserinnerungen. Bereits im Alter von vier oder fünf Jahren hatte er gewusst, dass seine Mutter ihn nicht so liebte wie seine anderen Geschwister. Die Tatsache, dass Großtante Bridget und sein Großvater ihm all ihre Liebe geschenkt hatten, hatte ihn bis zu einem gewissen Maß dafür entschädigt. Trotzdem wusste er tief im Innern, wie er sich entschieden hätte, hätte er die Wahl gehabt: Er hätte lieber aus dem Mund seiner Mutter die Versicherung gehört, dass sie ihn liebte, als alles Geld der Welt zu besitzen.

»Du musst Vertrauen haben«, riet er schließlich mit einem tiefen Seufzer. »Auf Gott, auf das Schicksal oder was auch immer. Ich persönlich glaube, dass alles vorherbestimmt ist und dass wir unser Schicksal ebenso wenig beherrschen können wie das Wetter. Wenn du das ebenfalls glaubst und es dir gestattest, mit dem Strom zu schwimmen, wird das Schicksal sich eines Tages wenden, und du wirst feststellen, dass eine Entscheidung nicht länger notwendig ist. Vielleicht siehst du Magnus und Nick wieder, und alle Rätsel lösen sich; vielleicht wirst du eines Tages einfach aufwachen und feststellen, dass es dich nicht mehr wirklich berührt.« Er lächelte sie an. »Natürlich ist das die einfache, faule irische Art, sich vom Schicksal hinführen zu lassen, wo immer es dich hinführen will, doch bei mir funktioniert es.«

»Wie bist du so weise geworden?«, wollte sie wissen.

»Auf dieselbe Art und Weise wie du«, grinste Con. »Ich habe als Kind zu viel Zeit allein verbracht, andere Menschen beobachtet und geglaubt, dass ich einfach nicht in das Gefüge der übrigen Welt hineinpasse. Ich mag Frauen sehr, aber sie ziehen mich nicht wirklich an. Meine Tante Bridget sagte einmal, ich solle Priester werden, und vielleicht hatte sie Recht.«

Mel griff nach seiner Hand und drückte sie. Er wollte ihr wohl kaum damit zu verstehen geben, dass er homosexuell war, und sie beschloss, ihn auch nicht danach zu fragen. Seine Tante hatte den Nagel auf den Kopf getroffen: Con hätte einen sehr guten Priester abgegeben.

»Ich habe noch nie zuvor einen männlichen Freund wie dich gehabt«, bekannte sie sehr leise. »Und ich glaube auch, dass du Recht hast, was das Schicksal betrifft oder wie man es auch sonst nennen mag. Das jedenfalls war es, was mich hierher geführt hat, und das macht mich glücklicher als irgendetwas sonst.«

20. Kapitel

Das Ganze klingt langsam genauso unwahrscheinlich wie ein Edgar-Wallace-Krimi«, meinte Magnus, dann stützte er sich auf seine Grabgabel und bedachte seinen Sohn mit einem schiefen Lächeln.

Es war Juni, sechs Monate nachdem Nick zu seinem Kreuzzug nach Littlehampton, Rye und London aufgebrochen war. Obwohl er fast die ganze Zeit über in London gearbeitet hatte, kreisten seine Gedanken doch immer noch vorwiegend um die Rätsel um Camellias Geburt. Heute hatte er seinem Vater bei der Gartenarbeit seine Theorien über Sir Miles dargelegt und von seiner wachsenden Überzeugung gesprochen, dass er Bonny getötet hatte, um sie zum Schweigen zu bringen.

Nick stach seine Forke tief in den Boden, wendete den Klumpen Erde auf den Zinken und bückte sich, um ein Büschel Unkraut herauszuziehen. »Du brauchst dir mein Gerede nicht anzuhören«, entgegnete er hitzig. »Vielleicht geht meine Fantasie mit mir durch, aber wir sitzen einfach fest. Du kannst keinen Bluttest vornehmen lassen ohne eine Probe von Mels Blut, mit der sich dein eigenes vergleichen lässt. Und selbst wenn wir einen Privatdetektiv auf ihre Spur ansetzen würden, glaube ich nicht, dass sie hierher zurückkäme, es sei denn, wir könnten ihr ein paar handfeste Beweise vorweisen.«

»Ich denke, ich ruhe mich jetzt besser ein wenig aus«, sagte Magnus, nahm seinen zerbeulten alten Panamahut ab und wischte sich mit einem Taschentuch über die Stirn. »Meine Güte, ist das heiß.«

Den ganzen Mai hindurch war es kalt und nass gewesen, aber Anfang Juni hatte sich die Sonne endlich gezeigt, und während der letzten drei Tage war es stetig wärmer geworden. Heute lag die Temperatur bei sommerlichen siebenundzwanzig Grad, und das heitere Tal badete sich in strahlendem Sonnenschein.

Nick sah seinen Vater scharf an und hielt Ausschau nach Anzeichen dafür, dass er es möglicherweise übertrieben hatte. Äußerlich betrachtet hatte er sich von seinem Schlaganfall zur Gänze erholt – er konnte wieder gehen, auch wenn er ganz leicht humpelte, und auch sein linker Arm gehorchte ihm zur vollen Zufriedenheit. Doch obwohl sich Nick immer noch um seinen Vater sorgte, machte es ihn glücklich, ihn einfach nur anzusehen. Er war vollkommen eins mit seiner Umgebung: Sein abgetragenes kariertes Hemd und die verblichenen Khakishorts passten weit besser zu ihm als Krawatte und Smokingjacke. Jede einzelne tiefe Falte auf seinem Gesicht, die breite Nase, der große, bewegliche Mund – all das zeugte von einem erfüllten Leben. Das Alter würde eines Tages vielleicht diesen ungebärdigen weißen Haarschopf dünner werden lassen, sein fester, gerader Körper würde sich wieder Steifheit und Gebrechlichkeit unterwerfen müssen, aber der Verstand seines Vaters würde bis zum letzten Atemzug lebendig bleiben, das wusste Nick.

Camellias Verschwinden hatte ihnen beiden Angst und Kummer beschert, und doch hatte es sie einander auch näher gebracht. Nick war sich ganz sicher, den Grund zu kennen, warum es Magnus gelungen war, wieder auf die Beine zu kommen: Es war seine feste Überzeugung, dass Mel schon bald zurückkehren würde.

»Lass es uns noch mal mit einer Annonce versuchen«, rief Magnus ihm zu. »Schließlich liest nicht jeder die persönlichen Anzeigen im *Telegraph.*« Sie hatten in der Vergangenheit zwei Annoncen geschaltet, in denen sie Mel angefleht hatten, sich bei ihnen zu melden, aber auf keine der beiden Annoncen war eine Reaktion erfolgt.

Nick stieß seine Forke fest in die Erde, ging zu seinem Vater hinüber und ließ sich vor ihm ins Gras fallen. »Ich glaube nicht, dass sie noch in England ist«, entgegnete er, während er nach der Wasserflasche griff. Er trug nur Shorts am Leib und war noch dunkler gebräunt als sein Vater, und die Sonne hatte sein Haar zu einem fast weißen Goldton gebleicht. Er öffnete die Flasche und nahm einen Schluck. »Ich wette, sie ist nach Ibiza zurückgegangen.«

»Sie *ist* in England«, antwortete Magnus voller Überzeugung. »Ich weiß, dass sie die Person ist, die ihr alle ›das Phantom‹ nennt. Sie möchte nur wissen, wie es bei uns steht.«

»Du glaubst, das ist Mel?«

»Natürlich ist sie das.« Magnus rieb sich beinahe wütend die Augen. »Warum sonst sollte sie immer wieder anrufen, bis ich an den Apparat gehe? Ich habe für eine Weile eine Liste geführt, und die beweist, dass ich Recht habe. Wenn sie meine Stimme gehört hat, dauert es mindestens zwei Wochen bis zum nächsten Anruf. Sie möchte sich einfach nur davon überzeugen, dass es mir gut geht.«

Einen Moment lang starrte Nick schweigend auf seine Füße, während er müßig einige Lehmklümpchen von seinen Turnschuhen las. Er vertraute der Intuition seines Vaters. Wenn er Recht hatte, bewies das zumindest, dass Camellia noch immer an sie dachte.

»Hm, wenn du überhaupt nicht mehr ans Telefon gingest«, bemerkte er nachdenklich, »würde sie sich vielleicht solche Sorgen machen, dass sie hierher käme.«

»Du sollst keine emotionale Erpressung ins Spiel bringen. Das möchte ich nicht«, erklärte Magnus streng. »Das ist unter allen Umständen falsch. Und bei dir, mein Sohn, entwickelt sich das Ganze langsam zu einer echten Besessenheit!«

Sein Vater hatte Recht, das wusste Nick. Sein Verstand sagte ihm, dass es nicht normal für einen Mann war, derart tiefe Gefühle für eine Frau zu hegen, mit der er nicht einmal eine wie auch immer geartete Beziehung geführt hatte. Magnus sorgte sich um Mels Sicherheit und war unglücklich, weil er sie vermisste, aber Nicks ganzes Leben wurde von nichts anderem beherrscht als den Gedanken an Mel. Mittlerweile kannte er sämtliche Briefe auswendig: Stunden um Stunden hatte er darüber gebrütet und nach irgendwelchen Anhaltspunkten gesucht, die er vielleicht übersehen hatte. Er hatte gewissenhaft Notizen über alles angefertigt, was man ihm erzählt hatte, und dann hatte er jedes, aber auch wirklich jedes bekannte Ereignis hinterfragt.

Er war davon überzeugt, dass Helena Forester der Mensch war, der die Antworten auf ihre Fragen kannte.

Im Februar hatte Nick sich einem Repertoire-Ensemble in Bromley in Kent angeschlossen und sich eine winzige Wohnung in Hither Green in Südlondon gesucht. In London war es, vor allem wenn man an einem Theater arbeitete, erheblich einfacher, an Informationen über Helena Forester heranzukommen. Er hatte sich als glühender Fan oder Möchtegernbiograf ausgegeben und auf diese Weise unzählige Zeitungsausschnitte, Kritiken, Artikel und Fotos von ihr zusammengetragen. Er kannte ihr Lieblingsparfüm, wusste, welche Schauspieler und Schauspielerinnen sie bewunderte; er besaß sogar Fotos von ihrer in spanischem Stil gehaltenen Villa in Hollywood. Aber sie lebte sehr zurückgezogen, beinahe wie eine Einsiedlerin. Interviews gab sie nur sehr selten, sie verkehrte nicht mit dem superreichen Jetset, und sie war seit mindestens zwölf Jahren nicht mehr in England gewesen. Wenn man bedachte, was für ein großer Star sie während der Fünfziger- und der frühen Sechzigerjahre gewesen war, war sie aus dem Blick der Öffentlichkeit praktisch verschwunden. Ihr letzter, 1967 gedrehter Film war ein Flop gewesen. Und je mehr Nick über Helena erfuhr, desto unzugänglicher erschien sie ihm.

In einem der seltenen ausführlichen Interviews, die sie 1958 gegeben hatte, hatte sie von ihrer Kindheit in Stepney erzählt, bevor sie nach Suffolk evakuiert worden war. Ihre Beschreibungen der schmalen, dunklen Straßen, der beiden kleinen Zimmer, die sie sich mit ihrer verwitweten Mutter geteilt hatte, der bunt gemischten Nachbarschaft und der furchtbaren Armut waren alle so lebendig, dass Nick glaubte, das East End sehen, riechen und hören zu können. Aber Helena war ganz offensichtlich ein glückliches Kind gewesen, das über die Maßen geliebt worden war, ohne dass der trostlose Überlebenskampf ihrer Mutter dem Abbruch hätte tun können. Ihre Mutter hatte sie beide mit dem mageren Lohn durchbringen müssen, den sie als Garderobenfrau beim Theater verdient hatte; auf dem Heimweg hatte sie auf dem Markt von Covent Garden Früchte und Gemüse aufgelesen, die niemand sonst noch hatte haben wollen, und aus abgelegten Kleidungsstücken Kleider für ihre Tochter genäht. Helena erzählte beinahe wehmütig von Tagesausflügen mit ihrer Mutter und ihrer Tante nach Southend und Epping Forest, von Straßenpartys, Picknicks im Park und der engen Verbundenheit der Slumbewohner.

Nick hatte sich durch die Theaterarchive gekämpft, bis es ihm gelungen war, ein paar alte, verblichene Fotografien und Programme von der Revue im Phönix-Theater zu finden, in dem Helena bei Kriegsende aufgetreten war. Er entdeckte auch ein Bild von einer sehr jungen Helena, bekleidet mit dem Kostüm einer Zofe; sie hatte damals offensichtlich gerade zusammen mit ihrem Freund, Edward Manning, einen komischen Sketch aufgeführt. Außerdem war er auf einen Artikel und ein Foto von Ambrose Dingle gestoßen, dem Produzenten, der Magnus im »Savoy« um ein Haar den Abend verdorben hätte. Und zu guter Letzt war ihm ein Bild von »The Dingle Bells« in die Hände gefallen, Dingles Truppe langbeiniger Revuegirls. Und eine davon war Bonny gewesen.

Danach schien es mit Helenas Karriere bergab gegangen zu sein. Nick fragte sich, warum Helena, Edward und Bonny die Bühne im West End gemeinsam verlassen und eine Tournee durch Provinzstädte angetreten hatten. Bonny hatte, wie Magnus sich erinnerte, behauptet, Ambrose Dingle habe ihr gekündigt, nachdem sie sich eine Lebensmittelvergiftung zugezogen hatte, und die beiden anderen hätten aus Solidarität ebenfalls die Truppe verlassen. Trotzdem hatte Nick das Gefühl, dass da mehr dahinterstecken musste.

Die Bühnenversion von *Oklahoma*, bei der Helena 1949 mitgespielt hatte, war bestens dokumentiert. Die Kritiker hatten ihre Darbietung als »brillant, lebhaft und unvergesslich« gelobt – und doch war sie nur wenige Monate dabeigeblieben und hatte das Ensemble im Oktober 1949 wieder verlassen. Im Februar des folgenden Jahres begannen die Filmarbeiten für *Soho*. Eine interessante Entdeckung war Sir Miles Hamiltons Beteiligung an der Finanzierung beider Produktionen.

Ein Glücksfund spielte Nick einige alte Hollywood-Zeitschriften aus den Fünfzigern zu; in einem Artikel darin wurde Helena als reserviert, rätselhaft und scheu beschrieben – was in direktem Widerspruch zu dem stand, was Magnus von ihr erzählt hatte. Ein Großteil des Klatsches über Helena in jenen Zeitschriften drehte sich um Edward Manning, der sich ihr in Hollywood angeschlossen hatte. Sowohl Edward als auch Helena bestritten vehement, ein Liebespaar zu sein. Es gab sehr viele Artikel und Fotos, die Edward zum Gegenstand hatten; demgegenüber war die Aufmerksamkeit, die die Medien Helena widmeten, eher gering. Blond, sonnengebräunt und blauäugig, war er ungeheuer attraktiv und verströmte jene Art von Charme, die ihn eigentlich über Nacht zu einem Star hätte machen müssen. Aber soweit Nick das feststellen konnte, hatte der Mann nie mehr als hier und da eine Gelegenheitsrolle in einigen unbekannt gebliebenen Filmen bekommen. Die Fotos zeigten ihn in knappen Badehosen auf einem Sprungbrett, mit dunkler Brille und offenem Hemd am Steuer seines Cadillacs und strahlend in einem weißen Smoking mit einem Glas Champagner in der Hand.

Nick fand es merkwürdig, dass Helena Bonny mit keinem Wort erwähnte, wenn sie von ihren frühen Jahren in England erzählte. Selbst wenn die beiden sich zerstritten hatten, wäre es doch nur natürlich gewesen, eine ehemalige Tanzpartnerin zu erwähnen, wenn auch nur in vagen Randbemerkungen.

Das bei weitem Merkwürdigste an Helena war jedoch ihr offenkundiges Widerstreben, sich wie ein Star zu benehmen. Es gab ungezählte Atelieraufnahmen von ihr, angefangen von ihrem ersten Film, *Soho*, bis hin zu sämtlichen Hollywood-Musicals; die Bilder zeigten sie in ihrem Kostüm am Drehort, doch es gab nicht ein einziges Foto von ihr bei eleganten Partys, Premieren oder Urlauben an exotischen Orten.

Während Nick die alten Fotos betrachtete, verblüffte ihn Helenas Schönheit stets aufs Neue: die großen, dunklen Augen, in denen Feuer und Leidenschaft loderten, der sinnliche, üppige Mund und der zarte Knochenbau. Nase und Kinn waren klein, als wären sie eigens dazu geschaffen worden, die Aufmerksamkeit auf ihre herrlichen Augen zu lenken. Und ihre Schönheit war mit den Jahren nicht verblasst, sondern eher noch bemerkenswerter geworden. Selbst auf den letzten Bildern, die er hatte finden können und auf denen sie über vierzig gewesen war, war Helena der Inbegriff der Vollkommenheit.

Diese Frau hielt den Schlüssel zu allen Geheimnissen in Händen und war doch unerreichbar für ihn – dieses Wissen frustrierte Nick ungemein. Selbst wenn er nach Hollywood fuhr, war es äußerst unwahrscheinlich, dass sie sich zu einem Gespräch mit ihm bereit fand. Briefe an ein Filmstudio würden in den Säcken mit Fanpost landen, und seine Anrufe würden unbeantwortet bleiben. Und wenn Bonny auch Helena verletzt hatte, war überdies kaum damit zu rechnen, dass sie etwas über Mel würde hören wollen.

»Hör mir mal zu, mein Sohn.« Magnus legte eine Hand auf Nicks nacktes Bein. »Ich will nicht vorschlagen, dass wir Mel vergessen sollen, aber du musst dich endlich zusammenreißen. Du bist Schauspieler, oder zumindest hast du mir das jahrelang erzählt. Und jetzt wirst du deine gesamte Energie in diese neue Rolle stecken.«

Dies war ein Befehl, Nick wusste es, und er hatte das Gefühl, Magnus gehorchen zu müssen. Außerdem machte sich auch eine gewisse Erleichterung in ihm breit, weil ein anderer die Dinge in die Hand nahm. Er wusste, dass er nicht bis in alle Ewigkeit über dieses Rätsel nachdenken konnte.

Das Repertoire-Ensemble von Bromley hatte er vor zwei Wochen verlassen, und als Nächstes standen die Dreharbeiten für *Delinquents* im Seendistrikt an, die in wenigen Tagen beginnen sollten. Er setzte große Hoffnungen in dieses Stück: Es war die Art Rolle, von der er seit Jahren träumte. Er sollte einen Lehrer spielen, der jugendliche Straftäter unterrichtete. Daniel McKinley, ein junger Schauspieler, dessen Name in aller Munde war, spielte die Hauptrolle des ungehobelten Raufbolds, und zweifellos würde er alles Lob für den Film einheimsen. Trotzdem war Nick von dem Skript ehrlich beeindruckt. Es hatte einen aktionsreichen Plot und realistische, treffende Dialoge, die witzig und zugleich geistreich waren. Er hatte das Gefühl, dies könnte vielleicht der Durchbruch in seiner Karriere sein.

Als er nun seinen Vater betrachtete, stieg eine Woge der Liebe zu diesem Mann in ihm auf, der mit ihm durch dick und dünn gegangen war.

»Könntest du nicht versuchen, Kontakt zu Helena aufzunehmen?«, bat er.

Magnus antwortete mit einem schiefen Grinsen. »Na schön, versuchen kann ich's ja. Aber mach dir keine allzu großen Hoffnungen, Nick; sie bekommt sicher jeden Tag eine Tonne Fanpost und wird vielleicht ohnehin nicht allzu begeistert sein, von mir zu hören. Und jetzt lass uns weiterarbeiten. Ich möchte die Steine an Ort und Stelle haben, bevor es Abend wird.«

Einen Monat später war Nick nach getaner Arbeit am Drehort gerade in seiner Londoner Wohnung damit beschäftigt, den Küchenfußboden zu putzen, als das Telefon klingelte.

»Gott sei Dank, du bist wieder zu Hause!«, dröhnte die tiefe Stimme seines Vaters durch den Hörer.

»Ich bin schon seit zwei Stunden wieder da«, sagte Nick. »Warum? Stimmt etwas nicht?«

»Ganz im Gegenteil«, antwortete Magnus mit einem leisen Kichern. »Rate mal, wer nach Oaklands kommen wird?«

»Mel?«, sprudelte er hervor.

»Nein, mein Sohn.« Magnus' Stimme wurde ein wenig leiser.

»Aber wir haben unser Ziel schon halb erreicht. Es ist Helena. Sie wird in zwei Wochen herkommen.«

»Was? Du nimmst mich auf den Arm!«

»Natürlich nicht«, versicherte Magnus.

»Aber wie? Warum?« Nick musste sich setzen.

»Ich lege meine Karten besser gleich auf den Tisch«, erklärte Magnus. »Vor einiger Zeit habe ich in der Lokalzeitung einen winzigen Artikel über eine Filmgesellschaft gelesen, die in West Country nach geeigneten Drehorten Ausschau hielt. Unter anderem suchten sie nach einem passenden Landhaus. Ich dachte, es wäre vielleicht eine gute Publicity für Oaklands, daher habe ich einige Fotos hingeschickt. Wie dem auch sei, ich habe dann einen Brief bekommen, in dem man mir für mein Interesse dankte, aber feststellte, dass Oaklands nicht geeignet sei, man suche nach etwas Finstererem. Außerdem hatte die Filmgesellschaft eine Lobhudelei über das Projekt selbst beigelegt, *Broken Bridges*, wahrscheinlich als bloße PR-Geste, und siehe da, Helena Forester wird die Hauptrolle spielen.«

»Und du hast mir nichts davon erzählt?«, hakte Nick mit leisem Ärger nach.

»Hättest du dich auf deine Schauspielerei konzentriert, wenn du davon gewusst hättest?«, gab Magnus zurück. »Nein, hättest du nicht, du wärst der Filmgesellschaft auf den Leib gerückt und den Leuten auf die Nerven gegangen.«

Nicks Ärger verflog gleich wieder. Sein Vater hatte natürlich Recht. »Also schön, dann mal raus mit der Sprache, wie ist die Sache weitergegangen?«

»Als du das letzte Mal hier warst, hatte ich Helena gerade geschrieben. Ich hatte keine Antwort erwartet – ich dachte, der Brief an die MGM-Studios würde sie nicht einmal erreichen. Aber ich habe trotzdem geschrieben und sie eingeladen, während ihres Aufenthaltes in England hier zu wohnen.«

»Und sie hat angenommen? Du meinst, die Sache ist perfekt?«

»Ja, zuerst habe ich einen Brief von ihrer Sekretärin bekommen, die mir für das Angebot dankte, die üblichen Phrasen: Helena Forester würde sich bei mir melden, und so weiter. Aber gestern habe ich einen persönlichen Brief von ihr bekommen. Soll ich ihn dir vorlesen?«

Nick konnte kaum still sitzen. »Weiter«, drängte er.

»*Mein lieber Magnus*«, las sein Vater. »*Was für eine wunderbare Überraschung, nach all diesen Jahren von dir zu hören! Ich habe oft an dich gedacht und mich gefragt, was aus dir geworden sein mag, geradeso wie ich mir über viele Menschen Gedanken gemacht habe, die ich in den Jahren vor dem Krieg gekannt habe.*

Es hat mir sehr Leid getan, vom Tod deiner Frau zu hören, aber es freut mich, dass deine Kinder sich so gut entwickelt haben. Das muss dir ein großer Trost sein.

Ich wäre überglücklich, deine Einladung anzunehmen, zumindest für ein oder zwei Nächte, während ich mich in England wieder einleben und nach einem geeigneten Haus suchen kann. Nach dem Prospekt zu urteilen, den du beigelegt hast, ist dein Hotel einfach idyllisch, und ich weiß, dass ich mich auf deine Diskretion verlassen kann. Es wird wunderschön sein, über alte Zeiten reden zu können. Mich bringt nur noch selten etwas aus der Fassung, aber der Gedanke, dich und England nach so vielen Jahren in der Ferne wiederzusehen, ist ungeheuer aufregend. Meine Sekretärin wird sich bei dir melden, um die entsprechenden Vorkehrungen zu treffen.

Bis dann, liebe Grüße, Helena.«

Nick stieß einen leisen Pfiff aus. »Das ist ja großartig, Dad! Bist du dir sicher, dass sie nicht auch eine alte Flamme von dir war?«

»Ganz sicher.« Magnus lachte leise. »Dir ist doch klar, dass wir darüber Stillschweigen bewahren müssen?«

»Natürlich«, erwiderte Nick. »Gibst du mir Bescheid, wann sie kommen wird, damit ich dann ebenfalls auf Oaklands sein kann?«

Magnus zögerte. »Ich denke, es wäre besser, wenn ich zuerst allein mit ihr reden würde«, meinte er langsam, als hätte er das Problem wieder und wieder durchdacht. »Zum einen wollen wir Helena doch nicht einschüchtern, und zum anderen sollten wir auf keinen Fall den Eindruck erwecken, dass ich sie als Sprungbrett für die Karriere meines Sohnes benutzen will.«

Nick war enttäuscht darüber, dass er die berühmte Schauspielerin nicht kennen lernen würde, aber das behielt er für sich. »Wie macht sich der Steingarten?«, fragte er stattdessen.

»Alles fertig.« Er konnte seinen Vater förmlich lächeln sehen. »Ich habe die Pumpe in Ordnung bringen lassen. Der Wasserfall funktioniert jetzt glänzend, und die Pflanzen wachsen und gedeihen. Dieser ganze Bereich des Gartens sieht nun vollkommen verändert aus. Aber was ist mit dir, Nick, wie laufen die Dreharbeiten?«

»Ich dachte schon, du würdest niemals danach fragen. Es ist absolut fantastisch. Ich glaube, dass mir jetzt endlich einmal etwas gelingen wird. Aber im Augenblick putze ich gerade meine Wohnung. Du gibst mir doch Bescheid, wann Helena kommt, nicht wahr?«

»Dann überlasse ich dich nun erst einmal wieder deinen Pflichten.« Mit einem Mal wurde Magnus' Stimme ein wenig heiser. »Ich bin stolz auf dich, Sohn.«

Schon am Abend vor Helenas Ankunft war Magnus ziemlich nervös gewesen, und diese Nervosität hatte sich im Laufe des Tages noch gesteigert. Daher war er beinahe erleichtert, als Jayne Sullivan, die neue Hoteldirektorin, die er im Januar als Ersatz für Mel eingestellt hatte, nun nach ihm rief, um ihm mitzuteilen, dass der erwartete Wagen gerade vorgefahren war.

Es war vier Uhr nachmittags, doch als Magnus die Treppe hinuntereilte, kam es ihm so vor, als müsste es schon viel später sein. Er hatte in der vergangenen Nacht nicht schlafen können und war schon kurz nach sechs aufgestanden, um den ganzen Vormittag im Garten zu arbeiten und sich von den Gedanken an Helena abzulenken – und vor allem von den Erinnerungen an Bonny, die sie wieder aufleben lassen würde.

Als er vor die Tür trat, um sie zu begrüßen, öffnete der Chauffeur gerade die hintere Tür des grauen Daimler. Dunkles, glänzendes Haar wurde sichtbar, ein schlankes Bein streckte sich aus, und die Jahre glitten davon.

»Ellie!«, rief er und lief mit ausgestreckten Armen über die geschotterte Einfahrt. »Wie schön, dich zu sehen!«

Sie sah vom Scheitel bis zur Sohle wie ein Star aus und erheblich jünger als die siebenundvierzig Jahre, die sie war: große, dunkle Augen, eine Haut so straff wie die eines jungen Mädchens und Wellen schwarzen Haares, die sich auf die Schultern eines weißen Kostüms ergossen.

»Magnus, du alter Teufel!« Sie eilte ihm entgegen. »Du siehst einfach großartig aus!«

Als er später in ihrem Zimmer mit ihr Tee trank, sah er, dass sie den Jahren doch nicht so vollkommen widerstanden hatte. Ihre Bewegungen waren ein wenig langsamer geworden, und bei näherem Hinsehen konnte er winzige Linien um ihre Augen erkennen. Auch lachte sie nicht mehr ganz so bereitwillig, wie er es in Erinnerung hatte. Als er sie in jenem Theater in Oxford das erste Mal gesehen hatte, hatte ihr Gesicht ihn an ein Stiefmütterchen erinnert, doch damals waren die riesigen, dunklen Augen voller Feuer gewesen, und jetzt sprachen sie von Traurigkeit. Selbst als er ihr einige witzige Geschichten aus der Anfangszeit des Hotels erzählte, spürte er ihre Zurückhaltung – vielleicht hatte sie auch einfach vergessen, wie man aus dem Bauch heraus lachte. Sie tadelte ihn sogar dafür, dass er sie Ellie nannte. »Diesen Namen habe ich vor vielen, vielen Jahren hinter mir gelassen«, erklärte sie leise. »Aber wollen wir alle heiklen Themen umschiffen?«, fragte sie plötzlich. »Wir können nicht über die alten Zeiten sprechen, ohne ihren Namen zu erwähnen!«

Magnus errötete. Sie hatten fast eine Stunde lang geredet, von seinem Hotel, ihren Filmen, seiner Frau und seinen Kindern, und doch war es ihm unmöglich gewesen, von sich aus auf Bonny zu sprechen zu kommen. Früher einmal war Helena ein Mensch gewesen, der vertrauliche Bemerkungen geradezu herausforderte. Auch heute noch hatte ihre Stimme den gleichen heiseren Klang wie damals, aber jetzt schwang auch ein leichter amerikanischer Akzent mit, und sie wirkte anders als damals, viel schroffer. »Ich wollte nicht davon anfangen«, bekannte er. »Du weißt natürlich, dass sie tot ist?«

Die Farbe wich so schnell aus ihrem Gesicht, dass Magnus befürchtete, Helena könne in Ohnmacht fallen.

»Es tut mir furchtbar Leid.« Magnus stand auf und setzte sich neben sie auf das Sofa, wo er nach ihrer Hand griff. »Wie taktlos von mir! Ich dachte, du wüsstest Bescheid.«

»Ich wusste es nicht«, antwortete sie schwach. »Es ist so ein schrecklicher Schock! Wann ist das passiert?«

»1965.«

»Aber Camellia! Damals war sie doch erst fünfzehn. O Magnus, wie schrecklich. Wie hat John es aufgenommen? Es muss ihn zerrissen haben – er hat Bonny so sehr geliebt.«

Magnus' Herz begann, beängstigend schnell zu schlagen. »John ist schon einige Jahre früher gestorben«, sagte er. »Ich dachte, du wüsstest das.«

»Oh nein.« Sie schlug die Hände vors Gesicht. »Wann ist er gestorben, und wie? O Magnus, du musst mir alles erzählen!«

Magnus berichtete, und zu seiner Überraschung begann Helena zu weinen. »Ich kann es nicht ertragen«, schluchzte sie, und die Tränen verwischten ihre Mascara. »Warum hat Bonny mir nicht geschrieben und mir von Johns Tod erzählt? Und das arme kleine Schätzchen ganz allein! Warum hast du mir nicht davon geschrieben?«

»Ich habe es selbst erst letztes Jahr erfahren«, gab Magnus zurück.

Der Schock und die Trauer, die sich in ihrem Gesicht spiegelten, machten deutlich, dass Helenas Zuneigung zu Bonny keineswegs erloschen war. Magnus gab die Informationen über Johns und Bonnys Tod beinahe so weiter, als hätte er in der Zeitung davon gelesen. Er konnte unmöglich *jetzt* erklären, wie er davon erfahren hatte.

»Könntest du mich wohl ein wenig allein lassen?«, bat sie mit zitternder Stimme, als er zum Ende kam. »Es war ein furchtbarer Schock für mich. Ich brauche erst einmal Ruhe.«

Magnus ging es ebenso, da er sich vollkommen verausgabt

hatte. Außerdem hatte er auf diese Weise Zeit, um darüber nachzudenken, wie er den Rest seiner Neuigkeiten zur Sprache bringen sollte. »Möchtest du zum Essen nach unten kommen?«, fragte er. »Oder hättest du Lust, mit mir in meinem Zimmer zu speisen?«

»Mit dir, bitte«, erwiderte sie, die Augen noch immer voller Tränen. »Ich glaube nicht, dass ich einer Begegnung mit deinen anderen Gästen im Moment gewachsen wäre.«

Sie war sehr blass, und Magnus machte sich Sorgen um sie. »Möchtest du einen Brandy?«, bot er an.

Sie schüttelte den Kopf. »Ich trinke nicht mehr, Magnus.«

»Du kannst jederzeit unten an der Rezeption anrufen, falls du etwas brauchst«, meinte Magnus, bevor er den Raum verließ. »Ich sehe dich dann beim Abendessen.«

Ich trinke nicht mehr. Auf dem Weg zu seinem Zimmer grübelte Magnus über diese Bemerkung nach. Es klang beinahe, als hätte sie ein Alkoholproblem gehabt. Konnte das der Grund sein, warum sie während der vergangenen zehn Jahre aus dem Blick der Öffentlichkeit verschwunden war?

Er konnte sich nicht vorstellen, dass die Ellie, die er gekannt hatte, zur Alkoholikerin geworden war. Sie hatte einen viel zu starken Willen besessen, und außerdem hatte ihr damals, als sie England verlassen hatte, die Welt zu Füßen gelegen. War es möglich, dass Ruhm und Reichtum ihr doch kein Glück gebracht hatten?

Es war halb sieben, als Helena an seine Tür klopfte. Die Ruhepause hatte ihr offensichtlich neue Kraft gegeben, und sie sah atemberaubend schön aus in einem weiten, langen, purpurfarbenen Gewand, dessen tiefer Ausschnitt ein üppiges Dekolletee enthüllte. Die purpurne Farbe betonte ihren bezaubernden Teint und verlieh ihr etwas Königliches.

»Die Jahre sind freundlich zu dir gewesen.« Magnus küsste ihre glatten Wangen. »Also los, desillusioniere mich! Du hast dich liften lassen!«

Sie lachte, und ihre Augen blitzten. »Nein, du frecher Teufel. Ich habe einfach nur Glück, weil meine Haut so dunkel ist. Wir altern nicht so schnell wie die hellhäutigen Blondinen.«

Joan Downes hatte seinen kleinen Esstisch vors Fenster geschoben und ihn geschmackvoll mit Kerzen und Blumen gedeckt. Helena war begeistert von der Panoramaaussicht auf das Tal, und schon bald verfiel sie wieder in ihre alte Unbefangenheit, die Magnus so gut in Erinnerung geblieben war.

Sie freute sich darüber, wieder in England zu sein, und sie freute sich auch über ihre Rolle in diesem neuen Film, denn sie gehörte, wie sie freimütig zugab, mittlerweile mehr oder weniger zum alten Eisen.

»Bei diesen Busfahrten in Hollywood, bei denen man den Touristen die Häuser berühmter Leute zeigt, heißt es jetzt immer: ›Kann einer von Ihnen sich noch an Helena Forester erinnern? Sie war in den Fünfzigern ein großer Star. Das ist das Haus, in dem sie ihren Ruhestand verbringt.‹«

»Willst du mir nicht etwas über *Broken Bridges* erzählen?«, fragte Magnus. Er war dankbar dafür, dass Helena sich ihre Aufrichtigkeit bewahrt hatte.

»Oh, der Film ist wie geschaffen für ein Comeback. Es geht um eine Dame in mittleren Jahren, die sich in einen jungen Mann verliebt und zur Mörderin wird, als er sie sitzen lässt«, kicherte sie, und ihre Augen blitzten boshaft. »Rupert Henderson, der hier anscheinend als großer Frauenschwarm gefeiert wird, ist mein Partner, und Regie führt Stanley Cubright. Ich weiß nicht, ob du seine Arbeiten kennst, aber er ist berühmt dafür, dass seine Stars Oscars bekommen. Ich hätte schrecklich gern auch einen, bevor ich meinen Job endgültig an den Nagel hänge, das muss ich schon zugeben.«

Während sie Magnus von dem Skript und den anderen Schauspielern erzählte, schienen die Jahre von ihr abzufallen. Sie war einfach die alte Ellie, die er kannte, witzig, respektlos, aber zurückhaltend.

»Erzähl mir bloß nicht, dass du Diät hältst!«, bemerkte Magnus später, als ihm auffiel, wie wenig sie gegessen hatte.

»Nein, obwohl das besser für mich wäre.« Sie lächelte und klopfte sich auf den Bauch. »Ich schätze, es ist einfach die Zeitverschiebung. Das Huhn ist wunderbar, und die Sauce ist göttlich, doch mehr schaffe ich einfach nicht.«

Magnus schenkte sich ein Glas Wasser ein und wünschte, es würde sich auf wundersame Weise in Wein verwandeln. Normalerweise hielt er nichts von Leuten, die sich mit Alkohol Mut antranken, aber diesmal hätte er ihn brauchen können. Er würde sie schon bald nach Bonny fragen müssen.

»Du hast mir gar nicht erzählt, wie du von Bonnys Tod erfahren hast«, stellte sie plötzlich fest, als hätte sie seine Gedanken gelesen. »Hat Bonnys Tod irgendetwas damit zu tun, dass du mich hierher eingeladen hast?«

Die Hauptgründe, warum er Ellie immer gemocht hatte, waren ihre Intelligenz und ihre Direktheit gewesen. Offensichtlich hatte sie beides nicht eingebüßt.

Einen Moment lang spielte er unschlüssig mit seiner Serviette herum, da er nicht recht wusste, welche Frage er zuerst beantworten sollte. »Ich hätte dich auch dann nach Oaklands eingeladen, wenn Bonny noch am Leben gewesen wäre«, versicherte er bedächtig. »Schon um der alten Zeiten willen. Aber du hast Recht, da ist etwas, über das ich mit dir reden möchte. Nachdem ich dir vorhin einen solchen Schock versetzt habe, widerstrebt es mir jetzt allerdings ein wenig, die Sache zur Sprache zu bringen.«

»Oh, Magnus«, lachte sie leichthin und tätschelte ihm mit einer koketten Geste die Hand. »Du redest mit mir, einer Frau, die sich an Ärger und schlechten Nachrichten die Zähne gewetzt hat. Also los, heraus mit der Sprache!«

»Bonny hat behauptet, Camellia sei mein Kind«, stieß Magnus hastig hervor, bevor er den Mut verlor. »Das war im Jahr 1954.«

Helenas Augen weiteten sich vor Schreck. »Das ist ja lächerlich!«, rief sie. »Du hast ihr doch wohl nicht geglaubt?«

»Doch, das habe ich«, antwortete er mit einem verlegenen Lächeln. »Tatsächlich habe ich ihr sogar jahrelang Geld gegeben. Erst als Camellia hierher kam …«

»Camellia ist hierher gekommen?«, fiel sie ihm mit scharfem Tonfall ins Wort. »Dann hast du sie also gesehen? Wie geht es ihr? Wo ist sie?«

Magnus stand auf. »Setz dich erst einmal auf einen bequemeren Stuhl, dann werde ich dir alles erzählen.«

Sobald sie es sich in den Sesseln bequem gemacht hatten, schilderte Magnus ihr, wie Camellia unter falschem Namen nach Oaklands gekommen war, und er erzählte auch, wie und warum er ihre wahre Identität entdeckt hatte. Obwohl er von seinen eigenen Briefen an Bonny sprach, die Mel gefunden hatte, erwähnte er die von Jack und Sir Miles Hamilton mit keinem Wort.

Zu seiner maßlosen Verblüffung begann Helena abermals zu weinen, als er ihr von Mels Flucht nach seinem Schlaganfall berichtete.

»Verdammte Bonny!«, rief sie wütend. »Ich dachte, sie wäre dem Lügen vielleicht entwachsen, doch das war offensichtlich ein Irrtum! Natürlich bist du nicht Camellias Vater, Magnus.«

»Kannst du dir da absolut sicher sein?«

»Oh ja. Ich bin mit Bonny wegen eines Schwangerschaftstests zu einem Arzt in der Harley Street gegangen.«

Helenas Gesichtsausdruck war so offen, dass Magnus das Gefühl hatte, ihr uneingeschränkt glauben zu können. »Wann genau war das? Kannst du dich daran erinnern?«

»Es war Anfang Mai 1949. Sie war zu dem Zeitpunkt in der sechsten Woche schwanger.«

»Bist du dir da ganz sicher?«, beharrte Magnus und fuhr sich mit der Hand übers Kinn. Wenn Helena mit dem Datum Recht hatte, konnte er unmöglich der Vater sein.

»Ja. Ich hatte gerade erst mit den Proben für *Oklahoma* angefangen. Bonny kam zu mir ins Theater, um mich zu bitten, sie zu dem Test zu begleiten, und die Schwangerschaft wurde an jenem Tag bestätigt. Deshalb hat sie in solcher Eile geheiratet. Wie um alles in der Welt konnte sie dir die Vaterschaft unterschieben?«

»Ich habe sie kurz vor ihrer Hochzeit noch getroffen. Es war nicht geplant. Ich bin ihr einfach in London über den Weg gelaufen«, gestand Magnus beschämt.

»Also im Juni … O Magnus.« Helena schüttelte den Kopf, aber in ihren Augen stand ein verständnisvoller Ausdruck.

»Nach diesem Tag habe ich sie bis zum September 1954 nicht mehr gesehen«, fuhr Magnus fort. »Wir sind uns bei einer Party in Sussex begegnet, und sowohl Ruth als auch John waren ebenfalls dort. Bei dieser Party eröffnete Bonny mir, dass ich Camellias Vater sei und dass sie einige Wochen zu früh zur Welt gekommen sei.«

»Magnus, was für ein leichtgläubiger Narr du doch bist«, entfuhr es ihr. »Ich kann nicht glauben, dass du darauf hereingefallen bist! Ich war bei Bonny, als Camellia geboren wurde. Sie war winzig und wog nur fünf Pfund, aber sie war ein voll ausgetragenes Baby.«

»Du warst bei Camellias Geburt dabei?« Das hatte Magnus nicht erwartet.

»Ich war der erste Mensch, der Camellia im Arm gehalten hat, ich habe ihr sogar ihren Namen gegeben.«

Der Blick ihrer Augen war jetzt sehr weich, geradeso wie Ruth ausgesehen hatte, wenn sie von Babys gesprochen hatte. »John war im Ausland, und ich bin einen Monat bei Bonny geblieben, bis er aus Amerika zurückkam.«

»Wie war sie denn so als frisch gebackene Mutter?«

Helena antwortete nicht sofort. Sie legte den Kopf an die Rückenlehne des Sessels und schloss die Augen. »Wie ein kleines Mädchen mit einer Puppe«, sagte sie leise. »Sie war überraschend mütterlich. Bonny liebte einfach alles, was zur Versorgung des Kindes dazugehörte, das Baden, das Anziehen und das Füttern. Ich habe ständig damit gerechnet, dass sie der Sache überdrüssig werden würde. Aber das ist nicht passiert. Du wärst sehr überrascht gewesen, Magnus. Sie war die geborene Mutter.« Helena hatte die Worte kaum ausgesprochen, als sie sich plötzlich kerzengerade aufsetzte. »Ist sie auch später eine gute Mutter gewesen? Ich meine, nach Johns Tod? Als ich sie das letzte Mal gesehen habe, war Camellia erst vier.«

Das Ausmaß der Leidenschaft in Helenas Stimme verblüffte

Magnus. Trotz der vielen Jahre in Hollywood besaß sie noch das Mitgefühl und die Sensibilität, die er an der jungen Ellie so sehr geschätzt hatte.

Es blieb ihm nichts anderes übrig, als ihr zu erzählen, was er von Camellias Kindheit und Jugend wusste. Magnus wollte ihr Mitgefühl wecken, damit sie Nick und ihm half. Aber als er ihr von den Ereignissen in Rye erzählte, füllten sich ihre Augen abermals mit Tränen, und er warf sich vor, wohl doch zu weit gegangen zu sein.

»Camellia ist ein fröhlicher, liebenswerter, fürsorglicher und sanfter Mensch«, fügte er hinzu. »Ich kann mir nicht vorstellen, dass sie so geworden wäre ohne ein starkes Fundament aus Liebe und Zuneigung. Was immer Bonny Mel zugemutet haben mag, unterm Strich hat Mel ihre Mutter geliebt, und sie liebt sie trotz allem auch heute noch.«

Helena trocknete ihre Augen. Ihr Gesicht war sehr blass, und Magnus konnte die Spannung, die sich in ihr aufbaute, beinahe mit Händen greifen. »Da ist noch mehr, nicht wahr?«, stellte sie fest. »Du musst mir alles erzählen, Magnus. Du darfst mir nichts verschweigen.«

»Willst du mir nicht zuerst schildern, was euch beide, Bonny und dich, auseinander gebracht hat?«, bat Magnus.

»Eifersucht«, zischte Helena, und ihr Mund war plötzlich eine schmale, gerade Linie. »Sie hat es gehasst, meinen Namen auf Filmplakaten zu sehen und in der Zeitung Artikel über mich zu lesen. Bei unserer letzten Begegnung hat sie ein paar grausame, böse Dinge gesagt, und am Ende hat sie mich rausgeworfen und mir verboten, jemals wiederzukommen.«

»Das hat sie doch sicher nicht ernst gemeint?«

»Oh doch, das hat sie, Magnus. Sie war wie Eis.« Helena wandte das Gesicht ab. »Ich habe sie so viele Male angerufen, aber sie weigerte sich, mit mir zu sprechen, und die Geschenke, die ich für Camellia geschickt habe, hat sie alle zurückgehen lassen. Ich nehme an, deshalb hat sie mir auch nicht geschrieben, als John starb.«

Es ist an der Zeit, die Dinge zu offenbaren, die ich bisher verborgen gehalten habe, überlegte Magnus und kam nun auch auf Jack Easton und Sir Miles Hamilton zu sprechen.

Bei Jacks Namen reagierte Helena kaum. Aber die Erwähnung von Sir Miles Hamilton brachte sie sichtlich aus der Fassung, und sie wandte sich leicht ab, damit Magnus ihr Gesicht nicht sehen konnte.

Er legte ihr eine Hand auf die Schulter und drehte sie wieder zu sich um. »Was hatte sie gegen ihn in der Hand, Helena? Hattet ihr beide eine Affäre mit ihm?«

Ihre Augen weiteten sich. Diesmal war es nicht Überraschung, sondern Furcht.

»Willst du es mir nicht erzählen, Helena? Es wird diesen Raum nicht verlassen.«

»Du hast das alles völlig falsch verstanden«, versicherte sie, aber obwohl sie um Fassung rang, zitterte ihre Stimme heftig. »Wir hatten beide keine Affäre mit ihm. Er war viel zu alt.«

»Bonny hatte nichts gegen ältere Männer, soweit ich mich erinnere.« Sie hatten lange genug um den heißen Brei herumgeredet, fand Magnus. »Mein Sohn glaubt, dass Sir Miles Camellias Vater ist. Außerdem hat er den Verdacht, dass Bonny sich keineswegs selbst das Leben genommen hat, sondern dass sie ermordet wurde, um sie zum Schweigen zu bringen. Sir Miles hat das beste Motiv. Was sagst du dazu?«

Einen Moment lang starrte sie ihn nur entsetzt an. »Mann, Magnus!« Sie schüttelte heftig den Kopf. »Du liegst völlig falsch. Sir Miles ist nicht Camellias Vater, und genauso wenig ist er der Typ Mann, der jemanden umbringen würde.«

Magnus wusste mit absoluter Sicherheit, dass Helena ihm etwas verschwieg. Sie konnte ihm nicht in die Augen sehen. Er hatte das Gefühl, sie aufrütteln zu müssen. »Ich verstehe deine Loyalität Sir Miles gegenüber, nachdem er dir bei deiner Karriere so sehr geholfen hat. Aber Camellia ist irgendwo da draußen, verwirrt und allein, und du kennst zumindest einige der Antworten, die ihr vielleicht helfen könnten, das weiß ich. Was hat dich zur Alkoholikerin gemacht, Helena? War es die Last zu vieler Geheimnisse?«

Sie war so schnell aufgesprungen und zur Tür gelaufen, dass Magnus kaum Zeit hatte, Atem zu holen.

»Wie kannst du es wagen?«, fragte sie, und ihre Augen blitzten vor Zorn. »Ich bin keine Alkoholikerin, und ich bin als dein Gast hierher gekommen, Magnus, nicht um mich einem Kreuzverhör unterziehen zu lassen. Obwohl du verheiratet warst, als du deine Affäre mit Bonny hattest, habe ich dich immer für einen durch und durch ehrenhaften Mann gehalten. Ich wollte dich wiedersehen, weil ich dich bewundert habe. Jetzt muss ich feststellen, dass du mich nur deshalb eingeladen hast, um deine Nase in meine Angelegenheiten zu stecken, genau wie alle anderen auch.«

Sie raffte den Rock ihres langen Kleides und öffnete die Tür. »Ich werde morgen Früh abreisen«, schleuderte sie ihm entgegen. »Ich habe dir alles erzählt, was du wissen musst. Deinem Sohn steht es frei, Camellia zu heiraten. Sie ist nicht deine Tochter.«

Sie ließ die Tür weit offen stehen und rannte den Flur hinunter in ihr Zimmer. Während Magnus ihr nachsah, spürte er Übelkeit in sich aufsteigen.

Er ging zurück in sein Zimmer und schenkte sich einen ordentlichen Drink ein. »Das hast du ja schön vermasselt!«, murmelte er vor sich hin. »Du törichter alter Narr!«

Es war nach drei Uhr morgens, als Magnus den Versuch einzuschlafen endlich aufgab. Widerstreitende Gefühle hatten ihn zu ihrem Spielball gemacht: Freude darüber, Nick eröffnen zu können, dass er nicht Mels Bruder war, Scham darüber, so brutal über Helena hergefallen zu sein, und Frustration, weil die ganze Wahrheit so nahe lag und doch unerreichbar war. Er zog einen karierten Morgenmantel über seinen Pyjama und ging in sein Wohnzimmer.

Was konnte er unternehmen, um Helena zum Bleiben zu überreden? Es war unwahrscheinlich, dass sie sich noch einmal anders besinnen würde. Sie war schon immer mit großer Entschlossenheit zu Werke gegangen. Und mit seiner Andeutung, sie könne Alkoholikerin sein, hatte er sie beleidigt.

Mutlos öffnete Magnus seine Tür. Er konnte ebenso gut in die Küche hinuntergehen und sich eine heiße Milch zubereiten. Das war immer Ruths Rezept gegen Sorgen gewesen.

Als er an dem blauen Zimmer vorbeikam, hörte er ein leises Geräusch. Er blieb stehen und drückte das Ohr gegen die Tür. Einen Moment lang glaubte er, Ruths Geist zu hören, denn genauso hatte sie während des letzten quälenden Stadiums ihres Lebens geweint. Aber es war kein Geist, es war eine Frau aus Fleisch und Blut, die sich da das Herz aus dem Leibe schluchzte. Zaghaft drückte er die Klinke herunter, in der Erwartung, die Tür abgeschlossen zu finden, doch zu seiner Überraschung öffnete sie sich, und er konnte in das Zimmer spähen.

Die Art, wie die Nachttischlampe im angrenzenden Schlafzimmer ihren schwachen goldenen Schein auf den Teppich im Wohnzimmer warf, war allzu vertraut. Wie viele Male hatte er sich damals in den Raum gestohlen! Wenn Ruth ihn gesehen hatte, hatte sie die Tränen rasch getrocknet und versucht zu lächeln, um ihm vorzugaukeln, dass sie keine Schmerzen hatte.

Schweigend trat er ein. Helena hatte das Gesicht abgewandt; schwarzes, gewelltes Haar ergoss sich auf das Kissen, ihre Schultern und Arme hoben sich goldbraun gegen die weißen Laken ab, und das Schluchzen schüttelte ihren schlanken Körper. Sie trug ein cremefarbenes Spitzennachthemd mit schmalen Schulterriemen; das dazugehörige Negligee hatte sie achtlos auf den Boden geworfen.

»Es tut mir so Leid, Helena«, flüsterte er, trat auf das Bett zu und setzte sich neben sie. »Ich wollte dir nicht wehtun. Um ehrlich zu sein, habe ich mich bei dem Gedanken an deinen Besuch wie ein großer Schuljunge gefühlt. Die neugierigen Fragen hatten nur den einen Sinn: Ich wollte dich um deine Hilfe bei der Suche nach Camellia bitten.«

Sie antwortete nicht, aber er spürte keinen Zorn mehr bei ihr, nur Kummer.

Magnus kannte nur eine Art zu helfen: Er legte sich neben sie und nahm sie in die Arme.

Eine Zeit lang schwieg sie, doch sie brauchte ihn. Das verriet ihm allein die Tatsache, dass sie nicht zurückwich.

»O Magnus, ich würde so gern alles in Ordnung bringen«, flüsterte sie schließlich, an seine Brust geschmiegt. »Aber du hast ja keine Ahnung, wie schwer das ist.«

»Nicht jetzt«, antwortete er ebenso leise. »Jetzt bin ich einfach ein Freund, nicht jemand, der Fragen stellt. Was immer dich quält, kann warten. Versuch nun zu schlafen.«

Er selbst schlief erst lange nach ihr ein. Magnus hatte so lange keine Frau mehr in den Armen gehalten, dass er die Süße des Augenblicks einfach auskosten wollte. Ihre weichen Brüste an seinem Oberkörper, ihr Haar auf seinem Gesicht und den zarten Blumenduft, den sie verströmte. Er glaubte, nun endlich alle Aspekte der Liebe kennen gelernt zu haben. Die unschuldige Sehnsucht nach seinem Jugendschwarm, die Wärme der Ehe, Leidenschaft für eine Geliebte und die zarte Süße der Vaterschaft. Während der letzten Monate mit Ruth war da noch mehr gewesen, ein Destillat aus dem ganzen Spektrum der Gefühle. Liebe, Wut, Zärtlichkeit und Verbitterung, Zorn und ruhige Gelassenheit. Die sanfte Ruth hatte alles gewusst und alles gesehen. Sie hatte sich dem Tod mit demselben mutigen Geist gestellt, der sie das Wissen um seine Liebe zu einer anderen Frau hatte ertragen lassen. Am Ende hatte sie die Worte gefunden, um ihn von seiner Schuld freizusprechen.

»Trauere nicht um mich«, sagte Ruth. Sie war so dünn, dass sie wie ein Kind in dem großen Bett aussah. »Wir hatten so viel Glück miteinander, das ist alles, woran ich mich erinnere. Wenn ich die Uhr zurückdrehen und wieder achtzehn sein könnte, würde ich mich immer noch für dich entscheiden. Vielleicht würde ich mir mehr Mühe geben zu verstehen, dass du eine größere Welt brauchst als ich, und ich wäre dann an deiner Seite, während du diese Welt eroberst, aber was dich betrifft, so würde ich nicht die kleinste Kleinigkeit ändern wollen.«

Die Sonne weckte Magnus, als sie zwischen den Vorhängen hindurchkroch. Helena schlief jetzt tief und friedlich; sie lag auf dem Bauch, das Gesicht in den Armen vergraben. Lautlos rutschte Magnus bis zur Bettkante vor, um sie nicht zu wecken.

Er wollte fort sein, wenn sie erwachte. Wortloser Trost in der Nacht war eine Sache, bei Tageslicht konnte man ihn jedoch mit etwas anderem verwechseln. Welche Geheimnisse Helena auch kennen mochte, sie musste die Entscheidung treffen, sich ihnen zu stellen. Er würde lernen müssen, Geduld zu haben.

21. Kapitel

Magnus kniete in einem Rosenbeet und jätete Unkraut. Er war um acht Uhr in den Garten hinausgegangen, um die Pflanzen zu gießen, solange es noch kühl war. Jetzt war es fast elf und sehr heiß, aber er werkelte immer noch draußen herum. Eigentlich hätte er glücklich sein müssen: Jayne hatte ihm am Morgen mitgeteilt, dass sie bis Oktober ausgebucht waren, und Nick hatte ihm Unterlagen über die geplante Publicity für seinen Film *Delinquents* geschickt. Aber seine Gedanken drehten sich ausschließlich um die Ereignisse in der vergangenen Nacht, und er fragte sich, ob Helena ihm verziehen hatte und ob sie sich ihm vor ihrer Abreise von Oaklands ein wenig mehr öffnen würde.

»Es gibt doch nichts so Zauberhaftes wie einen englischen Garten, nicht wahr?«

Magnus war überrascht, ihre heisere Stimme aus unmittelbarer Nähe zu hören, vor allem, da sie gerade in seinen Gedanken gewesen war. Er drehte sich um. Helena trug ein fliederfarbenes ärmelloses Kleid und hatte sich das Haar zu einem Knoten zurückgebunden, und ihr hinterhältiges Grinsen verriet ihm, dass sie sich absichtlich an ihn herangeschlichen hatte.

»Doch, nämlich dich. Du bist genauso zauberhaft«, erwiderte er galant. »Aber ein freundschaftlicher Rat: Es könnte sich als fatal erweisen, sich an einen alten Mann heranzuschleichen und ihn zu erschrecken.«

Ihr Lachen war ebenso attraktiv wie ihr Gesicht, tief und melodisch. »Das Alter hat deinem Charme nichts anhaben können«, entgegnete sie und legte ihm eine Hand unter den Ellbogen, um ihm beim Aufstehen zu helfen.

»Hast du gut geschlafen?«, fragte Magnus.

»Das weißt du doch«, tadelte sie ihn mit einem leisen Lachen. »Ich hoffe nur, dass Diskretion der Grund war, warum du weggegangen bist, und nicht der Schock darüber, mich ohne Kriegsbemalung zu sehen?«

Ihre Offenheit beruhigte Magnus. »Eindeutig Diskretion. Es tut mir furchtbar Leid, dass deine erste Nacht in meinem Haus so unerfreulich für dich war. Ich habe das Ganze denkbar schlecht angefangen.«

Gestern Abend hatte er sich gefragt, ob ihre Wimpern falsch waren, doch heute trug sie nur ein Minimum an Make-up – die Wimpern waren eindeutig echt.

»Alte Freunde dürfen bohrende Fragen stellen und trotzdem auf Vergebung hoffen.« Sie beugte sich vor, um an einer Rose zu schnuppern, und stieß einen tiefen, wohligen Seufzer aus.

»Bist du deshalb so elegant angezogen, weil du abreisen willst?«, hakte er zögernd nach. »Kann ich dich nicht irgendwie überreden, deine Meinung zu ändern?«

»Überredung ist nicht nötig«, antwortete sie lächelnd. »Ich würde gern bleiben – nun, zumindest noch für ein oder zwei Nächte vielleicht. Wenn ich elegant aussehe, dann nur deshalb, weil ich mir später ein Cottage ansehen will. Aber ich hatte gehofft, dass du mich vielleicht begleiten könntest.«

»Mit Freuden«, meinte Magnus voller Erleichterung darüber, dass sie keinen Groll gegen ihn hegte. Es sah so aus, als würde es doch noch ein schöner Tag werden. »Wo liegt denn das Cottage?«

»In einem Dorf namens Kelston«, erklärte sie. »Jemand von der Filmgesellschaft hat gerade angerufen und mir davon erzählt. Kennst du das Dorf?«

»Ja, es ist nicht weit entfernt und sehr hübsch«, antwortete Magnus. »Tatsächlich gehen Nick und ich gern in den Pub dort, das ›Crown‹, das noch ein wenig altenglisches Flair vermittelt. Doch abgesehen von dem Pub, ist das Dorf ein wenig einsam. Wärest du in Bath nicht besser aufgehoben?«

Helena sah ihn mit glänzenden Augen an. »Magnus«, sagte sie. »Du hast gerade mein Lieblingswort ausgesprochen – nicht ›Pub‹, sondern ›einsam‹. Das klingt einfach perfekt. Die Besitzer gehen ins Ausland, und obwohl sie das Cottage für den Augenblick nur vermieten wollen, ist es durchaus möglich, dass sie es später verkaufen werden. Hast du Zeit, dich hinzusetzen und ein wenig zu plaudern, oder muss ich in die Knie gehen und dir beim Unkrautjäten helfen?«

Magnus hatte ein paar Tage zuvor die Hollywoodschaukel in den Steingarten geschoben, weil dies der abgeschiedenste Teil des Grundstücks war und der ideale Ort, um friedlich dazusitzen, abseits vom Getriebe in der Bar oder am Swimmingpool. Er führte Helena dorthin und spülte sich dann unter dem Wasserfall seine schmutzigen Hände ab.

Ihre Reaktion auf die Hollywoodschaukel gefiel ihm. Mit einem leisen Freudenschrei stürzte sie sich wie ein Kind hinein und stieß sich kräftig mit den Füßen ab.

»Ich liebe jede Art von Schaukel«, bekannte sie strahlend. »Ich habe mir immer eine einfache Bretterschaukel gewünscht, die man von einem Baum herabhängen lässt, aber wenn man sich in Hollywood so etwas anbringen lässt, ohne ein Kind im Haus zu haben, halten die Leute einen für verrückt.«

»Bin ich sauber genug, um mich neben dich zu setzen?«, fragte er, stellte sich vor sie hin und streckte ihr wie ein kleiner Junge die sauberen Hände hin.

»Natürlich bist du das.« Sie ergriff seine Hände und zog ihn neben sich. »Deine Hände sagen eine Menge über dich aus«, bemerkte sie nachdenklich und ließ eine perfekt manikürte Fingerspitze über seine kurzen, eckigen Nägel gleiten. »Stark, tüchtig, aber auch abenteuerlustig.« Sie drehte seine Hand um und betrachtete die Innenfläche. »Eine lange Lebenslinie. Eine große Romanze und zwei kleinere.« Sie kniff scherzhaft in seinen Zeigefinger. »Das ist ein gutes, gesundes Zeichen. Jede Menge Leidenschaft und Wärme. Ruth hat wirklich Glück gehabt.«

»Sie hätte etwas sehr viel Besseres als mich verdient gehabt«, seufzte Magnus. »Warum habe ich mich nur mit Bonny eingelassen? Kannst du das auch in meiner Handfläche lesen?«

»Vielleicht sollten wir mal feststellen, ob wir eine identische Linie haben«, erwiderte sie mit einem trockenen Lächeln. »Denn ich habe mir diese Frage ebenfalls hundertmal gestellt. Bonny hat mir mehr Kopfschmerzen bereitet als irgendjemand sonst in meinem Leben. Trotzdem habe ich sie geliebt, und du hast sie auch geliebt. Wäre sie einige Jahrhunderte früher geboren worden, hätte sie es mindestens zur Mätresse des Königs gebracht. Aber lass uns im Augenblick nicht von ihr reden. Ich möchte mehr über Camellia wissen.«

Es tat gut, sich in die weichen Polster zu lehnen und über Mel zu sprechen. Der Wasserfall im Steingarten gurgelte munter vor sich hin, und sie bekamen nicht einmal mit, dass die Clubmitglieder sich zum Mittagessen einfanden. Da Helena begriff, wie er einmal für Bonny empfunden hatte, konnte Magnus offen sprechen. Bei Nick hatte er sich verpflichtet gefühlt, sowohl seine Erinnerungen als auch seine Gefühle herunterzuspielen.

»Mir war gar nicht klar, wie viel Mel mir bedeutete, bis ich an Lungenentzündung erkrankt bin«, erklärte er. »Ich wusste natürlich, dass ich sie sehr gern hatte und dass ich niemals etwas Ähnliches für einen anderen Angestellten empfunden hatte. Außerdem brauchte ich sie und hatte das Gefühl, dass wir gute Freunde waren, aber andererseits analysiert man seine Gefühle für andere Menschen nicht ständig, oder? Zumindest nicht, bis uns irgendein Ereignis verdeutlicht, dass diese Menschen vielleicht aus unserem Leben gehen könnten.«

»Dann hast du sie also nie mit Bonny in Zusammenhang gebracht?«, hakte Helena nach. »Du hattest nicht einmal einen Verdacht?«

Magnus seufzte tief. »Mir war immer klar, dass eines Tages ein Mädchen auftauchen und erklären könnte, es sei Camellia Norton. Bei einem so unberechenbaren und verschlagenen Menschen wie Bonny bestand eine große Wahrscheinlichkeit, dass sie die Versprechen, die sie Jahre zuvor gegeben hatte, irgendwann brechen würde. An dem Abend, als Mel krank und durchnässt hier ankam, habe ich einen ziemlichen Schock erlebt. Nicht nur, weil der Name Amelia ähnlich klingt wie Camellia, sie hatte obendrein auch noch das richtige Alter. An diesem Abend habe ich einige ziemlich harte Dinge zu ihr gesagt. Rückblickend nehme ich an, dass ich mich bedroht fühlte.«

»Hast du sie nach ihren Lebensumständen gefragt?«, wollte Helena wissen. »Ich meine, als es ihr besser ging und bevor du ihr einen Job angeboten hast?«

»Ein paar Fragen habe ich wohl gestellt, aber die meisten Informationen hat meine Haushälterin aus Mel herausgelockt, solange sie noch krank war. Sie hat mir erzählt, Mel sei in London aufgewachsen, ihre Eltern seien tot, und sie habe die letzte Zeit auf Reisen verbracht. Es gab keinen Grund, argwöhnisch zu sein – zu der Zeit haben viele junge Leute ein ähnliches Vagabundenleben geführt. Aber ich hatte mir immer ein Mädchen vorgestellt, das wie Bonny aussah. Ich bin davon ausgegangen, dass ihre Tochter auch ihren Charakter geerbt hätte.«

Helena grinste wissend. »Du hast einen Marilyn-Monroe-Verschnitt erwartet, der hüftenschwingend hereinmarschiert kommt und dabei singt: *My Heart Belongs to Daddy*?«

Magnus kicherte. »Mehr oder weniger, ja. Das einzige Foto, dass ich je von Camellia gesehen habe, hat mir John gezeigt, wenige Stunden bevor Bonny behauptete, sie sei meine Tochter. Nun ja, hätte er mir das Foto *danach* gezeigt, hätte ich es mir genauer angesehen. Aber wir wissen ja alle, dass uns anderer Leute Schnappschüsse herzlich wenig interessieren.«

»Magnus, ich kann einfach nicht glauben, dass du Bonnys Geschichte so ohne weiteres akzeptiert hast«, sagte sie und schüttelte ungläubig den Kopf. »Du wusstest doch, was für eine große Geschichtenerzählerin sie war. Ich an deiner Stelle hätte auf urkundlichen Beweisen bestanden.«

»Selbst wenn du Angst gehabt hättest, dass deine Frau auf diese Weise dahinterkommen könnte?« Magnus zog fragend eine Augenbraue in die Höhe. »Außerdem hat Bonny nie um Geld gebeten, sie wollte nur, dass ich die Schuld mit ihr teile.

Der finanzielle Aspekt des Ganzen hat sich erst viel später entwickelt, nach Johns Tod, und ich habe ihr damals aus freien Stücken diese Hilfe angeboten. Vielleicht wollte ein Teil von mir glauben, dass Camellia mein Kind war. Du darfst nicht vergessen, dass Bonny sich einen Platz in meinem Herzen erobert hatte – solche Gefühle lösen sich niemals ganz in Luft auf. Du kennst doch das Sprichwort: ›Alte Liebe rostet nicht‹, oder?«

Helena schwieg kurz, während sie das Gehörte im Geiste noch einmal durchging. »Aber Camellia hat zwei Jahre hier gelebt, Magnus, und während dieser Zeit müssen doch einige merkwürdige Dinge, was sie betraf, ans Licht gekommen sein. Kindheitserinnerungen, Orte, die sie kannte, solche Dinge. Ich vermeide es, mit irgendjemandem über meine Kindheit und Jugend zu sprechen, doch ab und zu rutscht mir trotzdem etwas heraus.«

»Das Einzige, was sie offenbart hat, war ihr Charakter – ehrlich, mutig, gütig und ungeheuer fleißig«, antwortete Magnus. »Kurz vor ihrem ersten Weihnachten hier erzählte sie mir, dass ihre Mutter Selbstmord begangen habe, und sie erwähnte auch, dass sie als Teenager sehr dick gewesen sei. Beide Bemerkungen klangen nach der Wahrheit, aber keine davon konnte ich mit Bonny in Verbindung bringen. Jeder anfängliche Verdacht, den ich ursprünglich in Bezug auf Mel hegte, verflog einfach. Als Nick sich in sie verliebte, war ich dann von neuem verwirrt. Die beiden waren einfach füreinander bestimmt.«

»Willst du mir von Nick erzählen?«, bat sie. »Du hast gesagt, er sei Schauspieler. Ist er wie du?«

»Er hat sich zu einem prächtigen jungen Mann entwickelt«, erklärte Magnus mit einigem Stolz. »Er sieht besser aus als ich in seinem Alter. Er hat zwar nichts von meiner praktischen Veranlagung oder der Geduld seiner Mutter geerbt, aber im letzten Jahr ist er beträchtlich reifer geworden. Nick arbeitet hart, nimmt seine Schauspielerei sehr ernst und ist ein angenehmer, humorvoller Mensch. Er freut sich darauf, dich kennen zu lernen – er war sein Leben lang ein Fan von dir.«

Helena errötete auf geradezu zauberhafte Weise. »Was glaubst du, warum Mel ihn auf Distanz gehalten hat?«, meinte sie, während sie der Schaukel einen sachten Schubs gab.

Magnus zuckte die Schultern. »Zuerst dachte ich, sie ziere sich nur oder habe vielleicht Angst, sich mit dem Sohn des Chefs einzulassen. Mel sprach nie viel von sich selbst, und ich glaubte, kein Recht zu haben, sie nach Nick zu fragen. Außerdem wohnte er ja nicht hier. Erst als ich eine Lungenentzündung bekam, habe ich mir gründlicher Gedanken darüber gemacht, worin das eigentliche Hindernis zwischen den beiden liegen könnte. Mir sind zwei Möglichkeiten eingefallen: dass sie irgendwo ein Kind hatte oder dass sie einem gewalttätigen Ehemann davongelaufen war. Aber du weißt ja, woran es gelegen hat; ich habe dir gestern Abend alles erzählt.«

Magnus drehte sich um und sah, dass Helena sich die Augen abtupfte.

»Für ein Mädchen, das zäh genug war, um es bis nach Hollywood zu schaffen«, neckte er sie grinsend, »bist du erstaunlich sentimental.«

»Diese ganze Geschichte setzt mir schwer zu«, gestand sie und zog die Nase hoch. »Wenn ich nur von Johns Tod gewusst hätte, hätte ich Bonny aufgesucht, selbst auf die Gefahr hin, dass sie mich abermals hochkant hinausgeworfen hätte. Jetzt frage ich mich, ob sie damals versucht hat, sich mit mir in Verbindung zu setzen, und ob die Briefe mich nur nie erreicht haben.«

In Magnus' Augen blitzte echte Erheiterung auf. »Helena, du weißt so gut wie ich, dass Bonny Mittel und Wege gefunden hätte, wenn sie dich hätte erreichen wollen.«

Er hatte erwartet, dass sie darauf mit einem Lachen antworten würde, doch stattdessen schluchzte Helena nur umso heftiger. »Hast du ein Foto von Camellia?«, stieß sie unter Tränen hervor.

»Nur, wenn du aufhörst zu weinen«, gab er zurück. »Wenn irgendjemand vorbeikommt, wird er glauben, wir seien ein Liebespaar, das sich gerade streitet.«

Sie lächelte kurz und wischte sich über die Augen. »Es tut mir Leid, Magnus, was musst du nur von mir denken?«

»Ich denke, dass du ein viel zu weiches Herz hast«, entgegnete er, griff in seine Gesäßtasche und holte ein Foto heraus. »Ich habe noch Unmengen weiterer Bilder in meinem Büro«, fügte er lächelnd hinzu, während er ihr das Foto hinüberreichte. »Aber dieses mag ich von allen am liebsten, und aus irgendeinem verdrehten Grund habe ich mir angewöhnt, es ständig bei mir zu tragen.«

Es war das Bild, das er aufgenommen hatte, als sie an jenem ersten Weihnachten den Baum geschmückt hatte. Es war das erste einer Serie, bevor sie von der Trittleiter gefallen und rücklings auf dem Fußboden gelandet war. Hier beugte sie sich vor, um die Fee auf die Baumspitze zu setzen. Ihre Zunge lugte zwischen den Lippen hervor, und auf ihrem Gesicht stand ein Ausdruck tiefer Konzentration. Sie trug Jeans und einen roten Pullover und hatte sich das Haar zu zwei Zöpfen gebunden.

Helena betrachtete die Aufnahme einen Moment lang. »Sie ist ganz und gar nicht das, was ich erwartet hatte!«, bemerkte sie schließlich.

»Nicht die geringste Ähnlichkeit mit ihrer Mutter!«, stimmte Magnus ihr zu. »Aber sie ist entzückend, nicht wahr? Ein wenig größer als Bonny und mit einer weiblichen Figur mit richtigen Hüften, obwohl sie sehr schlank ist. Und nachdem ich wusste, wer sie war, habe ich Ähnlichkeiten mit meiner Tochter entdeckt, Sophie.«

In diesem Moment wurden sie von Julie unterbrochen, die fragte, ob sie etwas zum Mittagessen wünschten. Magnus schob das Bild hastig in seine Brieftasche zurück.

»Wonach steht dir der Sinn?« Er drehte sich zu Helena um. »Wollen wir hineingehen oder hier draußen essen?«

»Lass uns hier bleiben«, antwortete sie und lächelte die kleine blonde Kellnerin an. »Sie sind Julie, nicht wahr?«, erkundigte sie sich.

Das Mädchen errötete nervös. »Ja, Miss Forester«, sagte sie mit kippender Stimme.

»Mrs. Downes hat mir erzählt, dass Sie es waren, die meine Kleider gebügelt hat, während ich gestern Abend gegessen habe?«, fuhr sie fort. »Ich bin Ihnen wirklich dankbar, das war sehr aufmerksam von Ihnen.«

»Ich habs gern getan, Miss Forester«, versicherte Julie, die vor Aufregung kaum still stehen konnte. »Meine Mutter ist immer mit mir ins Kino gegangen, wenn Ihre Filme liefen. Ich fand Sie einfach wunderbar. Ich hoffe, Sie werden einen schönen Aufenthalt in England haben. Wir können es gar nicht erwarten, Ihren neuen Film zu sehen.«

»Das wird noch ein Weilchen dauern«, erwiderte Helena. »Aber Sie und Ihre Mutter müssen irgendwann mal zum Filmset kommen und sich ansehen, wie die Arbeit dort abläuft. Ich werde das mit Mr. Osbourne arrangieren und Ihnen dann einen Wagen schicken lassen.« Magnus vermutete, dass Julie jetzt jeden Augenblick einen Knicks machen würde. Sie hatte inzwischen die Farbe von roten Rüben angenommen, und ihre Augen waren fast so groß wie Untertassen.

»Ich danke Ihnen ja so sehr«, jubelte Julie. »Was soll ich Ihnen denn nun zum Mittagessen bringen, Mr. Osbourne?«

»Ein Überraschungspicknick«, entschied Magnus und fragte sich, ob die kleine Julie jetzt in der Lage sein würde, während der restlichen Mittagspause ihrer Arbeit nachzugehen. »Bitten Sie einfach Antoine, uns irgendetwas in einen Korb zu packen.« Sobald Julie davongeeilt war, drehte er sich wieder zu Helena um. »Das war wirklich nett von dir«, meinte er.

»Meine Fans sind mir sehr teuer«, antwortete sie leise. »Es hat Zeiten in meinem Leben gegeben, in denen ich ohne ihre Zuneigung und Unterstützung vielleicht zusammengebrochen wäre.«

»Ruth war einer deiner Fans«, bemerkte Magnus und lächelte bei der Erinnerung. »Ich glaube, *Soho* hat sie sich mindestens viermal angesehen. Sie kannte dich von jenem Abend im ›Savoy‹ und war begeistert, dass du es geschafft hattest. Manchmal frage ich mich, ob es dein Einfluss war, der Nick überhaupt erst auf die Idee gebracht hat, Schauspieler werden zu wollen. Er und Ruth haben immer deine Fotos ausgeschnitten und sie in ein Sammelalbum geklebt. Ich habe mir stets gewünscht, ihnen erzählen zu können, dass ich dich einmal gut gekannt habe.«

»Hat Ruth das mit Bonny je herausgefunden?«, hakte Helena nach.

Ein Schatten legte sich über Magnus' Gesicht. »Nicht, wer sie war, aber sie wusste, dass es jemanden gegeben hat«, gestand er traurig. »Sie hat es mir erst ganz am Ende erzählt. Doch so war Ruth eben. Das Glück ihrer Familie war ihr immer wichtiger als ihre eigenen Gefühle. Ich vermisse sie so sehr.«

Helena drückte mit schweigendem Mitgefühl seine Hand.

»Erzähl mir von dir«, bat Magnus mit rauer Stimme. »Warum hast du nie geheiratet? Ist dir die große Liebe niemals begegnet?«

»Eine große Liebe gab es, und die war vorbei, bevor wir uns überhaupt kennen gelernt hatten«, erwiderte sie trostlos. »Die erste, die größte und einzig wahre Liebe. Sein Name war Charly King, er war der Feuerwehrmann, der meine Tante Marleen aus dem zerbombten Wohnhaus gerettet hat. Ich hatte mein Zuhause verloren, und Marleen war blind geworden und hatte sich das Rückgrat gebrochen. Er hat mich in das Haus seiner Mutter in King's Cross gebracht.«

»Und was ist schief gegangen?«

Sie stieß einen tiefen Seufzer aus. »Ich wollte Ruhm und Reichtum, er wollte eine Ehe und Kinder. Vielleicht war ich zu jung, zu selbstsüchtig und zu halsstarrig, ich weiß es nicht mehr genau. Aber eines weiß ich: Wenn ich noch mal von vorne anfangen könnte, würde ich ihn heiraten, ein halbes Dutzend Kinder bekommen und mich für die süße Normalität entscheiden.«

»Was ist aus ihm geworden?«

»Er ist nach Australien gegangen. Ich habe eine Zeit lang den Kontakt zu seiner Mutter aufrechterhalten, doch die Verbindung brach ab, nachdem sie ebenfalls nach Australien ausgewandert war, um bei ihm und seiner Frau und den Kindern zu leben. Ich frage mich oft, ob er meine Filme gesehen hat und ob er mir verziehen hat. Ich hoffe, er ist glücklich, denn er hätte es verdient.«

Die Art, wie sie das sagte, führte Magnus direkt in das Jahr 1947 zurück, als er Bonny und Helena nach ihrer Show so oft zum Abendessen eingeladen hatte. In jenen Tagen war sie einfach nur Ellie gewesen, die stillere der beiden jungen Frauen, die in einer Doppelnummer auftraten. Damals hatte sie ihn mit ihrem mitfühlenden Wesen beeindruckt, und es freute ihn, dass sie diese Eigenschaft auf dem Weg zum Ruhm nicht verloren hatte. Aber sie war ein so fröhliches junges Mädchen gewesen, voller Lachen und Heiterkeit. Sie hatte den Erfolg in jeder Hinsicht verdient, und es bekümmerte ihn zu erfahren, dass sie nicht glücklicher geworden war.

»Was ist in deinem Leben schief gegangen?«, hakte Magnus nach. »Kannst du es einem alten Freund nicht erzählen?«

Sie zögerte einen Moment lang, und er erwartete halb, dass sie sich ihm ebenso wie am vorangegangenen Abend entziehen würde. »Ich hätte mich niemals dazu überreden lassen dürfen, noch Hollywood zu gehen«, stieß sie hervor. »Ich hätte in England bleiben und mehr Filme wie *Soho* drehen sollen. Doch ich habe mich manipulieren lassen, weil ich meine wahren Ziele aus den Augen verloren hatte. Als ich begriff, was mit mir geschah, war es zu spät. Ich habe mich in einen Vertrag hineindrängen lassen, aus dem es keinen Ausweg gab, und nach diesen banalen Musicals habe ich einen weiteren Vertrag abgeschlossen.« Sie hielt inne, und er sah die Verbitterung in ihren Augen.

»Sprich weiter«, drängte er.

»Die Mogule drüben interessieren sich nicht für Talent oder Kunst«, zischte sie. »Wenn sie eine Formel finden, die Geld einbringt, pressen sie die Quelle bis zum letzten Tropfen aus. Sie haben mir nicht gestattet, als Schauspielerin zu wachsen, sie haben mich beschnitten. Als der letzte Film ein Flop wurde, haben sie mir die Schuld gegeben, nicht sich selbst, und man zwang mich, mich aus dem Geschäft zurückzuziehen, mit der Begründung, ich sei zu launisch.«

»Wenn du mit diesem Film fertig bist, wirst du dann in England bleiben oder nach Amerika zurückgehen?«

»Bis heute Morgen dachte ich, in dieser Angelegenheit keine Wahl zu haben«, antwortete sie nachdenklich. »Ich nahm an, meine Wurzeln in Amerika seien zu tief, um wieder hierher zurückzukehren.«

»Und jetzt?«

»Was ich für Wurzeln hielt, sieht nun in meinen Augen eher nach bloßen Besitztümern aus«, gestand sie und schnitt eine Grimasse. »Außerdem habe ich keine echten Freunde – nur einen Psychiater, den ich fürs Zuhören bezahle.«

»Du hast einen Psychiater? Weshalb denn das, um alles in der Welt?«

Sie sah Magnus mit einer Spur von Argwohn an.

»Du bist jetzt in England«, rief er ihr ins Gedächtnis. »Hier lungert nicht hinter jedem Baum ein Journalist mit einem Mikrofon herum, und ich gebe keine vertraulichen Informationen weiter.«

»Wie die Amis es gern ausdrücken, bin ich ziemlich verkorkst, Magnus. Ich habe mich jahrelang hinter Kostümen und Tabletten versteckt. Als du mir unterstelltest, Alkoholikerin zu sein, hast du dich geirrt, der Alkohol war nicht mein Problem. Den hat meine Tante Marleen mir gründlich vermiest. Aber ich habe an chronischen Depressionen gelitten. Als man mir diese Rolle anbot, war ich gerade ziemlich weit unten. Ich hatte mein Selbstbewusstsein verloren, ja sogar das Gefühl dafür, *wer* ich war. Doch es ist mir trotzdem gelungen, in dem Angebot ein mögliches Rettungsfloß zu erkennen. Als dein Brief kam, mein alter Freund, war das geradeso, als hätte ich auf diesem Floß auch noch eine trockene Decke und ein Fass mit Süßwasser gefunden.«

»Und ich hätte das Floß um ein Haar zum Kentern gebracht?«

Sie zog ihren Arm durch seinen und lächelte. »Mein Psychiater meinte, ich würde durch die Rückkehr nach England auf die Probe gestellt werden. Wenn du gestern Nacht nicht zu mir gekommen wärst, hätte ich mich vielleicht wieder nach Amerika zurückgeschlichen. Das ist schon eine Ironie des Schicksals, nicht wahr? Ich habe über die Jahre hinweg ein Vermögen für Ärzte und Psychofritzen ausgegeben und mit wildfremden Menschen alte, schmerzliche Erinnerungen durchgekaut, alles vollkommen fruchtlos. Doch ein paar eindringliche Fragen von einem alten Freund, gefolgt von einer Umarmung, haben viel mehr bewirkt als all diese teuren Therapien.«

»Ist es wirklich wahr, dass du niemanden in Amerika hast?« Es erschien ihm unglaublich, dass eine so bezaubernde Frau wie Helena so allein sein sollte. »Nicht einmal einen männlichen Freund?«

»Nun, da wäre natürlich Edward«, räumte sie ein. »Ich weiß nicht, ob du dich an ihn erinnern kannst, doch wir sind schon seit 1945 Freunde.«

Magnus nickte.

»Er wird übrigens bald nachkommen.«

Magnus versteifte sich unwillkürlich, und zu seiner Überraschung stellte er fest, dass er ein wenig eifersüchtig war. »Ist er auch an dem Film beteiligt?«, fragte er.

Vielleicht war Helena die Schärfe in seiner Stimme aufgefallen. Sie lächelte. »Nein, mit dem Film hat er nichts zu tun, und wir sind kein Liebespaar, Magnus.«

»Und selbst wenn es so wäre, ginge mich das nichts an«, gab er hastig zurück. »Ich hoffe nur, dass du auch für mich als Freund einen Platz haben wirst.«

An dieser Stelle kam Julie mit einem großen Bastkorb und einem Klapptisch zurück, und ihr Gespräch geriet vorübergehend ins Stocken.

»Das war, wie Edward sagen würde, ›spitzenmäßig‹«, erklärte Helena eine halbe Stunde später, als sie sich auf der Hollywoodschaukel zurücksinken ließ und sich mit einem breiten Grinsen den Bauch hielt. »So ein Picknick habe ich noch nie erlebt.«

Für Magnus war es nichts Besonderes. Lediglich knuspriges Brot, Hühnchen, Schinken, Käse und Salat. »Du musst doch schon Besseres gegessen haben«, erwiderte er ungläubig.

»Die Amerikaner stehen nicht auf Picknicks«, seufzte sie. »Sie lieben üppige Grillfeste und solche Dinge, aber irgendwie verstehen sie den Sinn von Picknicks nicht, nämlich, ganz gewöhnliches Essen an einem ungewöhnlichen Ort zu verzehren. Meine Mutter und ich sind immer zum Picknick in den Victoria Park von Bethnal Green gegangen. Wir haben Brot mit Bratensauce in

Wachspapier gegessen, jeder einen Apfel und eine Flasche Ingwerbier, das war ein richtiges Festmahl.«

Magnus wusste genau, was sie meinte. Er konnte sich an ähnlich einfache Mahlzeiten in den Wäldern rund um Craigmore mit einigen anderen Kindern erinnern, die auf dem Familienbesitz gelebt hatten. Die fantastischen Picknicks, die er mit seinen Eltern und deren Freunden erlebt hatte, hatten niemals so viel Spaß gemacht.

»Mag Edward denn auch gern Picknicks mit Brot und Bratensauce?«, hakte er nach.

»Wenn du es genau wissen willst, nein«, lachte sie. »Eigentlich findet er es sehr ärgerlich, dass ich eine solche Vorliebe für ›gewöhnliche‹ Dinge habe, vor allem wenn es sich um britische gewöhnliche Dinge handelt.«

»Er klingt ein bisschen nach einem Snob.«

Sie seufzte. »O Magnus, das ist er! Ich liebe ihn wie einen Bruder, wir haben so viel zusammen durchgemacht, und ich habe ihm alles zu verdanken, doch manchmal wünschte ich mir, ich könnte mich für immer von ihm trennen.«

»Warum kommt er dann hierher?«

»Weil er mich beherrscht, Magnus«, antwortete sie mit gepresster Stimme. »Ich habe schon Gewissensbisse, wenn ich das auch nur erwähne. Es wirkt so treulos, nachdem ich dir bereits erzählt habe, was für ein guter Freund er ist. Aber ich fürchte, es ist die Wahrheit, und ich habe zu wenig Rückgrat, um der Sache ein Ende zu bereiten.«

»Du hattest nie zu wenig Rückgrat«, widersprach Magnus energisch. »Nach allem, was Bonny mir vor etlichen Jahren über diesen Mann erzählt hat, taugte er als Schauspieler nicht besonders viel und war auch nur ein passabler Pianist. Doch andererseits war Bonny wohl ein wenig eifersüchtig. Wie kommt es also, dass er in einer Position ist, in der er dich beherrschen kann?«

»Ich kenne Edward noch länger als Bonny«, gab sie zurück. »Wir waren Partner in einem Sketch in der Revue in Phoenix. Bonny war eine der Dingle Bells. Edward war ein paar Jahre älter als ich, ein sehr korrekter, steifer junger Mann, und wie sich später herausstellte, auch ein sehr einsamer. Meine Freundschaft mit Bonny begann an einem Tag, als wir zusammen mit einigen GIs ein wenig Unfug gemacht haben, aber damals waren Edward und ich schon eng befreundet.« Sie hielt einen Moment lang inne, als müsste sie darüber nachdenken, wie sie das erklären sollte.

»Bei Bonny und mir zogen sich die Gegensätze an, doch Edward und ich waren in vieler Hinsicht verwandte Seelen. Wie ich hatte er keine Familie, abgesehen von einer sehr alten Großmutter. Wir waren beide unsicher und liebten das Theater mit großer Leidenschaft. Bonny gab meinem Leben den Kitzel eines Jahrmarkts, Edward dagegen war die beruhigende Stimme von Vernunft und Gelassenheit. Geliebt habe ich sie beide.

Im Laufe der Jahre, die ich mit Bonny auftrat, hatte meine Freundschaft mit ihr das stärkere Gewicht, einfach weil sie so war, wie sie war, doch Edward war trotzdem immer da. Selbst wenn er meilenweit entfernt in einer anderen Stadt gastierte, hielt ich den Kontakt zu ihm. Bonny kannte ich wie mich selbst, aber ich kannte auch Edward, und oft war er derjenige, zu dem ich mich flüchtete, wenn Bonny mich im Stich ließ. Als sie heiratete und ich *Soho* drehte, kamen Edward und ich uns noch näher. Und als ich mich 1951 dann in Hollywood wiederfand, war alles so fremdartig für mich. Die Leute scharwenzelten um mich herum, und ich konnte nicht feststellen, wer es ehrlich meinte und wer mich nur ausnutzte. Ich brauchte jemanden, dem ich uneingeschränkt vertrauen konnte, also bat ich Edward, zu mir zu kommen.«

Magnus nickte. Er konnte durchaus nachvollziehen, dass die alte Ellie einem Freund helfend unter die Arme griff, aber es fiel ihm immer noch schwer, sich vorzustellen, dass sie sich von irgendjemandem beherrschen ließ.

»Nun, als Edward erst einmal dort war, fühlte ich mich gleich viel besser. Er wurde schon bald zu einem Puffer zwischen mir, dem Studio und der Presse. Er war ein Organisationsgenie und half mir, ein Haus zu finden und Personal, dem ich vertrauen konnte, und er beriet mich in Geldangelegenheiten. Ich stellte ihn immer als meinen Manager vor, denn er managte mich ja.«

»Hast du ihn bezahlt?«, hakte Magnus nach.

Einen Moment lang schwieg sie, schob jedoch ihre Hand zutraulich unter seinen Arm. »Vielleicht war das der erste Fehler. Ich hätte das Ganze gleich von Anfang an auf eine solide, professionelle Grundlage stellen und einen Vertrag mit ihm schließen sollen. Aber das ist nicht leicht bei einem guten Freund, nicht wahr? Edward verfügte nämlich über ein privates Einkommen von seiner Großmutter, daher brauchte er im Grunde keinen Job. Natürlich habe ich ihn für all die Unkosten entschädigt, und er hatte seine eigene Wohnung in meinem Haus. Außerdem spielte er manchmal kleine Rollen in Filmen, im Allgemeinen dann, wenn ein typischer englischer Gentleman gesucht wurde. Und wie ich schon sagte, er hat mein Geld für mich verwaltet, er hat die Rechnungen bezahlt und insgesamt als eine Art Sekretär fungiert. Wenn das bedeutete, dass gelegentlich ein Auto oder ein neuer Anzug für ihn abfielen, dann waren diese Ausgaben Teil meiner Unkosten.«

Magnus schüttelte langsam den Kopf. »Das klingt für mich wie ein Freifahrtschein in die Katastrophe.«

»Nicht so, wie du es meinst«, korrigierte sie ihn. »Edward hat für jeden Penny, den er oder ich ausgaben, Rechenschaft abgelegt. Wenn er sich nicht für mich um die finanziellen Angelegenheiten gekümmert hätte, hätte ich meine Gage wahrscheinlich ebenso schnell ausgegeben, wie ich sie verdiente. Er hat für mich investiert, und das sehr klug. Aber was ich nicht habe kommen sehen, war die Gefahr, dass ich mich von ihm abhängig mache. Verstehst du, ich brauchte keine Entscheidungen zu treffen. Ich stand morgens auf, und die Zofe hatte auf seine Anweisung hin bereits meine Kleider für den Tag herausgelegt. Der Wagen kam, um mich ins Studio zu bringen, und nach Drehschluss wurde ich wieder nach Hause gefahren. Edward entschied, welche Einladungen ich für den Abend annehmen sollte, und wiederum sagte er dem Mädchen, was ich anziehen sollte. Meistens begleitete Edward mich zu diesen Partys. Frisörtermine, Maniküren, Massagen, Edward hat alles arrangiert. Sein Geschmack war unfehlbar. Es dauerte nicht lange, bis er sogar Kleider mit mir und für mich einkaufte.«

»Das klingt monströs«, rief Magnus.

»Ja, weil ich dir jetzt davon erzähle, während ich frei wie ein Vogel hier neben dir sitze und das Ganze rückblickend betrachte«, meinte sie mit einem kleinen Grinsen. »Aber damals war ich sehr dankbar dafür. Die Dreharbeiten waren immer furchtbar anstrengend, und all die hochkarätigen Leute um mich herum jagten mir Angst ein. Edward ermöglichte es mir, jeden Tag mein Bestes zu geben, ohne mir irgendwelche Sorgen machen zu müssen. Ich wusste damals nicht, was ich zu diesen Partys anziehen sollte, ich war einfach nur froh, dass er das für mich regelte.«

»Hatte er denn niemals irgendwelche Freundinnen?«

Sie antwortete nicht sofort, und Magnus wiederholte die Frage, obwohl er sich daran erinnerte, dass Bonny stets behauptet hatte, Edward sei homosexuell.

»Ja, doch es war niemals das, was du eine Romanze nennen würdest«, entgegnete sie wachsam. »Von Zeit zu Zeit ging er mit Frauen aus, aber er hat sie nie mit nach Hause gebracht. Er war immer ein wenig seltsam, was Frauen betrifft, Magnus. Ich denke, ich bin die Einzige, die er jemals wirklich mochte.«

Magnus nickte. Offenbar hatte Bonny Recht gehabt. Und je mehr er von dem Mann erfuhr, desto weniger gefiel er ihm.

»Wann haben die Depressionen eingesetzt und warum?« Magnus hielt es für besser, das Thema zu wechseln, auch wenn das immer noch schmerzhaft war.

Sie sah ihn nachdenklich an. »Panikattacken hatte ich schon während der Dreharbeiten zu *Soho*«, antwortete sie. »Doch damals befand ich mich auf heimischem Territorium, umgeben von Menschen, die wirklich nur das Beste für mich wollten. Als ich jedoch nach Hollywood kam, wurde alles viel schlimmer. Ich fühlte mich isoliert und hatte Angst; irgendwie schüchterte mich das alles furchtbar ein. Ich bin dann bei einem Arzt gewesen, der mir Tranquilizer verschrieb, doch obwohl die Tabletten mich ein wenig beruhigten, hatte ich manchmal das Gefühl, den Kontakt zur Wirklichkeit zu verlieren.«

Magnus konnte sich die Situation recht gut vorstellen: eine schöne, talentierte junge Frau, die sich in eine künstliche Welt hineingeworfen fand, eine Welt voller Hyänen und Haie, die ihre Verletzbarkeit ausnutzten. »Aber wenn Edward wirklich an dir gelegen war, hat er dann nicht versucht, dich da rauszuholen?«

Sie nickte. »Oh ja, versucht hat er es. Er hat mich in Kurse begleitet, um Entspannungstechniken zu erlernen. Er hat mich nach und nach von den Tabletten entwöhnt und mich sogar ermutigt, lieber etwas zu trinken, statt meine Zuflucht bei Tranquilizern zu suchen. Eine Zeit lang ging es mir viel besser, ich aß und schlief gut, aber das hatte auch eine Kehrseite: Ich nahm langsam zu, und das gefiel dem Studio überhaupt nicht. Zu guter Letzt, im Jahr einundsechzig, fand ich einen Arzt, der mir Diätpillen verschrieb, und sie funktionierten. Ich trank nur Orangensaft, ich nahm ab, ich fühlte mich für eine Weile wieder dem Leben und der Welt gewachsen, doch die Tabletten machten süchtig, Magnus. Schon bald reichte mir eine am Tag nicht mehr, es wurden drei, vier, sechs oder sogar zehn, und ich war so aufgedreht, dass ich nachts nicht schlafen konnte. Kurz darauf nahm ich also abends Barbiturate ein und morgens etwas anderes, um wieder wach zu werden. Edward hätte dem Einhalt geboten, hätte er von meinem Tablettenmissbrauch gewusst, aber er ist erst viel zu spät dahintergekommen.«

Magnus hörte voller Entsetzen zu, während Helena den Teufelskreis beschrieb, in dem sie gefangen gewesen war. Gedächtnisverlust, euphorische Phasen, gefolgt von schwarzer Depression und ihre wachsende Abhängigkeit von Edward, der die Dinge für sie zusammenhielt.

»Als die Aufträge Mitte der Sechzigerjahre langsam ausblieben, war er immer noch für mich da«, fuhr sie mit leiser Stimme fort. »Dank seiner Hilfe war ich finanziell abgesichert und konnte es mir leisten, den besten Psychiater der Stadt aufzusuchen.«

Magnus glaubte nicht an Psychiater. Er konnte sich nicht vorstellen, dass das vernünftige junge Mädchen, das er einst gekannt hatte, jemals diese Art von »Quacksalberei« nötig gehabt haben sollte. »Hat dieser Psychofritze dir geholfen?«, hakte er nach.

»In mancher Hinsicht, ja. Er hat mich dazu gebracht, mich mit mir selbst auseinander zu setzen. ›Sie allein müssen die Entscheidung treffen, das Gelernte auch in die Tat umzusetzen‹ – das predigte er mir immer wieder mit großer Begeisterung, und sehr, sehr lange habe ich gar nichts unternommen. Diese Jahre waren meine ›Eremitenphase‹. Ich verließ kaum je das Haus, und ich hatte überhaupt keine Kontakte zu anderen Menschen. Ich las Bücher, ich schwamm in meinem Swimmingpool, trainierte ein wenig, doch auf der anderen Seite war ich einem Selbstmord nahe, und oft habe ich mich betrunken, nur um dem allen für ein Weilchen zu entgehen. Hätte Edward sich nicht ständig um mich gekümmert, hätte ich dem Ganzen wahrscheinlich während eines dieser Tiefs ein Ende bereitet. Und dann, eines Tages, als ich endgültig die Hoffnung aufgegeben hatte, dass man mir jemals wieder eine Rolle anbieten würde, kam Stanley Cubright mit dem Skript für *Broken Bridges* zu mir.«

»Und das hat dir wieder auf die Beine geholfen?«

»Allerdings. Beim Lesen des Skriptes wusste ich, dass die Rolle wie für mich geschaffen war. Diese Art von Erregung hatte mich auch gepackt, als ich das erste Mal *Soho* las. Seit Jahren hatte mich nichts mehr so sehr gefesselt. Edward war seltsamerweise gegen das Projekt. Er meinte, eine Rückkehr nach England würde mich erst recht in die Isolation treiben, aber ausnahmsweise einmal habe ich nicht auf ihn gehört. Ich wusste einfach, dass ich nach Hause kommen und diesen Film drehen musste. Also nahm ich die Rolle an. Und das ist der Punkt, an dem du ins Spiel gekommen bist.« Sie hielt inne und sah Magnus durchdringend an. »Wie hätte ich Edward sagen können, dass ich ihn nicht brauchte oder nicht bei mir haben wollte – nach allem, was er mit mir durchgestanden hat?«

Magnus fiel im Augenblick keine Antwort darauf ein. Oberflächlich betrachtet war Edward Manning ein wahrer Freund gewesen, doch nach allem, was er wusste, mochte er den Mann nicht. »Ich finde, du solltest wieder selbst die Kontrolle über dein Leben übernehmen«, erklärte er bedächtig. »Und wenn Edward der Freund ist, der er zu sein scheint, wird er sehr glücklich darüber sein.«

»Hilf mir mit ihm, Magnus«, flehte sie plötzlich und umklammerte seinen Arm mit einem so festen Griff, dass ihre Fingernägel sich in sein Fleisch gruben.

»Hast du Angst vor ihm?«, wunderte er sich. »Warum, Helena?«

Sofort lockerte sie ihren Griff. »Es tut mir Leid«, murmelte sie errötend und senkte den Blick. »Allmächtiger Himmel, Magnus, du wirst mich jetzt für vollkommen durchgedreht halten – oder schlimmer noch, du wirst dir Sorgen machen, ich könnte dir zusätzliche Probleme aufhalsen.«

»Weder das eine noch das andere ist der Fall«, widersprach er energisch. »Aber ich biete dir ein Geschäft an.«

»Ein Geschäft?«, wiederholte sie stirnrunzelnd.

»Ja. Du hilfst Nick und mir, Mel zu finden, damit du ihr alles erzählen kannst, was du über ihre Geburt weißt, und im Gegenzug helfe ich dir, wieder Boden unter den Füßen zu bekommen, bis du es auch allein schaffen kannst. Wenn nötig, werde ich Edward mit Gewalt von dir fern halten.«

Sie zögerte.

»Na, komm schon«, drängte er noch nachdrücklicher. »Dagegen ist doch nichts einzuwenden, oder?«

»Es steckt so viel mehr hinter der Geschichte, als ich dir erzählt habe, Magnus.« Ihre Stimme war jetzt kaum mehr als ein Flüstern.

Magnus vermutete, dass sie von sich selbst und Edward sprach. »Du kannst es mir erzählen, wenn du dich stark genug dafür fühlst«, schlug er vor. »Aber was die Suche nach Mel betrifft, damit können wir sofort anfangen.«

»Du verstehst nicht«, sagte sie, und ihre Augen füllten sich mit Tränen. »Ich spreche von Camellia. Ich kann ihr nicht gegenübertreten, bevor ich dazu bereit bin, ihr die ganze Wahrheit zu erzählen, und ich weiß nicht, ob ich den Mut dazu habe.«

Magnus drehte sich um, bis er Helena direkt ins Gesicht sah. Er konnte Panik in diesen dunklen Augen lesen, und ihre Unterlippe zitterte.

»Ist die Wahrheit so schlimm?«, fragte er, hob ihr Kinn und zwang sie, ihn anzusehen.

»Ja«, flüsterte sie.

»Wird es für Camellia schlimmer sein als die Notwendigkeit, sich in irgendeiner fremden Stadt zu verstecken, weil sie glaubt, allen anderen nur Unglück gebracht zu haben?«, hakte er nach. »Ist es schlimm genug, um sie eines Mannes zu berauben, der sie liebt, und eines Zuhauses, in dem sie allen Menschen von Herzen willkommen ist?«

»Nein«, erwiderte sie leise. »Ich möchte, dass sie all das bekommt. Nichts von dem, was geschehen ist, ist ihre Schuld.«

»Dann musst du all deinen Mut zusammennehmen, Helena«, mahnte er. »Ansonsten kommen wir beide nicht ins Geschäft.«

Sie schwieg einige Zeit und zuckte dabei mit keiner Wimper. Was kann denn so schlimm sein, dass sie so viel Zeit braucht, um darüber nachzudenken?, fragte Magnus sich.

»In Ordnung«, stimmte sie schließlich zu. »Aber was ich ihr zu sagen habe, ist allein für ihre Ohren bestimmt. Ich möchte nicht, dass du mir weitere Fragen stellst. Wenn Camellia das, was ich ihr erzähle, geheim halten will, dann musst du diese Entscheidung akzeptieren.«

»Damit bin ich einverstanden.« Magnus stand auf und streckte ihr die Hand hin. »Also, wollen wir uns jetzt dieses Cottage ansehen?«

Helena ergriff seine Hand und erhob sich. Sie lächelte, und plötzlich fielen die Jahre von ihr ab. Sie sah genauso aus wie als junges Mädchen, an jenem Abend, an dem er sie das letzte Mal gesehen hatte, in der Garderobe des Hippodromes von Catford im Jahr 1947. Mit einem schäbigen Pullover und einem Tweedrock bekleidet, hatte sie in der Ecke des Raumes gesessen und ihr Bühnenkostüm geflickt. Er hatte Bonny zu einem späten

Abendessen ausführen und ihre Affäre beenden wollen, weil Ruth mit Nick schwanger gewesen war. An diesem Abend hatte er sich gewünscht, den Mut zu besitzen, Ellie zu einer Trennung von Bonny zu raten, um eine Solokarriere zu verfolgen, aber sie war ihrer Freundin treu ergeben gewesen.

»Du hast dich nicht allzu sehr verändert, Ellie«, stellte er leise fest, dann beugte er sich vor, um ihr wie in der vergangenen Nacht einen Kuss auf die Wange zu geben.

»Du auch nicht, du gut aussehender Teufel«, lachte sie, und ihre dunklen Augen tanzten. »Aber bevor wir zu diesem Cottage entschwinden, muss ich noch einige Telefonanrufe erledigen.«

»Darf ich es wagen, die Frage zu stellen, mit wem du sprechen möchtest?«, entgegnete er, als sie Arm in Arm über den Rasen zum Haus zurückgingen.

»Ich will ein paar Zeitungen anrufen«, antwortete sie und drehte sich mit einem koboldhaften Grinsen zu ihm um. »Eine davon wird doch sicher einen Exklusivbericht über den verblassten Hollywood-Star bringen wollen, der die Tochter einer ehemaligen Tanzpartnerin finden möchte.«

»Sieh zu, dass die Presse anbeißt, dann lade ich dich zum Abendessen ein«, meinte er. »Und wenn du dir nur Abfuhren holst, werde ich dich in voller Montur in den Swimmingpool werfen.«

Um halb drei Uhr morgens lag Magnus immer noch hellwach im Bett, während seine Gedanken um die Ereignisse des vergangenen Tages kreisten. Helena würde am nächsten Morgen zu einem Interview mit den *News of the World* nach London fahren. Sie hatte das Cottage in Kelston zunächst einmal für sechs Monate gemietet und sich die Option offen gehalten, es später kaufen zu können.

Das zweihundert Jahre alte, reetgedeckte Cottage war zauberhaft und groß genug, um eine Haushälterin dort unterzubringen, falls sie eine einstellen wollte, andererseits war es jedoch auch nicht so groß, dass sie es nicht allein hätte bewohnen können. Der Garten war geschmackvoll angelegt und bot einen Blick über die freie Landschaft rings um das Haus. Die Möbel, Teppiche und Gardinen, die die Besitzer zurückgelassen hatten, passten allesamt hervorragend zum Charakter des Cottages und waren trotzdem modern.

Auch die Idee, dass sie Mel gemeinsam vielleicht finden würden, versetzte Magnus in Hochstimmung. Es war ein weitaus besserer Plan, Mel die Chance zu geben, zu Helena Kontakt aufzunehmen, ohne dass er damit zu tun hatte. Auf diese Weise würde sie nicht das Gefühl haben, gejagt zu werden.

Was ihn jedoch wach hielt, waren die Fragen, die er nicht stellen konnte. Helena hatte Angst vor Edward. Das ergab keinen Sinn, wenn er über all diese Jahre hinweg ihr Beschützer gewesen war, wie sie sagte. Andererseits schien es Magnus auch nicht recht gesund für einen Mann zu sein, sich mit solcher Hingabe an eine Frau zu binden, wenn die Beziehung rein platonisch war: Was hatte Edward für einen Nutzen daraus gezogen? Und was wusste Helena über Bonnys Vergangenheit? Es musste ziemlich schockierend sein, wenn es sie derart aufregen konnte. Hoffentlich verschlimmert es die Dinge für Mel nicht noch!, dachte er. Zu all dem war Magnus sich darüber im Klaren, dass eine gewisse Art von Gefühlen für Helena in ihm erwacht war. Er konnte sich einreden, ein alter Narr zu sein, von dem sie sich unmöglich angezogen fühlen konnte, doch als sie gemeinsam das Cottage erkundet hatten, war er sich ganz sicher gewesen, dass ihre Seelen in einem gewissen Gleichklang schwangen.

Sie hatte in der Küche gestanden und sich von dem Makler die Funktion des Aga-Herdes erklären lassen, als sie plötzlich zu kichern begonnen hatte.

»Was ist so komisch an einem Aga-Herd?«, hatte Magnus gefragt, als der Agent außer Hörweite gewesen war.

»Rein gar nichts«, antwortete sie. »Ich dachte nur gerade, was für ein perfekter Vorwand so ein Herd wäre, um dich rüberzubitten, damit du ihn wieder in Gang bringst.«

»Du brauchst keinen Vorwand, um mich herzuholen«, gab er

zurück. »Genau genommen solltest du besser anfangen, dir etwas auszudenken, um mich fern zu halten.«

»Magnus«, sagte sie, legte den Kopf auf die Seite und sah ihn mit jenem bewundernswerten breiten Lächeln an, »das Schicksal hat uns sicher aus einem guten Grund wieder zusammengeführt. Vielleicht ist dies eine Chance für uns beide, ein wenig Glück zu finden.«

22. Kapitel

Mel! Wach auf!«

Auf Conrads Befehl hin öffnete sie die Augen, sah ihn an ihrem Bett stehen und schloss sie wieder. »Heute ist Sonntag«, murmelte sie schläfrig. »Sonntags stehe ich niemals früh auf, schon gar nicht an verregneten Septembersonntagen.«

»Für so etwas wirst du eine Ausnahme machen«, gab er zurück und zog die Vorhänge auf. »Außerdem wird es heute warm und trocken.«

Es war eher die Aufregung in seiner Stimme als der strahlende Sonnenschein, der sie zu einer Reaktion zwang. Sie hob den Kopf vom Kissen und sah Conrad fragend an; er trug Jeans und ein kariertes Hemd, außerdem war er vollkommen atemlos, als wäre er gerade die Treppe heraufgerannt.

»Ich hoffe für dich, dass es wirklich etwas Interessantes ist«, erklärte sie warnend und rieb sich die Augen.

»Es ist nicht nur interessant, es ist umwerfend«, versetzte er und drückte ihr eine Zeitung in die Hand. »Lies das!«

»Wieder etwas über Nick?« Plötzlich war sie hellwach, setzte sich eifrig auf und knöpfte ihr Pyjamaoberteil zu. Vor einigen Monaten hatte sie in einer Zeitschrift einen Artikel über die Dreharbeiten eines Fernsehfilms namens *Delinquents* gelesen, in dem Nick zusammen mit Daniel McKinley spielte, einem jungen Schauspieler, dessen Foto fast täglich in den Zeitungen zu sehen war. Sie hoffte, dies würde Nicks große Chance sein, sich zu beweisen.

»Nein, es geht nicht um Nick«, antwortete Conrad mit einem

kläglichen Lächeln. »Aber ich denke, das hier ist vielleicht noch besser.«

»Conrad's Supper Rooms« waren erst vor sechs Monaten eröffnet worden, und obwohl das Restaurant sich nicht zu einem Mekka für die Künstlerszene von Chelsea entwickelt hatte, war es doch sehr beliebt bei den jungen Leuten der Mittelklasse, die während des Grundstücksbooms 1972 nach Chelsea gezogen waren. Conrad fand diese materialistischen Menschen grauenhaft langweilig, hatte sich inzwischen aber damit abgefunden, dass seine Gäste nicht immer so aufregend sein würden, wie er es am Abend der Eröffnung gehofft hatte. Zumindest verdiente er ordentlich, und diese Tatsache tröstete ihn. Von montags bis samstags war das Restaurant mehr oder weniger ausgebucht, und umso mehr genossen sie beide die freien Sonntage, die inzwischen zu einem geliebten Ritual geworden waren.

An diesem Morgen war Conrad vor sieben Uhr aufgewacht, hatte sich angezogen und war dann eine Zeitung kaufen gegangen. Ursprünglich hatte er zurückkehren, ein Picknick vorbereiten und schließlich Mel mit einer Tasse Tee wecken wollen, um gemeinsame Pläne für den vor ihnen liegenden Tag zu schmieden.

Aber während er am Zeitungskiosk angestanden hatte, um einen *Observer* zu kaufen, war ihm Helena Foresters Bild auf dem Titelblatt der *News of the World* aufgefallen, und in einem Anflug von Wehmut hatte er auch die gekauft.

Auf dem Heimweg las er dann den Artikel über sie und stellte mit leisen Gewissensbissen fest, wie lange sie keinen Film mehr gedreht hatte. Einst selbst ein leidenschaftlicher Fan dieser Schauspielerin, war ihm ihre Abwesenheit von der Leinwand kaum aufgefallen. Aber jetzt unternahm sie in *Broken Bridges*, einem britischen Film, der in Westengland gedreht werden sollte, ein Comeback als ernsthafte Schauspielerin.

Es tat gut zu lesen, dass sie sich darüber freute, nach so vielen Jahren in Amerika endlich wieder in England zu sein, dass sie Fish and Chips vermisst hatte, Straßenmärkte und sogar den englischen Regen. Sie klang genauso reizend, wie sie aussah.

Er war schon fast wieder zu Hause, als ein Absatz in dem Artikel ihn jäh innehalten ließ:

»Es hat sich während meiner Abwesenheit so viel verändert! Kleine Theater, an denen ich früher einmal gespielt habe, sind jetzt Bingo-Hallen, aus dem Laden an der Ecke ist ein Supermarkt geworden, und vor dem Kino gibt es heutzutage kaum noch eine Schlange, weil die Leute zu Hause bleiben und fernsehen. Am meisten von allem hat mich jedoch die Entdeckung bekümmert, dass meine ehemalige Tanzpartnerin vor einigen Jahren gestorben ist und ihre Tochter, Camellia, allein zurückgelassen hat. Ich hoffe, sie wird diesen Artikel lesen und sich mit mir in Verbindung setzen. Es gibt so viele Dinge, die ich ihr gern erzählen würde.«

»Was bringt dich auf den Gedanken, das hier könnte mich interessieren?« Mel starrte verwundert auf die Zeitung.

»Nicht die Sache über die Skinheads. Da unten.« Con zeigte ungeduldig auf das Foto einer auffälligen dunkelhaarigen Frau über der rechten Spalte. »Du weißt doch, wer sie ist?«

Das Gesicht kam ihr vage bekannt vor. »Sollte ich das wissen? Sie ist sehr schön. Was ist sie? Ein Filmstar oder eine Sängerin?«

»O Mel, das ist Helena Forester. Sie war in den Fünfzigern genauso eine große Nummer wie Doris Day«, antwortete er leicht gereizt. »Du musst doch ihre Filme gesehen haben?«

Bei dem Namen klingelte tatsächlich etwas in ihr, aber sie war immer noch verwirrt. »Ich glaube nicht, je einen dieser Filme gesehen zu haben, aber andererseits bin ich als Kind auch kaum ins Kino gegangen. Was soll das Ganze eigentlich?«

»Lies«, beharrte er. »Der größte Teil des Artikels steht auf Seite drei, vor allem die wirklich aufregende Passage. Ich koche uns derweil eine Kanne Tee.«

Mel war gerade mit der Lektüre des Artikels fertig geworden, als Conrad mit zwei Teebechern in ihr Zimmer zurückkam. Sie runzelte die Stirn, als könnte sie nicht ganz begreifen, was sie soeben gelesen hatte. Sie blickte zu ihm auf, und ihre dunklen Augen bettelten förmlich um eine Bestätigung. »Damit kann doch unmöglich ich gemeint sein! Oder?«

»Wie viele andere Camellias kennst du denn?«, fragte er spitz und drückte ihr den Becher in die Hand.

Sie zuckte die Schultern. »Keine, aber es muss doch noch andere Frauen dieses Namens geben.«

»Mit einer Mutter, die Tänzerin war und die außerdem zufällig tot ist?«

»Bei Tänzerinnen ist die Wahrscheinlichkeit größer, dass sie ihren Kindern idiotische Namen geben«, antwortete sie schnippisch, trotzdem las sie, während sie ihren Tee trank, das Interview noch einmal.

»Ha«, flüsterte sie dann plötzlich, und alle Farbe wich aus ihrem Gesicht. »Bei den Briefen meiner Mutter, die ich nach ihrem Tod gefunden habe, war auch einer mit der Unterschrift ›H‹ dabei. Außerdem war da eine Frau auf einem Foto mit Mum und Magnus. Ist sie das?«

»Wo ist das Foto?« Conrad trat einen Schritt auf Mels Kommode zu, als wollte er dort das Unterste zuoberst kehren.

»Es ist nicht hier, Con. Ich habe es in Bath zurückgelassen«, seufzte Mel.

Enttäuscht ließ Conrad sich auf ihr Bett sinken. »Es muss sich um dieselbe Person handeln. Je länger man diesen Artikel liest, desto bedeutsamer erscheinen diese letzten paar Zeilen. Es ist beinahe so, als hätte sie dieses Interview nur gegeben, um dich zu finden. Sie sagt, dass sie in Bath wohnt – sie könnte sogar auf Oaklands sein!«

Mel schloss für einen Moment die Augen. Sie konnte dieses Foto so deutlich vor sich sehen, als hielte sie es in der Hand. Zwei hübsche Mädchen mit jugendlichen, straffen Gesichtern und einem breiten Lächeln, die in Theaterkostümen links und rechts von Magnus standen. Trotzdem konnte sie nicht sagen, ob diese üppige, dunkelhaarige Schauspielerin das zweite Mädchen war.

Hatte Magnus diese Sache eingefädelt? Hatte er die Briefe in ihrem alten Zimmer gefunden und war der Spur gefolgt?

Ihr Herz begann, heftig zu schlagen. Sie wollte gern glauben, dass die Botschaft für sie bestimmt war, dass Magnus, Nick und diese alte Freundin ihrer Mutter versuchten, sie zu finden, aber sie hatte kein rechtes Zutrauen in diese Art von Glücksfall.

»Warum drückt sie sich dann so vage aus? Ich meine, warum gibt sie nicht einfach den Namen ihrer Freundin an?«

»Aus Angst, dass Betrügerinnen bei ihr aufkreuzen?«, schlug Conrad vor. Mels Reaktion enttäuschte ihn. Er hatte mit mehr Begeisterung gerechnet. »Als sie vom Tod deiner Mutter erfuhr, hat sie vielleicht befürchtet, die Presse könne die Sache zu sehr aufbauschen. Wer weiß. Ruf sofort bei der Zeitung an! Erklär den Leuten, wer du bist, und bitte sie, zu Helena Kontakt aufzunehmen.«

»Noch nicht.« Mel legte sich wieder hin. »Zuerst muss ich darüber nachdenken.«

»Darüber nachdenken!« Conrad sprang verärgert auf. »Was gibt es da nachzudenken? Du hast dich jahrelang mit der Frage gequält, wer dein Vater war, und jetzt, da jemand auftaucht, der vielleicht die Wahrheit kennt, machst du einen Rückzieher. Heilige Maria, Mutter Gottes!«

Dieser so ungemein irische Ausbruch entlockte ihr ein schiefes Lächeln. »Du bist ein Tyrann, so viel steht fest«, erwiderte sie und äffte dabei seinen Akzent nach. »Würdest du bitte so freundlich sein, nach unten zu verschwinden, während ich versuche, einen klaren Kopf zu bekommen?«

Conrad warf ihr einen finsteren Blick zu. »Und da sagen die Leute, wir Iren wären begriffsstutzig!« Er stolzierte zur Tür. »Ich gebe dir eine Stunde, mehr nicht«, rief er ihr noch über die Schulter zu, bevor er die Treppe hinunterstapfte.

Mel lag in ihrem Bett und lauschte auf die Geräusche aus der Küche, wo Conrad mit den Töpfen schepperte. Eine Hälfte von ihr sehnte sich danach, aufzustehen und ans Telefon zu eilen, aber die andere Hälfte mahnte zur Vorsicht. Diese letzten sechs

Monate, in denen sie mit Conrad gearbeitet und gelebt hatte, waren voller Glück und Sicherheit gewesen. Sie hatte jetzt wieder ein eigenes Leben, hatte Frieden und Ruhe gefunden, sie hatte zu lachen gelernt und sich sogar mit einigen jungen Frauen angefreundet, die am Fulham Broadway arbeiteten. Selbst ihr einfaches, weiß gestrichenes Zimmer war ihr teuer geworden, und sie hatte aufgehört, über die Schulter in ihre Vergangenheit zurückzublicken. War es klug, etwas zu riskieren, das ihr möglicherweise nur noch mehr Schmerz und Demütigungen einbringen würde?

Als Conrad eine Stunde später zaghaft an ihre Tür klopfte, war sie bereits angezogen. Die Neugier hatte die Oberhand über ihre Vorsicht gewonnen.

»Ich habe dir eine Tasse Tee raufgebracht«, rief er. »Wenn du mich nicht sehen willst, lasse ich sie draußen stehen.«

»Red keinen Unsinn«, lachte sie, öffnete die Tür und grinste ihn an. »Es wird dich freuen zu erfahren, dass ich beschlossen habe, mich mit Helena in Verbindung zu setzen, aber nicht telefonisch. Ich möchte nicht, dass die Presse etwas über mich erfährt. Ich habe ihr geschrieben.«

Conrad strahlte von einem Ohr zum anderen. »Was hast du denn geschrieben?« Er kam in ihr Zimmer und setzte sich auf ihr Bett.

Mel griff nach dem versiegelten Brief und wedelte ihm damit vor der Nase herum. »Nur die nackten Tatsachen. Mein Geburtsdatum und den Geburtsort. Von Dads und Mums Tod und von dem Brief mit der Unterschrift ›H‹, den ich unter Mums Sachen gefunden habe. Außerdem habe ich sie gefragt, ob dieser Brief von ihr sei. Zu guter Letzt habe ich festgestellt, dass ich sie gern treffen würde, und ich habe ihr meine Adresse und Telefonnummer gegeben. Jetzt werde ich den Brief an die *News of the World* schicken.«

»Hm, sie wird ihn nicht vor nächstem Samstag bekommen, wenn die Zeitung den Brief erst weiterleiten muss«, wandte Conrad ein wenig enttäuscht ein. »Aber besser spät als nie. Dann könnten wir heute ja in den Hyde Park gehen und mit einem

Boot auf der Serpentine herumfahren. Das wird uns wenigstens ablenken.«

Die Woche erschien ihr endlos, und ein plötzlicher Wetterwechsel machte das Ganze noch schlimmer, denn jetzt war es zu nass und zu kalt, um hinaus in den Garten zu gehen. Am Donnerstagnachmittag unternahm Mel einen Ausflug in die Kensington High Street, um sich, nur für den Fall des Falles, ein neues Kleid zu kaufen, doch in der Luft lag eine unverkennbare Schärfe, die ihr die baldige Ankunft des Herbstes ins Gedächtnis rief – der Jahreszeit, in der ihr immer furchtbare Dinge widerfahren waren.

Als sie bis Samstag noch kein Wort gehört hatte, kam sie zu dem Schluss, das Ganze müsse ein Zufall gewesen sein. Außerdem hätte Bonny ihre Freundschaft zu einer so berühmten Frau gewiss von sämtlichen Dächern gerufen.

An diesem Abend blieb Con und ihr dann keine Zeit zum Nachdenken mehr. Eine Gruppe von zehn Gästen war äußerst anspruchsvoll und laut, und alle anderen Tische waren ebenfalls besetzt. Obwohl Mel in der Küche mehr als genug zu tun hatte, musste sie ab und zu ins Restaurant hinausflitzen, um auszuhelfen, da John, der neue Kellner, und Conrad zusammen den Ansturm allein nicht bewältigen konnten.

Während sie gerade mal wieder einen der Tische abräumte – es war gegen zehn Uhr –, sah sie einen Mann durch das Fenster spähen. Es regnete heftig, und der Fremde war vollkommen durchnässt. Er sah wie ein Deutscher aus: Sein Gesicht war sehr kantig und knochig, und er hatte kurz geschnittenes, weißblondes Haar und lebhafte, blaue Augen. Sie lächelte ihm zu, und er kam herein.

»Ist es schon zu spät für ein Abendessen?«, fragte er, zog die Tür hinter sich zu und wischte Regentropfen von seinem gebräunten Gesicht.

Er hatte keinen deutschen Akzent, sondern einen sehr kultivierten englischen. Außerdem war er älter, als sie es auf den ersten Blick geschätzt hatte – vielleicht knapp über vierzig –, und er war sehr hoch gewachsen und hielt sich äußerst gerade.

Normalerweise wäre sie nicht allzu versessen darauf gewesen, so spät am Abend noch einen weiteren Gast zu bedienen, doch sie brachte es nicht übers Herz, ihn wieder in den Regen hinauszuschicken.

Er sah tatsächlich wie der Inbegriff eines Nazi-Offiziers aus: das weißblonde, kurze Haar, die durchdringenden blauen Augen und die dichten Brauen. Seine Sonnenbräune und der schlanke, athletische Körperbau ließen auf eine Beschäftigung im Freien schließen, andererseits sah er aber auch sehr korrekt aus in seinem teuren hellgrauen Anzug und dem Hemd mit dem steifen Kragen. Irgendetwas war da jedoch, das ihn nicht wirklich gut aussehend erscheinen ließ, trotz seines perfekten Knochenbaus und der strahlend weißen Zähne. Seine Lippen waren ein wenig zu dünn und seine Augen kalt. Trotzdem wirkte er ungewöhnlich attraktiv.

Camellia sah sich in dem Restaurant um. Die meisten Gäste waren noch beim Hauptgang und redeten und lachten munter. Dieser Mann würde wahrscheinlich schon wieder fort sein, bevor sie auch nur beim Dessert angelangt waren.

»Nein, es ist nicht zu spät, nicht, wenn es Ihnen nichts ausmacht, ein wenig zu warten, während ich diesen Tisch abräume«, erklärte sie mit einem freundlichen Lächeln. »Setzen Sie sich doch für einen Moment an die Bar.« Sie schenkte ihm ein Glas Wein ein. »Der geht aufs Haus«, sagte sie, als er nach seiner Brieftasche tastete. »Mit dem Essen werden Sie sich aber leider auf Ihr Glück verlassen müssen – ich glaube, jetzt haben wir nur noch Steaks oder unsere Spezialität, Hühnerragout.«

»Hübsches Lokal«, bemerkte er, als sie mit einem voll beladenen Tablett an ihm vorbeiging. »Gehört es Ihnen?«

»Oh nein.« Sie lächelte erheitert und blieb kurz bei ihm stehen, das Tablett auf die Hüfte gestützt. »Ich bin nur die Köchin. Das Restaurant gehört Conrad Deeley. Er ist im Augenblick in der Küche, aber er wird gleich rauskommen, um Sie zu begrüßen.«

»Mel?«, rief Conrad aus der Küche. »Ist die Schokoladenmousse schon weg?«

»Im Kühlschrank ist noch welche«, rief sie zurück und sah den Fremden dann schulterzuckend an. »Er hat viele Talente, doch das Auffinden von Dingen gehört nicht dazu. Ich gehe besser wieder in die Küche.«

»Mel ist sicher eine Abkürzung. Wofür? Melanie?«, wollte er wissen.

»Nein, Camellia.« Sie hatte es sich schon lange abgewöhnt, ihren Namen geheim zu halten. Con hatte Recht gehabt: Die Leute verfügten nicht über ein allzu gutes Gedächtnis, und bisher war niemand, den sie aus ihren Tagen aus der Oakley Street gekannt hatte, zum Essen hergekommen.

»Sehr hübsch«, erwiderte er und musterte sie von Kopf bis Fuß. »Der Name passt zu Ihnen.«

Sie verschwand in der Küche, holte Conrad die Mousse aus dem Kühlschrank und klemmte ihm für den Tisch, den sie gerade abgeräumt hatte, eine saubere Tischdecke unter den Arm. »Ich habe dem Nazi an der Bar erzählt, dass wir nur noch Hühnerragout oder Steak haben«, flüsterte sie. »Also wage es ja nicht, ihn mit etwas anderem in Versuchung zu führen. Es ist schon zu spät, um noch irgendwelche komplizierten Gerichte zu kochen.«

Conrad grinste, schlug die Absätze zusammen und versuchte sich an einem ironischen Salut, bevor er wieder ins Restaurant verschwand.

Wenige Minuten später kam er in die Küche zurück, um zwei Desserts zu holen. »Ich schätze, der Nazi hat ein Auge auf dich geworfen«, bemerkte er mit einem übertriebenen Flüstern. »Er hat mich gefragt, ob du meine Frau bist. Aber ich habe die Sache für dich verdorben – ich habe geantwortet, dass wir lediglich zusammenleben.«

Mel lächelte. Er hatte natürlich nichts dergleichen gesagt – dafür war er viel zu fein. »Hat er schon bestellt?«, fragte sie.

»Ich habe es noch nicht geschafft, seine Bestellung aufzunehmen. Die Leute von Tisch vier wollen gehen, und ich muss ihnen die Rechnung bringen. Aber dein Nazi kommt schon klar, er scheint es nicht eilig zu haben.«

Ein Ansturm weiterer Dessert-Bestellungen machte es Mel unmöglich, noch einmal in das Restaurant zu gehen. Gut zwanzig Minuten später schob sie den Kopf durch die Tür und stellte zu ihrer Überraschung fest, dass der blonde Mann verschwunden war.

»Ich nehme an, er hatte keine Lust, länger zu warten«, meinte sie zu Conrad, der heftig schwitzend Tisch vier abräumte. »Das ist das letzte Mal, dass ich jemandem ein Glas Wein spendiere.«

»Ich war wohl nicht hübsch genug für ihn«, witzelte Conrad. »Und da wir gerade von Wein sprechen, wir sollten beide ein Glas trinken, ich brauche eine Aufmunterung.«

Eine weitere Woche verging, und von Helena Forester war noch immer kein Wort gekommen. Conrad war überzeugt gewesen, dass sie eines Tages mit einer Limousine vorfahren würde. Als sich dies als Irrtum herausstellte, verwandelte seine Aufregung sich in Verdrossenheit.

»Sie hätte wenigstens auf deinen Brief antworten können«, maulte er mehrmals. »Offensichtlich ist sie keineswegs die sensible, liebevolle Frau, für die ich sie hielt, sondern eine egozentrische Heuchlerin.«

Es hatte die ganze Woche lang geregnet, und da Mel sich gern von ihren Gedanken an Magnus und Nick ablenken wollte, die immer wieder in ihr hochkamen, verbrachte sie die Nachmittage damit, das Wohnzimmer zu streichen.

Am Sonntagnachmittag klingelte dann das Telefon. Mel lag auf dem Sofa und las, und Conrad ging unten in der Küche des Restaurants an den Apparat.

Seine donnernden Schritte auf der Treppe verrieten ihr, dass er aufgeregt war. Als er hereinkam und sie sein strahlendes Gesicht sah, lächelte sie.

»Das war deine Mum? Sie hat sich dazu durchgerungen, dir zu verzeihen und hier bei uns Urlaub zu machen?«

Conrad lachte. Es sah so jungenhaft aus. Es war nicht nur seine magere Gestalt, sein kleines Elfengesicht und das borstige Haar, sondern etwas Kindliches, das hindurchschimmerte, selbst wenn er sich alle Mühe gab, erwachsen und weltgewandt zu wirken. Vor kurzem hatte er sich eine neue Brille mit einem schwereren Schildpattrahmen gekauft, die ihn seiner Meinung nach professioneller aussehen ließ, und er war regelmäßig zum Frisör gegangen. Aber in seinen Augen blitzte noch immer respektloser Humor, und sein Haar war so ungebärdig wie eh und je. Der kleine Junge in ihm würde auch dann noch da sein, wenn er die sechzig überschritten hatte.

»Etwas viel Interessanteres als eine Kehrtwendung meiner Mum«, entgegnete er. »Das war gerade ein Bursche namens Michael Dunwoody, dem ein Restaurant in Brighton gehört. Er möchte mir einen Vorschlag machen.«

Mel stöhnte. Die Leute unterbreiteten Conrad ständig irgendwelche Vorschläge. Er konnte furchtbar leichtgläubig sein. »Worum geht es denn?«

»Ich soll ihn aufkaufen. Sein Restaurant liegt extrem günstig in Brighton, aber er hat finanzielle Schwierigkeiten. Er hat mich gefragt, ob ich vielleicht Interesse daran hätte, das Restaurant zu kaufen. Er würde es dann für mich leiten und die gleiche Atmosphäre dort schaffen, wie wir sie hier haben.«

Dieser Vorschlag war zumindest originell, doch es bereitete Mel Sorgen, dass Conrad sich so leicht zu verrückten Ideen verlocken ließ. »Wenn er nicht im Stande ist, sein eigenes Restaurant mit Profit zu führen, dürfte er sich wohl kaum mehr Mühe geben, wenn er es lediglich für einen anderen führt«, wandte sie ein, streckte sich behaglich aus und lockerte den Taillenbund ihrer Jeans. Es war ihr unbegreiflich, dass Conrad auch nur daran denken konnte, ein zweites Restaurant zu kaufen; er hatte mit diesem hier wahrlich alle Hände voll zu tun.

»Vielleicht, doch es wird sich auf jeden Fall lohnen, wenn ich mir die Sache ansehe.« Conrad schob ihre Beine zur Seite und setzte sich neben sie. »Es ist alles fix und fertig eingerichtet, und er würde mir einen erheblich günstigeren Preis machen, als ich ihn auf dem freien Markt bekäme. Es wäre eine gute Investition.«

Für Camellia klang es nach der perfekten Methode, sein Geld zu verlieren, aber Widerstand gegen seine verrückten Ideen führte nur dazu, dass er sie mit umso größerer Entschlossenheit verfolgte, zumindest hatte sie bisher diese Erfahrung stets gemacht.

»Wann willst du dich denn mit ihm treffen?«

»Was du heute kannst besorgen, das verschiebe nicht auf morgen«, grinste er. »Bei diesem Regen werden wenigstens die Straßen frei sein.«

»Versprich mir nur, dass du dich nicht sofort entscheiden wirst«, bat sie behutsam. Sie konnte ihm den Besuch in Brighton nicht ausreden, das wusste sie, aber sie musste wenigstens versuchen, ihn ein wenig zu bremsen. »Beschränk dich heute darauf, dir das Ganze anzusehen und mit dem Mann zu reden. Das Restaurant läuft gut, Con, doch das tut es nur deshalb, weil du ständig hier bist und dem Ganzen eine persönliche Note gibst. Außerdem hättest du keine Zeit zum Schreiben, wenn du dich um ein zweites Geschäft kümmern müsstest.«

Er antwortete nicht, sondern stand auf, trat ans Fenster und blickte hinaus in den kleinen Garten.

Mel hatte sein Buch gelesen, und sie fand, dass er ein brillanter Geschichtenerzähler war. Seine Charaktere waren lebendig und witzig, und der Plot entwickelte sich rasant. Sie wünschte, er hätte sich mit ganzer Kraft aufs Schreiben konzentrieren können. Außerdem war sie ein wenig besorgt, weil ihre materialistischer gesinnten Kunden langsam Einfluss auf Conrad gewannen, mochte er auch noch so herzlich über diese Leute lachen. Conrad war Künstler, kein Geschäftsmann.

»Es tut mir Leid, dass ich dir Hoffnungen wegen Helena Forester gemacht habe«, erklärte er unerwartet. Er drehte sich wieder zu ihr um, und seine braunen Augen hinter den dicken Brillengläsern sahen riesig und bekümmert aus. »Vielleicht war es reines Wunschdenken meinerseits. Ich wollte, dass dir etwas wirklich Schönes passiert – du verdienst es.«

Seine Sorge um sie rührte Mel. Conrad konnte bisweilen leidenschaftlich, impulsiv und verrückt sein, aber darunter verbarg sich ein sensibler, ungeheuer liebevoller Mensch. »Mir ist schon etwas Schönes passiert, als ich dir begegnet bin«, gab sie zurück. »Ich bin sehr glücklich hier, Con. Mehr kann ich mir wirklich nicht wünschen.«

»Aber du denkst immer noch viel an Nick, oder?«, fragte er, trat ans Sofa heran und strich ihr beinahe väterlich übers Haar. »Manchmal habe ich das Gefühl, dass du nur mit halber Kraft funktionierst und dass die andere Hälfte von dir langsam verrostet, weil du sie nicht benutzt.«

»Ja, ich denke tatsächlich viel an Nick«, gab sie zu. »Und manchmal kommt mir der Gedanke, dass ich gern einen anderen Mann kennen lernen, mich verlieben, heiraten und Kinder bekommen würde. Aber es ist nicht so, als verzehrte ich mich nach diesen Dingen. Für den Augenblick genügen mir mein Seelenfrieden und deine Freundschaft völlig.«

Mel dachte nicht allzu oft über ihre Wünsche nach, und sie sprach sie erst recht niemals laut aus. Aber jetzt wurde ihr mit einem Mal klar, dass sie in einer Art Wartezimmer lebte und es zuließ, dass das Leben behaglich an ihr vorbeiströmte. Conrad griff zumindest nach den Dingen, die er sich wünschte, und ließ sich von neuen Ideen und Erfahrungen inspirieren. Vielleicht sollte sie sich ein Beispiel an ihm nehmen.

»Du gibst zu viel von dir selbst, Mel«, meinte er und drohte ihr dabei wie ein Schuldirektor mit dem Finger. »Ohne dich hätte ich dieses Restaurant niemals auf die Beine gestellt. Mir graut vor dem Tag, an dem du weiterziehen willst, denn der Himmel allein weiß, wie ich ohne dich zurechtkommen soll. Aber trotzdem wünscht sich ein großer Teil von mir, dich glücklich und erfüllt zu sehen. Ich möchte erleben, wie diese andere Seite von dir sich in Bewegung setzt, ich möchte deine Augen einmal aus einem anderen Grund als wegen einem neuen Gericht auf der Speisekarte leuchten sehen.«

»Gerade jetzt leuchten meine Augen, wenn ich diesen ausgefransten Kragen betrachte.« Sie stand auf und zupfte an seinem

Hemdkragen. »Also, weg mit dem Ding, und zieh dir etwas Schickeres an. Nicht dass dieser Dunwoody am Ende noch glaubt, du steckst ebenfalls in finanziellen Schwierigkeiten.«

Conrad brach zwanzig Minuten später auf, bekleidet mit einem ausgebeulten Tweedanzug, in dem er aussah wie ein irischer Bauer in seinem Sonntagsstaat. Sie brachte es nicht übers Herz, ihm zu erklären, dass er in seinen Jeans eine bessere Figur machte. Das Gartentor fiel hinter ihm zu, und Mel hörte seinen Mini aufheulen, als er die kleine Gasse hinter dem Haus hinunterjagte.

Seufzend griff sie wieder nach ihrem Buch. Hoffentlich gefällt ihm dieser Dunwoody nicht!, dachte Mel; das Ganze klang in ihren Ohren ein wenig zweifelhaft.

Das Läuten der Türklingel weckte sie. Sie sah zuerst auf ihre Armbanduhr und stellte fest, dass es schon nach fünf war. Sie musste kurz nach Conrads Aufbruch eingeschlafen sein. Jetzt schob sie die Füße in ihre Pantoffeln und ging nach unten, um die Tür zu öffnen.

Zu ihrer Überraschung stand der hoch gewachsene blonde Mann davor, der vor einer Woche am Samstagabend das Restaurant verlassen hatte, ohne bestellt zu haben. Es war ihr peinlich, dass ein so attraktiver Mann sie in abgetragenen Jeans und einem schmuddeligen T-Shirt antraf.

»Erinnern Sie sich noch an mich?«, fragte er. »Ich wollte mich dafür entschuldigen, dass ich vergangenen Samstag einfach so davongelaufen bin. Sie müssen mich für schrecklich unhöflich gehalten haben. Aber ich hatte meine Brieftasche in meinem anderen Anzug vergessen. Zum Glück habe ich das bemerkt, bevor ich bestellt habe, sonst hätte ich womöglich den Abend damit zubringen müssen, für Sie den Abwasch zu erledigen.«

Mel war über seine Entschuldigung verblüfft, aber durchaus erfreut. Ein so gutes Benehmen war heutzutage selten. Er war weniger elegant gekleidet als bei ihrer ersten Begegnung; er trug eine lässige hellbraune Wildlederjacke, ein kariertes Hemd mit offenem Kragen und beigefarbene Baumwollhosen, aber trotzdem sah er so aus, als wäre er direkt aus dem Schaufenster eines Herrenschneiders entsprungen.

»Haben Sie später noch etwas zu essen bekommen, oder mussten Sie hungrig schlafen gehen?«

»Ich bin in einem dieser Hamburger-Läden gelandet, die bis spät in die Nacht geöffnet haben.« Er lehnte ungezwungen an der Tür und sah sie an.

Mel errötete. Wenn es nur um eine Entschuldigung ging, hätte ein Telefonanruf durchaus genügt. Konnte es sein, dass er sie zum Essen einladen wollte? Sie war sich nicht sicher, wie sie darauf reagieren sollte; er war nicht ganz ihr Typ. »Beim nächsten Mal reservieren Sie besser vorher einen Tisch«, bemerkte sie. »Es war nett von Ihnen, sich zu entschuldigen.«

»Ich sollte wohl besser mit der Wahrheit rausrücken«, erwiderte er lächelnd. »Helena Forester schickt mich! Ich bin ihr Manager – mein Name ist Edward Manning.«

Vor lauter Schreck klappte ihr der Unterkiefer herunter.

Freude, Ungläubigkeit und Verlegenheit machten intelligente Fragen unmöglich. Seine teure Kleidung, die Sonnenbräune und der schwache amerikanische Akzent passten nur allzu gut zu einem Mann, der im Filmgeschäft tätig war. Trotzdem hatte er es für nötig gehalten, sie zunächst einmal inkognito aufzusuchen – bei diesem Gedanken wurde ihr ein wenig unwohl.

»Kommen Sie doch herein.« Mels Stimme zitterte. »Ich wünschte nur, ich wäre ein bisschen ordentlicher angezogen!«

»Hat Helena viele Briefe bekommen?«, fragte sie, während sie ihm den Tee einschenkte. »Ich meine, von Camellias?«

»Vierunddreißig insgesamt, aber nur vier davon hießen wenigstens Camellia«, antwortete er mit einem schiefen Lächeln. Die meisten davon waren schwärmerische Teenager, die in ihren Briefen von Helenas Filmen erzählten und sich überglücklich über eine Verbindung zu ihr zeigten.«

»Woher wussten Sie, dass ich die Richtige war?«, hakte Mel weiter nach.

»Das war ganz einfach. Sie hatten das richtige Geburtsdatum und den richtigen Familiennamen.«

»Warum haben Sie mich dann letzte Woche zuerst überprüft?«

Er sah sie durchdringend an, und seine blauen Augen waren plötzlich sehr kalt. »Wir mussten ganz sicher sein. Helena ist sehr verletzbar. Ich möchte nicht, dass sie sich mit jemandem einlässt, der vielleicht ein wenig labil ist.«

Diese Erklärung war zwar ein wenig kränkend, aber zumindest ehrlich, fand Mel. Es war nicht gerade einfach, mit dem Mann zu reden – er wirkte humorlos und reserviert, und dieser Auftrag ging ihm offenbar gegen den Strich. Andererseits war es sein Job als Helenas Manager, ihre Interessen zu vertreten. Mel nahm sich vor, ihn mit Charme ein wenig aus der Reserve zu locken.

»Erzählen Sie mir von Helena«, bat sie. »Ich tappe nämlich völlig im Dunkeln; meine Mutter hat nie von ihr gesprochen. Ich fürchte, ich habe nicht einmal einen einzigen ihrer Filme gesehen, obwohl Conrad, der ein großer Fan von ihr ist, mir eine Menge Hintergrundinformationen geben konnte. Bin ich Helena jemals begegnet? Ich meine, als ich noch klein war.«

Als er nicht sofort antwortete, befürchtete Mel schon, vielleicht das Falsche gesagt zu haben.

»Es ist nicht einfach, Helena Forester zu beschreiben«, stellte er schließlich langsam fest, als müsste er seine Worte sehr sorgfältig wählen. »Ihr öffentliches Image als einer der größten Musicalstars unserer Zeit steht ziemlich deutlich im Widerspruch zu ihrem privaten Image. Sie ist ein ungemein verschlossener Mensch, Camellia, bemerkenswert schön und von einem warmherzigen, liebevollen Wesen.«

Mel fragte sich, ob Edward nicht vielleicht ein wenig mehr war als nur Helenas Manager. Er klang zwar so, als hätte er diese Beschreibung einem Pressebericht entnommen, doch gleichzeitig leuchtete in seinen Augen eine Leidenschaft, die von ehrlicher Bewunderung für Helena sprach.

»Bonny Norton hat sie vor vielen Jahren sehr verletzt«, fuhr er fort und sah Mel dabei durchdringend an, als machte er sie dafür verantwortlich. »Die beiden haben sich zerstritten, und vielleicht ist das der Grund, warum sie Ihnen nie von Helena erzählt hat. Wenn ich es recht verstanden habe, waren Sie bei ihrer letzten Begegnung mit Ihrer Mutter drei oder vier Jahre alt, zu jung wahrscheinlich, um sich daran zu erinnern. Aber Helena ist eine Frau mit einem sehr großen Herzen, die auch verzeihen kann. Als sie nach ihrer Rückkehr nach England vom Tod ihrer beider Eltern erfuhr, galt ihre erste Sorge Ihnen.«

»Wie hat sie davon erfahren? Hat Magnus es ihr erzählt?« Ein Gefühl wilder Erregung stieg in Mel auf. »Wohnt sie bei ihm auf Oaklands?«

»Magnus? Oaklands?« Er sah sie verwirrt an. »Ich fürchte, dass keiner der beiden Namen mir irgendetwas sagt.«

»Magnus Osbourne war ein Freund meiner Mutter. Ich dachte, dass er vielleicht auch Helena kannte.« Mel kam sich ein wenig töricht vor und musste gegen ihre Enttäuschung ankämpfen. Aber wenn Edward nichts über Magnus und Bonny wusste, würde sie ihn auch nicht darüber ins Bild setzen. »Es war nur eine Gedankenverbindung. Ich habe einmal in seinem Hotel in Bath gearbeitet, und ich nahm an, dass sie vielleicht auf Oaklands ein Zimmer genommen haben könnte.«

»Sie hat ein Haus in der Nähe von Bath gemietet«, erklärte er steif. »Der Film wird dort gedreht. Und soweit ich weiß, hat sie keine Bekannten in der Stadt. Ich glaube, sie hat von einem alten Freund in London vom Tod Ihrer Eltern erfahren. Doch das können Sie sie alles selbst fragen.«

»Wann kann ich sie treffen?«, erkundigte sie sich rundheraus. Noch einmal zwei Wochen des Wartens würde sie kaum ertragen, das wusste sie.

»Ich hatte die Absicht, Sie gleich jetzt zu ihr zu bringen«, meinte er. »Natürlich nur, wenn Sie damit einverstanden sind.«

»Jetzt?« Mel starrte ihn verständnislos an.

»Das Restaurant ist sonntags doch nicht geöffnet, oder?«, fragte er. »Die Fahrt nach Bath dauert nur zwei Stunden. Sie können heute Nacht bei Helena schlafen, und ich bringe Sie morgen Früh zurück oder setze Sie in den Zug.«

Ihr fiel kein vernünftiger Grund ein, warum sie nicht sofort losfahren sollte. Trotzdem erschien ihr das alles ein wenig überstürzt.

Als spürte er, dass sie eine weitere Ermutigung brauchte, holte er aus der Innentasche seiner Jacke einen Umschlag. »Sehen Sie sich die hier mal an«, bemerkte er ein wenig freundlicher und reichte ihr einige Schnappschüsse. »Diese Fotos hat Helena über all die Jahre hinweg aufbewahrt.«

Es waren alles Bilder von Mel als winzigem Säugling und als Kleinkind bis zum Alter von etwa vier Jahren. Auf einem davon stand sie vor einer Geburtstagstorte mit zwei Kerzen, auf einem anderen war sie nackt in einem Schwimmbecken zu sehen. Auf dem letzten Bild saß sie draußen vor ihrem Haus in der Mermaid Street auf der Treppe, ein rundliches, ernst blickendes Mädchen von vier Jahren, das eine Puppe im Arm hielt.

»Sagen Ihnen diese Bilder, was Helena für Sie empfindet?« Edwards Ton klang scharf.

Mels Augen begannen zu brennen.

»Lassen Sie sie nicht länger warten.« Seine Stimme war plötzlich warm und eindringlich. »Sie hat Ihnen so viel zu erzählen, so viele Jahre, die sie aufholen will! Kommen Sie mit mir – es gibt doch nichts, was Sie hier zurückhält, oder?«

Mel sah sich um. Sie wollte ihr Buch zu Ende lesen, und Conrad würde ihr sicher nach seiner Rückkehr von dem Restaurant in Brighton erzählen wollen. Aber das war nicht so aufregend wie die Möglichkeit, ein wenig mehr über ihre Mutter in Erfahrung zu bringen.

»Hm, nein«, murmelte Mel, wohl wissend, dass sie sich eine halbe Stunde später schwarz ärgern würde, wenn er tatsächlich ohne sie fuhr. »Doch ich sehe einfach furchtbar aus. Ich möchte, dass sie mich von meiner besten Seite kennen lernt.«

Da lächelte er, als hätte er sich endlich dazu durchgerungen, sie zu mögen. »In meinen Augen sehen Sie einfach bezaubernd aus«, erwiderte er. »Aber Sie können sich durchaus zuerst umziehen, wenn Sie sich dann wohler fühlen.«

Sie ließ ihn mit der Sonntagszeitung im Wohnzimmer allein

und lief nach oben. Ihr neues, blau-weiß gestreiftes Kleid war ihr einfach perfekt erschienen, als sie es letzte Woche gekauft hatte, aber jetzt war sie sich da nicht mehr so sicher. Der keusche weiße Seemannskragen und der diagonal geschnittene Rock kamen ihr plötzlich ein wenig altmodisch und viel zu sommerlich vor. Doch es war zu spät, um noch etwas anderes herauszusuchen, also zog sie Strumpfhosen und eine weiße Strickjacke aus dem Schrank, bürstete sich das Haar, band es im Nacken zusammen und schlüpfte in ihre dunkelblauen Plateauschuhe.

Als sie kurz darauf geschminkt, mit einer kleinen Reisetasche und einem Regenmantel über dem Arm ins Wohnzimmer zurückkam, blickte Edward auf und lächelte sie an.

»Ich wünschte, alle Damen könnten sich so schnell verwandeln«, sagte er. »Sie sehen sehr hübsch aus. Ich denke, Helena wird verblüfft sein, dass das pummelige kleine Mädchen, an das sie sich erinnert, zu einer so eleganten jungen Dame geworden ist.«

»Wenn ich ein wenig mehr Zeit gehabt hätte, hätte ich meine Sache noch besser machen können«, lachte sie und griff nach einem benutzten Umschlag und einem Kugelschreiber, um eine kurze Nachricht für Conrad aufzuschreiben:

Helenas Manager, Edward Manning, ist hergekommen, um mich nach Bath zu bringen. Ich werde morgen irgendwann wieder eintrudeln. Alles Liebe, Mel.

»Machen Sie immer so wenig Worte?«, fragte er und zog eine blonde Augenbraue ironisch in die Höhe, nachdem er einen Blick auf die Notiz auf dem Tisch geworfen hatte.

»Im Allgemeinen nicht«, antwortete sie schmunzelnd. »Aber was immer ich schreibe, es wird Con ohnehin nicht genug sein, und wir haben schließlich keine Zeit, um einen kompletten Bericht zu verfassen, nicht wahr?«

Edwards Wagen war ein neuer, dunkelblauer Jaguar, und Mel ließ sich mit einem wohligen Seufzer in das weiche Lederpolster sinken. Sie war noch nie zuvor in einem so prächtigen Wagen gefahren, und es erschien ihr wie ein gutes Omen für ein ganz neues Kapitel in ihrem Leben.

»Wie lange kennen Sie Helena schon?«, fragte sie, als sie die M4 erreichten. Seit sie Fulham verlassen hatten, hatte Edward kaum ein Wort gesprochen, und langsam fühlte sie sich ein wenig angespannt.

»Seit 1945«, entgegnete er. »Wir sind zusammen in einer Show in London aufgetreten. Ich war damals Schauspieler, doch jetzt bin ich seit fast zwanzig Jahren ihr Manager.«

Als Nächstes erzählte er ihr von anderen Shows, an denen sie beide mitgewirkt hatten, und fügte auch hinzu, dass er manchmal Klavier spielte. Für Mel wurde immer offensichtlicher, dass er Helena anbetete. Sie fand es rührend, dass die beiden Briefkontakt gehalten hatten, wenn sie nicht zusammen hatten arbeiten können. Edward hatte sogar in vielen Städten, in denen sie aufgetreten war, Engagements als Pianist angenommen, nur um in ihrer Nähe zu sein.

»Kannten Sie meine Mutter auch?«, erkundigte sie sich schließlich.

»Ja«, meinte er. »Sie war eine der Tänzerinnen in dieser ersten Show, von der ich Ihnen gerade erzählt habe.«

Mel wartete darauf, dass er weiter in Erinnerungen schwelgen würde, aber er blieb stumm. »Sie mochten sie nicht, nicht wahr?«

»Ja«, gab er zu und drehte sich nach ihr um. »Es tut mir Leid, wenn Sie das kränkt, Camellia, aber ich fürchte, Bonny und ich, wir haben uns nie verstanden.«

»Ich ziehe Ehrlichkeit immer vor«, erwiderte sie und hoffte, er würde sich daraufhin ein wenig offener zeigen. »Aber wie es aussieht, waren die meisten Männer von ihr fasziniert.«

Als er nicht sofort antwortete, sah Mel zu ihm hinüber. Er hielt das Lenkrad so fest umklammert, dass seine Knöchel weiß hervortraten.

»Erzählen Sie mir, warum Sie sie nicht mochten«, bat sie; die offensichtliche Anspannung beunruhigte sie ein wenig.

»Sie war …« Er zögerte, als wäre er sich nicht sicher, ob er seiner Meinung Ausdruck verleihen sollte. »Nun ja, ›giftig‹ ist das einzige Wort, das passt. Ich bin sehr erleichtert festzustellen, dass Sie ihr weder äußerlich noch charakterlich ähneln.«

»Was hat sie getan, dass Sie so wütend auf sie sind?« Sie war entrüstet; eine so boshafte Beschreibung hatte Bonny nicht verdient, erst recht nicht ihrer Tochter gegenüber.

»Mir persönlich hat sie nur wenig angetan«, antwortete er schulterzuckend. »Aber sie hat mit dem Leben anderer Leute gespielt. Allerdings wissen Sie das sicher selbst, meine Liebe. Sie hat sich nach der Heirat mit Ihrem Vater ganz bestimmt nicht verändert.«

Mel hatte das Gefühl, dass Edwards Feindseligkeit ihrer Mutter gegenüber auf Eifersucht gründen musste. Es widerstrebte ihr, weitere Fragen nach der Freundschaft der beiden Frauen zu stellen oder ihm von den Briefen zu erzählen, die sie gefunden hatte. Stattdessen lenkte sie das Gespräch auf allgemeinere Themen – das Restaurant, London, Filme, die sie gesehen hatte, aber in den Gesprächspausen grübelte sie immer wieder über seine Beziehung zu Helena nach.

Die beiden waren bestimmt kein Liebespaar, da war sie sich ziemlich sicher, doch es erschien ihr auch sehr merkwürdig, dass eine so enge, platonische Freundschaft sich über fast dreißig Jahre hinweg gehalten hatte, vor allem da keiner der beiden Beteiligten geheiratet hatte. Mel mochte Conrad sehr, konnte sich aber auch unmöglich vorstellen, dass sie für den Rest ihrer Tage glücklich zusammenbleiben würden ohne Liebe, Romantik oder Sex.

»Sind Sie immer so still?«, meinte Mel, als sie durch Reading fuhren. Es war inzwischen dunkel, und sie war es müde geworden, die Scheibenwischer bei der Arbeit zu beobachten. Sie hatte versucht, ein klareres Bild von Helena zu gewinnen, indem sie sich nach ihren alten Filmen und ihrem Leben in Hollywood erkundigt hatte, aber auch wenn sie jetzt wusste, dass Helena ein im spanischen Stil gehaltenes Haus in den Hügeln von Hollywood besaß, einen Swimmingpool und einen roten Cadillac und dass Edward in *Dreamers*, einem ihrer früheren Filme, einen Pianisten gespielt hatte, wusste sie über die Frau selbst ebenso wenig wie zuvor. Edward war wortkarg und distanziert. Er konnte eins von Helenas Kleidern oder die Inneneinrichtung ihres Hauses detailliert beschreiben, gab ihr aber keinerlei Einblicke in ihr Gefühlsleben oder ihre Interessen. Noch merkwürdiger war sein Widerstreben, über sich selbst zu sprechen.

»Ich schätze, ich bin wohl einer der Zuhörer des Lebens«, bemerkte Edward lächelnd und ohne den Blick von der Straße zu nehmen. »Verzeihen Sie mir, wenn ich so ein schlechter Gesellschafter bin. Aber Helena wird Sie reichlich dafür entschädigen, wenn Sie sie kennen lernen. Sie redet auch gern.«

Er stellte das Radio an, und Mel hing ihren eigenen Gedanken nach. Nachdem sie den Artikel über Helena gelesen hatte, hatte sie viel Zeit auf Tagträume verwandt und sich ausgemalt, was die Begegnung mit dieser Frau für sie bedeuten konnte. Helena würde vielleicht wissen, wer ihr Vater war. Angenommen, es war gar nicht Magnus – dann gab es nichts, was sie davon abhalten konnte, ihn auf Oaklands zu besuchen. Sie hatte sich sogar vorgestellt, dass Nick sie mit offenen Armen willkommen heißen und ihr alles verzeihen würde.

Da Edwards Erscheinen in Fulham unerwartet und ihr Aufbruch so überstürzt gewesen war, kehrten ihre Gedanken erst jetzt, als sie schon fast in Westengland waren, zu diesen Tagträumen zurück. Sie konnte Oaklands deutlich vor sich sehen: die Bäume in der Einfahrt, die langsam gelb und rot wurden, den Ausblick auf das Tal, über dem ein duftiger Herbstnebel lag. Magnus hatte zu dieser Zeit längst das Feuer im Salon entzünden lassen, und auf der Speisekarte würden herzhafte, würzige Suppen stehen.

Sie war sich ganz sicher, dass Magnus ihr ihre Flucht nicht übel nehmen würde, aber sie fragte sich doch, ob er einen Ersatz für sie eingestellt hatte und was er mit ihren persönlichen Habseligkeiten angefangen haben mochte. Zum einen war da ihr Sparbuch. Sie hatte während all dieser Zeit kaum einen Gedanken daran verschwendet, doch vielleicht konnte sie es zurückbekommen, ihre Ersparnisse abheben und sich einen Wagen kaufen.

Aber es war Nicks Bild, das ihr den Atem verschlug. Die Erinnerung an ihn war nicht verblasst: Er war immer noch in ihrem Herzen, in ihrem Kopf und in ihrem Blut. Wenn sie die Augen schloss, konnte sie seine fein gemeißelten Wangenknochen sehen, seinen breiten Mund und seine blauen Augen; sie konnte ihn so deutlich vor sich sehen, dass sie manchmal meinte, sie brauche bloß die Hand auszustrecken, um ihn zu berühren. Die grausamen Dinge, die er ihr an den Kopf geworfen hatte, hatte sie ihm längst verziehen – vielleicht war auch ihm inzwischen klar geworden, dass sie sich nicht anders hatte verhalten können. Sie sprach ein stummes Gebet, dass Helena den Verdacht, sie könnten miteinander verwandt sein, ein und für alle Mal ausräumen würde.

Als Edward von der Autobahn abfuhr und vor einem Kreisverkehr stehen blieb, schrak Mel jäh aus ihrem Tagtraum auf.

»Wo sind wir?«, erkundigte sie sich.

»In der Nähe von Chippenham«, sagte er beinahe schroff.

Mel wusste, dass die Chippenham Road nach Bath führte, und sie hielt eifrig Ausschau nach irgendetwas, das sie wiedererkannte, aber es regnete jetzt so heftig, dass sie nur wenige Meter weit sehen konnte.

»Fahren wir direkt nach Bath?«, wollte sie wissen. Sie waren gerade an einem Wegweiser vorbeigefahren, den sie jedoch nicht hatte lesen können.

»Nein, wir biegen vorher ab«, antwortete er und drehte sich zu ihr um. »Wirklich schade, dass es so dunkel und so nass ist! Die Gegend hier ist sehr hübsch, aber Sie kennen sie natürlich.«

»Ich kenne nur Bath selbst und die nähere Umgebung von Oaklands«, erwiderte sie. »Sie sollten selbst eines Tages mal nach Oaklands rüberfahren. Es liegt auf einem Hügel mit Blick auf ein wunderschönes Tal, durch das der Fluss fließt. Ich war schrecklich gern dort.«

Edward bemerkte nichts dazu; er fragte nicht einmal, warum sie von Oaklands fortgegangen war, wenn sie sich dort so wohl gefühlt hatte. Aber andererseits hatte er ihr überhaupt keine persönlichen Fragen gestellt.

»Habe ich Ihnen erzählt, dass Helenas Haus am Fluss liegt?«, bemerkte er einige Minuten später. »Ich wohne für den Augenblick ebenfalls dort, bis ich ihr eine gute Haushälterin besorgt habe. Es liegt ziemlich einsam, was besonders bei solchem Wetter auffällt, außerdem muss das Haus dringend modernisiert werden. Doch Sie werden es ja selbst bald sehen, wir sind fast da.«

Mit diesen Worten bog er von der Hauptstraße in eine schmale Landstraße ab, die zu beiden Seiten von Bäumen gesäumt wurde. Hier und da waren einige Cottages zu sehen, aber im Wesentlichen schien die Straße sich durch Ackerland zu winden. An einer Stelle kam ihnen ein anderer Wagen entgegen, und Edward musste rückwärts zu einer Ausweichstelle zurückfahren, weil die beiden Autos sonst nicht aneinander vorbeigekommen wären. Sie fuhren noch einmal ungefähr fünf Minuten, und die Straße führte jetzt steil bergab, bevor sie zu guter Letzt auf einen holprigen, gefurchten Weg kamen.

Mel fühlte sich unwohl. Sie konnte nirgendwo Lichter sehen. Der Wind heulte, Regen peitschte auf das Autodach, und auf dem Weg herrschte pechschwarze Dunkelheit.

»Nur noch ein paar Meter«, meinte Edward gut gelaunt, und er hatte kaum ausgesprochen, als sie auch schon auf eine geschotterte Einfahrt rollten. »So, da wären wir endlich.«

»Es sieht ein bisschen unheimlich aus«, platzte Mel heraus, dann kicherte sie darüber, dass sie sich so kindisch angehört hatte. Auf der gemauerten Veranda hing nur eine einzige schwache Leuchte, aber soweit sie es erkennen konnte, war das Haus sehr hübsch, mit spitzen Giebeln und Gitterfenstern. Es war nur nicht das, was sie erwartet hatte.

»Bilden Sie sich Ihr Urteil erst, wenn Sie das Haus bei Tageslicht gesehen haben«, sagte Edward mit weit größerer Begeisterung, als er sie bisher für irgendetwas anderes gezeigt hatte. »Es ist ein wunderschönes altes Haus auf einem idyllischen Fleckchen Erde. Der Garten ist ein wenig vernachlässigt, aber dafür haben wir bereits Pläne.«

Als sie die Wagentür öffnete, schlug ihr der Wind entgegen. Sie nahm ihre Reisetasche und den Regenmantel vom Rücksitz und lief auf die Veranda zu, um sich vor dem Regen in Sicherheit zu bringen.

»Wo ist Helenas Wagen?«, fragte sie, als Edward hinter ihr hereilte.

»Sie ist noch nicht dazu gekommen, sich einen anzuschaffen«, erwiderte er und schob einen Schlüssel in das Schloss. »Sie lässt sich jeden Tag zum Dreh bringen und wieder abholen. Allerdings hat sie schon ein Auge auf einen Mercedes geworfen.«

Der modrige Geruch, der ihr beim Eintreten aus dem Haus entgegenschlug, zerrte von neuem an Mels Nerven.

»Oje, sagen Sie bloß nicht, dass sie aufgehalten worden ist«, rief Edward in die dunkle Diele hinein. »Sie hat versprochen, deutlich vor sieben zurück zu sein.«

Er knipste eine Lampe an. Die Diele fügte sich blendend in das Gesamtbild des Hauses ein, aber sie war sehr schäbig. Der Fußboden war uneben gefliest, und nur ein einziger, stark abgetretener Teppich lag darüber. Treppe und Geländer bestanden aus massiver Eiche, und die große Standuhr in der Diele war auf Viertel nach drei stehen geblieben. Selbst die kleinen, in schwere Goldrahmen gefassten Ölgemälde von edlen Pferden sahen ein wenig bedrohlich aus.

Aber es war vor allem der Geruch, der sie beunruhigte. Mel erkannte ihn sofort: Er verriet, dass das Haus allzu lange nicht benutzt worden war. Es war der Geruch von Fenstern, die geschlossen gehalten wurden, von ungelüfteten Betten und alten Menschen. »Es ist sehr kalt hier«, bemerkte sie und zog sich ihren Regenmantel fester um die Schultern.

»Das tut mir wirklich furchtbar Leid«, sagte Edward, schnalzte mit der Zunge und schaltete ein elektrisches Heizgerät ein. »Kein nettes Willkommen für Sie, nicht wahr? Aber keine Bange, Helena wird sicher jeden Augenblick zurückkommen.« Er ging durch den Korridor voraus und öffnete eine Tür; Mel folgte ihm.

Der Raum lag im Dunkeln. Als Edward vortrat, um eine Tischlampe anzuschalten, verspürte Mel den unvernünftigen Drang, sich umzudrehen und zur Haustür zu rennen.

Selbst als das Licht den Raum durchflutete und sie auf einem niedrigen Tisch eine Ausgabe der *Vogue* und eine benutzte Teetasse sah, sagte ihr eine leise Stimme in ihrem Kopf, dass seit Tagen niemand mehr in diesem Raum gewesen war. In gewissem Sinne war er absolut perfekt. Tiefe, bequeme Sofas zu beiden Seiten eines riesigen Kamins, antike, glänzend polierte kleine Tische und ein dicker, traditioneller, rot gemusterter Teppich. Angefangen von den dunklen Holzbalken bis zu dem Schürhaken aus Messing, dem Porzellanschrank voller Figuren und einem Sekretär war alles tipptopp sauber, nirgendwo lag auch nur eine einzige Staubflocke. Trotzdem kam ihr alles falsch vor.

»Es gefällt mir nicht«, stieß Mel impulsiv hervor. Balkontüren führten in den Garten hinterm Haus hinaus, und die Schwärze dort draußen war beängstigend. »Ich möchte nicht hier bleiben.«

Edward drehte sich überrascht zu ihr um. »Oh, Camellia, es tut mir so Leid, dass Sie sich unwohl fühlen.« Er trat einen Schritt auf sie zu und legte ihr sanft eine Hand auf die Schulter. »Das ist wirklich nicht nett von Helena; sie hätte hier sein müssen, um Sie zu begrüßen. Aber machen Sie sich keine Sorgen. Ich zünde ein Feuer an und hole uns etwas zu trinken. Sie wird sicher jeden Augenblick mit einem ganzen Haufen Entschuldigungen hereingestürmt kommen.«

Das Feuer war bereits vorbereitet. Edward zündete mit einer Gasflamme das Holz an, und fast sofort züngelten helle Flammen empor. Mel hockte sich auf die Kante des Sofas, das dem Kamin am nächsten stand.

»So ist es schon besser«, meinte er und zog die dicken Vorhänge vor den Balkontüren zu. »Im Nu haben wir es hier wunderbar behaglich. Wenn Helena dieses Haus tatsächlich kauft, werden wir natürlich dafür sorgen, dass sie eine Zentralheizung eingebaut bekommt. Ich weiß, wir Engländer sind angeblich eine zähe Rasse, aber wenn man erst einmal eine Zeit lang in einem warmen Klima gelebt hat, fallen einem die Kälte und die Feuchtigkeit doch auf.«

Edwards ermutigende Bemerkungen und seine Bemühungen, es ihr bequem zu machen, hätten sie eigentlich beruhigen sollen, aber Mel fühlte sich noch immer unwohl. Der Wind draußen heulte so laut, und der Regen peitschte gegen die Fenster. Wo genau war sie? Wie weit war es bis zum nächsten Haus oder Geschäft?

»Oh, schön, sie hat eine Nachricht dagelassen«, rief Edward triumphierend und nahm einen Bogen hellblauen Papiers von dem Schreibtisch in der Nische neben dem Kamin.

»Liebster Edward«, las er laut vor. *»Tut mir Leid, aber ich glaube, die Besprechung wird länger dauern, als ich erwartet hatte. Nehmt euch etwas zu trinken und wartet auf mich. Ich komme zurück, sobald ich kann. Was müsst ihr nur von mir denken! Alles Liebe, H.«*

Mit einem düsteren Lächeln hielt er Mel den Briefbogen hin. »Es muss eine Terminänderung gegeben haben, nachdem ich heute Morgen aufgebrochen bin. Solche Dinge passieren ständig. Dem Regisseur fällt etwas Neues ein, oder einer der Produzenten setzt sich plötzlich einen anderen Drehort in den Kopf. Es ist schon ärgerlich.«

Mels Nervosität verebbte ein wenig. Nick hatte sich oft darüber beklagt, wie viel Zeit er aus ganz ähnlichen Gründen in Theatern und Studios verschwendete, und der Anblick des Briefes beruhigte sie. Die Handschrift und die Unterschrift mit dem »H.« entsprachen ganz eindeutig dem, was sie aus dem Brief ihrer Mutter kannte.

»Das lässt sich wohl nicht ändern«, seufzte Mel und hielt die Hände über die Flammen.

Edward sah sie mit resignierter Miene an. »Ich kann gar nicht zählen, wie oft Helena und ich im letzten Augenblick eine Verabredung absagen mussten. Also, wie wärs jetzt mit einem Drink? Vielleicht ein Gin Tonic? Wir hätten aber auch Scotch und Wein da, sogar Rum, wenn ich mich nicht irre.«

»Ich hätte lieber eine Tasse Tee.« Sie lächelte Edward an. Es war nicht seine Schuld, dass die Dinge sich so entwickelt hatten. Wahrscheinlich langweilte ihn das Zusammensein mit ihr genauso, wie es umgekehrt der Fall war, und er gab sich alle Mühe, charmant zu sein. »Ich muss mich entschuldigen, wenn ich gerade ein wenig hysterisch klang. Ich bin wahrscheinlich einfach nur nervös.«

»Das ist doch ganz verständlich«, entgegnete er. »Wenn ich gewusst hätte, dass Helena sich verspäten würde, wäre ich zuerst noch mit Ihnen in einen Pub gegangen. Aber trinken Sie doch lieber etwas Anständiges, die Fahrt war lang, und ein ordentlicher Drink würde Ihnen helfen, sich zu entspannen.«

Mel hätte nichts gegen einen Gin Tonic einzuwenden gehabt, hielt es aber für besser, damit bis zu Helenas Ankunft zu warten.

»Noch nicht, bitte«, gab sie zurück. »Ich hätte wirklich gern einen Tee.«

»In Ordnung«, meinte er und wandte sich zum Gehen. »Es wird ein oder zwei Minuten dauern, da die Küche ein wenig antiquiert ist. Ich könnte Ihnen auch ein Sandwich zubereiten, wenn Sie möchten?«

»Das wäre schön«, erwiderte Mel lächelnd. »Soll ich Ihnen helfen?«

»Nein, Sie bleiben hier«, antwortete er. »In der Küche ist es ziemlich kalt.«

Nachdem Edward den Raum verlassen hatte, blickte Mel auf ihre Armbanduhr. Es war fünf nach neun. Sie nahm sich die Zeitschrift vom Tisch und blätterte sie durch, verlor aber binnen weniger Sekunden das Interesse, als ihr klar wurde, dass es die Ausgabe vom letzten Monat war. Sie hatte sie bereits gelesen.

Es wurde langsam wärmer, und sie stand auf, um sich ein wenig genauer umzusehen. Die Besitzer des Hauses mussten sehr alt sein. In dem Porzellanschrank fand sich eine Ansammlung von viktorianischen Figuren, an den Wänden hingen düstere Ölgemälde von Hirschen und Hochlandrindern, und die Schirme der Tischlampen waren aus einem altmodischen Pergament gefertigt. An Helenas Stelle hätte sie den ganzen Kram weggepackt und durch freundlichere, modernere Dinge ersetzt. Auch Blumen und Topfpflanzen hätten den Raum deutlich einladender erscheinen lassen.

Kaum war ihr dieser Gedanke gekommen, wurde ihr mit einem Mal klar, warum ihr das Zimmer nicht geheuer war: Es gab nicht einen einzigen Gegenstand hier, der nicht zum Stil und zu der Zeit dieses Hauses gepasst hätte. Helena hätte doch sicher ein paar persönliche Dinge hierher mitgenommen, das eine oder andere gerahmte Foto, irgendwelche Erinnerungsstücke, die ihr besonders teuer waren?

Aber am auffälligsten war vielleicht das Fehlen von Blumen. Eine Schauspielerin, die es gewohnt war, Blumen geschenkt zu bekommen, würde sie doch sicher unverzichtbar finden. Und wären Blumen nicht doppelt wichtig, wenn man einen Gast erwartete?

Das Unbehagen, das sie schon während der Fahrt über den gefurchten Feldweg befallen hatte, kehrte mit doppelter Wucht zurück. Was war das für eine Frau, die einen wildfremden Mann schickte, um ein junges Mädchen abzuholen, und die erwartete, dass es hundert Meilen zu einem einsam gelegenen, kalten Haus fuhr, um dann festzustellen, dass die Gastgeberin gar nicht da war?

Fünf Minuten später kam Edward mit einem Tablett zurück. Darauf standen ein Teller mit Sandwiches, ein Früchtekuchen, eine weiße Teekanne aus Knochenporzellan, zwei Tassen, Unterteller, Milch und Zucker.

»Das ging aber schnell«, bemerkte Mel.

»Helena muss wohl geahnt haben, dass Sie Hunger haben würden; sie hatte die Sandwiches schon vorbereitet«, erklärte er und machte ein leicht verlegenes Gesicht. »Ich hoffe, Sie mögen Schinken.«

Sie setzten sich, Edward in einen Sessel, Mel auf das Sofa, das Tablett zwischen sich auf einem Couchtisch.

»Milch und Zucker?«, fragte Edward, als er den Tee einschenkte.

»Nur Milch, keinen Zucker«, entgegnete sie und lehnte sich ein wenig entspannter zurück.

Der Tee war zu heiß, um mehr als einen winzigen Schluck zu nehmen. Aber er schmeckte ein wenig seltsam.

»Hm, ziemlich heiß«, murmelte sie und stellte ihre Tasse wieder auf den Couchtisch. Edward griff nach dem Milchkrug.

»Vielleicht habe ich nicht genug Milch hineingegeben«, sagte er. »Ich selbst trinke den Tee ohne Milch, daher weiß ich nie, wie viel ich nehmen soll.«

Unter gewöhnlichen Umständen hätte Mel nichts Seltsames an dieser Bemerkung gefunden. Aber sie hatte ihm in Fulham Tee eingeschenkt, und da hatte er ihn mit Milch getrunken. Sie war verwirrt und sah kurz zu ihm hinüber. Edward wirkte verkrampft; die Haut um Mund und Augen war angespannt, und seine Hand zitterte, als er mehr Milch in ihre Tasse goss.

Mel trank noch einmal von dem Tee, wobei sie wiederum nur daran nippte, doch der seltsame Geschmack war jetzt noch stärker. War es möglich, dass Edward etwas in die Milch gegeben hatte?

Deine Fantasie geht mit dir durch, schalt sie sich im Stillen. Aus welchem Grund sollte er sie betäuben wollen?

»Dürfte ich wohl kurz telefonieren?«, bat sie. »Con wird sich sicher ein wenig Sorgen machen. Ich sollte ihm mitteilen, wo genau ich bin.«

Edward runzelte die Stirn. »Ich fürchte, die Leitung ist tot.« Er sah ihr nicht in die Augen und stand auf, um sich wieder um das Feuer zu kümmern. »Die Leitungen hier in der Gegend sind sehr alt, und anscheinend hat der Sturm in der vergangenen Nacht bei einigen Schäden angerichtet. Morgen Früh soll ein Techniker herkommen.« Als einzelnes Ereignis betrachtet, war ein Telefon, das nicht funktionierte, nicht besonders auffällig. Aber nach allem anderen, was ihr in diesem Haus merkwürdig erschien, begannen bei Mel jetzt die Alarmglocken zu läuten. Würde eine kultivierte Schauspielerin, die es gewohnt war, in Luxus zu leben, wirklich in ein so feuchtes, kaltes Haus ziehen? Außerdem – wenn sie darüber nachdachte – würde eine Frau in Helenas Position doch ein erstes Treffen mit einem Fremden auf neutralem Territorium arrangieren, in einem Hotel oder einem Restaurant.

Mel musterte Edward argwöhnisch, und all die seltsamen Kleinigkeiten, die sie im Laufe des Abends an ihm beobachtet hatte, fügten sich plötzlich zusammen. Er war zu glatt, zu nervös, und mit Ausnahme von Helena mochte er keine Frauen. Seine Schweigsamkeit, die wachsame, häufig schroffe Art zu reden und seine kalten Augen waren einfach unheimlich.

»Edward, bitte, seien Sie nicht gekränkt, aber ich möchte, dass Sie mich in ein Hotel bringen«, erklärte sie und gab sich große Mühe, sich ihre Panik nicht anmerken zu lassen. »Ich fühle mich hier kein bisschen wohl, erst recht nicht ohne Telefon. Und Helena wird sicher müde sein, wenn sie zurückkommt. Wir können uns morgen treffen, wenn wir beide ausgeruht sind.«

»Das ist doch lächerlich«, erwiderte er, und seine Augen blitzten verärgert auf. »Es wird Helena gar nicht recht sein, wenn Sie bei ihrer Heimkehr nicht mehr hier sind. Jetzt trinken Sie einfach Ihren Tee und entspannen Sie sich. Außerdem schüttet es da draußen wie aus Kübeln. Um diese Zeit wollen Sie doch bestimmt nicht durch die Gegend fahren und sich irgendwo ein Zimmer suchen.«

Mel wollte auf ihrer Forderung bestehen, aber ein sechster Sinn riet ihr, Ruhe zu bewahren und gründlich nachzudenken, bevor sie sich in eine noch verletzbarere Position brachte.

»Also schön, aber nur noch eine halbe Stunde«, meinte sie, um einen Kompromiss zu schließen. »Und wenn sie bis dahin nicht zurück ist, werde ich gehen.«

»Oh, so lange wird sie bestimmt nicht mehr brauchen.«

Mel glaubte, einen Unterton von Erleichterung in seiner Stimme zu hören. Vielleicht war er einfach nur froh darüber, dass sie keine Szene machen würde. Andererseits konnte eine halbe Stunde auch genau die Zeit sein, die er brauchte. Sie betrachtete die Teetasse vor sich und entdeckte einige weiße Flöckchen, die auf der Oberfläche trieben. Enthielt der Tee etwa ein Schlafmittel? Sie würde ganz gewiss nicht das Risiko eingehen, davon zu trinken.

»Wahrscheinlich ist es nur die Stille hier, die mich nervös macht«, bemerkte sie mit einem angespannten kleinen Lachen. »Con empfiehlt in solchen Situationen auch immer eine Tasse Tee.« Sie griff nach der Tasse und gab vor, einen Schluck davon zu nehmen, dann setzte sie sie wieder ab und biss in ihr Sandwich. »Meinen Sie, ich könnte ein wenig Salz bekommen?«, fragte sie. »Ich weiß, Salz ist nicht gesund, aber ich bekomme nichts herunter ohne eine ordentliche Dosis davon.«

Edward runzelte die Stirn, doch er stand auf und ging in die Küche. Camellia sah sich hastig um. In der Ecke neben den Balkontüren stand eine hohe Messingvase, und kaum dass Edward außer Hörweite war, sprang sie auf, eilte auf die Vase zu und kippte den Tee hinein.

Als Edward mit dem Salzstreuer zurückkam, saß sie wieder auf dem Sofa und gab sich den Anschein, den letzten Rest von ihrem Tee zu trinken. Er lächelte sie an. »Möchten Sie noch eine Tasse? Es ist noch reichlich in der Kanne.«

»Im Moment nicht«, antwortete sie. Hoffentlich ist mein Gesicht nicht so rot, wie es sich anfühlt!, dachte sie. Sie brach ein Stück von dem Sandwich ab und streute Salz darauf.

Edward erzählte ihr etwas von Rupert, Helenas Partner in dem Film, aber Mel hörte nur mit halbem Ohr zu, während sie in Wirklichkeit versuchte, Klarheit zu gewinnen. Warum sollte er sie betäuben wollen? Um sie irgendwo hinzubringen, wo sie normalerweise nicht freiwillig hingehen würde? Oder um sie aus irgendeinem anderen Grund zum Schweigen zu bringen?

Und plötzlich ahnte sie die Wahrheit. Er wollte sie töten.

Ihr erster Instinkt war es, zur Tür zu rennen, doch sie kämpfte ihn nieder. Zum einen würde Edward sie einholen, bevor sie auch nur in die Diele kam. Außerdem würde sie mit einem solchen Verhalten zeigen, dass sie seinen Plan erraten hatte. Er war viel größer und stärker als sie, und selbst wenn es ihr gelang, zur Tür hinauszukommen, würde er sie mit Sicherheit einholen. Wenn sie stattdessen sein Spiel gelassen mitspielte und ihm allen Grund zu der Annahme gab, dass sein Plan funktionierte, dann konnte sie ihn vielleicht überlisten.

»Haben Sie es auch warm genug?« Edwards eifrige Frage erschreckte sie. Sie hatte kein Wort von dem gehört, was er zuvor gesagt hatte.

Hastig dachte sie nach. »Ich glaube, es ist sogar ein bisschen zu warm«, gab sie zurück und täuschte ein Gähnen vor. »Ich werde langsam müde.«

Er lächelte. Mel glaubte, eine Spur von Selbstgefälligkeit in diesem Lächeln zu erkennen, als wäre es genau das, was er zu hören gehofft hatte. Sie streifte ihre Schuhe von den Füßen, setzte sich ein wenig bequemer hin und zog die Beine aufs Sofa hoch.

»Wollen Sie mir nicht etwas von der Handlung des Films erzählen?«, bat sie. »Ist es eine Liebesgeschichte?«

Sie stützte einen Ellbogen auf die Armlehne des Sofas und sah ihn direkt an, während er ihr den Inhalt des Films schilderte. Edward war ein ausnehmend attraktiver Mann. Sie fragte sich, wie seine Vergangenheit ausgesehen hatte und warum er selbst niemals anständige Rollen bekommen hatte und seinerseits berühmt geworden war. Konnte es sein, dass er in Helenas Schatten lebte?

Mels Schätzung nach würde ein starkes Beruhigungsmittel bei den meisten Menschen nach etwa fünfzehn Minuten wirken, noch schneller, wenn sie bereits müde waren. Während sie Edward ansah, ließ sie sich immer wieder die Augen zufallen, dann blinzelte sie und schlug sie wieder auf.

Außer dem Knistern des Feuers und dem Wind draußen konnte sie noch ein anderes Geräusch vernehmen, und sie lauschte sorgfältig, bis sie es identifiziert hatte. Dann fiel ihr wieder ein, dass Edward erwähnt hatte, das Haus liege an einem Fluss.

Plötzlich ergab alles einen Sinn.

Nichts von dem, was hier geschah, war Zufall. Es war aufs Genaueste geplant worden. Helena hatte sie nicht finden wollen, weil ihr an der Tochter ihrer ehemaligen Tanzpartnerin gelegen war. Sie hatte Angst, dass Bonny irgendwelche Informationen an Mel weitergegeben hatte. Edward wartete darauf, dass sie einschlief, um sie hinauszubringen und sie zu ertränken. Er wusste, es würde funktionieren, weil es schon einmal funktioniert hatte: bei Bonny. Der einzige Unterschied war, dass Bonny wahrscheinlich schon lange, bevor er ihr das Beruhigungsmittel eingeflößt hatte, rettungslos betrunken gewesen war.

Mel dachte an die Zeit kurz vor dem Tod ihrer Mutter. Die Telefongespräche, ihre Erregung und schließlich sogar die Bemerkung, Pässe für sie beide besorgen zu wollen. Edward musste dieser Mann gewesen sein, mit dem sie in Kontakt gestanden hatte. *Ihn* hatte sie in London getroffen!

Im Augenblick war keine Zeit, um sich mit der Frage zu beschäftigen, welche Geheimnisse Bonny gekannt hatte, die ernst genug waren, um einen Mord zu rechtfertigen. Mel musste fliehen, bevor ihr das gleiche Schicksal widerfuhr. Aber wie um alles in der Welt sollte sie das anstellen?

Abermals ließ sie die Augen zufallen und hob nur ab und zu ruckartig den Kopf, wie sie es bei anderen Leuten kurz vor dem Einschlafen beobachtet hatte. Edward hörte auf zu sprechen, praktisch mitten im Satz. Doch er behielt sie genau im Auge, das spürte sie.

Sie nahm sein Schweigen als endgültigen Beweis seiner Absichten. Jeder normale Mensch würde weitersprechen, ihr eine Tasse Kaffee anbieten oder vielleicht sogar vorschlagen, sich oben ins Bett zu legen.

Wo war Helena? Saß sie irgendwo ganz in der Nähe in einem Hotelzimmer und wartete auf die Mitteilung, dass der loyale, gehorsame Edward endlich die letzte Verbindung zu ihrer Vergangenheit durchschnitten hatte? Oder handelte er möglicherweise aus eigener Initiative, aus einem irregeleiteten Wunsch, Helena zu beschützen?

Etwa zehn Minuten später ließ Mel sich endgültig auf das Sofa sinken und täuschte tiefen Schlaf vor. Edward hatte die ganze Zeit über geschwiegen. Sie spürte, dass er sie beobachtete und abwartete, was geschah. Jetzt hatte sie Zeit, sich einen Plan zurechtzulegen. Sicher würde er nicht in seinen eleganten Kleidern versuchen, sie zu ertränken. Wenn sie ihm nur überzeugend genug vorgaukelte zu schlafen, würde er sie vielleicht allein im Zimmer lassen, um sich umzuziehen. Dann konnte sie sich entweder aus dem Haus schleichen oder, wenn er noch oben war, die Balkontüren öffnen und auf diesem Weg entkommen. Hoffentlich kann ich die Haustür benutzen!, überlegte sie, denn der Gedanke, im Dunkeln an einem Fluss entlangzulaufen, behagte ihr ganz und gar nicht.

Die Minuten kamen ihr wie Stunden vor, während sie dort lag. Es war nicht einfach, Schlaf vorzutäuschen, solange man beobachtet wurde, und sie hatte solche Angst, dass sie befürchtete, er könne ihr Herz hämmern hören. Der Wind wurde noch stärker. Sie konnte die Bäume draußen knarren hören.

Schließlich nahm sie ein leises Schlurfen wahr, dann fühlte sie seine Hand auf ihrer Wange. Wie sie es fertig brachte, einen leisen Seufzer auszustoßen, statt zusammenzuzucken, wusste sie nicht, aber vielleicht machte einen das Wissen, dass das eigene Leben davon abhing, zu einer besseren Schauspielerin.

Endlich wandte er sich ab, und die Tür quietschte leise in den Angeln, als er sie öffnete. Mel wartete; er hatte sich wieder zu ihr umgedreht, das spürte sie. Also hielt sie die Augen fest geschlossen.

Zu ihrer Enttäuschung hörte sie, wie ein Schlüssel im Schloss umgedreht wurde, nachdem er die Tür hinter sich zugezogen hatte. Wieder wartete sie. Sie wusste, dass er immer noch da draußen war und lauschte.

Endlich entfernte er sich, und sie vernahm seine Schritte auf der Treppe.

Sie war sofort auf den Beinen und rannte auf die Balkontür zu. Mit angehaltenem Atem schob sie die Vorhänge beiseite, hob lautlos zuerst den oberen Riegel an, dann den unteren, bevor sie gegen die Türen drückte.

Sie ließen sich nicht öffnen. Die Türen wurden durch ein Schloss in der Mitte abgesperrt, und der Schlüssel steckte nicht.

Verzweifelt schaute sie auf dem Kaminsims nach, fuhr mit den Fingern über die obere Türkante und öffnete sogar leise die Schreibtischschubladen, um auch dort zu suchen, doch der Schlüssel war nirgends zu finden.

Sie war jetzt wie gelähmt vor Angst, blickte bald hierhin, bald dorthin und war außer Stande zu funktionieren. Dann hörte sie ihn die Treppe herunterkommen.

Als sich die Tür öffnete und Edward eintrat, lag Mel wieder auf dem Sofa. Unter sich hatte sie die einzige Waffe versteckt, die sie in der kurzen Zeit hatte finden können, einen Kerzenständer aus Messing. Er war nur etwa zwanzig Zentimeter lang, aber sehr schwer. Sie hoffte, dass das genügen würde.

Offenbar trug er nun einen wasserdichten Mantel. Das ließen der Geruch von Gummi und ein unverkennbares Rascheln zumindest vermuten. Auch sein Schritt klang jetzt anders; vermutlich hatte er Gummistiefel angezogen. Er blieb stehen, und sie spürte einmal mehr seinen Blick auf sich ruhen. Nach einigen Sekunden hörte sie dann, dass er die Vorhänge aufzog.

Wie in jener Nacht, als die Polizei Dougies Wohnung gestürmt hatte, spürte sie, wie ihre Därme rebellierten. Außerdem wurde ihr übel, und sämtliche Haare standen ihr zu Berge. Aber als sie registrierte, wie Edward die Riegel zurückschob und einen Schlüssel im Schloss umdrehte, spähte sie vorsichtig zu ihm hinüber.

Er trug tatsächlich einen Regenmantel und lange Anglerstiefel aus Gummi. Als er die Tür aufdrückte und ein kalter, regennasser Windstoß hereinfuhr, sprang sie auf, den Kerzenständer in der Hand.

Es war reiner Instinkt, dass sie mit gesenktem Kopf auf ihn zustürmte. Sie traf ihn an der Brust, gerade als er sich umdrehte, und er taumelte rückwärts hinaus in den Garten.

»Du Bastard«, schrie sie unwillkürlich. »Du wirst mich nicht ertränken.« Mit aller Kraft, die sie aufbringen konnte, ließ sie den Kerzenständer auf seine Schulter krachen. Mit einer Mischung aus Schock und Überraschung taumelte er rückwärts, und Mel rannte wie der Wind barfuß durch den Garten.

In dem heulenden Sturm konnte sie nicht erkennen, ob er ihr folgte. Es war zu dunkel, um deutlich sehen zu können, aber sie gewann den Eindruck, dass der Garten zu beiden Seiten von hohen Steinmauern begrenzt wurde und dass der Fluss wahrscheinlich direkt hinter den Bäumen vor ihr lag. Aber als sie um ein erhöht angelegtes Blumenbeet in der Mitte des Rasens herumlief, überraschte Edward sie, indem er plötzlich vor ihr stand.

»Du wirst nirgendwo hingehen«, fuhr er sie an, packte einen ihrer Arme und wirbelte sie herum.

Mel hatte den Kerzenleuchter bei ihrer Flucht quer durch den Garten fallen lassen. Jetzt waren ihre Hände und ihre Fingernägel die einzigen Waffen, die sie noch besaß. Mit ihrer freien Hand kratzte sie ihm durchs Gesicht, und als er sie näher an sich heranzerrte, riss sie das Knie hoch und stieß es ihm in den Unterleib.

Als ihre Nägel sich in sein Gesicht gruben, schrie er auf und ließ ihren Arm los. Sie versuchte abermals wegzulaufen, aber er hatte sie im Nu wieder eingeholt, warf sie zu Boden und begrub sie unter seinem eigenen Körper.

Mel bekam kaum noch Luft, doch die Angst verlieh ihr zusätzliche Stärke. Irgendwie gelang es ihr, ihn von sich zu stoßen, und sie rollten gemeinsam eine Böschung hinunter. Und diesmal benutzte sie beide Hände, um sein Gesicht zu zerkratzen.

Edward holte aus; seine Faust traf sie am rechten Auge, und ihr Kopf schlug hart gegen die kleine Mauer des erhöhten Blumenbeets, aber als er Anstalten machte, sie vom Boden hochzuzerren, zog Mel die Beine an und ließ sie dann mit aller Kraft nach vorn schnellen.

Die Wucht ihres Tritts genügte, um Edward aus dem Gleichgewicht zu bringen und ihr genug Zeit zum Aufstehen zu verschaffen. Wieder lief sie los, sie rannte um ihr Leben durch den Garten auf den Fluss zu. Es kümmerte sie nicht länger, wie tief und wie kalt der Fluss sein mochte, sie wusste, dass er ihre einzige Chance war, die Nacht zu überleben.

Edward war direkt hinter ihr, sie konnte seinen fliegenden Atem hören. Camellia kämpfte sich durch einen Busch und sah eine schmale hölzerne Mole vor sich liegen, mit einem kleinen weißen Motorboot, das dort vertäut war. Der Fluss war so schwarz wie Teer, und das Wasser jagte reißend an ihr vorbei. Aber falls sie noch irgendeinen Zweifel daran gehabt hatte, ob sie hineinspringen solle, löste er sich in dem Moment auf, als sie

Edward direkt hinter sich hörte. Ohne eine Sekunde nachzudenken, sprang sie.

Das Wasser war eiskalt und lähmte sie beinahe, die starke Strömung drohte, sie in die Tiefe zu ziehen, aber sie schwamm sofort mit hektischen Kraulschlägen mit der Strömung mit.

Mel war immer eine gute Schwimmerin gewesen. Sie teilte Bonnys Furcht vor dem Wasser nicht, und tatsächlich war sie in den letzten Schuljahren die schnellste Schwimmerin ihrer Klasse gewesen. Aber es war eine Sache, in einem Pool zu schwimmen oder an einem Sommertag im See; es war etwas ganz anderes, sich in der Dunkelheit in einem vom Regen angeschwollenen Fluss wiederzufinden, mit einer Strömung, die sie bei jedem Schwimmzug in die Tiefe zu ziehen drohte.

Sie hoffte, auf einen anderen Garten zu treffen, der ebenfalls an den Fluss angrenzte, doch sie konnte nichts als wild überwucherte Ufer erkennen, die immer steiler wurden, je weiter sie schwamm. Zu ihrem noch größeren Entsetzen hörte sie, wie hinter ihr ein Bootsmotor angelassen wurde. Edward würde sie binnen Minuten einholen, das wusste sie.

Es blieb ihr nichts anderes übrig, als auf das Ufer auf der gegenüberliegenden Seite zuzuschwimmen, um sich dort zu verstecken, bis Edward vorbeigefahren war, und dann irgendwie hinaufzuklettern und zu fliehen. Der Fluss war nicht sehr breit, aber die Strömung erschwerte ihr das Fortkommen sehr. Sie hatte gerade einen Ast zu fassen bekommen, als sie Edward hinter sich sah; der weiße Bug des Bootes und sein blondes Haar leuchteten in der Dunkelheit.

Sie zog sich unter einem niedrigen Busch hoch und versuchte, ihr Kleid festzuhalten, das wie ein Fallschirm zwischen ihren Beinen an der Oberfläche trieb. Edward fuhr sehr langsam und suchte dabei gründlich beide Seiten des Flusses ab. Mel hielt den Atem an, ließ sich unter Wasser sinken und sprach ein stummes Gebet: Bitte, bitte, lass ihn mein gestreiftes Kleid nicht entdecken!

Unter ihren Füßen waren dicke Gräser und Wurzeln zu spüren, aber sie blieb unten, bis ihre Lungen drohten zu platzen. Als sie wieder auftauchte, um nach Luft zu schnappen, konnte sie gerade noch sehen, wie Edward um eine schmale Biegung fuhr. Natürlich würde er zurückkommen; er würde wissen, dass sie in dieser Zeit nicht viel weiter hatte schwimmen können. Also musste es ihr bis dahin gelingen, aus dem Fluss zu kommen.

Es war das Schwierigste, was sie jemals unternommen hatte. Der schwere Regen hatte das Ufer mit einer dicken, klebrigen Schlammschicht überzogen, und sobald sie mit einem Fuß Halt fand, rutschte der andere wieder ab. Als sie nach einem Busch griff, wäre sie um ein Haar in den Fluss zurückgestürzt, da sich scharfe Dornen in ihr Fleisch bohrten. Aber trotz des Schmerzes ließ sie nicht los. Mithilfe eines weiteren Zweiges gelang es ihr endlich, sich aus dem Wasser zu ziehen.

Weitere Dornensträucher zerkratzten ihr das Gesicht und die Beine, und jetzt konnte sie das Boot zurückkommen hören. Mit fliegendem Atem zwängte sie sich an einem anderen Busch vorbei und konnte sich gerade in dem Augenblick hinter einem Baumstamm verstecken, als Edward die Stelle erreichte, an der sie hinausgeklettert war.

Der Motor des Bootes verstummte. Mel hielt den Atem an. Er war direkt unter ihr. Konnte er Spuren sehen, wo sie sich das Ufer hinaufgequält hatte?

Ihre Angst war jetzt noch größer als zuvor. Sie war vollkommen durchnässt, fror und hatte nackte Füße, doch abgesehen davon wusste sie, dass Edward nicht so leicht aufgeben würde; es stand zu viel auf dem Spiel. Sie hatte keine Ahnung, wo sie war oder in welche Richtung sie sich wenden sollte, um Hilfe zu suchen. Ihre Armbanduhr stand auf fünf nach zehn, aber sie musste stehen geblieben sein, als sie in den Fluss gesprungen war.

Wieder heulte der Bootsmotor auf, und das Geräusch entfernte sich. Mel zog ihre durchweichte Strickjacke aus, versuchte, etwas von dem Wasser herauszudrücken, dann rollte sie die Jacke zusammen und schob sie sich unter den Arm. Sie lief zwischen Bäumen und Büschen hindurch, aber sobald sie oben auf der Uferböschung angekommen war, musste sie feststellen, dass sie sich auf einem freien Feld befand, wo sie sich nirgendwo verstecken konnte.

Sie blieb einen Moment lang stehen und suchte mit Blicken ihre Umgebung ab. Auf der anderen Seite des Ackers war eine Hecke. Dahinter konnte sich durchaus ein Feldweg befinden, doch falls es so war, kannte Edward diesen Weg mit Sicherheit. Sie konnte auch unmöglich sagen, wo die nächste Brücke über den Fluss führte, aber möglicherweise war diese Brücke gar nicht weit entfernt, und wenn er in seinen Wagen stieg, konnte er sie auf einer Straße mühelos einholen.

Sie beschloss, sich nach rechts zu wenden und sich dicht am Gebüsch zu halten. In der Ferne konnte sie nichts erkennen, nicht einmal einen schwachen Lichtschimmer, aber zumindest war sie hier ein gutes Stück von Edwards Haus entfernt, und wenn er ihr zu Fuß folgte, hatte sie zumindest einen Vorsprung. Erst jetzt nahm sie den Schmerz ihrer Verletzungen wahr. Ihr Kinn und die Wange pochten, am Kopf hatte sie eine Beule, so groß wie eine Walnuss, und die Dornen hatten ihr unzählige Kratzer an den Beinen und Händen und im Gesicht zugefügt.

Der Regen fiel wie ein Sturzbach vom Himmel, und sie fror so heftig, dass es wehtat. Sie begann zu laufen, um sich ein wenig aufzuwärmen, wäre aber fast sofort über einen Stein im Gras gestolpert. Also musste sie ihr Tempo verlangsamen und aufpassen, wo sie hintrat. Kurz darauf kam sie an eine Dornenhecke. Sie war zu hoch, um hinüberzuschauen, daher hielt sie Ausschau nach einer Lücke, durch die sie hindurchkriechen konnte. Abermals stieß sie mit dem Fuß gegen einen Stein, und diesmal sagte ihr der Schmerz, dass sie blutete. Humpelnd kam sie endlich zu einer kleinen Lücke in der Hecke und versuchte, sich hindurchzuzwängen.

Ein Stacheldrahtzaun hielt sie auf. Sie verfing sich darin, und als sie sich zu befreien versuchte, hörte sie ihr Kleid reißen. Ein Geräusch erschreckte sie, und sie kroch angstvoll wieder unter die Hecke zurück. Erneut blickte sie auf und sah, dass das, was sie zuvor für einen Busch gehalten hatte, in Wirklichkeit eine Kuh war.

Sie hatte nie Angst vor Kühen gehabt, jedenfalls nicht bei Tageslicht, doch es war etwas ganz anderes, in tiefer Dunkelheit über eine Weide zu gehen, auf der es von Kühen nur so wimmelte. Jedes Mal, wenn eines der Tiere sich bewegte, zuckte Mel zusammen, und als sie in einen noch warmen Kuhfladen trat, prallte sie entsetzt zurück. Dann hörte sie einen Wagen.

Das Leuchten von Scheinwerfern bewies die Richtigkeit ihrer Annahme, dass hinter der Hecke zu ihrer Linken ein Weg verlief. Aber das Auto fuhr in sehr langsamem Tempo, also suchte Edward dort nach ihr. Sie ließ sich auf den Bauch fallen und kroch wieder auf die Hecke zu, durch die sie soeben gekommen war. Der Wagen blieb stehen. Mel hörte, wie die Tür geöffnet und wieder geschlossen wurde.

Zitternd vor Furcht und Kälte, lag sie unter der Hecke und stellte sich vor, wie Edward den Acker absuchte. Das Licht einer Taschenlampe verstärkte ihre Angst noch, als der Strahl beinahe die Stelle erreichte, an der sie lag. Da sie es nicht wagte, den Kopf zu heben, um nachzusehen, wartete sie mit hämmerndem Herzen und verkrampften Gliedern. Jetzt wird er dich jeden Augenblick packen!, hämmerte es hinter ihrer Stirn.

Gerade als sie die Anspannung nicht länger ertragen konnte, hörte sie abermals das Klicken der Autotür. Sie blieb reglos liegen, bis der Motor wieder angelassen wurde und Edward davonfuhr.

Ihr Fuß schmerzte jetzt so, dass sie ihn kaum noch belasten konnte. Als sie zu einem Dickicht dichter Sträucher kam, kroch sie darunter, außer Stande, auch nur einen Schritt weiterzugehen.

Dieses Gebüsch gab ihr einige Sicherheit, und sie beschloss, dort vorerst zu bleiben. Obwohl sie durchnässt und halb erfroren war und ihr der ganze Körper wehtat, sagte ihr die Vernunft, dass es töricht wäre, im Dunkeln weiterzugehen. Wieder und wieder sah sie in diesen langen Stunden, in denen sie zusammengerollt dalag, keine hundert Meter entfernt die Scheinwerfer von Edwards Jaguar aufblitzen.

Im Geiste kehrte sie in die Vergangenheit zurück, wobei sie

sich bewusst nur schöne Erinnerungen ins Gedächtnis rief, um sich von dem Gedanken abzulenken, Edward könnte sie plötzlich aus den Büschen herauszerren.

Sie musste bis zum Morgen überleben. Es gab noch so viele Dinge, die sie zu Ende bringen musste. Helena und Edward hatten ihr die Mutter geraubt, und sie sollten dafür ihre gerechte Strafe bekommen; Mel hatte jetzt auch die feste Absicht, all die dunklen Geheimnisse, die den Tod ihrer Mutter verursacht hatten, ans Tageslicht zu bringen.

Als sie am Himmel den ersten schwachen, grauen Lichtschimmer wahrnehmen konnte, riss Mel sich einen Stoffstreifen vom Saum ihres Kleides ab, band ihn um ihren Fuß und kroch aus dem Busch heraus.

Allein ihre Wut gab ihr die Kraft, über diese nassen, kalten Felder zu gehen. Während sie angestrengt auf das Geräusch von Edwards Wagen lauschte, pulsierte ihr ganzer Körper vor Schmerz. Sie dachte an Magnus und Nick und fragte sich, wie viele Meilen sie wohl von Oaklands entfernt sein mochte. Es gab so vieles, was sie den beiden sagen wollte.

Und Conrad. War der Telefonanruf aus Brighton ein Teil des Plans gewesen? Hatte Edward ihre Notiz für Conrad verschwinden lassen, als sie ihm kurz den Rücken gekehrt hatte? Lag Con vielleicht gerade jetzt in seinem Bett und überlegte, ob sie ihn einfach hatte sitzen lassen?

An der nächsten Hecke stieß sie abermals auf Stacheldraht, auf Dornengesträuch, weitere Kuhfladen und Steine, die sie aus dem Gleichgewicht brachten. Aber der Himmel wurde jetzt von Minute zu Minute heller.

Dann sah sie endlich in der Ferne ein Haus, gerade als sie drauf und dran war, sich vor Erschöpfung fallen zu lassen. Es war ein Bauernhaus, gebaut aus altem, grauem Stein. Eine Scheune und mehrere Nebengebäude umringten es, und aus dem Schornstein stieg eine schwache graue Rauchfahne auf. Es war noch ein gutes Stück bis dorthin, und sie musste sich durch zwei weitere Hecken zwängen, um es zu erreichen.

Die letzten beiden Felder erschienen ihr endlos, und es gab

nirgendwo ein Versteck, falls Edward zurückkommen sollte. Immer wieder rutschte sie auf dem feuchten Boden aus und fügte sich weitere Kratzer an den Steinen zu. Der Sturm drosch erbarmungslos auf sie ein, und schließlich weinte sie laut vor Schmerz, weil ihr mittlerweile jeder Knochen im Leib wehtat.

Als sie die letzten zwanzig oder dreißig Meter kriechend zurücklegte, kam ein Hund auf sie zugesprungen. Es war ein großer, schwarz-weißer Bauernhund, den ihre seltsame Position offensichtlich aus dem Konzept brachte.

»Braver Junge«, murmelte sie schwach und streckte die Hand aus, um ihn zu streicheln. »Bitte, du musst jetzt ganz laut bellen, hol Hilfe.«

Der Hund schien das Ganze für ein Spiel zu halten; er legte sich vor sie hin, wedelte mit seinem buschigen Schwanz und ließ die rote Zunge aus dem Maul hängen. Er sah beinahe so aus, als lachte er sie aus.

»Ich weiß, ich sehe komisch aus«, wisperte sie. »Und jetzt sei einfach ein braver Wachhund und mach möglichst viel Krach!«

»Kim!« Aus dem Bauernhaus drang ein lauter Ruf zu ihr herüber. »Kim! Komm hierher!«

»Lauf los und hol Herrchen!« Als der Hund in die Richtung blickte, aus der die Stimme seines Herrn kam, zog Mel sich mühsam auf die Knie hoch. Erst als sie unsicher auf den Füßen stand, begann der Hund, laut zu bellen. Er lief um sie herum und hockte sich dann plötzlich vor sie hin, geradeso, als triebe er Schafe zusammen.

»Was soll denn dieser Lärm?« Die verärgerte Männerstimme kam näher.

»Helfen Sie mir«, rief Mel, doch selbst in ihren eigenen Ohren klang es mehr wie ein Heulen. »Hilfe!«

Kein Mann war ihr jemals schöner erschienen als der große Bauer, der jetzt mit langen Schritten auf sie zukam. Er war riesig, mit mächtigen Schultern in einem rot karierten Hemd und Cordhosen, die in Gummistiefeln steckten. Sein schwarzes Haar war zerzaust, als wäre er soeben erst aus dem Bett gekommen.

»Was um alles in der Welt …!«, rief er und legte die letzten Meter bis zu Mel im Laufschritt zurück.

»Helfen Sie mir«, krächzte sie. »Da draußen ist ein Mann, der versucht, mich zu ermorden.«

23. Kapitel

Mel war in einem dichten, kalten Nebel gefangen. Sie wandte sich zuerst in die eine, dann in die andere Richtung, um zu entkommen, aber ihre Beine wollten sich nicht bewegen, und durch die Finsternis starrten sie grauenhafte, verzerrte Gesichter an, mit langen, dünnen Armen, die sie zu packen versuchten.

Eines dieser Gesichter gehörte Edward; das war ihr klar. Das Blau seiner Augen war die einzige Farbe inmitten all des Graus, aber obwohl ihr auch die anderen Gesichter vertraut waren, erkannte sie sie nicht, ebenso wenig wie die Stimmen, die nach ihr riefen. Sie spürte, wie jemand ihren Hals packte wie der Fangarm eines Tintenfischs, und als sie mit ihrem Gegner rang, schwebte eine gespenstische Gestalt an ihr vorbei, und ein schauriges, böses Lachen wehte ihr entgegen.

»Du hättest fortbleiben sollen«, rief eine unheimliche, keuchende Stimme.

Irgendwie wusste sie, dass es ihre Mutter war. Sie versuchte, vor ihr davonzulaufen, und hielt sich Augen und Ohren zu, aber der Fangarm hielt sie fest umschlungen und presste ihr langsam die Luft aus dem Leib.

»Nein«, schrie sie und schlug mit beiden Händen um sich. »Ich weiß doch gar nichts. Das Ganze hat überhaupt nichts mit mir zu tun.«

»Was hat nichts mit Ihnen zu tun?« Eine klare menschliche Stimme erklang, und plötzlich verschwanden der Nebel, der Fangarm und das Gespenst. »Hatten Sie einen schlimmen Traum?«

Mel öffnete die Augen und sah eine Krankenschwester vor sich. Die Schwester war kaum älter als sie selbst, mit einem lieben, runden Gesicht und rosigem Teint. Sie legte eine kühle Hand auf Mels Stirn und lächelte beruhigend. »Niemand kann Ihnen hier etwas antun«, erklärte sie entschieden. »Sie sind im Krankenhaus vollkommen sicher. Ich bin Grace Powell, eine der Nachtschwestern. Wie wärs jetzt erst mal mit einer schönen Tasse Tee, und wenn Sie sich dann besser fühlen, darf ich vielleicht Ihren Freund hereinlassen? Er hat so lange geduldig darauf gewartet, dass Sie aufwachen.«

»Welcher Freund?« Mel versteifte sich.

»Mr. Deeley«, antwortete die Krankenschwester. »Wollen Sie ihn nicht sehen?«

Mel stieß einen Seufzer der Erleichterung aus. »Conrad ist hier? Wann ist er gekommen? Wie viel Uhr ist es?«

Die Krankenschwester lachte leise. »So viele Fragen! Es ist fast acht. Und soweit ich weiß, ist Mr. Deeley seit heute Mittag hier. Jetzt wollen wir erst mal sehen, ob Sie sich nicht hinsetzen können, und wenn Sie Ihren Tee getrunken haben, werden wir feststellen, ob es Ihnen nicht schon besser geht.«

»Oh, Con.« Als Conrad eine halbe Stunde später zögernd durch die Tür trat, streckte sie ihm schwach die Arme entgegen. »Du hast ja keine Ahnung, wie gut es tut, dich zu sehen.«

Seine ganze Erscheinung zeigte ihr, dass sie nicht die Einzige war, die ein Martyrium durchgemacht hatte. Er sah furchtbar aus: unrasiert und mit blutunterlaufenen Augen, und er trug nur ein T-Shirt, über das er sich achtlos sein Jackett gezogen hatte. Aber er umarmte sie mit seiner gewohnten Wärme und murmelte mit erstickter Stimme leise Liebkosungen.

»Du siehst grauenhaft aus«, flüsterte sie, sobald er sie wieder in die Kissen hatte zurücksinken lassen.

»Ich habe dich auch schon in besserer Verfassung gesehen«, gab er mit zitternden Lippen zurück. »Ich habe allerdings eine Entschuldigung: Dieser Farmer rief gerade in dem Moment an, als ich anfangen wollte, mich zu rasieren. Danach habe ich nicht einmal mehr daran gedacht, mich ordentlich anzuziehen, bevor ich aus dem Haus stürzte. Der Himmel allein weiß, was die Leute hier von mir denken mögen.«

»Wie schlimm genau sehe ich denn aus?«, fragte sie. Ihr Kiefer schmerzte unerträglich, ihr Fuß pulsierte, und ihr Haar roch wie etwas vom Grund eines Sees und fühlte sich auch genauso an.

Conrad wünschte, er hätte eine scherzhafte Antwort parat gehabt, aber Mels Verletzungen schockierten ihn so sehr, dass kein Raum für Humor blieb. Ihr linkes Auge war fast völlig zugeschwollen und von einer purpurnen Masse umgeben, die sich über ihre ganze Wange erstreckte. Außerdem war ihr Gesicht übel zerkratzt.

Er griff nach ihrer Hand und hielt sie vorsichtig umfangen. »Du lebst, das ist alles, was zählt«, bemerkte er leise. »Und wenn sie diesen Mann schnappen, hoffe ich nur, dass irgendjemand ihn anständig verprügelt.«

»Es war der Mann, der neulich ins Restaurant kam und wieder ging, ohne etwas zu essen. Den ich Nazi nannte.«

»Der?«, hakte er überrascht nach und zog sich einen Stuhl ans Bett. Er hatte am frühen Abend, als Mel noch schlief, mit einem Polizisten gesprochen und war jetzt ungefähr im Bilde darüber, was ihr zugestoßen war, doch der Polizist hatte ihm nicht erklären können, warum Mel London mit einem fremden Mann verlassen hatte oder was das Ganze mit ihrer Mutter zu tun hatte. Noch größer war die Verwirrung der Polizei angesichts der Tatsache, dass Mel immer wieder Helena Foresters Namen genannt hatte.

Con hörte zu, während sie ihm von den Ereignissen des vergangenen Abends berichtete. »Nun, das erklärt zumindest, warum man mich weglocken musste«, seufzte er. »Der Besitzer des Restaurants in Brighton, Michael Dunwoody, wusste überhaupt nicht, was ich von ihm wollte. Dieser Edward hat gründliche Arbeit geleistet.«

»Er hat auch meine Mutter getötet, Con«, erklärte sie leise.

»Das ist etwas, das die Polizei in einige Verwirrung gestürzt hat, Mel«, erwiderte er nervös. »Ich hoffe, du nimmst es mir nicht übel, doch ich musste ihnen ein klein wenig von deiner Vergangenheit erzählen. Danach sind sie weggefahren, um Helena und Magnus zu verhören.«

»Du hast aber doch nicht erwähnt, dass ich glaubte, Magnus sei mein Vater?«, stieß sie erschrocken hervor.

»Nein, natürlich nicht«, beruhigte er sie. »Das hat mit der ganzen Geschichte im Grunde nichts zu tun. Es sieht so aus, als hätte Helena tatsächlich auf Oaklands gewohnt, obwohl sie jetzt ein Cottage in der Nähe gemietet hat. Anscheinend ist Magnus in letzter Zeit viel mit ihr zusammen gewesen.«

Mels Magen verkrampfte sich. »Dann ist er auch in diese Geschichte verwickelt?«

Conrad sah sie verwirrt an, und seine braunen Augen blinzelten hinter seinen Brillengläsern. »Wie um alles in der Welt kommst du auf diese Idee?«

Sie begann zu weinen. Während der letzten vierundzwanzig Stunden war sie zu der Auffassung gekommen, dass Edward allein für Bonnys Tod verantwortlich war, obwohl er vielleicht auf Befehl von Helena gehandelt hatte. Aber auch Magnus hatte zu jener Zeit gute Gründe dafür gehabt, Bonny zum Schweigen zu bringen, auch wenn er es noch so sehr bestritt. War es nicht denkbar, dass er eine aktive Rolle bei dieser Verschwörung gespielt hatte?

»Ich begreife nicht, warum mir das nicht schon früher klar geworden ist. Sie stecken alle zusammen mit drin«, schluchzte sie. »Es ist ein grausames, verworrenes Netz, und ich kann niemandem mehr trauen. Jetzt verstehe ich, warum Magnus diesen Schlaganfall bekommen hat. Er glaubte, nun werde alles ans Tageslicht kommen. Als er nach meinem Verschwinden von Oaklands die Briefe fand, muss er vermutet haben, dass ich weit mehr wusste, als ich ihm erzählt hatte. Er hat Kontakt zu Helena aufgenommen, und die beiden haben mir eine Falle gestellt, um mich zu finden und mich ein und für alle Mal loszuwerden.«

Alles, was Conrad über Magnus wusste, waren Geschichten

von Mel, und er hatte häufig mit einigem Zynismus überlegt, dass dieser Mann nicht ganz der Tugendbold sein konnte, als den sie ihn beschrieb, nicht wenn er eine Affäre mit einer anderen Frau hatte, obwohl er behauptete, seine Ehefrau zu lieben. Von Sir Miles wusste Conrad überhaupt nichts, und sein Wissen über Helena beschränkte sich auf Artikel aus Filmzeitschriften. Aber er konnte sich unmöglich vorstellen, dass drei so bekannte Persönlichkeiten sich zusammengetan haben sollten, um Bonny oder Mel zu töten.

Er erzählte Camellia von seinen Überlegungen. »Ich gebe dir Recht – an der ganzen Angelegenheit ist irgendetwas Undurchsichtiges«, fügte er hinzu. »Aber ich glaube nicht, dass Helena und Magnus Edward auf dich angesetzt haben.«

»Magnus vielleicht nicht, doch sie steckt mit Sicherheit in der Geschichte drin«, beharrte Mel.

»Ich glaube, du solltest die Sache erst einmal überschlafen«, riet er beschwichtigend. »Ich werde jetzt nach Hause zurückfahren und ein Schild in die Tür hängen, dass wir für ein paar Tage geschlossen haben. Morgen komme ich dann wieder her und bringe dir ein paar Waschsachen und ein Nachthemd. Und dann reden wir weiter.«

Mel konnte immer noch nicht aufhören zu schluchzen.

»Versuch, ein wenig zu schlafen, Mel«, meinte Conrad und beugte sich vor, um sie zum Abschied zu küssen. »Hier bist du in Sicherheit. Morgen Früh wird alles anders aussehen, das verspreche ich dir.«

Am nächsten Morgen kam Grace Powell mit einem Frühstückstablett herein. »Ich habe gleich dienstfrei«, erklärte sie. »Aber vorher werden Sie alles brav aufessen. Ich habe hier Haferbrei und Rührei für Sie, alles sehr gut verträglich, Sie haben also keine Ausrede, warum Sie es nicht essen.«

»Wenn ich ehrlich bin, habe ich sogar Hunger«, gestand Mel

ein wenig überrascht. »Überhaupt fühle ich mich schon viel besser als gestern.«

»Dann wird es Sie sicher freuen zu hören, dass sich in der letzten halben Stunde drei Leute nach Ihrem Befinden erkundigt haben.« Grace stellte das Tablett ab und half Mel dann, sich hinzusetzen. »Zuerst keine Geringere als die berühmte Helena Forester, dann jemand namens Osbourne, ein Mann mit einer tiefen, erotischen Stimme, und zuletzt ein gewisser Nick.«

»Nick?« Mel wäre um ein Haar aus dem Bett gesprungen.

»Ich hatte schon so ein Gefühl, dass dieser Name eine gewisse Reaktion auslösen würde«, lachte Grace. »Er klang absolut fantastisch. Ich soll Sie von ihm grüßen und Ihnen ausrichten, dass er heute herkommt. Außerdem meinte er, er hätte Ihnen eine Million Dinge zu sagen.«

Nachdem Mel lange und tief geschlafen hatte, war sie jetzt in der Lage, die Ereignisse ein wenig leidenschaftsloser zu betrachten. »Was hat denn der Osbourne mit der erotischen Stimme gesagt?«, erkundigte sie sich. »Das ist übrigens Nicks Vater«, fügte sie mit einem kleinen Lächeln hinzu.

»Seine Sorge um Sie ist förmlich wie heißer Sirup durch den Hörer geflossen«, berichtete Grace mit einem Lächeln. »Er hatte tausend Fragen nach Ihren Verletzungen, aber seine eigentliche Botschaft war: ›Richten Sie ihr aus, dass ich ins Krankenhaus kommen und sie nach Hause holen möchte.‹«

Mels Augen brannten, und ihr saß plötzlich ein Kloß in der Kehle.

»Wagen Sie es nicht, wieder in Tränen auszubrechen«, ermahnte Grace sie streng. »Gestern Nacht haben Sie mir Leid getan – ich dachte, Sie hätten keinen Menschen auf der Welt außer Mr. Deeley. Jetzt, da ich von so vielen Ihrer Freunde weiß, werde ich mein Mitleid nicht länger auf Sie verschwenden.«

Mel hätte am liebsten gelacht, doch ihr Gesicht tat so weh, dass sie sich kaum mehr als ein Kichern leisten konnte.

»Wollen Sie denn gar nicht wissen, was Helena Forester, ihres Zeichens Film- und Fernsehstar, zu sagen hatte?«

»Eigentlich nicht.« Mel zuckte die Schultern. Heute Morgen

mochte sie zwar bereit sein, an Magnus' Schuld zu zweifeln, aber das änderte nichts an der Tatsache, dass sie nicht einen einzigen freundlichen Gedanken für Helena aufzubringen vermochte.

»Nun, ich werde es Ihnen trotzdem erzählen. Sie sagte: ›Richten Sie Camellia bitte etwas aus? Ich bin fassungslos über das, was ihr zugestoßen ist! All meine Gedanken und Gebete gelten allein ihr.‹ Außerdem möchte sie gern die Kosten für ein Privatzimmer für Sie übernehmen.«

Mel antwortete nicht, sondern begann zu essen.

»Ich habe ihr erklärt, Sie hätten ohnehin ein eigenes Zimmer.« Grace setzte sich ans untere Ende des Bettes. »Ich wünschte, Sie würden mir die ganze Geschichte erzählen. Ich weiß, dass hinter all dem eine Menge mehr stecken muss, als Sie uns bisher verraten haben.«

Mel blickte von ihrem Porridge auf. Sie konnte sehen, dass die Krankenschwester förmlich platzte vor Neugier. »Ja, das ist wahr, Grace, doch einige dieser Dinge verwirren mich immer noch sehr, deshalb kann ich sie im Grunde niemandem erklären. Und fürs Erste möchte ich mit Ausnahme von Conrad keine Besucher hier haben, nicht einmal Nick. Außerdem möchte ich, dass niemand sein schlechtes Gewissen beruhigt, indem er versucht, für meine Behandlung zu bezahlen.«

Graces blaue Augen weiteten sich vor Erstaunen. Sie hatte heute Morgen bereits die Zeitung gelesen, und Edward Mannings Foto war auf der Vorderseite abgebildet gewesen, zusammen mit dem Aufruf, dass jeder, der ihn vielleicht gesehen hatte, sich bei der Polizei melden möge. Mel wurde nicht namentlich als sein Opfer genannt, aber die Presse machte einen großen Wirbel um Mannings Rolle als Helena Foresters Manager. Eine der anderen Krankenschwestern hatte die Information weitergegeben, dass die Schauspielerin sich auf Oaklands aufgehalten habe, dem Hotel, das Osbourne gehörte. So viel wusste Grace bereits.

Und nun sagte Mel, dass sie mit niemandem reden wolle, außer mit dem mageren kleinen Burschen, der aussah wie ein Bibliothekar. Grace konnte sich einfach keinen Reim auf die Zusammenhänge machen.

Um neun Uhr am selben Abend bog Conrad mit seinem Wagen auf die bewaldete Einfahrt ein, die nach Oaklands führte. Er hatte den Nachmittag bei Mel verbracht und war dann in das kleine Gästehaus in Weston zurückgekehrt, um sich frisch zu machen und ein anderes Hemd anzuziehen. Am Nachmittag war er wieder ins Krankenhaus gefahren und hatte Mel in derselben in sich gekehrten Stimmung wie zuvor vorgefunden. Sie hatte eine Abendzeitung zu Gesicht bekommen, und die Nachricht, dass man Edward noch immer nicht gefasst hatte, hatte das Ganze nicht besser gemacht. Conrad hatte sie nicht aufheitern können, aber eines war ihm im Laufe des Tages klar geworden: Es gab nur eine einzige Möglichkeit, seiner Freundin zu helfen. Er musste den Nebel der Geheimnisse durchdringen und Mel die ganze Wahrheit offenbaren. Es wurde Zeit, dass irgendjemand um ihretwegen etwas unternahm, jemand, der keine eigensüchtigen Interessen verfolgte. Und so hatte er den Beschluss gefasst, am Abend nach Oaklands zu fahren.

Die Haustür wurde geöffnet, bevor er auch nur Zeit gehabt hätte, seinen verrosteten kleinen Mini zwischen einem großen grauen Daimler und einem schwarzen Bentley zu parken.

Er vermutete, dass der Mann auf der Veranda Magnus sein musste, obwohl seine Größe, seine aufrechte Haltung und die breiten Schultern kaum zu dem Bild passen wollten, das er sich von einem siebzigjährigen Schlaganfallpatienten gemacht hatte. Als Conrad aus dem Wagen stieg, kam der Mann auf ihn zu, um ihn zu begrüßen, und ihm fiel auf, dass er beim Gehen ein Bein leicht nachzog.

»Sie sind sicher Conrad? Willkommen auf Oaklands. Ich bin Magnus Osbourne. Kommen Sie doch herein.«

Mel hatte so oft von diesem Haus gesprochen, dass Conrad glaubte, es schon einmal gesehen zu haben. Dennoch war die Eingangshalle prächtiger, als er es sich vorgestellt hatte. Er betrachtete den funkelnden Kronleuchter, die handbedruckte Tapete und die glänzend weiße Farbe und fühlte sich unbehaglich in seinem billigen Anzug.

Durch eine halb geöffnete Tür konnte er einen Blick auf einen eleganten, von Kerzen erhellten Speisesaal werfen, und er hörte das leise Murmeln von Stimmen und das Klirren von Gläsern. Auch die Bar war voll besetzt mit Geschäftsleuten in Straßenanzügen. Im Hintergrund spielte leise klassische Musik.

»Ich hielt es für besser, dieses Treffen in meinem privaten Wohnzimmer abzuhalten«, bemerkte Magnus und führte Conrad zu einer breiten Treppe hinüber, bevor dieser sich noch gründlicher umsehen konnte. »Der Salon ist ein klein wenig zu öffentlich. Sir Miles konnte es trotz der kurzfristigen Benachrichtigung einrichten, ebenfalls hier zu sein – er ist vor ungefähr einer Stunde angekommen.«

Als Magnus ihn in sein maskulines Wohnzimmer führte und alle Anwesenden sich erhoben, um ihn zu begrüßen, verlor Conrad endgültig den Mut.

Er hatte angenommen, vorbereitet zu sein, doch jetzt fühlte er sich eingeschüchtert von all diesen beeindruckenden Persönlichkeiten. Er fragte sich, woher er die Frechheit genommen hatte, sich einzubilden, er könne diese Leute zu Geständnissen zwingen, zu denen sie nicht bereit waren.

Helena trug ein königliches, blaues Gewand, und das dunkle Haar fiel ihr in sanften Wellen über die Schultern. In Fleisch und Blut war sie noch umwerfender als auf der Leinwand, größer und majestätischer, als er erwartet hatte. Auch Mels liebevolle Beschreibungen von Nick Osbourne hatten ihn nicht recht auf derartige äußere Vollkommenheit vorbereiten können. Er brauchte nur einen Blick auf die hoch gewachsene Gestalt des anderen zu werfen, auf das von der Sonne gesträhnte blonde Haar und den athletischen Körper, und er fühlte sich in Schulzeiten zurückversetzt, in denen er die Glückspilze, die alles hatten, was man sich wünschen konnte, nur von Ferne bewundert hatte.

Dann war da Sir Miles Hamilton: alt und dick, aber trotzdem ungemein distinguiert. Er trug einen eleganten dunklen Anzug und darunter eine Weste aus kastanienbrauner Seide mit einem aufgestickten kleinen Goldmotiv. Er mochte ein gewaltiges Doppelkinn haben, seine leuchtenden dunklen Augen mochten tief in Fleisch eingebettet sein und der fast kahle Kopf im Licht der Tischlampe glänzen, doch obwohl er einen silberbeschlagenen Gehstock brauchte, um sich aus dem Sessel zu erheben, war sein Schritt federnd und elastisch, als er auf Conrad zukam.

Magnus übernahm die Vorstellung, und Con schüttelte allen dreien die Hand. Als Helena und Sir Miles zu ihren Plätzen zurückkehrten und Nick zu einem Teewagen hinüberging, um die Drinks einzuschenken, ergriff Magnus das Wort.

»Conrad hat um dieses Treffen heute Abend gebeten, weil er uns etwas mitteilen möchte. Ich weiß, ihr seid alle genauso neugierig wie ich, aber bestimmt wollt ihr zuerst gern erfahren, wie es Mel geht.« Er blickte zu Conrad hinüber. »Wir haben selbstverständlich im Krankenhaus angerufen, aber die Berichte, die man uns dort gegeben hat, waren enttäuschend zurückhaltend.«

Conrad hatte das Gefühl, eigentlich besser stehen zu bleiben, doch seine Knie hatten sich in Pudding verwandelt; daher ließ er sich in einen der kleinen Sessel sinken.

»In körperlicher Hinsicht macht ihre Genesung gute Fortschritte«, antwortete er und beugte sich auf seinem Stuhl vor, die Hände auf die Knie gebettet. »Sie hat eine üble Schnittwunde am Fuß, die mit mehreren Stichen genäht werden musste, aber ihre übrigen Verletzungen sind oberflächlicher Natur. Ihr seelischer Zustand ist dagegen sehr schlecht. Das ist auch der Grund, warum ich um ein Gespräch mit Ihnen allen gebeten habe.«

Magnus setzte sich in den letzten freien Sessel, während Nick die Drinks herumreichte. Dann nahm er neben Helena auf dem Sofa Platz und bedeutete Conrad fortzufahren.

»Die Situation ist mir ein wenig peinlich.« Con errötete vor Nervosität, und sein Herz hämmerte. »Ich kenne Mel erst seit kurzer Zeit, und Sie werden es vielleicht für eine Unverschämtheit halten, dass ich meine Nase in Mels Angelegenheiten stecke …«

»Die Polizei hat uns mitgeteilt, worin ihre erste Bitte bestand, nachdem der Bauer sie gefunden hatte: Er sollte *Sie* anrufen«, erwiderte Nick. »Soweit es mich betrifft, gibt Ihnen das jedes Recht, sich um sie zu sorgen.«

Conrad war Nick dankbar für seine Unterstützung; der Mann musste sich eindeutig fragen, ob er mehr für Mel war als nur ihr Arbeitgeber und Freund.

»Ich habe Magnus heute am Telefon erzählt, dass Mel sich mir in jeder Hinsicht anvertraut hat«, meinte er und sah den älteren Mann mit der Bitte um Bestätigung an. Magnus lächelte ermutigend. »Und Magnus hat mir seinerseits einen ehrlichen Bericht darüber gegeben, was er und Nick im vergangenen Jahr alles unternommen haben, um sie zu finden. Es war eine große Versuchung für mich, Mel heute Abend davon zu erzählen, doch ich habe der Versuchung widerstanden, weil ich inzwischen zu einer festen Überzeugung gelangt bin: Bevor man ihr nicht die ganze Wahrheit auftischt, würden solche Neuigkeiten ihr lediglich einen gewissen Trost geben, eine Heilung wäre das nicht.«

Er hielt inne und sah jeden der Anwesenden der Reihe nach an, geradeso, wie er früher einmal eine Schulklasse voller Jungen betrachtet hatte.

Helena zupfte nervös an ihrem Rock. Sir Miles blickte unbehaglich drein, aber das konnte auch auf Alter und Müdigkeit zurückzuführen sein. Nick beugte sich in seinem Sessel vor, und seine ganze Haltung verriet Ungeduld; er wartete offenkundig auf eine Enthüllung. Nur Magnus saß vollkommen entspannt da.

»Ich werde nicht lange um den heißen Brei herumreden«, fuhr Conrad fort, in der Hoffnung, dass er nicht den Mut verlieren würde. »Mel glaubt, Edward hätte ihre Mutter wegen etwas getötet, das diese wusste und vielleicht zu offenbaren drohte. Offensichtlich hatte Edward Grund zu der Annahme, dass Bonny diese Informationen an Mel weitergegeben hatte, und deshalb hat er versucht, auch sie zu töten. Da es Helenas Presse-Interview und ihr eigenes Antwortschreiben waren, die ihm Mels Aufenthaltsort verraten hatten, glaubt sie jetzt verständlicherweise, dass auch Helena in die Angelegenheit verstrickt sein muss.«

»Das ist der größte Blödsinn, den ich seit Jahren gehört habe!«, fuhr Sir Miles auf, bevor Conrad auch nur Luft holen konnte. »Das Mädchen ist eine Närrin, wenn es glaubt, Helena hätte irgendetwas damit zu tun.«

»Mel ist keine Närrin«, widersprach Conrad entrüstet. »Im Augenblick ist sie völlig außer sich, aber es wäre wohl auch seltsam, wenn es anders wäre, nachdem sie gerade erst knapp dem Tod entronnen ist. Meiner Meinung nach stehen die Briefe, die Mel nach Bonnys Tod gefunden hat, im Mittelpunkt der ganzen Angelegenheit. Wegen dieser Briefe ist jeder von Ihnen in diesem Raum in das Drama verwickelt worden, und einer von Ihnen kennt das Geheimnis, das Edward dazu brachte, Bonny zu töten. Solange derjenige nicht bereit ist, Mel reinen Wein einzuschenken, wäre sie töricht, irgendeinem von Ihnen zu trauen.«

»Mir kann sie trauen«, platzte Nick heraus. »Ich habe alles in meiner Macht Stehende getan, um es herauszufinden. Wie sehen ihre Gefühle für mich aus?«

»Zerrissen«, sagte Conrad schlicht. Wenn er Nick unter anderen Umständen begegnet wäre, hätte er bezweifelt, dass der Mann in der Lage war, überhaupt jemand anderen als sich selbst zu lieben. Aber er wusste von Magnus, wie sehr Nick sich im vergangenen Jahr bemüht hatte, Mels Aufenthaltsort in Erfahrung zu bringen, und er konnte die Liebe, die Nick für sie empfand, deutlich spüren. In seinen blauen Augen lag ein Ausdruck absoluter Aufrichtigkeit, und bisher hatte er jedes Wort aufgesogen, das Con erzählt hatte, als fühlte er sich Mel dadurch näher. »Sobald sie begriffen hatte, dass Sie Magnus' Sohn waren, verlor sie ihren Seelenfrieden. Solange man ihr keine konkreten Beweise dafür liefert, dass sie nicht mit Ihnen verwandt ist, glaube ich nicht, dass sie ein Wiedersehen mit Ihnen ertragen könnte. Wenn sie Ihnen so viel bedeutet, müssen Sie die anderen Personen in diesem Raum unter Druck setzen. Zwingen Sie sie, Ihnen die volle Wahrheit zu sagen.«

Das Schweigen, das daraufhin folgte, schien sich über Minuten zu erstrecken. Nick sah sich herausfordernd in der Runde um. Magnus beobachtete Helena, als wollte er sie allein mit der Kraft seiner Gedanken zum Sprechen bewegen. Sir Miles starrte konzentriert auf seinen Schoß.

»Ich verfüge über diese konkreten Beweise.«

Alle Anwesenden zuckten zusammen, als Helenas heisere Stimme das Schweigen durchbrach. Nick drehte sich voller Eifer zu ihr um. Magnus beugte sich auf seinem Sessel vor, und Sir Miles riss die Augen weit auf und sah sie bestürzt an.

Conrad musterte Helena eindringlich, weil er eine theatralische Darbietung argwöhnte. Aber ihr Blick war ruhig und klar, und in ihren dunklen Augen funkelte ein seltsames Licht. Das Beben ihrer Unterlippe verriet den Aufruhr ihrer Gefühle.

»Ich wünschte, ich könnte euch allen auf der Stelle reinen Wein einschenken und dieses Rätsel aufklären«, versicherte sie leise, und ihre Augen füllten sich mit Tränen. »Aber was ich zu sagen habe, ist allein für Camellias Ohren gedacht. Conrad, Sie müssen sie davon überzeugen, dass ich nur einen einzigen Grund für dieses Interview hatte: Ich wollte sie treffen und ihr meine Geschichte erzählen. Sie hat von niemandem in diesem Raum etwas zu befürchten.«

Ein tiefes Glücksgefühl stieg in Conrad auf. Er hatte die Absicht gehabt, als Nächstes damit zu drohen, die ganze Geschichte der Polizei zu erzählen. Es erleichterte ihn ungeheuer, dass das vielleicht nicht notwendig sein würde. »Ich werde es Mel ausrichten, vorausgesetzt, Sie können uns sofort erklären, warum Manning Mel töten wollte.«

Sie zögerte nur eine Sekunde lang. »Er wusste, dass er seinen Platz in meinem Leben verlieren würde, sobald ich Mel finden würde.«

Diese Antwort verwirrte Conrad vollends, aber sie klang aufrichtig. Magnus erhob sich halb in seinem Sessel, als wollte er Helena in die Arme nehmen. Nick sah genauso verwundert drein, wie Conrad sich fühlte. Sir Miles machte ein erschrockenes Gesicht.

Bisher hatte es so ausgesehen, als hätte Sir Miles mit dem Ganzen weniger zu tun als die anderen. Er hatte in seinem Sessel gesessen und mit der Leidenschaftslosigkeit eines Richters die Hände über seinem gewaltigen Bauch gefaltet. Jetzt jedoch war er mit allen Sinnen präsent. Auf seiner Stirn standen Schweißperlen, er fuhr sich nervös mit der Zunge über die Lippen, und sein Blick ruhte fest auf Helena.

Conrad holte tief Luft und griff ein, bevor er den Mut verlor. »Nun, Sir! Sind Sie bereit, mir zu erzählen, welche Rolle Sie bei all dem gespielt haben?«

»Den Narren«, blaffte Sir Miles. »Einen dummen, alten Narren, der sich schon vor Jahren zu seinen Fehltritten hätte bekennen und sich den Dingen stellen sollen, die man ihm erzählte, statt sie arrogant zu ignorieren.«

Conrad wollte gerade nachhaken, was er damit meinte, als ihm genau das auffiel, was Nick einmal aufgefallen war.

Die Augen des alten Mannes waren in dem aufgeschwemmten Fleisch seines Gesichts kaum mehr zu erkennen gewesen, doch beim Sprechen hatte er sie weiter geöffnet, und die Wahrheit trat offenkundig zu Tage. Seine Augen waren mandelförmig, wie die Mels. Die Ähnlichkeit war unheimlich.

»Nachdem Helena ihre Absicht kundgetan hat, muss auch ich meinen Teil dazu beitragen, um die Dinge klarzustellen.« Seine Stimme dröhnte durch den Raum, klar und ohne den Anflug eines Zitterns. Er sah die Schauspielerin an, als bäte er sie um ihre Zustimmung. »Und für mich gilt das Gleiche wie für Helena: Was ich zu sagen habe, ist einzig für Camellias Ohren bestimmt. Aber eines kann ich Ihnen an Ort und Stelle versichern, Conrad, dass nämlich keiner von uns, die wir heute Abend hier zusammengekommen sind, in irgendeiner Weise mit Bonnys Tod zu tun hatten, ebenso wenig wie wir wussten, dass Manning Camellias Brief an Helena abgefangen hatte. Zu meiner Schande muss ich etwas gestehen: Ich hatte den Verdacht, Manning sei psychisch instabil, und ich mache mir schwere Vorwürfe, weil ich trotz dieses Eindrucks nichts unternommen habe. Zu meiner Verteidigung fällt mir nur ein, dass ich unmöglich etwas von den abscheulichen Plänen dieses Mannes ahnen konnte.«

Stille senkte sich über den Raum, doch noch immer lag knisternde Spannung in der Luft. Heute Abend würde er nichts mehr erreichen, auch wenn er noch so großen Druck auf die Anwesenden ausübte, das spürte Conrad. »Ich bin Ihnen allen sehr dankbar für Ihre Aufrichtigkeit«, meinte er schließlich. »Morgen werde ich Mel einen genauen Bericht über diesen Abend erstatten, und ich werde Ihnen mitteilen, wie sie darauf reagiert hat.«

»Werden Sie sie fragen, ob sie mir gestatten wird, sie zur Genesung hierher zurückzuholen?«, meldete Magnus sich zu Wort, und in seinem zerfurchten Gesicht stand Sorge zu lesen.

Conrad erinnerte sich daran, dass Mel diesen Mann einst als Löwen beschrieben hatte. Jetzt verstand er, warum. Es lag nicht nur an der breiten Nase, der wilden Haarmähne oder der geraden Haltung, mit der er im Sessel saß, es war noch etwas anderes: sein Stolz, seine Unbesiegbarkeit.

»Das müssen Sie sie selbst fragen«, erwiderte Conrad. »Außerdem besteht eine gewisse Gefahr, dass Manning hierher kommen könnte, wenn man ihn nicht bald fasst.«

Was Mannings Aufenthaltsort betraf, tappte die Polizei immer noch im Dunkeln. Helena hatte vermutet, er würde nach Manchester gehen. Bei der Suche nach seinem dunkelblauen Jaguar hatte die Polizei die Öffentlichkeit um Hilfe gebeten, doch bisher waren noch keine verwertbaren Informationen eingegangen. Helena hatte nicht einmal gewusst, dass sich das alte Haus seiner Großmutter noch in seinem Besitz befand.

»Er wird wohl kaum versuchen, hierher zu kommen. Aber ich kann, wenn nötig, dafür sorgen, dass Oaklands so sicher ist wie Fort Knox«, erklärte Magnus in so drohendem Ton, als hätte er vor, Manning mit eigenen Händen umzubringen, falls er auch nur über die Schwelle treten würde.

»Wir werden abwarten müssen, was Mel dazu meint.« Conrad erhob sich. Derartige Überlegungen waren im Augenblick kaum von Bedeutung, da Mel noch für eine Weile im Krankenhaus bleiben würde. »Ich möchte Sie alle jedoch darum bitten, sich ihr keinesfalls zu nähern, bevor sie dazu bereit ist.«

Nick spitzte verdrossen die Lippen. »Ich auch nicht?«

»Sie erst recht nicht.« Diese Worte bereiteten Conrad eine gewisse Befriedigung. Normalerweise hatte er bei Männern von Nicks Klasse und Typ nur selten die Oberhand. »Sie ist immer noch sehr verwirrt, Nick. Geben Sie ihr Zeit, sich Helenas und Sir Miles' Eröffnungen anzuhören. Lassen Sie ihr ein wenig Raum.«

»Conrad hat Recht.« Helena drehte sich zu Nick um und drückte ihm mitfühlend die Hand. »Wenn ich an Mels Stelle wäre, wäre ein junger Mann, der auf eine romantische Verwicklung drängt, das Letzte, was ich brauchen könnte.«

»Das stimmt wahrscheinlich«, antwortete Nick schulterzuckend. »Außerdem muss ich morgen ohnehin nach London zurückfahren. Wahrscheinlich war es ein wenig voreilig von mir zu denken, ich könnte ins Krankenhaus stürmen und sie einfach entführen.«

»Ein wenig, ja«, bemerkte Conrad lächelnd. Einerseits bewunderte er den Mann dafür, dass er sich so offen zu seinen Gefühlen bekannte. Andererseits erinnerte er sich jedoch nur allzu deutlich daran, wie sehr Nick Mel verletzt hatte, als er sie hinausgeworfen hatte. Das würde Nick in jedem Fall in Ordnung bringen müssen, bevor er auch nur daran denken konnte, Mel irgendwohin zu ›entführen‹.

Magnus stand auf. »Nun, mein Sohn«, bemerkte er und trat einen Schritt auf Conrad zu. »Zumindest Sir Miles scheint am Ende seiner Kräfte zu sein, und Sie werden bestimmt auch für einen einzigen Tag genug erlebt haben. Haben wir alles beantwortet, was Sie für den Augenblick wissen müssen?«

Conrad fühlte sich klein und bedeutungslos neben diesem Mann, doch er war noch nicht ganz fertig. »Fast alles«, entgegnete er, bevor er zu den drei anderen Personen im Raum hinübersah. »Da wäre noch eine letzte, sehr wichtige Angelegenheit, wie ich betonen möchte. Während der sechs Monate, in denen Mel für mich gearbeitet hat, sind wir einander sehr nahe gekommen. Das Leben hat ihr mehr Schläge versetzt, als die meisten von uns verkraften könnten, und doch ist sie ein anständiger, guter Mensch geblieben ohne eine Spur von Verbitterung. Im Augenblick steht sie gefährlich nahe am Rand eines Nervenzusammenbruchs. Ich möchte, dass Sie das immer im Kopf behalten, denn falls einer von Ihnen sie über diesen Rand stoßen sollte, wird er es mit mir zu tun bekommen.«

Sir Miles stieß ein leises Schnauben aus, das Zustimmung bedeuten konnte oder aber Ärger darüber, dass so ein kleiner Tropf Befehle gab. Nick wirkte zutiefst bestürzt. Doch es war Helenas ängstliche Miene, die Conrad am meisten zu schaffen machte. Sie bestätigte zumindest einen Teil seines Verdachts.

24. Kapitel

Als der Wagen in die Einfahrt von Oaklands einbog, beugte sich Mel auf dem Beifahrersitz vor und sah sich begierig um. Gerührt von ihrer offenkundigen Freude, wieder daheim zu sein, verlangsamte Magnus das Tempo, damit sie sich alles genau ansehen konnte.

»Da drüben ist ein Dachsbau.« Er zeigte auf den Wald rechts von der Einfahrt. »Eines Morgens im Sommer habe ich ein Weibchen mit seinem Jungen gesehen.«

Mel lächelte glücklich. Es war alles genauso, wie sie es vor drei Jahren wahrgenommen hatte, als sie das erste Mal nach Oaklands gekommen war: Die Blätter wechselten ihre Farbe, man roch den Duft feuchter Erde und hörte das beruhigende Geräusch des Windes in den Baumgipfeln. Selbst Magnus war so ziemlich der Alte – er hatte vielleicht mehr Falten im Gesicht, und er humpelte nach seinem Schlaganfall, doch er war genauso zäh wie eh und je. Selbst seine alte Tweedjacke verströmte denselben erdigen Geruch wie an jenem Tag, an dem er ihr einen Job auf Oaklands angeboten hatte.

»Manchmal habe ich daran gezweifelt, dass ich dich oder all das hier jemals wiedersehen würde«, bekannte sie mit einem tiefen Seufzer. Das vertraute Du kam ihr inzwischen ganz selbstverständlich über die Lippen.

Es war der zweite Oktober, acht Tage, nachdem Edward sie aus Fulham fortgelockt hatte. Mel war in der Zwischenzeit im Krankenhaus geblieben, da sich die tiefe Wunde an ihrem Fuß entzündet hatte. Aber sie war dankbar dafür gewesen, dort bleiben zu können. Auf diese Weise hatte ihr Körper eine Chance gehabt zu heilen, und sie selbst hatte Zeit zum Nachdenken gefunden, vor allem nachdem Conrad ihr von dem Treffen auf Oaklands und von Nicks verzweifelter Suche nach ihr erzählt hatte. Mel war bis ins Mark getroffen gewesen, denn sie hatte geglaubt, er würde noch immer voller Bitterkeit an sie denken. Am nächsten Morgen kam dann ein langer, liebevoller Brief von ihm. Er sprach von seinem tiefen Kummer über die grausamen Dinge, die er ihr vor ihrem Aufbruch von Oaklands an den Kopf geworfen hatte, und von seiner Hoffnung auf einen neuen Anfang mit ihr.

Mel war jetzt zutiefst neugierig darauf, was Helena und Sir Miles ihr zu sagen hatten, aber während ihres Aufenthalts im Krankenhaus war sie vollauf zufrieden damit gewesen, dass Magnus sie Tag für Tag besucht hatte. Ihr Wiedersehen hatte in ihnen beiden eine Flut von Gefühlen ausgelöst. Während sie über Magnus' Genesung überglücklich war, war er entsetzt über ihr vernarbtes Gesicht und gab sich selbst einen Teil der Schuld daran. Aber mit jedem weiteren Besuch verloren die traurigen Ereignisse des vergangenen Jahres an Bedeutung. Mels äußere und innere Narben würden nach und nach verheilen. Die Rätsel der Vergangenheit und die Frage, was die Zukunft bringen mochte – all das konnte warten.

»Also, da wären wir.« Magnus hielt ein kleines Stück vor dem Haus, sodass sie die Aussicht auf das Tal genießen konnte. »Ich glaube, die Wetterfrösche müssen gewusst haben, dass du heute nach Hause kommst, und haben eigens den Sonnenschein für dich bestellt.«

Mels Augen brannten, nicht nur weil alles noch schöner war, als sie es in Erinnerung hatte, sondern weil Magnus Oaklands als ihr Zuhause bezeichnete. »Oh, Magnus«, flüsterte. »Es ist wie im Himmel.«

»Es ist ein verflixt kühler Himmel«, lachte er. »Und Joan und Antoine können es sicher kaum noch erwarten, dich endlich zu sehen.«

Magnus war es nie leicht gefallen, über seine Gefühle zu sprechen. Ruth hatte ihn häufig damit aufgezogen. Während Mel im Krankenhaus gewesen war, hatte er ihr ausführlich von allen Ereignissen der letzten Zeit berichtet, doch es war ihm unmöglich gewesen, das Gefühlskarussell zu beschreiben, in dem er sich während der vergangenen Wochen befunden hatte.

Angefangen hatte es mit Helenas Ankunft. Er hatte mit ihr gegessen, ihr geholfen, sich in ihrem Cottage einzuleben, den Drehort besucht, um sie bei der Arbeit zu sehen, aber mehr als alles andere hatte sie die Hoffnung verbunden, Mel zu finden. Er hätte ihrer beider Empfindungen nicht mit Worten beschreiben können, als sie das Päckchen mit Briefen von der *News of the World* geöffnet hatten. Es waren unzählige Briefe gewesen, beinahe alle von Teenagern, die für die Schauspielerin schwärmten, oder von ehemaligen Tänzerinnen, Frauen, denen Helena nie begegnet war und die dennoch behaupteten, sie seien in denselben Shows aufgetreten wie sie. Und dann verwandelte sich die Aufregung in heftige Enttäuschung, als sie feststellen mussten, dass kein Brief von Mel dabei war.

Als die Tage nach dem Erscheinen des Artikels einer um den anderen verstrichen und sie begriffen, dass Mel die Zeitschrift entweder nicht gelesen hatte oder sich trotzdem nicht mit ihnen in Verbindung setzte, wurde der Kummer nur umso tiefer. Helena plädierte dafür, einen Privatdetektiv zu engagieren und die Zeitungen mit Suchmeldungen in den Privatanzeigen zu bombardieren. Ihre Entschlossenheit war es, die Magnus in jenen Tagen davor bewahrte, den Mut zu verlieren. Außerdem hatte er inzwischen eine heftige Abneigung gegen Edward und die besitzergreifende Art entwickelt, mit der er Helena behandelte. Überdies brachte Edward Manning überdeutlich zum Ausdruck, dass Magnus ihm als Besucher nicht willkommen war; er selbst hingegen hatte sich wie selbstverstandlich für die Dauer der Dreharbeiten in Helenas Cottage einquartiert.

Nein, dieser gut aussehende Mann, seine tadellose Kleidung und sein steifes Benehmen waren Magnus von Anfang an zuwider gewesen, so viel konnte er rückblickend sagen, doch er hatte seine Antipathie zunächst auf Eifersucht zurückgeführt. Als er jedoch erfahren hatte, was Edward Mel angetan hatte, waren Mordgedanken in ihm aufgestiegen.

Nach der Achterbahnfahrt von Kummer, Wut, Hass und Argwohn kam schließlich überschäumende Freude. Nur wenige Erlebnisse hatten Magnus in seinem Leben so sehr gerührt wie der Augenblick, in dem er in das Krankenhauszimmer getreten war und Mel gesehen hatte. Zerschunden wie sie war, empfing sie ihn mit offenen Armen. In diesem Augenblick wusste er über jeden Zweifel hinaus, dass sie – Tochter hin oder her – ein fester Teil seiner Familie war.

Aber wie Conrad gesagt hatte – sie stand am Rande eines Zusammenbruchs, egal, wie sehr sie sich auch bemühte, das zu verbergen. Magnus hoffte nur, dass Helenas und Miles' Eröffnungen sie nicht noch näher an diesen Abgrund treiben würden.

Nachdem sie Joan und Antoine begrüßt hatte, trat Mel eine Stunde später an Magnus' Seite in ihr altes Zimmer. Überglücklich stellte sie fest, dass alles noch genauso war, wie sie es in Erinnerung gehabt hatte. Dann fiel ihr Blick auf einen Teddybären, der auf ihrem Kopfkissen saß.

»Der Bär ist von Nick«, erklärte Magnus, griff nach dem kleinen Plüschtier und drückte es Mel in die Hand. »Er dachte, der Bär könnte für ihn ein Auge auf dich haben.«

Strahlend presste sie den Bären an ihre Wange. Sein Fell hatte die gleiche goldene Farbe wie Nicks Haar, und er trug eine rot gepunktete Fliege um den Hals. Niemand, abgesehen von ihrer Mutter, hatte ihr je ein Plüschtier gekauft, und sie wusste, dass Nicks Geschenk eine besondere Botschaft enthielt. »Ich kann es gar nicht mehr erwarten, ihn zu sehen«, gestand sie. »Aber ich muss zugeben, dass ich auch ein wenig Angst vor dem Wiedersehen habe.«

»Er hat sich verändert, das wirst du gleich feststellen.« Magnus setzte sich auf den Stuhl am Fenster, und er sah müde und sehr nachdenklich aus. »Er ist reifer geworden«, fuhr er fort.

»Sanfter und mitfühlender. Seine Mutter hat ihn immer als kleinen Bullen beschrieben. Rückblickend hatte sie vollkommen Recht – er war halsstarrig, hitzköpfig und sehr arrogant.«

»Die Dinge, die ihr über mich erfahren habt, müssen euch sehr schockiert haben«, bemerkte sie mit gepresster Stimme.

»Nicht schockiert im Sinne von angewidert, wenn du das meinst.« Er lächelte sie beruhigend an. »Es war eher erhellend. Dass jemand, der so viel durchgemacht wie du, aus all dem als ein so tüchtiger und liebenswerter Mensch hervorgegangen ist, beweist große Charakterstärke. Außerdem haben wir beide ebenfalls unsere Leichen im Keller.«

Mel stieß ein gepresstes kleines Lachen aus. »Für Edward kann ich allerdings keinen liebevollen Gedanken erübrigen«, murmelte sie. »Und um ehrlich zu sein: Auch Helena traue ich immer noch nicht, obwohl du mir so viel von ihr erzählt hast. Wenn sie so weise und gütig ist, warum hat sie dann so viele Jahre lang einen Verrückten wie Edward huckepack getragen?«

»Es gibt im Leben eines jeden Menschen eine Zeit, da er jemanden braucht, auf den er sich stützen kann«, erwiderte Magnus und setzte sich neben sie aufs Bett. Er hätte gern seine eigenen Gefühle für Edward zum Ausdruck gebracht, doch dies war nicht der rechte Augenblick. »Ich bin mir allerdings ganz sicher, dass Helena dir das alles selbst erklären wird, wenn sie morgen herkommt.«

Sie unterhielten sich noch eine Weile. Die alte Vertrautheit hatte sich längst wieder eingestellt. Schließlich erhob sich Magnus vom Bett. »Untersteh dich«, meinte er, »auf deinem kranken Fuß herumzutanzen. Wenn du irgendetwas brauchst, drück auf diese Klingel, und es wird sofort jemand heraufkommen.«

Als Magnus hinausgegangen war, besah Mel den Klingelknopf. Sie wusste genau, warum er ihn hatte anbringen lassen – bestimmt nicht, damit sie läuten und um eine Tasse Tee bitten konnte.

»Als hätte Edward eine Chance, hier hereinzukommen!«, sagte sie laut, aber die Sicherheit dieses Zimmers konnte ihre Nervosität dennoch nicht ganz auslöschen. Alle hatten es bisher gründlich vermieden zu erwähnen, dass Edward noch immer auf freiem Fuß war. Doch Mel las wie alle anderen auch die Zeitungen.

Selbst Conrad war am vergangenen Tag ein wenig angespannt gewesen. Angeblich hatte er nur an das Restaurant gedacht und sich gefragt, ob die Frau, die ihm die Agentur geschickt hatte, als Köchin wirklich etwas taugte, aber dies war eine Lüge gewesen, das wusste Mel. Er sorgte sich um ihre Sicherheit.

Die Polizei hatte ihre Befürchtung, Edward könne nach Oaklands kommen, mit einem spöttischen Schulterzucken abgetan: Sein Wagen war in der Nähe von Newhaven gefunden worden, und die Behörden gingen fest davon aus, dass er England auf einer Fähre nach Frankreich verlassen hatte. Aber Mel glaubte es besser zu wissen. Edward hatte nichts mehr zu verlieren, nachdem er die Zuneigung der Frau verloren hatte, die er liebte. Außerdem würde es in seinen Augen keine Rolle spielen, ob man ihn für einen Mord, für zwei oder für ein halbes Dutzend zu einer Gefängnisstrafe verurteilte. Und ein Mann, der von einer solchen Besessenheit umgetrieben wurde wie er, würde sich mit ziemlicher Sicherheit an dem Menschen rächen wollen, dem er die Schuld an seiner misslichen Lage gab: Camellia Norton.

Als es am nächsten Morgen um Punkt zehn an ihrer Tür klopfte, fuhr Camellia erschrocken zusammen. Helena wurde zu dieser Zeit erwartet, das wusste Mel; sie hatte aber auf der geschotterten Einfahrt draußen keinen Wagen gehört und auch keine Stimmen im Treppenhaus.

»Herein.« Sie setzte sich wieder auf ihr Bett; jetzt blieb ihr nicht einmal mehr Zeit, ihr Make-up zu überprüfen.

Die Tür wurde geöffnet, aber Helena blieb zögernd im Eingang stehen.

Mel konnte die andere Frau nur mit offenem Mund anstarren. Obwohl Conrad und Magnus sie ihr genau beschrieben hatten, war Helenas Schönheit in Wahrheit schlicht und einfach Ehrfurcht gebietend.

Schwarzes Haar umrahmte in sanften Wellen ein altersloses

Gesicht, und die Haut hatte die Farbe von klarem Honig. Helenas Augen waren riesig und dunkel, und ihr breiter, weicher Mund zitterte, als wäre sie ein junges Mädchen, das man zur Bestrafung nach oben geschickt hatte.

Es war ihre Schüchternheit, die Mel am meisten überraschte. Die perfekt gepflegten, langen Fingernägel, die dezente Eleganz des schlichten dunkelblauen Kleides und die dazu passenden Schuhe waren vorhersehbar gewesen. Aber Mel hatte Kühnheit und Selbstbewusstsein erwartet, die der Helena, die da zaudernd an der Tür stand, gänzlich abgingen.

»Wie geht es dir, Camellia?« Ihre weiche Altstimme war beinahe wie eine Liebkosung.

»Gar nicht so schlecht«, gab Mel ungezwungen zurück. »Ich sehe schlimmer aus, als ich mich fühle. Kommen Sie doch herein und setzen Sie sich.«

Helena schloss die Tür und trat ein, aber dann blieb sie einfach im Raum stehen und sah sich um. »Als Magnus mir dieses Zimmer zeigte, konnte ich mir dich hier gut vorstellen«, meinte sie. »Es ist ein bisschen so, als sähe man ein Bild, das nun wieder in seinem Rahmen steckt.«

Sie setzte sich auf den kleinen Sessel am Fenster. »Ich weiß nicht, wo ich anfangen soll, Mel«, bekannte sie und versuchte zu lächeln.

»Nun, Magnus hat mir erklärt, dass Sie mir erzählen würden, welches Geheimnis Edward dazu gebracht hat, mich umbringen zu wollen. Fangen Sie damit an«, drängte Mel ungeduldig. Wenn Helena dachte, sie würde hier wie ein Star behandelt werden, dann irrte sie sich.

»Das will ich ja, aber ich kann unmöglich einfach mitten reinspringen«, entgegnete sie mit zitternder Stimme. »Verstehst du, als die Polizei mir Edwards Machenschaften schilderte, war ich am Boden zerstört, vollkommen außer mir.«

»Es ist nicht nötig, das alles zu erzählen.« Mel zwang sich zu einem Lächeln. Helenas Nervosität wirkte langsam ansteckend. »Alles, was zu sagen ist, ist bereits gesagt worden. Ich gebe Ihnen nicht die Schuld an den … Geschehnissen.«

»Aber ich trage die Verantwortung«, erwiderte sie und beugte sich auf ihrem Sessel vor, als wollte sie diese Tatsache noch unterstreichen. »Ich habe unbeabsichtigt den Nährstoff für seinen Zorn geliefert. Er war mir ein halbes Leben lang wie ein Bruder, und ich wusste, wie eifersüchtig er sein kann. Ich hätte es besser wissen müssen, als ihn damit zu betrauen, diese Briefe von der Zeitung abzuholen.«

»Ich stand Ihnen doch nicht nahe«, sagte Mel gelassen. »Wenn Sie Edward nicht verdächtigten, Bonny getötet zu haben, warum sollten Sie dann annehmen, dass er mir Schaden zufügen wollte?«

Helena schwieg eine Weile, ihr Blick verriet Besorgnis und war in weite Ferne gerichtet. »Als Magnus mir von Bonnys Tod und der Möglichkeit erzählte, dass es kein Unfall gewesen war, hätte ich niemals auch nur eine Sekunde lang in Betracht gezogen, Edward könne dafür verantwortlich sein. Aber rückblickend und nachdem jetzt auch andere Tatsachen ans Licht gekommen sind, habe ich das Gefühl, ich hätte es wissen müssen.« Sie hielt inne und holte tief Luft. »Hat Edward erzählt, wie er, Bonny und ich uns 1945 kennen gelernt haben?«

Mel nickte. »Er hat meine Mutter sehr abschätzig beschrieben«, erwiderte sie scharf. »Tatsächlich bezeichnete er sie als ›giftig‹.«

»Am Anfang hat er sie keineswegs so gesehen«, entgegnete Helena entschieden. »Aber lass dir erklären, wie es damals war, als wir mit den Proben begannen. Es war einfach die Stimmung im Land, die Entbehrungen, die wir alle während des Winters erlitten hatten, die Hoffnung auf die Zukunft nach diesem Krieg.

Stell dir nur mich vor, Mel! Ich war achtzehn, ich hatte meine Mutter bei einem Luftangriff verloren und schon vor meinem vierzehnten Lebensjahr Büros geputzt und in Restaurants gekellnert. Ich hatte absolut nichts, nicht einmal ein anständiges Kleid; ich sang ein paar Songs in einem schäbigen Nachtclub, und plötzlich bot sich mir eine große Chance auf einer Bühne im West End. Bonny war damals gerade sechzehn – sie war während des Vorjahres mit einer Tanztruppe auf Tournee gewesen.

Edward hatte ein paar kleine Rollen in Theaterstücken und Revuen gehabt, und er und ich wurden sofort Freunde. Er trat wie ein Gentleman auf, wirkte sehr beruhigend, und wir hatten so vieles gemeinsam. Bonny lernte ich erst eine ganze Weile später kennen – an dem Tag, an dem wir von Hitlers Tod und dem bevorstehenden Sieg erfuhren.

Bonny und ich verbrachten den Siegestag gemeinsam. Wir setzten uns törichte Matrosenmützen auf, schwenkten Fähnchen, bliesen Pfeifen und küssten Soldaten wie alle anderen. Am Abend fanden wir uns auf einer Party wieder, die einige amerikanische Flieger veranstalteten. Die Ereignisse jener Nacht und die Dinge, die ihnen während der nächsten Wochen folgten, schmiedeten ein unzerstörbares Band zwischen uns. Wir lechzten damals nach allem – nach schönen Kleidern, Glamour, Erfolg, Geld und Ruhm. Und damals dachten wir, das alles läge einfach auf der Straße, wo wir es nur aufzuheben brauchten.«

»Und Edward, wie passte er da hinein?«

»Er dachte, er und ich würden auf Dauer Bühnenpartner werden«, antwortete sie mit einem schwachen Lächeln. »Wir hatten Erfolg mit einem Sketch, den wir zusammen aufführten – das Publikum brach jedes Mal in lauten Beifall aus. Aber das Schicksal verschwor sich gegen uns drei. Es ist eine lange Geschichte, die ich dir eines Tages mal erzählen werde, doch das Ende vom Lied war, dass wir drei die Show verlassen und uns eine andere Arbeit suchen mussten. Also tingelten wir mit Pantomimen durch Provinztheater und Küstenstädte. Bonny und ich spielten, und Edward begleitete uns auf dem Klavier. Erst zu dieser Zeit wurden gewisse Reibungen zwischen Edward und Bonny offenkundig.

Die beiden hackten ständig aufeinander herum. Edward glaubte, Bonny habe einen schlechten Einfluss auf mich, und ihr gefiel es nicht, meine Freundschaft nicht ganz für sich zu haben. Ich habe sie beide geliebt, aus ganz unterschiedlichen Gründen, und als ich feststellte, dass die beiden einfach nicht miteinander auskamen, habe ich irgendwann gelernt, sie voneinander fern zu halten.«

»Aber Sie waren meistens mit Bonny zusammen?«

»Oh ja. Zusammen waren wir unschlagbar. Sie war eine brillante Tänzerin, während ich auf diesem Gebiet nur als passabel gelten konnte. Dafür konnte ich singen. Zusammen waren wir einfach klasse. Aber es geht mir nicht darum, dir unsere Bühnennummer zu erklären, sondern das Ausmaß unserer Freundschaft. Wir waren wie Schwestern und manchmal auch wie Mutter und Tochter. Nur wenige Menschen erfahren das Geschenk einer solchen Nähe. Was auch immer später geschah, diese Erinnerungen werden mir immer kostbar sein.«

Mel dachte an Bee und sich selbst. Sie wusste genau, was Helena meinte. »Ich wünschte, Mum hätte mir von Ihnen erzählt«, murmelte sie. »Warum hat sie Sie nie erwähnt?«

»Dazu komme ich später«, gab Helena zurück. »Es ist schon schwer genug, dir die nüchternen Tatsachen mitzuteilen. Wie dem auch sei, ich hielt den Kontakt zu Bonny auch nach meiner Übersiedlung nach Amerika noch aufrecht, aber als Edward später nachkam, habe ich ihn wahrscheinlich in dem Glauben gelassen, sie sei aus meinem Leben verschwunden.«

»Und so war es doch auch. Warum also hätte er sie töten sollen?«

Helena zögerte. »Es gibt da einige Dinge, auf die ich noch immer keine Antwort weiß«, bekannte sie schließlich. »Du musst eines wissen: Als ich das letzte Mal nach England zurückkam, warst du gerade vier. Bonny und ich hatten einen bitteren Streit, und um ehrlich zu sein, gab es danach nichts mehr, was mich nach England gezogen hätte. Doch Edward flog etwa alle sechs Monate rüber. Die Polizei hat meine Geschäftspartner in Hollywood gebeten, alte Terminkalender und andere Papiere durchzusehen, um festzustellen, ob einer seiner Besuche mit dem Zeitpunkt von Bonnys Tod zusammenfiel. Bisher haben sie nichts gefunden, aber sie sind auf eine Adresse in Rye gestoßen – von dem Haus, in dem du zu jener Zeit gelebt hast. Ich vermute daher, dass Edward einen Brief von Bonny an mich abgefangen und die Dinge selbst in die Hand genommen hat.«

»Glauben Sie, dass es ein Erpresserbrief war?«

Helena zuckte die Schultern. »Das wäre möglich, andererseits könnte es sich auch lediglich um einen Hilferuf gehandelt haben – doch ich nehme an, dass sie lediglich von unserem Geheimnis sprach.«

»Worin besteht dieses Geheimnis?« Mel konnte nicht länger an sich halten. »Um Gottes willen, erzählen Sie mir einfach, wer mein Vater ist, und die Sache ist erledigt.«

Helena zitterte sichtlich, und Tränen stiegen ihr in die Augen. »Es ist keiner der Männer, mit denen du Kontakt aufgenommen hast. Sein Name ist Raymond Kennedy. Er war der Produzent des Little Theatre in Hampstead.«

Mel war so verwirrt über diesen vollkommen unbekannten Namen, dass sie es kaum bemerkte, als Helena aufstand und ans Fenster trat.

»Ein Produzent«, wiederholte sie nachdenklich. »Das Bild nimmt Konturen an. Hat er ihr versprochen, sie ebenfalls nach Hollywood zu bringen? Oder war das der eigentliche Grund Ihres Streits? Er hat Sie gefördert und nicht Bonny?«

Als keine Antwort kam, drehte Mel sich um. Helena hatte das Gesicht an die Fensterscheibe gelegt, und ihre Schultern zuckten.

»Es tut mir Leid«, flüsterte Mel unbeholfen. »Das war ein bisschen grausam, nicht wahr? Aber verstehen Sie, ich bin all diese Halbwahrheiten und Intrigen so leid.«

Helena wandte sich zu ihr um, und Tränen strömten ihr übers Gesicht.

»Warum weinen Sie?« Mel sah die ältere Frau verwundert an. »Ich bedeute Ihnen doch nichts; ich bin einfach ein junges Mädchen mit einer Zwangsvorstellung, was die eigene Herkunft betrifft. Kein Grund, deswegen sentimental zu werden.«

»Was dich betrifft, kann ich gar nichts anderes sein als sentimental«, erwiderte Helena und ließ sich vor Mel auf die Knie sinken. »Verstehst du, ich bin deine *Mutter*.«

Einen Augenblick lang herrschte völliges Schweigen. Selbst die Vögel, die draußen im Garten zwitscherten, schienen zu verstummen.

Mel saß reglos da wie eine Statue, zu benommen, um zu sprechen. Helenas Mascara war jetzt tränenverschmiert, und ihr schöner Mund zitterte.

»Sie sind verrückt«, stieß Mel hervor. Sie hatte das Gefühl, mitten in eine unheimliche griechische Tragödie geraten zu sein. »Wie können Sie meine Mutter sein?«

»Ich bin es«, beharrte Helena. »Ich wollte es dir ganz vorsichtig beibringen, aber wahrscheinlich hat mich das Wiedersehen mit dir nach all den langen Jahren völlig aus dem Konzept gebracht.«

»Meinen Sie nicht, ich hätte schon genug durchgemacht?« Mel sprang auf und vergaß für einen Moment ihren verletzten Fuß. Ein scharfer Schmerz durchzuckte sie, und sie schrie auf.

»Du darfst den Fuß nicht belasten«, mahnte Helena, griff ihr unter die Arme und drückte sie wieder auf das Bett.

Mel zuckte vor ihrer Berührung zurück. »Raus mit Ihnen, Sie Miststück. Sie sind genauso verrückt wie Edward.«

»Ich werde gehen, sobald du begriffen hast, was ich dir zu sagen habe.« Wieder kniete Helena neben Mel nieder, die die ältere Frau nach wie vor voller Entsetzen anstarrte. »Sieh mich an, Mel, und sieh wirklich hin. Meine Augen sind anders geformt, aber sie haben die gleiche Farbe wie deine. Unsere Gesichter sind beide oval, wir haben die gleichen Wangenknochen und den gleichen Teint. Aber es sind unsere Lippen, die uns endgültig verraten. Ich begreife nicht, warum das sonst niemandem aufgefallen ist.«

Mel rutschte zum Kopfende des Bettes hinauf, weg von Helena, doch trotz des Schocks und der Angst, die sie in ihren Fängen hielten, drückte sie nicht auf den Panikknopf. In Helenas dunklen Augen stand kein Wahnsinn, nur Schmerz. Mel sah sich ihre Lippen genauer an und konnte sich der offensichtlichen Wahrheit nicht länger verschließen. So viele Männer hatten Bemerkungen über den sinnlichen Schwung ihrer Unterlippe gemacht. Und als sie jetzt Helenas Mund betrachtete, sah sie, was sie alle gemeint hatten.

»Du warst mein Baby, aber ich habe es niemals einer Menschenseele erzählt!«, flüsterte Helena. »Ich habe den Schmerz all diese Jahre in mir getragen. Weder Erfolg noch Geld konnten ihn auslöschen.« Helenas Stimme brach. »Ich habe damals einen Pakt mit Bonny geschlossen. Für mein Schweigen würde sie dich lieben und beschützen. Aber wenn ich von Johns Tod gewusst hätte und dass Bonny aufgehört hatte, eine liebevolle Mutter zu sein, wäre ich schon vor langer Zeit zurückgekommen, um dich zu mir zu holen, ganz gleich, was aus meiner Karriere geworden wäre.«

»Ich kann es nicht glauben.« Mel begann zu weinen.

»Dann sieh dir diese Bilder an!«, befahl Helena, riss ihre Handtasche vom Fußboden hoch und nahm einige Fotos heraus. Sie warf einen flüchtigen Blick darauf, dann drückte sie Camellia zwei davon in die Hand.

Mel schluckte, als sie die Aufnahmen betrachtete. Eine zeigte sie selbst mit ungefähr vier Jahren. Sie saß in dem großen Sessel ihres Vaters, ein pummeliges, ernst dreinblickendes kleines Mädchen mit langem, geradem, dunklem Haar, bekleidet mit einem Kinderkittel, weißen Söckchen und Lackschuhen.

Das zweite Foto war sehr viel älter als das erste und zerknittert und verblasst, aber es sah so aus, als zeigte es dasselbe Kind. Es war in einem altmodischen Atelier aufgenommen worden, und das kleine Mädchen stand vor einem nachgemachten, mit Blumen bedeckten Bogen. Mel drehte das Bild um und konnte auf der Rückseite einen verblassten Namen und eine Adresse entziffern:

Abrahams, Mile End Road, East London. Darunter stand das Datum: *Dezember 1932.*

»Das sind Sie?«, fragte Mel, obwohl sie dies mit eigenen Augen sehen konnte.

»Ja. Ich dachte, all meine Kinderfotos seien während des Kriegs verloren gegangen«, meinte Helena. »Aber der Ruhm hat den einen Vorteil, dass einem wildfremde Leute irgendwelche Dinge zuschicken. Anscheinend hat meine Mutter den Fotografen für die Aufnahme mit zwei selbst genähten Hemden bezahlt. Er hat mir eine Kopie geschickt, als ich meinen ersten Film drehte. Er wusste, dass meine Mutter bei einem Luftangriff ums Leben gekommen war, und vermutete wohl, dass ich alle Unterlagen aus meiner Kindheit verloren hatte.«

Sie nahm ein weiteres Foto aus ihrer Tasche und reichte es Mel. Diesmal war Helena neun oder zehn Jahre alt und viel dicker und reizloser als auf dem früheren Bild. Neben ihr stand eine zierliche Frau mit gewelltem Haar und einem lieben, hübschen Gesicht. »Auch dieses Foto hat er mir geschickt. Das ist meine Mutter, Mel, Polly Forester. Siehst du, wie dick ich auf dem Bild bin? Ich habe gehört, du seist in diesem Alter ebenfalls pummelig gewesen.«

Mel hatte das Gefühl, als wäre die Zeit um Jahre zurückgedreht worden. Helena sah genauso aus wie sie selbst in diesem Alter, eine dicke Speckrolle um die Taille, stämmige Beine und ein so rundes Gesicht, dass die hohen Wangenknochen nicht mehr zu erkennen waren.

»Bonny hat mich adoptiert?«

»Nein. An dem, was wir getan haben, war nichts Legales. Ich fürchte, es war sogar kriminell. In moralischer Hinsicht war es ganz sicher ein Verbrechen. Aber in unserem Leichtsinn glaubten wir, einander auf diese Weise zu helfen.«

»Das verstehe ich nicht.«

»Ich werde noch einmal tiefer in die Vergangenheit zurückkehren müssen. Hab Geduld mit mir, Liebes, wenn dir dieser Teil der Geschichte unerheblich erscheint, denn du musst auch die Anfänge kennen. Es begann damit, dass Bonny sich 1946 in Magnus verliebte. Wäre das nicht gewesen, wären wir vielleicht zusammen in Hollywood gelandet, doch als sie ihn kennen lernte, warf sie allen Ehrgeiz über Bord. Alles, was sie wollte, waren Ehe, ein Heim und Kinder.«

»Dann hat sie ihn also wirklich geliebt?«

»Oh, ja. Bonny hat mit vielen Männern gespielt, wie du sicher weißt, aber Magnus hat sie wirklich geliebt. Allerdings war er verheiratet, und ich denke, seine Seite des Ganzen hast du bereits gehört.«

Mel nickte.

»Dann weißt du auch, wie sie zu der Verbindung mit John Norton gekommen ist?«

Wieder nickte Mel. »Hat sie ihn auch geliebt?« Es war ein entsetzlicher Gedanke für sie, der gütige, liebevolle Mann, den sie in Erinnerung hatte, könnte nur benutzt worden sein.

Helena musste ihre Gefühle gespürt haben, denn sie griff nach Mels Hand und drückte sie. »Ich kann nicht aufrichtig behaupten, dass sie ihn von Anfang an geliebt hat, und sie hat ihn tatsächlich mit einer List dazu gebracht, sie zu heiraten, doch ich verspreche dir, so wahr Gott mein Zeuge ist, an dem Tag, an dem die beiden in der Kirche das Ehegelübde ablegten, hat Bonny ihn von ganzem Herzen geliebt. Doch ich greife mir selbst voraus, denn ich habe dir noch nicht erzählt, warum es zu dieser Ehe kam und was mit mir geschah.«

Helena hielt einen Moment lang inne, um sich ein Glas Wasser aus dem Bad zu holen. Kurz darauf kehrte sie zurück und setzte sie sich neben Mel auf das Bett. »Als Magnus sich von Bonny trennte, war das ein harter Schlag für sie, und sie ging für ein Weilchen nach Hause zu ihren Eltern in Dagenham. Ich dagegen schloss mich einer Pantomimentruppe in Hampstead an, und dort habe ich dann Raymond Kennedy kennen gelernt, deinen Vater. Ray und ich hatten eine Affäre, die sich über einige Monate erstreckte; es war eine beschwingte Liebe voller Leichtigkeit. Und sie hätte ihr Ende finden sollen, als ich das nächste Mal mit Bonny auf Tournee durch die Provinzstädte ging. Wie dem auch sei, Bonny hatte sich während dieser Monate gelegentlich mit John getroffen, und sie war fest entschlossen, ihn zu heiraten, was auch immer geschehen mochte. Gegen Ende unserer Tournee verbrachten wir ein langes Wochenende in London. Bonny traf sich mit John. Ich bin nach Hampstead gefahren, um Ray wiederzusehen. Dieses Wochenende war ein Wendepunkt für uns beide. Bonny verlobte sich mit John, und ich bekam die Hauptrolle in der Bühnenversion von *Oklahoma*. Einige Wochen später entdeckte ich meine Schwangerschaft.«

»War Bonny ebenfalls schwanger?« Mel war vollkommen verwirrt.

»Nein, das war sie nicht, aber wegen meiner misslichen Lage und der Tatsache, dass wir nicht wieder zusammen auftreten konnten, behauptete sie John gegenüber, es zu sein. Bis auf den heutigen Tag verstehe ich nicht richtig, warum sie sich eine so törichte Lüge ausgedacht hat. Sie erklärte mir, John habe – anders als sie selbst – mit der Heirat noch ein paar Jahre warten wollen, und Bonny hatte noch nie geduldig auf irgendetwas warten können. Ja, so sah es aus. Ich war wirklich schwanger und wünschte mir verzweifelt, es nicht zu sein. Bonny wünschte sich das Gegenteil. John verlangte einen Beweis für ihre Schwangerschaft, bevor er die Hochzeit organisierte. Irgendwie überredete Bonny mich dann, mich für einen Schwangerschaftstest in der Harley Street für sie auszugeben. Sie sagte, sie wolle gleich nach der Hochzeit eine Fehlgeburt vortäuschen.«

Mel starrte Helena mit offenem Mund an. Das Ganze war einfach zu bizarr. Trotzdem erinnerte sie sich nur allzu gut daran, wie geschickt Bonny sich stets darauf verstanden hatte, ihren Willen durchzusetzen.

»Die Hochzeit fand statt, und ich war ihre Brautjungfer«, sprach Helena weiter. »Sie zogen in Johns Haus, ins Chestnuts in Somerset.«

»Aber was war mit Ihnen?«, fragte Mel. »Ich meine, was haben Sie in der Zwischenzeit getan?«

Helena stieß einen tiefen Seufzer aus. »Ich habe in *Oklahoma* mitgespielt. Ich habe versucht, eine Abtreibung vornehmen zu lassen, habe es aber einfach nicht fertig gebracht. Also bin ich weiter in der Show aufgetreten; ich trug ein enges Korsett und hoffte auf ein Wunder.«

»Und was war mit Ray?«

»Ich wollte ihm nichts davon erzählen, aus verschiedenen Gründen, von denen ich dir ein andermal berichten kann. In dieser Zeit war Bonny mein Rettungsanker. Sie war der einzige Mensch, mit dem ich über meine Zwangslage reden konnte. In jenen Tagen galt es noch immer als etwas Furchtbares und

Schändliches, ein uneheliches Kind zu bekommen. Ich schrieb Bonny alle paar Tage, und sie antwortete mir in langen, mitfühlenden Briefen, in denen sie immer wieder beteuerte, mir zu helfen, wenn es so weit war. Ich beschloss, bis Oktober in der Show aufzutreten, dann wollte ich in Bonnys Nähe ziehen, nach Bristol zum Beispiel, mir ein billiges Zimmer nehmen und Adoptiveltern für dich suchen.«

»Aber Bonny hat mich genommen?«

»Nun, ganz so einfach und klar war das keineswegs, Liebes. Als ich im Oktober zu Bonny kam, war John in Amerika, und sie gestand mir, dass er nach wie vor annahm, sie sei schwanger. Sie war schon immer ziemlich verrückt, doch diesmal hatte sie sich ihr eigenes Grab gegraben. Ich versuchte, sie zu überreden, ihm in einem Brief die Wahrheit zu sagen, aber es gab gute Gründe, warum ihr genau das unmöglich war.«

»Welche Gründe?«, fragte Mel.

Helena seufzte. »Das wollte ich dir eigentlich zu diesem Zeitpunkt noch nicht erzählen, doch ich fürchte, mir bleibt nichts anderes übrig. Du musst wissen, dass Bonny 1945 bei einem Engelmacher eine Abtreibung hatte vornehmen lassen. Danach bekam sie eine schlimme Infektion, und seither hatte sie Probleme gehabt. Nach ihrer Heirat mit John suchte sie einen Spezialisten auf. Der Mann erklärte ihr, dass sie niemals Kinder würde bekommen können.«

Mel nickte. Sie konnte sich vorstellen, wie verheerend eine solche Nachricht für jede Frau sein musste, und sie begriff auch, warum Bonny das John gegenüber nicht hatte zugeben wollen.

»Und dann legte sie mir ihren Plan vor«, fuhr Helena fort. »Zuerst war ich entsetzt, aber nach und nach gelang es ihr, mich zu überzeugen. Sie brauchte ein Baby, das sie John bei seiner Rückkehr präsentieren konnte. Ich brauchte ein Zuhause für meins. Ich hatte weder Geld noch Familie. Sie hatte alles. Einen liebevollen Ehemann, ein wunderschönes Zuhause und Sicherheit. Wir würden unsere Namen tauschen; ich würde mich im Entbindungsheim als Mrs. Norton ausgeben und das Baby dann

Bonny überlassen. Niemand würde je erfahren, dass Bonny kein Kind geboren hatte, nicht einmal John.«

Mel war entgeistert. »Sie waren damit einverstanden?«

Helena nickte, und abermals füllten sich ihre Augen mit Tränen. »Die Alternativen waren um so vieles schlimmer«, flüsterte sie. »Entweder wären wir irgendwo zusammen in einem schäbigen, billigen Zimmer gelandet und hätten um das nackte Überleben gekämpft, oder aber ich hätte dich zu Pflegeeltern geben müssen, während ich zur Arbeit ging. Ich hatte am eigenen Leib erlebt, wie schwierig die Dinge für eine ledige Mutter waren. Ich bin selbst so groß geworden. Polly war die beste Mutter, die man sich nur wünschen konnte; sie hatte ihre Bühnenkarriere bereitwillig und glücklich für mich aufgegeben, doch wir hatten sehr harte Zeiten. Dann kursierten damals furchtbare Gerüchte, dass Babys, die zur Adoption freigegeben wurden, in überfüllten Waisenhäusern landeten oder sogar nach Australien abtransportiert würden. Zumindest wusste ich, dass Bonny und John dich lieben und für dich sorgen würden.«

Mel konnte nachvollziehen, dass das Leben 1949 für eine allein erziehende Mutter und ihr Kind furchtbar gewesen wäre. »Aber ich verstehe immer noch nicht, wie Sie damit durchkommen konnten! Irgendjemand muss doch Verdacht geschöpft haben!«

»Es war viel einfacher, als man glauben möchte. Es ist so: Wenn du ein Kind bekommst, verlangt niemand von dir, dich auszuweisen. In jenen ersten Jahren nach dem Krieg wurde das Gesundheitssystem erst wiederaufgebaut, und es gab kaum richtige Dokumente. Das Haus in Somerset war meilenweit vom nächsten Ort entfernt. Niemand dort kannte Bonny, und während der letzten drei Monate tauschten wir, wenn nötig, einfach die Rollen. Wir nähten Polster für Bonny, die sie unter einem Schwangerschaftskleid tragen konnte. Ich blondierte mir die Haare und nahm unter ihrem Namen die Routineuntersuchungen bei den Ärzten in Anspruch. Sie kaufte sich eine schwarze Perücke für solche Gelegenheiten, bei denen sie in die Rolle der Freundin schlüpfte, die sie besuchte, und um mich schließlich in das Entbindungsheim zu begleiten, als bei mir die Wehen einsetzten.«

Mel sog scharf die Luft ein. Zumindest die gefärbten Haare ergaben einen Sinn. Wie viele Male hatte sie diese Zeilen gelesen und sich gefragt, was sie zu bedeuten hatten! »Aber wie konnten Sie einen so ungeheuerlichen Betrug planen? Hatten Sie kein schlechtes Gewissen deswegen?«

»Damals nicht.« Helena blickte auf, und der Schmerz ließ ihr schönes Gesicht schärfer erscheinen. »All diese Qualen kamen erst später. Wir waren wie kleine Mädchen, die Vater-Mutter-Kind spielten, beide vollkommen aus dem Häuschen, weil wir eine Lösung gefunden hatten. Die letzten drei Monate meiner Schwangerschaft waren so glücklich – wir haben alles miteinander geteilt: Wir haben die Borten für deine Wiege genäht, dir Kleider gestrickt und dein kleines Kinderzimmer renoviert. Bonny war im Geiste schon lange vor deiner Geburt zu deiner Mutter geworden.«

Mel war hin- und hergerissen zwischen widersprüchlichen Gefühlen. Die eine Hälfte von ihr wusste, dass diese Geschichte wahr war, und versuchte, es zu akzeptieren. Die andere Hälfte klammerte sich mit Macht an die süßen, zärtlichen Augenblicke ihrer Kindheit und wollte nicht glauben, dass Bonny nicht ihre leibliche Mutter war.

»Was ich mir auch sonst vorwerfen muss, zumindest habe ich mein Baby keiner kaltherzigen Fremden überlassen«, sagte Helena mit brüchiger Stimme. »Bonny war während meiner Wehen die ganze Zeit bei mir; sie hat dich in die Arme genommen, nur wenige Sekunden nachdem du geboren warst. Sie hat dich von diesem ersten Augenblick an geliebt. Als wir dich nach Hause brachten, nach The Chestnuts, hat sie sich ganz allein um dich gekümmert. Es war, als wäre sie die leibliche Mutter.«

»Und John? Wusste er Bescheid?«

»Er kam erst Anfang Januar aus Amerika zurück und war so überglücklich, seine Tochter zu sehen, dass er niemals irgendwelche Fragen stellte. Ich kenne keinen Mann, der so sehr ein geborener Vater war wie John. Er hat sich an allem erfreut, was dich betraf.«

Dies war die reine Wahrheit, das wusste Mel. Sie konnte sich daran erinnern, dass er sie gebadet und ihr das Haar gewaschen hatte, und immer war er aufmerksam gewesen, niemals zu müde, um sich mit ihr zu beschäftigen. »Aber Sie hatten keine Gewissensbisse deswegen?«

An diesem Punkt brach Helena zusammen, schlug sich die Hände vors Gesicht und begann zu schluchzen. Mel hatte das Gefühl, sie eigentlich in die Arme nehmen und trösten zu müssen, doch sie brachte es nicht über sich.

»Furchtbare Gewissensbisse«, stieß Helena unter Tränen hervor. »Aber John und Bonny konnten dir alles geben, was ich dir nicht geben konnte. Es gab Zeiten, da hätte ich dich am liebsten mitgenommen, um mit dir davonzulaufen, aber da steckte ich schon zu tief in der ganzen Sache drin. Du warst als Johns und Bonnys Kind gemeldet, und Bonnys Eltern, Johns Freunde und Verwandte, alle warteten nur darauf, eingeladen zu werden, um dich zu sehen. Mit jeder Post kamen Karten und Geschenke. Und ich hätte dir nicht einmal ein Zuhause bieten können.«

Mel dachte schweigend über das nach, was sie soeben gehört hatte. Eine Frage brauchte sie ganz gewiss nicht zu stellen, nämlich die nach dem Band zwischen Bonny und Helena; es hatte bemerkenswerte Ähnlichkeit mit dem, das Bee und sie verbunden hatte. Wenn man sie und Bee in die Zeit vor zwanzig Jahren zurückversetzt und in die gleiche Situation gebracht hätte wie damals Bonny und Helena, hätten sie sehr wahrscheinlich den gleichen Weg gewählt.

»Aber wenn Sie beide so viel miteinander durchgestanden hatten, warum haben Sie sich dann zerstritten?«, hakte sie schließlich nach.

Helena tupfte sich mit einem spitzenbesetzten Taschentuch das Gesicht ab. »Wir hatten ein Abkommen geschlossen. Ich sollte Tante Elly sein, eine Freundin der Familie, und als Gegenleistung für mein Schweigen wollte Bonny mir jeden Monat schreiben und mir Bilder von dir schicken und ausführliche Berichte über deine Fortschritte. Damals befürchtete ich, irgendwann könne sich Eifersucht in unsere Beziehung hineinschleichen. Und genauso ist es auch gekommen.«

»Nach Ihrem ersten Film, *Soho*, sind Sie ein großer Star geworden. Das weiß ich von Conrad. Ich nehme an, das hat Bonny nicht besonders gefallen?«

Helenas Augen weiteten sich vor Entsetzen. »Oh, nein, das war es nicht! Niemand war so stolz auf meinen Erfolg wie Bonny. Sie hat sämtliche Kritiken von mir gesammelt und sich all meine Filme x-mal angesehen. Sie war überglücklich darüber, dass ich es geschafft hatte. Nein, *ich* war diejenige, die eifersüchtig war.«

Mel hatte erwartet, Helena würde allein Bonny an allem die Schuld geben. Als sie so offen eingestand, selbst für die Ereignisse verantwortlich zu sein, und sich damit ihrer alten Freundin gegenüber unbeirrbar loyal erwies, erschien in Mels Augen der Charakter der Frau in einem ganz neuen Licht. Helena hatte nicht versucht, irgendetwas zu beschönigen. Mel wusste plötzlich, dass sie ihr vertrauen konnte.

»Du weißt selbst, wie dein Leben in den ersten vier Jahren war«, fuhr Helena fort. »Obwohl du natürlich zu jung warst, um dich wirklich daran erinnern zu können, lebt all die Liebe, mit der John und Bonny dich überschüttet haben, in dir weiter. Du warst der Dreh- und Angelpunkt ihres Lebens. Ich war damals die meiste Zeit in Amerika, aber selbst wenn ich nach England zurückkam, musste ich mich auf ein paar Tage bei euch beschränken, weil es mir zu wehtat, ihre Freude an dir mit anzusehen. Ich habe Geschenke geschickt und regelmäßig geschrieben und angerufen, doch ich musste mir immer wieder ins Gedächtnis rufen, dass du ihr Kind warst, nicht meins.«

»Also, was ist dann passiert?«

»Im Juni 1954 kam ich zu einem Besuch zu euch; du warst damals gerade viereinhalb. Ich hätte den Besuch genau wie bei den vorherigen Malen kurz halten sollen, aber John befand sich gerade auf Geschäftsreise. Ich hatte immer Angst gehabt, mich in seiner Anwesenheit zu verraten, und als ich dich sah, Mel, bin ich schwach geworden. Es war, als sähe ich mich selbst als Kind wieder. Du warst ein pummeliges, ernsthaftes kleines Mädchen mit großen, sanften Augen, und du hattest die Angewohnheit, deine Hand in meine zu schieben, was für mich ein Gefühl war, als drehte jemand ein Messer in meinem Herzen um. Ich hatte ein prächtiges Haus in Hollywood, einen großen Wagen, Geld, teure Kleider und Millionen von Fans, die mich bewunderten. Aber während der beiden Tage, als wir miteinander am Strand herumtollten, den Jahrmarkt in Hastings besuchten und Zuckerwatte und Eiscreme aßen, hätte ich den Erfolg und alle Besitztümer mit Freuden gegen dich eingetauscht. Bonny riet mir am zweiten Abend, nach London zurückzukehren, doch ich habe nicht auf sie gehört. Ich habe nur an mich gedacht, und ich war gierig auf ein wenig mehr Zeit mit dir.« Helena hielt inne und lehnte sich zurück. Sie erinnerte sich an all das noch so genau, als wäre es erst gestern gewesen:

Sie hörte Bonny seufzen und sah sich um. Ihre Freundin hatte nach einer Zeitschrift gegriffen, aber es sah nicht so aus, als läse sie darin. Gestern am Strand war Bonny genauso gewesen wie mit achtzehn oder neunzehn, voller Lebensfreude, mit goldbraunen Gliedern und fliegendem Haar. Sie hatte fröhlich von Freunden und Nachbarn erzählt und ohne jeden Grund zu kichern begonnen, und als Camellia außer Hörweite gewesen war, hatte sie wie in alten Zeiten derbe Bemerkungen über die Körper der Männer am Strand fallen lassen. Aber heute war sie vollkommen anders, deutlich reservierter. Helena wusste, sie hätte sich nach dem Grund für diese Veränderung erkundigen sollen, doch sie unterließ es. Sie wollte es nicht hören.

Camellia fügte das letzte Puzzlestück ein. »Fertig«, krähte sie und klatschte in die Hände. »Komm her und sieh es dir an, Mummy. Es ist alles an der richtigen Stelle.«

»Ich habe zu tun«, antwortete Bonny verdrossen. »Ich sehe es mir später an.«

Camellia schien nichts Seltsames am Tonfall ihrer Mutter zu

finden. Sie stieg von dem Tisch herunter, lief quer durchs Zimmer zu dem Fenster, das zur Straße hinausging, und kletterte auf einen Hocker, um nach draußen zu schauen.

»Komm und sieh dir das an, Tante«, rief sie. »Da ist ein Wasserfall.«

Helena trat neben das Kind. Die überquellenden Abflussrohre konnten den heftigen Regen nicht länger bewältigen, und er ergoss sich wie ein schnell fließender Fluss über das Pflaster und klatschte gegen die Treppenstufen der alten Häuser.

Sie vermisste so viele Dinge, die durch und durch englisch waren. Malerische alte Straßen wie diese, Fish and Chips in einer Verpackung aus Zeitungspapier, den Frohsinn der Pubs und den Regen im Sommer. Nirgendwo sonst auf der Welt kam ihr der Regen so frisch, so sanft oder so sauber vor wie in England, und dort hatte er auch einen ganz eigenen Geruch.

»Meine Güte!«, lachte sie. »Nur gut, dass eine Treppe zum Haus hinaufführt, sonst könnten wir hier drin Bötchen fahren.«

»Wenn wir ein kleines Boot hätten, könnten wir es die Straße hinuntersegeln lassen«, bemerkte Camellia sehnsüchtig und drückte ihre winzige Nase gegen eine der Butzenscheiben.

Helena warf einen Seitenblick auf das Kind und verspürte wieder den vertrauten Stich der Sehnsucht. Die letzten zwei Tage hatten ihr die Leere ihres eigenen Lebens deutlich vor Augen geführt.

Sie blickte auf ihr grünes Seidenkleid und die dazu passenden Schuhe hinab. »Wenn wir uns Mäntel und Regenstiefel anziehen, könnten wir Papierbötchen fahren lassen«, schlug sie vor.

Camellia sah zu ihr auf, und in ihren dunklen Augen leuchtete plötzlich wilde Aufregung. »Du meinst, wir sollen da rausgehen, jetzt?«

»Ja, warum nicht?«, lachte Helena. »Komm, ich knöpfe dir deinen Kittel auf, und du ziehst etwas Altes an. Du hast doch nichts dagegen, Bonny, oder?«

Bonny blickte von ihrer Zeitschrift auf. »Wenn du blöd genug bist, Segelboote die Gosse hinunterfahren zu lassen, dann ist das dein Problem«, gab sie scharf zurück.

Helena hätte ihre Meinung vielleicht noch geändert, wäre Camellia nicht bereits wie der Blitz davongelaufen, um sich umzuziehen. Aber es war nicht fair, einem Kind den Spaß zu verderben, nur weil ein Erwachsener schlechte Laune hatte.

Es war der größte Spaß, den Helena seit Jahren erlebt hatte. Bekleidet mit einem alten Regenmantel und Johns Stiefeln, ging sie zusammen mit Camellia am »Mermaid Inn« vorbei die Straße hinauf. Dort angekommen, ließen sie die Papierboote, die Helena gebastelt hatte, zu Wasser.

Die Boote schwankten hin und her und drehten sich, und als eines davon das andere überholte, lief Camellia kreischend vor Lachen hinterher.

»Meins gewinnt! Nein, jetzt gewinnt deins«, rief sie aus, und Helena eilte ihr nach, wobei sie selbst nicht weniger laut jubelte.

Die neugierigen Blicke hinter den Fenstern der älteren Anwohner entgingen Helena keineswegs; die Leute schauten nach, wer für den Lärm verantwortlich war, aber das kümmerte sie nicht. Die beiden ersten Boote sanken, nachdem sie sich mit Wasser voll gesogen hatten, und Helena und Camellia bastelten hastig neue.

Sie vergaßen die Zeit, vergaßen, wie nass sie waren, und erst als der Regen in ein Nieseln überging und die Wasserkaskaden zu einem bloßen Rinnsal zusammengeschmolzen waren, kehrten sie ins Haus zurück.

Helena zog in der kleinen Diele Mantel und Stiefel aus und wandte sich dann Camellia zu. Das kleine Mädchen war ein paarmal hingefallen und nass bis zur Taille.

»Häuten wir den Hasen«, meinte Helena und zog dem Kind das Kleid mitsamt dem Unterhemd über den Kopf. »Und weg mit der Unterhose und den Socken.«

Es war der Anblick des rundlichen kleinen Bauchs, der sie dazu trieb, sich Camellia zu schnappen, sie hochzuheben und zu kitzeln. Camellia lachte glucksend, und Helena entging, wie Bonny den Raum durchquerte und in die Diele trat.

»Was um alles in der Welt macht ihr da?«

Als sie Bonnys scharfen Tonfall hörte, setzte sie das Kind hastig wieder auf den Boden. »Wir spielen nur.« Sie errötete, als wäre sie in flagranti bei einer Schandtat ertappt worden.

»Es war toll, Mummy.« Camellia hatte rote Wangen und war ganz außer sich. »Du hättest mitkommen sollen.«

»Ich merke es, wenn ich nicht erwünscht bin.« Bonny machte auf dem Absatz kehrt und stolzierte ins Wohnzimmer zurück.

»Geh nach oben und zieh dich um.« Helena gab Camellia einen kleinen Klaps auf das nackte Hinterteil. »Dann bleibst du ein Weilchen dort und spielst mit deinen Puppen. Ich möchte mit Mummy reden.«

Als Helena wieder ins Wohnzimmer kam, sah sie, wie Bonny sich den letzten Rest Gin aus der Flasche in ihr Glas goss. »Sei kein Spielverderber, Bonny«, bat sie. »Ich bekomme sie nicht allzu oft zu sehen.«

Bonny warf Helena einen kalten Blick zu. »Was ein Glück ist. Was für eine Idee, mit Camellia in den Regen hinauszugehen! Sie hätte sich eine Lungenentzündung holen können!«

»Sei nicht albern.« Helena lachte nervös, schloss aber trotzdem die Tür, damit Camellia sie nicht hören konnte. »Wir haben Sommer. Außerdem ist ein bisschen frische Luft bestimmt besser für sie, als hier im Haus zu sitzen und zuzusehen, wie du schmollst und dich betrinkst.«

Sie bedauerte diese Bemerkung, kaum dass sie sie ausgesprochen hatte. Bonnys Augen wurden dunkel vor Zorn.

»Du hältst dich wohl für verdammt klug, nicht wahr?« Bonny sprang auf und warf dabei die Flasche und ihr Glas zu Boden. »Du kommst hier hereingerauscht mit deinen neuen Kleidern und Spielsachen für Camellia, verdrehst ihr mit all der Aufmerksamkeit den Kopf und hast dann auch noch die Unverschämtheit, mir vorzuschreiben, wie ich mich benehmen soll. Sie ist mein Kind, nicht deins. Ich möchte, dass du nicht mehr herkommst.«

Dies ist keine kleine Zankerei, die sich leicht in Ordnung bringen lässt und über die man später gemeinsam lacht, durchfuhr es Helena. Bonny verströmte Groll aus jeder ihrer Poren; sie hatte sich offensichtlich schon seit einer ganzen Weile in diese Stimmung hineingesteigert.

»Das meinst du nicht wirklich ernst, oder? Was ist mit den Versprechen, die wir einander gegeben haben, und mit unserer Freundschaft?«, fragte Helena leise, während Furcht ihr Herz umklammerte. »Zählt das denn gar nichts?«

»Ich habe mich an meinen Teil des Abkommens gehalten. Ich habe Camellia geliebt und für sie gesorgt. Sie ist mein ganzes Leben«, zischte Bonny. »Aber du bist mit deiner Seite des Abkommens nicht zufrieden, nicht wahr? Dir liegt die ganze Welt zu Füßen. Und jetzt willst du auch noch Camellia.«

»Natürlich hätte ich gern auch Camellia«, gab Helena zurück. »Wann immer ich sie sehe, bedauere ich die Entscheidung, die wir vor Jahren getroffen haben. Nur weil ich Erfolg habe, heißt das nicht, dass meine natürlichen Gefühle sich in nichts auflösen. Aber ich weiß, dass ihr beide, du und John, Camellia liebt, du bist ihre Mutter, und er ist ihr Vater. Ich würde ihr Glück niemals gefährden.«

»Komm mir nicht mit diesem sentimentalen Blödsinn«, fuhr Bonny auf und schlug Helena ins Gesicht.

Ihre Wange brannte ein wenig, aber schlimmer, viel schlimmer als der Schlag hatte Helena die Boshaftigkeit in Bonnys Stimme getroffen. »Ich bin nicht sentimental. Es ist mir mit meinen Worten vollkommen ernst, und ich möchte nur das Beste für Camellia.«

»Nun, dann verschwinde ein und für alle Mal aus meinem Leben. Ich will nicht, dass du immer wieder hier hereinplatzt und mich daran erinnerst, dass Camellia nicht wirklich meine Tochter ist. Du gibst mir das Gefühl, absolut nutzlos zu sein.«

»Das ist doch töricht, Bonny.« Helena senkte die Stimme, aus Angst, Camellia könnte sie hören. »Du bist so eine gute Mutter. Du hast dir eine Ehe und ein Heim gewünscht, und dein Leben ist ein wirklicher Erfolg. Du hast dutzende von Freunden, Menschen, die dich bewundern. Ich mag berühmt sein, aber es ist ein leeres Leben, Bonny. Du kannst dir nicht vorstellen, wie leer.«

»Dein Pech«, fauchte Bonny. »Nur weil dein Leben sich als leer erwiesen hat, kannst du nicht einfach herkommen und an unserem Leben herumpfuschen. Verschwinde und komm niemals zurück.«

»Das kann unmöglich dein Ernst sein, Bonny!« Helena begann zu weinen, denn der endgültige Tonfall in der Stimme ihrer Freundin machte ihr Angst.

»Oh, und ob das mein Ernst ist. Und wenn du es wagst, noch einmal hier aufzutauchen, werde ich dich vernichten. Ich werde mich an die Zeitungen wenden und der Presse so viele schmutzige Informationen über dich und deinen kostbaren, perversen Edward liefern, dass sämtliche Hollywood-Produzenten dich in Zukunft abblitzen lassen werden.«

»Bonny, denk doch erst einmal nach.« Helena hielt die Hände ihrer Freundin fest. »Was immer du über mich sagen könntest, wird nur auf dich zurückfallen. Alles, was ich zu verlieren habe, ist Geld. Du könntest einen Ehemann und ein Kind verlieren. Ich habe dich gewarnt, dass sich eines Tages Eifersucht in unser Leben hineinschleichen könnte. Ich werde dich in Ruhe lassen, wenn es das ist, was du willst, aber droh mir nicht.«

»Es ist keine Eifersucht«, versetzte Bonny halsstarrig. »Ich möchte einfach meine Tochter ganz für mich allein haben. Ich möchte meinen Seelenfrieden. Den kann ich nicht erlangen, wenn ich dir jeden Monat schreiben muss und niemals weiß, wann du das nächste Mal hier auftauchst. Es ist schon schlimm genug, in Camellias Gesicht zu blicken und dich darin wiederzufinden. Ich möchte dich nicht auch noch hier haben.«

Helena ließ sich in einen Sessel fallen und schlug die Hände vors Gesicht. Sie hätte Bonny gern erzählt, dass Camellia ihr Rettungsanker war; ohne den Kontakt zu ihr befürchtete sie, einfach zu verwelken und zu sterben. Aber wahrscheinlich war dies das Ergebnis einer langen Entwicklung. Vielleicht bewies es ihr sogar, wie sehr Bonny Camellia liebte.

»In Ordnung, du hast gewonnen«, murmelte sie schließlich. »Ich werde aus deinem Leben verschwinden. Nicht um deinetwillen, sondern um Camellias und Johns willen, denn sie sind unschuldig, und ich möchte nicht, dass sie leiden. Ich werde nicht zurückkommen, solange du mir nicht schreibst und mich darum bittest.«

»Du wirst ihr auch keine Geschenke mehr schicken«, forderte Bonny und stemmte die Hände in die Hüften. »Wir brauchen dich nicht.«

Diese letzten Worte schmerzten am meisten. Helena sah Bonny nur an, und die Tränen strömten ihr übers Gesicht. Mit vier kleinen Worten hatte sie alles zerstört, was einst zwischen ihnen gewesen war. All die Liebe, das Lachen und die Verbundenheit. Edward hatte Recht. Bonny war pures Gift.

»Gott sei Dank war es John, den du geheiratet hast«, bemerkte sie, als sie sich zur Tür umdrehte. »*Er* wird zumindest dafür sorgen, dass Camellia mit den richtigen Werten aufwächst.«

Nichts war ihr je so schwer gefallen, wie Abschied von Camellia zu nehmen. Als Helena in das Kinderzimmer trat, sprang das kleine Mädchen auf und hängte sich wie eine Klette an sie. Offensichtlich hatte sie zumindest einen Teil des Streits mit angehört.

»Mummy ist nicht mit Absicht gemein«, versicherte sie. In ihren dunklen Augen schimmerten Tränen. »Manchmal ist sie auch auf mich böse, aber später sagt sie immer, dass es ihr Leid tut.«

»Es ist nichts Ernstes«, erklärte Helena der Kleinen, »außerdem muss ich ohnehin nach London zurückkehren.«

Während sie das Kind schweigend an sich drückte, stellte sie sich einen kurzen Augenblick lang vor, wie sie mit ihrer Tochter in den Armen hinunterlief und davonrannte. Sie konnte sich die besten Anwälte leisten, um ihr Kind zurückzufordern. Sie war davon überzeugt, dass sie sich sogar die Sympathie der Öffentlichkeit erkämpfen konnte, wenn sie ihre ganze Geschichte erzählte.

Aber sie schob den Gedanken fast sofort beiseite. Eine solche Verletzung hatte John nicht verdient, und Camellias Glück wäre zerstört. Es wäre genauso falsch wie der Pakt, den sie seinerzeit mit Bonny geschlossen hatte.

Helena rutschte auf ihrem Stuhl hin und her und beugte sich schließlich ein wenig vor, um nach Camellias Hand zu greifen.

»Gerade als ich mit meinem Koffer zur Tür hinauswollte, bist du die Treppe hinuntergerannt gekommen«, berichtete sie. »›Nur noch einen Kuss‹, war alles, was du gerufen hast. Für mich fühlte es sich an, als hätte mir jemand einen Pfahl ins Herz gerammt.«

Mel hatte während der letzten Minuten leise vor sich hin geweint, während Erinnerungsbruchstücke an die Oberfläche ihres Bewusstseins zurückgetrieben waren. Sie konnte sich daran erinnern, wie sie diesen Papierbooten nachgelaufen war und wie das Wasser in ihren Regenstiefeln geschwappt hatte. Eine goldene Erinnerung, die ihr geblieben war, obwohl sie das Bild ihrer Gefährtin an jenem Tag vergessen hatte. Aber Helena hatte auch andere, ebenso alte Erinnerungen wachgerufen, solche, die den darauf folgenden Wochen zuzuordnen sein mussten. Erinnerungen an Bonny, wie sie weinte und immer wieder über lange Zeit hinweg mit einem Drink in der Hand und unglücklichem Gesichtsausdruck dasaß. Und dann war da die vielleicht eindringlichste Erinnerung: ihre Mutter, die ein großes Sammelalbum mit Papieren und Fotografien durchging, sie herausriss und ins Feuer warf, während sie die ganze Zeit über untröstlich schluchzte.

Jetzt verstand Mel alles. Warum Bonny ihr nie von ihrer berühmten Freundin erzählt hatte, warum sie dem Alkohol verfallen war und warum sie versucht hatte, in jenem Sommer Jacks und Magnus' Aufmerksamkeit auf sich zu lenken. Diesmal stieß sie Helenas Hand nicht von sich, sondern hielt sie schweigend umfangen.

»Ich habe dann doch geschrieben, obwohl ich versprochen hatte, es zu lassen, aber die Briefe kamen immer mit der Bemerkung: ›Empfänger unbekannt‹ in Bonnys Handschrift zurück«, fuhr Helena schließlich fort und tupfte sich mit ihrem Taschentuch das mascaraverschmierte Gesicht ab. »Ich wollte unbedingt wissen, wie es dir ging, wie du aussahst und solche Dinge, doch es gab niemanden, von dem ich diese Informationen hätte bekommen können, nicht ohne den Argwohn der Leute zu erregen. Jetzt wünschte ich, ich wäre manchmal nach England und nach Rye zurückgekehrt. Aber ich hielt es für das Beste für uns alle, wenn ich fortblieb.«

»Was für ein Geheimnis war es denn, das Bonny der Öffentlichkeit preisgeben wollte?«, erkundigte Mel sich zaghaft. Dies schien in der Tat das letzte noch verbliebene Rätsel zu sein.

»Dass Sir Miles Hamilton mein Vater ist«, antwortete Helena.

Mel klappte der Unterkiefer herunter. »Unmöglich! Das kann nicht wahr sein!«

»Du bist nicht die Einzige mit einer komplizierten Herkunft.« Helena brachte ein schwaches Lächeln zu Stande. »Bis zu meinem achtzehnten Lebensjahr glaubte ich, mein Vater sei Tom Forester, ein Hafenarbeiter, der kurz vor meiner Geburt bei der Arbeit ums Leben kam. Meine Tante Marleen hat mir die Wahrheit offenbart, als sie krank im Hospital lag, lange nach Mums Tod. Bei uns scheinen Geheimnisse in der Familie zu liegen, nicht wahr?«

»Es ist einfach unvorstellbar. Aber warum hat Ihre Mutter Ihnen nie davon erzählt?«

»Polly war ebenfalls Tänzerin. Sie verliebte sich in einen verheirateten Mann, der außerdem zufällig einen Titel besaß. Als sie ihre Schwangerschaft bemerkte, lief sie davon und versteckte sich, um ihn vor dem Skandal zu bewahren, und danach hat sie mich allein großgezogen und vorgegeben, Witwe zu sein. Aber Miles möchte dir seine Seite der Geschichte selbst erzählen. Als Bonny seinerzeit damit drohte, diese Tatsache zu enthüllen, hatte Miles keine Ahnung davon, dass ich seine Tochter war. Für ihn war ich einfach einer seiner Protegés. Er hat dann allerdings kurz darauf davon erfahren; Bonny hat ihm geschrieben und ihm alles erzählt.«

»Das erklärt also seinen Brief«, stieß Mel hervor. »Gütiger Gott. Er ist mein Großvater! Magnus meinte, Nick hätte eine Ähnlichkeit zwischen uns beiden gesehen, und er war davon überzeugt, Sir Miles sei mein Vater.«

»Ich weiß.« Helena lächelte kläglich. »An dem Tag, an dem

ich nach Oaklands kam, sind all meine Geheimnisse ans Licht gekommen. Ich war mir immer so sicher, richtig gehandelt zu haben, indem ich Stillschweigen bewahrte, was dich und Miles betraf, aber tatsächlich habe ich dich, statt dich zu beschützen, mit meinem Verhalten in Gefahr gebracht.«

»Das ist alles so verworren«, seufzte Camellia. »Ich kann es noch immer nicht fassen. Und ich begreife nach wie vor nicht, warum Edward Bonny umbringen musste.«

»Bevor Edward nicht verhaftet wird und ein Geständnis ablegt, können wir diese Frage nicht mit Gewissheit beantworten«, erwiderte Helena. »Aber da wäre noch eine weitere Sache, die ich dir erzählen muss, denn ich bin mir fast sicher, dass es unmittelbar mit Edwards Gründen für seine Taten zusammenhängt. Als ich nach meinem endgültigen Abschied von dir nach Amerika zurückkehrte, habe ich eine furchtbare Zeit durchgemacht. Seit dem Tag, an dem ich dich Bonny und John überlassen hatte, litt ich unter Depressionen. Während jener ersten vier Jahre konnte ich die schlechten Tage ertragen, weil Bonny mir jeden Monat von dir berichtete und ich sie außerdem anrufen konnte, wann immer ich Trost brauchte. Aber nachdem ich diese Rettungsleine verloren hatte, ging es mit mir rapide bergab. Damals hielt Edward mich aufrecht – er war der beste Freund, den man sich nur wünschen konnte. Doch als er von den Umständen deiner Geburt erfuhr, glaubte er wahrscheinlich, es sei die Furcht vor einer Enthüllung, die mich so belastete. Dabei hatten meine psychischen Probleme ihren Grund in Trauer. Hätte er das gewusst, hätte die Geschichte vielleicht ein ganz anderes Ende genommen.«

»Und Bonny hat Jack und Magnus nur deshalb erzählt, dass sie mein Vater seien, um Aufmerksamkeit zu erregen?«

In Helenas Miene spiegelten sich sowohl Überraschung als auch Wärme, als wäre sie gerührt von Mels Scharfsicht.

»Ja, ich denke, so war es, Liebes. Verstehst du, ich war früher diejenige, an die sie sich immer wenden konnte, wenn sie ein Problem hatte oder einfach nur hören musste, dass jemand sie liebte. Es ist unendlich traurig, dass ihr damals nichts anderes übrig blieb, als sich an ihre männlichen Freunde von früher zu wenden und sich etwas zusammenzufantasieren, das für alle Beteiligten eine Katastrophe war. Und das alles nur, um ein wenig Trost und Zuwendung zu bekommen, insbesondere nachdem sie ihren Mann verloren hatte, der sie angebetet hatte. Bonny war eben Bonny – impulsiv, flatterhaft, lächerlich und manchmal ziemlich dramatisch. Trotzdem glaube ich zu verstehen, warum sie sich so verhalten hat. Ich hoffe, du kannst es auch nachvollziehen?«

Mel konnte nur nicken. Ein dicker Kloß schnürte ihr die Kehle zu. Helena war genauso, wie Magnus sie beschrieben hatte – sie war eine Frau mit einem großen Herzen, außerdem loyal bis zum Letzten und zutiefst großmütig. Diese letzte Bemerkung über Bonny sagte so viel: Es war der gütigste und wahrhaftigste Nachruf überhaupt.

»Könnten wir jetzt Freunde werden?«, fragte Helena mit gepresster Stimme. Sie sah Camellia an, als hinge ihr Leben von der Antwort ab.

»Ich bin mir nicht sicher, ob das möglich ist«, entgegnete Mel wahrheitsgemäß. »Ich sollte überglücklich sein, das sagt mir die Vernunft. Ich habe eine neue Mutter und einen Großvater, und nichts spricht mehr dagegen, dass Nick und ich uns lieben. Aber im Augenblick bin ich einfach nur benommen und verwirrt.«

»Das kann ich verstehen. Die Tatsache, dass du eine neue Familie gefunden hast, nimmt nichts von dem Schmerz über das Wissen, warum Bonny getötet wurde – und nichts von all dem kann sie jemals ersetzen.«

Mel nickte. »Ich nehme an, das ist es. Ich habe sie geliebt. Sie war keine gute Mutter, jedenfalls nicht mehr nach Dads Tod. Aber wir hatten auch wunderschöne, gute Zeiten zusammen.«

»Das Gleiche gilt für mich«, bekannte Helena leise, und sie streckte spontan die Hand aus, um über Camellias Wange zu streichen. »Ich habe sie ebenfalls geliebt. Du und ich, wir haben beide hinter all der Gier und Verschlagenheit die andere Bonny gesehen. Sie war wie eine Wunderkerze – zu heiß, um behaglich zu sein, aber strahlend und wunderschön. Wir beide haben gelitten, weil wir sie liebten, doch vielleicht wird uns diese Gemeinsamkeit jetzt helfen.«

»Es hätte ihr nicht gefallen, alt und runzelig zu werden«, seufzte Mel. »Und wenn sie weitergelebt hätte, hätte sie uns alle vernichtet, auf die eine oder andere Weise.«

»Wo immer sie jetzt sein mag, ich wette, sie lacht über das Ganze«, meinte Helena mit einem Lächeln. »Wenn wir uns das vor Augen halten, werden vielleicht auch wir darüber hinwegkommen.«

Stille senkte sich über den Raum. Mel musste an jenen Abend in der Fishmarket Street denken. Sie war fünfzehn gewesen und hatte geweint, weil sie so dick und reizlos war. Bonny hatte ihr von einer ehemals dicken Freundin erzählt, die sich später in eine wunderschöne Frau verwandelt hatte. Also hatte Bonny ihr Herz nicht gegen ihre alte Freundin verhärtet. Edward musste Bonny versprochen haben, sie wieder mit Helena zusammenzubringen.

»Ich würde Sie gern in den Arm nehmen, aber ich kann es nicht«, erklärte Mel unumwunden. Dann drehte sie leicht den Kopf zur Seite, damit sie diese großen, traurigen Augen nicht sehen musste.

»Die Welt wurde nicht an einem einzigen Tag erschaffen. Ich habe dich neun Monate in mir getragen und dich weitere vierundzwanzig Jahre in meinem Herzen und in meinen Gedanken gehabt«, sagte Helena mit bebender Stimme. Sie stand auf und trat einige Schritte von dem Bett zurück, auf dem Camellia saß. »Wir haben den Rest unseres Lebens vor uns. Aber im Augenblick gibt es etwas, das du dringender brauchst als eine neue Mutter.«

»Und was wäre das?« Mel blickte auf.

Helena lächelte wieder. »Eine Liebesbeziehung«, erklärte sie, und ihre Augen glitzerten schelmisch. »Meine Tante Marleen, die ein echtes Unikum war, hat diese Kur stets gegen alle Unbilden des Lebens empfohlen, angefangen von Haarausfall bis hin zu Blasen an den Füßen. Vielleicht ist es nicht das, was eine Mutter ihrer Tochter raten sollte, aber andererseits habe ich mir bisher auch noch nicht das Recht auf diesen Titel verdient.«

25. Kapitel

Sir Miles saß auf einem Stuhl am Feuer im Wohnzimmer im Erdgeschoss und Mel zwei Meter entfernt von ihm auf einem Sofa, den bandagierten Fuß auf einen gepolsterten Hocker gebettet. Es war sehr kalt geworden, und ein kräftiger Wind wehte das Herbstlaub an den Fenstern vorbei, sodass Mel sich für Jeans und einen roten Pullover entschieden hatte, selbst wenn sie damit das Risiko einging, für ihre erste Begegnung mit ihrem Großvater ein wenig zu leger gekleidet zu sein.

Die Westminster-Uhr auf dem Kaminsims hatte gerade elfmal geschlagen, und obwohl der alte Mann seit seiner Ankunft um halb elf fast pausenlos geredet hatte, zeigte sein barsches Benehmen, dass ihm diese Geständnisse schwer fielen.

»Es braucht Ihnen nichts peinlich zu sein, Sir Miles«, versicherte Mel sanft. »Ich verstehe vollkommen.« Sie hatte Mühe damit, den Gedanken zu akzeptieren, dass er ihr Großvater war. Er sah so aus wie Winston Churchill und sprach auch genauso; er hatte ein ähnlich rundes Gesicht und zu wenig Hals, ganz zu schweigen von einer Art zu reden, die absolute Aufmerksamkeit befahl. Aber sein eher grelles grünes Tweedjackett und sein grüngoldenes Halstuch gefielen ihr, und sie hatte den Eindruck, dass er im Grunde ein Nonkonformist war.

»Du brauchst mich nicht mit meinem Titel anzusprechen«, erklärte er steif. »Miles wäre in meinen Augen absolut akzeptabel. Helena nennt mich ›Smiley‹, wenn wir unter uns sind, aber da wir bisher noch nicht viel Grund gehabt haben zu lächeln, erschiene mir das nicht recht passend.«

Diese Bemerkung machte Mel Mut. Offenbar wünschte auch er sich einen ungezwungeneren Umgang mit ihr. Sie mochte diesen alten Mann sehr. Er hatte die vergangene Nacht in Helenas Cottage verbracht, und erst da hatte seine Tochter ihm die ganze Geschichte erzählt, obwohl bereits bei Nicks Besuch früher im Jahr ein gewisser Verdacht in ihm aufgestiegen war. Nach dem Stolz zu urteilen, mit dem er von Helena sprach, glaubte Mel, dass es ein großes Glück für ihn gewesen war, so spät im Leben noch von seiner Vaterschaft zu erfahren. Aber die Vorstellung, auch Großvater zu sein, schien ihm doch zuzusetzen.

Miles' Alter und seine gesellschaftliche Stellung machten es ihm sehr schwer, von seiner verbotenen Affäre mit Helenas Mutter zu sprechen. Er hatte die Geschichte in unterkühltem, sachlichem Tonfall erzählt, aber Mel erkannte durchaus einige Parallelen zu der Affäre zwischen Bonny und Magnus. Miles hatte Polly, ein munteres junges Chormädchen aus Cockney, im Jahr 1925 kennen gelernt, als sie in einer Show im Hippodrome von Catford auftrat. Und obwohl alle Umstände dagegen gesprochen hatten, hatte er sich Hals über Kopf in sie verliebt. Als sie etwa achtzehn Monate später spurlos verschwand, war er am Boden zerstört. Er nahm aber an, sie habe einen anderen Mann kennen gelernt, der frei war und sie heiraten konnte.

Während des Gesprächs mit Mel konnte er seine Betroffenheit nur schwer verbergen. Oft zitterte seine Stimme. Offensichtlich quälte ihn selbst über vierzig Jahre später noch das Wissen, dass seine Geliebte von damals der Bühne den Rücken gekehrt und seine Tochter in Armut großgezogen hatte, statt ihn einem Skandal und öffentlicher Schande auszusetzen.

»Also, suchen wir jetzt etwas, worüber wir lächeln können!«, erklärte Mel entschieden. Sie hatte heute schon den ganzen Tag lang das Gefühl gehabt, die Welt aus den Angeln heben zu können. Nick und sie hatten tags zuvor fast eine Stunde lang miteinander telefoniert, und an diesem Abend würde er nach Oaklands kommen. Obwohl sie erst seit zwei Tagen wieder zurück war, schmerzte ihr Fuß inzwischen nicht mehr allzu sehr, außerdem hatte ein Gespräch mit Magnus über die Ereignisse der Vergangenheit ihr geholfen, das Ganze wieder in die richtige Perspektive zu rücken.

Jetzt wollte sie endgültig alle Trümmer der Vergangenheit forträumen und einen neuen Anfang wagen. Am Morgen hatte sie Conrad einen langen, ausführlichen Brief geschrieben, nun überlegte sie, ihm in einem zweiten auch Miles' Geschichte zu schildern. Es waren genau die Art handfester Verwicklungen, die er liebte.

»Helenas neuer Film klingt ungeheuer spannend, und ich brenne darauf, auch ihr Cottage zu sehen. Magnus meinte, es sei sehr hübsch.«

Der plötzliche Wechsel zu heitereren Themen entlockte Sir Miles dann doch ein Lächeln. »Du bist ein liebes Mädchen«, bemerkte er großmütig. »Genau wie Magnus und Helena es behauptet haben. Ich hoffe, dass es mir auf meine unbeholfene Art gelungen ist, dir die Dinge aus meiner Perspektive zu schildern. Es wäre mir schrecklich, wenn du denken würdest, ich hätte wissentlich eine Frau im Stich gelassen, die ein Kind von mir erwartete. Ich hätte Polly nicht heiraten können, doch ich hätte sie und Helena finanziell unterstützt. Es war ein großer Kummer für mich, dass Mary und ich niemals mit Kindern gesegnet waren.«

»Kinder sind nicht immer ein Segen«, gab Mel trocken zurück. »Doch erzählen Sie mir etwas über meine Kindheit. Ich weiß, dass Sie bei der Hochzeit von Bonny und John zu Gast waren. Haben Sie und Ihre Frau uns vor Johns Tod gelegentlich zu Hause besucht?«

»Sogar sehr oft, zumindest in den ersten zwei oder drei Jahren deines Lebens. Wir waren auch in dem Haus in Somerset«, fügte er hinzu, und endlich spielte ein echtes Lächeln um seine Lippen. »Es war im Frühling 1950, du warst gerade ein paar Monate alt, und Mary hätte am liebsten pausenlos mit dir gespielt. Sie bestand darauf, dass wir dich in deinem Kinderwagen zu unserem Spaziergang mitnahmen. Die Hügel waren schrecklich steil, ich musste den Wagen selbst schieben. Es war das erste und letzte Mal in meinem Leben, dass ich je mit einem Kinderwagen zu tun hatte.«

Mel gefiel dieses Bild, auch wenn sie sich den alten Mann hinter einem Kinderwagen ebenso wenig vorstellen konnte wie in einem Tutu auf einer Ballettbühne. »War ich ein hübsches Baby?«

»Nass und quengelig, soweit ich mich erinnern kann«, antwortete er schroff. »Aber Mary fand, du seist ein Engel. Hätte ich damals bereits gewusst, dass du meine Enkelin warst, hätte ich mich natürlich viel mehr für dich interessiert. Aber dieses Wochenende war ein sehr fröhliches. John und Bonny waren hervorragende Gastgeber. Zum Abendessen gab es Fasan, und es erstaunte mich, dass ein so lebenslustiges Geschöpf wie Bonny so gut kochen konnte. Und sie liebte auch ihren Garten. Er war ein Meer von Frühlingsblumen, einfach zauberhaft.«

»Dann mochten Sie sie damals also?«

Er warf Mel einen scharfen Blick zu. »Ja, ich mochte sie. Damals«, stimmte er ihr zu, wenn auch ein wenig widerstrebend. »Sie war das reinste Kind – aufgeregt, glücklich, voller Schwung und Lebensfreude. Ich hatte meine Vorbehalte, als John sie heiratete; sie hatte einen gewissen Ruf, und ich dachte, sie sei hinter Johns Geld her. Aber an diesem Wochenende begriff ich, warum John sie anbetete. Sie war einfach entzückend.«

»Und als sie Ihnen später Helenas Vergangenheit enthüllte, haben Sie Ihre Meinung geändert?«

»Ja, ich war bis ins Mark schockiert – nicht nur über die Enthüllungen selbst, die mir den Boden unter den Füßen wegzogen, sondern auch über die Gehässigkeit des Briefes. Jetzt kenne ich die Hintergründe: Sie hat den Brief in einem Anfall von Bosheit geschrieben, aus der Trauer heraus, ihre liebste Freundin verloren zu haben, aber das ist keine Entschuldigung. Meine Gefühle beim Lesen des Briefes müssen deinen ähnlich gewesen sein, als du herausfandest, dass John Norton nicht dein richtiger Vater war. All die Jahre hatte ich geglaubt, Polly hätte mich wegen eines anderen Mannes verlassen. Und dann erfahre ich, dass die junge Schauspielerin, deren Karriere ich gefördert habe, in Wirklichkeit meine Tochter ist.«

Er hielt einen Moment lang inne, als müsste er sich fassen,

und tupfte sich mit einem Taschentuch den Schweiß von der Stirn. Dann warf er Mel einen merkwürdigen Blick zu, als wäre er sich nicht sicher, wie weit er mit seinen Geständnissen gehen durfte. Schließlich räusperte er sich und fuhr fort.

»Bonny verlangte kein Geld. Ihr einziges Motiv schien das Bestreben zu sein, möglichst viel Unruhe zu stiften. Sie drohte damit, die Geschichte an die Zeitungen weiterzugeben.«

»Dann hat sie Ihnen nicht erzählt, dass ich Helenas Kind war?«

»Nein, das nicht. Ich wünschte jetzt, sie hätte es getan. Sie hat angedeutet, über noch verheerendere Informationen zu verfügen, aber ich vermutete damals, dass sie auf irgendetwas Illegales anspielte, in das Helena verwickelt war. Meine Befürchtungen zu jener Zeit galten ausschließlich meiner Frau. Mary war eine sehr gütige, liebevolle Frau, die mich während meines ganzes Ehelebens loyal unterstützt hatte. Es war nicht fair, dass jemand aus purer Bosheit ihren Frieden und ihr Glück zerstören sollte.«

»Es war sehr mutig von Ihnen, Bonny die Stirn zu bieten«, gab Mel zurück. »Was hätten Sie unternommen, wenn sie tatsächlich mit der Geschichte an die Öffentlichkeit gegangen wäre?«

»Das weiß ich nicht«, gestand er und tupfte sich abermals die Stirn ab. Mel hoffte, ihn nicht zu sehr unter Druck zu setzen: Er war schließlich über achtzig. »Ich habe natürlich ein paar schlaflos Nächte auf diese Frage verwandt. Zunächst war ich noch keineswegs vollkommen von der Wahrheit dieser Geschichte überzeugt. Es war durchaus möglich, dass jene Polly Forester gar nicht ›meine‹ Polly war. Und selbst wenn, hätte Helena auch das Kind eines anderen Mannes sein können. Also bin ich nach Amerika gefahren, um sie zu besuchen.«

»Warum hatte sie Ihnen nicht schon vorher alles erzählt?«

»Weil Helena die Geschichte, die Tante Marleen ihr erzählt hatte, wohl selbst nicht vorbehaltlos glaubte. Aber meiner Meinung nach ist sie einfach ihrer Mutter sehr ähnlich – außer Stande, Wellen zu schlagen, bei denen andere verletzt werden könnten. Wir haben alle Daten gemeinsam überprüft, wir haben sogar Bluttests vornehmen lassen. Aber noch bevor die Tests unsere Verwandtschaft bestätigten, wussten wir beide, dass Marleen Recht gehabt hatte. Helena ist ein echter Spross der Hamiltons, sie hat unseren Teint, unseren Mund und unsere Nase. Auch du hast diese Merkmale geerbt, zusammen mit meinen Augen, die wir von der Seite meiner Mutter haben.

Wie dem auch sei, nach dem Gespräch mit Helena war ich nicht mehr ganz so nervös. Sie überzeugte mich davon, dass Bonny ihre Drohungen nicht wahr machen würde, sondern lediglich Unfrieden zwischen uns beiden stiften wollte, nicht mehr. Sie behielt Recht, und ich bedaure es von ganzem Herzen, Manning in dieser Angelegenheit ins Vertrauen gezogen zu haben. Aber damals hielt ich es für das Beste, auf einen Skandal vorbereitet zu sein, und da Manning Helenas Manager war, glaubte ich, er habe das Recht, vorgewarnt zu werden.«

Ein weiteres Puzzlestück fügte sich in das Gesamtbild. Mel konnte jetzt nachvollziehen, dass Edwards Feindseligkeit Bonny gegenüber sich angesichts unleugbarer Beweise für ihre Boshaftigkeit sehr schnell zu Hass gesteigert hatte. Und da er nicht die ganze Geschichte kannte, war es sogar verständlich, dass er Bonny die Schuld an Helenas Unglück und ihren Depressionen gab.

»Was glauben Sie, wann Edward die Wahrheit über mich herausgefunden hat?«, fragte sie.

Sir Miles stieß einen tiefen Seufzer aus. »Helena vermutet, dass das lange vor Bonnys Tod geschehen sein muss, aber ich bin anderer Meinung. Im Lichte all dessen, was wir jetzt wissen, hätte er in diesem Fall sicher auch eine Möglichkeit gefunden, sich deiner zu entledigen. Ich habe seinen Zorn wohl unbeabsichtigt noch angestachelt, indem ich ihm über die Jahre hinweg immer wieder Informationen zukommen ließ. Ich bin ein seniler alter Narr, der sich in Dinge einmischt, die ihn nichts angehen.«

Mel lächelte. Dergleichen Dinge hatte er sicherlich nicht oft in seinem Leben gestanden. »Wollen Sie mir mehr darüber erzählen?«

»Wie du weißt, bekam ich diesen schrecklichen Brief von

Bonny etwa zwei Jahre vor Johns Tod, und du wirst dir vorstellen können, dass ich danach meine Besuche in Rye eingestellt habe. Aber ich habe mich während dieser beiden Jahre in London zweimal mit John zum Mittagessen getroffen und ihm dabei zu verstehen gegeben, langsam zu alt für solche Besuche zu werden. Als John starb, machten Mary und ich gerade Ferien in Kenia. Das war insofern eine glückliche Fügung für mich, als ich auf diese Weise einen perfekten Vorwand hatte, nicht zu seiner Beerdigung kommen und Bonny von Angesicht zu Angesicht begegnen zu müssen. Natürlich haben wir Blumen geschickt und ein Kondolenzschreiben.

Etwa vier oder fünf Monate später suchte Manning mich in London auf. Ich zeigte ihm Johns Nachruf in der *Times*, und wir sprachen darüber, ob Helena davon erfahren sollte oder nicht. Angesichts der Tatsache, dass sie gerade mit den Dreharbeiten für einen neuen Film begonnen hatte, nahmen wir an, es wäre in ihrem Interesse, sie nicht aufzuregen.«

»Das war falsch von Ihnen«, bemerkte Mel.

»Rückblickend war es das, ja«, pflichtete er ihr bei und rieb sich nachdenklich das Kinn. »Aber glaub mir, Camellia, ich habe genau wie Edward nur versucht, Helena vor Kummer zu bewahren. Wir nahmen an, sie würde Bonny besuchen wollen, und wenn man bedachte, wie erbittert sie sich bei ihrem letzten Aufenthalt in Rye gestritten hatten, hielten wir es für besser, sie über Johns Tod im Unklaren zu lassen.

Zwei Jahre später starb dann meine Frau. Ich habe Bonny von ihrem Tod in Kenntnis gesetzt, weil Mary sie sehr gern gehabt hatte. Meine Frau wusste natürlich nichts von meinen veränderten Gefühlen gegenüber Bonny und hatte ihr weiterhin zum Geburtstag und zu Weihnachten Karten und Geschenke geschickt, bis kurz vor ihrem Tod.

Aber Bonny beantwortete meinen Brief nicht; sie kam weder zu der Beerdigung, noch schickte sie einen Beileidsbrief. Damals hielt ich es für absolut gerechtfertigt, alle Verbindungen zu ihr abzubrechen. Und ganz sicher wollte ich nicht, dass Helena wieder mit dieser Frau zu tun bekam.«

Als kleines Kind hatte sie viele Karten und Geschenke von den alten Freunden ihrer Eltern bekommen, daran konnte Mel sich noch gut erinnern. Dann waren die Geschenke irgendwann ausgeblieben, genauso wie die Besucher. Sie fragte sich, ob Bonny all diese Leute vor den Kopf gestoßen hatte oder ob ihr Rückzug aus diesen Kreisen mit Absicht erfolgt war.

»Ich habe Manning in den darauf folgenden Jahren viele Male gesehen«, fuhr Miles fort. »Zwei- oder dreimal in London, aber meistens drüben in Hollywood, wenn ich Helena dort besuchte. Es ging ihr zu dieser Zeit sehr schlecht, und wir sorgten uns beide schrecklich um sie. Bei einem dieser Besuche, vor etwa drei Jahren, fragte ich Manning, ob er und Helena von Bonnys Tod wüssten. Ich selbst hatte erst durch die Zeitungsartikel über dich und deine Freundin, die an einer Überdosis Drogen gestorben war, davon erfahren, und ich hatte die Zeitungsausschnitte nach Amerika mitgenommen, um sie Manning zu zeigen.«

»Sie wussten Bescheid und haben ihm die Artikel sogar gezeigt?«, entfuhr es ihr.

Miles errötete heftig und senkte den Blick. »Es tut mir Leid. Ich weiß inzwischen sowohl von Nick als auch von Magnus, dass du die Sensationsgier, die diesem Zwischenfall folgte, nicht verdient hattest. Ich möchte dir jetzt nicht wehtun, indem ich das alles wieder zur Sprache bringe. Aber der Name Camellia Norton stand in Großbuchstaben in allen Zeitungen, und natürlich habe ich ihn wiedererkannt.«

»Wie hat Edward reagiert?«, wollte sie wissen. »Ich meine, auf Bonnys Tod?«

»Er wirkte genauso überrascht wie ich, als er davon las«, berichtete Miles und schnitt eine Grimasse. »Er hat ziemlich unfreundlich auf die Nachricht reagiert, doch nichts an seinem Benehmen ließ darauf schließen, dass er schon vorher von ihrem Tod gewusst hatte. Er bestand darauf, Helena nichts davon zu sagen, da es sie nur aufgeregt hätte.«

Mel sah ihn mit gerunzelter Stirn an.

»Ich weiß, ich hatte kein Recht, mich zum Zensor zu ernennen«, gab Miles schulterzuckend zu. »Doch versetz dich für einen Augenblick in meine Lage. Mein einziges Kind, eines, das ich nicht einmal offen anerkennen kann, leidet unter chronischen Depressionen, und eine strahlende Karriere auf der Bühne ist praktisch zu Ende gegangen. Im Laufe der Jahre war ich zu der Erkenntnis gelangt, ein großer Teil von Helenas Unglück hinge mit Bonny Norton zusammen. Hättest du ihr unter diesen Umständen weitere Neuigkeiten übermittelt, die ihren Kummer noch vergrößern mussten?«

»Vielleicht nicht. Aber sprechen Sie weiter. Glauben Sie, dass Edward die Wahrheit erraten hat, als er mein Bild sah?«

»Möglicherweise. Er behielt die Zeitungsausschnitte und erklärte, vielleicht mit Helena darüber zu sprechen, wenn es ihr besser ging. Es ist denkbar, dass er bei näherer Betrachtung der Fotos dieselbe Ähnlichkeit entdeckt hat, die ich jetzt mit eigenen Augen sehen kann. Du darfst eines nicht vergessen: Er kannte Helena besser als irgendjemand sonst, und das seit ihrem achtzehnten Lebensjahr. Aber wie dem auch sei, bei meiner Rückkehr nach England erfuhr ich von meinem Kammerdiener von deinem Besuch. Als ich das nächste Mal mit Manning telefonierte, erzählte ich davon, und er wirkte sehr beunruhigt. Hat mir alle möglichen idiotischen Fragen gestellt. Aber da du keine Adresse hinterlassen hattest, konnte ich ihm keine weiteren Informationen geben.«

Miles räusperte sich. »Wie Magnus dir vielleicht bereits erzählt hat, hat Helena die Rolle in *Broken Bridges* angenommen, ohne Edward ins Vertrauen zu ziehen. Gewiss ist er in Panik geraten, als er davon erfuhr. Es war nicht nur das erste Mal seit Jahren, dass sie eine wichtige Entscheidung selbst getroffen hatte, der Film sollte obendrein auch noch hier in England gedreht werden. Außerdem hatte Helena weder ihm noch mir mitgeteilt, dass Magnus mit ihr in Verbindung getreten war. Wir beide glaubten, Oaklands sei einfach ein Landhaushotel, das die Sekretärin des Produzenten für sie ausgesucht hatte.

Edward kam nach seiner Ankunft in England als Erstes zu mir und rief Helena von meinem Haus aus an, obwohl ich nicht hören konnte, worüber die beiden sprachen. Helena erzählte mir, er sei ein wenig pikiert über ihre Begegnung mit Magnus und die Tatsache gewesen, dass sie ohne seine Billigung ein Cottage gemietet hatte. Andererseits schien er sich über die Publicity zu freuen, die ihr das Interview in der *News of the World* eingetragen hatte, und erbot sich, bei der Zeitung vorbeizufahren, um eventuelle Briefe an Helena dort abzuholen. Bestimmt hat er an diesem Punkt seinen Plan ersonnen, dich zu entführen.«

Wahrscheinlich ist Edward ein weit besserer Schauspieler, als man es ihm bisher je zugetraut hat, überlegte Mel mit einem bitteren Lächeln. »Was hielten Sie von ihm? Ich meine, bevor das alles passiert ist?«, erkundigte sie sich.

»Ich habe ihm bedingungslos vertraut, wie jeder ihm vertraut hätte, der seine liebevolle Fürsorge für Helena hätte beobachten können«, erklärte Miles mit fester Stimme. »Aber gemocht habe ich ihn nie. Ich fand ihn … sonderbar.«

Mel lächelte über die Unverblümtheit des alten Mannes. Sie hatte das Gefühl, dass er noch erheblich mehr über Edward Manning wusste, aber er war altmodisch und hätte über solche Dinge niemals gesprochen. »Wollen wir hoffen, dass die Polizei ihn bald verhaftet«, entgegnete sie. »Dann können wir diese ganze Angelegenheit vielleicht hinter uns lassen.«

Miles legte den Kopf schief und sah sie nachdenklich an. »Gerade eben hast du dich genauso angehört wie dein Vater«, bemerkte er.

»Ich wusste gar nicht, dass Sie ihn kannten?«

»Ich war derjenige, der ihn damals dem Theater von Hampstead vorgeschlagen hatte«, meinte Miles mit einem Lächeln. »Ray Kennedy war ein kluger, amüsanter und scharfsinniger Mann. Er konnte Helena nicht das Wasser reichen, doch ich mochte ihn.«

»Was ist schief gegangen zwischen den beiden?« Mel hatte eigentlich die Absicht gehabt, Helena bei ihrer nächsten Begegnung danach zu fragen, aber es konnte nicht schaden, auch Miles' Meinung zu hören.

»Eine Dummheit Rays«, brummte er. »Er beging den Fehler,

sich gleichzeitig mit zwei Frauen einzulassen. Er war ein hervorragender Produzent, hat aber sein Potenzial niemals wirklich ausgeschöpft. Vor einigen Jahren ist er bei einem Autounfall ums Leben gekommen.«

Das Knirschen von Autoreifen auf dem Schotter draußen ließ Mel zusammenzucken. Es war kurz vor vier Uhr nachmittags, und sie war vor etwa einer Stunde aus reiner Langeweile in die Küche hinuntergegangen. Seit Miles' Abfahrt kurz vor dem Mittagessen war sie außer Stande gewesen, sich ruhig hinzusetzen und zu lesen, obwohl sie noch einmal an Conrad geschrieben hatte. Da die Küche der Dreh- und Angelpunkt des Hauses war und Joan und Antoine sich über diese Gelegenheit zu einem Plauderstündchen ungemein freuten, war Mel die Küche als der beste Ort erschienen, um die Zeit bis zu Nicks Ankunft totzuschlagen.

Joan stellte sich auf die Zehenspitzen, um durch das kleine Fenster auf die Einfahrt zu spähen. »Ja, er ist es«, sagte sie und drohte Mel spielerisch mit dem Finger. »Und dass Sie mir mit Ihrem kranken Fuß nicht rennen!«

Sie hätte sich die Warnung ebenso gut sparen können. Mel sprang auf, schnappte sich die Krücken, die Magnus ihr gegeben hatte, und hüpfte mit erstaunlicher Geschwindigkeit auf einem Fuß den Flur hinunter.

Oben an der Treppe starrten einige Gäste sie überrascht an, als sie auf die Haustür zuflog. Nick stieg gerade aus seinem MG, da trat sie auf die Veranda hinaus. Sie blieb stehen und stützte sich atemlos auf ihre Krücken, überwältigt von dem Ansturm der Gefühle, die sich in ihr ausbreiteten.

In dem Jahr seit ihrer letzten Begegnung hatte er sich sehr verändert: Aus dem Künstler, der sich nur mit knapper Not über Wasser hielt, war ein Mann von Wohlstand geworden. Er trug ein Tweedjackett, sein blondes Haar war kurz und gut geschnitten, und er hatte ein paar Pfund zugelegt. Als er die Wagentür zuschlug und sich umdrehte, wusste Mel sofort, dass sie sich die Gefühle zwischen ihnen weder eingebildet noch sie übertrieben hatte.

Sie hörte, wie er heiser ihren Namen ausstieß, und sah das Glück in seinen Augen, als er die Arme ausbreitete und auf sie zugelaufen kam.

Im einen Augenblick hatte sie noch gestanden, im nächsten wurde sie hoch in die Luft gewirbelt. Ihre Krücken fielen klappernd auf den gepflasterten Fußboden.

»Du sollst doch mit deinem Fuß nicht laufen!«, tadelte er sie, während er ihr einen Arm um die Hüften legte und sie in die Halle zurücktrug. »Bisher sind ja nicht einmal die Fäden gezogen.«

»Ich konnte unmöglich wie Königin Victoria in einem Sessel sitzen bleiben und warten«, lachte sie. »Du hast ja keine Ahnung, wie lang mir der Tag schon geworden ist.«

Diesen Augenblick hatte sie herbeigesehnt, seit Conrad ihr von Nicks Suche nach ihr erzählt hatte. Sie hatte bei ihrem Wiedersehen mit Nervosität und Furcht gerechnet, ja sogar mit einem Gefühl der Enttäuschung. Ganz sicher war sie nicht darauf vorbereitet gewesen, sich so seltsam scheu zu fühlen.

Er war noch attraktiver, als sie es in Erinnerung gehabt hatte. War es wirklich möglich, dass ein Mann so strahlend blaue Augen hatte und Haare, die genau dieselbe Farbschattierung aufwiesen wie reifer Mais? Oder machte die Liebe jeden Menschen zu etwas Besonderem?

»Ich möchte dich küssen«, flüsterte er, blickte sich um und registrierte, dass zwei Gäste sie interessiert beobachteten. »Ich kann dich wohl nicht nach oben entführen, oder?«

»Wir könnten in Magnus' Büro gehen«, schlug sie vor und klammerte sich immer noch an seinen Hals. Der Geruch seiner warmen Haut genügte, um ihr einen wohligen Schauer über den Rücken zu jagen. »Aber lass mich erst wieder runter. Wir sollten uns nicht so zur Schau stellen.«

In Magnus' Büro brannte ein Feuer, und daneben stand sein braunes Ledersofa. Nick ließ sie in das Polster sinken, dann setzte er sich neben sie und umfasste mit beiden Händen ihr Gesicht.

»Mein armer Liebling«, murmelte er, zeichnete mit den Daumen ihre vernarbten Wangen nach und sah ihr direkt in die Augen. »Ich könnte den Mann, der dir das angetan hat, eigenhändig umbringen.«

Mel spürte seinen warmen Atem auf ihrer Wange. Als er sie in die Arme schloss, reagierten sämtliche Nervenenden in ihrem Körper auf seine Berührung.

Zwei Jahre des Wartens flammten zu lodernder Leidenschaft auf, kaum dass ihre Lippen sich berührten. Sie verschlangen einander, mit Zungen, Lippen, Fingern und Armen, die den anderen immer fester an sich zu ziehen versuchten, und jeder Muskel verlangte mit Macht nach allem, was ihnen bisher verwehrt geblieben war.

Sie vergaßen, dass die Vorhänge offen standen und dass jeden Augenblick ein Angestellter oder Magnus hereinspazieren konnte. Zeit und Ort hatten keine Bedeutung mehr in dem Glück, einander endlich im Arm halten zu dürfen.

»Wir müssen aufhören«, stieß Mel schließlich hervor.

Mit einem tiefen Seufzer zog Nick sich zurück. Sein Gesicht war gerötet, und seine Lippen waren geschwollen vor Verlangen. »Das ist doch verrückt.« Er wandte sich leicht um, um ihren Kopf an seine Schulter zu betten und die Lippen in ihrem Haar zu vergraben. »Während der ganzen Fahrt von London hierher habe ich an nichts anderes gedacht als daran, dich zu küssen, aber trotzdem hätte ich mir nicht einmal in meinen wildesten Träumen ausgemalt, wie leidenschaftlich es sein würde!«

»Ich auch nicht«, gestand sie. »Was machen wir jetzt?«

»Keine Ahnung«, brummte er düster. »Ich habe mir vorgestellt, das alles würde ziemlich keusch ablaufen. Dass wir an einem mit Kerzen gedeckten Tisch miteinander reden und Händchen halten, bis wir uns wieder besser kennen gelernt haben. Ich hatte mir vorgenommen, bis zu deiner vollständigen Genesung der perfekte Gentleman zu sein, und danach wollte ich mit dir für ein romantisches Wochenende irgendwohin verschwinden.«

»Vielleicht ist es so aber besser«, lächelte sie, überglücklich darüber, dass seine Pläne im Einklang mit ihren eigenen Hoffnungen standen. »Ich habe tagelang Angst gehabt, mir all die Zeit nur selbst etwas vorgegaukelt zu haben. Und ich hatte die Befürchtung, bei unserem Wiedersehen vielleicht gar nichts zu empfinden.«

Er hob ihr Gesicht an und blickte mit solcher Zärtlichkeit auf sie hinab, dass all ihre Ängste sich in Luft auflösten. »Du empfindest doch genauso wie ich, nicht wahr?« Er küsste sie auf die Augen und strich ihr sanft über die Wange. »Das Bedürfnis, dich in den Armen zu halten und nie wieder loszulassen, ist wie ein nagender Schmerz in mir.«

Das letzte Mal war Mel auf Ibiza mit einem Mann zusammen gewesen, vor über drei Jahren. In all der Zeit hatte sie kaum einen Gedanken an Sex verschwendet; es war, als hätte ihr Verstand diese Erinnerung ausgesperrt. Aber jetzt drehten Nicks Worte den Schlüssel um und öffneten diesen Teil von ihr aufs Neue.

»Mir geht es genauso. Ich liebe dich«, flüsterte sie, griff nach seiner Hand und küsste seine Fingerspitzen. »Mit Körper, Geist und Seele. Aber nicht hier, das käme mir nicht richtig vor.«

Er lachte leise und drückte sie an sich. »Seltsam, nicht wahr? Es kommen ständig Leute nach Oaklands, um ihre Ehe wieder in Schwung zu bringen, ihre Flitterwochen hier zu verbringen oder verbotene Wochenenden zu genießen. Doch wir beide, die wir hierher gehören, können dasselbe nicht tun.«

»Bei mir werden morgen die Fäden gezogen«, sagte sie und küsste ihn abermals. »Könnten wir nicht einfach nach London zurückfahren und in deiner Wohnung bleiben?«

»Das würde dir nicht besonders gefallen.« Er knabberte an ihrer Unterlippe. »Sie ist ziemlich schäbig, außerdem sind die anderen Mieter sehr laut. Lass uns lieber morgen Abend für ein paar Tage in ein anderes Hotel fahren.«

Mel schwieg einen Moment lang. Magnus organisierte gerade eine Überraschungsparty für den nächsten Freitag, an dem Nicks Film, *Delinquents*, zum ersten Mal im Fernsehen laufen sollte. In London würde eine offizielle Eröffnungsparty zur Premiere gegeben, doch aufgrund der Umstände hier hatte Nick die Einladung abgelehnt. Magnus hingegen war der Meinung, dass ein so wichtiges Ereignis gefeiert werden sollte, und er hatte Sophie und Stephen mit ihren Partnern nach Oaklands eingeladen sowie einige von Nicks alten Freunden.

Miles hatte vorgeschlagen, dass Mel und Nick für ein paar Tage zu ihm nach London kommen sollten, während die Vorbereitungen liefen, und Helena wollte sich zu ihnen gesellen, falls sie sich von den Dreharbeiten loseisen konnte. Und dann würden sie am nächsten Freitag um Punkt halb acht zusammen hier eintreffen – nachdem sich die übrigen Gäste bereits versammelt hatten. Mel hatte Magnus hoch und heilig versprochen, nichts zu verraten, aber jetzt befürchtete sie, Nick könne mit seiner Idee womöglich den Plan durcheinander bringen.

»Wenn wir schon wegfahren, sollten wir uns lieber gleich eine ganze Woche Zeit nehmen«, erwiderte sie. »Denn ich glaube, Miles wollte uns nächste Woche nach London einladen.«

Nick sah sie entsetzt an. »Wenn ich ehrlich bin, habe ich dazu eigentlich keine Lust. Ich finde ihn ein wenig verknöchert.«

Er war maßlos verblüfft gewesen, als Mel ihm von ihrer Verbindung zu Helena und Miles erzählt hatte – sehr erfreut, aber auch ein wenig eingeschüchtert. Mel hatte gewiss keinen Gedanken darauf verschwendet, was es für sie bedeuten konnte, einen vornehmen Großvater und eine berühmte Mutter zu haben, doch er hatte sehr wohl darüber nachgedacht.

»Er ist mein Großvater, und du wirst ihn schon noch zu schätzen lernen«, lachte sie. Bis vor einer halben Stunde hatte Mel es für eine wunderbare Idee gehalten, Miles und Helena besser kennen zu lernen. Aber Nicks Ankunft hatte alles verändert. »Hm, ich würde mich lieber allein mit dir vergnügen, als in London auf korrekte Aussprache zu achten.«

»Ich werde mit Dad reden«, entschied Nick und ließ seine Lippen über ihren Hals streifen. »Er muss wissen, dass wir uns für all die verlorene Zeit entschädigen müssen, ohne Einschränkungen oder neugierige Augen.«

Magnus würde sie verstehen, davon war Mel überzeugt. Aber sie wusste auch, dass er zunehmend nervös wurde, weil die Polizei Edward immer noch nicht gefunden hatte. Sie sorgte sich ebenfalls deswegen, obwohl sie nach außen hin betont unbekümmert tat. Hoffentlich wird Magnus es ertragen können, mich aus den Augen zu lassen, dachte sie beklommen.

Nick küsste Mel auf die Nasenspitze, bevor er ihr vor Helenas Cottage aus dem Wagen half. Er war nun seit zwei Tagen wieder auf Oaklands, und Helena hatte Mel für den Abend in ihr neues Heim eingeladen.

»Ich sage nur schnell Hallo, und dann bin ich auch gleich wieder weg«, bemerkte Nick. »Ich komme dich gegen zehn wieder abholen.«

Es war zu dunkel, um sich ein genaues Bild von dem Cottage zu machen, aber das helle Licht auf der Veranda gab genug von den Gitterfenstern und dem von Blumen bewachsenen Garten preis, um zu spüren, dass es die Art von Cottage war, die man auf Pralinenschachteln sah.

Die Tür wurde geöffnet, noch bevor sie sie erreicht hatten, und Helena kam ihnen entgegen, um sie zu begrüßen. »Ich bin noch ganz außer Atem«, gestand sie aufgeregt. »Ich bin erst um sechs vom Dreh nach Hause gekommen und seither wie ein Hase herumgeflitzt, um alles in Ordnung zu bringen. Kommt doch herein. Es ist ein bisschen kühl heute Abend.«

»Was für ein zauberhaftes Zimmer!«, rief Mel und sah sich um. Nick war nach Oaklands zurückgefahren, und Helena und sie saßen mit einer Flasche Wein am Feuer. Dieses Cottage sah wirklich so aus, als gehörte es einer berühmten Schauspielerin, mitsamt all den Dingen, die in Edwards Haus gefehlt hatten. Blumen, ein Korb mit Obst, gerahmte Fotografien, von denen viele Mel selbst als kleines Kind zeigten, und stapelweise Zeitschriften. Helena hatte offensichtlich einem ohnehin bereits schön möblierten Raum noch ihren ganz persönlichen Stempel aufgedrückt. Auf den bequemen Sofas lagen große, leuchtend bunte Kissen, auf dem Kaminsims standen zwei Porzellankatzen, und eine Topfpalme zierte einen niedrigen Tisch vor den Fenstern.

»Ich liebe dieses Cottage«, sagte Helena mit einem breiten Lächeln. »Es ist genau die Art von Zuhause, die ich mir immer gewünscht habe. Ich hoffe, die Besitzer vielleicht überreden zu können, es mir zu verkaufen. Du solltest mal den Garten sehen; er hat einen Ausblick, für den man sterben könnte. Ich freue mich schon darauf, den Wandel der Jahreszeiten zu beobachten. All das habe ich in Hollywood sehr vermisst.«

Von der Anspannung ihrer ersten Begegnung war an diesem Abend nichts mehr zu spüren. Bei einem Glas Wein erzählte Helena Mel viele lebhafte und witzige Anekdoten aus den Vierzigerjahren, als sie mit Bonny auf Tournee gewesen war. Mel hatte Helena ihrerseits ein wenig von ihrer Zeit in London erzählt, von Bee und wie sie nach Oaklands gekommen war und Magnus gefunden hatte. Wie von selbst war auch Mel zum vertrauten Du übergegangen.

Als Helena ihr später den Rest des Cottages zeigte, erkannte Mel auch die wirklichen Ähnlichkeiten ihrer beider Charaktere. Wie Helena sehnte sie sich im tiefsten Innern danach, ein Heim zu schaffen, nur hatte keine von ihnen bisher viel Gelegenheit dazu gehabt. Helena gestand mit geradezu mädchenhafter Begeisterung, kochen lernen zu wollen und sich auch für Gartenarbeit und Inneneinrichtung zu interessieren, worauf Mel sofort ansprang.

»Würdest du mir helfen, dieses Zimmer zu renovieren?«, fragte Helena, als sie ihr das größte der vorhandenen Schlafzimmer zeigte. Es war ein durchaus freundlicher Raum mit niedrigen Gitterfenstern und schwarzen Balken, aber seine Einrichtung war in einem stumpfen Blauton gehalten, der kühl wirkte. »Ich würde dies hier gern zu meinem Zimmer machen, weil es größer ist als das, in dem ich im Augenblick schlafe. Doch ich weiß überhaupt nicht, wo ich anfangen soll.«

Als Helena ihren riesigen Kleiderschrank öffnete, glaubte Mel, wieder vierzehn und im Schlafzimmer ihrer Mutter zu sein. Helena besaß noch mehr Kleider als Bonny, darunter dutzende exquisiter Abend- und Cocktailkleider.

Anscheinend spürte Helena, dass Mel sich all diese Dinge gern angesehen hätte, und so zog sie ein Kleidungsstück nach dem anderen heraus und erzählte ihr von den Partys, zu denen sie einige davon getragen hatte.

Ein smaragdgrünes Chiffonkleid entlockte Mel einen sehnsüchtigen Seufzer, und sie hielt es vor sich hin, wie sie früher immer Bonnys Kleider vor sich gehalten hatte.

»Probier es an«, drängte Helena sie. »Ich habe in letzter Zeit ein paar Pfund zugenommen, und es ist mir zu eng geworden. Ich wette, dir würde es perfekt passen.«

Es passte, als wäre es eigens für Mel geschneidert worden. Als sie vor dem bodenlangen Spiegel eine Drehung vollführte, die Helena lächelnd beobachtete, hatte sie das Gefühl, in einem großen Kreis nach Hause zurückgekehrt zu sein.

»Du musst es behalten!«, rief Helena. »Ich bezweifle, dass ich diese Pfunde jemals wieder loswerde.«

»Es ist zauberhaft, doch du darfst es mir auf keinen Fall schenken«, protestierte Mel. »Außerdem komme ich niemals irgendwohin, wo ich so etwas Prächtiges tragen könnte.«

»Das wird sich bald ändern«, gab Helena zurück. »Da Nick drauf und dran ist, ein großer Star zu werden, und Miles und ich es kaum erwarten können, mit dir anzugeben, wirst du Unmengen eleganter Sachen brauchen. Außerdem tut es gut, dich in dem Kleid zu sehen; es ist ein bisschen wie in alten Zeiten. Bonny und ich haben immer unsere Kleider getauscht.«

»Wie ist es gelaufen?«, wollte Nick wissen, als sie später nach Hause fuhren.

»Die Zeit ist im Nu verflogen«, antwortete Mel und strich geistesabwesend über das Kleid auf ihrem Schoß. »Ich hatte eigentlich befürchtet, es würde phasenweise etwas zäh werden, aber so war es überhaupt nicht. Ich mag Helena sehr. Es war fast so, als wäre sie immer ein Teil meines Lebens gewesen.«

»Alles fertig?«, fragte Magnus, als er die Treppe hinaufkam, um Mel ihren Koffer abzunehmen. Nick war zur Tankstelle gefahren, um den Wagen voll zu tanken. Es war inzwischen Samstagmorgen. Der Arzt hatte ihr wie vereinbart am Freitag die Fäden gezogen, aber ihr Fuß hatte zu sehr geschmerzt, um noch am selben Tag abzureisen.

»So ziemlich«, rief sie, auf ihren Gehstock gestützt. »Ich komme mir ein bisschen schäbig dabei vor, dass ich dir die ganze Organisation für die Party überlasse.«

»Du wärst bloß im Weg«, versetzte er mit einem breiten Grinsen. »Sorg nur dafür, dass er Freitagabend wieder da ist.«

Sie nickte und errötete.

»Es ist schon gut«, meinte er lächelnd und zog scherzhaft an ihrem Haar. »Ich mag zwar alt werden, aber ich habe auch so meine Erinnerungen. Die Liebe ist sehr kostbar, Mel, und ihr beide habt lange gewartet. Pass nur mit diesem Fuß auf. Keine langen Spaziergänge oder Wettläufe barfuß durch den Morgentau.«

»Dazu wäre es wohl auch ein wenig zu kalt«, lachte sie. Als sie am Morgen aus dem Fenster gesehen hatte, war alles von leichtem Reif bedeckt gewesen, und obwohl inzwischen die Sonne schien, war es immer noch kalt genug für Handschuhe und einen dicken Mantel. »Aber ich verspreche es dir trotzdem, wenn es dich glücklich macht. Und du musst mir versprechen, dass du dich mit der Organisation der Party nicht überanstrengst!«

»Nick!«, rief Magnus von der Tür aus, gerade als sein Sohn sich anschickte abzufahren.

»Was zum Teufel will er jetzt schon wieder!« Nick runzelte verärgert die Stirn und schaltete den Motor aus.

»Wahrscheinlich möchte er dich in die Tatsachen des Lebens

einweihen«, witzelte Mel. »Hör ihm gut zu, er hat vielleicht ein paar nützliche Tipps für dich.«

Nick stieg aus dem Wagen und ging zur Veranda zurück. »Was gibt es denn?«, erkundigte er sich kurz angebunden. »Ja, ich habe genug Geld dabei, und den Ölstand in meinem Wagen habe ich auch überprüft.«

»Wegen einer solchen Nichtigkeit würde ich dich nicht zurückrufen.« Magnus zog ihn in die Halle. »Ich habe gerade einen Anruf von der Polizei bekommen. Gestern Nacht hat ein Mann auf einer Straße in Wales eine Frau angehalten, sie dann aus dem Wagen geworfen und ist damit davongefahren. Der Beschreibung der Frau zufolge war er dunkelhaarig, hatte einen Schnurrbart und trug eine Brille, aber die Polizei geht davon aus, dass es Manning war.«

»Mel wird bei mir vollkommen sicher sein«, erwiderte Nick lässig, doch als er sich zum Gehen wandte, hielt Magnus ihn an der Schulter fest.

»Da ist noch mehr«, sagte er. »Das amerikanische FBI hat Informationen über zwei junge Frauen weitergegeben, die während der letzten drei Jahre ertrunken aufgefunden wurden. Auch in diesen Fällen ging man, genau wie bei Bonny, von einem Selbstmord aus. Es sieht so aus, als hätten beide Frauen eine Verbindung zu Manning gehabt.«

Nick schluckte. »Aber bei Mel hat er die Sache verpfuscht. Er würde es doch bestimmt nicht wagen, es noch mal zu versuchen?«

»Vielleicht nicht, doch er hat eine Waffe«, gestand Magnus und fuhr sich nervös mit der Zunge über die Lippen. »Deshalb hat die Frau in Wales ihm auch ohne Protest ihren Wagen überlassen. Er ist in Richtung Severn Bridge gefahren. Lässt das deiner Meinung nach nicht darauf schließen, dass er wieder auf dem Weg hierher ist?«

Nicks anfängliche Verärgerung war jetzt der Sorge um seinen Vater gewichen. Tiefe Falten furchten seine Stirn, und seine Augen waren trüb vor Angst. Noch vor zwei Stunden hatte er so ausgesehen, als hätte er alles restlos im Griff. Jetzt musste Nick plötzlich an diesen Schlaganfall denken. »Vielleicht sollte ich Mel irgendwo hinbringen, wo sie in Sicherheit ist, und dann zurückkommen, um bei dir zu bleiben?«, schlug er vor.

»Nein, Sohn, Mel braucht dich viel dringender als ich, außerdem wird die Polizei hier in der Gegend Streife fahren. Versuch einfach zu verhindern, dass sie irgendwelche Zeitungen zu Gesicht bekommt, und ruf mich jeden Tag an, damit ich weiß, wie es euch geht.«

»Ich mache mich dann mal besser auf den Weg.« Ein plötzliches Geräusch erschreckte Nick, und er sah sich nervös um. Mel hatte sich vorgebeugt und suchte einen Sender im Autoradio. »Ich werde auch eine Möglichkeit finden, das Radio unschädlich zu machen. Mach dir keine Sorgen, Dad. Solange sie bei mir ist, wird ihr nichts passieren.«

»Mit ein wenig Glück hat ihn die Polizei geschnappt, lange bevor ihr zurückkommt«, erwiderte Magnus und klopfte seinem Sohn auf die Schulter. »Tu einfach nur dein Bestes, damit Mel nichts von all dem erfährt, sie hat schon genug durchgemacht.«

»Was wollte er?«, fragte Mel, als Nick sich wieder auf den Fahrersitz gleiten ließ.

»Nichts Besonderes.« Er beugte sich zu ihr hinüber. »Nur die Bitte, dass wir ihm ein paar Krabben und Langusten mitbringen, falls wir in die Nähe von Brixham kommen sollten.«

»Und kommen wir in die Nähe von Brixham?« Jetzt, da sie endlich aus der Einfahrt bogen, konnte sie ihre Aufregung nicht länger im Zaum halten.

»Das wirst du schon abwarten müssen!«

»Brixham war also ein Ablenkungsmanöver. Unser Ziel ist Lyme Regis!«, rief Mel, als sie am späten Nachmittag den steilen Hügel in die Stadt hinunterfuhren. Sie war sofort verzaubert von den gepflasterten Straßen, den winzigen Cottages und den Läden mit Erkerfenstern.

»Mum hat immer behauptet, Lyme Regis sei ein romantisches

Städtchen.« Nick drehte sich mit einem Lächeln zu ihr um. »Wir sind im Sommer oft hergekommen, als ich noch klein war. Dad und ich sind dann Makrelen fischen gegangen, während Mum am Strand saß oder durch die Stadt schlenderte. Ich glaube, ihr hätte es gefallen, dass ich dich hierher bringe.«

»Ich hoffe, du hast nicht die Absicht, mit mir Makrelen fischen zu gehen«, lachte sie. »Für mich gehört der Geruch von totem Fisch nicht zu den Aphrodisiaka des Lebens.«

Das »Bay Hotel« lag direkt am Meer, nur durch einen Gehsteig vom Strand getrennt. Sie ließen ihren Wagen in einer Nebenstraße stehen und stiegen die wenigen steilen Treppenstufen zum Haus hinunter. Nick ging mit ihren Koffern voraus; Mel, die sich am Geländer festhielt und vorsichtig einen Schritt vor den anderen setzte, folgte ihm in deutlich langsamerem Tempo. Der kräftige Wind kam direkt vom Meer, aber sie genoss den salzigen Geruch von Algen und das Klatschen der Wellen am Ufer, nachdem sie so lange nicht draußen gewesen war.

»Ich hatte vergessen, dass ich nicht bis direkt vors Haus fahren kann«, gestand Nick kläglich, als er die Koffer auf der untersten Treppenstufe abstellte und wieder hinaufeilte, um Mel zu helfen. »Tut dein Fuß sehr weh? Vielleicht hätte ich besser etwas Ebenerdiges ausgesucht?«

»Nein, mein Fuß macht keine Probleme«, beruhigte sie ihn. »Ich humpele aus reiner Gewohnheit. Ende der Woche werde ich diese Treppe hinauf- und hinunterrennen.«

Das »Bay Hotel« war nicht ganz so prächtig, wie Nick es in Erinnerung gehabt hatte, doch Mel war entzückt von der rosa getünchten Fassade, den leicht schiefen alten Fenstern und der unmittelbaren Nähe des Hauses zum Meer.

»Sie müssen Mr. und Mrs. Poitier sein.« Ein Mann mit rötlichem, glänzendem Gesicht eilte ihnen zu Hilfe, kaum dass sie durch die Tür getreten waren. Er stellte sich als James Grant vor, der Besitzer des Hotels, und hieß sie strahlend in seinem Haus willkommen. »Möchten Sie zuerst eine Tasse Tee, oder soll ich

Sie gleich nach oben in Ihr Zimmer führen? Es ist alles für Sie bereit.«

Nick war oft mit seinen Eltern zum Nachmittagstee hier gewesen, und er freute sich darüber, dass das Hotel noch gemütlicher war, als er es in Erinnerung gehabt hatte. In der Bar loderte ein großes Holzfeuer, und bequeme Sessel und ein starker Geruch nach Lavendelpolitur sagten ihm, dass es kein Fehler gewesen war, dieses Haus auszuwählen. Zwei Damen mittleren Alters blätterten in Frauenzeitschriften und musterten die neuen Gäste nun mit unverhohlenem Interesse.

»Ich denke, wir sehen uns zuerst unser Zimmer an.« Nick hatte alle Mühe, seine Fassung zu bewahren, da Mel übers ganze Gesicht grinste. »Meine Frau ist ein wenig müde; wie ich schon am Telefon erwähnte, hatte sie vor kurzem einen Autounfall, und wir sind hierher gekommen, damit sie sich ein wenig erholen kann.«

»Warum Poitier?«, flüsterte Mel, als Mr. Grant ihre Koffer nahm und sie eine alte Wendeltreppe hinaufführte.

»Ich fand es etwas exotischer als Smith«, flüsterte Nick hinter vorgehaltener Hand zurück. »Außerdem hatte ich gehofft, dass irgendjemand mich vielleicht für Sydney halten würde.«

»Dafür hast du nicht ganz die richtige Hautfarbe«, kicherte sie, während sie sich die Treppe hinaufmühte.

James Grant stellte lächelnd ihre Koffer ab, wies sie auf die Minibar und den Ausblick aufs Meer hin und wünschte ihnen einen schönen Aufenthalt.

»Endlich«, seufzte Nick, sobald die Tür hinter ihm ins Schloss fiel. Dann strich er über das vergoldete Kopfbrett des Doppelbettes und betrachtete amüsiert die Tagesdecke aus elfenbeinfarbenem Satin. »Eine echte Hochzeitssuite.«

»Ich finde es wundervoll – sei nicht so ein Snob.« Mel gab ihm einen spielerischen Klaps auf die Wange. »Es hat eine perfekte, beinahe dekadente Atmosphäre.«

Was seine Vorliebe für Gold betraf, war Mr. Grant zumindest konsequent gewesen. Die Lampen an der Wand waren goldene Cherubim, sämtliche Möbel waren cremefarben mit goldenen

Kanten, der hohe Spiegel hatte einen schweren vergoldeten Rahmen, und von der dunkelroten Vorhangleiste über dem Fenster hingen goldene Quasten herab. Das Ganze passte nicht unbedingt zu einem zweihundert Jahre alten Gasthaus, aber Mel fand es romantisch.

Sie humpelte durchs Zimmer, um sich das Bad anzusehen. Eigentlich hatte sie noch mehr Gold erwartet, aber in diesem Raum war alles weiß, bis auf die dunkle Mahagonieinfassung der Badewanne und des Waschbeckens. Wenn sie nicht an die Eleganz von Oaklands gewöhnt gewesen wäre, hätte sie ihre Umgebung ungeheuer prächtig gefunden.

»Komm her«, rief Nick aus dem Schlafzimmer. Mel drehte sich um und sah ihn am Fenster stehen. »Beeil dich, die Sonne geht gleich unter.«

Die Sonne sah aus wie eine riesige Blutorange, die im Meer versank. Nick stand hinter Mel, die Arme um ihre Taille gelegt, das Kinn auf ihre Schulter gebettet, während die Sonne langsam ins Meer tauchte. Der Himmel war dunkelgrau, bildete aber einen rosafarbenen Ring um die Sonne.

Mel drückte ihre Wange an Nicks Brust. »Ich habe die Sonne noch nie zuvor wirklich verschwinden sehen«, bemerkte sie nachdenklich. »Ich habe immer zu schnell die Geduld verloren.«

Er drehte sie in seinen Armen um und umfasste ihr Gesicht mit beiden Händen.

Ein Licht des Hotelschilds flackerte auf, verfing sich in seinem blonden Haar und zeichnete die Wölbung seiner Lippen nach. Unten in der Bar erklangen die ersten Töne von *You make me feel brand-new* und vermischten sich mit dem Raunen des Meeres. »Sie spielen sogar unser Lied«, flüsterte er lächelnd.

Einen süßeren Augenblick hatte es in Mels ganzem Leben nicht gegeben: Alles Zögern hatte sich in nichts aufgelöst; es war ein Gefühl, als wäre sie nur noch einen Schritt von ewiger Glückseligkeit entfernt. Noch bevor ihre Lippen sich berührten, wurden sie beide von einem sanften elektrischen Strom umfasst.

Ihre Leidenschaft veränderte sich jetzt, da sie wussten, dass sie Erfüllung finden würde. Ihre Lippen und Zungen neckten einander und spielten miteinander, ihr Atem war heiß und süß, ihre Finger ertasteten den Körper des anderen.

Für Mel war dies alles eine Offenbarung – Nick war eine Offenbarung. Er verwöhnte sie so lange, bis sie zitternd und stöhnend nach mehr und mehr verlangte, und als sie endlich den Höhepunkt erreichte, drang er wieder tief in sie ein, und sie spürte ihn mit allen Fasern ihres Körpers. Und das alles geschah in diesem unerhörten Gefühl tiefer gegenseitiger Liebe, das ihnen heiße Tränen in die Augen trieb. Als sie schließlich eng umschlungen dalagen, erhitzt und aufgewühlt, gab es für Mel so vieles, was sie gern gesagt hätte, doch ihr Herz war zu voll, um es in Worte fassen zu können.

All die anderen Männer, mit denen sie zusammen gewesen war, all die billigen, schmutzigen, demütigenden Handlungen, zu denen sie sich hatte hinreißen lassen, waren jetzt mit einem Mal fortgespült. Sie wusste instinktiv, dass dies der Anfang war. Hier in diesem Hotelzimmer wurden Fehler und Missgeschicke aus der Vergangenheit ein und für alle Mal ausgelöscht.

»Ich wusste schon bei unserer ersten Begegnung, dass du für mich bestimmt warst«, murmelte er, die Lippen in ihrem Haar geborgen. »Als hätte mein ganzes bisheriges Sein nur auf dich gewartet.«

Bei diesen zärtlichen Worten wurde aus ihren lautlosen Tränen ein Schluchzen. »Oh, Nick«, flüsterte sie und hob den Kopf, damit sie ihn besser sehen konnte. Seine Augen waren sanft und voller Liebe. Kein Mann hatte sie je zuvor so angesehen. »Ich wünschte, ich könnte dir sagen, was ich für dich empfinde. Die Worte ›Ich liebe dich‹ genügen nicht.«

Er beugte sich über sie und lächelte nur. Seine Lippen waren geschwollen von ihren Küssen, und das Licht der Nachttischlampe betonte seine hohen Wangenknochen.

»Erinnerst du dich noch an diese Wundergeschichten, die man uns in der Schule erzählt hat? Geschichten aus der Bibel, in der Lahme wieder gehen lernten und solche Dinge?«, fragte sie.

»Du willst damit doch wohl nicht andeuten, dass ich deinen Fuß geheilt habe?«, lachte er leise.

»Das wäre durchaus möglich, ich habe es noch nicht ausprobiert«, erwiderte sie. »Nein, ich dachte eher an so etwas wie die Taufe, die uns von unseren Sünden reinwäscht. Ich habe mit Meditation, Enthaltsamkeit und sogar mit Gebeten versucht, die Vergangenheit abzuwaschen. Ich hätte nie gedacht, dass die Liebe das vollbringen könnte, aber sie hat es vollbracht.«

Nick antwortete nicht, sondern schmiegte sich nur enger an sie. Dann schwieg er so lange, dass sie glaubte, er sei eingeschlafen. Schließlich seufzte er und hob die Hand, um mit einem Finger ihre Lippen nachzuzeichnen.

»Ich dachte schon, du wärst eingenickt«, flüsterte sie.

»Es gehört sich nicht für einen Gentleman, vor der Dame einzuschlafen«, entgegnete er. »Ich habe mich nur gerade gefragt, wie ich heute Abend zum Essen hinuntergehen und so tun soll, als wäre ich Mr. Poitier mit seiner genesenden Gattin, obwohl ich am liebsten eine Magnumflasche Champagner bestellen und jedem, der zuhört, erzählen möchte, dass ich der glücklichste Mann auf der Welt bin.«

»Abendessen«, meinte sie nachdenklich. »Das ist mal ein Wort. Ich hin halb verhungert!«

Nick setzte sich im Bett hin, riss Mel das Kissen unter dem Kopf weg und drückte es ihr aufs Gesicht. »Du unromantisches Biest«, schalt er sie in geheucheltem Ernst. »Da breite ich meine tiefsten Gedanken vor dir aus, und das Einzige, was dir einfällt, ist Essen.«

»Lass mich los.« Sie wehrte ihn ab. »Mit vollem Bauch kann ich doppelt so romantisch und doppelt so sexy sein, versprochen. Ich werde nicht mal kichern, wenn Mr. Grant dich Mr. Poitier nennt.«

Am Freitagnachmittag verließen sie Lyme Regis. Mel hatte noch nie zuvor richtig Urlaub gemacht, aber jetzt verstand sie, warum die Leute es so liebten. Es waren herrlich faule Tage gewesen:

Stunden der Liebe, Frühstück im Bett, lange, genüssliche Bäder, Mittagessen in malerischen alten Pubs, langsame Spaziergänge durch die Stadt, gefolgt von einem köstlichen Mahl am Abend. Es war das erste Mal für sie, so nah am Meer zu schlafen. Wenn sie in Nicks Armen auf das Stranden der Wellen am Ufer gelauscht hatte, war es ihr so vorgekommen, als wäre dies das herrlichste und beruhigendste Geräusch, das sie je gehört hatte.

Sie hatten niemandem im Hotel weismachen können, wirklich Mr. und Mrs. Poitier zu sein. Mr. Grant hatte zugegeben, Nicks Gesicht aus den Zeitungen zu kennen, und die älteren Gäste hatten größtenteils die junge Liebe ebenfalls durchschaut – das hatten ihre neugierigen und häufig überaus wohlwollenden Blicke verraten.

Die Kratzer und Prellungen waren inzwischen verschwunden, und die schwachen, rosafarbenen Narben hie und da ließen sich mühelos mit ein wenig Make-up kaschieren. Ruhe und frische Luft hatten die Farbe in Mels Wangen zurückgebracht. Selbst ihr Fuß war vollkommen verheilt. Am Morgen war sie beim Frisör gewesen, um sich für die abendliche Party vorzubereiten. Nick ahnte noch immer nichts von der Überraschung, die ihn bei ihrer Rückkehr erwarten würde.

»Wir werden bald wieder Ferien machen.« Er drückte ihre Hand, denn er hatte intuitiv ihren Kummer über das Ende ihres Urlaubs gespürt. »Wie wärs, wenn wir Dad heute Abend erzählen, dass wir heiraten werden?«

»Soll das ein Antrag sein?« Mel rückte näher an ihn heran. »Oder nur ein Vorwand für einen weiteren Urlaub?«

»Soll ich etwa während des Fahrens versuchen niederzuknien?«

»Nein, das kann warten«, scherzte sie. »Aber wie sehen denn Ihre Zukunftsaussichten aus, junger Mann?«

»Wenn die Kritiker nach dem heutigen Abend freundlich sind, ganz hervorragend«, gab er grinsend zurück. »Anfang nächsten Jahres wartet eine Filmrolle in Rom auf mich; die Dreharbeiten werden ungefähr einen Monat dauern. Was danach kommt, weiß ich noch nicht.«

»Rom!«, rief sie. »Das hast du noch gar nicht erzählt.«

»Es sollte eine Überraschung sein.« Er tätschelte ihr liebevoll das Knie. »Wenn wir Weihnachten heiraten, könntest du mich begleiten, und wir verbinden die Dreharbeiten mit Flitterwochen.«

»Meinst du das ernst?« Mels Augen weiteten sich vor Freude.

»Nie im Leben habe ich etwas ernster gemeint.« Nick bog auf eine Tankstelle ein und hielt vor den Zapfsäulen. »Ich möchte, dass wir uns nie wieder trennen. Aber du hast Zeit, eine Entscheidung zu treffen – genauso lange, wie ich zum Tanken brauche.« Er gab ihr einen Kuss auf die Nase. »Das ist ein zeitlich begrenztes Angebot.«

Während Nick den Wagen auftankte, blies er ihr immer wieder Luftküsse durchs Fenster zu, und Mel spürte, wie ihr die Tränen in die Augen traten.

Er spielte gern den Clown und witzelte, um das wahre Ausmaß seiner Gefühle zu verbergen, doch mit seinem Heiratsantrag war es ihm vollkommen ernst, das wusste sie. Und sie wusste auch, dass sie sich nichts mehr wünschte, als Nicks Frau zu werden.

Sie nahm einen Lippenstift aus ihrer Handtasche, kramte im Handschuhfach und fand dort tatsächlich einen alten Umschlag. In Großbuchstaben schrieb sie darauf: *JA, BITTE.* Sobald er im Laden der Tankstelle verschwunden war, stellte sie den Umschlag in die Windschutzscheibe. So musste er ihn beim Verlassen des Ladens gleich sehen.

Nick nahm zwei Schokoriegel aus dem Regal, und während er an der Kasse wartete, warf er einen Blick auf die dort ausliegenden Tageszeitungen.

Bewaffnet und gefährlich!

Die Überschrift auf der ersten Seite einer der Zeitschriften lenkte seine Aufmerksamkeit auf sich. Als er die Zeitung aufschlug, stockte ihm vor Entsetzen der Atem: Edward Manning blickte ihm von einem Foto entgegen!

Ein kalter Schauer lief ihm über den Rücken. Er blickte über die Schulter, um sich davon zu überzeugen, dass Mel immer noch im Wagen saß, dann las er so schnell wie möglich und mit hämmerndem Herzen die Geschichte.

»Kann ich Ihnen helfen, Sir?«, rief ihm die Frau an der Kasse zu, aber er beachtete sie nicht und las weiter.

Die ganze Woche über war es ihm gelungen, Mel daran zu hindern, die Nachrichten im Fernsehen zu sehen oder auch nur eine Zeitung zu kaufen. Von seinen täglichen Anrufen bei Magnus wusste er jedoch, dass Manning seit jener Nacht in Wales nicht mehr gesehen worden war, und er hatte sich fälschlicherweise in Sicherheit wiegen lassen.

Am vergangenen Nachmittag war eine sechzig Jahre alte Witwe in einem abgelegenen Haus etwa zehn Meilen von Bristol entfernt angeschossen worden. Der Junge, der die Abendzeitung austrug, hatte sie draußen vor einem alten Schuppen entdeckt. Beim Eintreffen des Krankenwagens hatte sie das Bewusstsein wiedererlangt und der Polizei erzählt, dass ein Mann an ihre Tür gekommen sei und die Schlüssel zu ihrem Wagen verlangt habe. In der Annahme, dies sei der Mann, über den sie in der Zeitung gelesen hatte, händigte sie ihm ihre Schlüssel aus, aber er nahm obendrein noch das Geld aus ihrer Handtasche, riss ihr Telefon aus der Wand und schoss zu guter Letzt doch noch auf sie. Bei dem Versuch, Hilfe zu holen, war sie draußen auf ihrem Grundstück zusammengebrochen. Hätte der Zeitungsjunge sie nicht gefunden, wäre sie bis zum Morgen verblutet.

In Nicks Kopf drehte sich alles. Er wusste nicht, wie er sich am besten verhalten sollte. Wenn er darauf bestand, mit Mel nach Lyme Regis zurückzufahren, würde sie sofort Verdacht schöpfen. Aber wie konnte er andererseits das Risiko eingehen, sie nach Oaklands zurückzubringen?

Er bezahlte das Benzin und die Schokoladenriegel. Als er aus dem Laden kam und Mels Notiz in der Windschutzscheibe und ihr lächelndes Gesicht dahinter sah, war er einen Moment lang vollkommen benommen. Sie war so glücklich. Wie konnte er das alles zunichte machen, indem er ihr von Manning erzählte?

Nachdem er ein paarmal tief Luft geholt hatte, um sich zu beruhigen, ging er zum Wagen zurück. »Du wirst mich also heiraten?«, sagte er und zwang sich, sich nichts anmerken zu lassen. »Nun, das rechtfertigt eine weitere Feier. Wollen wir umdrehen und nach Lyme Regis zurückkehren?«

»Red keinen Unsinn«, lachte sie und zerzauste ihm das Haar. »Heute Abend läuft dein Film im Fernsehen. Magnus würde durchdrehen, wenn er ihn sich nicht mit uns zusammen ansehen könnte.«

Nick fror plötzlich, denn mit einem Mal erriet er, warum sie am Morgen darauf bestanden hatte, zum Frisör zu gehen. und warum sie einige Tage zuvor ein neues Kleid gekauft hatte. Magnus hatte eine Überraschungsparty organisiert.

Nick blieben zwei Möglichkeiten: Entweder erzählte er ihr die Wahrheit und musste mit ansehen, wie die Angst in ihre Augen zurückkehrte, oder er schwieg, fuhr nach Hause und musste sich einfach darauf verlassen, dass die Polizei an diesem Abend doppelt aufmerksam war.

»Wenn du darauf bestehst, nach Oaklands zurückzufahren, versprichst du mir dann wenigstens, mich morgen Früh nach London zu begleiten?«, meinte er. »Ich möchte dir einen wunderschönen Ring kaufen.«

»Das klingt nach einem ziemlich guten Deal«, antwortete sie grinsend. »Wir können heute Abend auf Oaklands Champagner trinken, und ich kann mir morgen in London obendrein noch ein paar neue Sachen kaufen.«

Kurz nachdem sie wieder losgefahren waren, döste Mel ein. Nick war froh darüber: Auf diese Weise blieb es ihm erspart, unbefangen plaudern zu müssen. Er verlangsamte das Tempo und versuchte, einen Plan zu entwickeln. Konnte er eine Panne vortäuschen? Nein, das würde nicht funktionieren. Wenn Mel Magnus versprochen hatte, am Abend wieder auf Oaklands zu sein, würde sie das auch durchsetzen, ganz egal, wie.

Delinquents wurde an diesem Abend im Fernsehen ausgestrahlt – das musste Manning wissen. Außerdem würde er vielleicht erraten, dass auf Oaklands eine Feier geplant war, an der

Mel teilnehmen würde. Aber ein gesuchter Verbrecher auf der Flucht würde es doch wohl kaum riskieren, an einem Ort aufzutauchen, den die Polizei mit Gewissheit im Auge behielt? Vielleicht war Oaklands tatsächlich der sicherste Ort für Mel.

Es war stockdunkel, als Mel aufwachte. »Wo sind wir?«, wollte sie wissen. Es war halb sieben, wie sie bei einem Blick auf ihre Armbanduhr feststellte.

Als Nick nicht antwortete, sah sie ihn von der Seite an. Er wirkte ein wenig angespannt.

»Ist alles in Ordnung mit dir? Soll ich dich für ein Weilchen ablösen?«, bot sie an. »Oder sind dir vielleicht Zweifel daran gekommen, ob du mich wirklich heiraten willst?«

»Natürlich nicht«, spottete er. »Ich habe bloß darüber nachgedacht, ob Dad mir heute Nacht erlauben würde, das Bett mit dir zu teilen.«

»Du willst ihn doch nicht etwa danach fragen?«, kicherte sie. »Ich würde vor Scham sterben.«

»Hm, ihm wird klar sein, dass wir während der letzten Woche nicht bloß Händchen gehalten haben«, gab Nick zurück.

Als sie kurz nach sieben durch Bath fuhren, fielen Nick ungewöhnlich viele Streifenwagen auf. Binnen fünf Minuten hatte er vier Wagen entdeckt, und gewiss hielten die Polizisten nicht nur nach betrunkenen Raufbolden Ausschau.

Als sie sich der Einfahrt von Oaklands näherten, entdeckte Nick auf der anderen Straßenseite zwei weitere Streifenwagen. An den Toren standen zwei uniformierte Männer, die offensichtlich Wache hielten.

»Was ist hier los?«, murmelte Mel und beugte sich auf ihrem Sitz vor.

Nick dachte hastig nach. »Ich nehme an, Magnus hat Helena für heute Abend eingeladen und die Polizei gebeten, die Fans vom Haus fern zu halten. Es sei denn natürlich, es hätte sich herumgesprochen, was für ein sensationeller Kerl ich bin«, fügte er hinzu und hoffte, sie damit abzulenken.

Als er das Tempo verlangsamte und in die Einfahrt einbog, traten zwei Männer mit Taschenlampen vor den Wagen.

Nick kurbelte das Fenster herunter und schob den Kopf hinaus. »Ich bin Nicholas Osbourne«, rief er. »Mit Camellia Norton. Müssen wir vortreten und uns identifizieren lassen?« Er sandte ein stummes, verzweifeltes Gebet gen Himmel, dass die Polizisten nichts sagen würden, das Mel ängstigte.

»Alles in Ordnung, Sir.« Die Beamten traten zurück und winkten ihn weiter. »Man hat uns von Ihrem Kommen in Kenntnis gesetzt. Fahren Sie weiter.«

»Das ist aber ein bisschen stark«, meinte Mel argwöhnisch und drehte sich auf ihrem Sitz nach Nick um. »Bist du dir sicher, mir nichts zu verheimlichen?«

Nick war dankbar für die Dunkelheit, nicht nur weil sie sein Gesicht nicht sehen konnte, sondern weil ihr auf diese Weise auch die beiden Polizisten entgangen waren, die zu ihrer Rechten mit einem Hund durch den Wald patrouillierten.

»Ich habe eher den Verdacht, dass du diejenige bist, die ein Geheimnis hütet«, antwortete er schlagfertig. »Wer kommt heute Abend sonst noch, abgesehen von Helena? Und warum warst du am Morgen beim Frisör?«

»Dass Helena heute Abend kommen will, habe ich erst von dir erfahren. Und beim Frisör war ich einzig und allein deinetwegen«, behauptete sie honigsüß.

Die Flutlichter, die rund ums Haus standen, waren eingeschaltet. Hoffentlich erinnert Mel sich nicht daran, dass Magnus diese Lampen normalerweise nur im Herbst und Winter benutzt!, durchfuhr es Nick. »Gütiger Gott! Heute Abend ist hier aber ganz schön was los«, rief er und heuchelte Überraschung angesichts der vielen Wagen auf dem Parkplatz. »Ich hoffe nur, Dad verdonnert uns beide nicht dazu, hinter der Theke zu bedienen?«

Magnus hatte offensichtlich nach ihnen Ausschau gehalten, denn kaum dass sie aus dem Wagen gestiegen waren, öffnete er auch schon die Haustür. Im Licht der Veranda hätte man ihn ohne weiteres selbst für einen Filmstar halten können. Er trug eine Smokingjacke und eine Fliege und hatte sich das weiße Haar mit Pomade aus dem Gesicht gekämmt.

»Du siehst klasse aus, Dad«, rief Nick, griff nach Mels Arm und führte sie schnell zum Haus hinüber. »Bei all den Wagen hier draußen sollte man eigentlich meinen, du könntest dir einen Türsteher leisten!«

»Ich habe euch kommen hören«, erklärte Magnus, trat vor und legte beschützend einen Arm um Mels Schultern. Nick beobachtete, dass sein Vater einen nervösen Blick in die Dunkelheit warf. »Es ist kalt hier draußen, lasst uns reingehen.«

Es entging Nick keineswegs, wie schnell sein Vater die Tür hinter ihnen schloss und wie geistesabwesend er war.

»Willkommen daheim.« Magnus küsste Mel auf die Wange und klopfte seinem Sohn auf die Schulter. »Ich fürchte, ich muss noch ein paar dringende Angelegenheiten erledigen, bevor ich mich zu euch setzen und mir anhören kann, wie eure Ferien waren. Warum springt ihr nicht schnell nach oben und zieht euch um? Wenn ihr fertig seid, können wir noch etwas zusammen trinken, bevor der Film anfängt.«

Mel ging auf die Treppe zu, blieb dann aber noch einmal stehen und drehte sich grinsend zu Nick um. »Siehst du!«, meinte sie. »Ich wusste, dass deine Jeans ihm nicht zusagen würden.«

Magnus wartete eine Sekunde, bis Mel die ersten Treppenstufen hinaufgegangen war, dann hielt er seinen Sohn am Arm fest. »Zum ersten Mal in meinem Leben habe ich gehofft, dass du dich als unzuverlässig erweisen und heute Abend nicht auftauchen würdest«, bemerkte er leise. »Gestern hat Manning keine fünfzehn Meilen von hier entfernt eine Frau angeschossen.«

»Ich weiß, Dad«, flüsterte Nick. »Wir waren schon auf dem Rückweg, als ich in einer Zeitung davon gelesen habe. Ich hatte nur zwei Möglichkeiten; entweder musste ich Mel die Wahrheit sagen oder hierher zurückkommen. Aber morgen werde ich sie gleich in aller Frühe nach London bringen.«

»Außerdem hattest du das mit der Party wahrscheinlich schon geahnt?«

Nick nickte. »Ja, mir schwante so etwas, als Mel so erpicht darauf war, nach Oaklands zurückzufahren. Doch sie weiß nicht, dass ich Lunte gerochen habe, daher werde ich um ihretwillen Überraschung heucheln.« Er blickte zu der geschlossenen Tür der Bar hinüber. »Geh ich recht in der Annahme, dass sie alle da drinsitzen und warten?«

»Ich hatte keine Zeit mehr, die Party abzublasen«, seufzte Magnus und legte eine Hand an den Kopf, als wäre die Last einer großen Verantwortung zu viel für ihn. »Aber ich habe alles in meinen Kräften Stehende getan, um für Sicherheit zu sorgen. Ich habe sämtliche Reservierungen storniert und den Club bis auf weiteres geschlossen. Außerdem patrouilliert die Polizei über das Grundstück. Ich habe sogar ein Doppelbett in Mels Zimmer stellen lassen, damit du sie heute Nacht beschützen kannst. Solange alle im Haus bleiben und Fenster und Türen geschlossen halten, kann Mel nichts passieren. Im Grunde glaube ich nicht, dass Edward das Risiko eingehen wird, heute Nacht hierher zu kommen, doch ich frage mich trotzdem, ob wir sie nicht warnen sollten.«

»Nein, Dad.« Nick legte seinem Vater einen Arm um die Schultern. »Sie ist im Moment so glücklich, das dürfen wir ihr nicht kaputtmachen. Wir werden dafür sorgen, dass ständig jemand bei ihr ist. Draußen ist die Polizei. Und du kannst alle anderen bitten, wachsam zu sein, ohne Mel deswegen reinen Wein einzuschenken. Lass uns um ihretwillen alles daransetzen, dies zu der glücklichen, sorglosen Party zu machen, die sie erwartet.«

Er griff nach ihren Koffern und lief die Treppe hinauf in Mels Zimmer, wo sie gerade voller Erstaunen das Doppelbett betrachtete, das an die Stelle ihres alten Bettes getreten war.

»Dad hat es mir gerade erzählt«, erklärte Nick. »Er meinte, alle anderen Zimmer würden heute Nacht benötigt, doch ich habe den starken Verdacht, er wollte es uns eher ersparen, uns durch dunkle Korridore zu schleichen.«

»Eine Schande, dass wir das Bett nicht gleich einweihen können«, kicherte sie und zog sich hastig aus. »Aber der Film fängt in einer guten halben Stunde an, und ich könnte sterben für einen Drink. Trotzdem bin ich Magnus ungeheuer dankbar – ich hatte überhaupt keine Lust, wieder allein zu schlafen.«

Zehn Minuten später gingen sie die Treppe hinunter – Mel in ihrem hautengen langen cremefarbenen Kleid, Nick in einem dunkelblauen Anzug mit gestreifter Krawatte.

Als er die Tür zur Bar öffnete, ging eine Kaskade von Luftschlangen und Konfetti auf ihn nieder.

Mel hielt sich lachend im Hintergrund. Nick stand da wie vom Donner gerührt, die Augen vor Schreck geweitet und mit offenem Mund.

»Was zum Teufel ist hier los?«, stieß er hervor, als er mindestens dreißig Verwandte und Freunde in Abendkleidung sah, die ihn angrinsten. »Ich fasse es nicht!«

Wenn Magnus jemals an den schauspielerischen Fähigkeiten seines Sohnes gezweifelt hatte, belehrte Nicks Zurschaustellung geheuchelten Erstaunens ihn prompt eines Besseren. Alle Anwesenden, Mel eingeschlossen, fielen darauf herein.

Wieder und wieder hatte Magnus sich während der vergangenen Woche versucht gefühlt, die Party abzublasen, und das nicht nur Edward Mannings wegen. Alle, Verwandte, Freunde und Angestellte, waren ungeheuer neugierig, was Mel betraf – warum sie von Oaklands fortgegangen war, warum Manning sie zu töten versucht hatte, welcher Art ihre Verbindung zu Helena war. Sie alle fragten sich, was Magnus mit dem Ganzen zu tun haben mochte – wieso er Sir Miles Hamilton und Helena kannte und warum die Polizei sie alle verhört hatte. Als er seinen Gästen vor wenigen Sekunden eingeschärft hatte, Mel nichts von Manning oder der Aufgabe der Polizei draußen zu erzählen, war die Verwirrung noch größer geworden.

Magnus war im Herzen ein ehrlicher Mensch, und er hätte sich wohler gefühlt, hätte er die Wahrheit sagen können, statt dem Thema ausweichen zu müssen. Aber er spielte nur eine der Nebenrollen in diesem Drama, und solange Helena und Miles der Öffentlichkeit ihre Beziehung zu Mel nicht preisgeben wollten, konnte er niemandem eine plausible Erklärung für die Ereignisse geben.

Sophie und Stephen waren beide außer sich vor Entrüstung und der festen Überzeugung, die Einzigen zu sein, denen alles Wissen vorenthalten wurde. Joan und Antoine waren ein wenig gekränkt, nicht ins Vertrauen gezogen worden zu sein, und die übrigen Angestellten tuschelten gewiss hinter vorgehaltener Hand über all diese Rätsel.

Ein Blick in die Runde genügte, und Magnus konnte all das in ihren Gesichtern lesen. Sophie hatte sich an diesem Abend große Mühe mit ihrem Aussehen gegeben: Sie hatte sich das dunkle Haar beim Frisör zu einem französischen Zopf flechten lassen und Make-up aufgelegt, und in ihrem schwarzen Cocktailkleid wirkte sie, wenn nicht glamourös, so doch zumindest kultiviert. Aber obwohl sie lächelte und mit jedem im Raum plauderte, warf sie doch immer mal wieder einen rachsüchtigen Blick in Magnus' Richtung. Steven, sehr elegant in einem dunklen Straßenanzug, ein volles Glas in der Hand, stand neben June, seiner Frau. Dennoch schien er die ganze Zeit nur Miles und Helena zu beobachten, als versuchte er, sich einen Reim auf das Ganze zu machen. Selbst Joan und Antoine wirkten leicht angespannt, obwohl es sie sichtlich rührte, zu der Feier eingeladen worden zu sein.

Aber Magnus bemühte sich, all das für eine Weile zu vergessen. Die Party wurde für Nick gegeben, und was heute Abend zählte, war das Glück seines jüngsten Sohnes.

»Ich bin sehr stolz auf dich.« Er trat einen Schritt auf Nick zu, legte ihm eine Hand auf die Schulter und sprach mit vor Erregung heiserer Stimme. »Das ist meine Art, es dir zu zeigen.«

»Oh, Dad, du dummer Kerl!« Nick drückte seinen Vater fest an sich. »Muss ich mir das wirklich antun, mir den ganzen Film zusammen mit euch allen anzusehen?«

»Warte bloß, bis du die Größe des Fernsehers gesehen hast, den ich für heute Abend gemietet habe«, gab Magnus zurück. »Wie wärs jetzt mit ein paar ordentlichen Drinks, bevor wir in unser Privatkino im Speisesaal gehen?«

Mel war so damit beschäftigt, Nicks Gesicht zu beobachten, dass sie gar nicht bemerkte, wie Helena aus der Menge heraustrat und sich neben sie stellte.

»Du siehst wunderbar aus, Camellia. Ich hoffe, du bist genauso glücklich, wie dein Gesichtsausdruck es ahnen lässt.«

Mel drehte sich überrascht um, als sie die mittlerweile vertraut gewordene heisere Stimme hörte.

Helena sah an diesem Abend ganz wie ein Filmstar aus, in einem bodenlangen, blaugrünen Chiffonkleid mit tiefem Ausschnitt und weiten, beinahe mittelalterlich anmutenden Ärmeln. An ihrem Hals, ihren Handgelenken und Ohren blitzten Diamanten, und ihre dunklen Locken ergossen sich über ihre Schultern. Die Eleganz ihrer Erscheinung brachte Mel aus dem Konzept, und ein unerwartetes Gefühl des Grolls stieg wieder in ihr auf.

»Jetzt geht es mir gut, danke«, gab sie zurück.

In den samtenen dunklen Augen der älteren Frau flackerte einen Moment lang Schmerz auf, und Mel schämte sich sofort für ihre steife, kalte Antwort.

»Es tut mir Leid, das hat sich völlig falsch angehört«, fügte sie hastig hinzu. »Ich meine, die Verletzungen der Vergangenheit tun nicht länger weh. Was zählt, sind der heutige Abend und all die Tage, die danach kommen werden.«

»Eine löbliche Einstellung«, erklang Miles' tiefer Brummbass zu ihrer Rechten. Er schob sich an zwei Freunden von Nick vorbei, die ebenfalls Schauspieler waren. »Und du, mein Kind, du siehst einfach umwerfend aus.«

»Genau wie du, Smiley«, lachte Mel und strich mit den Fingern über seine Weste. Sie war aus roter Seide und mit goldenem Zwirn bestickt, und Mel hatte das seltsame Gefühl, dass er sie eigens ihretwegen angezogen hatte. »Die Weste ist schlicht und einfach spektakulär.«

. Helena und Miles tauschten ein erfreutes Lächeln, als sie bemerkten, dass Mel Helenas Kosenamen für ihn benutzt hatte.

»Es heißt, ein Mann in meinem Alter solle dezente Kleidung bevorzugen«, entgegnete Miles mit einem kehligen Lachen in der Stimme. »Aber ich habe diesbezüglich immer eine klare Meinung vertreten: Wenn jeder sich so anzöge, wie er sich fühlt, würden wir alle einander erheblich schneller verstehen.«

»Dann sollte ich wohl Rot tragen«, gestand Mel. »Das ist meine Lieblingsfarbe. Was würde das über mich aussagen?«

»Aha!«, rief er. »Rot ist die Farbe einer Jägerin. Aber die Tatsache, dass du für heute Abend ein cremefarbenes Kleid gewählt hast, sagt mir, dass du gefunden hast, wonach du suchst. Habe ich Recht?«

Mel blickte zwischen Miles und Helena hin und her. Beide waren noch immer ein wenig befangen, das spürte sie. Das alles war auch für sie vollkommen neu.

Es war ein seltsamer Augenblick. Um sie herum standen Nicks Familie und seine Freunde. Für die meisten im Raum war Mel lediglich eine ehemalige Angestellte, die jetzt den Status einer festen Freundin innehatte, aufgrund der jüngsten Ereignisse vielleicht eine Kuriosität, aber mehr nicht.

Mel war sich im Klaren darüber, dass ihre Vorstellung von Familienleben verzerrt war. Sie hatte dieses Phänomen bisher nur als interessierte Außenseiterin beobachtet – manchmal mit Sehnsucht, häufiger jedoch mit Zynismus. Jetzt hatte sie die Wahl, diese beiden Fremden entweder als ihre Familie zu beanspruchen und die Schwierigkeiten in Kauf zu nehmen, die daraus resultieren würden, oder aber sie konnte sich höflich abwenden und sich die Unabhängigkeit bewahren, die ihr so teuer war. Es war keine einfache Entscheidung. Mel war sich nicht sicher, ob sie jemals das sein konnte, was die beiden sich wünschten. Und wenn sie sich erst einmal zu ihnen bekannt hatte, würde es kein Zurück mehr geben.

»Ja. Ich habe gefunden, wonach ich gesucht habe«, gab sie bedächtig zu. »Mich.«

Miles wirkte ein wenig verblüfft, doch Helenas Augen verrieten echtes Verständnis. Sie hob die Hand und strich sachte über Mels Wange, eine zärtliche Geste, mit der sie bewies, dass sie Mels Worte als das verstanden hatte, was sie waren: ein Grundstein, auf den sie alle drei bauen konnten.

Jetzt drängte Magnus sich mit einem Tablett voller Gläser durch die Menge. »Nick hat mir erzählt, du trinkst gern Gin Tonic«, begann er und reichte Mel eins der Gläser. »Brandy für Miles, Limonade für Helena und Whisky für mich. Den habe ich wirklich nötig. Sollte ich jemals wieder auf die Idee kommen, eine Überraschungsparty zu geben, sperrt mich bitte ein, bis der Wahnsinn sich gelegt hat.«

»Aber die Mühe hat sich doch gelohnt, oder?«, fragte Mel. »Ich habe Nick noch nie so überrascht gesehen. Ich hatte schon befürchtet, er würde uns draufkommen, als er die Polizei am Tor bemerkte. Ist das wirklich nötig? Ich meine, verfolgen dich deine Fans denn sogar bis in die Abgeschiedenheit von Oaklands, Helena?«

Helena musste schnell reagieren. Es kamen tatsächlich jeden Tag Leute zum Drehort, aber die eigentliche Attraktion war Rupert Henderson, ihr junger Partner. »Nicht ich bin es, der die Leute hinterherjagen. In diesem Fall ist es Nick«, erklärte sie mit einem breiten Lächeln. »Während ihr fort wart, hat eine Menge über ihn in der Zeitung gestanden, und Magnus hatte in den letzten beiden Tagen alle Hände voll mit Leuten zu tun, die sich auf dem Gelände herumtrieben, weil sie hofften, einen Blick auf Nick werfen zu können. Nach der Ausstrahlung seines Films heute Abend wird es wahrscheinlich noch schlimmer werden.«

Magnus warf ihr einen dankbaren Blick zu. »Da wir gerade von Nicks Film sprechen – es wird langsam Zeit, hineinzugehen und unsere Plätze einzunehmen«, bemerkte er. Er legte einen Arm um Mel. »Und ich habe bisher nicht mal Zeit gehabt, dir zu sagen, wie atemberaubend du heute Abend aussiehst, oder mich nach deinem Fuß zu erkundigen.«

»Der Fuß ist praktisch wie neu, und ich bin sehr dankbar, endlich wieder wie ein Mensch auszusehen. Doch du hast mir noch gar nicht erzählt, was mit Edward passiert ist? Und wo ist Con? Er hat mir versprochen zu kommen.«

»Con konnte niemanden finden, der ihn heute Abend in seinem Restaurant vertritt«, antwortete Magnus, war froh darüber, dass sie mit all ihren Fragen gleichzeitig herausgeplatzt war. »Aber er will auf jeden Fall irgendwann runterkommen – wenn nicht diesen Sonntag, dann am nächsten. Ich glaube, es ist ohne dich nicht ganz einfach für ihn. Doch jetzt lass uns Nick holen und ins Esszimmer gehen. Nach dem Film haben wir immer noch genug Zeit zu plaudern.«

Das Esszimmer war in ein Kino verwandelt worden, mitsamt dem größten Fernseher, den Mel je gesehen hatte. Magnus hatte die Esstische und Stühle durch die bequemeren Bastsessel und Sofas aus der Orangerie ersetzt. Nick, Mel, Helena und Magnus setzten sich auf das größte Sofa direkt vor dem Fernseher und Miles in einen Sessel neben ihnen. Die anderen Gäste versammelten sich um sie herum.

»Ich spiele bloß den Eisverkäufer«, witzelte Nick, dem es ein wenig peinlich war, sich im Zentrum des Geschehens zu finden. Aber andererseits war er dankbar dafür, die anderen zumindest von den Geschehnissen draußen abgelenkt zu haben. Kurz bevor er hereingekommen war, hatte er durch die Vorhänge gespäht und etliche Polizisten mit Taschenlampen auf dem Grundstück verteilt gesehen.

Magnus hatte halb damit gerechnet, dass einige der Gäste, insbesondere die mit Nick befreundeten Schauspieler, den Fluss des Films durch derbe Kommentare stören würden, aber die beeindruckende Geschichte riss schon bald alle mit. Und ab und zu, wenn die Kamera eine Großaufnahme von Nick brachte und er die klaren, blauen Augen seines Sohnes und seine kantigen Wangenknochen sah, durchzuckte ihn ein Stich des Kummers, dass Ruth nicht an seiner Seite war.

Mel, die zwischen Magnus und Nick saß, war so gefesselt von dem Geschehen auf dem Bildschirm, dass sie einmal vor Angst laut aufschrie, als Nick in eine Felsspalte zu stürzen drohte.

Während der Abspann schließlich über den Bildschirm flimmerte und Nick Osbournes Name in Großbuchstaben zu sehen war, sprang Magnus auf.

»Das ist mein Sohn«, rief er, und seine Augen waren in diesem Moment genauso feucht wie Mels Augen.

»Oh, Dad.« Nick umarmte seinen Vater bewegt. Auch er war

zu aufgewühlt, um einen zusammenhängenden Satz hervorzubringen. Lachen und Stimmengewirr wurden laut, Hände klopften ihm auf den Rücken, aber der Stolz seines Vaters bedeutete ihm mehr als alles andere.

»Du warst absolut wunderbar.« Mel, die sich noch immer über die Augen tupfte, umarmte Nick, bevor sie den anderen in die Bar folgte. Zwei Kellnerinnen kamen herein, um die Stühle beiseite zu räumen, damit später getanzt werden konnte, und einen Tisch für das Büfett aufzubauen. Der Barkeeper öffnete Champagnerflaschen, und alle redeten gleichzeitig, um Nicks Aufmerksamkeit auf sich zu lenken. Aber der Star des Abends blieb entschlossen an Mels Seite, stellte sie seinen Freunden vor und lächelte glücklich über ihr überschwängliches Lob.

»Sieh mal, wer da kommt!«, flüsterte Nick Mel ein Weilchen später zu, als Sophie sich zu ihnen hindurchdrängelte, ihren Mann Michael im Schlepptau.

Mel fand Nicks Schwester an diesem Abend sehr attraktiv. Es war schön, sie in einem eleganten Kleid zu sehen, statt in ausgebeulten Tweedkostümen und Twinsets. Sie hatte bisher keine Ahnung gehabt, dass Sophie eine so gute Figur und so hübsche Beine hatte.

»Du warst wirklich gut, Nick«, erklärte sie in demselben herablassenden Tonfall, mit dem sie die Angestellten von Oaklands anzusprechen pflegte. »Ich bin sehr stolz auf dich.« Plötzlich brach sie ab, als wäre ihr selbst ihr falscher Tonfall bewusst geworden. »Ich meine es ernst, Nick«, fügte sie hinzu, und ihre Stimme wurde weicher. »Du hast so großartig gespielt, dass es mir die Tränen in die Augen getrieben hat.«

Mel warf einen Seitenblick auf Nick und hoffte, er würde Sophie keine ironische Antwort geben. Zu ihrer Freude trat er auf seine Schwester zu und umarmte sie herzlich. »Es tut mir gut, das aus deinem Mund zu hören, Soph. Die Meinung meiner Familie ist mir wichtiger als die der Zeitungen. Ich freue mich wirklich über dein Kommen – es ist eine weite Fahrt von Yorkshire.«

Sophie lächelte – sie lächelte diesmal wirklich von Herzen –, und zum ersten Mal, seit Mel sie kannte, konnte sie Magnus im Gesicht seiner Tochter sehen. Sie hatte zwar seine kräftigen Züge nicht geerbt, aber dieses eine Mal zumindest strahlte sie den ganzen Frohsinn ihres Vaters aus.

»Hallo, Mel.« Beinahe schüchtern wandte sie sich schließlich an Camellia. »Es tut mir furchtbar Leid, was dir passiert ist. Es muss schrecklich gewesen sein. Aber jetzt siehst du einfach fabelhaft aus. Geht es dir besser?«

Es genügte Mel schon, dass Sophie nicht unfreundlich zu Nick gewesen war; das Letzte, was sie von seiner Schwester erwartet hätte, war Freundlichkeit ihr gegenüber. »Es geht mir großartig«, versicherte sie hastig und wünschte, sie hätte gewusst, wie viel Magnus seiner Tochter erzählt hatte. »Es ist nett, Sie und Michael wiederzusehen.« Sie lächelte den fahlgesichtigen Mann mit den dicken Brillengläsern an, der direkt hinter seiner Frau stand. »Ist die Party nicht wunderbar?«

Mel rechnete damit, dass Sophie nun weitergehen würde – sie hatte noch nie mehr als zwei oder drei Sätze mit ihr gesprochen –, aber zu ihrer noch größeren Überraschung errötete Sophie und senkte den Blick.

»Ich finde, wir sollten uns duzen«, platzte sie unvermittelt heraus. »Und es tut mir Leid, wenn ich in der Vergangenheit grob zu dir war.«

»Warst du das? Ist mir gar nicht aufgefallen«, flunkerte Mel.

»Oh doch, das war ich. Wahrscheinlich war ich ein bisschen eifersüchtig, weil Dad ständig von dir geredet hat.«

Mel wusste nichts auf diese Bemerkung zu erwidern, daher lächelte sie nur. Ob Sophie wohl klar war, dass sie in Kürze Schwägerinnen sein würden?

»Dad und diese Helena scheinen ja plötzlich dicke Freunde zu sein«, meinte Sophie und deutete mit dem Kopf auf Helena, die sich angeregt mit einem von Nicks Freunden unterhielt. »Ich bin mir nicht sicher, ob mir das gefällt. Wie ich höre, ist sie Alkoholikerin.«

»Sophie!«, entfuhr es Nick. »Sie ist keine Alkoholikerin, und außerdem … musst du mit den Menschen immer so hart ins Gericht gehen?«

»Tut mir Leid«, gab sie zurück, doch ihr gewohnter eisiger Tonfall war wieder da und würde wahrscheinlich auch bleiben. »Ich sorge mich einfach um unseren Vater, ich kann gar nicht anders.«

Als Sophie davonstolzierte und Michael ihr lammfromm folgte, drehte Nick sich grinsend zu Mel um. »Soph muss bei der Geburt vertauscht worden sein. Sie hat nicht einen Funken von Mum oder Dad in sich. Irgendwo da draußen auf den Mooren von Yorkshire lebt ein Paar von Ungeheuern, die ihre wahren Eltern sind. Armer Michael! Ich wüsste gern, was er sich in seinem früheren Leben hat zu Schulden kommen lassen.«

Während der Champagner in Strömen floss, schwoll der Lärm in der Bar langsam an, bis einige der Gäste lautstark eine Rede von Nick verlangten.

Mit gespieltem Widerstreben trat er zu den Türen, die in den Garten hinausführten, nahm einen ordentlichen Schluck von seinem Drink und grinste breit. »Ich bin nicht besonders gut, wenn es um improvisierte Ansprachen geht«, begann er. »Normalerweise schreiben andere den Text für mich. Aber ich würde mich trotzdem gern bei euch allen dafür bedanken, dass ihr während des Films nicht eingeschlafen seid oder euch einen Drink von draußen geholt habt. Außerdem möchte ich meinem Vater danken, nicht nur für diese Party, sondern auch dafür, dass er in all diesen Jahren ein so großartiger Vater war und nicht darauf bestanden hatte, dass ich Maurer wurde oder gar Installateur. Vielleicht werden die Kritiken morgen ja katastrophal schlecht sein, und ich muss ihn um einen Job als Kellner oder Gärtner bitten, doch der Fairness halber sollte ich ihn wohl warnen: Ich neige leider dazu, Teller fallen zu lassen, und außerdem kann ich keinen einzigen geraden Streifen mähen.

Und bevor ihr alle anfangt zu gähnen, möchte ich euch noch etwas anderes mitteilen. Heute habe ich Mel gebeten, meine Frau zu werden. Falls sie nach meinem Anblick auf dem Bildschirm nicht ihre Meinung geändert haben sollte, hat sie meinen Antrag angenommen, und wir wollen so bald wie möglich heiraten.«

Lauter Applaus brandete auf, und Mel wurde nach vorn geschoben, damit Nick sie küssen konnte.

Aber als er sie losließ und sich den lächelnden Menschen vor ihnen zuwandte, begriff Mel mit einem Mal, dass sie weit mehr gefunden hatte als einen Verlobten. Sie hatte endlich eine wirkliche Familie. All die Anspannung, mit der sie Nicks Ankündigung entgegengesehen hatte, löste sich angesichts der freudigen Reaktionen aller Menschen im Raum in nichts auf.

Magnus strömten Freudentränen über die Wangen; er versuchte nicht einmal, sie zu verbergen. Miles saß auf einem Barhocker und lächelte so breit, dass es beinahe absurd wirkte. Helenas Lippen zitterten, und ihre Augen waren riesengroß. Selbst Sophie und Stephen applaudierten mit den anderen. Joan hatte das Gesicht an Antoines Brust geborgen, und ihre Schultern zuckten sichtlich.

In dem Ansturm von Gratulationen und Küssen, die darauf folgten, bemerkte niemand, wie Magnus sich aus dem Raum stahl. Stephen organisierte frischen Champagner, Joan trat unter Tränen vor, um sie beide zu umarmen, und selbst die Küsse von Sophie und Stephen waren herzlich und aufrichtig.

Und gerade als ihnen Magnus' Abwesenheit auffiel, wurde die Tür weit geöffnet, und er kam wieder herein, übers ganze Gesicht strahlend wie ein frisch gebackener Vater. Alle Anwesenden drehten sich erwartungsvoll zu ihm um.

»Eine Verlobung ist nicht denkbar ohne einen Ring«, verkündete er. »Ich weiß, Nick wollte morgen wahrscheinlich mit Mel etwas aussuchen, aber ich glaube fest daran, dass dies der Ring ist, den Mel tragen sollte, heute und für immer.«

Er hielt ihr einen Diamantring hin.

»Er hat Ruth gehört«, fügte er mit zitternder Stimme hinzu, und seine Augen waren wieder feucht geworden. »Sowohl Sophie als auch Stephen waren vor Ruths Tod bereits verheiratet, und ich weiß, sie hätte es gern gesehen, dass eins ihrer Kinder den Ring trägt, wenn es an den Altar tritt. Ich könnte mir keine passendere Hand für diesen Ring denken als Mels. Für mich war sie immer wie eine zweite Tochter.«

Einen Moment lang herrschte absolutes Schweigen.

»Bist du dir sicher, Dad?«, fragte Nick mit rauer Stimme.

»Streif ihn ihr einfach über den Finger«, antwortete Magnus heiser.

Nick nahm den Ring von seinem Vater entgegen und griff nach Mels linker Hand.

Ein Champagnerkorken knallte wie ein Pistolenschuss, und wilder Jubel brach los.

»Ich liebe dich«, flüsterte Nick Mel zu, als er sich vorbeugte, um sie zu küssen.

Etwa eine Stunde später zog Mel sich von der Party zurück und ging in den Salon. Sie war ein wenig beschwipst, der Zigarettenrauch brannte ihr in den Augen, und sie wollte ein paar Minuten allein sein.

Im Salon war es so heiß, dass sie die Vorhänge ein wenig aufzog und die Balkontür öffnete, um frische Luft hereinzulassen. Einen Moment lang blickte sie hinaus. Der kleine Garten war hell erleuchtet, doch hinter der niedrigen Ziermauer, die ihn umringte, konnte sie nichts weiter erkennen, beinahe als hinge dort ein schwarzer Vorhang. Aber sie hörte das Seufzen des Windes in den Bäumen und den fernen Ruf einer Eule.

Wenige Sekunden später gesellte Helena sich zu ihr.

»Oh, da bist du ja«, bemerkte sie mit einem ängstlichen Ausdruck in den Augen. »Einen Moment lang habe ich mir wirklich Sorgen gemacht.«

»Ich wollte mich nur ein wenig sammeln«, gestand Mel. »Ich liebe Partys, doch langsam war es mir wirklich etwas zu viel, im Mittelpunkt zu stehen, und dann all die Fragen …«

»Ich weiß genau, was du meinst«, antwortete Helena lächelnd und hockte sich neben Mels Sessel auf die Lehne des Sofas. »Es ist für uns alle heute Abend schwierig gewesen – ich meine die Fragen –, doch für dich war es sicher am schwierigsten. Du bist es nicht gewohnt, im Rampenlicht zu stehen.«

»Ein Psychofritze würde wahrscheinlich sagen, dass ich unsicher bin«, bemerkte Mel trocken. »Ich suche immer nach schwarzen Wolken, auch wenn der Himmel blau ist.«

»Genau wie ich«, lachte Helena und warf mit blitzenden Augen den Kopf in den Nacken. »Ich habe früher eimerweise geheult, wenn ich eine schlechte Kritik bekam, obwohl neun hervorragende dagegenstanden. Doch absolute Perfektion ist selten, das muss man irgendwann akzeptieren, vielleicht existiert sie überhaupt nicht. Aber welche schwarzen Wolken hast du denn heute Abend entdeckt?«

»Keine«, gab Mel zu. »Ich war nur plötzlich ein wenig traurig. Ich weiß nicht, warum.«

»Aber ich weiß es.« Helena lächelte kläglich. »In den glücklichsten Augenblicken des Lebens wünscht man sich oft, man könnte gerade diesen Moment mit jemandem teilen, der aus dem einen oder anderen Grund nicht da sein kann. Ich erinnere mich gut an einen Premierenabend in Phoenix im Jahr 1945, an dem ich gleich mehrere Vorhänge hatte; ich war überglücklich damals und zugleich tieftraurig, weil meine Mutter nicht im Publikum saß. Magnus hat sich heute Abend gewünscht, Ruth wäre bei ihm und würde das alles miterleben, und ich bin mir ganz sicher, dass es Nick ebenso ging. Miles hat vorhin eine Bemerkung darüber fallen lassen, wie sehr Mary die Party genossen hätte.«

»Ich habe mir niemanden sonst hierher gewünscht, abgesehen von Conrad«, entgegnete Mel, die nicht recht verstand, worauf Helena hinauswollte.

»Nein?« Helena zog eine perfekt gezupfte Augenbraue in die Höhe. »Was ist mit Bonny?«

»Sie ist mir überhaupt nicht in den Sinn gekommen; ich habe nur einmal flüchtig darüber nachgedacht, dass ich all diese Heimlichkeiten nicht nötig gehabt hätte, wäre sie nicht gewesen.«

»Dann ist sie dir also doch in den Sinn gekommen?« Helena sah Mel fragend an. »Vielleicht hast du sie nicht bewusst vermisst, aber das läuft auf dasselbe hinaus. Mir jedenfalls ist der Gedanke gekommen, wie sehr ihr der heutige Abend gefallen hätte. Sie wäre überglücklich gewesen über deine Verlobung mit Nick.«

Mel war zutiefst gerührt. Ihr war bisher nicht bewusst gewesen, dass Helena die Rolle der Mutter weiterhin mit Bonny besetzen würde; genauso wenig hatte sie über Helenas Meinung zu ihrer Verlobung nachgedacht. »Glaubst du?«

»Ich weiß es«, versicherte Helena und erhob sich von der Armlehne des Sofas, um zu Mel hinüberzugehen. Sie ging vor ihr in die Hocke und griff nach ihrer Hand. Helena sah aus wie eine exotische Orchidee in ihrem wallenden Kleid aus blaugrünem Chiffon. »Nur weil jemand tot ist, heißt das nicht, dass man ihn aussperren sollte. Natürlich hätten ein paar Funken gesprüht, wäre Bonny heute Abend hier gewesen. Aber du weißt wohl, was ich damit meine!«

Mel wusste es in der Tat, und die beiden Frauen lachten miteinander. Mels Kummer verflog.

»Sie hätte uns allen die Show gestohlen«, gab sie zu. »Sie hätte sich ein aufreizendes Kleid mit tiefem Dekolletee angezogen und mit jedem Mann im Raum geflirtet. Wahrscheinlich hätte sie irgendwann sogar den Teppich aufgerollt und einen Stepptanz vorgeführt.«

»Und ich hätte vielleicht mitgemacht.« Ein liebevolles Lächeln spielte um Helenas Lippen. »Wir hatten wunderschöne Zeiten zusammen, Mel, und irgendwann in den nächsten Tagen setzen wir beide uns mal zusammen, und ich erzähle dir alles. Ich habe niemals mit einem Menschen so viel Spaß gehabt wie mit Bonny.«

Die Wärme in Helenas Stimme rührte Mel. »Warum bist du nicht verbittert?«

»Welchen Grund sollte ich denn haben, verbittert zu sein?« Helenas Augen weiteten sich fragend. »Ich bereue es, dich John und ihr überlassen zu haben, aber wenn ich es nicht getan hätte, hätten wir beide vielleicht eine sehr harte Zeit durchgemacht. Es bekümmert mich auch, dass wir nicht eine Möglichkeit gefunden haben, um mich an deiner Kindheit und Jugend teilhaben zu lassen. Später war ich wütend, weil Bonny dich vernachlässigt hat. Aber verbittert – nein, verbittert bin ich nicht.«

»Warum nicht? Ich an deiner Stelle wäre es.«

Helena zuckte die Schultern. »Bonny hat dich geliebt, das weiß ich. Dein ganzes Wesen beweist, dass es so gewesen sein *muss*. Wenn du eine Last für sie gewesen wärst, hätte sie sich nach Johns Tod bei mir gemeldet. Ich glaube, ihr Schweigen damals zeigt deutlicher als alles andere, dass du das Kostbarste in ihrem Leben warst.«

»Dann hatte sie eine seltsame Art, das zu zeigen!«

»Mag sein.« Helena streckte die Hand aus und hob Mels Kinn ein wenig an, damit sie sie ansehen konnte. »Aber hätte ich meine Sache besser gemacht? Du darfst eines nicht vergessen: Auch mir ging es damals sehr schlecht! Sieh dich doch an, Mel – du bist ein warmherziger, intelligenter Mensch, und von Magnus weiß ich, wie erfinderisch und fleißig du sein kannst. Kannst du ehrlich behaupten, dass du nichts davon Bonnys Einfluss zu verdanken hast?«

Es war Helenas Loyalität ihrer alten Freundin gegenüber, die eine Saite in Mel zum Schwingen brachte. Jeder, der Bonny gekannt hatte, hatte sie schlecht gemacht – selbst Magnus –, und Mel war auf diese Weise fast nichts geblieben, woran sie sich klammern konnte. Helena, die mehr als genug Grund hatte, sie zu hassen, war aufrichtig und barmherzig genug, um nicht nur zu verzeihen, sondern auch das Gedächtnis an Bonny zu ehren.

»Ich muss wohl wieder zurück zu der Party«, bemerkte Mel ein wenig widerstrebend. »Aber wir müssen bald mal ein paar Stunden miteinander reden. Ich möchte all deine Geschichten hören, doch im Augenblick sollte ich bei Nick sein.«

Die beiden Frauen standen auf. Helena umfasste mit den Händen Mels Gesicht und sah ihr direkt in die Augen. »Wir haben den Rest unseres Lebens, um einander kennen zu lernen«, erinnerte sie leise. »Ich bin so glücklich, dich wiedergefunden zu haben, und so dankbar, dass du dich zu einem so prächtigen Menschen entwickelt hast! Das reicht für den Augenblick.«

Etwas regte sich in Mel, ein Gefühl von Wärme, das einen eisigen Kern in ihrem Innern zum Schmelzen brachte. Sie legte zaghaft eine Hand auf Helenas Wange und strich sachte über die weiche Haut. »Wirst du der Welt erzählen, dass ich deine Tochter bin?« Die Frage erschien ihr ein wenig kindisch, vor allem da Mel sich nicht einmal sicher war, ob sie selbst dieses Bekenntnis wollte, und mit einem Mal war sie ein wenig verlegen.

Aber offenbar war Helena mehr als bereit, Flagge zu zeigen, das bewies ihr strahlendes Lächeln. »Oh, mein Liebes! Ich möchte es von den Dächern schreien. Ich werde morgen eine Pressekonferenz einberufen, wenn du mich lässt. Aber die Entscheidung, was das betrifft, muss allein von dir kommen. Vielleicht bist du noch zu aufgewühlt für so etwas.«

Bei dieser unverblümten Feststellung brach Mels innere Reserviertheit endgültig in sich zusammen. Der eisige Knoten in ihrem Innern löste sich vollends auf, und als Helena sie diesmal an sich zog, gab es keinen Widerstand. Die spontane Wärme der Umarmung durchbrach die Barrikaden, wie bloße Worte es niemals vermocht hätten. Zwei Körper und zwei Seelen verschmolzen miteinander in dem beiderseitigen Bedürfnis nach Nähe, während die beiden Frauen eng umschlungen miteinander weinten.

»Wirklich rührend!«

Beim Klang der Männerstimme nur wenige Schritte von ihnen entfernt riss Mel die Augen auf.

Es hätte ein Handwerker sein können, der versehentlich durch die Gartentür getreten war, eine schmuddelige braune Kappe auf dem Kopf, bekleidet mit einer dicken Arbeitsjacke und einer schlammbespritzten Hose. Aber der Mann richtete eine klobige schwarze Waffe auf sie.

»Edward!« Helena keuchte auf und versteifte sich, doch statt sich zu bewegen, drückte sie Mel nur noch fester an sich.

Mel wurden die Knie weich. Hätte Helena sie nicht festgehalten, wäre sie vielleicht vor Entsetzen zusammengebrochen.

»Du hast doch nicht etwa geglaubt, ich würde aufgeben?« Er machte einen Schritt auf sie zu und wedelte mit der Waffe in der Luft herum. »Geh weg von ihr, Helena. Sofort.«

Mel war außer Stande, sich zu bewegen, und Helena presste sie noch fester an sich. Dann drehte sie sie so, dass zwar Mels

Kopf über Helenas Schulter hinausragte, ihr Körper jedoch abgeschirmt war.

»Leg die Pistole weg, Edward!«, befahl Helena mit der Stimme eines Hauptfeldwebels. »Du hast auch ohne das hier schon genug Ärger.«

Mel hatte das Gefühl, in einen Horrorfilm geraten zu sein. Aus dem Speisezimmer dröhnte *Baby Love* von Diana Ross und den Supremes, sie konnte Gelächter in der Halle hören, aber sie blieb reglos stehen und starrte in Edwards kalte blaue Augen, während Helena, die ihm den Rücken zuwandte, sie mit eisernem Griff festhielt. Ein schneller, angstvoller Blick in das Gesicht der älteren Frau verriet ihr, dass Helena Edward in Wirklichkeit in dem Spiegel über dem Kaminsims beobachtete und gelassen auf Zeit spielte.

Mit einem Mal begriff Mel, warum die Polizei an diesem Abend vor dem Tor gestanden hatte. Wenn sie nicht die Vorhänge zurückgezogen und die Tür zum Garten geöffnet hätte, wäre es Edward niemals möglich gewesen, ihren Aufenthaltsort im Haus zu bestimmen, geschweige denn, sich Eintritt zu verschaffen.

»Lass sie los, Helena, und geh weg von ihr«, stieß er mit rauer Stimme hervor und trat noch näher an sie heran. Sein Blick ließ Mel das Blut in den Adern gefrieren. »Sofort, oder ich werde euch beiden das Gehirn aus dem Kopf blasen.«

»Nein, Edward«, rief Helena laut. Sie hoffte offensichtlich, dass irgendjemand sie hören würde. »Mel hat dir nichts getan. Erschieß mich, wenn es sein muss, doch ich werde nicht zulassen, dass du sie verletzt.«

Helenas mutige Worte waren schön und gut, aber Mel stand Todesängste aus, dass sich im nächsten Augenblick die Tür öffnen könnte und Nick oder Magnus hereinkamen. Sie blickte über die offene Tür hinweg in den Garten hinaus und hoffte gegen jede Vernunft auf das plötzliche Erscheinen eines Polizisten. Aber der Wind wehte lediglich Blätter herein, und jenseits des von Flutlichtern beleuchteten Streifens herrschte tintenschwarze Finsternis.

»Edward.« Helena klang wie eine verärgerte alte Tante. »Überleg dir, was du tust! Wie wärs, wenn wir uns hinsetzen würden und du mir diese Pistole gäbst? Dann können wir reden.«

Mel vergrub den Kopf an Helenas Schulter und spähte voller Entsetzen zu Edward hinüber. Er hatte nicht mehr die geringste Ähnlichkeit mit dem makellos gepflegten Mann, der in das Restaurant gekommen war. Haare und Augenbrauen hatte er sich dunkel gefärbt, und auf seiner Oberlippe prangte ein kleiner, dünner Schnurrbart, der falsch sein musste. Er sah jetzt vollkommen wahnsinnig aus: In seinem verzerrten Gesicht zuckte ein Muskel, seine glasigen blauen Augen waren rot umrandet, und seine Nasenflügel bebten. Die Adern an seinem Hals traten deutlich hervor, und sein Adamsapfel hüpfte auf und ab. Er hatte das Stadium, in dem er mit jemandem hätte reden können, längst überschritten.

»Du hast mich verraten!«, rief er. »Ich habe dich gepflegt, ich habe Ausreden für dich erfunden. Ich war dein Freund, als du niemanden hattest. Aber du hast mir niemals genug vertraut, um mir von *ihr* zu erzählen!« Er schwenkte anklagend die Pistole. »Du hast mich in dem Glauben gelassen, dass wir nach England zurückgekommen seien, um neu anzufangen, gemeinsam. Aber die ganze Zeit über wolltest du nur nach Hause, um das Kind zu finden, das du diesem Miststück von Bonny überlassen hattest!«

Mel spürte, dass Helena zitterte, doch sie hielt sie noch immer fest umschlungen und bewegte sich zentimeterweise kaum merklich auf die Tür zu. »Ich habe dir nie von Camellia erzählt, weil das Thema zu schmerzlich für mich war. Und als ich beschlossen habe, nach England zurückzukehren, ging es mir tatsächlich um einen neuen Anfang. Du hast mir immer viel bedeutet, das weißt du. Selbst jetzt noch, nach allem, was du getan hast, empfinde ich noch genug für dich, um dir zu helfen. Leg die Pistole weg, Edward, bitte, hör auf damit, um meinetwillen.«

»Ich habe alles um deinetwillen getan. Ich habe dir mein ganzes Leben geschenkt. Bonny hätte dich vernichtet, hätte ich sie nicht zum Schweigen gebracht. Sieh dich doch jetzt mal an! Du drehst dich nicht einmal zu mir um. *Sie* bedeutet dir viel mehr als ich! Was habe ich denn zu verlieren, wenn ich euch beide erschieße und jeden anderen, der durch diese Tür kommt?«

»Oh, Edward«, rief Helena. »Bitte, bitte, schieß nicht!«

»Dreh dich um, verdammt noch mal«, schrie Edward schrill. »Dieses Mädchen, das du da im Arm hältst, ist nur ein Stück Dreck. Sie war eine billige Nutte, und sie interessiert sich nur deshalb für dich, weil du berühmt bist. Sie wird niemals so für dich empfinden, wie ich für dich empfunden habe.«

Helena griff nach Mels Hand und drückte sie an die Brust, um ihr schweigend zu signalisieren, dass sie durchhalten müsse. Dann holte sie tief Luft. »Wie bist du eigentlich ins Haus gekommen, Edward?«, fragte sie. Ihre Stimme klang unbefangener, beinahe so, als wäre er lediglich ein Besucher. Gleichzeitig versuchte sie, Mel mit ihrem Körper noch mehr Schutz zu bieten. »Du musst sehr geschickt gewesen sein, um an der Polizei vorbeizukommen.«

»Das sind verdammte Narren, alle durch die Bank«, erwiderte er mit einem kehligen Knurren, aber einen Moment lang klang er weniger angespannt. »Es war nicht weiter schwierig, über die Felder Zugang zum Garten zu bekommen. Heute Nacht bin ich unzählige Male ums Haus geschlichen. Die Polizisten waren so sehr damit beschäftigt, miteinander zu schwatzen und ihre Zigaretten zu rauchen, dass eine ganze Armee ins Haus hätte gelangen können.«

Helena schob Mel mit den Knien langsam rückwärts, immer näher an die Tür heran. »Edward, Darling ...« Sie übte ein klein wenig Druck auf Mels rechte Schulter aus. »Ich drehe mich jetzt zu dir um. Ich möchte, dass du genau darüber nachdenkst, was du da tust und wohin es führen wird.«

Mel wusste, was Helena vorhatte, und doch zitterten ihre Glieder so heftig, dass sie bezweifelte, es zu schaffen.

Helena drehte sich langsam um und bezog Mel in die Bewegung mit ein, sodass sie mit dem Gesicht zur Tür zu stehen kommen würde. »Edward, ich bitte dich«, sagte sie. »Wir waren so viele Jahre lang Freunde. Ich möchte nicht, dass die Polizei dich verhaftet. Bitte! Geh jetzt!«

Die Tür war nur noch einen Meter von Mel entfernt, und Helenas Befehl war unmissverständlich.

»Geh aus dem Weg!«, befahl Edward.

»Nein, niemals.« Helenas Stimme hob sich um eine Oktave. »Geh, Edward, wenn dir auch nur das Geringste an mir liegt.«

Mel machte einen Satz nach vorn, packte den Türknauf und versuchte, ihn zu drehen.

Der laute Knall der Pistole, der Geruch nach Kordit und der Schlag auf ihren Kopf kamen vollkommen gleichzeitig. Gerade hatte Mel noch mit dem Türknauf gekämpft, im nächsten Augenblick lag sie lang auf dem Fußboden.

Sie hörte das Geräusch von berstendem Glas und aufgeregte Männerstimmen, aber vor allem war sie sich der Tatsache bewusst, sich nicht bewegen zu können. Mel hatte starke Kopfschmerzen, und sie konnte nichts sehen. Sie öffnete den Mund, um zu schreien, und erst als ihre Lippen auf Haare stießen, begriff sie, dass Helena über ihr lag und sie auf den Boden presste.

Benommen und zu verängstigt, um eine Bewegung zu wagen, vernahm sie Lärm aus allen Richtungen – Schreie aus der Halle, laute Männerstimmen draußen, eine kreischende Frau, hektische Schritte auf der Terrasse und noch einen weiteren lauten Knall von einer Pistole –, doch deutlicher als all das hörte sie keuchenden Atem.

»Oh, mein Gott! Er hat sie beide erschossen«, rief Nick an den Balkontüren, und der Flur schien unter Mel zu vibrieren, als er auf sie zugerannt kam.

»Vorsichtig.« Eine Männerstimme, die sie nicht kannte, erklang. »Heben Sie sie ganz vorsichtig hoch.«

Als Nick und der uniformierte Beamte Helena langsam von ihr herunterdrehten und Licht auf Mels Gesicht fiel, brach sich der Schrei des Schmerzes und des Entsetzens, den sie zuvor unterdrückt hatte, mit Macht Bahn. Unwillkürlich bewegte sie die Hände, eine zu ihrem schmerzenden Kopf, die andere zu der warmen, klebrigen Stelle auf ihrer Brust.

Sie hob die Finger, sah Blut und schrie abermals.

Der ganze Raum schien voller Rauch zu sein, und durch den Rauch über sich sah sie Gesichter.

»Mel, ich bin es.« Nicks Stimme erschien ihr wie ein Rettungsanker. »Du bist jetzt in Sicherheit, es ist alles gut. Wo bist du verletzt?«

»Ich weiß es nicht«, krächzte sie und versuchte, sich auf sein Gesicht zu konzentrieren. »Mein Kopf.« Sie erhob sich langsam vom Fußboden und sah den riesigen roten Blutfleck auf ihrem cremefarbenen Kleid.

Ihr Herz hämmerte. Abgesehen von ihrem dröhnenden Kopf, hatte sie keine Schmerzen. Sie konnte Arme und Beine bewegen, und mit einem Mal begriff sie. Es war nicht ihr Blut, sondern Helenas!

»Du darfst dich nicht bewegen«, mahnte Nick und drückte sie wieder hinunter, aber seine Geste kam zu spät. Ein einziger Blick auf Helena, die nur wenige Schritte von ihr entfernt lag, bestätigte ihre schlimmsten Befürchtungen. Einer der Polizisten drückte Helena ein Taschentuch auf die Brust, aus der dickes, dunkelrotes Blut sickerte und den blaugrünen Chiffon befleckte. Ihr Gesicht war kreideweiß, und ihre Wimpern und Augenbrauen stachen wie ein dunkles Relief von der bleichen Haut ab.

Mel war bereits auf den Knien und beugte sich über Helena, bevor irgendjemand sie daran hindern konnte. »Nein, Mummy«, begehrte sie unwillkürlich auf. »Nein, Mummy, nein!«

Einer der Polizisten versuchte, sie wegzuziehen, doch sie sah, wie Helena die Lippen bewegte, und wehrte den Mann ab.

»Bist du verletzt, Liebling?« Helenas Stimme war so schwach, dass Mel sich dicht über sie beugen musste, um sie zu verstehen.

»Nein, nein.« Mel schüttelte den Kopf und strich ihrer Mutter sachte das dunkle Haar aus dem Gesicht. »Mit mir ist alles in Ordnung, ich habe nur eine Beule am Kopf.«

»Wie hast du mich gerade genannt?«

Einen Moment lang verstand sie nicht. Alles, was sie sehen konnte, war der Polizist, der vergeblich versuchte, Helenas Blutung zum Stillstand zu bringen, und den trüben Schimmer in ihren dunklen Augen.

Wieder bewegte Helena die Lippen, und Mel wusste plötzlich, was sie meinte. »Mummy«, wiederholte sie, griff nach Helenas Hand und küsste verzweifelt die Fingerspitzen. »Mummy.«

»Das ist alles, was ich hören wollte.« Helenas Lippen verzogen sich zu einem Lächeln, und ihre Stimme war nur noch ein kaum hörbares Krächzen. »Ich wollte …« Sie hielt inne und rang um Atem. »… dir so viel erzählen. Ich schätze, jetzt wird Magnus die leeren Stellen ausfüllen müssen.« Ein gurgelndes Geräusch kam aus ihrer Kehle, und Blut sickerte aus ihrem Mundwinkel. »Ich bin so ungeheuer stolz auf dich.«

Mel sah das Licht in Helenas Augen verblassen. Tränen strömten ihr über die Wangen und fielen auf das schöne, heitere Gesicht ihrer Mutter. »Verlass mich nicht«, flehte sie. »Ich liebe dich. Bitte, lass mich nicht allein!«

»Das ist mein Stichwort.« Helenas Lippen bewegten sich kaum noch. »Ich liebe dich, mein Kind!«

Mel hörte ihren eigenen Schrei, aber er schien aus weiter Ferne zu kommen. Sie spürte Arme, die sie hochhoben, registrierte, dass Nick und Magnus beruhigend auf sie einredeten, doch dann senkte sich nach und nach eine dicke, schwarze Decke auf sie herab, bis sie endlich verstummte.

26. Kapitel

»Ich kann nicht hingehen, Nick. Bitte, zwing mich nicht dazu!«, schluchzte Mel. Nick stand an ihrem Bett und blickte auf sie herab, bereits für Helenas Beerdigung in einen dunklen Anzug mit Krawatte gekleidet.

Beim Erwachen an diesem Morgen hatte Mel geglaubt, innerlich dafür gerüstet zu sein. Sie hatte sich das Haar gewaschen und einen schwarzen wollenen Maxirock angezogen, aber während die Zeiger der Uhr sich unerbittlich dem Nachmittag genähert hatten, war Panik in ihr aufgestiegen.

»Du musst hingehen, Liebes«, erklärte Nick sanft, griff nach ihren Händen und zog sie vom Bett. Sie war sehr bleich, und sie hatte erschreckend abgenommen. Das schwarze Kleid betonte die ausgezehrten Konturen ihres Gesichtes und die dunklen Schatten unter den Augen. Selbst ihr Haar fiel ihr wie ein schlaffer, stumpfer Vorhang auf die Schultern. »Ich weiß, dass du das Gefühl hast, mehr einfach nicht ertragen zu können, aber du musst heute dort sein.«

Direkt nach dem Unglück vor zehn Tagen hatte Nick Mel in diesen Raum hinaufgetragen, den sie seither nicht mehr verlassen hatte. Abgesehen von Dr. Searle, der an jenem Abend nach ihr gesehen und ihr ein Beruhigungsmittel verabreicht hatte, hatte sie mit niemand anderem gesprochen als der Polizei, Nick und Magnus. Hin- und hergerissen zwischen Augenblicken des Entsetzens und schwarzer Depression, hatte sie niemandem gestattet, auch nur die Vorhänge zu öffnen. Es war eine finstere Zuflucht, doch Mel fühlte sich hier sicher.

»Du verstehst mich nicht«, schluchzte sie und wehrte ihn ab. »Es ist meine Schuld, dass sie gestorben ist. Wenn ich diese Tür nicht geöffnet hätte, wäre Edward nicht hereingekommen. Ich hatte solche Angst! Deshalb habe ich nicht einmal versucht, sie zu beschützen. Könntest du mit dem Wissen leben, so ein Feigling zu sein?«

Auf die Stunde genau vor zehn Tagen hatten sie und Nick im »Royal Standard« in Lyme Regis gesessen und Fisch mit Pommes gegessen. Damals hatte Mel angenommen, in eine Welt eingetreten zu sein, in der es keinen Kummer mehr geben würde. Aber nicht einmal zwölf Stunden später war alles in Stücke gebrochen. Und Helenas Leichnam war auf dem Weg ins Leichenschauhaus gewesen.

Beruhigungsmittel hatten ihr das ersehnte, lange Stunden währende Vergessen geschenkt. Doch wenn die Wirkung nachließ, kehrte die kalte Wirklichkeit zurück, und Mel durchlebte noch einmal jede Sekunde dieser letzten Minuten mit Helena, durchlebte sie immer wieder und wieder.

Sie wäre glücklich, Bilder von Edwards Tod vor sich zu sehen. Sie hatte sich von der Polizei genau schildern lassen, wie er über den Rasen zum Steingarten gelaufen war, dicht gefolgt von einem der Polizeihunde, bevor er seine Pistole gegen sich selbst gerichtet hatte. Wie Nick ihr erzählt hatte, hatte sein Blut den Pool und den Wasserfall rot gefärbt. Mel wünschte, sie hätte es selbst gesehen – es wäre weit besser gewesen, wenn sich dieses Bild unauslöschlich in ihre Netzhaut eingebrannt hätte, statt des Bildes der sterbenden Helena.

Mel war verbittert darüber, dass ihr so wenig Zeit mit ihrer Mutter geblieben war. Es gab so viele Fragen, die jetzt für immer unbeantwortet bleiben würden, so viele Dinge, die niemals gesagt werden würden. Aber der Zorn in ihr war noch größer als die Verbitterung. Helenas Jugend war so hart gewesen, gezeichnet von Entbehrungen und Tragödien. Und selbst als sie zu Ruhm und Reichtum gekommen war, hatte der Schatten der Vergangenheit auf ihr gelastet, und eine Horde Aasgeier hatte sich an ihrem Erfolg gemästet.

Und nun, da sich die Dinge endlich für sie beide zum Besseren gewendet hatten und vages Glück zum Greifen nah erschienen war, hatte eine gewaltige Welle der Zerstörung sie beide zerschmettert. Mel wünschte ehrlich, sie hätte an der Seite ihrer Mutter sterben können.

»Du bist kein Feigling – das ist völlig lächerlich«, gab Nick zurück. »Selbst wenn du in aller Ruhe Manning auf dich hättest schießen lassen – glaubst du wirklich, die Geschichte wäre damit zu Ende gewesen?«

»Er wollte nicht Helena töten«, schluchzte sie. »Nur mich.«

»Er hatte bereits auf eine andere Frau geschossen, nur um an ihre Wagenschlüssel zu kommen, und das Opfer liegt noch immer schwer verletzt im Krankenhaus«, erinnerte Nick sie geduldig. »Es liegen Beweise dafür vor, dass er zwei andere junge Frauen in Amerika getötet hat, genauso wie er deine Mutter ertränkt hat. Er war vollkommen wahnsinnig, Mel! Höchstwahrscheinlich hätte er zuerst dich erschossen, dann Helena und anschließend jeden, der als Nächstes durch die Salontür getreten wäre. Und jetzt zieh diese Jacke an und reiß dich zusammen! Du hast dich genug mit diesen Selbstvorwürfen gequält.« Er hielt ihr die schwarze Jacke hin.

»Nick, du verstehst nicht«, stieß sie flehentlich hervor. »Es ist, als läge ein schrecklicher Fluch auf mir. Ich bringe jedem Menschen Unglück, mit dem ich in Berührung komme.«

Nick stieß einen ungeduldigen Seufzer aus. Er hatte tiefes Mitleid mit ihr, aber die vergangene Woche war die längste und schwerste seines ganzes Lebens gewesen. Die Presse hatte das Haus belagert, und das Telefon hatte keinen Moment stillgestanden. Er hatte eine Million Dinge regeln müssen und keine Sekunde lang Zeit gehabt, sich auf sich selbst zu besinnen.

Am Montagabend hatten Nick, Magnus und Miles sich zusammengesetzt und über ihr weiteres Vorgehen gesprochen. Sie wussten, die Presse würde sich weiter in Halbwahrheiten und Anspielungen ergehen, wenn sie ihnen nicht mit der Wahrheit den Wind aus den Segeln nahmen.

Zu Nicks Erstaunen hatte Miles beschlossen, eine Erklärung

für die *Times* vorzubereiten. Er trauerte von ganzem Herzen um Helena, wollte sie jedoch endlich offiziell als seine Tochter und Camellia damit als seine Enkeltochter anerkennen. Miles glaubte, auf diese Weise Mel und auch Nick und Magnus vor weiteren Skandalen schützen zu können.

In den nächsten Tagen waren die Zeitungen voll von Berichten über Helena und Miles gewesen, und Nick hatte jedes einzelne Wort davon gelesen. Er hatte seine eigenen Schuldgefühle in den vergangenen Tagen mit Macht beiseite gedrängt und war zum Tröster und zum Fels in der Brandung für alle anderen geworden. Aber jetzt hatte seine Geduld sich mit einem Mal erschöpft. Mel hatte nicht ein einziges Mal nach Miles' oder Magnus' Gefühlen gefragt. Wenn Nick sie nicht mithilfe eines Schocks in die Wirklichkeit zurückholte, würde sie vielleicht bis in alle Ewigkeit in gefährlichem Selbstmitleid schwelgen.

»Ich will nichts davon hören.« Mit blitzenden Augen packte er Mels Arm und schob ihn unsanft in den Ärmel ihrer Jacke. »Hör auf, dich wie ein Kind zu benehmen, und reiß dich zusammen! Ich glaube, du hast noch nicht begriffen, was Helena wirklich getan hat, aber es wird Zeit, dass du langsam darüber nachdenkst.«

Mel hörte auf zu weinen. Nicks Wutausbruch hatte sie erschreckt.

»Sie hat *ihr Leben geopfert*, um dich zu retten«, fuhr er auf. »Sie hat wahrscheinlich nicht geglaubt, dass Edward auf sie schießen würde, doch was immer ihr durch den Kopf gegangen sein mag, sie hat rein instinktiv gehandelt. Entwürdige ihre Tat nicht, indem du behauptest, du könntest ihre Beerdigung nicht durchstehen. Auch Miles und mein Vater trauern sehr um Helena. Du bist nicht die Einzige. Und jetzt reiß dich zusammen!«

Seine wütenden Worte drangen langsam in ihre Gedanken vor; sie waren das Erste, das während der langen Tage seit Helenas Tod einen echten Eindruck auf Mel gemacht hatte. Ohne weiteren Protest schob sie den anderen Arm in ihre Jacke.

»So ist es schon besser«, meinte er anerkennend. »Und jetzt bürste dir die Haare.«

Sie tat wie geheißen, legte ein wenig Lippenstift auf und setzte sich dann den schwarzen Hut mit der breiten Krempe auf, den Nick für sie gekauft hatte. Aber selbst während sie sich äußerlich gehorsam zeigte, sprach in ihrem Innern eine leise, beharrliche Stimme auf sie ein: Lass das heute über dich ergehen, sage Helena Adieu, aber du brauchst mit dieser Schuld nicht weiterzuleben. Sie werden es schon bald leid sein, dich zu beobachten. Morgen oder übermorgen kannst du ebenfalls sterben, wenn du willst.

»Und du musst heute mit Miles sprechen«, fügte Nick hinzu, dankbar dafür, dass Mel sich endlich nicht mehr gegen ihn sträubte. »Du hast sicher nicht die geringste Ahnung, was er in den letzten Tagen durchgemacht hat. Er hat nicht nur Helena verloren, sondern musste der Presse und vor allem seiner Familie all das erklären.«

Mel starrte Nick nur an.

»Denk darüber nach, Mel, ja?« Nick nahm ihr Zögern als Zeichen dafür, dass abermals Panik in ihr aufgestiegen war. Also umfasste er mit festem Griff ihren Arm und begleitete sie die Treppe hinunter. »Nimm den heutigen Tag einfach in Etappen«, riet er ihr sanft. »Versuch nicht, allzu weit nach vorn zu blicken.«

Sein herablassender Tonfall so kurz nach seinen schroffen Worten im Schlafzimmer ärgerte Mel. Sie drehte sich wütend zu ihm um, doch die scharfe Erwiderung erstarb auf ihren Lippen. Er sah zutiefst bekümmert und müde aus.

Mit einem Mal wurde ihr klar, dass sie ihn seit dem Abend der Party weder geküsst noch in den Arm genommen hatte. Sie hatte ihm gestattet, sie festzuhalten und ihr Worte der Liebe zu sagen, und sie hatte von ihm genau diese Fürsorge erwartet. Aber nicht einen Augenblick lang war ihr in den Sinn gekommen, er könnte vielleicht ebenfalls Trost brauchen.

»Es tut mir Leid, Nick«, flüsterte sie, griff nach seiner Hand und drehte sich auf der Treppe ganz um, um ihn zu küssen. »Ich habe dich vollkommen vergessen, nicht wahr?«

»Ich werde dich in ein oder zwei Wochen daran erinnern.« Er

lächelte erschöpft. »Lass uns einfach nur versuchen, diesen Tag durchzustehen.«

Ein überwältigender, unangenehm süßer Blumenduft schlug ihnen entgegen, als sie die letzte Treppenflucht hinuntergingen. Mel blickte über das Geländer und sah Trauerkränze, Blumensträuße und kunstvolle Arrangements, die die gesamte freie Fläche der Diele beanspruchten.

»Bei der letzten Zählung waren es fünfunddreißig«, bemerkte Nick. »In der Kirche liegen noch etwa viermal so viele. Helena meinte, ihre Fans hätten sie vergessen, aber das war ein Irrtum.«

Wieder traten Mel die Tränen in die Augen, doch als Magnus aus dem Wohnzimmer kam, kämpfte sie sie nieder.

»Braves Mädchen«, sagte er mit einem Lächeln, aber seine Augen waren so tot, wie Mels Herz sich anfühlte. Der schwarze Anzug und die Krawatte sahen seltsam an ihm aus, als trüge er die Kleider eines anderen. Selbst sein Haar war kurz geschnitten und mit Pomade zurückgekämmt. »Würdest du mit Miles sprechen? Er ist da drin.« Er zeigte auf den Salon.

Mel erbleichte. Sie wollte diesen Raum nie wieder betreten.

»Hab keine Angst, Mel.« Magnus trat einen Schritt auf sie zu und legte ihr beide Hände auf die Schultern. »Irgendwann wirst du diesen Raum wiedersehen müssen, und was Miles betrifft, nun, er ist ein tapferer alter Mann, der den liebsten Menschen in seinem Leben verloren hat, und er ist dein Großvater.«

Mel sah ihm in die Augen, und das Mitgefühl, das sie dort las, gab ihr ein wenig Kraft. Wie immer war Magnus direkt zum Kern der Sache vorgedrungen. Miles brauchte mehr als jeder andere Trost. Sie wusste nicht, warum ihr das nicht schon vorher klar geworden war.

Miles saß in demselben Ohrensessel, in dem er bei ihrer ersten Begegnung gesessen hatte, doch während sie noch zögernd in der Tür stand, hievte er sich mithilfe seines mit Silber beschlagenen Gehstocks hoch.

Der Teppich war fachmännisch gereinigt worden, und nicht einmal eine winzige Verfärbung erinnerte an das schreckliche

Unglück. Aber bei Miles' Anblick, dessen Äußeres sich auf dramatische Weise verändert hatte, vergaß Mel vollkommen, dass sie die Stelle überquerte, an der Helena gestorben war. Es war, als wäre sein Fleisch völlig eingefallen, sodass nichts übrig geblieben war als Falten welker Haut.

»Camellia!«, murmelte er, und seine Stimme klang schwach und zittrig. Taumelnd ging er ein paar Schritte auf sie zu. »Wie geht es dir, mein Kind?«

»Mir …« Sie brach ab. Dann nahm sie den Hut ab und legte ihn auf den Couchtisch.

»Dir ist es schon mal besser gegangen?« Er versuchte ein Lächeln, aber seine Augen waren blutunterlaufen und erschöpft, und sein Mund zuckte. »Es war eine dumme Frage, nicht wahr? In meinem Alter sollte ich eigentlich wissen, was man in Zeiten wie dieser sagt, doch falls ich die richtigen Worte je kannte, habe ich sie vergessen.«

Plötzlich wurde ihr mit Macht bewusst, was dieser alte Mann, der ihr Großvater war, in den letzten Tagen durchlitten haben musste. »Es tut mir so Leid.« Sie trat hastig auf ihn zu und schlang impulsiv die Arme um ihn. »Ich hätte schon früher mit dir reden sollen.«

»Oh, Melly, das verstehe ich doch«, flüsterte er ihr mit tiefer Stimme ins Ohr. »Ich hatte ebenfalls Angst, dir zu begegnen.«

Es überraschte sie ein wenig, dass er sie Melly nannte. Aber sie hielt ihn trotzdem fest umfangen.

»John und Bonny haben dich Melly genannt, als du noch ein Baby warst«, erklärte er und strich ihr sachte mit seiner alten Hand übers Haar. »Ich fand es damals ein wenig verwirrend, weil es mich an Elly erinnerte, aber jetzt scheint mir das der passende Name für dich zu sein.«

»Ich hätte gern auch für dich einen besonderen Namen«, murmelte Mel dicht an Miles' Brust. Sein schwarzer Anzug roch nach Mottenkugeln – sie fragte sich, ob es derselbe war, den er bei der Beerdigung seiner Frau getragen hatte. »Ich kann dich nicht Smiley nennen, das wäre jetzt nicht mehr das Richtige.«

Einen Moment lang erwiderte er nichts, sondern rieb nur die Wange an ihrem Haar und hielt sie fest. »Da wäre immer noch Grandpa«, entgegnete er.

Jede einzelne Reihe in der St.-Nicholas-Kirche war voll besetzt, und im hinteren Teil hatten einige Dutzend weiterer Trauergäste nur noch einen Stehplatz bekommen. Eine Flut von Blumen lenkte von dem kalten, grauen Stein ab; ihr Duft erfüllte die Luft, und ihre Schönheit kam der Helenas gleich.

Als Nick Mel und Miles zur ersten Reihe hinüberbegleitete, entdeckte sie Conrad eine Reihe hinter ihnen. Die seelenvollen Augen hinter seinen dicken Brillengläsern, der strenge Haarschnitt und der dunkle Anzug erinnerten sie mit schmerzlicher Deutlichkeit daran, dass er Helena zu einer Zeit bewundert hatte, als Mel noch nicht einmal von ihrer Existenz gewusst hatte. Irgendwie half ihr das Wissen, dass alle Menschen in dieser Kirche durch die gemeinsame Trauer um Helena verbunden waren.

Die Männer von der Filmcrew trugen den Sarg auf den Schultern in die Kirche, stellten ihn auf ein Holzgestell vor dem Altar und nahmen schweigend ihre Plätze ein. Mel blickte hinter sich, benommen angesichts der vielen ihr fremden Menschen. Aufgrund der einförmigen, dunklen Kleidung war es unmöglich, Fans von Regisseuren und Schauspielern zu unterscheiden oder auch nur herauszufinden, wer von Hollywood eigens hergeflogen war und wer Helena als junges Mädchen hier in England gekannt hatte.

Mel stimmte in die Kirchenlieder ein, sprach mit trockenen Augen den dreiundzwanzigsten Psalm und die Gebete und war in ihrer Trauer außer Stande, irgendetwas anderes zu sehen als den Sarg, der nur wenige Meter von ihr entfernt stand. Aber als der Pfarrer seinen Platz an der Kanzel einnahm, griff Miles nach ihrer Hand.

Es dauerte eine ganze Weile, bis die melodische, tiefe Stimme des Landpfarrers in Mels Bewusstsein vordrang.

Er fasste Helenas Leben in bewegenden Worten zusammen und erzählte von den ungezählten Menschen, die ihn in den vergangenen Tagen angerufen hatten, um ihm zu berichten, was für ein liebenswerter, warmherziger Mensch Helena gewesen war.

»Aber vor allem«, sprach der Pfarrer in die Totenstille der Kirche hinein, »vor allem war Helena ein ungeheuer mutiger Mensch.«

Seine Stimme erfüllte jetzt jeden Winkel der uralten Kirche. Ein Sonnenstrahl tanzte durch ein Buntglasfenster und verharrte auf einer Marmorstatue der Jungfrau Maria.

»Dieser Mut ist in der vergangenen Woche auf die äußerste Probe gestellt worden und hat sich über jeden Zweifel hinaus bewiesen, als sie ihr eigenes Leben aufs Spiel setzte, um ihre Tochter, Camellia, zu schützen. Es ist eine furchtbare Tragödie, dass Helena sterben musste, und wir alle werden sie vermissen, doch der Edelmut ihrer Tat muss uns über die Trauer hinausheben und unsere Herzen mit Liebe und Bewunderung für sie erfüllen.«

Mel traten Tränen in die Augen. Sowohl Magnus als auch Nick hatten ähnliche Dinge gesagt, aber sie hier in dieser kleinen Kirche aus dem Mund eines Fremden zu hören, war etwas vollkommen anderes. Die Worte des Pfarrers trafen sie bis ins Herz.

»Alle Schuldgefühle, die Sie vielleicht haben mögen, müssen Sie um Helenas willen aus Ihrem Denken verbannen.« Der Pfarrer sah jetzt direkt Sir Miles und Mel an. »Mit Schuldgefühlen würden Sie das Opfer entwürdigen, das Helena so bereitwillig gebracht hat.

Ich bitte Sie nun, mit mir zusammen ein Gebet anzustimmen, um Helenas Leben zu feiern. Um ihrer mit Liebe und Stolz zu gedenken, mit Dankbarkeit dafür, dass Sie das Privileg hatten, sie zu kennen, und vor allem wollen wir hier ihrem Mut unsere Hochachtung zollen.«

Es war vorbei. Der Sarg wurde in das Grab hinabgesenkt und Gebete gesprochen, dann begann die Menge, sich langsam zu zerstreuen. So viele feuchte Augen, so viele Hände, die sich Mel und Sir Miles in stillschweigendem Verständnis entgegenstreckten, so viele von Herzen kommende Worte des Beileids.

Die Polizei hatte die Journalisten, die in Scharen herbeigeströmt waren, außerhalb des kleinen Friedhofs in Schach gehalten, und schließlich hatten sie die Belagerung aufgegeben.

Miles wirkte erschöpft – kein Ehrfurcht gebietender Peer des Reiches mehr, sondern ein müder, alter Mann, der sich kaum noch auf den Beinen halten konnte. Während des Begräbnisses selbst hatte er unverhohlen geweint, danach sich jedoch tapfer die Augen getrocknet und mit den vielen Menschen gesprochen, die vor ihn hingetreten waren. Jetzt hakten Nick und Mel ihn unter und führten ihn zu dem wartenden Wagen zurück.

Gerade als Mel neben ihrem Großvater einsteigen wollte, drehte sie sich noch einmal um. Magnus stand allein vor dem Grab, den Kopf auf die Brust gesenkt und mit zuckenden Schultern.

»Fahr du mit Miles, Nick«, bat sie und legte ihm eine Hand auf den Arm. »Nehmt Mrs. Downes mit. Ich werde noch eine Minute bei Magnus bleiben und mit dem anderen Wagen zurückfahren.«

Nick blickte zu seinem Vater hinüber, und Kummer schnürte ihm die Kehle zu. In genau dieser Haltung hatte er Magnus nach der Beerdigung seiner Mutter gesehen. Damals hatte er nicht gewusst, was er sagen konnte, um ihn zu trösten. Doch Mel würde die richtigen Worte finden.

Schweigend trat sie neben Magnus vor das Grab. Er hielt die Karten von den Blumen in der Hand. Immer derjenige, der vorausdachte, hatte er sie für Mel gesammelt, weil er befürchtete, der Regen könne die Worte darauf verwischen. Tränen rannen ihm ungehindert über die Wangen, und aus der Tiefe seiner Brust kam ein schrecklicher, verlorener Aufschrei der Qual.

Die Sonne versank jetzt hinter einer großen Eibe und warf rosafarbene Lichter auf die vielen hundert Blumen und Kränze, die den Erdhügel verbargen, der später Helena bedecken sollte. Hinten an der Kirche stand ein Mann mit einer Schaufel in der Hand und blickte diskret in die andere Richtung. In der Ferne konnte Mel Motorengeräusche hören, aber hier herrschte, abgesehen von Magnus' Schluchzen, völlige Stille.

In diesem Moment begriff sie: Er hatte sich in Helena verliebt und bereits von einem gemeinsamen Leben geträumt. Und er machte sich verantwortlich für Helenas Tod, genauso wie sie selbst. Aber in diesem Augenblick der Klarheit und des geteilten Schmerzes wusste Mel, dass keiner von ihnen die Schuld an dem Geschehenen trug.

»Lass uns jetzt gehen«, bat sie sanft, als sein Schluchzen verebbte, dann legte sie ihm einen Arm um die Taille und drückte seinen Kopf an ihre Schulter.

»Oh, Mel«, seufzte er. »Was bleibt jetzt noch?«

Der Wind war kalt und peitschte ihr das schwarze Kleid um die Beine. Sie konnte sich daran erinnern, sich nach Bees Tod dieselbe Frage gestellt zu haben. Doch die Zeit heilt alle Wunden, das wusste sie inzwischen.

»Du bleibst, und ich und Nick bleiben«, flüsterte sie. »Und Sophie und Stephen. Vielleicht wirst du ja auch bald schon Enkelkinder haben. Wir werden Helena für immer in unserem Herzen behalten. Sie ist nicht wirklich fort.«

Da richtete er sich auf und wischte sich mit dem Ärmel über die Augen. »Es waren diese Karten, die mir den Rest gegeben haben«, bekannte er und hielt sie ihr hin. »So viele liebevolle Worte. Und doch habe ich ihr nie gesagt, was in meinem Herzen wuchs.«

»Manche Dinge brauchen nicht ausgesprochen zu werden«, antwortete sie schlicht. »Einige der süßesten Erinnerungen sind nur ein besonderer Blick, eine flüchtige Berührung. Sie wird wissen, was hinter unseren Tränen und unserem Schweigen liegt.«

Er lächelte zaghaft. »Ich wünschte nur …«

»Nein.« Mel legte ihm einen Finger auf die Lippen. »Keine Wünsche, keine Konjunktive. Das würde Helena nicht wollen. Wie der Pfarrer sagte: Wir müssen ihr Leben feiern und es in Ehren halten, und wir müssen ihr dafür danken, dass sie uns wieder zusammengebracht hat. Vielleicht fällt uns in ein oder zwei Wochen etwas ein, wie wir das auf die richtige Weise tun können.«

»Du hast natürlich Recht«, gab er mit erstickter Stimme zu und legte ihr dann einen Arm um die Schultern. »Weißt du, selbst wenn Helena uns am Ende nicht erzählt hätte, dass sie deine Mutter war, hätte ich es irgendwann erraten. Du wirst ihr von Minute zu Minute ähnlicher. Aber jetzt müssen wir nach Oaklands zurück – alle anderen werden inzwischen dort sein.«

27. Kapitel

Am zwölften Dezember, nur wenige Wochen nach den quälenden Ereignissen im Oktober, war die St.-Nicholas-Kirche in Kelston wieder voller Menschen. Aber diesmal gab es keine traurigen Gesichter und keine dunklen Kleider. Die Hamiltons auf der einen Seite, die Osbournes auf der anderen, leuchtend bunte, frivole Hüte, strahlende Gesichter und Getuschel, das freudige Erwartung verriet.

Nick und Conrad standen in grauen Morgenanzügen nebeneinander vor dem Altar und warteten nervös auf die Braut. Die Kirche war erleuchtet von unzähligen Kerzen, am Ende einer jeden Bank waren Girlanden aus Stechpalmen und Efeu befestigt, und der würzige Geruch von Kiefern erinnerte an das bevorstehende Weihnachtsfest.

»Bereit?«, flüsterte Conrad, als von der Orgel die ersten Klänge des Hochzeitsmarsches kamen.

»So bereit, wie man nur sein kann«, antwortete Nick grinsend. »Hast du die Ringe dabei?«

Reverend Matthews, der Pfarrer von Kelston, hatte Nick und Mel darin ermutigt, ihren ursprünglichen Plan in die Tat umzusetzen und vor Weihnachten zu heiraten. Einige Tage nach der Beerdigung hatte er Mel auf Oaklands besucht, und seither hatten sie sich noch oft zusammengesetzt und geredet. »Es ist keineswegs immer richtig, Heiratspläne aus Respekt vor den Toten hinauszuzögern«, hatte er erklärt und Mel auf das fortschreitende Alter und die Gebrechlichkeit ihres Großvaters Sir Miles aufmerksam gemacht. »Ein froher Anlass könnte ihm durchaus helfen, über seine Trauer hinwegzukommen, indem es seine Aufmerksamkeit auf etwas anderes lenkt.«

Nick war überglücklich gewesen, als Mel der Heirat endlich zugestimmt hatte. In den ersten ein oder zwei Wochen nach der Beerdigung war sie unberechenbar gewesen. Manchmal verschwand sie für mehrere Stunden, ohne irgendjemandem ihr Ziel zu nennen; dann wieder wirkte sie unnatürlich aufgedreht. Nachts wachte sie mehrmals schreiend aus einem schrecklichen Albtraum auf, in dem sie alle Ereignisse noch einmal durchlebt hatte, aber am nächsten Tag war sie dann so in sich gekehrt, dass er sie nicht erreichen konnte. Schließlich fuhr sie für ein paar Tage zu Conrad, um ihm zu helfen, und nach ihrer Rückkehr war sie ruhiger und ausgeglichener. Das war der Tag, an dem sie der Hochzeit zustimmte.

Aber es waren die Hochzeitsvorbereitungen, an denen sich auch Miles beteiligte, die das Glück nach Oaklands zurückbrachten. Nachdem das erste Mal Gelächter aus Magnus' Büro ertönt war, wo die beiden eine Gästeliste erstellten, ging mit den Angestellten eine Veränderung vor. Antoine wollte den Kuchen backen, eine gewaltige, dreistöckige Torte. Joan Downes organisierte einen Frühjahrsputz, und plötzlich lag Aufregung in der Luft, die die Düsternis und die Mutlosigkeit vertrieb.

Mel hatte so viel zu erledigen, dass ihre Panikattacken immer seltener wurden. Auch Magnus hatte wieder ein Ziel vor Augen, marschierte mit Listen durchs Haus und erteilte in seiner gewohnt schroffen Art Befehle. Miles war Stammgast auf Oaklands geworden und blieb jedes Mal mehrere Tage, um sich vom Personal nach Strich und Faden verwöhnen zu lassen.

Nick hatte Conrad gebeten, sein Trauzeuge zu sein. Obwohl sie einander noch nicht lange kannten, gab es eine starke Verbindung zwischen den beiden Männern. Jetzt stand er hier in der Kirche und wartete auf den Augenblick, da Mel an Miles' Arm den Gang hinunterschreiten würde, und er war so aufgeregt und glücklich wie ein Kind am Weihnachtstag.

Es tat so gut, die Familien auf beiden Seiten des Ganges zu sehen. Die Hamiltons waren vollzählig erschienen, um ihre Solidarität mit Miles zu bekunden: seine beiden jüngeren Brüder mit ihren Ehefrauen und Kindern und Enkelkindern. Auf der Seite der Osbournes saßen Sophie und Michael, Stephen und June und ein halbes Dutzend Vettern und Cousinen, die Nick kaum kannte.

Weiter hinten in der Kirche hatte sich eine Hand voll Freunde eingefunden: einige Schauspieler, einige frühere Angestellte und ein paar alte Freunde von Helena, die sie auf der Beerdigung kennen gelernt hatten. Ganz besonders jedoch freute sich Mel, Jack Eastons untersetzte Gestalt und seine flammend roten Haare sowie Bert Simmonds' freundliches Gesicht in der Gästeschar zu entdecken. Beide Männer hatten ihr kurz nach Helenas Tod warmherzige, mitfühlende Briefe geschrieben, in denen sie Mel ihre Unterstützung und Zuneigung zusagten. Ihre Anwesenheit heute bedeutete ihr viel. Sie stellten eine Verbindung zu Bonny und John dar, und für Mel waren sie es, die den Kreis der Familie schlossen.

Plötzlich erklang ein leises Raunen aus den hinteren Reihen der Kirche, und Nick drehte sich um. Seine Augen brannten, als er Mel das erste Mal in ihrem Hochzeitskleid sah, am Arm ihres Großvaters und eingerahmt von der Kirchentür. Conrad schaute erst Mel an, dann wieder Nick, und seine Augen hinter den Brillengläsern glänzten. »Sie hat ihre Meinung also nicht geändert«, flüsterte er.

Als Mel neben Nick vor den Altar trat, zitterte er. Noch nie hatte sie so schön ausgesehen; das schlichte weiße Samtkleid betonte ihren olivfarbenen Teint, ihre dunklen Augen hinter dem duftigen Schleier strahlten, und sie hatte sich das Haar mit einem schlichten schmalen Kränzchen aus Rosenknospen und Schleierkraut hochgesteckt.

Die Glocken, die an jenem Tag im Oktober so klagend ihre Stimmen erhoben hatten, jubilierten jetzt vor Glück, als Nick Mels Arm ergriff und sie aus der Kirche führte, wo sie unverzüglich mit Konfetti bombardiert wurden.

Es war ein kalter, klarer Tag, und die Bäume auf dem Kirchhof wirkten ohne ihr Blätterwerk ausgezehrt, aber die Sonne schien, und die glücklichen Gesichter und der bunte Hochzeitsprunk ließen den kleinen Kirchhof so farbig erscheinen, als wäre es mitten im Hochsommer.

»Glücklich, Mrs. Osbourne?«, fragte Nick, und seine dunkelblauen Augen strahlten vor Freude.

»Extrem glücklich, Mr. Osbourne«, antwortete sie und senkte züchtig den Blick wie eine viktorianische Braut. »Ich würde sogar behaupten, dieser Tag könnte sich als der glücklichste meines Lebens erweisen.«

Um sieben Uhr an diesem Abend stahl sich Mel nach oben, um ihr Hochzeitskleid auszuziehen. Abgesehen von Miles und Conrad, die über Nacht blieben, waren alle Gäste inzwischen wieder abgefahren. Sie waren kurz vor zwölf aus der Kirche zurückgekommen, und der Empfang hatte bis fünf Uhr gedauert, bis der Bus der Osbournes gekommen war, um sie nach Yorkshire zurückzubringen. Die Hamiltons hatten sich kurz darauf einer nach dem anderen verabschiedet, ebenso die anderen Gäste.

Morgen würden Mel und Nick zu kurzen Flitterwochen nach New York fliegen. Ihre eigentlichen Flitterwochen wollten sie im neuen Jahr in Rom verbringen.

Mel setzte sich an ihren Ankleidetisch und nahm den Schleier ab, dankbar für ein paar ungestörte Augenblicke. Die Hochzeit hatte ihre kühnsten Hoffnungen übertroffen. Dies war wirklich der wundervollste Tag in ihrem Leben, trotz der leisen Panikattacke, gegen die sie am frühen Morgen gekämpft hatte.

Aber jetzt, zwölf Stunden später, waren der Kummer der Vergangenheit und die Nervosität von ihr abgefallen. Sie hatte eine große Familie: liebe Menschen, die sie von ganzem Herzen willkommen geheißen hatten. Morgen würde sie nach New York fliegen, in ihrem Pass würde ihr neuer Name stehen, sie würde einen Koffer voller neuer Kleider bei sich haben und als Mrs. Osbourne in ein ganz neues Abenteuer gehen.

Mel stand auf, streifte ihr Hochzeitskleid ab und überlegte flüchtig, ob eines Tages ihre Tochter entscheiden würde, es ebenfalls zu tragen. Lächelnd betrachtete sie sich in dem bodenlangen Spiegel. Sie sah verwegen aus in dem weißen Spitzenkorsett mit den dazugehörigen Strümpfen und wirkte kein bisschen jungfräulich, doch heute Nacht würde sie diese Rolle für Nick spielen, und sie würde ihre Sache gut machen.

Als sie in das lange, wallende Kleid aus rotem Samt trat, das sie für den heutigen Abend gekauft hatte, erinnerten die Farbe und der Stoff flüchtig an ihre Aufmachung an jenem ersten Abend im »Middle Earth Club«. Sie hatte sich seit jener Zeit so sehr verändert, und trotzdem bedauerte sie nur wenige Dinge wirklich, die sie damals getan hatte. Sie hatte so viel mehr erlebt als die meisten jungen Frauen ihres Alters – viel Kummer, aber auch sehr viel Schönes. Es war besser, eine Ehe mit dem Wissen zu beginnen, das sie besaß. Eines Tages würde sie ihren Kindern alles darüber erzählen. »Nun ja, vielleicht eine zensierte Version«, bemerkte sie kichernd zu ihrem Spiegelbild.

Es war schön, Bert Simmonds heute wiedergesehen und festgestellt zu haben, dass ihre Erinnerung an ihn sie nicht betrogen hatte: Er war wirklich der freundliche, liebevolle Mann, den sie im Gedächtnis behalten hatte. Eines Tages würde sie nach Rye zurückkehren, mit Nick im »Mermaid Inn« absteigen und voller Stolz an seinem Arm die High Street hinuntergehen.

»Wir arrangieren hier auf Oaklands ziemlich gute Hochzeitsfeiern«, erklärte Magnus eine Stunde später, während er sich genüsslich in einem Sessel ausstreckte. »Auch wenn es ein Selbstlob ist! Im Allgemeinen gibt es immer jemanden, der ein paar Leute aus der Fassung bringt, doch unsere Gäste haben sich alle bemerkenswert gut benommen. Es ist nämlich eine bessere Klasse von Gästen.«

Nick und Mel brachen beide in Gelächter aus. Es tat gut, Magnus wieder entspannt und zu Scherzen aufgelegt zu sehen. Sie saßen zusammen auf dem Sofa, und Mel hatte den Kopf auf Nicks Schoß gebettet. Miles saß Magnus gegenüber am Feuer, Conrad hatte in einem weiteren Sessel neben ihnen Platz genommen.

»Dieser Bursche, Easton, fühlte sich ein wenig unwohl in seiner Haut, jedenfalls war das mein Eindruck«, bemerkte Miles. »Deine Tante Gertrude hat ihn gefragt, in welcher Verbindung er zu Camellia stehe, und er wusste nicht, was er antworten sollte.«

»Nun, ›Sandkastenliebe der anderen Mutter der Braut‹ ist schließlich ein wenig schwierig zu sagen«, meinte Nick lachend. Miles fand es ein wenig seltsam, dass Mel Jack eingeladen hatte, das wusste Nick, aber andererseits war Sir Miles ein alter Mann, und seine Vorurteile wurzelten tief. Er schien vergessen zu haben, dass Magnus ebenfalls ein alter Liebhaber Bonnys gewesen war. »Es ist vor allem schwierig, es jemandem zu erklären, der so taub ist wie Tante Gertrude. Ich war über sein Erscheinen sehr froh, er ist ein guter Mann. Hast du das Besteck gesehen, das er uns geschenkt hat?«

»Es ist einfach wundervoll«, schwärmte Mel. »Ich hätte nie gedacht, jemals eigenes Silberbesteck zu besitzen. Aber noch mehr hat mir der Brief bedeutet, den er mir gegeben hat. Lydia Wynter hatte ihm diesen Brief anvertraut. Man stelle es sich nur vor: Sie hat mir sechstausend Pfund hinterlassen!«

Es war nicht der Umfang des Erbes, der sie so glücklich machte, sondern Lydias warmherzige Worte und das Wissen, dass sie Bonny und ihr Kind wirklich geliebt hatte.

»Auf dass wir immer reicher und reicher werden«, warf Nick ein, blickte lächelnd auf sie hinab und strich ihr über die Stirn. Sie hatten inzwischen von Helenas Anwälten in Los Angeles gehört. Sobald alles geregelt war, würde Mel auch sie beerben. »Stellt euch nur vor – gestern Abend glaubte ich, ein Mädchen zu heiraten, das nur ein paar Pfund auf einem Postsparbuch besitzt. Jetzt stellt sich heraus, dass sie eine reiche Erbin ist.«

»Das muss ein schlimmer Schock für dich gewesen sein, mein

Junge«, neckte Miles ihn. »Obwohl ein Schock der erfreulichsten Art. Ich bin Lydia einmal bei Bonnys und Johns Hochzeit begegnet. Sie war eine herzensgute, attraktive Frau, und zwar eine, die nach einem strengen Ehrenkodex lebte. Zumindest hatte ich diesen Eindruck. Es freut mich zu erfahren, dass ich mit dieser Einschätzung Recht hatte. Es war überaus vernünftig von ihr, Easton damit zu betrauen, ihr Vermächtnis an dich während deiner Kinder- und Jugendjahre zu verwalten. Heute bist du der Verantwortung gewachsen.«

Mel nickte nachdenklich. »Es war auch wunderschön, Bert Simmonds wiederzusehen. Das hat die ganze Feier einfach perfekt abgerundet.«

Sie blickte zu Conrad hinüber, in der Erwartung, diese Bemerkung würde einen Hagel von Fragen auslösen. Familienintrigen faszinierten ihn einfach, und während der ganzen Zeit, in der sie und Bert sich zuvor unterhalten hatten, hatte er Mel aufmerksam beobachtet. Aber zu ihrer Überraschung sah es nicht so aus, als hörte Conrad ihnen zu. Er wirkte, als wäre er irgendwo auf einem anderen Planeten.

»Was ist los, Con?«, erkundigte sie sich. »Ich dachte, du würdest gern wissen, welche Gerüchte gerade in Rye die Runde machen?«

Er errötete bis zum Hals hinunter, und seine Augen blinzelten hektisch hinter den Brillengläsern.

»Na komm schon, raus damit«, drängte sie. Plötzlich fiel ihr auf, dass er während der letzten zwei Stunden ganz gegen seine sonstigen Gewohnheiten kaum ein Wort gesagt hatte. »Stimmt mit dem Restaurant irgendetwas nicht?«

»Nein, es ist stumpfsinnig und langweilig, doch es wirft genug ab«, antwortete er widerstrebend. »Es tut mir Leid, wenn ich gerade meilenweit entfernt war, aber mir ist etwas anderes im Kopf herumgegangen.«

»Nun, dann erzähl es uns«, forderte Mel ihn auf.

»Ich kann nicht, nicht jetzt. Ich möchte dich etwas fragen, doch das wäre zu unverschämt.«

Mel lachte und setzte sich aufrecht hin. »Unverschämt! Du

und ich, wir sind alte Freunde, du kannst mich fragen, was du willst, auch ohne Grund.«

»Ja, komm schon«, bedrängte Nick ihn ebenfalls. »Wie Dad zu sagen pflegte, als ich noch ein Dreikäsehoch war: ›Hab keine Angst vor dem goldenen Zopf.‹«

Conrad lächelte, schien sich aber seiner Sache noch immer nicht sicher zu sein. »Es geht um Helena. Seit Sir Miles eure wahren Verhältnisse offenbart hat, habe ich den einen oder anderen immer wieder sagen hören, wie schön es wäre, die ganze Geschichte kennen zu lernen. Wie ihr euch vorstellen könnt, war es sehr schwer für mich, nicht durchblicken zu lassen, dass ich die ganze, unbeschönigte Version kenne, und ich habe sehr viel Zeit darauf verwandt, über jeden einzelnen Aspekt des Ganzen nachzudenken.« Er hielt inne und warf einen nervösen Blick auf Mel.

»Nur weiter«, forderte sie ihn auf. »Du willst doch nicht etwa fragen, ob du die Geschichte an die *News of the World* verkaufen darfst?«

Er sah sie entrüstet an. »Heiliger Himmel, Mel! Du weißt, daran würde ich nicht einmal im Traum denken. Aber je länger ich darüber nachgedacht habe, desto klarer wurde mir, wie ungeheuer dramatisch diese ganze Geschichte ist.«

»Du möchtest sie aufschreiben?«, fragte Mel grinsend. »Du möchtest! Nicht wahr?«

»Nicht in Form einer Zeitungsstory.« Er schüttelte den Kopf und krauste angewidert die Nase. »Nein, ich hatte eher an eine Biografie gedacht.«

Magnus schnaubte, und es ließ sich schwer entscheiden, ob dieser Laut Abscheu oder Zustimmung bedeuten sollte, und Conrad errötete abermals.

»Ich weiß, es ist impertinent, da doch hunderte bestens bekannter Biografen da draußen nur darauf warten, die Arbeit in Angriff zu nehmen. Aber bei mir könntet ihr wenigstens sicher sein, dass ich Helenas Lebensgeschichte wahrheitsgemäß und mit einer gewissen Sensibilität niederschreiben würde.«

Miles richtete sich kerzengerade in seinem Sessel auf und sah Conrad direkt in die Augen.

Magnus lächelte und nahm einen Schluck von seinem Drink. Er wusste, dass Miles gute Gründe hatte, Journalisten gegenüber auf der Hut zu sein, und wahrscheinlich empfand der alte Mann ungefähr genauso, wenn es um Biografen ging.

Nick legte Mel einen Arm um die Taille und drückte sie an sich, beinahe als erwartete er, dass sie vor Empörung aus ihrem Sessel springen würde.

Einen Moment lang herrschte absolute Stille, während alle Augen sich auf Mel richteten.

»Nun, ich könnte mir wirklich keinen Besseren für Helenas Biografie vorstellen«, erklärte sie schließlich. »Du hast jeden ihrer Filme gesehen. Du weißt so viele Einzelheiten über ihr Leben in Hollywood. Aber ich denke, Miles ist derjenige, der die Entscheidung treffen sollte, nicht ich. Grandpa, was hältst du davon?«

Miles drehte sich um, um Mel zuzulächeln. Er freute sich jedes Mal, wenn sie ihn Grandpa nannte. »Irgendjemand wird die Biografie eines Tages schreiben, ob mit meiner Zustimmung oder ohne sie«, erklärte er schulterzuckend. »Dann sollte es besser dieser junge Bursche sein, der Helena verehrt hat und dem du viel bedeutest, Melly. Ich werde wahrscheinlich ohnehin schon die Radieschen von unten sehen, wenn das Buch erscheint.«

»Das darfst du nicht sagen, Grandpa. Ich verlasse mich fest darauf, dass ich noch ein paar Jahre deine Gesellschaft genießen darf«, erwiderte sie. »Und wenn Con das Buch schreiben soll, wird er deine Hilfe brauchen. Was meinst du denn dazu, Nick?«

»Helena hielt Con für einen anständigen Kerl«, antwortete Nick und zog Mel enger zu sich heran, bis ihr Kopf auf seiner Brust ruhte. »Ich denke, sie wäre damit einverstanden gewesen. Aber wir müssen auch alle anderen in Betracht ziehen. Ich nehme an, Con wird Dad und mich ebenfalls erwähnen?«

»Ich würde nicht über Magnus und Bonny schreiben müssen«, bemerkte Conrad hastig. »Ich könnte einfach erklären, Sie wären ein Freund von John Norton gewesen.«

»Was hältst du davon, Magnus?«, fragte Mel.

»Ich bin ein großer Verfechter der Vetternwirtschaft.« Seine

Augen glitzerten. »Was mich betrifft, wäre es mir lieber, Con würde die Biografie schreiben, bevor sich irgendein sensationslüsternes Frettchen dazu entschließt. Aber sie war deine Mutter, Mel. Unterm Strich muss die Entscheidung bei dir liegen.«

Mel dachte ein oder zwei Sekunden lang nach. Ein Bild stieg in ihr auf, das sie selbst und Bonny zeigte: Sie rannten Hand in Hand die Camber Sands entlang und sprangen lachend und singend über die winzigen Wellen. Mel hatte ihren Brautstrauß auf Helenas Grab gelegt, bevor sie an diesem Morgen den Kirchhof verlassen hatten, und das hatte sie daran erinnert, dass es keinen Ort gab, an dem sie Blumen für Bonny hätte ablegen können. Andererseits wäre es Bonny viel lieber gewesen, durch ein Buch unsterblich zu werden, statt ein paar Blumen irgendwo für sie verwelken zu sehen.

Con konnte so deutliche Wortbilder spinnen, dass sie einem förmlich von der Seite entgegensprangen. Er konnte die komischen Dinge so schildern, dass sie sangen, und die traurigen auf eine Weise, die wirklich zu Herzen ging. Mit seinem scharfen Einblick in die menschliche Natur würde er jeden einzelnen Charakter zum Leben erwecken. Es wäre wundervoll, wenn sie ein solches Buch an ihre Kinder und Enkelkinder weiterreichen könnte.

»Ja, Con. Du kannst an die Arbeit gehen, aber unter einer Bedingung.«

»Alles, was du willst.«

»Bonny muss mit der gleichen Sensibilität behandelt werden wie Helena.«

Diese Bitte überraschte Nick, und er suchte Mels Blick. Ihr Gesicht war so heiter und gelassen, wie er es am Morgen in der Kirche gesehen hatte.

»Sie hat mich geliebt«, erklärte Mel schlicht. »All ihre Tricksereien und Lügen waren eine andere Geschichte. Das hat Helena mir klar gemacht, bevor Edward uns überraschte. In diesen letzten Minuten mit ihr habe ich gelernt, Helena zu lieben, doch Bonny habe ich von Geburt an geliebt.«

Magnus runzelte die Stirn. Er sah zuerst Mel an, dann Nick,

dann wieder Mel. »Das hört sich an, als hättest du eins der fehlenden Puzzlestücke gefunden.«

»Du hast Bonny einmal mit einem wunderschön eingepackten Päckchen verglichen. Erinnerst du dich noch daran?«, erkundigte sie sich bei Magnus.

Er lächelte. »Ich bin nur nie auf den Grund der Verpackung vorgedrungen«, bekannte er trocken.

»Ich denke, mir ist es gelungen«, erwiderte sie leise. »Ich glaube, dieser Stapel Briefe sollte das letzte Puzzlestück darstellen.«

Alle Anwesenden im Raum sahen sie verwirrt an.

»Ich konnte nie begreifen, warum sie diese Briefe behalten hat«, erläuterte Mel und blickte dabei in die Runde. »Aber den Grund dafür habe ich erkannt, als Grandpa oben im Cottage einige Briefe von Bonny an Helena fand. Ebenso wenig wie Helena sich dazu überwinden konnte, alle Beweise dafür zu vernichten, dass sie mich Bonny überlassen hatte, hatte Bonny diese Briefe von Magnus, Miles, Jack und Helena aufbewahrt. Ich *sollte* sie eines Tages finden, das wünschte sie sich. Davon bin ich jetzt fest überzeugt. Bestimmt hat sie mir den Rest der Geschichte selbst erklären wollen – sie konnte ihren Tod ja nicht voraussehen –, aber sie hat diese Briefe für mich aufbewahrt.«

Sie lehnte sich an Nicks Schulter. »Bonny hat nicht damit gerechnet, jung zu sterben. Sie ist durch das Leben geflattert, in der festen Absicht, alles in Ordnung zu bringen, eines Tages.«

»Wer von uns ist schon jemals wirklich auf den Tod vorbereitet?« Magnus grinste. »Ich gehe allabendlich mit dem Vorsatz ins Bett, meine Angelegenheiten zu ordnen, doch bisher habe ich noch nicht damit angefangen.«

»Genau. Als Edward in jener Nacht Jagd auf mich machte, musste ich immer wieder daran denken, wie viel ich Nick, Magnus und auch dir, Con, noch zu sagen hatte.«

Magnus nickte. »Ich verstehe, worauf du hinauswillst. Die Bonny, die ich kannte, hätte es sich einfach nicht vorstellen können, krank zu werden oder zu sterben.«

Mel seufzte. »Bonny hatte wahrhaftig viele Fehler, doch ich

habe die liebevollen Briefe gelesen, die sie Helena geschickt hat, bevor die beiden sich zerstritten haben. In diesen Briefen stehen so viele Einzelheiten über mich, jeder Zahn, jedes Wort wird erwähnt, mein jeweiliges Gewicht und meine Lieblingsspeisen. Ein Brief ist dabei, in dem sie erklärt, warum sie von Somerset nach Rye gezogen sind: Schuldgefühle quälten sie, und stets hatte sie Angst, jemandem aus dem Krankenhaus zu begegnen, in dem ich geboren worden war. Trotzdem hatte sie auch für Helena ehrliches Mitgefühl. Die Frau, die sich später um den Verstand trank, die alles Geld ausgab und sogar vergaß, etwas zu essen zu kaufen, war genauso unglücklich und einsam wie Helena selbst.

Ich bin fest davon überzeugt, dass sie an Helena geschrieben hat, als ich älter war; sie wollte versuchen, die Dinge wieder in Ordnung zu bringen. Und Edward muss diesen Brief abgefangen haben. Ich habe den Verdacht, dass er Bonny überlistet hat, geradeso wie er es bei mir versucht hat. Vielleicht hat er ihr versprochen, uns beide nach Amerika zu bringen. Vielleicht war das der Grund, warum sie während der letzten Wochen ihres Lebens so glücklich und erregt wirkte: Sie glaubte, sie könne endlich alles wiedergutmachen.«

»Und sie hat dem Falschen vertraut«, bemerkte Nick nachdenklich.

»Kurz nach meinem vierzehnten Geburtstag hatte ich einmal einen Streit mit Bonny. Neben anderen Dingen fragte ich sie, warum sie mir einen so lächerlichen Namen wie Camellia gegeben hatte. Dazu müsst ihr wissen, dass die anderen Kinder mich immer Camel nannten. Als ich an diesem Nachmittag von der Schule nach Hause kam, bestand sie auf einer gemeinsamen Ausfahrt. Sie fuhr nicht sehr weit, nur ein paar hundert Meter zu einer anderen Straße. Dort, in einem der Gärten, stand ein wunderschöner Strauch, der über und über mit weißen Blüten übersät war.«

»Eine Kamelie?«, fragte Magnus grinsend.

»Ja. ›Ich habe dir diesen Namen gegeben, weil es das Schönste gewesen ist, was mir eingefallen ist. Genauso schön bist du als

Baby gewesen‹, sagte sie und fügte dann hinzu: ›Eines Tages werden die Menschen finden, dass der Name zu dir passt. Das verspreche ich dir.‹«

»Und sie hatte vollkommen Recht damit«, meldete Nick sich zu Wort. »Er passt zu dir. Er ist einfach perfekt.«

Mel zuckte die Schultern. »Dieser Name war Helenas Wahl, nicht Bonnys, das weiß ich inzwischen, aber das spielt keine Rolle. Was zählt, ist die Art und Weise, wie die beiden mich in jenen frühen Tagen miteinander teilten, was zählt, ist das starke Band der Liebe zwischen Bonny und Helena. Und das ist es, wofür der Name heute in meinen Augen steht.«

Die fünf Menschen im Raum verfielen in Schweigen. Magnus hatte wieder diesen stolzen Löwenausdruck auf dem Gesicht, entschlossen und würdevoll. Miles' Augen waren feucht geworden. Mels Gesicht schien einen goldenen Schimmer zu haben, als wäre es von innen erleuchtet.

Nick und Conrad sahen einander an und lächelten. »Schreib das Buch, Con«, meinte Nick.

»Was haltet ihr von *Vermächtnis der Liebe* als Titel?« Conrads Augen blitzten plötzlich vor Begeisterung und Tatendrang. »Ich glaube, genau das ist es, was beide Frauen hinterlassen haben.«